W0470383

Les Métamorphoses (8 ap. J.-C.)
OVIDE
(43 av. J.-C. - 18 ap. J.-C.)

Moyen Âge
Ve siècle–XVe siècle

Période des premiers textes en français : farces, chansons de geste, mystères et poèmes.

La Farce de maître Pathelin (vers 1456)

Siècle de Louis XIV
XVIIe siècle

Période de fixation de la langue par l'Académie française, et des grands auteurs classiques.

La Belle aux cheveux d'or (1697)
de MADAME D'AULNOY
(1652-1705)

L'Amour médecin (1665)
de MOLIÈRE
(1622-1673)

Les Aventures d'Alice au pays des merveilles (1865)
de LEWIS CAROLL
(1832-1898)

La Reine Coax (1872)
de GEORGE SAND
(1804-1876)

Les Aventures de Tom Sawyer (1876)
de MARK TWAIN
(1835-1910)

Les Histoires de Jean-Marie Cabidoulin (1901)
de JULES VERNE
(1828-1905)

XXe siècle

Période marquée par les guerres mondiales et l'apparition de la société de consommation : la littérature, le cinéma et la bande dessinée se développent et de nouveaux genres littéraires apparaissent.

La Paix chez les bêtes (1916)
de COLETTE
(1873-1954)

L'Homme à la tête d'épingle (1914)
de PIERRE-HENRI CAMI
(1884-1958)

La Rivière à l'envers, Tomek (2000)
de JEAN-CLAUDE MOURLEVAT
(né en 1952)

L'Ogrelet (2003)
de SUZANNE LEBEAU (née en 1948)

Céleste, ma planète (2008)
DE TIMOTHÉE DE FOMBELLE (né en 1973)

Les Derniers Géants (2008)
de FRANÇOIS PLACE (né en 1957)

Le Mystère de la nuit des pierres (2016)
d'ÉVELYNE BRISOU-PELLEN
(née en 1947)

L'Épopée du Roi Singe (2012)
de PASCAL FAULIOT
(né en 1959)

Poèmes du petit matin (2010)
de CLAUDE HALLER
(né en 1932)

MISSION PLUMES

FRANÇAIS 6e

Mission Plumes : un accompagnement sur mesure pour chaque élève

Présentation des fiches Coup de pouce

À partir du mois de mai, retrouvez toutes les fiches Coup de pouce de Mission Plumes sur le site collection :

college.hachette-education.com/missionplumes/6e/

hachette ÉDUCATION

Mission Plumes : un accompagnement sur mesure pour chaque élève

Le manuel Mission Plumes est enrichi de fiches Coup de pouce, signalées dans le manuel papier, téléchargeables en ligne et imprimables, conçues pour faciliter la différenciation pédagogique et accompagner efficacement chaque élève dans ses apprentissages.

FICHE COUP DE POUCE
hachette-clic.fr/25mp6000

Spécialement pensées pour les élèves à besoins éducatifs particuliers, ces fiches s'adressent à tous grâce à une mise en page claire et aérée (Arial 14, interligne 1,5) et des consignes accessibles. Elles offrent des renvois aux leçons essentielles et apportent des conseils méthodologiques concrets pour mieux accompagner chaque élève.

Les fiches Coup de pouce accompagnent l'élève dans les lectures : s'appuyant sur un questionnement identique à celui du manuel avec un étayage renforcé, elles proposent une approche complémentaire aux Missions spéciales qui invitent les élèves à poursuivre leur appropriation du texte étudié par des recherches, des lectures ou des activités créatives.

Dans les projets de production orale et écrite, les fiches Coup de pouce décomposent la tâche complexe en un pas-à-pas explicite qui permet à l'élève de s'engager dans l'activité.

Les fiches Coup de pouce permettent enfin à l'élève de progresser dans l'acquisition du vocabulaire et dans sa maîtrise des connaissances et des compétences linguistiques par une explicitation des stratégies de travail à mettre en œuvre pour réussir.

Mission Plumes : un manuel adapté à tous !

Les auteures

Lecture 1

CHAPITRE 1

L'élan vers la forêt

Chaque jour il explorait les profondeurs du domaine. Il en franchissait les limites, s'aventurant alors dans des bois inconnus. [...]. Une après-midi, saisi comme d'une fièvre, il s'enfonça encore plus loin dans la forêt, gagnant une région de hautes fûtaies[1] qu'il ne se souvenait pas d'avoir jamais traversée. Il y faisait sombre comme dans une grotte, et de la terre montait une odeur d'humus[2] qui se mêlait à celle, plus doucereuse, de champignons jaunâtres, couleur de pus, et que Sébastien savait mortels. Pas un souffle de vent. Pas un chant d'oiseau. Ici, la forêt était comme pétrifiée.

Sébastien ralentit le pas de son cheval qui s'était mis à trembler et agitait sa crinière. Il lui flatta l'encolure[3] et lui murmura à l'oreille des paroles apaisantes. Mais étrangement, dans cette cathédrale de troncs et de branches où parfois tombait avec lenteur une feuille attardée, il n'osait élever la voix, et peu à peu il sentait la peur le gagner. Çà et là, de grands troncs étendus, et qui grouillaient d'insectes noirs, lui barraient la route, et il lui fallait les contourner. Une mousse épaisse étouffait le bruit des sabots, et c'est en silence qu'il avançait maintenant, comme dans un rêve dont il devinait qu'aisément il aurait pu se transformer en cauchemar.

Un instant il songea à rebrousser chemin, mais il était prisonnier d'un charme auquel il ne pouvait ni ne voulait résister. C'était comme un appel muet, une fascination, qu'il avait déjà ressentie dans ses courses à travers bois, mais jamais avec une telle force. Il continua donc d'avancer, bercé par le pas régulier de sa monture, et il tomba dans une rêverie où se mêlaient les souvenirs de son père, les livres noirs[4], les longues veillées dans la bibliothèque, lorsque lui parvenaient, à travers les rideaux, les soupirs et les voix de la forêt.

Jean Joubert, *Histoires de la forêt profonde*, L'école des loisirs, 1984.

1 Fûtaies : Ensemble d'arbres hauts.

2 Humus : Terre brune issue de la décomposition des végétaux.

3 Encolure : Partie du corps du cheval qui s'étend entre la tête et les épaules.
4 Les livres noirs : Le narrateur fait référence aux livres à couverture noire de son père.

Comprendre le texte

1 Surligne en JAUNE dans le texte les termes qui désignent la forêt.

2 a) À partir de ces éléments, entoure deux adjectifs qui décrivent le mieux cette forêt :
effrayante - ensorcelante - dangereuse - agréable - tropicale – glacée
b) Explique ton choix :
J'ai choisi ces deux adjectifs parce que ....
....

3 LANGUE : Souligne en rouge les sujets des verbes « tombait » (l. 13), « barraient » (l. 16), « étouffait » (l. 17).
Quel est le point commun entre tous ces sujets ? Coche la bonne réponse.
- des éléments naturels
- Sébastien, le personnage
- des animaux

4 (l. 14). « il sentait la peur le gagner » : Surligne en VERT les éléments qui déclenchent la peur du personnage.

5 (l. 20 à 27) Surligne en BLEU les phrases qui expliquent pourquoi le personnage décide de poursuivre son aventure.

Faire le bilan

À l'oral : À quoi comprends-tu que la forêt est « vivante » et semble appeler l'aventurier ? Appuie-toi sur le texte et tes réponses précédentes pour développer ta réponse.

4
Repérer un champ lexical

JE COMPRENDS

LE CHAMP LEXICAL est l'ensemble des mots et des expressions qui se rapportent à **un même thème**, **une même idée**.

Il comporte des mots de natures différentes (noms, verbes, adjectifs, adverbes), mais aussi des **expressions** et des **tournures de phrase.**

Le champ lexical de la mer

Différentes natures de mots

Noms : bateau, seau, pelle, sable, eau…

Verbes : naviguer, se baigner…

Adjectifs : bleue, calme…

Adverbes : immensément…

Famille de mots

mer, marin, maritime, amerrir…

Expressions, tournures de phrase

ce n'est pas la mer à boire ; mer Méditerranée ; détroit de Gibraltar…

JE M'ENTRAÎNE

1 Trouve le champ lexical formé par les listes de mots.

Exemple :

a. baignoire • savon • eau • serviette • se laver • brosse • buée

→ **champ lexical de la salle de bain**

b. manette • écran • Mario • score • jouer • plaisir • console

....

c. observer • animaux • cage • visiteur • découverte • ticket

....

d. sombre • lune • clarté • noir • dormir • ombre • jour

....

e. amusement • récréation • joie • cadeau • jeu • plaisir • réussite

....

2 À l'oral

Pour chaque thème, donne **cinq mots** appartenant au **même** champ lexical.

RUGBY MUSIQUE BONHEUR CUISINE AVENTURE

3

a. Dans chaque liste de mots, barre l'intrus.

b. Trouve le nom du champ lexical de chaque liste.

Exemple :
a. natation • courir • ballon • lapin • gardien • panier • but
→ champ lexical du sport

b. bougie • écran • film • pop-corn • fauteuil • entrée • séance

....

c. odeur • regarder • ouïe • sentir • toucher • table • goûter

....

d. chaudron • magie • balai • montagne • formule • crochu

....

e. bourgeon • branche • tronc • bois • racine • feuilles • mer

....

4 Voici une liste de mots.

neige • blême • horreur • alpiniste • trembler • escalade • fuir • crier • chamois • altitude • sommet • skier • monstre • frisson • effrayant

a. Classe les mots dans le tableau selon leur champ lexical.

b. Note le nom du champ lexical en haut de chaque colonne.

....	....
....	....
....	....
....	....
....	....
....	....
....	....
....	....
....	....
....	....
....	....
....	....
....	....
....	....
....	....
....	....
....	....

5 Complète le tableau.

	Verbe	Nom	Adjectif
Alimentation	....	....	sucré
Jardin	planter	....	....
Ruse	....	renard	....
Poésie	réciter	....	....
Amour	....	....	heureux

À L'ORAL

6 Observe le tableau de l'exercice 6 p. 297 du manuel.

a. Fais une liste de tout ce que tu vois.

b. À quel champ lexical appartiennent les mots que tu as trouvés ?

c. Quel titre pourrais-tu donner à ce tableau ?

DÉFI EN CLASSE

7 Votre professeur(e) ou un(e) élève propose un mot.

Tour à tour, à l'oral, donnez chacun(e) **un mot** qui appartient au **même** champ lexical. **Vous ne pouvez pas donner un mot déjà dit.**

8 Dans le texte, surligne en jaune les mots qui appartiennent au champ lexical de la peur.

Ulysse doit affronter les deux monstres marins Charybde et Scylla…

Au fond, on apercevait la terre et le bleu sombre du sable. Une terreur blême[1] s'empara des hommes. Redoutant la mort, nous fixions tous le récif[2] quand soudain Scylla arracha du navire six de mes compagnons. […] Ils criaient et hurlaient mon nom pour la dernière fois, le cœur terrorisé. […] Scylla les dévorait à l'entrée de la caverne tandis qu'ils hurlaient et tendaient les mains vers moi dans leur lutte désespérée.

Homère, *Odyssée,* chant XII, trad. du grec par H. Tronc,
©Éditions Gallimard, 2009.

1 Blême : très pâle.
2 Récif : rocher ou groupe de rochers qui sort de l'eau, dans la mer.

9 Lis le texte.

Mais le ciel limpide de l'aube naissante se couvrit brusquement. Des nuages noirs, ondulants et menaçants, s'amassèrent au-dessus de leurs têtes tandis que dix mètres plus loin, le soleil apparaissait.
L'enfer se déchaîna. Des trombes d'eau[1] s'abattirent sur eux. En quelques secondes, le sol devint un bourbier[2] ou les chevaux affolés s'enlisèrent.

Pierre Bottero, *La Quête d'Ewilan. D'un monde à l'autre*,
Éditions Rageot, 2003.

1 Trombes d'eau : grande quantité d'eau.
2 Bourbier : lieu couvert de boue.

a. Quel est le champ lexical principal ?

....

b. Surligne en vert les mots qui t'ont permis de répondre.

....

JE RÉINVESTIS

10 À partir du texte de l'exercice 9 :

a. Écris 2 ou 3 mots appartenant au même champ lexical.

....

....

b. Imagine qui peuvent être les héros désignés par « leurs têtes » « eux »

....

....

....

....

c. Écris la suite de l'exercice 8 en employant le même champ lexical mais avec des mots différents.

....

....

....

....

....

....

11 À toi de jouer !

a. Surligne un des thèmes suivants.

nature, aventure, jeux vidéo, amitié, sport

b. Fais une liste d'au moins cinq mots appartenant au champ lexical du thème que tu as choisi.

– ....

– ....

– ....

– ....

– ....

– ....

c. Écris un court texte en utilisant les mots que tu as trouvés.

....

....

....

....

....

....

d. Lis ton texte à un camarade. A-t-il deviné ton champ lexical ?

MISSION PLUMES

FRANÇAIS 6e

Nouveau programme Cycle 3

Sous la direction de

Pauline Lourdel
Agrégée de Lettres modernes

Hélène Bart
Certifiée de Lettres classiques
Certification 2CA-SH
Collège Langevin-Wallon
Grenay (62)

Laurence Bot
Certifiée de Lettres modernes
Collège Henri Matisse
Grand-Couronne (76)

Soline d'Arexy
Certifiée de Lettres modernes
Collège Alice et Jean Olibo
Saint Cyprien (66)

Anne Droit
Certifiée de lettres modernes
Collège Claude Debussy
Romans-sur-Isère (26)

Julia Giberti
Certifiée de lettres classiques
Collège Alain
Carcassonne (11)

Aurélie Lamadie
Enseignante spécialisée
Collège Claude Debussy
Romans-sur-Isère (26)

Carine Lemarié
Certifiée de Lettres classiques
Formatrice académique
Collège Victor Hugo
Gisors (27)

Fanny Noël
Agrégée de Lettres classiques
Formatrice académique
Collège Jules Ferry
Douai (59)

Guillaume Plassans
Certifié de Lettres modernes
Scénariste
Gironde (33)

Claire Ridel
Certifiée de Lettres modernes
Formatrice académique
Collège Henri Matisse
Grand-Couronne (76)

Fanny Rivas
Certifiée de Lettres modernes
Collège Simone Veil
Montpellier (34)

Mathilde Spychala
Certifiée de Lettres modernes
Collège Jules Ferry
Douai (59)

Céline Walkowiak
Certifiée de Lettres modernes
Collège René Cassin
Loos-en-Gohelle (62)

Isabelle Harbonnier-Valdher
Professeure-documentaliste
Formatrice en littérature jeunesse
Collège René Cassin
Loos-en Gohelle (62)

hachette ÉDUCATION

Nous remercions tous les enseignants qui ont bien voulu contribuer
à la conception de cet ouvrage et, en particulier, Juan-Luis Rodriguez, IA-IPR
de Lettres dans l'académie de Montpellier, Claire Julien, Marie-Laure Devambez
et Emmanuelle Debu pour leurs précieux conseils et suggestions.

Directeur éditorial : Gaël Gauvin
Responsable de projets : Élise Ponce
Édition : Juliette Caussé
Conception graphique : Solène Lavand & Stéphanie Aparicio (maisonbimbam.fr)
Couverture : Solène Lavand & Stéphanie Aparicio (maisonbimbam.fr)
Mise en page : Solène Lavand & Stéphanie Aparicio (maisonbimbam.fr),
et Élodie Bourgeois, assistées d'Eddy Pierrel
Relecture : Lucie Niobey et Sarah Rivoal
Illustrations : Qu Lan, Rebecca Romeo et Pascal Wu (pour la partie Grammaire)
Iconographie : Sophie Suberbere
Enregistrements : Sodasound

Hachette Education s'engage pour la préservation de l'environnement
Depuis plusieurs années, nous mettons en place des solutions innovantes et écoresponsables,
en concertation avec nos fournisseurs, pour limiter notre empreinte carbone et diminuer l'utilisation du plastique, en suivant 5 grands objectifs :
1. Optimiser le format et la pagination de nos ouvrages ainsi que le grammage du papier.
2. Utiliser du papier certifié suivant l'un des 2 schémas de certification internationale, PEFC ou FSC.
3. Supprimer peu à peu le pelliculage plastique de nos couvertures.
4. Imprimer nos ouvrages en France ou en Europe.
5. Recycler 100% des ouvrages invendus.

IMPRIMÉ ET RELIÉ EN EUROPE

PAPIER CERTIFIÉ

hachette s'engage pour l'environnement en réduisant l'empreinte carbone de ses livres.
Celle de cet exemplaire est de :
1500 g éq. CO_2
Rendez-vous sur www.hachette-durable.fr

hachette-education.com

ISBN : 978-2-01-729151-0
→ ISBN à utiliser pour toute commande de l'ouvrage.

Les ressources numériques de votre manuel papier en accès direct

Pour apprendre et s'entraîner efficacement, en classe comme à la maison !

Accédez rapidement et facilement aux ressources numériques de votre manuel grâce aux mini-liens ou en vous rendant directement sur le site de la collection.

Retrouvez également ces ressources dans le manuel numérique !

✦ **Quelles ressources numériques se trouvent dans mon manuel ?**

→ Tous les **textes du manuel lus** par des comédiens.

→ Le conte intégral *La Reine Coax* en **version audio**. →

→ **Des documents audios** : extraits de musique.

→ **Des vidéos** : extraits de films, captations de scènes de théâtre.

→ **Des supports à compléter** : tableaux, bingo.

→ **Des quiz interactifs** avec des Geniallys.

Pour y accéder, c'est très simple :

✦ **Recopier le mini-lien**

Dans votre navigateur, saisissez le mini-lien Hachette-clic. Vous accédez directement à la ressource !

Vous pouvez aussi :

✦ **Vous rendre sur le site de la collection**

Dans votre navigateur, saisissez l'adresse du site de la collection pour accéder à toutes les ressources numériques du manuel.

college.hachette-education.com/missionplumes/6e/

THÈME 1 : Partir à l'aventure !

CHAPITRE 1

C'est l'arbre qui cache l'aventure !

La forêt est-elle le lieu de tous les dangers ?

Tes objectifs :
- Découvrir les caractéristiques du récit d'aventures.
- Comprendre que la forêt est un lieu d'apprentissage.
- Imaginer un nouveau récit d'aventures en forêt.

CHAPITRE 2

Parcours d'œuvre
Alice au pays des merveilles, Lewis Carroll

D'un monde à l'autre, un grand bond dans l'aventure

La curiosité d'Alice est-elle un vilain défaut ou un moteur pour l'aventure ?

Tes objectifs :
- Lire un récit d'aventures imaginaires.
- Découvrir un univers farfelu.
- Inventer des histoires surprenantes.

CHAPITRE 3

Parcours d'œuvre

Céleste, ma planète,
Timothée de Fombelle

L'aventure au coin du cœur

Sauver Céleste, une aventure au service d'une grande cause ?

Tes objectifs :
- Lire un roman d'aventures.
- Comprendre la portée écologique de l'œuvre.
- Créer un récit extraordinaire.

THÈME 2 : Rencontrer des monstres, expérience de l'autre, expérience de soi

CHAPITRE 4

En compagnie des monstres

Le monstre est-il le miroir de nos peurs ?

Tes objectifs :
- Découvrir les différentes facettes des personnages monstrueux.
- Comprendre ce que les personnages de monstres signifient pour nous.
- Imaginer un plaidoyer pour défendre la différence.

CHAPITRE 5

Parcours d'œuvre
L'Odyssée,
Homère

Ulysse affronte Circé

Circé est-elle une monstrueuse magicienne ou une merveilleuse alliée pour Ulysse ?

Tes objectifs :
- Lire un épisode célèbre de *L'Odyssée*.
- Découvrir le héros Ulysse et la magicienne Circé.
- Raconter un passage de l'épopée.

CHAPITRE 6

Parcours d'œuvre

La Reine Coax,
George Sand

La mare aux monstres

Rencontrer la Reine Coax change-t-il le destin de l'héroïne ?

Tes objectifs :
- Lire le conte.
- Comprendre l'originalité de ses personnages.
- Imaginer de nouvelles péripéties.

THÈME 3 : Créer et recréer le monde : récits des origines

CHAPITRE 7

Les mille et une naissances de l'humanité

Les récits de création racontent-ils tous la même histoire ?

Tes objectifs :
- Découvrir des récits de création.
- Interroger la place de l'humanité dans le monde.
- Imaginer de nouveaux récits des origines.

CHAPITRE 8

Parcours d'œuvre
Les Métamorphoses, Ovide

Les métamorphoses du monde

Les Métamorphoses d'Ovide : récit de création ou création d'un récit ?

Tes objectifs :
- Lire une œuvre qui raconte l'origine de l'humanité
- Comprendre la dimension fabuleuse de ces récits de création.
- Inventer de nouvelles métamorphoses.

THÈME 4 : Chanter et enchanter le monde : mots et merveilles

CHAPITRE 9

Les poètes donnent leur langue au chat !

Les poètes sont-ils des magiciens des mots ?

Tes objectifs :
- Lire et mettre en voix de la poésie.
- Analyser et interpréter des poèmes.
- Écrire des textes poétiques.

CHAPITRE 10

Parcours d'œuvre

Poèmes du petit matin, Claude Haller

Par mots et merveilles

La poésie de Claude Haller nous éveille-t-elle au monde ?

Tes objectifs :
- Lire un recueil de poésie.
- Découvrir l'univers d'un poète.
- Pratiquer l'écriture poétique.

THÈME 5 : Se masquer, jouer, déjouer : ruses en action

CHAPITRE 11

La ruse du plus faible est toujours la meilleure

Faut-il jouer la comédie pour se tirer d'affaire ?

Tes objectifs :
- Découvrir des textes de théâtre mettant en scène des ruses.
- Comprendre les stratégies comiques.
- Écrire, jouer et mettre en scène du théâtre.

CHAPITRE 12

Parcours d'œuvre
L'Ogrelet,
Suzanne Lebeau

Cache-cache avec les ogres

Pour vivre heureux, l'ogrelet doit-il cacher sa vraie nature ?

Tes objectifs :
- Lire une pièce de théâtre.
- Comprendre que la pièce lève les masques.
- Écrire et mettre en scène un dialogue théâtral.

Fiches méthode

Lire

Dire

Écrire

Apprendre

Je révise

Établir des relations entre les mots

Réemployer le vocabulaire étudié

Enrichir son vocabulaire dans toutes les disciplines

Jouer pour réviser

Grammaire et orthographe grammaticale

Je révise

1 Identifier les constituants d'une phrase simple

Analyser une phrase simple

Identifier les mots, un groupe de mots selon leur nature

Analyser le groupe nominal

2 Se repérer dans la phrase complexe

Différencier phrase simple et phrase complexe

Repérer les différents modes d'articulation au sein de la phrase complexe

3 Acquérir l'orthographe grammaticale

Identifier les classes de mots variables

Réaliser la chaîne d'accords au sein du groupe nominal

Accorder le sujet et le verbe

Approfondir sa maîtrise de la conjugaison

Jouer pour réviser

Ta nouvelle aventure commence ici !

✦ 1. LES THÈMES DE L'ANNÉE ✦

Cette année, en français, tu vas découvrir **cinq grands thèmes :**

1 **Partir à l'aventure !**
→ **Es-tu capable de citer un film d'aventures ?**

2 **Rencontrer des monstres :** expérience de l'autre, expérience de soi
→ **Connais-tu des monstres célèbres ? Tu dois essayer d'en citer au moins un !**

3 **Créer, recréer le monde :** récits des origines
→ **Connais-tu des récits qui racontent la création de l'homme ?**

4 **Chanter et enchanter le monde :** mots et merveilles
→ **Te souviens-tu de poèmes que tu as appris ou lus à l'école ?**

5 **Se masquer, jouer, déjouer :** ruses en action
→ Traditionnellement, l'animal qui représente le mieux la ruse, c'est le renard ! **Connais-tu des histoires mettant en scène un renard ?**

✦ JEU ✦

Attention, un intrus s'est glissé dans la liste de ce que tu vas étudier en français au cours de l'année.
Parviendras-tu à le repérer ?

- Des pièces de théâtre
- Des contes
- Des romans
- Des légendes
- La géometrie
- Des bandes dessinées
- Des extraits de films
- Des poèmes

✦ 2. LES TROIS CONSEILS POUR RÉUSSIR ✦

Comme beaucoup de héros et d'héroïnes, d'Ulysse à Naruto en passant par Hermione Granger, il faut te préparer pour réussir ton aventure !

1 L'IMAGINATION

Quand tu lis un texte, tu dois imaginer dans ta tête la scène que tu es en train de lire. Pour t'entraîner, lis attentivement le texte suivant, puis réponds à la question :

> « Les aventurières s'avançaient difficilement dans la jungle épaisse et dangereuse. La chaleur était étouffante. Des buissons épais les empêchaient de progresser rapidement. Au bout d'un moment, il n'y eut plus aucun bruit. Avec un bâton, une aventurière écarta une énorme branche. Soudain, un gigantesque oiseau légendaire bondit et s'envola vers le ciel bleu. Il était magnifique. »

De quelle(s) couleur(s) est l'oiseau légendaire ?

Tu verras que les réponses peuvent être très différentes d'un élève à l'autre ! C'est ça, aussi, la puissance de la lecture et de l'imagination !

2 L'ENTRAÎNEMENT

Tous les sportifs le savent : pour gagner un match, l'entraînement est très important. Pour réussir en français, tu dois essayer de **lire et d'écrire un peu tous les jours.**

→ **Pour la lecture**, tu peux choisir un livre, une bande dessinée, un manga, lire des articles dans des magazines ou des journaux.

→ **Pour l'écriture**, tu peux tout simplement résumer ta journée en quelques phrases dans un cahier ou raconter un évènement qui s'est passé. Essaie tout de suite.

En deux lignes maximum, raconte quelque chose que tu as vu ou fais aujourd'hui, en classe ou dans la cour !

3 LA CURIOSITÉ

Quand tu lis, quand tu regardes un film, une série ou une vidéo, si tu ne comprends pas un mot, fais une pause et cherches-en **la définition.**
Quand tu es sûr(e) de bien avoir compris le sens du mot, n'hésite pas à l'utiliser !

Et tu peux aussi t'amuser à apprendre des mots rares !
Exemple : Le mot « alacrité » est très rare.
Il désigne la bonne humeur ou la joie.
On peut l'utiliser de cette manière :
Les difficultés ne me feront jamais perdre mon alacrité !

Challenge ! Essaie d'utiliser ce mot au moins une fois aujourd'hui, au collège ou chez toi, pour impressionner tes parents ou tes enseignants !

3. LES MASCOTTES, C'EST NOUS !

Dans le manuel, tu vas croiser quatre personnages magnifiques !

La grenouille

Vive et **sautillante**, elle t'aidera en ouverture et en bilan, sautant d'un chapitre à l'autre pour te guider.

La fourmi

Travailleuse et **sérieuse**, elle t'aidera dans les parties Vocabulaire et Grammaire pour accumuler le savoir !

Le chat

Intelligent et **agile**, son œil vif t'accompagnera dans les lectures.

Le renard

Rusé et **astucieux**, il te donnera des conseils bien utiles pour progresser.

Sur une feuille de brouillon, explique quelle est ta mascotte préférée, décris-la et explique pourquoi tu l'as choisie.

Défi

Retrouve dans ton manuel les quatre mascottes et note le titre de la page sur laquelle elles se trouvent !
Tu as 1 minute !

✦ 4. ET SI ON FINISSAIT PAR UN PETIT JEU ? ✦

C'est parti ! Cherche et trouve

Feuillette ton manuel et trouve à quelle page se situent ces objets et ces personnages étranges, adorables ou terrifiants !

1
Un grille-pain dont sort un coeur rouge !
Indice : il se trouve dans une page *Lecture*.

2
Un lapin qui boit du thé.
Indice : il se trouve dans une page *Dans l'univers*.

3
Un très beau livre dont le titre est Monstres.
Indice : il se trouve dans une page *À vos marques-page !*

4
Un homme devant une statue.
Indice : il se trouve dans une page *Vocabulaire*.

5
Une petite fille dormant sur le ventre d'une créature japonaise adorable.
Indice : elle se trouve dans une page *Histoire des arts*.

6
Une grenouille qui danse avec des bijoux.
Indice : elle se trouve dans une page *Lecture*.

7
Un petit ogre qui porte son cartable
Indice : il se trouve en tout début de chapitre.

8
Une personne qui a un nuage devant le visage
Indice : elle se trouve dans une page *Vocabulaire*.

Voilà !
tu sais tout ce qu'il y a à savoir sur ton manuel !
Prends-en bien soin, utilise-le pour réussir tes exercices et apprendre tes leçons !
Et surtout, entraidez-vous en cas de difficulté, parce qu'ensemble, on va toujours plus loin !

CHAPITRE

C'est l'arbre qui cache l'aventure !

La forêt est-elle le lieu de tous les dangers ?

Tes objectifs :
- Découvrir les caractéristiques du récit d'aventures.
- Comprendre que la forêt est un lieu d'apprentissage.
- Imaginer un nouveau récit d'aventures en forêt.

Princesse Mononoké, de **Hayao Miyazaki**, 1997.

Lecture 1

L'élan vers la forêt

À ÉCOUTER
hachette-clic.fr/25mp6001

Ton objectif
Découvrir que la forêt est une invitation à l'aventure.

Sébastien vit seul à Valrêve depuis la mort de son père. Ce château est perdu au milieu d'un vaste domaine bordé par une forêt immense. Enfermé dans sa tristesse, il passe tout son temps à lire dans la bibliothèque. Mais un jour, son cheval le conduit dans la forêt...

Chaque jour il **explorait** les profondeurs du domaine. Il en franchissait les limites, **s'aventurant** alors dans des bois inconnus. [...].

Une après-midi, saisi comme d'une fièvre, il s'enfonça encore plus loin dans la forêt, gagnant une région de hautes fûtaies[1] qu'il ne se souvenait pas d'avoir jamais traversée. Il y faisait sombre comme dans une grotte, et de la terre montait une odeur d'humus[2] qui se mêlait à celle, plus doucereuse, de champignons jaunâtres, couleur de pus, et que Sébastien savait mortels. Pas un souffle de vent. Pas un chant d'oiseau. Ici, la forêt était comme **pétrifiée**.

Sébastien ralentit le pas de son cheval qui s'était mis à trembler et agitait sa crinière. Il lui flatta l'encolure[3] et lui murmura à l'oreille des paroles apaisantes. Mais étrangement, dans cette cathédrale de troncs et de branches où parfois tombait avec lenteur une feuille attardée, il n'osait élever la voix, et peu à peu il sentait la peur le gagner. Çà et là, de grands troncs étendus, et qui grouillaient d'insectes noirs, lui barraient la route, et il lui fallait les contourner. Une mousse épaisse étouffait le bruit des sabots, et c'est en silence qu'il avançait maintenant, comme dans un rêve dont il devinait qu'aisément il aurait pu se transformer en cauchemar.

Un instant il songea à rebrousser chemin, mais il était prisonnier d'un charme auquel il ne pouvait ni ne voulait résister. C'était comme un appel muet, une fascination, qu'il avait déjà ressentie dans ses courses à travers bois, mais jamais avec une telle force. Il continua donc d'avancer, bercé par le pas régulier de sa monture, et il tomba dans une rêverie où se mêlaient les souvenirs de son père, les livres noirs[4], les longues veillées dans la bibliothèque, lorsque lui parvenaient, à travers les rideaux, les soupirs et les voix de la forêt.

Jean Joubert, *Histoires de la forêt profonde*, L'école des loisirs, 1984.

Jean Joubert
(1928-2015)
Écrivain et poète français. Il a écrit de nombreux ouvrages en littérature jeunesse.

1 Ensemble d'arbres hauts.
2 Terre brune issue de la décomposition des végétaux.
3 Partie du corps du cheval qui s'étend entre la tête et les épaules.
4 Le narrateur fait référence aux livres à couverture noire de son père.

Avant la lecture
À quelles histoires penses-tu quand tu entends le mot « forêt » ?

Susie Hamilton, *Gawain 2*, 2022, collection privée.

FICHE COUP DE POUCE
hachette-clic.fr/25mp6002

Comprendre le texte

1 Relève dans le texte les termes qui désignent la forêt.

2 À partir de ces éléments, choisis les adjectifs qui décrivent le mieux cette forêt et explique ton choix : *effrayante - ensorcelante - dangereuse - agréable - tropicale - glacée*

3 LANGUE Relève les sujets des verbes « tombait » l. 12, « barraient » l. 14, « étouffait » l. 15 : quel est le point commun entre tous ces sujets ?

4 l. 13. « il sentait la peur le gagner » : quels éléments déclenchent ce sentiment ?

5 Qu'est-ce qui pousse le personnage principal à poursuivre son aventure ?

6 HISTOIRE DES ARTS Quels éléments de l'image laissent penser que le personnage est accueilli par cette forêt ?

Enrichir son vocabulaire

- **Explorait, s'aventurant** : donne le sens de ces deux verbes. Sont-ils des synonymes ?
- En sachant que le mot latin « petra » signifie « pierre », explique le sens du verbe **pétrifier**.

Je lis à voix haute

Entraine-toi à lire à haute voix les deux premiers paragraphes. Veille à bien faire entendre les indications de lieu afin que ton auditoire puisse se repérer dans la forêt.

Faire le bilan

À quoi comprends-tu que la forêt est « vivante » et semble appeler l'aventurier ? Appuie-toi sur le texte et tes réponses précédentes pour développer ta réponse.

MISSION SPÉCIALE

Si la forêt pouvait murmurer…
Imagine « l'appel muet » l. 19, c'est à dire la formule magique prononcée par la forêt pour attirer l'aventurier à elle.

Lecture 2

Habiter le monde

À ÉCOUTER
hachette-clic.fr/25mp6003

Ton objectif
Étudier le portrait d'une aventurière.

Dans La Forêt pour te dire, *Martine Pouchain raconte l'histoire de Louise, une jeune fille de 16 ans qui trouve refuge dans une forêt proche de chez elle.*

Depuis bientôt trois mois qu'elle est dans la forêt, Louise a dû s'adapter et faire preuve d'organisation. Elle n'a emporté que des objets qui peuvent lui être utiles, ne s'attarde jamais plus d'une semaine au même endroit. Le camping sauvage est interdit, mais surtout, elle ne veut pas déranger les renards, lapins, musaraignes et la ribambelle[1] d'insectes **visibles** ou invisibles rampant sous la **mousse**, l'écorce, la terre, qui habitaient là avant elle.

Elle ignore combien de temps elle va rester encore. Elle devra sans doute envisager une autre solution à l'approche de l'hiver, mais depuis qu'elle a découvert qu'elle était capable de survivre sans l'aide de personne, elle se sent plus forte.

Elle prend quelques notes sur sa cueillette du jour et en fait un croquis hâtif.

GÉNOTTE : petit feuillage fin qui ressemble un peu à celui de la carotte. Creuser délicatement pour extraire les racines rondes. Se mangent crues ou cuites. Propriétés médicinales[2] inconnues, mais délicieux goût de noisette. Ne pas en abuser, les récolter les tue.

Son cahier oscille[3] entre carnet de voyage et journal intime où elle consigne des réminiscences[4]. À quel moment la vie a-t-elle cessé d'être magique ? C'est à ça qu'elle réfléchit dans le chuchotement des arbres.

Martine Pouchain, *La Forêt pour te dire*, Éditions Sarbacane, 2024.

Martine Pouchain
(née en 1963)
Autrice française contemporaine, spécialisée dans la littérature jeunesse et les romans pour adolescents.

1 Une suite de.
2 Qui ont la capacité de soigner.
3 Hésiter, ici alterner.
4 Vagues souvenirs.

Avant la lecture

En t'aidant des illustrations, définis les mots suivants : *carnet de voyage* et *journal intime.*

FICHE COUP DE POUCE
hachette-clic.fr/25mp6004

Comprendre le texte

1 Dans quelle situation l'héroïne du texte se trouve-t-elle ?

2 À quelles difficultés est-elle confrontée dans la forêt ?

3 LANGUE Indique le temps du verbe dans l'expression « elle devra » l. 7 : les difficultés de l'héroïne te semblent-elles bientôt terminées ?

4 Selon toi, dans quel but prend-elle des notes ?

5 Comment comprends-tu la personnification « le chuchotement des arbres » l. 18 ?

6 HISTOIRE DES ARTS Observe cette première de couverture : quel rôle pourrait jouer la forêt dans la déclaration suggérée par le titre du roman ?

Martine Pouchain, *La Forêt pour te dire*, Éditions Sarbacane, 2024.

Je lis à voix haute

Lis la prise de note sur la « Génotte ». Selon toi, que faut-il faire pour bien lire ce type de passage ?

Faire le bilan

De quelles qualités doit faire preuve l'aventurière pour survivre en forêt ?

En fonction des difficultés que l'aventurière rencontre, réfléchis aux qualités qu'il lui faudra pour les dépasser.

MISSION SPÉCIALE

Toi aussi deviens une aventurière et fais le croquis d'une plante que tu pourrais trouver en forêt. Comme l'héroïne, tu noteras le nom de cette plante ainsi que ses caractéristiques.

Enrichir son vocabulaire

- Trouve dans le texte l'antonyme de l'adjectif **visible** : grâce à quel préfixe l'antonyme est-il formé ?
- Que désigne ici le nom **mousse** ? Aide-toi du contexte pour donner son sens.

Lecture 3
en groupe

S'aventurer en forêt

À ÉCOUTER
hachette-clic.fr/25mp6005

Ton objectif
Comparer deux forêts au cœur de l'aventure.

François Place
(né en 1957)
Écrivain et illustrateur français. Il est connu pour ses récits mêlant aventure, voyage et réflexion sur la diversité culturelle.

Quand l'aventure tourne mal

Archibald Ruthmore, un explorateur anglais, découvre un objet mystérieux qui le pousse dans la quête d'un territoire inconnu. Pour atteindre ce territoire, il doit traverser une forêt hostile.

La jungle nous submergea de ses miasmes fétides[1], saturés d'odeurs lourdes d'humus[2] et de moisi. Parfois, un tigre rôdait sur la berge, nous adressant au passage un feulement[3] réprobateur, puis s'évanouissait dans l'épaisseur des taillis.

Nous naviguâmes près de quinze jours dans la pénombre de ce tunnel de verdure. Le cours du fleuve était encombré de branches cassées, de bois flottés à demi pourrissants, de lianes pendantes comme de sinistres chevelures. Les hommes, épuisés, renâclaient. Je renvoyai le gros de la troupe sur les barques et continuai à pied avec les plus vaillants, non sans leur promettre une prime substantielle[4].

Dans un village perdu, nous trouvâmes un peu de repos et je fis l'acquisition de trois buffles placides contre deux méchants fusils et un tonnelet de poudre. Même ainsi, soulagés de la corvée du portage des bagages, **nous progressions** à grand-peine. Les journées, semblables et mornes, se **succédaient** dans une atmosphère moite de vivarium. Il nous fallait sans répit **enjamber** des racines gluantes, glisser sur des cailloux tranchants, patauger dans des marécages infestés de sangsues, endurer les piqûres des moustiques et des fourmis... L'expédition tournait au calvaire.

François Place, *Les Derniers Géants*, Casterman, 2008.

1. Substances malsaines et odorantes.
2. Terre.
3. Son émis par un félin.
4. Importante.

Mark Twain
(1835-1910)
Écrivain américain. Il se fait connaître par son roman *Les aventures de Tom Sawyer* en 1876.

L'éveil de la forêt

Tom est un jeune garçon turbulent, qui a décidé de quitter son foyer et de partir vivre en forêt avec ses amis. Il rêve de vivre de grandes aventures...

Quand Tom se réveilla le lendemain matin, son premier mouvement fut de se demander où il était. Il s'assit, se frotta les yeux et regarda autour de lui. Puis la mémoire lui revint. Le jour se levait ; une délicieuse sensation de calme et de repos **émanait**[1] de la forêt silencieuse. Pas une feuille ne bougeait ; aucun bruit ne venait troubler la grande méditation[2] de la nature. Sur les herbes brillaient des gouttes de rosée. Une couche blanche de cendres couvrait le feu ; un mince ruban de fumée bleue montait dans l'air. Joe et Huck dormaient encore.

Loin dans les bois, un oiseau appela ; un autre lui répondit. Les coups de bec d'un pivert se firent entendre. Peu à peu la brume grise du matin se leva ; les bruits se multiplièrent ; la vie reprit dans toute son intensité. Aux yeux de l'enfant ébahi se révélait le merveilleux spectacle de la nature à son réveil.

1 Sortir de, provenir de.
2 Temps de réflexion calme et intérieur.

Sur une feuille couverte de rosée Tom vit une petite chenille verte ; par moments elle levait la tête, comme pour prendre une bouffée d'air frais, puis **recommençait** – car, disait Tom, elle prenait des mesures ; et quand, de sa propre initiative, la chenille s'approcha de lui, il resta immobile, comme une pierre ; son espoir **croissait** et décroissait alternativement suivant que la bestiole venait de son côté ou optait[3] pour une autre direction. Et quand, enfin, après mûre réflexion, elle se décida à venir sur la jambe de Tom, l'enfant exulta[4]. Heureux présage ! cela signifiait qu'il porterait bientôt un habit neuf et il se voyait déjà revêtu d'un somptueux uniforme de pirate. Puis un cortège de fourmis, venant on ne sait d'où, se rendait au travail ; l'une d'elles s'attelait courageusement au cadavre d'une araignée cinq fois plus grosse qu'elle et réussissait à le traîner jusque sur un tronc d'arbre.

3 Choisir.
4 Être rempli de joie.

Mark Twain, *Les Aventures de Tom Sawyer*, trad. François de Gaïl, Folio Junior,

Avant la lecture

T'es-tu déjà promené en forêt ?
Quels souvenirs visuels, auditifs et olfactifs as-tu conservés de cette promenade ?

FICHE COUP DE POUCE
hachette-clic.fr/25mp6006

Comprendre les textes
en groupe

Chaque groupe lit un seul texte et répond aux questions.

1 La forêt que votre personnage découvre est-elle dangereuse ou accueillante ? Justifiez votre réponse en vous appuyant sur un champ lexical.

2 Votre personnage est-il davantage dans l'action ou dans l'observation ?

3 LANGUE Identifiez le temps dominant de votre texte pour confirmer votre réponse précédente.

4 Parmi les cinq sens (ouïe, vue, odorat, goût, toucher), lesquels permettent à l'aventurier de découvrir la forêt ?

5 Que ressent le personnage de votre extrait dans la forêt ? Développez votre réponse en vous appuyant sur le texte.

MISSION SPÉCIALE

Tu aimerais partir en exploration avec Archibald ? Dessine la forêt qu'il traverse.

Tu préfèrerais accompagner Tom ? Dessine celle dans laquelle il se réveille.

Faire le bilan
tous ensemble

6 Mettez en commun votre travail en dressant un tableau comparatif : champs lexicaux ; attitude du personnage ; sensations ; sentiment du personnage.

7 Quelle forêt est selon vous la plus propice à l'aventure ? Expliquez votre réponse en vous appuyant sur le tableau.

Enrichir son vocabulaire

- Pour chaque verbe suivant, trouve un nom de la même famille : **progressions**, **succédaient**, **émanaient**, **croissaient**.
- Explique le sens de ces mots en t'appuyant sur leur composition : **enjamber**, **recommençait**.

Une rencontre inattendue

À ÉCOUTER
hachette-clic.fr/25mp6007

Ton objectif
Découvrir des aventuriers face aux dangers de la forêt.

Harry et trois de ses camarades sont punis. Ils doivent passer quelques heures durant la nuit dans la forêt interdite, en compagnie d'Hagrid le garde-chasse et de son chien Crockdur. Ce dernier a trouvé du sang de licorne...

La forêt était de plus en plus épaisse à mesure qu'ils avançaient et le sentier devint presque **impraticable**. Harry avait l'impression que les taches de sang étaient plus abondantes. Il en vit sur les racines d'un arbre, comme si la malheureuse créature s'était débattue, folle de douleur. À travers le feuillage d'un vieux chêne, Harry aperçut une clairière. Il fit signe à Malefoy de s'arrêter. Il y avait quelque chose d'un blanc brillant sur le sol. Ils s'approchèrent prudemment. C'était bien la licorne. Elle était morte. Harry n'avait jamais rien vu d'aussi beau et d'aussi triste. Ses longues jambes minces s'étaient repliées dans sa chute et sa crinière étalée formait une tache gris perle sur les feuilles sombres.

Harry s'avançait vers elle lorsqu'un bruissement le figea sur place. Au bord de la clairière, un buisson frémit. Puis une silhouette encapuchonnée sortit de l'ombre et rampa sur le sol, comme une bête traquant un gibier. Harry, Malefoy et Crockdur étaient pétrifiés. La silhouette s'arrêta devant le cadavre de la licorne, pencha la tête sur le flanc déchiré de l'animal et commença à boire son sang.

— AAAAAAAAAAAAAAAAAARGH !

Malefoy laissa échapper un terrible hurlement et prit aussitôt la fuite, suivi de Crockdur. La silhouette au capuchon leva la tête et darda son regard sur Harry. Du sang de licorne lui coulait sur la poitrine. La silhouette se releva d'un bond et se précipita vers lui. Paralysé par la peur, Harry fut incapable de bouger.

Une douleur foudroyante lui traversa alors la tête, une douleur comme il n'en avait encore jamais ressenti. C'était comme si sa cicatrice avait soudain pris feu. À moitié aveuglé, il recula en titubant. Au même moment, il entendit des bruits de sabots qui galopaient derrière lui, puis quelque chose lui sauta par-dessus et fonça vers la silhouette.

La douleur de Harry était si intense qu'il tomba à genoux. Il dut attendre un bon moment avant qu'elle ne s'atténue. Lorsqu'il releva la tête, la silhouette avait disparu et un centaure se tenait devant lui. Ce n'était ni Ronan, ni Bane. Celui-ci paraissait plus jeune ; il avait les cheveux blonds-blancs et un corps couleur alezan.

— Ça va ? demanda le centaure en aidant Harry à se relever.
— Oui, merci. Qu'est-ce que c'était ?

Le centaure ne répondit pas. Il avait des yeux d'un bleu surprenant, comme des saphirs délavés. Il observa attentivement Harry et son regard s'attarda sur la cicatrice qui brillait, livide, sur son front.

J. K. Rowling
(née en 1965)
Autrice britannique. Elle a été professeure d'anglais avant d'être mondialement connue pour les sept tomes de la saga *Harry Potter* parus entre 1997 et 2007 et adaptés au cinéma.

— Tu es le fils Potter, dit le centaure. Il vaudrait mieux que tu retournes auprès de Hagrid. La forêt n'est pas sûre, ces temps-ci, surtout pour toi.

J. K. Rowling, *Harry Potter à l'école des sorciers*, trad. Jean-François Ménard, Folio Junior, © Gallimard Jeunesse, 2017.

Harry Potter à l'école des Sorciers, Chris Colombus, avec Emma Watson et Daniel Radcliffe, 2001.

Avant la lecture

Imagine le panneau d'avertissement empêchant l'entrée de la forêt interdite.

FICHE COUP DE POUCE
hachette-clic.fr/25mp6008

Comprendre le texte

1 Dans le premier paragraphe, que découvre Harry au cœur de la forêt ?

2 Relève les expressions qui montrent que la forêt est difficile d'accès.

3 À quoi comprends-tu que « la silhouette encapuchonnée » l.12 est dangereuse ? Explique et cite le texte pour répondre.

4 Quelles sont les différentes réactions des personnages face au danger ?

5 Comment Harry échappe-t-il au danger ?

6 HISTOIRE DES ARTS Observe les sources de lumière et les contrastes dans le photogramme : quelle atmosphère et quelles émotions permettent-ils de traduire ?

Enrichir son vocabulaire

- Relève tous les mots appartenant au champ lexical du bruit dans cet extrait.
- Analyse la composition de l'adjectif **impraticable**. Utilise-le dans une phrase de ton invention.

Faire le bilan

Peut-on dire que les personnages agissent comme des aventuriers dans ce passage ? Développe ta réponse en t'appuyant sur le texte et tes réponses précédentes.

MISSION SPÉCIALE

Peu après, Harry retrouve son ami Ron et lui raconte son aventure dans la forêt interdite.
Imaginez en binôme leur conversation sous forme de dialogue puis présentez ce dialogue oral à vos camarades.

« Nous n'avons rien rapporté de là-bas »

À ÉCOUTER
hachette-clic.fr/25mp6009

Ton objectif
Comprendre comment l'aventure transforme les personnages.

Jean-Claude Mourlevat (né en 1952) Écrivain français.

Hannah et Tomek ont vécu de nombreuses aventures : ils ont traversé deux fois la Forêt de l'Oubli pour rapporter de l'eau de la rivière Qjar, une eau miraculeuse destinée à sauver la passerine, le petit oiseau d'Hannah.

Hannah revint moins de trois semaines plus tard. C'était le matin et Tomek avait juste ouvert sa boutique. Elle poussa la porte, faisant entrer derrière elle toute la lumière de la rue. Sur son épaule était perchée la petite passerine.

— Hannah ! s'écria le garçon, et son cœur chavira de bonheur en la revoyant.

Ils bavardèrent un peu, puis Tomek alla chercher la bague. Hannah ouvrit elle-même le couvercle et fit rouler la goutte d'eau dans la paume de sa main. Ensuite elle prit la passerine dans son autre main et la plaça tout à côté.

— Bois, s'il te plaît, mon oiseau, bois... lui dit-elle doucement.

La perruche hésita un instant, puis tout alla très vite : elle se pencha sur la goutte qui étincelait comme une perle, la fit glisser dans son bec, enfin, d'un vif coup de tête, elle la bascula dans son gosier.

— Voilà... Elle ne mourra jamais... murmura Hannah.

— Non, elle ne mourra jamais, reprit Tomek en écho.

« La Rivière à l'envers t. 1 », *Tomek*, **Maxe L'Hermenier** avec **Djet**, Jungle, 2018.

Ils la placèrent ensuite sur un perchoir de bois que Tomek avait construit au-dessus du comptoir. Hannah observa longtemps sa passerine en silence, puis elle dit à voix basse :

— Tu sais, Tomek, il m'est venu une drôle d'idée...

— Laquelle ? demanda le garçon.

— Eh bien, au moment où cette goutte d'eau est descendue le long de son gosier, j'ai eu la certitude que la rivière Qjar s'était remise à couler à l'endroit... Qu'elle n'avait coulé à l'envers que pour cette unique goutte d'eau-là. Pour qu'elle parvienne un jour dans le bec de cette petite passerine-là... Et que tout est fini maintenant...

Tomek l'écoutait, fasciné.

— Tu veux dire que ce que nous avons vu là-bas n'existerait plus ?

— Je ne sais pas... Peut-être... Tout était si étrange...

Tomek repensa alors à ces choses incroyables qu'ils avaient connues : la Forêt de l'Oubli et ses ours, les immenses fleurs bleues qu'on appelle Voiles, l'île Inexistante, puis Existante, la sorcière sur sa balançoire, les arbres aux écureuils-fruits...

— C'est comme si nous avions rêvé… continua Hannah. Après tout, nous n'avons rien rapporté de là-bas. Nous sommes partis les mains vides et nous revenons de même…

Alors un sourire radieux éclaira le visage de Tomek et il courut dans l'arrière-boutique :

— Si, Hannah, j'ai rapporté quelque chose, moi. Je n'avais jamais osé te le montrer, mais le moment est venu, je crois.

Et il lui tendit le petit flacon de parfum qu'avait préparé Pépigom[1].

Hannah ôta le bouchon et respira profondément. Elle vit alors la colline, les danseurs et les musiciens, elle vit le banc où ils étaient assis tous les deux, Tomek et elle, au milieu de leurs amis et sous une pluie de pétales de fleurs…

— Oh, Tomek… murmura-t-elle.

— Tu vas rester un peu cette fois ? demanda Tomek, la gorge serrée.

— Je resterai toujours… répondit Hannah. À cet instant précis, depuis son perchoir, la petite passerine siffla son premier chant d'éternité.

Jean-Claude Mourlevat, *La Rivière à l'envers*, t. 1, *Tomek*, éditions PKJ, 2000.

1 Pépigom est une amie de Tomek qui vit dans le village des parfumeurs. Ses parfums ont la particularité d'évoquer des souvenirs et des émotions très fortes chez celui qui les sent.

Avant la lecture

Imagine quelles peuvent être les particularités de la « forêt de l'Oubli ».

FICHE COUP DE POUCE
hachette-clic.fr/25mp6010

Comprendre le texte

1 Pourquoi Hannah revient-elle dans la petite épicerie de Tomek ?

2 Relève une phrase du texte qui indique que les personnages ont vécu de nombreuses aventures.

3 Selon toi, en t'aidant des indices présents dans le texte, à quels dangers ont-ils dû faire face dans la Forêt de l'Oubli ?

4 Quel sentiment Tomek éprouve-t-il pour Hannah ? Relève les indices qui t'ont permis de répondre.

5 LANGUE Selon toi, pourquoi de nombreuses phrases s'achèvent-elles par des points de suspension ?

6 HISTOIRE DES ARTS Quelle opposition peut-on relever entre le texte des bulles et le paysage représenté dans les vignettes ?

Je lis à voix haute

À deux : relisez le dialogue entre Hannah et Tomek. Ne lisez pas les interventions du narrateur mais tenez-en compte pour proposer une lecture expressive.

Enrichir son vocabulaire

- Relève les différents noms utilisés pour désigner l'oiseau d'Hannah.
- Analyse la composition de l'adjectif **incroyable**. Donnes-en une définition.

Faire le bilan

« Nous n'avons rien rapporté de là-bas ». Es-tu d'accord avec l'affirmation d'Hannah ? Explique ta réponse en t'appuyant sur le texte et tes réponses précédentes.

MISSION SPÉCIALE

Imagine Hannah faisant le bilan de ce qu'elle a rapporté de ses aventures en respectant la structure de phrase suivante :

« De ce voyage, j'ai rapporté .... , ... comme .... »

Plongeons dans la forêt de Miyazaki

Ton objectif
Découvrir une forêt, source d'inspiration de l'œuvre de Miyazaki.

→ Découvrir l'œuvre d'un créateur

Hayao Miyazaki est un mangaka, réalisateur et scénariste japonais né en 1941.

Fondateur des studios Ghibli, il est connu dans le monde entier pour ses nombreux films d'animation. Parmi les plus célèbres, il réalise *Nausicaa et la vallée du vent* en 1984, *Mon Voisin Totoro* en 1988 ou *Princesse Mononoké* en 1997.

En 2001, il remporte l'Oscar du meilleur film d'animation avec *Le Voyage de Chihiro*. La relation unissant l'homme à la nature est au cœur de ses œuvres et la forêt y tient une place centrale.

→ La forêt de Yakushima, source d'inspiration

- Cette forêt de mousse, toujours verdoyante, se situe dans le parc national de Yakushima au Japon. Elle est inscrite au patrimoine mondial de l'Unesco.
- Dans l'imaginaire collectif japonais, c'est un lieu de passage et de métamorphose. C'est aussi le lieu de tous les possibles où l'homme renoue avec la nature et les forces surnaturelles qui l'habitent. Ce sont des thèmes majeurs dans l'œuvre de Miyazaki, notamment dans *Princesse Mononoké*.

Forêt de Yakushima.

1 Observe cette photo. Comment l'arbre du premier plan est-il positionné ?

2 S'il était vivant, quel verbe précis indiquerait son action ?
contourner – enjamber – traverser – sauter

→ Du réel à l'imaginaire : la forêt dans *Princesse Mononoké*

- Dans ce film d'animation, la forêt est au cœur de l'aventure : elle est un refuge pour les personnages qui la respectent et se défend contre ceux qui l'exploitent et la détruisent.
- San est une jeune fille qui vit avec les loups dans cette forêt, elle en est la gardienne et se fait appeler princesse Mononoké (la princesse des spectres). D'ailleurs, de nombreuses petites créatures fantomatiques, les *kodama*, habitent la forêt et accompagnent ou surveillent les personnages qui la pénètrent.

VIDÉO
hachette-clic.fr/25mp6011

Princesse Mononoké, **Hayao Miyazaki**, 1997.

3 Observe le photogramme.
Quels adjectifs pourraient, selon toi, décrire cette forêt ? Explique ton choix à l'oral.
luxuriante – effrayante – dangereuse – accueillante

4 Regarde l'extrait vidéo.
Comment comprends-tu le rôle des petites créatures nommées *kodama* ?

→ À ton tour, donne vie à la forêt de Yakushima !

Comme dans certains textes du chapitre, la forêt chez Miyazaki est personnifiée.

Imagine que tu es un aventurier et que tu pénètres la nuit, dans la forêt de Yakushima. Les arbres se réveillent alors... Décris ce moment.

5 Observe bien la photo de la forêt de Yakushima : si cet arbre était vivant, que serait-il en train de faire ?

6 Recherche d'autres images de la forêt de Yakushima pour t'inspirer (forme des branches, position des arbres, couleur de la végétation...)

- Utilise le champ lexical de la forêt.
- Utilise, en plus de la vue, les autres sens pour décrire la forêt, les bruits que tu entends, les odeurs que tu sens...
- Emploie des personnifications : les éléments de l'arbre doivent être sujets de tes verbes d'action.

VIDÉO
hachette-clic.fr/25mp6012

Mon voisin Totoro, **Hayao Miyazaki**, 1988.

→ Pour terminer

D'autres films de Miyazaki, comme *Mon voisin Totoro*, mettent en scène des esprits de la forêt. Ils renvoient à la spiritualité japonaise et à ses religions polythéistes comme le **shintoïsme** et l'**animisme**.

7 Cherche le sens de ces deux mots pour comprendre pleinement les œuvres de Miyazaki.

8 D'après toi, l'aventurier est-il protégé ou menacé par la nature qui l'entoure ?

Projet oral

En binôme

Mettre en voix une aventure

Proposez une lecture expressive de l'extrait suivant issu de l'*Épopée de Gilgamesh*.

L'aventure

Gilgamesh s'adresse à Enkidou et lui dit :
« Dans la forêt demeure le puissant Houmbaba
tuons-le ensemble
pour détruire le mal sur la terre. »
Enkidou ouvre la bouche
et dit à Gilgamesh :

« Mon ami,
Lorsque je parcourais les vastes plaines
et les collines avec l'animal,
je savais que la forêt s'étendait
à soixante doubles heures de chaque côté.
Quel est celui qui oserait pénétrer à l'intérieur ?
Le mugissement de Houmbaba
est celui du déluge
sa bouche, c'est le feu
son souffle, la mort certaine.
Pourquoi désires-tu entreprendre ce voyage ?
Houmbaba est invincible. »

Gilgamesh ouvre la bouche
et dit à Enkidou :

« Je veux monter jusqu'à la Montagne des Cèdres et
pénétrer dans la forêt, demeure de Houmbaba.
Une hache me suffit pour le combat
mais toi si tu as peur
reste ici, j'irai tout seul. »

Anonyme, *L'Épopée de Gilgamesh*, traduit par Abed Azrié, Albin Michel, 2015.

Étape 1 Lisez le texte et vérifiez que vous avez bien compris

1 Qui sont les deux personnages qui s'expriment ?

2 Pourquoi les personnages doivent-ils se rendre dans la forêt ?

3 Cette aventure est-elle risquée ?

Étape 2 Entrainez-vous à lire le dialogue entre les personnages

- Vous devrez respecter les retours à la ligne et la ponctuation pour donner du sens au texte.
- Variez le volume de la voix pour faire entendre les émotions des personnages.
- Ralentissez ou accélérez la lecture pour montrer la détermination des personnages.

Conseil : Annotez un brouillon du texte avec des indications de lecture.

Étape 3 Lisez le texte pour un auditoire

Vous pouvez lire pour un auditoire de plusieurs façons :

- en passant dans la classe devant vos camarades ;
- en vous enregistrant ou vous filmant ;
- en utilisant les ressources d'une webradio et en créant un podcast.

FICHE COUP DE POUCE
hachette-clic.fr/25mp6013

S'AUTO-ÉVALUER
hachette-clic.fr/25mp6014

Projet écrit

Imaginer la suite d'une aventure

En te mettant à la place d'Hannah ou de Tomek (lecture 5), fais le récit de ton aventure dans la forêt de l'Oubli.

Étape 1 Découvre ton point de départ

Observe la phrase suivante qui te servira de point de départ et relis le texte de la lecture 5 :

« Quand j'ai vu se dresser devant moi les grands sapins noirs de la forêt de l'Oubli, je n'ai pas eu peur… »

Étape 2 Prépare tes idées

1 Quelle personne et quel temps sont utilisés dans la citation ?

2 Le personnage est-il déjà dans la forêt ? Explique ta réponse.

3 « je n'ai pas peur » selon toi, le personnage a-t-il raison ? Explique ta réponse en listant les dangers possibles de cette forêt.

4 **Oral** : explique avec tes mots ce que tu as compris de la consigne.

FICHE COUP DE POUCE hachette-clic.fr/25mp6015

S'AUTO-ÉVALUER hachette-clic.fr/25mp6016

Étape 3 Au brouillon, élabore un plan

À partir de ton travail au brouillon, rédige ton texte en reprenant la citation de départ.

- Premier paragraphe : décris la forêt.
- Deuxième paragraphe : raconte l'aventure avec les ours.
- Troisième paragraphe : raconte en quelques lignes ta sortie de la forêt.

Astuce pour bien rédiger :
Tu peux t'inspirer de phrases lues dans les textes en les remaniant. « Il nous fallait sans répit enjamber des racines gluantes, glisser sur des cailloux tranchants… »

Jouer avec les mots de la forêt

L'étymologie

En latin, forêt se dit « silva ». Ce radical, qui peut aussi s'écrire « sylv- » a donné de nombreux mots français.

1 Associie chaque mot à sa définition :

a : sylvain	**1.** adjectif associé à la forêt
b : sylvestre	**2.** culture de la forêt
c : sylviculteur	**3.** divinité des forêts dans la mythologie romaine
d : sylviculture	**4.** personne qui entretient des arbres forestiers

Plus tard, en ancien français, on a utilisé le mot « forest ». Comme souvent, en français moderne, le « s » a été remplacé par un accent circonflexe sur le « e ».

2 Retrouve des mots français formés sur le radical « forest. »

3 Utilise chaque mot dans une phrase.

La formation des mots en français

4 Décompose les mots suivants :
défrichement - boiserie - sapinière - enraciner

5 Donne la définition de chacun de ces mots.

Les familles de mots

6 Pour chaque liste, recopie en bleu les mots de la même famille et en vert l'intrus. Tu peux souligner le radical pour t'aider.

a : sylvestre - sylviculture- syllabe
b : boiserie - boisson - déboiser
c : souterraine - terreau - terreur
d : feu - feuillage - effeuiller

Les champs lexicaux

Le Douanier Rousseau, *Forêt vierge avec un tigre et des chasseurs*, vers 1907, collection particulière.

7 Décris l'image en utilisant le champ lexical de la forêt.

8 Imagine trois phrases en utilisant plusieurs verbes d'action parmi les suivants :
grimper - enjamber - sauter - éviter - se cacher - descendre - dévaler - cheminer - arpenter - gravir - s'engager - progresser - se protéger

La polysémie des mots

Le mot « nature » peut avoir plusieurs significations, il est polysémique.

9 Donne la définition du mot « nature » en t'aidant du sens de la phrase :

a : Un incendie a ravagé cette belle forêt, mais la nature a fini par reprendre ses droits.
b : Ce n'est pas dans la nature d'un aventurier de reculer face au danger.
c : Pendant son expédition, il a dû boire son café nature car il ne pouvait pas emporter de sucre.

Les définitions

Un aventurier a besoin d'un équipement : il doit emporter son **barda** et une **canadienne**, ne pas oublier son **relevé topographique**, et prévoir de quoi **se sustenter**.

10 Cherche la définition des mots en gras dans un dictionnaire.

Les homophones

Le vert est la couleur dominante de la forêt… mais c'est aussi un homophone très répandu !

11 Cherche plusieurs façons d'écrire le son [vER] et utilise les mots dans une phrase.

Les expressions

12 Trouve la définition qui correspond à chacune de ces expressions en lien avec la forêt :

Expressions : *c'est l'arbre qui cache la forêt - le bois dont sont faits les héros - une volée de bois vert - sortir du bois - se mettre au vert - montrer de quel bois on se chauffe.*

Vue aérienne de la canopée, forêt tropicale, Thaïlande.

?!

Le sais-tu ?

La canopée est la partie supérieure d'une forêt, l'ensemble formé par la cime des arbres.

Ce mot vient du grec *κωνωπεῖον*, *kônôpeion* qui signifie « voile contre les moustiques ». En latin, *conopeum* désigne « la moustiquaire ».

La canopée est aujourd'hui un élément essentiel de la biodiversité et la lutte contre le réchauffement climatique !

Défi mots !

sombre - aventure - courage

Pour chacun de ces trois mots, donne :
un mot avec un préfixe ou un suffixe,
un mot de la même famille,
un synonyme et un antonyme.

Quiz de vocabulaire

Organise un « Petit Bac » sur le thème de l'aventure en forêt.

Regroupe-toi avec deux ou trois camarades, tracez un tableau sur une feuille avec les catégories suivantes :

- **nom ;**
- **verbe ;**
- **adjectif ;**
- **adverbe.**

Déterminez une lettre de l'alphabet et retrouvez des mots en lien avec l'aventure et la forêt.

À toi de trouver des mots spécifiques ou rares pour obtenir le plus de points !

Micro-dictée

13 **a.** Lis attentivement ce passage et recopie-le.

Les arbres, débarrassés par un vent récent de leur blanc manteau de givre, semblaient s'accouder les uns sur les autres, noirs et fatidiques, dans le jour qui pâlissait.

Jack London, *Croc-Blanc*, 1906.

b. Souligne en vert les mots que tu ne connais pas et mémorise leur orthographe.

c. Souligne en rouge les deux verbes conjugués : repère bien leurs terminaisons.

d. Demande à quelqu'un de te lire le passage et réalise cette micro-dictée sans faire d'erreurs !

À vos marque-pages !

Quel formidable écrin que la forêt pour vivre de passionnantes aventures !

Tobie Lolness T.1 : La vie suspendue

Timothée de Fombelle • éditions Gallimard jeunesse, 2023

Il ne mesure que quelques millimètres, mais Tobie est un héros qui va vivre des aventures pleines de suspens et de rebondissements dans le grand chêne. Parce que son père refuse de livrer une de ses inventions qui pourrait mettre l'arbre et son peuple en danger, il devra s'enfuir et lutter pour sa liberté.

Le coup de cœur de la professeure-documentaliste

En deux volumes, cette saga condense tous les ressorts du roman d'aventure initiatique, mêlant l'action à l'émotion. L'univers sylvestre est condensé dans un arbre, et la symbiose entre son hôte et ses habitants est primordiale. Plusieurs fois primé, ce récit a aussi été adapté en une magnifique série télévisée !

Mémoires de la forêt T.1 : Les souvenirs de Ferdinand Taupe

Mickaël Brun-Arnaud • éditions École des loisirs, 2022

La forêt de Bellécorce abrite la librairie d'Archibald Renard. Il y collecte les textes des animaux écrivains. Mais quand son ami Ferdinand Taupe veut récupérer le sien, il est manquant. Puisque ses souvenirs s'estompent inexorablement, le libraire va partir à ses côtés dans une émouvante quête de mémoire.

Deux raisons d'aimer

- Le premier volume d'une série qui suit le cycle des saisons, plonge le lecteur en été et initie une réflexion sur le devenir des choses.
- L'aventure est celle du dépassement de soi, tissée d'amitié et d'efforts pour conserver les souvenirs qui s'effacent.

La forêt magique de Hoshigahara T.1

Hisae Iwaoka • éditions Rue de Sèvres, 2024

Dans cette forêt mystérieuse hors du temps, les esprits peuvent jouer des tours ou aider les humains égarés. Sōichi est un jeune garçon qui vit dans cette forêt extraordinaire. Il vient en aide aux égarés, gagnant un tampon sur une carte à chaque bonne action.

Deux raisons d'aimer

- La forêt mystérieuse baigne dans une atmosphère étrange et onirique.
- Une série en plusieurs tomes pour prolonger l'aventure poétique et imaginaire.

Partage tes lectures !

Créer une planche d'ambiance

Connais-tu les planches d'ambiance ou « mood boards » ? Par des montages numériques ou des collages, elles représentent les idées graphiques, les tonalités de couleurs et les références visuelles d'un univers. Avec des images et un peu de texte, imagine des planches d'ambiances de tes lectures !

Bilan

La forêt, quelle aventure !

✦ **La forêt, motif récurrent dans les récits d'aventures.** Qu'elle soit tropicale, enneigée ou tempérée, les aventuriers sont souvent amenés à la traverser. Par la richesse de sa faune et de sa flore, elle est une source d'émerveillement pour les aventuriers et les lecteurs !

✦ **La forêt, lieu de toutes les aventures.** Par la densité de sa végétation et de sa faune, la forêt regorge de dangers cachés que l'aventurier doit affronter… mais il peut aussi s'y cacher et y trouver refuge.

✦ **La forêt, lieu de rencontres.** La forêt est aussi un lieu de rencontres qui fait évoluer l'aventure. Parfois, c'est l'occasion d'une rencontre avec soi-même : l'aventurier découvre ses capacités dans ce lieu coupé de l'extérieur et en ressort transformé.

On réfléchit tous ensemble !

Selon vous, la forêt est-elle le lieu de tous les dangers ?

À partir des lectures du chapitre, chaque groupe présentera une idée pour répondre à cette question.

Et toi dans tout ça ?

1 Quel texte as-tu préféré ? Pourquoi ?
2 Recopie un extrait de ce texte dans ton carnet de lecture et illustre-le.
3 Quels mots nouveaux as-tu appris dans le chapitre ?
4 Quelle activité as-tu préférée ? Pourquoi ?

Quiz
QUIZ DE RÉVISION
hachette-clic.fr/25mp6017

CHAPITRE 2

Parcours d'œuvre

Alice au pays des merveilles, Lewis Carroll

D'un monde à l'autre, un grand bond dans l'aventure

La curiosité d'Alice est-elle un vilain défaut ou un moteur pour l'aventure ?

Tes objectifs :

- Lire un récit d'aventures imaginaires.
- Découvrir un univers farfelu.
- Inventer des histoires surprenantes.

Illustration de Christian Birmingham.

Dans l'univers d'*Alice au pays des merveilles*

Biographie de Lewis Carroll 1832-1898

Romancier anglais, il a été également professeur de mathématiques dans la prestigieuse université d'Oxford et passionné de photographie. Il reste célèbre pour avoir écrit *Les Aventures d'Alice au pays des merveilles* et *De l'autre côté du miroir*.

→ Recherche quels types d'ouvrages Lewis Carroll a publiés en plus de ses romans.

La vraie Alice

Alice a vraiment existé. C'est lors d'une promenade en barque avec cette petite fille que Lewis Carroll a commencé à raconter une histoire qui deviendra celle d'*Alice au pays des merveilles*. Le roman parait en 1865 en Angleterre sous le titre « Alice's Adventures in Wonderland ».

→ Que signifie le mot anglais « wonderland » ?

Faire la connaissance d'Alice

Alice est une enfant curieuse et gentille qui se retrouve dans un monde étrange après avoir suivi un Lapin Blanc. Elle fait la connaissance de personnages tous plus surprenants les uns que les autres : le Chat du Cheshire, le Chapelier, la Reine de cœur, le Lapin blanc, la Chenille...

→ Retrouve les personnages sur l'illustration. Les trouves-tu étonnants ? Pourquoi ?

À la poursuite du Lapin Blanc

À ÉCOUTER
hachette-clic.fr/
25mp6018

Ton objectif
Découvrir le personnage qui déclenche l'aventure d'Alice.

Alice commençait à se sentir **lasse** d'être assise près de sa sœur sur le talus et de ne rien avoir à faire. Une fois ou deux, elle avait jeté un coup d'œil sur le livre que lisait sa sœur. Seulement il était sans images ni dialogues « et à quoi sert un livre, pensa-t-elle, sans images ni dialogues ? »

Elle en était donc à se demander (autant qu'elle le pouvait car la chaleur de cette journée la faisait se sentir endormie et engourdie) si le plaisir de tresser une guirlande de pâquerettes valait l'effort de se lever pour cueillir les fleurs, quand soudain un Lapin Blanc avec des yeux roses passa près d'elle en trottant.

Il n'y avait là rien de bien remarquable, et Alice ne trouva pas non plus, tellement extraordinaire de l'entendre marmonner : « Mon Dieu ! Mon Dieu ! Je vais être en retard. » (Lorsqu'elle y repensa par la suite, elle admit qu'elle aurait dû s'étonner, mais sur le moment, tout lui sembla naturel.) Pourtant, quand le Lapin tira une montre de son gousset, regarda l'heure et se mit à se dépêcher de plus belle, Alice se leva et le suivit, car il lui vint brusquement à l'esprit que c'était la première fois qu'elle voyait un lapin avec une poche à son gilet et avec une montre à y ranger. Si bien que, brûlant de curiosité, elle traversa le pré à ses trousses et, fort heureusement, arriva juste à temps pour le voir s'**engouffrer** dans un grand terrier qui s'ouvrait sous la haie.

L'instant d'après, Alice s'y enfonçait à sa suite, sans songer un seul moment à comment elle pourrait bien faire pour en ressortir.

Le terrier commençait à plat, un peu à la manière d'un tunnel, puis plongeait soudain, si brusquement qu'Alice n'eut pas un instant pour songer à se retenir et se trouva en train de tomber dans ce qui devait être un puits très profond.

Ou bien le puits était vraiment très profond ou Alice tombait très lentement car elle eut tout le temps, tandis qu'elle descendait, de regarder autour d'elle et de se demander ce qui allait arriver ensuite. D'abord, elle tenta de regarder au-dessous d'elle pour deviner où elle allait mais il faisait trop sombre pour voir quoi que ce soit. Alors, elle porta les yeux sur les parois du puits et vit qu'elles étaient tapissées de placards et d'étagères. Çà et là, elle remarqua des cartes de géographie et des images pendues à des clous. Elle prit un pot sur une étagère au passage. Il était étiqueté : MARMELADE D'ORANGES mais, à sa grande déception, il était vide. Elle ne voulut pas le lâcher, de peur de tuer quelqu'un, et parvint à le reposer dans un des placards alors qu'elle passait devant.

Lewis Carroll, *Alice au pays des merveilles*, 1865, traduction Michel Laporte, Le livre de poche jeunesse, 2014.

Avant la lecture

D'après toi, la curiosité est-elle une qualité ou un défaut ?

FICHE COUP DE POUCE
hachette-clic.fr/25mp6019

Comprendre le texte

1 Que fait Alice au début du récit ?

2 Dans quel état d'esprit se trouve-t-elle ? Appuie-toi sur le texte pour répondre.

3 l. 8 : Quel adverbe marque le début de l'action ? Quel est son effet sur le rythme du récit ?

4 l. 10 à 20 : Comment trouves-tu la réaction d'Alice : courageuse, étonnante, dangereuse, calme... ? Justifie ta réponse.

5 l. 21 à 26 : Qu'est-ce qui montre qu'Alice agit sans réfléchir ?

6 l. 27 à 37 : Qu'est-ce qui te paraît le plus étonnant dans la chute d'Alice ?

7 HISTOIRE DES ARTS Observe le Lapin Blanc. À quoi son costume ressemble-t-il ? Que tient-il ? Selon toi quel pourrait-être son rôle au pays des merveilles ?

John Tenniel, *Un lapin en fonctionnaire de justice soufflant dans une trompette pour une annonce*, extrait des *Aventures d'Alice au pays des merveilles* de Lewis Carroll, Macmillan & Co., New York, 1889.

Faire le bilan

À la place d'Alice, aurais-tu envie de suivre le Lapin Blanc ? Pourquoi ?

MISSION SPÉCIALE

Rédige le court récit d'une rencontre extraordinaire, inattendue. Tu es, comme Alice, installé(e) dans un endroit banal lorsqu'un personnage étrange surgit. Poussé(e) par la curiosité, tu décides de le suivre...

- **Tu peux structurer ton récit en suivant ce modèle :**

Je suis...
Soudain, j'aperçois...
Alors, je décide de...

Enrichir son vocabulaire

- **Lasse** l. 1. Recherche le sens de ce mot dans un dictionnaire et propose un synonyme.
- **Engouffrer** l. 19. Décompose le mot et explique son sens en t'aidant du contexte.

Lecture 2

Grandir ou ne pas grandir, telle est la question

À ÉCOUTER
hachette-clic.fr/25mp6020

Ton objectif
Étudier le personnage d'Alice.

Alice atterrit et suit le Lapin Blanc jusqu'à une salle où toutes les portes sont fermées à clef.

Il semblait inutile de rester à attendre devant la petite porte aussi revint-elle à la table, espérant à moitié y trouver une autre clef ou, du moins, une méthode expliquant comment se replier comme une longue-vue. Cette fois, elle y découvrit une petite fiole (« qui n'était pas là tout à l'heure », se dit Alice). Il y avait, nouée au **goulot**, une étiquette en papier avec les mots BOIS-MOI joliment écrits dessus en grosses lettres.

C'était bien beau de dire : « Bois-moi », mais la sage petite Alice n'allait pas faire ça à la va-vite. « Non ! Je vais regarder d'abord, se dit-elle, et vérifier s'il y a marqué "poison" ou non. »

En effet, elle avait lu plusieurs charmantes histoires d'enfants brûlés vifs, dévorés par des bêtes sauvages ou victimes d'autres aventures déplaisantes, tout ça parce qu'ils ne s'étaient pas souvenus de règles toutes simples qu'on leur avait apprises. Par exemple qu'un **tisonnier** chauffé au rouge vous brûlera si vous le tenez trop longtemps en main ; que si vous vous coupez le doigt très profondément avec un couteau, généralement, il saigne. Elle ne perdait pas non plus de vue que si on boit quelque chose tiré d'une **bouteille** marquée « poison », il est sûr que des effets désagréables se font sentir tôt ou tard.

Cependant, cette fiole n'était pas étiquetée « poison » aussi Alice se risqua-t-elle à goûter à son contenu et, le trouvant très bon (en fait, il avait un goût mélangé de tarte aux cerises, de crème à la vanille, d'ananas, de dinde rôtie, de caramel et de toast beurré), elle eut bientôt tout bu.

— Quelle étrange sensation ! dit Alice. Je dois être en train de me replier comme une longue-vue.

Et c'était bien le cas. Elle ne mesurait plus que vingt-cinq centimètres de haut désormais. Son visage s'illumina à la pensée qu'elle avait juste la bonne taille pour passer par la petite porte menant à ce délicieux jardin. Toutefois elle attendit d'abord quelques minutes pour vérifier si elle ne rapetissait pas plus. Elle était un peu **anxieuse** à ce sujet « car, vois-tu, se dit-elle à elle-même, tu pourrais finir par disparaître entièrement, comme une bougie. Je me demande de quoi j'aurais l'air, alors. » Et elle s'efforça d'imaginer à quoi ressemble la flamme d'une bougie qu'on a soufflée car elle ne se souvenait pas d'avoir jamais vu une telle chose.

Au bout d'un moment, voyant qu'il ne se passait rien d'autre, elle décida d'aller dans le jardin sans plus attendre. Mais, hélas pour la pauvre Alice, quand elle fut devant la porte elle vit qu'elle avait oublié la clef d'or sur la table et, en revenant pour la prendre, elle constata qu'elle ne parviendrait plus à l'atteindre.

Lewis Carroll, *Alice au pays des merveilles*, 1865, traduction Michel Laporte, Le livre de poche jeunesse, 2014.

Avant la lecture Si tu pouvais boire une potion magique, quel effet voudrais-tu qu'elle produise ?

FICHE COUP DE POUCE
hachette-clic.fr/25mp6021

Comprendre le texte

1 Alice te paraît-elle prudente dans ce passage ? Justifie ta réponse.

2 l. 10 : « elle avait lu plusieurs charmantes histoires » : les histoires ici évoquées sont-elles vraiment « charmantes » ?

3 Relève dans le texte tous les adjectifs qui qualifient Alice. Pourquoi ce choix à ton avis ?

4 Comment trouves-tu les pensées d'Alice dans la deuxième partie du texte : logiques, incohérentes, amusantes ? Justifie ton choix.

5 HISTOIRE DES ARTS Cette illustration rassemble différents épisodes du roman.
a : Quels éléments du texte retrouves-tu ?
b : Quels sont ceux qui appartiennent au texte précédent ?

Je lis à voix haute

Lisez ce texte à deux voix : un(e) narrateur(trice) et une Alice.

- L'élève qui fait le narrateur s'efforce de capter l'attention de son auditoire.
- L'élève qui fait Alice propose une lecture théâtralisée de ses répliques.

Enrichir son vocabulaire

- **Tisonnier** l. 13. D'après ce que dit la phrase, peux-tu déduire le sens de ce mot ? Aide toi ensuite d'un dictionnaire.
- **Anxieuse** l. 29. Propose un synonyme et un antonyme pour ce mot.
- **Bouteille** l. 17. Dessine une bouteille. Où se trouve le **goulot** l. 5 ?

Faire le bilan

Trouves-tu qu' Alice est une enfant raisonnable ?
Justifie ta réponse en donnant des exemples issus de cet extrait et de ta lecture du roman.

Alice au Pays des Merveilles et *De l'autre côté du Miroir* de **Lewis Carroll** illustrés par **Pat Andrea**, Éditions Diane de Selliers, 2006.

Lecture 3

Tout est-il permis au pays de l'imagination ?

À ÉCOUTER
hachette-clic.fr/25mp6022

Ton objectif
Identifier les éléments surprenants dans la description d'un monde imaginaire.

Alice est entrée dans un jardin où se trouvent des gardes à l'allure de cartes à jouer. C'est à ce moment-là qu'arrivent le Roi et la Reine de Cœur…

— À vos places ! cria la Reine d'une voix de tonnerre.

Tout le monde se mit à courir dans tous les sens, en se cognant et en se faisant tomber. Cependant, chacun fut en place au bout d'une minute ou deux, et la partie commença. Alice pensa qu'elle n'avait jamais vu un terrain de croquet aussi curieux de sa vie : c'était une série de trous et de bosses, les boules étaient des hérissons vivants, les maillets, des flamants roses, vivants aussi, et, les soldats devaient se plier en deux, pieds et mains posés au sol, pour faire les arceaux.

Au début, la principale difficulté que rencontra Alice fut le maniement de son flamant. Elle parvenait à coincer le corps de l'oiseau assez confortablement sous son bras, en laissant pendre les pattes mais, en général, quand elle avait réussi à lui faire tenir le cou bien raide et qu'elle allait frapper le hérisson, le flamant tournait la tête pour la dévisager. Il semblait alors tellement **perplexe** qu'elle ne pouvait pas s'empêcher d'éclater de rire. Et une fois qu'elle lui avait fait baisser la tête à nouveau, qu'elle s'apprêtait à recommencer son coup, il était tout à fait enrageant de constater que le hérisson s'était déroulé et s'enfuyait en trottinant. En plus de ça, il y avait toujours un trou ou une bosse sur le trajet, n'importe où qu'elle essaie d'envoyer le hérisson, et comme, par ailleurs, les soldats-arceaux n'arrêtaient pas de se lever et de partir à un autre endroit du terrain, Alice parvint vite à la conclusion qu'il s'agissait d'un jeu très difficile, vraiment.

Les joueurs jouaient tous à la fois sans attendre leur tour, se querellaient sans cesse, se disputaient les hérissons. Au bout de très peu de temps, la Reine fut d'une humeur **exécrable**. Elle se mit à arpenter le terrain et à crier : « Qu'on lui coupe la tête ! » à peu près une fois par minute.

Lewis Carroll, *Alice au pays des merveilles*, 1865, traduction Michel Laporte, Le livre de poche jeunesse, 2014.

Avant la lecture As-tu déjà joué au croquet ? Renseigne-toi sur ce jeu avant de lire le texte.

FICHE COUP DE POUCE
hachette-clic.fr/25mp6023

Comprendre le texte

1 Donne deux mots qui te viennent à l'esprit en lisant ce texte.

2 l. 5-6 : « Alice pensa qu'elle n'avait jamais vu un terrain de croquet aussi curieux de sa vie » : explique cette citation en t'appuyant sur le texte.

3 HISTOIRE DES ARTS Alice arrive-t-elle à manipuler le flamant pour jouer ? Aide-toi du texte et du tableau pour répondre.

4 LANGUE l. 18 : « en trottinant » : quelle est la fonction grammaticale de ce complément ? Quelle manipulation as-tu utilisée pour identifier cette fonction syntaxique ?

5 Parviens-tu facilement à t'imaginer la scène et le comportement des personnages ? Pourquoi ?

6 Quels sont les différents sentiments ressentis par Alice ?

Je lis à voix haute

Choisis une musique qui pourrait accompagner la lecture de ce texte et enregistre une lecture amusante.

Enrichir son vocabulaire

- **Perplexe** l. 15. Cherche le sens du mot dans le dictionnaire et rédige une phrase pour l'employer dans un autre contexte.
- **Exécrable** l. 25. Comment ce mot est-il formé ? Quelle est sa nature grammaticale ? Quel est son sens ?

Faire le bilan

Cette description te donne-t-elle envie de faire une partie de croquet au pays des merveilles ? Pourquoi ?

MISSION SPÉCIALE

Emmène Alice jouer à un autre jeu. Pour plaire aux personnages du pays des merveilles :

- Détourne les objets utilisés pour jouer.
- Change les règles. Commence ton texte par : « Alice pensa qu'elle n'avait jamais vu un(e) ... aussi curieux(se). »

Omar Rayyan, Illustration pour *Alice au pays des merveilles*.

Lecture 4

en groupe

Bienvenue chez les fous

À ÉCOUTER

hachette-clic.fr/25mp6024

Ton objectif
Comprendre que les rencontres insolites font aussi partie de l'aventure.

1 La Chenille

— En es-tu satisfaite maintenant ? dit la Chenille.

— Eh bien ! j'aimerais être un petit peu plus grande, monsieur, si cela ne vous ennuie pas, dit Alice. Sept centimètres est une taille tellement misérable !

— C'est une excellente taille, dit la Chenille avec colère tout en se redressant (elle mesurait juste sept centimètres).

— Mais je n'y suis pas habituée, se défendit la pauvre Alice d'un ton piteux.

Elle pensa : « J'aimerais que toutes ces créatures ne se fâchent pas aussi facilement ! »

— Tu t'y habitueras, avec le temps, dit la Chenille.

Et elle remit le **houka** dans sa bouche et recommença à fumer. Cette fois, Alice attendit patiemment que la Chenille se décide à reprendre la parole. Au bout de deux ou trois minutes, elle ôta la pipe de sa bouche, bâilla une fois ou deux et s'ébroua.

Lewis Carroll, *Alice au pays des merveilles*, 1865, traduction Michel Laporte, Le livre de poche jeunesse, 2014.

2 Le Chat

Et elle continua :

— Pourriez-vous me dire quel chemin je dois prendre pour m'en aller ?

— Cela dépend beaucoup d'où tu veux aller, dit le Chat.

— Ça m'est un peu égal, où... dit Alice.

— Alors peu importe quel chemin tu prends, dit le Chat.

— ... du moment que j'arrive quelque part, ajouta Alice en guise d'explication.

— Oh ! tu es sûre d'y parvenir, dit le Chat, si tu marches assez longtemps.

Alice sentit que c'était indéniable aussi essaya-t-elle une autre question.

— Quelle sorte de gens vit là-bas ?

— Dans cette direction, dit le Chat en tendant sa patte droite, vit un Chapelier. Et dans celle-là – il tendit l'autre patte – vit un Lièvre de Mars. Visite celui que tu veux : tous les deux sont **fous**.

— Mais je ne veux pas aller chez des fous, répliqua Alice.

— Oh ! cela tu ne peux pas l'éviter, dit le Chat, nous sommes tous fous ici. Je suis fou. Tu es folle.

Lewis Carroll, *Alice au pays des merveilles*, 1865, traduction Michel Laporte, Le livre de poche jeunesse, 2014.

3 Le Chapelier fou

Une brillante idée jaillit dans l'esprit d'Alice :

— Est-ce la raison pour laquelle vous avez disposé autant de vaisselle à thé ici dehors ? demanda-t-elle.

— Oui, c'est pour ça, dit le **Chapelier** en soupirant. C'est toujours l'heure du thé et nous n'avons plus le temps de faire la vaisselle.

— Et vous faites sans cesse le tour de la table, j'imagine, dit Alice.

— Exactement, dit le Chapelier, à mesure que la vaisselle a été utilisée.

— Mais que se passe-t-il quand vous arrivez de nouveau au point de départ ? demanda Alice.

— Supposez que nous changions de conversation, interrompit le Lièvre de Mars en bâillant. Tout ceci commence à m'ennuyer. Je suggère que la jeune demoiselle nous raconte une histoire.

Lewis Carroll, *Alice au pays des merveilles*, 1865, traduction Michel Laporte, Le livre de poche jeunesse, 2014.

Avant la lecture

Voici des synonymes de « bizarre » : fou, absurde, burlesque, farfelu, extravagant, excentrique, fantasque. Cherche leurs sens et essaye de les employer lors du travail de groupe.

FICHE COUP DE POUCE
hachette-clic.fr/25mp6025

Comprendre le texte *en groupe*

Formez des groupes. Chaque groupe lit un seul texte et répond aux questions.

1 En quoi le ou les personnages rencontrés par Alice sont-ils surprenants ?

2 Quels sentiment Alice éprouve-t-elle face à cette rencontre ?

3 Que pensez-vous des discussions entre Alice et ces personnages ? Pour vous aider à répondre, reformulez ce que souhaite Alice et ce que lui répondent les autres personnages.

4 **LANGUE** Observez les dialogues : quelles règles respectent-ils ?

5 Ces rencontres aident-elles Alice à en apprendre davantage sur le pays des merveilles ? Justifiez votre réponse.

Faire le bilan *tous ensemble*

Chaque groupe présente au reste de la classe ses réponses aux questions.

1 Ensemble, décrivez :
- les personnages rencontrés par Alice ;
- leurs traits de folie et leurs particularités de caractère ;
- un nouveau mot appris lors de la lecture de l'extrait.

2 Lequel de ces personnages aimeriez-vous rencontrer ? Justifiez votre réponse en donnant des arguments.

Enrichir son vocabulaire

- Avant de chercher le mot **houka** l. 10 dans le dictionnaire, essayez d'en deviner le sens en vous aidant du contexte.
- Trouvez trois mots de la famille de **fou** l. 12 et donnez leur nature.
- Qu'est-ce qu'un **chapelier** l. 4 ? Avant de chercher dans le dictionnaire, émettez des hypothèses en vous aidant de la famille de mots.

Lecture 5

Le pouvoir du rêve

À ÉCOUTER
hachette-clic.fr/25mp6026

Ton objectif
Comprendre le sens caché du conte.

Mais sa sœur demeura assise telle qu'elle l'avait laissée, la tête appuyée sur une main, à observer le soleil couchant et à penser à Alice et à toutes ses merveilleuses aventures jusqu'à ce que, à son tour, elle se mette à rêver à sa façon. Voici quel fut son rêve :

D'abord elle imagina la petite Alice elle-même. À nouveau les petites mains étaient jointes sur ses genoux et les yeux vifs et brillants fixaient les siens… elle pouvait entendre les intonations mêmes de sa voix et voir ce curieux petit mouvement de tête qu'elle avait pour rejeter en arrière les cheveux vagabonds qui voulaient toujours lui entrer dans les yeux… Et tandis qu'elle écoutait, ou semblait écouter, partout à l'entour, s'animèrent les créatures étranges du rêve de sa petite sœur.

L'herbe haute, à ses pieds, bruissa tandis que le Lapin Blanc se dépêchait… la Souris effrayée traversa la mare voisine au milieu des éclaboussures… elle entendit le cliquetis des tasses à thé tandis que le Lièvre de Mars et ses amis prenaient un repas qui n'en finissait pas, et la voix perçante de la Reine, ordonnant l'exécution de ses malheureux hôtes… à nouveau, le bébé-cochon éternuait sur les genoux de la Duchesse, pendant que les plats et les assiettes s'écrasaient autour d'eux… à nouveau le cri perçant du Griffon, le grincement du crayon sur l'ardoise du Lézard, la suffocation des Cochons d'Inde étouffés emplirent l'air, mêlés aux sanglots lointains de l'inconsolable Tortue Fantaisie.

Salvador Dali, Illustration pour *Alice au Pays des Merveilles* de Lewis Carroll, Maecenas Press-Random House, New York, 1969.

Ainsi demeura-t-elle assise, les yeux fermés, se croyant presque au Pays des **Merveilles** elle aussi, quoiqu'elle sût qu'elle n'avait qu'à les ouvrir pour que tout revienne à la morne réalité. L'herbe, alors, ne frémirait plus qu'à cause du vent, et la mare ne bruirait que du mouvement des roseaux… les tasses cliquetantes se changeraient en clochettes à brebis, et les hurlements de la Reine ne seraient plus rien que les appels du petit berger… les éternuements du bébé, les cris perçants du Griffon et tous les autres bruits étranges deviendraient, elle le savait bien, cette clameur confuse née de l'agitation de la ferme… tandis que le mugissement des bœufs dans le lointain prendrait la place des sanglots longs de la Tortue Fantaisie.

Enfin, elle se représenta comment sa même petite sœur serait, plus tard, une femme à son tour ;

comment elle conserverait dans son âge mûr le cœur aimant et simple de son enfance ; comment elle réunirait les autres petits enfants autour d'elle et ferait briller leurs yeux en leur racontant beaucoup d'étranges histoires, peut-être même avec son rêve du Pays des Merveilles. Et comment elle partagerait leurs chagrins **innocents** et prendrait plaisir, aussi, à leurs joies innocentes, en se souvenant de sa propre enfance et des jours d'été heureux.

Lewis Carroll, *Alice au pays des merveilles*, 1865, traduction Michel Laporte, Le livre de poche jeunesse, 2014.

Avant la lecture

T'est-il déjà arrivé de rêver, en transformant dans ton rêve les bruits que tu entendais autour de toi ?

FICHE COUP DE POUCE
hachette-clic.fr/25mp6027

Comprendre le texte

1 À quoi correspondent en réalité les aventures d'Alice ?

2 Fais la liste de toutes les aventures d'Alice citées par sa sœur.

3 Quelle explication réaliste celle-ci donne-t-elle à tous les bruits entendus par Alice ?

4 Pourquoi parle-t-elle de « morne réalité » l. 27 ?

5 Comment imagine-t-elle Alice plus tard ?

6 LANGUE Quel temps est utilisé dans le texte quand la grande sœur d'Alice l'imagine plus tard ? Pourquoi ce temps ?

7 HISTOIRE DES ARTS Que penses-tu de ce tableau ? Dirais-tu qu'il illustre bien cet extrait ? Pourquoi ?

Faire le bilan

Pourquoi peut-on dire que ce roman est à la fois un conte merveilleux et un roman d'aventures ? Donne un argument pour chaque genre littéraire.

Enrichir son vocabulaire

- **Merveille** l. 25. Ce mot est polysémique : quelles sont les différentes significations qu'on peut lui donner ?
- **Innocent** l. 45. Cherche les différents sens de ce mot. Pourquoi convient-il bien à Alice ?

MISSION SPÉCIALE

Découvre le roman du *Magicien d'Oz*, de Lyman Frank Baum, dont les aventures correspondent aussi à un rêve.

Projet oral

En binôme

Interviewer les personnages du roman

Réalisez l'interview fictive de l'un des personnages rencontrés par Alice dans le roman et enregistrez-vous.

Étape 1 Préparez votre interview au brouillon

1 Relisez les textes consacrés aux personnages et faites une carte mentale avec les éléments principaux de leur caractère.
Il faudra veiller à ce que leurs réponses correspondent à ces traits de caractère (lecture 4).

2 Répartissez-vous les rôles de journaliste et de personnage : au choix la Chenille, le Chapelier fou, le Chat du Cheshire, la Reine ou le Lapin blanc.

3 Chacun prend des notes au brouillon : le journaliste prépare trois questions et le personnage trois réponses :

- les conditions dans lesquelles la rencontre avec Alice a eu lieu,
- ce qui s'est passé durant la rencontre,
- ce que le personnage en a pensé et ce qu'il a ressenti pendant et après cette rencontre.

Conseil : L'élève qui incarne le personnage doit éviter de rédiger entièrement ses réponses.
Il note quelques mots-clés de ce qu'il veut répondre.

Étape 2 Enregistrez votre interview

4 Le journaliste présente le personnage interviewé.
À chaque question posée, le personnage répond en une minute.

5 Le journaliste clôt l'interview en remerciant le personnage.
Les réponses du personnage ne sont pas lues, mais bien improvisées à partir des mots-clés notés lors de la préparation.

Étape 3 Améliorez votre interview

6 Écoutez l'enregistrement et autoévaluez-vous en proposant des pistes d'amélioration.
Puis échangez les rôles.

FICHE COUP DE POUCE hachette-clic.fr/25mp6028

S'AUTO-ÉVALUER hachette-clic.fr/25mp6029

Projet écrit

Écrire une nouvelle aventure d'Alice

Imagine qu'Alice rencontre un nouveau personnage loufoque et qu'elle le suit dans une folle aventure.

Étape 1 Choisis un personnage

1 Commence par imaginer et décrire un animal extraordinaire.

- À quoi ressemble-t-il ? Quelle est sa taille, sa couleur… ?
- Comment s'appelle-t-il ? Reprends les noms des personnages du roman pour t'en inspirer.
- A-t-il des vêtements ou des accessoires particuliers ?
- Quels sont ses traits de caractère ? Est-il craintif, agressif, curieux, amical… ?

Étape 2 Invente une nouvelle aventure

2 Imagine un nouvel épisode incroyable. Alice doit relever un défi inattendu.

- Elle pourrait se métamorphoser, résoudre des énigmes, chercher un objet spécial, être invitée à un autre événement…
- L'aventure doit être surprenante. Il te faut des rebondissements.
- N'oublie pas de bien structurer cette aventure. Il lui faut une introduction, un développement et une fin.

Étape 3 Rédige un dialogue

3 Écris un ou plusieurs dialogues entre Alice et ce nouveau personnage.

- Demande-toi à quel moment il sera intéressant de faire parler les personnages : lors de leur rencontre, pendant l'aventure ou à la fin de l'histoire ?
- Insère des éléments loufoques dans les paroles. Comme dans le roman, il faut que la conversation soit absurde et amusante.
- Respecte bien la présentation d'un dialogue.

Étape 4 Lance-toi dans la rédaction

4 Trouve une phrase d'introduction pour débuter ton récit.

5 Reprends tout ce que tu as préparé et relie les différentes étapes de ton récit.

6 Varie le vocabulaire : cherche des synonymes, utilise des reprises nominales et pronominales pour éviter les répétitions.

7 Relis-toi : corrige les fautes d'orthographe et de grammaire, la ponctuation…

Étape 5 Mets ton travail au propre

8 Lorsque tu es satisfait(e), recopie ton travail. Tu peux illustrer ton texte si tu le souhaites.

FICHE COUP DE POUCE
hachette-clic.fr/25mp6030

S'AUTO-ÉVALUER
hachette-clic.fr/25mp6031

Vocabulaire

Jouer avec les mots d'*Alice au pays des merveilles*

L'étymologie

1 Explique l'orthographe des mots « puits » et « métamorphose » à partir de l'étymologie que tu trouveras dans le dictionnaire.

2 En t'aidant des étymologies grecques et latines suivantes, donne le sens des mots « quadrupède » et « hippopotame ».
<u>En grec :</u> *hippos* = « cheval » ; *potamos* = « mer ».
<u>En latin :</u> *quattuor* = « quatre » ; *pedes* = « pied ».

3 **En latin, « jouer » se dit « ludere ».** Trouve un mot dérivé de ce nom latin en français.

La formation des mots en français

Il existe plusieurs préfixes négatifs : *mal*, *dé* ou *des*, ainsi que *in* et ses variations *il*, *ir*, *im*.

4 Donne le sens des mots suivants en expliquant leur formation : *malheureux, inintéressant, illogique, impossible, déraisonner.*

5 Comment est formé le nom « longue-vue » ? Cherche deux autres mots composés de la même façon.

Les familles de mots

Une famille de mots regroupe tous les mots qui ont le même radical (la même racine).

6 Trouve l'intrus :
éventail – invendable – éventer – venteux
terrier – terrien – terminer – enterrer
thé – théâtre – théière – théine
poison – empoisonné – poissonnier – potion
De la même façon, inclus à ton tour un intrus dans la famille de « reine ».

Les champs lexicaux

Les champs lexicaux sont des groupes de mots liés par une même thématique.

7 De quels champs lexicaux s'agit-il ?
- *patauger – ruisseler – baignade*
- *jurés – verdict – accusation – témoins – contre-interrogatoire – sentence*
- *exploration – découverte – expédition – territoire inconnu*

8 Classe les expressions selon qu'elles expriment la colère ou l'étonnement :
être incrédule – être cramoisi de fureur – s'égosiller, être perplexe – être en rage – être déconcerté

La polysémie des mots

9 Quels mots désigneraient le mieux les vêtements de la reine et du roi sur cette illustration ?
haillons – hermine – patchwork – broderies – élimés – cintré – chamarrés – reprisés

Charles Robinson, illustration pour *Alice au pays des merveilles*, 1907.

L'adjectif « curieux » peut être laudatif ou péjoratif.

10 Cherche dans le dictionnaire les deux aspects de la curiosité et invente une phrase avec chacun des sens.

Le verbe « rêver » a un sens propre et un sens figuré.

11 Identifie de quel sens il s'agit dans les phrases suivantes :

- Elle rêve de devenir professeure depuis qu'elle est toute petite.
- Son sommeil a été agité de rêves toute la nuit.
- Mon rêve est de gagner une médaille olympique.
- Les rêves permettent de réguler les émotions pendant le sommeil.

Les homophones

12 Corrige les erreurs dans la phrase suivante.

Le **metre** d'école raconte un **compte** : l'histoire d'un **paire** et d'une **mer** qui perdent leurs enfants dans les **boas**.

Les expressions

13 Que signifient les expressions suivantes ? À quel thème sont-elles liées ?

- Prendre le large
- Se jeter à l'eau
- Faire le grand saut

Micro-dictée

14 **a.** Lis attentivement cette phrase et recopie-la.

Et l'œil devient de plus en plus gros, de plus en plus rond, comme une lune rousse dans un ciel vide, avec, en son milieu, une pupille de plus en plus noire, et des petites taches de couleurs différentes qui apparaissent.

b. Souligne en vert les mots que tu ne connais pas et mémorise leur orthographe.
c. Souligne tous les adjectifs, repère le nom auquel ils se rapportent et vérifie les accords.
d. Demande à quelqu'un de te lire le passage et réalise cette micro-dictée sans faire d'erreurs !

?!

Le sais-tu ?

En français, le mot « **clef** » et « **clé** » sont tous deux corrects et acceptés. « Clé » est la forme la plus courante et est souvent utilisée dans les écrits modernes. « Clef » est une variante plus ancienne, mais elle est encore utilisée par certains. Laquelle préfères-tu ? Pourquoi ?

Défis mots !

Associe chaque cri à son animal.

Grogner **Vache** **Croasser** **Mouton** **Hululer** **Pépier** **Moineau** **Hennir** **Cochon** **Bêler** **Meugler** **Cheval** **Chouette** **Corbeau**

Quiz de vocabulaire

Marmelade, mélasse, sucre d'orge, dragée

1 : À quel champ lexical appartiennent ces mots ?

2 : Cherche leur définition.

3 : Connais-tu d'autres mots anciens de ce genre à faire deviner à tes camarades ?

À vos marque-pages !

Dans la littérature jeunesse contemporaine, on peut encore suivre Alice dans des adaptations ou des réécritures.

Monsieur le Lapin blanc

Benjamin Lacombe • éditions Margot, 2024

Dans cet album, c'est bien le lapin blanc qui devient le personnage principal de l'histoire. Depuis son enfance jusqu'à sa vie adulte, on découvre comment il est devenu une célébrité au Pays des Merveilles, pour son don d'être toujours en retard.

Alice au pays des merveilles

Junko Tamura • éditions Nobi-Nobi, 2015

Cette version permet de découvrir ce classique en manga, avec des illustrations en noir et blanc. L'histoire adaptée de la jeune Alice qui poursuit le lapin blanc et vit d'incroyables aventures dans un monde étrange et surprenant.

Deux raisons d'aimer

- Parce que c'est en un seul volume.
- Un manga en français, mais en sens de lecture japonais.

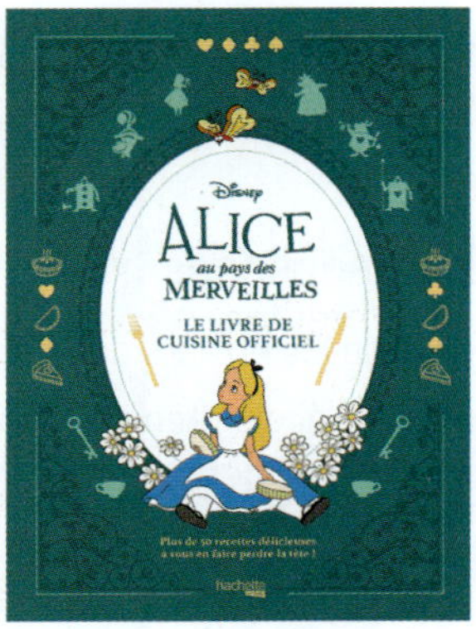

Alice au pays des merveilles : le livre de cuisine officiel

Walt Disney Company • éditions Hachette Heroes, 2024

Ce livre gourmand et malicieux décline l'univers d'Alice en cuisine avec fantaisie. Il propose des recettes variées, illustrées par des photos. On peut ainsi prolonger la lecture de ce classique jusque dans l'assiette, au repas et à l'heure du thé !

Deux raisons d'aimer

- 50 idées recettes pour tous les goûts.
- Des illustrations et des références à l'adaptation en dessin animé.

Le coup de cœur de la professeure-documentaliste

Richement illustré par les dessins de Benjamin Lacombe, cet album touche un large public. Support idéal pour des lectures partagées, il met en avant une réflexion sur la perception du temps propre à chacun, sur la précipitation, l'injonction à être rapide. Sa lecture invite peut-être à prendre son temps et mieux l'apprécier !

Partage tes lectures !

Réalise une affiche

Donne envie de découvrir un livre grâce à un support visuel accrocheur ! Fais une affiche qui en présente les informations principales. Illustre-la par des dessins ou des collages en citant tes sources.

Tu peux aussi insérer ta phrase favorite, des mots-clés, des étoiles pour évaluer l'ouvrage. Fais appel à ton imagination. Ton affiche peut ensuite décorer les murs de tes salles de cours ou du CDI !

Bilan

Alice au pays des merveilles, une folle aventure !

✦ C'est un récit d'aventures incroyables. En progressant dans le pays des merveilles, Alice ne cesse de vivre des situations surprenantes.

✦ De nombreux éléments du roman (personnages, dialogues) sont absurdes et échappent à toute logique. Alice rêve et dans les rêves, l'imagination n'a pas de limites.

✦ L'histoire d'Alice est aussi celle d'une expérience intérieure. Les rencontres que fait Alice lui permettent de s'interroger et de progresser.

On réfléchit tous ensemble !

Vous pouvez maintenant répondre à la question suivante :

La curiosité d'Alice est-elle un vilain défaut ou un moteur pour l'aventure ?

Justifiez votre réponse à l'aide de vos lectures, développez vos arguments.

Et toi dans tout ça ?

1 Quel passage d'*Alice au pays des merveilles* as-tu préféré ?

2 Recopie une ou deux phrases que tu as aimées dans ton carnet de lecteur.

3 Connais-tu d'autres histoires qui parlent de la curiosité ? Recherche quelques titres au CDI.

Quiz

QUIZ DE RÉVISION

hachette-clic.fr/25mp6032

CHAPITRE 3

Parcours d'œuvre

Céleste, ma planète, Timothée de Fombelle

L'aventure au coin du cœur

Sauver Céleste, une aventure au service d'une grande cause ?

Tes objectifs :

- Lire un roman d'aventures.
- Comprendre la portée écologique de l'œuvre.
- Créer un récit extraordinaire.

Dans l'univers de *Céleste, ma planète*

Biographie de Timothée de Fombelle

Romancier et dramaturge français, né en 1973, il a d'abord été professeur de français avant de se consacrer à l'écriture. Ses romans évoquent toujours de jeunes héros et héroïnes sensibles qui défendent des valeurs d'humanité. La préservation de la nature est aussi un thème important de son œuvre. Il a reçu une vingtaine de prix littéraires français et internationaux.

L'interview de l'auteur

L'écologie et le développement durable traversent votre roman. Quel message souhaitez-vous faire passer à vos lecteurs ?

Je veux simplement parler de la fragilité. Et de la beauté qu'on trouve dans cette fragilité. En faisant un parallèle entre la planète et le personnage de Céleste, je fais de l'écologie une histoire d'amour. Mais l'essentiel pour moi, c'est d'emmener le lecteur dans une histoire et peut-être de le faire changer un tout petit peu…

Notre planète va-t-elle, à votre avis, finir comme dans votre roman ?

Je suis plus optimiste que j'en ai l'air. Les histoires sont parfois des avertissements, ce ne sont pas des pronostics ! Heureusement je crois très fort à des prises de conscience qui vont avoir lieu peu à peu. Les choses changent déjà beaucoup.

Que va-t-il arriver à Céleste ? Le narrateur parviendra-t-il à la sauver ?

À chacun de le découvrir ! Je peux juste dire que la force de l'amour du narrateur semble capable de tout. Et à vrai dire, je suis trop amoureux de mes héroïnes, je suis incapable de ne pas les sauver.

lalibrairiedesfables.fr

Les personnages principaux

Le narrateur

Il n'a pas de nom. C'est lui qui raconte l'histoire et dit « Je ». C'est un jeune adolescent de 14 ans, qui vit la plupart du temps seul dans un grand appartement car sa mère a de lourdes responsabilités dans son travail et est très fréquemment absente. Heureusement, il est souvent accompagné de Briss, son meilleur ami, très doué en informatique. Il s'occupe en jouant du piano et en dessinant des cartes du monde.

Céleste

Son prénom signifie « qui a un rapport avec le ciel », « qui appartient au ciel ». C'est une jeune fille arrivée nouvellement dans la classe du narrateur, mais qui tombe très rapidement malade. Elle vit avec ses parents au sommet de l'immeuble 330, dans la misère et la pollution.

Le début de l'histoire

Le narrateur tombe amoureux d'une jeune fille nouvellement arrivée dans son école. Mais très vite, il apprend qu'elle est gravement malade. Une étrange maladie ronge sa peau et la parsème de taches étranges. N'écoutant que son courage, le narrateur se lance à l'aventure pour la sauver…

Lecture 1

Une rencontre qui change tout !

À ÉCOUTER hachette-clic.fr/25mp6033

Ton objectif
Découvrir le début de l'intrigue et l'atmosphère du roman.

Au début du roman, le narrateur se remémore son passé.

La première fois qu'elle m'a embrassé, nous étions suspendus par des câbles à cent vingt mètres du sol, avec quinze hommes armés à nos trousses. C'est peut-être pour cela que, pendant longtemps, je n'ai pu l'approcher sans avoir le **vertige**.

Aujourd'hui, j'écris son nom en haut de ce petit cahier trempé qui me reste. Il fait froid. Le feu n'y change rien. Je ne sais pas pourquoi l'encre de mon stylo ne gèle pas. Cette histoire, je n'aurai pas assez de pages pour en faire un roman, juste assez pour laisser une trace, la trace bleue de ce qui changea ma vie et aurait pu changer le monde.

Céleste.

J'avais décidé de ne plus être amoureux. Je l'avais décidé très tôt, vers six ou sept ans. À l'âge où certains se jurent de ne plus aller à la piscine, de ne plus jamais porter de maillot de bain, parce qu'un maître-nageur leur a crié devant tout le monde : « Tape pas des pieds, on dirait un beignet dans la friture ! » Il y a ceux qui décident de ne plus montrer un centimètre carré de leur peau au bord d'une piscine. Moi, j'avais mis mon cœur sous une cloche lourde comme une plaque d'égout.

Avant, de zéro à six ans et demi, je tombais amoureux de tout ce qui passait devant moi avec des couettes et des chaussures à boucle. Ça finissait toujours mal. Le **syndrome** du grille-pain. Je sentais mon cœur commencer à chauffer agréablement des deux côtés et puis il sautait en l'air, très haut, et atterrissait sur le carrelage.

Alors j'ai décidé d'arrêter.

C'était un matin, à la boulangerie du soixante-dix-septième étage. J'attendais pour un croissant. La boulangère a dit, en parlant légèrement au-dessus de mon épaule :

— Vous êtes ensemble ?

Je me suis retourné. Il y avait Charlotte, une fille plus grande que moi. Je l'ai fixée des yeux en pâlissant. J'aimais bien cette fille avec son appareil dentaire. Il suffisait que je la regarde pour avoir les doigts de pieds qui se superposaient dans mes chaussures, la bouche sèche comme le désert du Kalahari.

— Vous êtes ensemble ? a redemandé la boulangère.

Elle voulait juste savoir si j'allais payer en même temps mon croissant et les bonbons de Charlotte.

— Vous êtes ensemble ?

La question avait pour moi un autre sens qui me donnait la chair de poule.

J'essayais de dire non, mais ma voix s'étranglait. On entendait au mieux un couinement de cochon d'Inde. Le grille-pain commençait à chauffer dans ma poitrine. Charlotte a souri en montrant toutes les bagues de ses dents.

— Dans tes rêves, m'a-t-elle dit.

Elle a mis son collier de bonbons autour de son cou et a jeté une pièce sur le comptoir.

C'est là que j'ai décidé d'arrêter.

Juré. Je ne serais plus amoureux.

Timothée de Fombelle, *Céleste, ma planète*, © Éditions Gallimard, 2008.

Avant la lecture

Pour toi, qu'est-ce qui pourrait changer une personne ordinaire en héros ?

FICHE COUP DE POUCE
hachette-clic.fr/25mp6034

Comprendre le texte

1 Trouve deux parties pour ce texte et donne un titre à chacune d'entre elles.

2 Quelle décision le narrateur a-t-il prise l. 23 et l. 42 ? Y est-il parvenu ?

3 l. 1 : Qui désigne le pronom personnel « elle » ?

4 Que penses-tu de l'endroit où se situe la boulangerie l. 23 ?

5 À la lecture de ce début de roman, de quoi va parler *Céleste, ma planète* d'après toi ?

6 Sur un axe chronologique, place les expressions dans le bon ordre : « La première fois qu'elle m'a embrassé » l. 1, « Aujourd'hui, j'écris son nom » l. 5 et « Avant, de zéro à six ans et demi » l.18.

7 Identifie dans le texte les éléments du récit que tu reconnais dans cette illustration.

Je lis à voix haute

Lisez à plusieurs le passage de la boulangerie de manière expressive en essayant de rendre compte du caractère des personnages.

Faire le bilan

Quelle est l'ambiance de ce début de roman : joyeuse, romantique, nostalgique, sombre, intrigante… ? Pourquoi ?

Enrichir son vocabulaire

- Le mot **vertige** l. 4 est issu du latin « vertere » qui signifie « tourner ». Déduis-en la définition du mot.
- En cherchant dans un dictionnaire, à quel domaine appartient le mot **syndrome** l. 20. Le mot tel qu'il est utilisé dans le texte te paraît-il positif ?

MISSION SPÉCIALE

À la manière du « grille-pain », développe une autre comparaison pour décrire un cœur amoureux : la bulle de savon, le feu d'artifice, un jardin en fleurs, un arc-en-ciel… Tu peux en trouver d'autres.

Développe ton idée dans un texte de quelques lignes.

Lecture 2

En groupe

À la recherche de Céleste

À ÉCOUTER
hachette-clic.fr/25mp6035

Ton objectif
Découvrir la quête et les premières aventures du personnage.

Au collège, le héros a rencontré Céleste, une nouvelle élève. Ne la voyant pas revenir en classe, il décide de la retrouver. Il se retrouve face à un gardien de parking.

Le type prenait le numéro des clients, le tapait sur un clavier et faisait descendre la voiture de l'un des trois cent trente étages. Les conducteurs allaient ensuite la récupérer un peu plus loin en passant par une galerie marchande où ils pouvaient compléter leur collection de sacs en plastique.

Vingt minutes sont passées. J'avais remarqué qu'à deux reprises des clients avaient perdu leurs numéros et que le garçon les emmenait alors vers un petit ordinateur à l'écart.

Pendant les quelques secondes où il prenait leur empreinte, il me tournait le dos. Cinq secondes, c'était suffisant pour agir.

La troisième fois, je me suis donc laissé glisser de mon banc, et j'ai poussé la porte en métal. Elle n'était pas fermée à clef. Je me suis engouffré dans le passage. Un minuscule ascenseur s'ouvrait là. J'ai tapé 330 sur le clavier et la cabine s'est mise en marche.

L'ascenseur grimpait bruyamment. Il allait vite. Je me demandais si Céleste avait déjà emprunté ce chemin vertical.

Je sortis de ma poche ce qui m'avait mené là.

Céleste avait laissé sa fiche de renseignements toute froissée dans son casier de l'école. Seules deux lignes étaient remplies. Son prénom, Céleste, et son adresse. On indique toujours le nom de la tour et l'étage.

Céleste avait écrit : « 330 / 330 ».

Même s'il ne fallait que quelques secondes pour franchir chaque niveau, j'ai dû mettre un bon quart d'heure pour arriver tout en haut.

Des voitures entassées sur un kilomètre de hauteur… J'y repense avec un nœud dans l'estomac. Quand la porte de l'ascenseur s'est ouverte, j'ai senti une vague de fumée m'envelopper. La chaleur des moteurs de milliers de voitures, sur des centaines d'étages, remontait par-là, comme une colonne bleutée.

En quelques enjambées, j'ai grimpé vers la terrasse. J'avais mis ma manche sur ma bouche pour filtrer les gaz d'échappement. Je croyais que l'air de l'extérieur serait plus respirable mais, en débouchant sur la terrasse, on entrait dans une nappe nuageuse qui stationnait au sommet de la tour et concentrait la pollution. D'énormes ventilateurs installés là ne suffisaient pas à mettre l'air en mouvement.

— Qu'est-ce que tu veux ?

Un homme en combinaison verte était devant moi, dans la brume. Il portait un bonnet.

— Je cherche Céleste.

— Qu'est-ce que tu veux ?

— Je veux la voir.

— Pourquoi ?

Étrange question. Comme s'il me demandait pourquoi je voulais vivre. Comment lui répondre ?

— Céleste était à l'école avec moi.

Il s'est approché. Il était très grand. Il portait un coffre à outils fixé à la ceinture Sous son bras, il avait deux bouteilles d'eau et du pain. On avait l'impression qu'il rentrait chez lui… Mais qui pouvait vivre dans un tel endroit ?

— Il n'y a pas de Céleste ici.

Timothée de Fombelle, *Céleste ma planète*, © Éditions Gallimard, 2008.

Avant la lecture

Cherchez dans un dictionnaire la définition du mot « quête ». Donnez des exemples de quêtes vues dans des films ou des livres.

FICHE COUP DE POUCE
hachette-clic.fr/25mp6036

Comprendre le texte
en groupe

Chaque groupe étudie un axe de lecture et prend des notes pour compléter la carte mentale finale.

Groupe 1 : La quête du héros

1 Pourquoi le héros cherche-t-il Céleste ? Justifiez votre réponse en vous appuyant sur le texte.

2 l.15. « ce chemin vertical » : donnez le sens de l'adjectif. De quel chemin s'agit-il ?

3 Est-il facile de retrouver Céleste ? Justifiez votre réponse.

Groupe 2 : Les lieux de l'aventure

1 Quels sont les différents lieux évoqués dans le texte ?

2 l. 5 à 9 : Relevez les noms communs et leurs expansions.

3 À quel type de ville le décor vous fait-il penser ? Vous pouvez vous appuyer sur les illustrations du chapitre.

4 Auriez-vous envie de vivre dans cette ville ? Pourquoi ?

Groupe 3 : Les rencontres du héros

1 Qui le héros rencontre-t-il ?

2 Quelles sont les ruses mises en place par le héros pour franchir le premier obstacle ?

3 l. 33 à fin : Lisez le dialogue à voix haute. La rencontre est-elle agréable ?

Faire le bilan
tous ensemble

Réalisez une carte mentale collective sur la quête de Céleste. Vous résumez vos recherches et notez quelques mots clés de l'extrait :

- **l'objet** de la quête ;
- **les lieux** de l'aventure ;
- **les rencontres** du héros ;
- **l'atmosphère** / l'ambiance du texte.

Un premier sauvetage réussi ou raté ?

À ÉCOUTER
hachette-clic.fr/
25mp6037

Ton objectif
Lire une scène d'action.

Bien décidé à faire soigner Céleste, le narrateur a contacté sa mère qui dirige les hôpitaux de la ville. Aussitôt, celle-ci envoie les meilleurs médecins.

J'ai entendu l'**hélicoptère** blanc approcher. Il s'est posé.

On est montés en courant comme au cinéma, les cheveux ébouriffés par le vent. L'hélico a décollé en se couchant légèrement pour faire plus aventureux. Il y avait à bord trois autres médecins en blouse blanche, dont deux femmes très belles et souriantes. Dans l'hélicoptère, on parlait fort. On mettait le pouce en l'air pour dire que tout va bien. Le pilote paraissait sorti d'une publicité pour les montres.

Les immeubles défilaient autour de nous. L'hélicoptère avait un projecteur qui balayait les façades.

Et le 330 est apparu.

On en a fait deux fois le tour.

Chacun a mis un masque pour respirer. Le mien était trop grand. Je portais une sorte de dossard fluorescent.

L'hélicoptère s'est posé sur la terrasse.

— Tu nous emmènes, m'a crié le docteur.

— D'accord, doc.

C'est lui qui m'avait demandé de l'appeler doc, comme à la télé.

Il m'a aidé à descendre. Deux autres suivaient avec un brancard.

J'ai couru vers le refuge de Céleste.

Quand j'ai soulevé la trappe, j'ai retiré mon masque pour que ses parents me reconnaissent. Ils étaient tout tremblants.

Les médecins leur souriaient en disant des répliques de films comme : « Ça va bien se passer », « Tout est sous contrôle », « On va s'occuper de votre fille. »

Je suis arrivé près de Céleste. Elle a demandé :

— Mais qu'est-ce que tu as fait ?

Et je me suis entendu parler comme les autres et dire une phrase du genre :

— C'est fini. On prend les choses en main.

Elle se laissait faire. Elle n'avait pas l'énergie de résister. L'équipe l'a posée sur le brancard. Autrefois, je me demandais pourquoi les gestes de ces opérations d'urgence étaient si précis et si spectaculaires à regarder. La réponse, c'est que les victimes sont en si mauvais état qu'on peut les manier comme des marionnettes. Elles ne manifestent aucune résistance. Et ça ressemble presque à de la danse.

En partant, ils ont dit aux parents de Céleste :

— On vous donnera des nouvelles.

L'hélicoptère a quitté la terrasse au milieu du nuage noir. On voyait en bas les parents **désarmés**, qui restaient là, perchés sur leur tour, entre les turbines.

Je tenais la main de Céleste. Il y avait toujours sur son front la petite tache familière. Je me demandais sans cesse ce que la forme de cette tache me rappelait. Il y avait aussi d'autres cicatrices nouvelles que je croyais reconnaître.

Céleste dormait.

Timothée de Fombelle, *Céleste, ma planète*, © Éditions Gallimard, 2008.

Avant la lecture

Cherche ce qu'est un cliché. Quels clichés du film d'aventures connais-tu ?

FICHE COUP DE POUCE
hachette-clic.fr/25mp6038

Comprendre le texte

1 Relève une comparaison au début du texte. Quel indice nous donne-t-elle sur la suite du récit ?

2 Relève tous les éléments qui te font penser à un film d'action ou d'aventures.

3 LANGUE Observe les passages au discours direct l. 15-16 et l. 26-28 : à quoi te font penser de ce genre de paroles ?

4 Qui le pronom « on » représente-t-il dans le texte ? Pourquoi l'auteur l'utilise-t-il ?

5 Quelle est la réaction de Céleste ? Comment l'expliques-tu ?

6 Identifie dans le texte les éléments du récit que tu reconnais dans cette illustration.

Je lis à voix haute

Cherche une musique qui conviendrait à l'ambiance de ce passage. Entraîne-toi à lire le texte sur cette musique.

Faire le bilan

Le personnage apparaît-il en définitive comme le héros d'une scène d'action ? Pourquoi ?

Enrichir son vocabulaire

- Recherche dans un dictionnaire l'étymologie du mot **hélicoptère** l. 1.
- **Désarmés** l. 38. Comment est formé ce mot ? Quelle est sa signification dans le texte ?

MISSION SPÉCIALE

Connais-tu des films d'actions ? Aimes-tu cela ? Explique pourquoi.

Prêts à affronter tous les dangers ?

À ÉCOUTER hachette-clic.fr/25mp6039

Ton objectif
Comprendre comment le narrateur joue avec le rythme du récit.

Le narrateur décide de nouveau de sauver Céleste du piège dans lequel il l'a involontairement envoyée. Mais cette fois-ci, il est plus prudent.

La **nacelle** a commencé à descendre.

C'était comme un voyage en ballon.

Des nuages nocturnes se reflétaient sur les tours. Elle m'a remercié en me parlant dans l'oreille.

Je lui ai dit que je n'avais pas envie qu'elle me remercie, alors elle a déplacé un tout petit peu ses lèvres, à quelques centimètres de là, et elle m'a embrassé.

C'est à cet instant qu'est parti le premier coup de feu.

Deux hommes étaient à la fenêtre de sa chambre. Et quatre autres arrivaient sur le toit avec des fusils automatiques. Les balles rebondissaient sur la surface blindée de la tour et lançaient des étincelles dans la nuit. C'était un peu le bouquet final d'un feu d'artifice.

Je m'étais assis avec Céleste au fond de la nacelle. Je regardais les quatre câbles qui retenaient nos vies au-dessus du vide. Ils tenaient encore.

Les trois quarts du chemin étaient parcourus. Je craignais juste que des hommes d'*!Industry* aient le temps de descendre par les ascenseurs de la tour pour nous cueillir en bas.

Cette crainte ne dura pas longtemps. Une nouvelle explosion retentit. Notre nacelle se pencha brutalement, rejetant vers l'extérieur tout ce qui nous entourait. Je tenais Céleste par les épaules pour qu'elle ne rejoigne pas dans le vide les brosses, les spatules et toute cette quincaillerie de laveur de carreaux.

Quelque chose avait dû céder dans la poulie de notre cabine puisqu'elle descendait maintenant plusieurs étages à la seconde. Cette fois, c'était sûr, on allait être à terre avant nos poursuivants. Mais dans quel état ?

— Pourquoi tu as dit à mon père que j'étais une voleuse ?

J'ignore où Céleste trouvait la force de lancer ce genre de conversation, en chute libre le long d'un immeuble. Une voleuse. Pourquoi l'avais-je traitée de voleuse ?

— Je ne sais pas. J'inventais.

Je me souvenais que j'avais juste voulu le faire réagir. Mais il y avait sûrement de la vérité dans cette phrase qui m'étais venue sans réfléchir. En apparaissant dans ma vie, Céleste m'avait volé l'**insouciance**, l'**indépendance**, l'enfance. Elle m'avait tout pris et m'avait laissé les poches vides avec juste cette envie d'être avec elle.

Je ne lui en voudrais jamais de ce hold-up. Grâce à elle, j'allais vivre éveillé. Vivre ? En regardant le sol approcher, je dus m'avouer que ce n'était pas gagné… J'ai serré un peu plus fort Céleste dans mes bras.

— On arrive ? a-t-elle demandé.

— Oui, Céleste, on arrive.

Il n'y a pas eu le bruit que j'attendais, ni choc ni rien. On a juste senti comme un coup de frein brutal qui nous a plaqués au fond de la nacelle.

Et puis, le silence. Un instant de silence, les yeux fermés, dans les bras de Céleste. Était-ce cela, le paradis ?

L'éternité ne dura pas longtemps.

Un homme a attrapé Céleste. Je lui ai envoyé mon pied dans la figure. Ça a dû lui écraser le nez. En échange, j'ai reçu un coup sur la tête et j'ai perdu connaissance. Voilà.

Timothée de Fombelle, *Céleste, ma planète*, © Éditions Gallimard, 2008.

Enrichir son vocabulaire

- Cherche dans un dictionnaire l'étymologie du mot **nacelle** l. 1. Quel rapport vois-tu avec l'objet décrit dans le texte ?
- Explique la formation des mots **Insouciance** l. 33 et **indépendance** l. 33 et donne leur sens.

Comprendre le texte

FICHE COUP DE POUCE
hachette-clic.fr/25mp6040

1 Quelle est l'ambiance dans la nacelle avant le premier coup de feu ?

2 LANGUE l. 10 à 12. Observe les verbes conjugués. Quelles actions décrivent-ils ?

3 À quoi sont comparées les balles qui sifflent autour des héros ? Quelle impression cela donne-t-il au lecteur ?

4 Repère les déplacements de la nacelle dans l'ensemble du texte : à quel rythme descend-elle le long de l'immeuble ?

5 Le héros pense-t-il qu'ils vont s'en sortir vivants ? Quel mot le prouve ?

6 l. 43-44. Quelle est la particularité de ces phrases ? Quelle différence apportent-elles par rapport aux autres phrases.

7 Identifie dans le texte les éléments du récit que tu reconnais dans cette illustration.

Faire le bilan

Combien de temps une scène comme celle-ci dure-t-elle dans la réalité ? Pourquoi le narrateur donne-t-il ici l'impression qu'elle dure plus longtemps ? Appuie-toi sur la ligne 45 pour répondre.

MISSION SPÉCIALE

Cherche parmi les héros que tu connais ceux qui se lancent d'immeuble en immeuble pour sauver des vies. Prépare une courte présentation de l'un deux.

Lecture 5

Céleste, la planète

À ÉCOUTER
hachette-clic.fr/25mp6041

Ton objectif
Comprendre le symbole représenté par Céleste et son rôle dans l'aventure.

Les symptômes

Une forme noire sur l'affiche d'un journal épinglée sur le mur. Comme une grosse tâche d'encre. La forme d'un cœur un peu grignoté. J'ai fermé les yeux et je les ai rouverts. La tâche noire était toujours là.

Céleste.

C'était exactement la forme que j'avais vue sur le front de Céleste.

J'ai de nouveau cligné des yeux. La musique s'était arrêtée. Je me suis approché de l'affiche. Il y avait un sous-titre sous la tâche.

AMAZONIE. L'ADIEU.

J'ai pris une grande inspiration. J'avais déjà vu cette image. Le dernier hectare de forêt d'Amazonie. Pas plus grand qu'un petit bois. Vu du ciel, il n'y avait plus que ce cœur rogné.

La maladie

En vidant l'enveloppe sur la table, j'ai découvert des photos. Une dizaine de photos. Elles montraient la peau de Céleste. Son bras, son cou, ses jambes... Il y avait des tâches un peu partout. Sur cette peau si fine, si douce, des tâches sombres se dessinaient. La peau était rongée. [...]

Dans les minutes qui ont suivi, j'ai tout compris.

La **désertification** de l'Afrique, l'immersion des côtes indiennes, toutes les catastrophes écologiques du monde apparaissaient sur le corps de Céleste.

Chaque coup porté à notre Terre était reçu par Céleste.

Céleste ne souffrait de rien d'autre que de la maladie de notre planète. Elle allait en mourir à petit feu.

Son sang devait être pollué comme les mers et les rivières, et ses poumons comme le plafond de fumée de nos villes.

La guérison

— Tous connaissent votre histoire, mademoiselle. Vous avez changé le monde...

La jeune fille semble surprise, mais son ami est très pâle. Il murmure :

— Briss... Briss a réussi. Les photos...

— Les photos sont partout, interrompt le trappeur. Il s'est passé quelque chose d'**extraordinaire**. Tout a changé. Les gens ne font plus rien comme avant. Et... Vous, Céleste... Vous êtes... guérie ?

Alors la jeune fille se lève, laisse tomber la couverture. Oui, elle se porte bien. Elle a un manteau sur les épaules. Elle interroge :

— Et notre planète ? [...]

— Elle va mieux. Beaucoup mieux.

Timothée de Fombelle, *Céleste, ma planète*, © Éditions Gallimard, 2008.

Avant la lecture

Cherche dans le dictionnaire la définition du mot allégorie.

FICHE COUP DE POUCE
hachette-clic.fr/25mp6042

Comprendre les textes

1 Quels sont les symptômes de Céleste ?

2 Quel lien la relie à la planète ?

3 Grâce à quelles connaissances le héros comprend-il ce qui arrive à Céleste ?

4 Comment parvient-elle à être sauvée ?

5 l. 5 « C'était exactement la forme que j'avais vue sur le front de Céleste. » Comment la maladie de Céleste est-elle ici mise en valeur ?

6 Identifie dans le dernier texte les éléments que tu reconnais dans l'illustration.

Faire le bilan

Pourquoi peut-on dire que Céleste est un symbole de la planète ?

Enrichir son vocabulaire

- **Désertification** l. 17.
En t'aidant du radical du mot et sans regarder dans le dictionnaire, donne son sens dans le contexte.
- **Extraordinaire** l. 30.
Explique ce mot en t'appuyant sur les éléments qui le composent.

MISSION SPÉCIALE

Regarde la bande annonce du dessin animé *Princesse Mononoké*, d'Hayao Miyazaki.

D'après ce que tu comprends, quel est le message de l'auteur sur la nature ?

Projet oral

Réaliser une capsule audio pour donner son avis sur le roman

Après avoir résumé le roman, enregistre ton avis de lecteur du roman.

Étape 1 Prépare ton brouillon

Avant de résumer, il te faut bien sûr avoir lu le texte en entier ! As-tu pris des notes au fur et à mesure de ta lecture ? Si c'est le cas, reprends-les.
Commence par :

- te rappeler des grandes étapes du récit (tu dois être capable de les raconter) ;
- bien identifier les différents personnages et leur rôle dans le roman ;
- retrouver les différents lieux évoqués.

Étape 2 Résume le roman

1 Dans un premier temps, commence par rappeler :
→ **le titre du roman** et le **nom de l'auteur** ;
→ **le début de l'histoire** ;
→ **la situation des personnages** principaux.

2 Parle ensuite des différentes aventures vécues par le narrateur, dans l'ordre chronologique.

Utilise des indications temporelles pour bien structurer ton résumé : *d'abord, au début, alors, ensuite, puis, pendant ce temps-là, soudain…*

3 Enfin, explique la fin de l'histoire et ce qui arrive aux héros.

FICHE COUP DE POUCE
hachette-clic.fr/25mp6043

S'AUTO-ÉVALUER
hachette-clic.fr/25mp6044

Étape 3 Donne ton avis sur le roman

Qu'as-tu pensé de ce roman et du message qu'il nous délivre sur la planète ? Commence par donner ton avis global sur le roman.

- Varie les verbes pour exprimer ton ressenti : *j'ai aimé, j'ai apprécié, ce roman ne m'a pas plu…*
- Utilise des adjectifs pour résumer ton impression générale.
J'ai trouvé ce roman captivant, sombre, sérieux, important, poétique, émouvant…
- Développe ensuite ton point de vue : appuie-toi sur des exemples précis pour justifier ta réponse et organise ta pensée.
- Utilise des connecteurs logiques : *car, puisque, parce que, en effet…*
- Introduis des éléments du roman, en les citant ou en les reformulant : *ainsi, par exemple, on le voit quand…*

Tu peux tout à fait avoir aimé certains aspects du roman et d'autres moins. Rassemble tes idées dans ton brouillon en faisant un tableau.

Étape 4 Présente ton personnage préféré.

Quel personnage as-tu trouvé le plus intéressant ou t'a le plus touché ? Explique ton choix.

Étape 5 Entraîne-toi et enregistre-toi

- Entraîne-toi et écoute toi autant de fois que nécessaire pour t'améliorer.
- Choisis la meilleure version de ton travail.
- Ne parle pas trop vite, on doit bien te comprendre.
- Enregistre-toi dans un endroit calme.

Ce que tu dois savoir faire :
résumer l'histoire complète, évoquer les personnages principaux, expliquer le message du roman, justifier ton avis personnel à l'aide d'exemples précis.

Projet écrit

Écrire une nouvelle page du roman en adoptant le point de vue de Céleste

Imagine le récit que fait Céleste de son évasion de l'hôpital dans son carnet bleu.

Étape 1 Prépare l'écrit et trouver ses idées

1 Relis le chapitre 5, à partir de « Je me souviens de tout... Voilà. »

2 Identifie les éléments du récits à utiliser dans le texte ;
- les lieux ;
- les personnages présents ;
- les actions des personnages ;
- leurs sentiments ;
- les paroles prononcées par les personnages.

Étape 2 Lance-toi dans la rédaction

3 À toi d'écrire la scène décrite du point de vue de Céleste. Demande-toi :
- ce qu'elle voit ;
- ce qu'elle entend ;
- ce qu'elle ressent ;
- ce qu'elle pense ;
- ce qu'elle dit.

4 Rédige ton texte comme dans un journal intime, en utilisant la première personne du singulier. Attention aux accords au féminin !

Étape 3 Améliore ton travail

5 Autoévaluez-vous en binôme à l'aide de la fiche.

Un élève lit le passage du roman et l'autre lit sa version écrite par Céleste. Les deux élèves vérifient que les deux récits correspondent.

FICHE COUP DE POUCE
hachette-clic.fr/25mp6045

S'AUTO-ÉVALUER
hachette-clic.fr/25mp6046

Jouer avec les mots de *Céleste, ma planète*

L'étymologie grecque

En grec ancien, le mot logos (λόγος) signifie « la parole, le langage, l'étude ».

1 Décompose les mots suivants et, à partir de leur étymologie, rédige une définition pour expliquer leur sens précis.
écologie - dermatologie - technologie - archéologie - spéléologie

archéos (ἀρχαῖος) : ancien
technè (τέχνη) : art manuel, industrie
spelaion (σπήλαιον) : grotte, caverne
oikos (οἶκος) : maison, habitat
derma (δέρμα) : la peau

2 Trouve d'autres mots composés à partir de *logos*.

La formation des mots en français

3 Décompose les mots suivants en identifiant le préfixe, le radical et le suffixe et donne leur définition :

agréablement - inattention - raccroché - inconnue - immobile - énormément - fourgonnette - désarmé

Attention : le préfixe et le suffixe, ce n'est pas automatique !

Les familles de mots

4 Pour chacun des mots ci-dessous, donne le plus de mots possibles de la même famille :

ventilateur - hôpital - désert - terre - océan

5 Trouve le plus de mots possible issus du mot « terre ».

Classe les mots selon qu'il s'agit d'adjectifs, de verbes ou de noms communs.

Tu peux utiliser un dictionnaire pour gagner la partie !

Les champs lexicaux

6 À quels champs lexicaux appartiennent les mots :

- *banquise - continent - rivière - océan - montagne*
- *radiographie - infirmière - maladie - sauver - brancard*
- *circulation - parking - garer - stationner*
- *ascenseur - nacelle - envol - monter - vertical*
- *tour - laveur de carreaux - ascenseur - étages - monter*

La polysémie des mots

7 Les mots « nappe », « carte » et « front » peuvent avoir plusieurs significations. Associe-les aux significations correspondantes :

représentation réduite de la surface du globe terrestre - linge qui recouvre une table - partie supérieure du visage - avant d'une troupe de soldats, pendant une bataille - liste des plats dans un restaurant - film de déchets à la surface de l'eau

Les définitions

8 Cherche dans le dictionnaire la définition des mots suivants :
poulie - turbine - trappeur - écosystème

Les homophones

9 Choisis le bon mot pour chaque phrase

a : Il faut emprunter la bonne *voie / voix* pour rejoindre le centre-ville.

b : Les bruits des cris *raisonnent / résonnent* dans les couloirs.

c : Lorsque je suis tombée dans la neige, ma sœur a *riz / ri*.

d : Nous avons *joué / jouet* longtemps dans le jardin.

Les expressions

10 Associe les expressions à leur signification :

Expressions : *avoir la chair de poule - avoir un cœur d'artichaut - être un bourreau des cœurs - conter fleurette - avoir le béguin - avoir le cœur qui bat la chamade*

Définitions : *être un séducteur - chercher à séduire - tomber amoureux facilement - bien aimer quelqu'un - frissonner sous le coup d'une émotion - éprouver une attirance*

Micro-dictée

11 **a.** Lis attentivement cette énumération et recopie-la.

> Des étendues d'écorce détrempée, des fourches mystérieuses où nul n'avait jamais posé le pied, des petits lacs qui s'étaient formés à la croisée de branches, des forêts de mousse verte, une écorce profonde traversée de chemins creux...

b. Souligne en vert les mots que tu ne connais pas et mémorise leur orthographe.

c. Souligne en rouge les noms communs ainsi que les adjectifs qualificatifs et les participes passés qui s'accordent avec eux. Vérifie les accords.

d. Demande à quelqu'un de te lire le passage et réalise cette micro-dictée sans faire d'erreurs !

12 Poursuis cette énumération en t'inspirant de l'image. Utilise au moins trois adjectifs de couleur différents.

?!

Le sais-tu ?

Il existe une astuce pour retenir l'ordre des planètes.
Il suffit de d'apprendre par cœur cette phrase. Les premières lettres de chaque mot te permettent de retrouver les noms des planètes :
« **Me Voici Tout Mouillé, J'ai Suivi Un Nuage** »
pour **M**ercure, **V**énus, **T**erre, **M**ars, **J**upiter, **S**aturne, **U**ranus et **N**eptune !
Saurais-tu en inventer une autre ?

Défi mots !

pollution - destruction - sauver - fuir

Pour chaque mot, trouve le plus vite possible un synonyme et un antonyme.

Quiz de vocabulaire

Crée un abécédaire avec les mots du roman. Pour chaque lettre de l'alphabet, note un mot du roman qui te plaît, que tu as appris ou qui aurait pu y figurer et justifie rapidement ton choix.

Exemple : G comme *grille-pain*, mot utilisé par le narrateur pour dire qu'il est amoureux.

À vos marque-pages !

Comme dans *Céleste, ma planète*, les héros de ces récits d'aventures doivent affronter la menace de destruction de leur univers.

Lightfall T.1 : La Dernière Flamme

Tim Probert • éditions BD Gallimard, 2021

Sur la planère Irpa vit Béa, une jeune fille plutôt angoissée. Quand son grand-père Cochon-Sorcier et gardien de la flamme disparait mystérieusement, elle va tenter de le retrouver. Aidée d'un ami fidèle, elle va devoir sauver sa planète des ténèbres qui commencent à s'y répandre.

Le coup de cœur de la professeure-documentaliste

Ce roman graphique propose une quête initiatique époustouflante grâce à un graphisme très travaillé. Mais sa force tient également dans son héroïne formidablement imparfaite, qui doit affronter ses peurs intérieures.

Le Sorcier de Mondebrume

David Bry • éditions Nathan jeunesse, 2024

L'amitié est parfois la seule force contre les cauchemars ! Le prince Joaquim a été désigné comme émissaire du Sorcier et doit rejoindre son lointain château.

Deux raisons d'aimer

- Ce récit d'aventures est un récit en un seul volume et permet de découvrir l'univers de l'auteur. Illustré par une carte du monde en début d'ouvrage, on peut facilement s'immerger dans son univers.
- Les péripéties rencontrées par les héros les confrontent à leurs propres peurs.

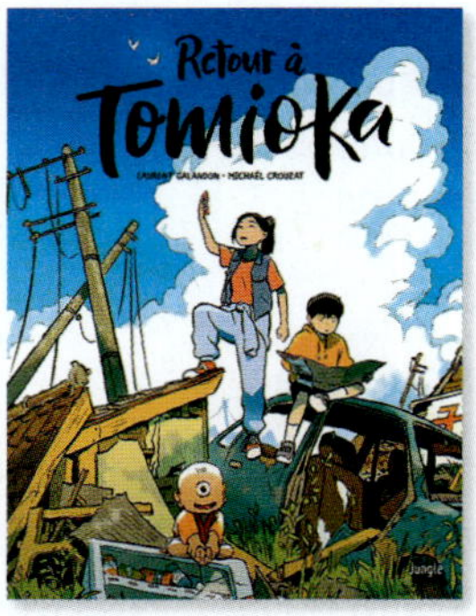

Retour à Tomioka

Laurent Galandon et Michaël Crouzat • éditions Jungle, 2024

Deux ans après la catastrophe nucléaire de Fukushima au Japon, le jeune Osamu veut aller déposer les cendres de sa grand-mère au pied de l'autel familial, en pleine zone contaminée interdite. Sa sœur d'abord réticente va l'accompagner dans ce voyage.

Deux raisons d'aimer

- Cette histoire met en lumière les Yokais, des créatures magiques du folklore japonais.
- Ce récit s'appuie aussi sur des événements réels documentés dans l'ouvrage.

Partage tes lectures !

Présente ta lecture sur un marque-page !

Fais un court résumé accrocheur d'un côté et une illustration de l'autre, selon la technique de ton choix : dessin ou collage. Regroupez tous les marque-pages de la classe et présentez-les !

Bilan

Céleste, ma planète : un roman aux multiples facettes

✦ **C'est un roman court**, dans lequel il y a peu de personnages.
On suit une intrigue principale et les événements s'enchaînent rapidement.

✦ **C'est un roman d'apprentissage** dans lequel le héros qui était tout d'abord un personnage solitaire puis s'affirme et grandit. Il se rebelle contre les adultes.

✦ **C'est un roman d'amour**, la rencontre de Céleste change la vie du héros.

✦ **C'est un roman d'aventures**, le héros affronte de nombreux dangers.

✦ **Le roman a une portée écologique**. Céleste symbolise la planète en danger et en souffrance. Le récit dénonce la responsabilité des hommes et fait réfléchir les lecteurs.

On réfléchit tous ensemble !

Vous pouvez maintenant répondre à cette question :
Sauver Céleste, une aventure au service d'une grande cause ?

Constituez deux équipes et organisez un débat afin de répondre à la question.
Vous pouvez vous aider de vos lectures et du bilan pour justifier votre réponse.

Et toi dans tout ça ?

1 Quel passage de *Céleste, ma planète* as-tu préféré ? Pourquoi ?

2 Quelle activité as-tu préférée ? Pourquoi ?

3 As-tu envie de lire d'autres livres de Timothée de Fombelle ?

Quiz
QUIZ DE RÉVISION
hachette-clic.fr/25mp6047

CHAPITRE 4

En compagnie des monstres

Le monstre est-il le miroir de nos peurs ?

Tes objectifs :

- Découvrir les différentes facettes de personnages monstrueux.
- Comprendre ce que les personnages de monstres signifient pour nous.
- Imaginer un plaidoyer pour défendre la différence.

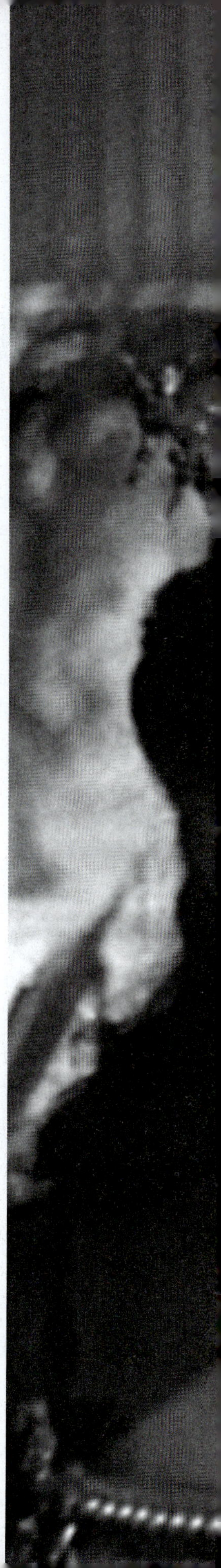

Jean Cocteau (1889-1963), *La Belle et la Bête*, film de 1946, avec Josette Day et Jean Marais.

Lecture 1

Suis-je un monstre ?

À ÉCOUTER
hachette-clic.fr/25mp6048

Ton objectif
Étudier le portrait d'un personnage différent.

Un pauvre caneton a le malheur d'être le plus laid de sa fratrie : il est victime dès sa naissance de moqueries et de mauvais traitements de la part de tous ceux qu'il croise.

« Celui-là, nous n'en voulons pas... ! » et aussitôt, une cane de voler et de lui pincer le cou.

« Laissez-le tranquille, dit la mère, il ne fait rien à personne !

– Oui, mais il est trop grand et trop cocasse, dit la cane qui l'avait pincé, on va le **corriger** !

– Ce sont de beaux enfants que vous avez là, la mère, dit la vieille cane au chiffon autour de la patte, tous beaux, à une exception près, celui-là n'est pas réussi ! Je souhaiterais volontiers que vous puissiez le refaire !

– Ce n'est pas possible, Votre Grâce, dit la mère cane, il n'est pas beau, mais c'est une bonne **nature** et il nage aussi bien que certains des autres, j'ose même dire un peu mieux ! Je pense qu'il deviendra beau en grandissant ou qu'il sera un petit peu plus petit avec le temps ! Il est resté trop longtemps dans son œuf, c'est pour ça qu'il n'a pas la taille voulue ! »

Puis elle lui nettoya la nuque et lui lissa le plumage.

« De plus, c'est un mâle, dit-elle, et donc, ça n'a pas tellement d'importance ! Je crois qu'il forcira bien et qu'il fera son chemin !

– Les autres canetons sont mignons, dit la vieille, faites comme chez vous, si vous trouvez une tête d'anguille, vous pouvez me l'apporter ! »

Et ils furent comme chez eux.

Mais le pauvre caneton qui était sorti le dernier de son œuf et qui avait l'air affreux, on le pinça, on le bouscula, on se moqua de lui et ce, aussi bien les canards que les poules. « Il est trop grand ! » disaient-ils tous et le dindon qui était né avec des éperons, et croyait en conséquence être un empereur, se gonfla comme un navire toutes voiles dehors, se précipita sur lui, glouglouta et sa tête devint toute rouge. Le pauvre petit canard ne savait s'il devait rester ou s'en aller, il s'affligeait tellement d'avoir l'air si laid et d'être la risée de tous les canards de la basse-cour !

Ainsi passa la première journée, puis ce fut de pire en pire. Tout le monde chassait le pauvre petit canard, même ses frères et sœurs étaient méchants pour lui, ils disaient tout le temps : « Si seulement le chat te prenait, espèce d'affreux ! » et sa mère disait : « Ah ! si tu pouvais être loin d'ici ! » Et les canards le pinçaient et les poules lui donnaient des coups de bec et la fille qui donnait à manger aux bêtes le renvoyait du pied.

Hans-Christian Andersen, « Le Vilain Petit Canard » in *Contes*, 1842,
Traduction de Régis Boyer, © Éditions Gallimard.

Hans-Christian Andersen
(1805-1875)
Romancier, dramaturge, conteur et poète danois, célèbre principalement pour ses contes de fées comme *La Reine des Neiges*, *La Petite Sirène* ou encore *La Petite Fille aux allumettes*. *Le Vilain Petit Canard*, écrit en 1842, est un récit autobiographique.

Theo van Hoytema, illustration extraite de l'édition de 1893 *Le Vilain Petit Canard*, de Hans Christian Andersen (1805-1875), Amsterdam.

Avant la lecture

As-tu déjà vécu une situation où tu t'es senti(e) différent(e) des autres ? Comment as-tu réagi ?

FICHE COUP DE POUCE
hachette-clic.fr/25mp6049

Comprendre le texte

1 Pourquoi les animaux se moquent-ils du caneton ? Cite le texte pour faire son portrait et répondre à la question.

2 LANGUE Quel pronom personnel est employé comme sujet des verbes de la l. 21 ? Pourquoi à ton avis ?

3 Pourquoi la mère du caneton insiste-t-elle sur ses qualités, comme sa capacité à nager, même si les autres animaux ne le trouvent pas beau ?

4 Quels sentiments le caneton éprouve-t-il face au rejet et à la moquerie ?

5 HISTOIRE DES ARTS Que ressens-tu en observant cette l'illustration ?

Enrichir son vocabulaire

- **Corriger** l. 5. Quel sens a le verbe ici d'après toi ?
- **Nature** l. 10. Regarde dans un dictionnaire les différents sens du mot et trouve celui qui convient ici.

Faire le bilan

Selon toi, que nous apprend cet extrait sur la manière dont les gens réagissent face à ceux qui sont différents d'eux ?

MISSION SPÉCIALE

Choisis un animal que tu considères comme « différent » ou « mal aimé ». Défends cet animal en citant deux de ses qualités qu'on ne voit pas au premier abord.

Lecture 2

Monstre, y es-tu ?

À ÉCOUTER
hachette-clic.fr/25mp6050

Ton objectif
Étudier comment le récit crée du suspense.

Jean-Marie Cabidoulin est l'objet de moqueries sur le baleinier où il travaille, depuis qu'il affirme avoir vu un serpent de mer lors d'une précédente campagne de pêche. Mais un monstre semble de nouveau rôder autour du bateau, le Saint-Enoch...

Le docteur Filhiol venait de monter sur la dunette[1], et le capitaine Bourcart dit en lui passant sa longue-vue :

« Voyez... je vous prie...

— Cela ressemble à un écueil au-dessus duquel voltigent de nombreux oiseaux... déclara M. Filhiol, après quelques minutes d'attention.

— Je ne connais pas d'écueil en cet endroit... déclara M. Bourcart.

— Et d'ailleurs, ajouta le lieutenant Coquebert, il est certain que cette bande se déplace... »

Cinq ou six matelots entouraient le tonnelier[2], qui n'ouvrait pas la bouche, s'il ouvrait les yeux.

Le maître d'équipage lui dit alors :

« Eh bien... vieux... est-ce donc ?... »

Pour toute réponse, Jean-Marie Cabidoulin fit un geste qui signifiait : peut-être !

Le monstre — si c'était un monstre —, le serpent — si c'était un serpent —, ondulait à la surface des eaux, près de trois milles[3] au devant du *Saint-Enoch*. Sa tête énorme, — si c'était une tête — paraissait pourvue d'une épaisse crinière, telle que les légendes norvégiennes ou autres l'ont toujours donnée aux krakens, aux calmars et aux divers spécimens de la tératologie[4] marine.

Assurément, aucune baleine, même des plus **vigoureuses**, n'aurait pu résister aux attaques d'un tel géant océanique. Et, au fait, sa présence n'expliquait-elle pas qu'elles eussent déserté cette partie du Pacifique ?... Un navire de cinq à six cents tonnes aurait-il pu se dégager des replis d'un si prodigieux animal ?...

En ce moment, il n'y eut qu'un cri dans tout l'équipage :

« Le serpent de mer... le serpent de mer ! »

Et les regards ne quittèrent plus le monstre en question.

« Capitaine, demanda le lieutenant Allotte, est-ce que vous n'êtes pas curieux de savoir si cette bête-là fournirait autant d'huile qu'une baleine franche ?... Je parie pour deux cent cinquante barils, si nous parvenons à l'amarrer ! »

Depuis l'instant où l'animal avait été signalé, il s'était rapproché d'un demi-mille sous l'action du courant, sans doute. On distinguait mieux ses anneaux, qui se déroulaient par un mouvement vermiculaire[5], sa queue en longs zigzags, dont l'extrémité se relevait parfois, sa formidable tête à **crinière** hérissée, dont il ne s'échappait aucun souffle d'air et d'eau.

Jules Verne, *Les Histoires de Jean-Marie Cabidoulin*, tome XIV, 1901.

Jules Verne
(1828-1905)
Écrivain français. Il est surtout connu pour ses romans d'aventures et sa passion pour les découvertes scientifiques du XIXe siècle.

1. Partie arrière d'un navire.
2. Homme chargé de l'entretien des barils pour stocker l'huile de baleine.
3. Unité de mesure maritime = 1852 mètres.
4. Étude des monstres.
5. Qui ressemble à un ver.

George Roux, *Le Serpent de mer*, illustration de l'édition de 1901 des *Histoires de Jean-Marie Cabidoulin*, de Jules Verne.

Avant la lecture

Connais-tu des légendes de monstres marins ? Fais des recherches sur l'un d'eux et trouves-en une illustration.

FICHE COUP DE POUCE
hachette-clic.fr/25mp6051

Comprendre le texte

1 Résume le texte en plusieurs étapes et donne un titre à chacune d'elles.

2 Est-il possible de faire une description précise du monstre ? Pourquoi ?

3 À partir de quel moment le monstre devient-il inquiétant ?

4 LANGUE Repère les verbes au conditionnel présent dans le texte. Comment les as-tu reconnus ? Qu'expriment-ils dans ce récit ?

5 l. 14-16. Comment expliques-tu l'utilisation de groupes de mots entre tirets ?

6 D'après toi, s'agit-il d'un monstre ? Qu'est-ce qui te fait douter ?

7 HISTOIRE DES ARTS Dans l'illustration, comment le danger est-il représenté ?

Enrichir son vocabulaire

- **Vigoureuse** l. 20. Trouve un nom et un adverbe qui appartiennent à la famille de ce mot. Utilise l'un d'entre eux dans une phrase.
- **Crinière** l. 33. Cherche le mot dans le dictionnaire : à quel animal est-il associé d'ordinaire ?

Faire le bilan

Comment le narrateur parvient-il à tenir le lecteur en haleine dans cette page du roman ?

À ÉCOUTER
hachette-clic.fr/25mp6052

MISSION SPÉCIALE

Écoute cet extrait issu du roman *Vingt Mille Lieues sous les mers* de Jules Verne. Quels points communs peux-tu trouver avec le texte étudié ?

Lecture 3

en groupe

Devenir un monstre

À ÉCOUTER
hachette-clic.fr/25mp6053

Ton objectif
Comprendre comment le texte installe une atmosphère inquiétante.

Netra, un enfant bossu recueilli par un enchanteur et un aventurier, veut rejoindre les routes de Bretagne car il recherche d'un grimoire magique, enfoui sous un menhir.

Personne ne disait mot. L'atmosphère se faisait pesante à mesure que la nuit tombait.

Soudain, on entendit un hurlement dehors. La mère tressaillit et se signa[1]. La porte s'ouvrit alors toute grande, et un chien terrorisé se précipita dans les pieds de Netra. Il portait à la cuisse gauche une trace de profonde morsure. Derrière lui, un jeune homme s'encadra dans la porte. Il était grand et bien fait, mais Netra fut stupéfait par l'expression de son visage. Ses yeux luisaient durs et perçants, et de la bave glissait par la commissure des lèvres.

– Mon enfant ! supplia la mère d'une voix angoissée. Mon enfant !

Le jeune homme s'assit à table et regarda Netra avec un sourire terrifiant qui découvrit des dents longues et pointues. Netra sentit ses cheveux se hérisser. Le jeune homme plongea la main dans la marmite de soupe et en sortit le lard. Il en arracha de gros morceaux avec ses dents puis, dans un bond, s'accroupit et quitta la maison à quatre pattes.

Les enfants étaient **épouvantés**. Personne ne bougeait. Puis on entendit les cloches de l'église qui sonnaient à toute volée.

– C'est la troisième nuit des cloches, souffla la mère, tétanisée.

Elle ajouta à l'intention de son mari :

– Tu as vu, il commence à marcher comme…

Elle ne finit pas sa phrase. On aurait dit qu'elle avait peur de ses propres pensées. Sans mot dire, le père quitta alors la maison. Lorsqu'il reparut, un court instant après, il portait une faux[2] sur l'épaule. La mère s'écria :

– Oh ! en roulant des yeux effarés.

– Il le faut, dit simplement le père. (Puis, à l'intention de Netra.) Viens avec moi. On ne sera pas trop de deux.

Netra n'osa pas refuser et, oppressé, sortit derrière l'homme.

– Ne répète jamais, à quiconque, ce que tu vas voir, prévint celui-ci d'un ton sévère. Tu m'entends ?

Maintenant très inquiet, Netra hocha la tête. Baissant le ton, l'homme se fit plus confidentiel :

– Tu as vu que mon fils est devenu **loup-garou**. Il a mordu le chien, sonné les cloches trois nuits de suite… La quatrième nuit, il essayera de nous dévorer, sa mère et moi. Il faut le délivrer.

Netra ne comprit pas. Délivrer un être qui semblait libre et qu'il aurait plutôt fallu enfermer ?

– Ne vaudrait-il pas mieux le capturer ? demanda-t-il avec réserve.

L'homme lui jeta un coup d'œil étonné :

Évelyne Brisou-Pellen
(née en 1947)
Elle est une figure importante de la littérature jeunesse. Parmi ses ouvrages notables, on compte *La Cour aux Étoiles* et *Les Aventures de Garin Trousseboeuf*.

1 Faire un signe de croix.
2 Outil agricole pour couper les céréales.

– Tu n'es pas d'ici, toi ! Ce n'est pas de sa faute s'il est devenu loup-garou ! C'est parce qu'il a vu un crime et qu'il n'a pas dénoncé l'assassin… Mais il ne pouvait pas ! Il ne pouvait pas ! Maintenant, il faut que je fasse couler son sang pour le libérer de ce maudit enchantement.

Évelyne Brisou-Pellen, *Le Mystère de la nuit des pierres*, Bayard Éditeur, 2016.

Avant la lecture

Connaissez-vous des histoires effrayantes mettant en scène un loup ? Racontez-les à vos camarades.

FICHE COUP DE POUCE
hachette-clic.fr/25mp6054

Comprendre le texte *en groupe*

Lisez intégralement le texte. Puis chaque groupe en étudie une partie en répondant aux questions.

Groupe 1 : l. 1 à 14

1 Expliquez les circonstances de l'action : où et quand la scène se déroule-t-elle, qui sont les personnages ?

2 Quels éléments rendent l'atmosphère inquiétante dès le début du texte ?

3 En quoi le jeune homme est-il en train de se métamorphoser ? Relevez les indices qui font de lui un animal.

Groupe 2 : l. 15 à 25

1 Quels sont les sentiments des enfants, de la mère et du père face à la transformation du fils ?

2 À votre avis, dans quel but le père a-t-il pris la faux ?

Groupe 3 : l. 26 à 41

1 D'après le père, pourquoi le jeune homme devient-il un loup-garou ? En quoi est-ce étonnant ?

2 Netra et le père ont-ils la même idée pour vaincre la malédiction ? Quelle solution choisiriez-vous ?

Enrichir son vocabulaire

Épouvantés l. 15. Que signifie ce mot dans le texte ? Trouvez trois mots de la même famille.

Faire le bilan *tous ensemble*

1 Résumez les étapes de la transformation du jeune homme : est-il tout à fait un monstre ? ou encore un homme ?

2 Imaginez que vous êtes les habitants du village où habite la famille de ce loup-garou. Organisez un débat entre Netra, son père, le seigneur du village, le chasseur… : faut-il tuer le monstre ? ou le sauver ?

3 HISTOIRE DES ARTS Cherchez l'étymologie du mot « lycanthrope » et expliquez comment cette gravure l'illustre.

Hartmann Schedel, *Le garçon-loup*, illustration des *Chroniques de Nuremberg*, 1493.

Lecture 4

Affronter un monstre

À écouter
hachette-clic.fr/25mp6055

Ton objectif
Découvrir ce que l'on gagne à affronter nos peurs.

Avenant, un jeune homme de la cour, a été missionné par le roi pour convaincre la Belle aux cheveux d'or de l'épouser. Avant d'accepter sa proposition, celle-ci lui impose des épreuves, dont celle de tuer le géant Galifron.

Avenant demeura un peu étourdi de cette proposition ; il rêva quelque temps, puis il dit : « Eh bien, madame, je combattrai Galifron, je crois que je serai vaincu, mais je mourrai en homme brave. » La princesse resta bien étonnée : elle lui dit mille choses pour l'empêcher de faire cette entreprise. Cela ne servit à rien : il se retira pour aller chercher des armes et tout ce qu'il lui fallait. Quand il eut ce qu'il voulait, il remit le petit Cabriole[1] dans son panier, il monta sur son beau cheval, et fut dans le pays de Galifron. Il demandait de ses nouvelles à ceux qu'il rencontrait, et chacun lui disait que c'était un vrai démon, dont on n'osait approcher ; plus il entendait dire cela, plus il avait peur. Cabriole le rassurait, et lui disait : « Mon cher maître, pendant que vous vous battrez, j'irai lui mordre les jambes ; il baissera la tête pour me chasser, et vous le tuerez. » Avenant admirait l'esprit du petit chien, mais il savait assez que son secours ne suffirait pas.

Enfin, il arriva près du château de Galifron ; tous les chemins étaient couverts d'os et de carcasses d'hommes qu'il avait mangés ou mis en pièces. Il ne l'attendit pas longtemps, qu'il le vit venir à travers un bois ; sa tête dépassait les plus grands arbres, et il chantait d'une voix épouvantable :

Où sont les petits enfants,
Que je les croque à belles dents ?
Il m'en faut tant, tant et tant,
Que le monde n'est suffisant.

Aussitôt Avenant se mit à chanter sur le même air :

Approche, voici Avenant,
Qui t'arrachera les dents.
Bien qu'il ne soit pas des plus grands,
Pour te battre il est suffisant.

Les rimes n'étaient pas bien régulières mais il fit la chanson fort vite, et c'est même un miracle comme il ne la fît pas plus mal, car il avait horriblement peur. Quand Galifron entendit ces paroles, il regarda de tous côtés, et il aperçut Avenant l'épée à la main, qui lui dit deux ou trois injures pour l'irriter. Il n'en fallut pas tant, il se mit dans une colère effroyable ; et, prenant une massue toute de fer, il aurait assommé du premier coup le gentil Avenant, sans un corbeau qui vint se mettre sur le haut de sa tête, et avec son bec lui donna si juste dans les yeux, qu'il les creva ; son sang coulait sur son visage, il était comme un désespéré, frappant de tous côtés. Avenant l'évitait, et lui portait de grands coups d'épée qu'il enfonçait jusqu'à la garde, et qui lui faisaient mille blessures, par où il perdit tant de sang, qu'il tomba. Aussitôt Avenant lui coupa la tête, bien ravi d'avoir été si **heureux** ; et le corbeau, qui s'était perché sur un arbre,

Marie-Catherine d'Aulnoy, alias Madame d'Aulnoy
(1652-1705)
Elle est une des autrices à l'origine du conte merveilleux. Elle est connue pour se moquer de la société de son époque dans ses récits.

1 Petit chien d'Avenant. .

lui dit :

« Je n'ai pas oublié le service que vous me rendîtes en tuant l'aigle qui me poursuivait ; je vous promis de m'en acquitter : je crois l'avoir fait aujourd'hui.

— C'est moi qui vous dois tout, monsieur du corbeau, répliqua Avenant. Je **demeure** votre **serviteur.** »

Il monta aussitôt à cheval, chargé de l'épouvantable tête de Galifron.

Madame d'Aulnoy, *La Belle aux cheveux d'or*, 1697.

Avant la lecture Connais-tu des récits où le héros doit affronter un terrible monstre ?

FICHE COUP DE POUCE
hachette-clic.fr/25mp6056

Comprendre le texte

1 À quels indices vois-tu que ce texte est un conte de fées ?

2 Quelle mission la Belle aux cheveux d'or demande-t-elle à Avenant d'accomplir ?

3 Quelles émotions Avenant ressent-il dans ce texte ?

4 Comment qualifierais-tu le combat ? sanglant – rapide – cruel – stratégique – acharné – équilibré

5 Quels alliés aident Avenant à vaincre Galifron ?

6 **LANGUE** « C'est moi qui vous dois tout » l. 41. Explique la terminaison du verbe *devoir*. Avec quel mot s'accorde-t-il ?

7 **HISTOIRE DES ARTS** Dans cette illustration, à quels indices vois-tu que le combat va être difficile et dangereux ?

Faire le bilan

Avenant est-il héroïque dans ce passage ? Réponds en t'appuyant sur le texte et confronte ta réponse à celle de tes camarades.

MISSION SPÉCIALE

Imagine une phrase qu'Avenant aurait pu se dire à lui-même juste avant d'affronter Galifron. Ta phrase devra montrer à la fois sa peur et son courage.

Enrichir son vocabulaire

- **Heureux** l. 38. Trouve un synonyme de ce mot dans la même phrase.
- « je **demeure** votre **serviteur** » l. 42. Cherche dans le dictionnaire les mots en rouge. Récris la phrase en utilisant les synonymes qui conviennent de manière à rendre l'expression plus facile à comprendre.

Avenant et le géant Galifon, image extraite d'une édition de *La Belle aux cheveux d'or*, de Madame d'Aulnoy, 1942 (éditeur Imagerie merveilleuse de l'enfance), Bibliothèque nationale de France.

Lecture 5

Les monstres sont-ils ceux qu'on croit ?

À ÉCOUTER
hachette-clic.fr/
25mp6057

Ton objectif
Comprendre comment l'auteur dénonce les préjugés et les superstitions.

Quasimodo est le terrifiant sonneur des cloches de Notre-Dame de Paris, élu « pape des fous » à cause de sa laideur. Il a vécu toute sa vie dans la cathédrale, élevé par l'archidiacre Frollo. Le temps d'un retour en arrière, on découvre quel enfant il était le jour où il a été trouvé.

En effet, ce n'était pas un nouveau-né que « ce petit monstre ». (Nous serions fort empêché nous-même de le qualifier autrement.) C'était une petite masse fort anguleuse et fort remuante, emprisonnée dans un sac de toile imprimé au chiffre de messire Guillaume Chartier, pour lors évêque de Paris, avec une tête qui sortait. Cette tête était chose assez difforme. On n'y voyait qu'une forêt de cheveux roux, un œil, une bouche et des dents. L'œil pleurait, la bouche criait, et les dents ne paraissaient demander qu'à mordre. Le tout se débattait dans le sac, au grand **ébahissement** de la foule qui grossissait et se renouvelait sans cesse à l'entour.

Dame Aloïse de Gondelaurier, une femme riche et noble qui tenait une jolie fille d'environ six ans à la main et qui traînait un long voile à la corne d'or de sa coiffe, s'arrêta en passant devant le lit, et considéra un moment la **malheureuse créature**, pendant que sa charmante petite fille Fleur-de-Lys de Gondelaurier, toute vêtue de soie et de velours, épelait avec son joli doigt l'écriteau permanent accroché au bois de lit : ENFANTS TROUVÉS.

— En vérité, dit la dame en se détournant avec dégoût, je croyais qu'on n'exposait ici que des enfants.

Elle tourna le dos, en jetant dans le bassin un florin d'argent qui retentit parmi les liards[1] et fit ouvrir de grands yeux aux pauvres bonnes femmes de la chapelle Étienne-Haudry.

Un moment après, le grave et savant Robert Mistricolle, protonotaire[2] du roi, passa avec un énorme missel[3] sous un bras et sa femme sous l'autre (damoiselle Guillemette la Mairesse), ayant de la sorte à ses côtés ses deux régulateurs spirituel et temporel.

— Enfant trouvé ! dit-il après avoir examiné l'objet. Trouvé apparemment sur le parapet[4] du fleuve Phlégéto[5] !

— On ne lui voit qu'un œil, observa demoiselle Guillemette. Il a sur l'autre une verrue.

— Ce n'est pas une verrue, reprit maître Robert Mistricolle. C'est un œuf qui renferme un autre démon tout pareil, lequel porte un autre petit œuf qui contient un autre diable, et ainsi de suite.

— Comment savez-vous cela ? demanda Guillemette la Mairesse.

— Je le sais pertinemment, répondit le protonotaire.

Victor Hugo
(1802-1885)
Écrivain, romancier, poète et dramaturge, il est l'un des auteurs français les plus connus. *Notre-Dame de Paris* a donné lieu à de nombreuses adaptations à travers le monde, au cinéma, en bandes dessinées ou encore en comédies musicales.

1. Pièce de monnaie de très faible valeur.
2. Homme de loi chargé des actes officiels de l'Église.
3. Livre de prières chrétiennes.
4. Petit mur qui longe un fleuve.
5. Rivière mythologique des enfers grecs.

— Monsieur le Protonotaire, demanda Gauchère, que pronostiquez-vous de ce prétendu enfant trouvé ?

— Les plus grands malheurs, répondit Mistricolle.

Victor Hugo, *Notre-Dame de Paris, LIVRE IV, chap. 1 « Les bonnes âmes »*, 1844.

Hans Memling,
Une foule railleuse : fragment d'une Dérision du Christ,
vers 1455, National Galleries of Scotland, Edimbourg.

Avant la lecture Fais des recherches sur la fête des fous du Moyen Âge. En quoi consistait-elle ?

FICHE COUP DE POUCE
hachette-clic.fr/25mp6058

Comprendre le texte

1 LANGUE l. 1 à 9. Relève tous les sujets des verbes dans le premier paragraphe. En quoi nient-ils l'humanité de l'enfant ?

2 Quelles sont les réactions des personnages qui voient l'enfant ?

3 Que sous-entend Dame Aloïse lorsqu'elle dit : « Je croyais qu'on n'exposait ici que des enfants » ?

4 Lis attentivement le dialogue entre Mistricolle et sa femme : en quoi les propos du protonotaire sont-ils exagérés et ridicules ?

5 HISTOIRE DES ARTS Observe les visages de la foule : quels sentiments expriment-ils ?

Faire le bilan

Explique, dans un court paragraphe, comment l'auteur dénonce les comportements humains dans ce texte.

Enrichir son vocabulaire

- Cherche le mot **ébahissement** l. 8. dans le dictionnaire et propose trois synonymes.
- La **malheureuse créature** l. 12. Quels sont les différents sens du mot « malheureux » ? Quel est celui qui s'applique dans ce groupe nominal ?

MISSION SPÉCIALE

Poursuis ce dialogue jusqu'à l'arrivée d'un homme, Frollo, qui décide d'adopter cet enfant. Rédige ton texte en te moquant des superstitions du couple Mistricolle face à Frollo, qui incarne la science et la raison.

Lecture 6

Un monstre peut-il être humain ?

À ÉCOUTER
hachette-clic.fr/25mp6059

Ton objectif
S'interroger sur la frontière entre humanité et monstruosité.

Thésée, dans le labyrinthe, cherche le Minotaure.

Il comprit que tous ces tours et ces détours l'épuisaient inutilement, et qu'il ferait tout aussi bien de patienter jusqu'à ce que le Minotaure, qui avait certainement senti sa présence, se décide à venir à lui. Il fallait simplement qu'il choisisse bien l'endroit pour attendre, car c'est là qu'il le combattrait. Un espace étroit où le monstre aurait du mal à se retourner lui sembla convenir. Il prit de profondes inspirations et ferma les yeux afin de mieux entendre.

Quand il les rouvrit, **mu** par une impulsion soudaine, il vit le géant à tête de taureau à une dizaine de mètres devant lui. Il n'avait rien senti, rien entendu, pas le moindre bruit, aucun de ces cris qui glaçaient le sang ! Il se redressa d'un bond, laissa glisser à terre la pelote[1] pour être le plus agile possible, mit la longue épée en garde : il était prêt. Mais le monstre ne bougeait pas. Il se tenait bien droit, la nudité **blême** de son gigantesque corps d'homme contrastant horriblement avec la noirceur velue d'une tête disproportionnée. Les épaules et le cou, surtout, étaient impressionnants de puissance, et il était difficile de décider s'ils tenaient plus de l'homme ou de la bête. Les cornes, longues et acérées, formaient deux armes redoutables. Pourtant son regard, empreint d'une infinie tristesse, si humain au milieu de toute cette difformité, avait quelque chose de troublant.

Thésée se sentait déconcerté. Devait-il attaquer le premier ? Soudain, le monstre se mit à mugir, doucement d'abord, puis les mugissements se muèrent[2] en plaintes et les plaintes en cris de plus en plus stridents[3]. Il se frappait la poitrine, se tordait comme en proie à une grande souffrance, se cognait la tête contre les murs. Le Labyrinthe vibrait, livré à l'épanchement[4] de cette douleur sans nom. Et Thésée restait là, paralysé, partagé entre la terreur et la compassion[5].

Soudain, le Minotaure fonça sur lui, cornes en avant. Thésée se déroba au dernier moment et le monstre heurta le mur de toute sa masse. Il s'écroula, étourdi par la violence du choc, ce qui laissa au prince le loisir de préparer le coup suivant. Il sauta sur les épaules du Minotaure encore à terre, et tenta de transpercer de son épée la peau qui paraissait humaine, mais qui s'avérait dure et épaisse comme du cuir.

Marie-Odile Hartman, *Ariane contre le Minotaure*, Nathan, 2021.

Marie-Odile Hartman
(née en 1952)
Comédienne, dramaturge, professeur de lettres classiques et autrice. Romancière depuis 2007, elle adapte des récits célèbres à destination du jeune public.

1. Il s'agit de la pelote de laine confiée par Ariane afin que Thésée retrouve son chemin dans le Labyrinthe.
2. Se transformer.
3. Aigus.
4. Manifestation.
5. Pitié.

George Frederick Watts,
Le Minotaure, 1896,
Tate Britain, Londres.

Avant la lecture

Fais des recherches sur le personnage du Minotaure.
Peux-tu expliquer la formation de son nom ?

FICHE COUP DE POUCE
hachette-clic.fr/25mp6060

Comprendre le texte

1 Quelle stratégie Thésée adopte-t-il pour combattre le Minotaure ?

2 Décris le combat entre Thésée et le Minotaure en employant au moins trois adjectifs.

3 LANGUE À quel temps le texte est-il principalement rédigé ? Quel effet cela produit-il sur le lecteur ?

4 Brosse le portrait du Minotaure en indiquant ce qui relève de l'humain.

5 HISTOIRE DES ARTS Que penses-tu de la posture et de l'expression du Minotaure ? Quels liens fais-tu avec l'extrait ?

Faire le bilan

Pourquoi le Minotaure est-il une figure effrayante mais aussi émouvante dans ce texte ?

Enrichir son vocabulaire

- « **mu** par une impulsion soudaine » l. 7. De quel verbe le mot **mu** est-il le participe passé ? Trouve un nom commun de la même famille.
- **Blême** l. 12. cherche la définition de cet adjectif dans le dictionnaire. Pourquoi l'auteur utilise-t-il cet adjectif pour décrire la nudité du Minotaure ?

MISSION SPÉCIALE

Imagine que le Minotaure peut parler. Écris-en une ou deux phrases ce qu'il pourrait dire à Thésée avant ou pendant le combat.

Histoire des Arts

La Belle et la Bête, du conte à l'écran

Ton objectif
Découvrir une adaptation cinématographique d'un conte célèbre.

→ Découvrir l'œuvre d'un créateur

Jean Cocteau (1889-1963) est un auteur et réalisateur français, qui a adapté *La Belle et la Bête* en 1946, dans un style visuel qui mélange la magie et la poésie : comme il aimait beaucoup ce conte, il a voulu le transformer en « rêve vivant ».

1 Explique ce que peut signifier l'expression « rêve vivant ».

→ Comment faire face à un choix impossible ?

Un dilemme est une situation où il faut faire un choix difficile entre deux options, mais où aucune des deux solutions n'est vraiment acceptable.

2 D'après les photogrammes et les extraits vidéo de cette page, que penses-tu du costume de la Bête et de son « maquillage » ? Te paraissent-ils réalistes ?

3 Quelle atmosphère le réalisateur a-t-il cherché à créer ? Réponds en t'appuyant sur une description des images présentées.

VIDÉO
hachette-clic.fr/25mp6061

Jean Cocteau, *La Belle et la Bête*, film de 1946, Jean Marais.

→ Invitée ou captive ?

4 Lis cet extrait du conte, puis compare-le à la mise en scène du film de Cocteau. Quels points communs et différences notes-tu ?

Le soir, comme elle allait se mettre à table, elle entendit le bruit que faisait la Bête et ne put s'empêcher de frémir.

« La Belle, lui dit ce monstre, voulez-vous bien que je vous voie souper ?

— Vous êtes le maître, répondit la Belle en tremblant.

— Non, reprit la Bête ; il n'y a ici de maîtresse que vous. Vous n'avez qu'à me dire de m'en aller, si je vous ennuie ; je sortirai tout de suite. Dites-moi, n'est-ce pas que vous me trouvez bien laid ?

— Cela est vrai, dit la Belle, car je ne sais pas mentir ; mais je crois que vous êtes fort bon.

Jeanne-Marie Leprince de Beaumont,
La Belle et la Bête, 1756.

Jean Cocteau,
La Belle et la Bête, film de 1946,
avec Josette Day et Jean Marais.

VIDÉO
hachette-clic.fr/
25mp6062

5 Penses-tu que la Belle se sent l'invitée ou la prisonnière de la Bête ?

6 Trouve trois adjectifs pour qualifier l'attitude de la Belle.

7 Que penses-tu que la Bête ressente ?

→ On réfléchit tous ensemble

L'histoire de la Belle et la Bête nous permet de réfléchir au monde qui nous entoure, de confronter nos idées.

8 Organise un débat avec tes camarades pour répondre à une des questions suivantes :

- La beauté donne-t-elle tous les droits ?
- Doit-on juger les autres sur leur apparence ?
- Si tu étais à la place du père de la Belle, quel choix aurais-tu fait ?

Par groupe, dressez une liste d'idées, que nous notez au brouillon.

9 Désignez deux porte-paroles, qui ont pour mission de représenter les idées de tout le groupe.

Pour réussir, vous devez parler assez fort, en employant un vocabulaire précis et des arguments persuasifs pour convaincre la partie adverse.

Ne vous contentez pas d'une phrase, mais développez votre pensée en utilisant des exemples.

→ Pour terminer

D'autres films ont mis en image le conte *La Belle et la Bête*. En 2014, le réalisateur Christophe Gans montre dans sa version que le château de la Bête est un lieu symbolique.

Regardez l'extrait et répondez à ces questions.

10 Décrivez les éléments extérieurs du château : quelle ambiance est créée ?

11 Comment la mise en scène reflète-t-elle le danger qui attend le marchand ?

12 Comment la musique renforce-t-elle l'impression de mystère et de menace ?

VIDÉO
hachette-clic.fr/
25mp6063

Projet oral

En groupe

Faire le procès d'un monstre

Rédigez et prononcez la défense de l'un des personnages monstrueux rencontrés dans le chapitre.

Étape 1 Choisissez le personnage qui vous semble le plus mériter d'être défendu

Constituez des équipes. Chaque équipe choisit un monstre du chapitre.

- Le Minotaure : victime d'une malédiction, il est rejeté par les hommes.
- Quasimodo : jugé sur son apparence, il est pourtant doté d'un grand cœur.
- Le vilain petit canard : humilié et rejeté, il est victime de sa différence.
- La Bête : monstre en apparence, elle est en réalité un prince.
- Le loup-garou : témoin d'un crime qu'il n'a pas voulu dénoncer, il est destiné à se transformer.

Étape 2 Faites des recherches et trouvez vos arguments

- **Présentez** brièvement votre personnage.
- **Expliquez** les raisons pour lesquelles il est perçu comme un monstre.
- **Mettez en avant** les raisons pour lesquelles il mérite d'être défendu.
- **Utilisez des exemples** du chapitre pour illustrer vos propos.

Étape 3 Rédigez votre défense

- Structurez-la en trois parties :

→ **Une introduction** qui présente le personnage et son accusation.
→ **Un développement** qui déroule les arguments et les exemples pour le défendre.
→ **Une conclusion** qui résume les arguments et appelle à la bienveillance et la clémence.

- Rédigez des phrases courtes et percutantes pour convaincre le jury !
- Soulignez les mots-clés pour mieux vous repérer.

Étape 4 Entraînez-vous à mettre en voix

- Travaillez l'intonation et le rythme pour convaincre le jury.
- Utilisez les conseils de la fiche « Lire avec expressivité » pour améliorer votre oral (fiche 1 p. 268).
- Entraînez-vous à parler avec assurance et à capter l'attention.

Étape 5 Défendez votre personnage !

- Chaque groupe présente sa défense devant la classe devenue jury.
- Le jury peut poser des questions aux groupes-avocats.
- À la fin de chaque discours, le jury décide si le monstre est innocent ou coupable.

Fiche coup de pouce
hachette-clic.fr/25mp6064

S'auto-évaluer
hachette-clic.fr/25mp6065

Projet écrit

Rédiger une lettre de Quasimodo

Imagine la lettre que Quasimodo, devenu adulte, écrit à des enfants pour leur faire comprendre qu'il a souffert et que la différence ne doit pas être synonyme de rejet.

Étape 1 Mets-toi dans la peau de Quasimodo !

- **Souviens-toi** de son histoire : le rejet de Quasimodo dès sa naissance, son isolement, le regard méprisant des autres.
- **Réfléchis aux émotions** qu'il a ressenties face à cette injustice : tristesse ? colère ? incompréhension ?
- **Note quelques phrases** qui traduisent ses émotions.

Étape 2 Trouve des arguments convaincants

- Tout le monde a le droit d'être accepté et aimé, quelle que soit son apparence physique.
- Les véritables qualités humaines ne sont pas visibles extérieurement : l'intelligence, la douceur, la bienveillance…
- Le rejet blesse et peut détruire une vie.

FICHE COUP DE POUCE
hachette-clic.fr/25mp6066

S'AUTO-ÉVALUER
hachette-clic.fr/25mp6067

Étape 3 Rédige ta lettre

Ton plan doit être clair et comporter :

→ **Une introduction** : présente Quasimodo et dis pourquoi il écrit cette lettre.

→ **Un développement** : dénonce les injustices et les humiliations que Quasimodo a vécues.

→ **Une conclusion** : mets en avant la tolérance, le respect et la bienveillance.

Étape 4 Améliore ta lettre

- Relis ton travail et demande-toi : mes arguments sont-ils clairs ? convaincants ? Les sentiments de Quasimodo sont-ils bien exprimés ?
- Ajoute des détails : pense à bien décrire ses émotions, insère un exemple marquant du texte.
- Varie les phrases, évite les répétitions, utilise un vocabulaire précis.

Tu peux t'aider de ce tableau pour enrichir ta lettre :

Exprimer une injustice	C'est injuste de… / Pourquoi condamner sans connaître ?
La différence est une richesse	On ne peut pas juger quelqu'un sur son apparence.
Convaincre et interpeller	Imaginez-vous à sa place ! / Avez-vous un jour aussi été rejeté ?
Conclure avec force	Chacun mérite d'être accepté. / Il est temps de changer les choses !

Vocabulaire

Jouer avec des mots monstrueux

L'étymologie des mots

1 Associe ces mots à leur origine grecque et leur définition :

Mots : *métamorphose – lycanthrope – labyrinthique – Minotaure – chimère*

Version grecque : *lykanthropos* / λυκάνθρωπος ; *metamorphosis* / μεταμόρφωσις ; *labyrinthos* / λαβύρινθος ; *Minôs et taúros* / μινώταυρος ; chimaira / χιμαιρα.

Définitions : *transformation – créature mi-homme mi-taureau – compliqué comme un dédale – homme-loup – créature hybride et imaginaire.*

La formation des mots en français

2 Décompose ces mots en préfixe, radical et suffixe, puis donne leur définition : *prodigieux – horriblement – renouveler*

Attention : le préfixe et le suffixe, ce n'est pas automatique !

Les familles de mots

Le mot *monstrum* vient du verbe monere, qui signifie « avertir ». Il a donné plusieurs radicaux en français : monstr-, monu -, monit-.

3 Classe les mots suivants selon leur radical : *montrer – monument – démonstration – moniteur – monumental – démonstratif – prémonition – prémonitoire – monstruosité*

4 Précise le sens d'au moins cinq d'entre eux.

Les champs lexicaux

5 Repère l'intrus.

a : *cri – chant – hurlement – strident*
b : *difformité – monstruosité – anomalie – ressemblance*
c : *courage – affrontement – fuite – héros*

La polysémie des mots

6 Propose une définition du mot « *garde* » pour chaque phrase. Tu peux utiliser le dictionnaire pour plus de facilité.

Thésée mit son épée en garde. / C'est le garde de la reine. / Prends garde ! / Ce soir, le docteur est de garde.

Les définitions

7 Cherche dans le dictionnaire la définition des mots : *lisser – hérissé – la volée – s'acquitter*

Les homophones

8 Choisis le bon mot pour chaque phrase.

a : Le géant aveugle prononce des *mots / maux* incompréhensibles.
Le pauvre bossu souffre mille *mots / maux*.

b : Le magicien trace un *dessein / dessin* sur le sol.
Il a le *dessein / dessin* de se venger du loup-garou.

c : Le vilain petit canard traverse le *champ / chant* pour s'éloigner des moqueries.
Le *champ / chant* des sirènes est dangereux.

Les expressions

9 Associe chaque expression à sa définition.

Expressions : *C'est le vilain petit canard de la bande ! – Il faut savoir hurler avec les loups. – Ton article est un serpent de mer qui ne m'enchante guère. – Avenant contre le géant, c'est David contre Goliath.*

Définitions : *un combat déséquilibré – un sujet interminable qui n'intéresse personne – s'adapter à la situation – personne rejetée par un groupe*

Micro-dictée

10 **a.** Lis attentivement ce passage et recopie-le.

Ses larges pieds semblaient aussi solides sur le pavé de l'église que les lourds piliers romans. Sa grosse tête chevelue s'enfonçait dans ses épaules comme celle des lions qui eux aussi ont une crinière et pas de cou.

Victor Hugo, *Notre-Dame de Paris*, 1844,

b. Souligne en vert les mots que tu ne connais pas et mémorise leur orthographe.
c. Souligne en rouge tous les adjectifs, repère le nom auquel ils se rapportent et vérifie les accords.
d. Demande à quelqu'un de te lire le passage et réalise cette micro-dictée sans faire d'erreurs !

Le Caravage, *Tête de Méduse*, vers 1598-99, Galerie des Offices, Florence.

?!

Le sais-tu ?

Le mot « monstre » vient du latin *monstrum* qui désignait un prodige, un miracle. Le mot n'était donc pas péjoratif !

On en trouve encore une trace dans l'expression « un monstre sacré », qui désigne un comédien exceptionnel.

Défis mots !

difforme – effroi

Pour chacun de ces deux mots, donne un mot dérivé avec un préfixe ou un suffixe, un mot de la même famille, un synonyme et un antonyme.

Quiz de vocabulaire

Formez des équipes !
Chacune va devoir faire deviner un mot aux autres membres de son équipe.
Mais attention : il est interdit d'utiliser des mots de la même famille. Vous pouvez utiliser le champs lexical pour faire deviner le mot.

Les mots à faire deviner :

anomalie
chimère
effroi
hurlement
labyrinthe
lycanthrope
métamorphose
Minotaure
monstruosité
prémonition
prodigieux
ruse
strident
vilain

À vos marque-pages !

Les textes autour des monstres interrogent le regard de chacun sur la différence. Ces ouvrages nous aident à mieux comprendre les autres, et peut-être à mieux nous comprendre aussi.

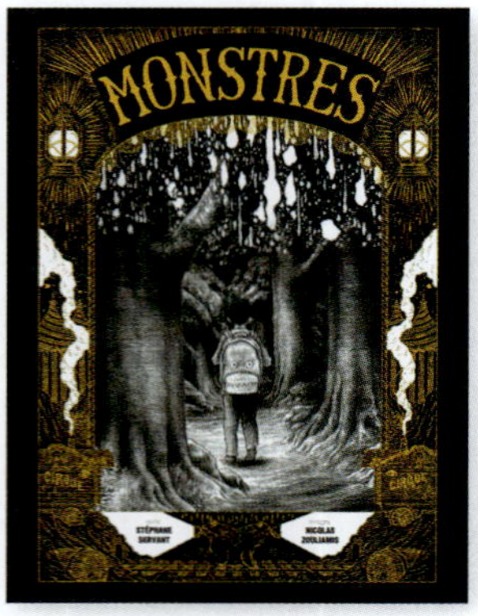

Monstres

Stéphane Servant, illustré par Nicolas Zouliamis • éditions Thierry Magnier, 2023

Dans un étrange village, un cirque s'installe et le narrateur est pressé d'aller découvrir ce qui se cache dans ses cages. Il parait que ce sont des monstres comme on n'en a jamais vus. Mais le monstre n'est pas toujours celui qu'on croit et le lecteur sera surpris !

Ottoline et le vétérinaire des monstres

Yann Apperry • éditions Pocket jeunesse, 2024

Ottoline découvre que son oncle est vétérinaire pour monstres et va devenir son assistante. Mais sa mission ne se résumera pas à soigner les créatures fantastiques, elle devra maintenir le fragile pacte entre les humains et le monde des monstres.

♡ **Deux raisons d'aimer**

- Parce que ce texte aborde aussi les dures montruosités de la vie à affronter, comme les deuils.
- Ce roman richement illustré par Laurent Gapaillard a reçu la Pépite de la fiction junior 2023.

Stitch

Padraig Kenny • éditions Lumen, 2024

Un professeur a donné vie à Stitch grâce à une expérimentation scientifique. Il vit caché au fond des bois avec son meilleur ami jusqu'au jour où débarque le neveu du professeur. Stitch saura-t-il trouver sa place ou sera-t-il rejeté ?

♡ **Deux raisons d'aimer**

- C'est une réécriture moderne inspirée du mythe de Frankenstein écrit par Mary Shelley.
- Cette lecture invite à dépasser la peur de l'autre, faire preuve d'empathie et accepter les différences.

Le coup de cœur de la professeure-documentaliste

Cette histoire nous plonge dans une ambiance sombrement fascinante, qui distille un puissant suspens.

Raconté à la première personne et magnifiquement illustré, ce texte joue sur le point de vue et fait réfléchir sur l'amitié et l'acceptation des différences.

Partage tes lectures !

Ajoute un chapitre

Prends la place de l'auteur ou l'autrice de ton livre et ajoute un chapitre à l'endroit de ton choix. Par exemple un passage au centre de l'intrigue pour ajouter une péripétie ou un épilogue qui invente ce que deviennent les personnages quelques années après l'histoire. Propose à ton·ta professeur·e documentaliste de glisser ton bonus dans l'ouvrage s'il est disponible au CDI.

Bilan

Les monstres, miroirs de nos peurs

✦ **Les monstres reflètent nos peurs :** ils incarnent souvent ce que l'on redoute ou ce qu'on ne comprend pas.

✦ **Ils sont parfois créés par notre imagination :** souvent issus de transformations incomplètes ou de doubles natures, ils interrogent la limite qui existe entre humanité et monstruosité.

✦ **Les monstres nous confrontent à la différence :** ils représentent ceux qui sont perçus autrement, en marge, et nous forcent à nous interroger sur nos préjugés, nos superstitions et nos jugements, pour regarder au-delà des apparences.

✦ **Les héros grandissent en affrontant les monstres :** celles et ceux qui osent affronter ces créatures découvrent des forces cachées en eux et développent une meilleure compréhension du monde.

On réfléchit tous ensemble !

Créez le monstre de la classe et réfléchissez à ce qu'il représente !

✦ Divisez la classe en quatre équipes. Chaque équipe réfléchit à un aspect du monstre :

Équipe 1	Équipe 2	Équipe 3	Équipe 4
Son apparence	Ses pouvoirs et ses faiblesses	Son caractère	Son histoire

✦ Mettez vos idées en commun et complétez la fiche d'identité de votre monstre :
nom / apparence physique / pouvoirs / faiblesses / caractère / histoire.

Et toi dans tout ça ?

1 Parmi tous les monstres rencontrés dans ce chapitre, lequel t'a le plus marqué(e) ? Pourquoi ?

2 Quels mots nouveaux as-tu appris au cours de ce chapitre ? Te souviens-tu de leur sens ?

Quiz

QUIZ DE RÉVISION
hachette-clic.fr/25mp6068

CHAPITRE 5

Parcours d'œuvre

L'Odyssée, Homère

Ulysse affronte Circé

Circé est-elle une monstrueuse magicienne ou une merveilleuse alliée pour Ulysse ?

Tes objectifs :

- Lire un épisode célèbre de L'Odyssée.
- Découvrir le héros Ulysse et la magicienne Circé.
- Raconter un passage de l'épopée.

Edmond Dulac, *Circé*, 1911, collection privée.

Dans l'univers
d'Homère, Ulysse et Circé

✦ Sais-tu qui est Homère ?

Homère est un aède grec de l'Antiquité, c'est-à-dire un poète qui récite ses textes accompagnés d'un instrument de musique qui aurait vécu au VIIIe siècle avant J.- C. sur les côtes de l'Asie Mineure, c'est-à-dire sur le territoire de l'actuelle Turquie. La tradition rapporte qu'il serait l'auteur de deux grandes épopées qui sont les premières œuvres de la littérature occidentale : *L'Iliade* et *L'Odyssée*.

■ LES DIEUX DE L'OLYMPE
■ LES CRÉATURES DIVINES
■ LES MONSTRES

✦ Que raconte *L'Odyssée* ?

L'Odyssée est un long poème de plus de 12 000 vers répartis en 24 « chants ».
Le mot « odyssée » désigne un très long voyage en mer, rempli d'aventures ! Cette épopée raconte le retour d'Ulysse auprès de son épouse Pénélope et de leur fils Télémaque dans son royaume d'Ithaque.

→ Observe cette carte et suis le parcours d'Ulysse. Pourquoi peut-on dire que son voyage en mer est semé d'embûches ?

✦ « Circé aux belles boucles »

La magicienne serait la fille d'Hélios, le dieu du Soleil. Elle est décrite par les auteurs de l'Antiquité comme une déesse, mais elle est aussi considérée comme une enchanteresse experte en poisons.

→ Observe cette représentation de Circé : elle te semble accueillante ou dangereuse ?

→ Qui est « Ulysse aux mille ruses » ? Effectue des recherches, puis recopie et complète sa carte d'identité.

Ulysse

Son nom d'origine : ....

Mari de : ....

Père de : ....

Roi de : ....

Qualités principales : ....

Ennemis : ....

Exploits réalisés : ....

✦ Les mauvaises rencontres d'Ulysse

Dans cette épopée, les mondes humains et divins se côtoient et Ulysse croise de nombreuses créatures qui ne lui veulent pas toujours du bien ! Découvre-les !

Ulysse devra compter sur ses qualités, notamment sa ruse et son courage, pour échapper à ces êtres maléfiques, mais aussi sur l'appui précieux des dieux qui ont décidé de l'aider, au premier rang desquels on compte Athéna et Hermès !

Lecture 1

Bienvenue chez Circé !

À ÉCOUTER
hachette-clic.fr/25mp6069

Ton objectif
Étudier la rencontre des compagnons d'Ulysse avec la magicienne !

Pendant leur voyage, Ulysse et ses compagnons font escale sur l'île de Circé. Quelques compagnons, menés par Politès, partent en éclaireurs et découvrent la demeure de la magicienne.

Au fond d'un val[1], ils virent les demeures de Circé
faites de pierre lisse en un lieu découvert.
Autour étaient des loups des montagnes et des lions
qu'elle avait su ensorceler avec ses **drogues**.
Ils ne bondirent pas sur les hommes, tout au contraire :
ils s'approchaient pour les flatter de leur puissante queue.
Comme lorsque les chiens flattent leur maître qui revient
d'un banquet, car toujours il leur apporte des douceurs,
ces loups de forte griffe et ces lions les entouraient
flatteurs. Mes gens tremblaient devant ces affreux fauves.
Ils s'arrêtèrent dans l'entrée de la déesse ;
ils entendaient Circé chanter dedans à belle voix
en tissant de la toile, un de ces fins ouvrages
gracieux et brillants, tels qu'en font les déesses.
Alors prit la parole Politès, le capitaine,
qui m'était le meilleur et le plus cher des **compagnons** :
« Amis, quelqu'un tisse une grande toile là-dedans
et chante un si beau chant que toute la salle en bourdonne :
est-ce une femme, une déesse ? Appelons-la ! »
Comme il avait parlé, ils poussèrent des cris d'appel.
Elle, accourant, ouvrit ses portes scintillantes
et les héla[2] ; tous ces imprudents la suivirent.
Seul Euryloque ne bougea, flairant l'embûche.
Elle les conduisit vers les sièges et les fauteuils,
puis leur mêla du miel, de la farine et du fromage
dans du vin de Pramnos, ajoutant ensuite au mélange
un philtre qui devait leur faire oublier la patrie.
Elle avança la coupe, qu'ils vidèrent ; peu après,
sur un coup de baguette, ils étaient bouclés[3] dans les tects[4].
Des cochons, ils avaient les groins, les grognements, les soies[5],
tout enfin, sauf l'esprit, qui resta esprit de mortel[6].
Ainsi bouclés, ils larmoyaient ; et Circé leur jetait
des glands, des faines[7] et des fruits de cornouiller[8],
tout ce que mangent les cochons vautrés à terre.

Homère, *L'Odyssée*, Chant X, VIIIe siècle av. J.- C., trad. Philippe Jaccottet, Éditions La Découverte, 2004.

1 Vallée étroite.
2 Appeler.
3 Enfermés.
4 Enclos des cochons.
5 Poils des cochons, porcs ou sangliers.
6 Humain.
7 Fruit du hêtre.
8 Arbuste aux feuilles colorées.

Avant la lecture

À ÉCOUTER
hachette-clic.fr/25mp6070

Écoute le début de l'histoire d'Ulysse et de ses compagnons qui arrivent sur l'île d'Aiaié, l'île de Circé.
D'après toi, quel est l'état d'esprit d'Ulysse et de ses compagnons quand ils débarquent sur l'île de Circé ?

FICHE COUP DE POUCE
hachette-clic.fr/25mp6071

Comprendre le texte

1 Quelle est l'attitude des animaux sauvages qui accueillent les compagnons d'Ulysse ?

2 Relève deux mots dans le texte qui indiquent qui est Circé. Justifie ton choix.

3 Parmi les adjectifs suivants, choisis-en deux qui conviennent le mieux au personnage de Circé et justifie ton choix :
cruelle - accueillante - attirante - effrayante

4 Pourquoi peut-on dire que Circé tend un piège aux compagnons d'Ulysse ?

5 Qu'arrive-t-il à ces compagnons ? Cite les mots qui t'ont aidé à le comprendre.

6 Résume cette aventure en trois phrases à l'écrit.

7 HISTOIRE DES ARTS Associe l'illustration à un passage du texte.

Faire le bilan

8 Dessine le portrait de Circé telle que tu l'imagines. A-t-elle l'apparence d'un monstre ?

9 Seul le personnage d'Euryloque, prudent, n'est pas entré chez Circé et n'a pas été transformé en cochon. À ton avis, comment cette aventure va-t-elle se poursuivre ? Imagine la suite en deux phrases.

MISSION SPÉCIALE

À ÉCOUTER
hachette-clic.fr/25mp6072

Écoute cet extrait de *L'Odyssée* : quels points communs et quelles différences peux-tu remarquer entre le personnage de Circé et les sirènes ?

Enrichir son vocabulaire

- **Drogue** v. 4. Le sens du mot « drogue » que tu connais convient-il ici ? Cherche dans un dictionnaire, parmi les sens du mot, lequel est le plus approprié.
- **Compagnons** v. 16. Voici l'étymologie du mot « compagnon » : proprement, « celui qui partage le pain avec un autre », de *cum*, « avec », et *panis*, « pain » en latin. Donne trois synonymes du mot.

Willy Pogany, *Circé l'enchanteresse, transforme les hommes d'Euryloque en porcs*, illustration dans « The adventures of Odysseus and the tale of Troy » de Padraic Colum, vers 1918.

Lecture 2

Les conseils d'Hermès

À ÉCOUTER hachette-clic.fr/25mp6073

Ton objectif
Comprendre le rôle du dieu Hermès auprès d'Ulysse.

Prévenu par Euryloque de la transformation de ses compagnons, Ulysse se précipite chez Circé. Il est arrêté en route par le dieu Hermès.

J'allais atteindre le palais de la sorcière.
Hermès à la baguette d'or vint au-devant de moi
qui m'approchais de la maison, sous l'aspect d'un jeune homme
à sa première barbe, dans le charme de cet âge.
Il me tendit la main et me dit ces paroles :
« Où vas-tu, malheureux, seul parmi ces collines
sans connaître les lieux ? Tes compagnons sont chez Circé,
parqués comme des porcs dans des cachettes bien fermées.
Viens-tu les délivrer ? Mais crois-moi, à ton tour,
tu ne pourras rentrer, tu resteras avec les autres.
Néanmoins, je veux te tirer de peine et te sauver.
Tiens ! prends cette bonne herbe avant de gagner les demeures
de Circé : son pouvoir t'évitera le jour **fatal**.
Je te dirai les sortilèges de Circé :
t'ayant fait un mélange, elle y jettera une drogue[1],
mais sans pouvoir t'**ensorceler** ; car la bonne herbe
que je te donnerai l'empêchera. Je te dis tout :
lorsque Circé t'aura touché de sa longue baguette,
alors, tirant le long de ta cuisse ton glaive,
saute sur elle ainsi que pour donner la mort.
Elle, en tremblant de peur, offrira sa couche en partage :
il ne s'agira pas de refuser ce lit divin
si tu veux délivrer tes compagnons et revenir !
Mais prie-la de jurer, par le serment majeur des dieux,
qu'elle n'a pas sur toi d'autres desseins[2]
et ne veut pas t'ôter, ainsi nu, ta virilité[3] ! »
Ayant ainsi parlé, l'Éblouissant me donna l'herbe
qu'il avait déterrée, et me décrivit sa nature.
Sa racine était noire et sa fleur couleur du lait pur ;
les dieux l'ont appelée Moly, et les mortels
ont peine à l'arracher ; mais les dieux peuvent tout.
Hermès ensuite regagna le grand Olympe
par les forêts de l'île ; et vers la maison de Circé
j'allai ; chemin faisant mille pensées troublaient mon cœur.

Homère, *L'Odyssée*, Chant X, VIIIe siècle av. J.- C., trad. Philippe Jaccottet, Éditions La Découverte, 2004.

Hermès messager des dieux, vase à figures rouges, Attribué au peintre de Tithonos, 480-470 av. JC, Metropolitan.

1 Poison.
2 Objectifs.
3 T'enlever ton humanité, autrement dit : te transformer en cochon.

Avant la lecture Fais des recherches sur le dieu Hermès : avec quels accessoires est-il souvent représenté ? De qui est-il la divinité protectrice ?

FICHE COUP DE POUCE
hachette-clic.fr/25mp6074

Comprendre le texte

1 Relève dans le texte toutes les expressions qui désignent Hermès : comment l'imagines-tu ?

2 Pourquoi peut-on affirmer que le dieu vient en aide à Ulysse ?

3 LANGUE Grâce à quels indices sais-tu qu'Hermès prend la parole et s'adresse à Ulysse ?

4 Reformule avec tes propres mots ce qu'Hermès prédit à Ulysse.

5 À quoi ressemble le Moly et quelle est son utilité ?

6 Relève dans le texte le champ lexical de la magie.

7 À ton avis, pourquoi Ulysse est-il soucieux en quittant Hermès ?

8 HISTOIRE DES ARTS Qui sont les trois personnages principaux de la scène représentée ? Trouves-tu que ce tableau est une représentation fidèle de l'extrait étudié ?

Enrichir son vocabulaire

- **Fatal** v. 13.
Étymologiquement, « fatal » exprime ce qui est réglé par le destin (du latin *fatum*, « destin »). Donne un synonyme du mot ici.
- **Ensorceler** v. 16.
Quels mots de la même famille connais-tu ? Trouves-en au moins quatre en veillant à varier les classes grammaticales.

Faire le bilan

Deux divinités de l'Olympe aident Ulysse à éviter les pièges tendus pour lui permettre de regagner Ithaque : Hermès et Athéna.

Imagine qu'Ulysse rencontre Athéna déguisée en petite fille et, à la manière d'Homère, rédige le récit de leur rencontre et les conseils qu'elle pourrait lui donner.

MISSION SPÉCIALE

Dans ce texte, le dieu est désigné comme « Hermès à la baguette d'or ». Il s'agit d'une « épithète homérique », c'est-à-dire une courte expression que l'on ajoute à un nom afin de le caractériser.

À ton tour, invente des épithètes homériques pour désigner tes héros préférés.

Jean-Jacques Lagrenée, *Ulysse arrivant dans le palais de Circé*, huile sur toile, 1787, musée de Picardie.

Lecture 3

Circé, de la magicienne à la femme vaincue

À ÉCOUTER
hachette-clic.fr/25mp6075

Ton objectif
Comprendre la défaite de Circé face à Ulysse

Resté seul après l'intervention d'Hermès,
Ulysse poursuit sa route vers la demeure de Circé.

Je m'arrêtai devant l'entrée de la déesse
et je criai : la déesse entendit ma voix.
Elle accourut, ouvrit ses portes scintillantes
et me héla[1] ; je la suivis avec tristesse.
Elle me fit asseoir dans un fauteuil aux clous d'argent.
Elle me prépara son mélange dans une coupe
et jeta la drogue dedans, tramant son crime.
Elle m'offrit la coupe d'or ; je la vidai sans résultat ;
puis, me frappant de sa baguette, elle me dit :
« Allons, au tect[2] ! Va retrouver tes compagnons ! »
Elle dit, mais, tirant le long de ma cuisse mon glaive,
je sautai sur Circé comme pour la tuer.
Elle, avec un grand cri, s'effondra, me prit les genoux
et, tout en gémissant, me dit ces paroles ailées :
« Qui es-tu ? D'où viens-tu ? Quels sont tes parents et ta ville ?
Je m'étonne que tu aies bu sans être ensorcelé !
Car jamais un mortel n'a résisté à cette drogue,
qui en but et lui fit franchir l'enclos des dents :
tu dois avoir dans la poitrine un esprit[3] **invincible**.
Tu es sans doute cet Ulysse de ressource dont toujours
Hermès à la baguette d'or m'annonçait qu'il viendrait
à son retour de Troie, sur son prompt[4] **vaisseau** noir. »

1 M'appeler.
2 À la porcherie.
3 Force.
4 Rapide.

Homère, *L'Odyssée*, Chant X, VIIIᵉ siècle av. J.- C., trad. Philippe Jaccottet, Éditions La Découverte, 2004.

Avant la lecture

Circé a empoisonné les compagnons d'Ulysse en leur donnant à boire un breuvage qui les a transformés en cochons.

Invente la recette de la potion magique de Circé puis lis la devant tes camarades.

Franz Stuck, *Tilla Durieux dans le rôle de Circé*, vers 1913, huile sur bois, Alte Nationalgalerie, musées d'État de Berlin.

FICHE COUP DE POUCE
hachette-clic.fr/25mp6076

Comprendre le texte

1 D'après toi, pourquoi Ulysse est-il triste au début de cet extrait ?

2 Relève et classe les actions de la sorcière. Repère les verbes qui désignent ses gestes.

3 Comment Circé accueille-t-elle Ulysse ?

4 Pourquoi peux-tu dire qu'elle est maléfique ?

5 Comment la magicienne réagit-elle quand elle s'aperçoit que sa potion n'a aucun effet sur Ulysse ? Pour répondre, observe la ponctuation des phrases.

6 Pourquoi Circé reconnaît-elle Ulysse ?

7 Relève les mots qui opposent le monde divin au monde des mortels. Qu'est-ce que ce vocabulaire nous apprend du personnage d'Ulysse ?

8 HISTOIRE DES ARTS Décris le tableau en utilisant avec précision le vocabulaire des couleurs.

Je lis à voix haute

Entraîne-toi à lire les paroles de Circé à voix haute de manière expressive. Tu peux t'enregistrer quand tu penses être prêt(e).

Enrichir son vocabulaire

- Analyse la formation du mot **invincible** v. 19. préfixe, radical et suffixe. Quelle est la définition de cet adjectif ?
- **Vaisseau** v. 22. Cherche les différentes définitions du mot dans un dictionnaire. Laquelle correspond au sens du mot présent dans le texte d'après toi ?

Faire le bilan

Circé se rend compte de l'échec de sa potion magique sur Ulysse.

Imagine ce qu'elle raconte à sa servante.

MISSION SPÉCIALE

Dans d'autres passages de L'Odyssée, les compagnons d'Ulysse sont imprudents, par exemple dans l'épisode des « vaches du soleil », au chant XII.

Effectue des recherches sur ce qui se passe dans ce passage.

Imagine le discours qu'Ulysse pourrait prononcer à ses compagnons au début de *L'Odyssée* pour leur ordonner d'être prudents et à se méfier des mauvaises rencontres.

Lecture 4
en groupe

L'accueillante Circé

À écouter
hachette-clic.fr/25mp6077

Ton objectif
Comprendre la métamorphose de Circé.

Après l'échec du philtre maléfique sur Ulysse,
Circé l'accueille chaleureusement chez elle mais celui-ci semble contrarié.

Circé me pria de manger ; je n'en avais aucun désir
et demeurais l'esprit ailleurs, prévoyant d'autres maux[1].
Lorsque Circé me vit ainsi figé, sans faire un geste
vers le pain, en proie à mon odieuse[2] peine,
elle vint près de moi dire ces mots ailés :
« Qu'as-tu, Ulysse, à rester là comme un muet,
à te ronger le cœur sans toucher au pain ni au vin ?
Redoutes-tu quelque autre tour[3] ? Tu n'as plus de raison
d'avoir peur, puisque j'ai juré le grand serment ! »
À ces mots, je lui dis en guise de réponse :
« Ô Circé, quel est l'homme ayant quelque justice
qui oserait toucher à ce pain ou au vin
avant d'avoir revu, sauvé ses compagnons ?
Si c'est **loyalement** que tu m'invites à manger,
délivre-les d'abord, que je revoie mes compagnons ! »
Tels furent mes propos. Circé sortit de la grand-salle
sa baguette à la main, ouvrit les portes de l'étable
et fit sortir mes gens, pareils à des porcs de neuf ans.
Ils se dressèrent devant elle ; et passant parmi eux,
Elle enduisit le corps de chacun d'eux d'une autre drogue.
Ils perdirent alors les soies dont les avait couverts
le premier philtre de Circé la souveraine.
Ils redevinrent des mortels, plus jeunes qu'ils n'étaient,
beaucoup plus beaux encore et plus grands d'apparence.
Chacun me reconnut, ils me prenaient la main,
tous sentaient le désir des pleurs, et la maison
retentissait de cris : Circé même s'attendrissait.
La **merveilleuse**, alors, me dit en s'approchant :
« Fils de Laërte, enfant de Zeus, industrieux[4] Ulysse,
va rejoindre ton prompt[5] navire et le bord de la mer.
Commencez par tirer votre navire sur la grève[6],
déposez dans des grottes les agrès[7] et tous vos biens,
puis reviens et ramène tes fidèles compagnons ! »
Elle dit, et mon âme fière obtempéra[8].
Je regagnai le prompt navire et le bord de la mer ;
je retrouvai au prompt vaisseau mes compagnons fidèles
Gémissant **piteusement**[9] et pleurant à chaudes larmes.

Homère, *L'Odyssée*, Chant X, VIIIe siècle av. J.- C., trad. Philippe Jaccottet, Éditions La Découverte, 2004.

1 Malheurs.
2 Insupportable.
3 Ruse.
4 Ingénieux, habile.
5 Rapide.
6 Plage.
7 Éléments du gréement d'un navire (câbles, voiles, etc.).
8 Obéir.
9 Pitoyablement.

Avant la lecture

En petit groupe, imaginez trois arguments qu'Ulysse pourrait donner à Circé pour qu'elle libère ses compagnons du sortilège qui les a transformés en porcs.

Fiche coup de pouce
hachette-clic.fr/
25mp6078

Comprendre le texte *en groupe*

Formez des groupes et répartissez-vous équitablement entre des « équipes Ulysse » et des « équipes Circé ».

Équipe Ulysse

1 Identifiez trois parties dans ce passage en indiquant les numéros des vers et donnez un titre à chacune d'elles.

2 Ulysse se méfie-t-il de Circé dans cet extrait ? Justifiez votre réponse en vous appuyant sur différents passages du texte ?

Équipe Circé

1 Relevez toutes les façons dont Circé est désignée dans le texte et toutes ses actions.

2 La magicienne vous paraît-elle toujours aussi monstrueuse qu'au début de l'aventure ? Justifiez votre réponse.

Enrichir son vocabulaire

- **Loyalement** v. 14. et **piteusement** v. 37.
Ces deux mots sont composés de la même manière : un radical constitué de l'adjectif dans sa forme féminine (« loyale » et « piteuse ») auquel s'ajoute le suffixe -ment. À quelle classe grammaticale appartiennent ces deux mots grâce à l'ajout du suffixe -ment ?
- **Merveilleuse** v. 28.
Remplace le mot « merveilleuse » dans la phrase par un synonyme. Quelle est la classe grammaticale du mot ici ? Quelle manipulation te permet d'identifier cette classe grammaticale ?

Faire le bilan *tous ensemble*

Recomposez de nouvelles équipes mêlant Ulysse et Circé.

1 Débattez afin de savoir s'il est possible pour Ulysse d'accorder sa confiance à Circé et mettez-vous d'accord.

Histoire des arts

À quelle partie du texte cette illustration correspond-elle ?

Mission spéciale

1 Que va-t-il se passer ensuite d'après vous ? Imaginez la suite de l'histoire en quelques phrases.

2 Dans *L'Odyssée*, Ulysse échappe à d'autres figures monstrueuses en faisant appel à sa ruse ou à son courage, comme par exemple face au cyclope Polyphème au chant IX de l'épopée. Ecoute cet extrait et compare-le avec le chant X consacré à Circé.

À écouter
hachette-clic.fr/
25mp6079

Ulysse et Circé, illustration vers 1900, Collection Edwin Mullan.

Ulysse aux enfers

À la rencontre du devin Tirésias

Dans *L'Odyssée*, Homère décrit la géographie du monde grec. La mer Méditerranée est au centre des terres habitées, qui sont entourées d'un fleuve infranchissable appelé « Océan ».

Les Enfers sont situés au-delà de ce fleuve Océan. Pour y entrer, Ulysse laisse son bateau sur le rivage et pénètre dans le bois sombre et brumeux de la déesse des Enfers, Perséphone, l'épouse d'Hadès. C'est là, au confluent des quatre fleuves qui coulent aux Enfers, qu'il pourra invoquer l'âme du devin Tirésias, pour retrouver la route du retour à Ithaque.

Un rituel sacré

Pour que l'âme de Tirésias reprenne de la vigueur et émerge des Enfers jusqu'à lui, Ulysse effectue un rituel sacré : il fait le sacrifice d'un animal en guise d'offrande et verse sur le sol un liquide constitué de lait, de miel et d'eau : c'est une libation.

1 Recherche une représentation antique d'une libation et présente le document à tes camarades.

Lecture 5

Circé, guide vers les Enfers

À ÉCOUTER
hachette-clic.fr/25mp6080

Ton objectif
Comprendre que Circé est en fait une alliée pour Ulysse.

Les compagnons d'Ulysse étant redevenus humains, l'équipage reste une année chez Circé avant de repartir. La magicienne conseille Ulysse sur la suite de son voyage.

Circé la merveilleuse aussitôt répondit :
« Ne t'inquiète donc pas d'un pilote pour te guider !
Ayant dressé le mât et déployé les voiles blanches,
laisse au Borée[1] le soin d'emmener ton navire.
Mais, lorsque ton navire aura traversé l'Océan,
tu verras un rivage plat et les grands bois de Perséphone[2],
des saules aux fruits morts et de hauts peupliers.
Échoue-là ton bateau, près des remous de l'Océan,
puis va trouver Hadès en son palais de pourriture.
Là-bas, dans l'Achéron le Pyriphlégéthon se jette
et le Cocyte issu des eaux du Styx ;
il s'élève une roche au confluent tonnant des fleuves[3] :
tu t'en approcheras, héros, selon mon ordre.
Là creuse un trou d'une coudée carrée[4] ;
verse alentour la libation[5] à tous les morts,
d'abord le lait miellé[6], ensuite le vin doux,
l'eau en troisième, et dessus la farine blanche.
Puis, implorant longtemps les têtes sans force des morts,
Promets-leur, au retour, de sacrifier une génisse[7],
ta plus belle génisse, avec un bûcher lourd d'offrandes,
et au seul Tirésias fais la promesse d'un bélier
sans tache et noir, le meilleur de tout le troupeau.
Quand tu auras prié l'illustre nation des morts,
sacrifie un agneau et une brebis noire
dirigés vers l'Érèbe ; et toi, détourne-toi
et regarde les eaux du fleuve ; alors, en foule,
les âmes de ceux qui sont morts arriveront.
Ensuite, ordonne et recommande à tes amis,
une fois écorché, de brûler le bétail gisant
égorgé par le cruel glaive, en adjurant[8] les dieux,
la redoutable Perséphone et le puissant Hadès.
Puis, tirant le long de la cuisse ton épée,
Reste-là, empêchant les têtes sans force des morts
de s'approcher du sang avant qu'ait parlé Tirésias.
Alors, grand capitaine, tu verras venir le **devin**
qui te dira ta route et les mesures de ta route
et comment revenir par la mer poissonneuse. »

Homère, *L'Odyssée*, Chant X, VIIIe siècle av. J.-C., trad. Philippe Jaccottet, Éditions La Découverte, 2004.

1 Vent du Nord.
2 Reine des enfers et épouse d'Hadès.
3 À l'endroit où les fleuves se rejoignent.
4 Indication de mesure.
5 Offrande liquide que l'on offrait à une divinité en la répandant sur le sol.
6 Lait auquel on a ajouté du miel.
7 Jeune vache qui n'a jamais eu de veau.
8 Prier.

Adolf Hirémy-Hirschl, *Les Âmes de l'Achéron*, 1898, 215x340 cm, huile sur toile, Palais du Belvédère, Vienne.

FICHE COUP DE POUCE
hachette-clic.fr/25mp6081

Comprendre le texte

1 Vers quel lieu Circé dirige-t-elle Ulysse et ses compagnons ?

2 Qui Ulysse doit-il y rencontrer ?

3 Pour quelle raison ?

4 Que doit-il faire pour le rencontrer ? Cite le texte, aide toi des pages 114-115 pour répondre à la question.

5 LANGUE À quels temps et à quels modes sont principalement conjugués les verbes utilisés par Circé dans le texte ?

6 En quoi Circé constitue-t-elle en fin de compte une rencontre déterminante pour Ulysse dans son odyssée ? Pourquoi ?

Enrichir son vocabulaire

- **Échouer** v. 8.
Cherche les différentes significations du mot dans un dictionnaire. Laquelle correspond au sens du mot présent dans le texte d'après toi ?
- **Devin** v.35.
Trouve au moins cinq mots de la même famille que le nom « devin ». Veille à varier les classes grammaticales des mots choisis.

Faire le bilan

Observe ce tableau qui représente Hermès parmi les défunts des Enfers.

Imagine qu'Hermès arrive avant Ulysse aux enfers et qu'il rencontre Tirésias pour l'implorer d'apporter son aide au héros.

Rédige le discours que le dieu pourrait tenir au devin.

Ton objectif : l'attendrir et susciter sa pitié pour qu'il aide le héros et ses compagnons.

Je lis à voix haute

Entraine-toi à prononcer le discours d'Hermès à Tirésias de manière expressive pour le convaincre d'aider Ulysse.

MISSION SPÉCIALE

À la manière de Circé dans ce texte, rédige les conseils que tu pourrais formuler à un camarade qui souhaiterait rencontrer son idole à la sortie d'un concert ou d'une avant-première de cinéma.

Projet oral en groupe

Prendre la parole devant un public

À la manière d'un aède au temps d'Homère, racontez l'épisode des vents d'Eole !

Étape 1 Renseignez-vous sur cette aventure

1 Faites des recherches sur cet épisode célèbre du chant X de *L'Odyssée* dans lequel Ulysse rencontre le roi Eole.

2 Répondez aux questions suivantes :

a. Pour quelle raison Ulysse se rend-il chez Eole ?
b. Qu'est-ce que ce dernier lui confie ?
c. Que se passe-t-il une fois qu'Ulysse est de retour sur son bateau avec ses compagnons ?
d. Pourquoi peut-on dire que cette aventure est malheureuse ?

Étape 2 Préparez le brouillon du récit oral

3 Identifiez clairement trois étapes dans cette aventure en leur donnant un titre (par exemple : Ulysse chez Eole, Ulysse sur le bateau, le triste dénouement...)

4 Pour chacune de ces étapes, indiquez dans quel état d'esprit se trouve Ulysse, en utilisant le vocabulaire des émotions.

5 Rédigez quelques phrases qui vous aideront à démarrer votre prise de parole.

Étape 3 Répartissez-vous le texte et préparez votre présentation

6 Chaque membre du groupe choisit de raconter un passage de l'épisode.

7 À l'aide de cette carte mentale que chacun peut recopier et compléter pour sa partie et qui servira de support à sa présentation, préparez individuellement votre propos.

Étape 4 Entraînez-vous à prendre la parole

8 D'abord individuellement, chacun prend la parole et s'entraîne à raconter sa partie. Les autres lui donnent des conseils sur ce qu'il faut changer, ajouter, améliorer. N'oubliez pas que c'est Ulysse qui parle : utilisez la 1re personne du singulier.

9 Tous ensemble, vous vous exercez à rendre votre propos vivant.

Étape 5 Racontez l'épisode devant votre public !

10 Demandez à vos camarades d'évaluer votre prestation.

Fiche coup de pouce
hachette-clic.fr/25mp6082

S'auto-évaluer
hachette-clic.fr/25mp6083

Projet écrit

Rédiger le récit de la rencontre d'Ulysse avec le devin Tirésias

Rédige le récit qu'Ulysse fait de sa rencontre avec Tirésias pour connaître le chemin du retour vers son île d'Ithaque.

Étape 1 Construis tes idées au brouillon

1 Trouve des idées en t'aidant de la lecture 5 et de l'illustration qui la précède, résume la rencontre d'Ulysse avec Tirésias.

- Retrouve dans le texte les recommandations de Circé pour invoquer le devin Tirésias.
- Visualise sur la carte p. 104-105 le parcours emprunté par Ulysse et les différentes étapes. Tu peux dessiner son itinéraire sur ton brouillon.

2 Structure tes idées :

- Décompose cette aventure en trois étapes (par exemple : rappel des conseils de Circé, déroulement de la descente, rencontre avec Tirésias).
- Résume sur ton brouillon chacune de ces trois étapes en une phrase.

Étape 2 Rédige une première version

- Développe les trois étapes de l'aventure en trois paragraphes. N'oublie pas que c'est Ulysse qui fait le récit de son aventure.

Astuce vocabulaire

Tu peux piocher dans cette liste de verbes pour rédiger ton récit : *s'engouffrer – s'approcher à pas feutrés – s'emparer de quelque chose – escalader – franchir – pénétrer – se glisser – se faufiler*

FICHE COUP DE POUCE
hachette-clic.fr/25mp6084

S'AUTO-ÉVALUER
hachette-clic.fr/25mp6085

Étape 3 Ajoute un dialogue entre Ulysse et Tirésias

- En t'aidant de l'illustration ci-contre, rédige le dialogue entre Ulysse et Tirésias en développant six répliques environ.

Veille à varier les verbes introducteurs de parole (demander, invoquer, supplier, hésiter, s'étonner, murmurer, crier).

Étape 4 Améliore ton travail

- Fais relire ton travail par un camarade ou ton professeur et demande-lui un conseil pour progresser. Tiens-en compte dans ta réécriture d'un passage.

Vocabulaire

Jouer avec les mots de l'épopée

L'étymologie grecque

1 Associe chacun de ces mots à sa version grecque et à sa définition.

Mots : *aède – odyssée – dieu – épopée*

Version grecque : ἀοιδός / *aoidós* ; θεός / *theós* ; ἐποποιία / *epopoiía* ; Ὀδυσσεία / *Odysseía*

Définition : *voyage maritime – long récit poétique – être suprême – chanteur*

2 De nombreux mots français ont des racines grecques.

- Compose un mot français à partir de chaque préfixe.
anti- ; *anthropo-* ; *hypo-*
- Compose un mot français à partir de chaque suffixe :
-pathie ; *-scopie* ; *-thérapie*
- Déduis-en le sens de chaque préfixe / suffixe.

La formation des mots en français

3 Décompose les mots suivants en identifiant **le préfixe, le radical et le suffixe :**
malheureux – redoutable – invincible – loyalement
Attention : le préfixe et le suffixe, ce n'est pas automatique !
- Donne la définition de chacun des mots.

Les familles de mots

Une famille de mots regroupe tous les mots qui ont le même radical (la même racine). Par exemple, les mots « ensorceler », « sorcellerie », « sortilège » appartiennent à la même famille que le mot « sorcière ».

4 Pour chacun des mots ci-dessous, donne le plus de mots possibles de la même famille :
mer – magie – chant

Les champs lexicaux

Les champs lexicaux sont des groupes de mots liés par une même thématique.

5 Repère l'intrus.
glaive – combat – fleur – force – sacrifice – bûcher – navire – dieux
voix – mélange – parole – chant

6 Associe chaque mot de cette liste au bon champ lexical :
la sorcellerie, la porcherie, le bateau.
sortilège – porcs – navire – auge – drogue – baguette – soies – ensorceler – eau – étable – parquer – vaisseau – philtre – mer – pilote – glands – groin – récif – incantation

7 Tu es guide au musée du Bardo de Tunis et tu t'entraînes à décrire cette mosaïque représentant Ulysse et les sirènes pour les visiteurs. Sois le plus précis possible dans le vocabulaire que tu utilises ! Pour t'aider, tu peux puiser dans cette liste de mots :
navire - boucliers - charmer - envoûter - merveilleux - périlleux

Ulysse et les sirènes, mosaïque, IIIe siècle, Musée du Bardo, Tunis.

La polysémie des mots

8 Les mots « **soies** » et « **charme** » peuvent avoir plusieurs significations. Associe-les aux significations correspondantes :
poils épais – sortilège – arbre de taille moyenne – qualité qui attire – étoffes de tissu

Les définitions

9 Cherche la définition des mots suivants :
dessein – maux – glaive – prompt

Les homophones

10 Choisis le bon mot :

a : Mes *maux / mots* de ventre m'empêchent de me lever.
Je n'ai plus les *maux / mots* pour te répondre.

b : Elle a choisi sa propre *voix / voie*.
Les sirènes donnent de la *voix / voie* pour attirer les marins.

c : C'est à *dessein / dessin* que je ne donne pas plus d'explications. L'enfant a fait un beau *dessein / dessin*.

Expressions antiques

11 Trouve la définition qui correspond à chacune de ces expressions issues de l'univers antique :

Expressions : *plonger dans les bras de Morphée – placer un cheval de Troie – succomber au chant des sirènes – s'attirer les foudres de quelqu'un – effectuer un travail de titan – ouvrir la boîte de Pandore – avoir un talon d'Achille*

Définitions : *succomber à une séduction trompeuse – avoir un point faible – s'introduire par la tromperie dans le but de détruire son adversaire – provoquer la colère de quelqu'un – s'endormir – déclencher imprudemment une série d'événements malheureux – travailler dur*

Réécriture

12 Réécris ce passage en utilisant le présent. Souligne tous les verbes conjugués et vérifie que tu les as bien conjugués au présent et que tu as bien effectués les accords avec le sujet.

> Ayant ainsi parlé, Pallas Athéna l'emmena rapidement ; et il marchait sur ses traces divines. Les Phéaciens, grands armateurs, ne l'aperçurent pas qui marchait par la ville au milieu d'eux : la déesse bouclée, la redoutable, les en empêchait par la magie d'un brouillard répandu sur celui qu'elle chérissait.
>
> **Homère,** *L'Odyssée*, VIIIe siècle av. J.- C., trad. Philippe Jaccottet, Éditions La Découverte, 2004.

?!

Le sais-tu ?

Dans la mythologie grecque, **Borée** est le fils du titan Astréos et d'Éos (l'Aurore). Il compte parmi ses frères les vents Notos et Zéphyr. Borée a donné l'adjectif « boréal » qui signifie « qui est au Nord ».

Défis mots !

ami – divin

Pour chacun de ces deux mots, donne un mot avec un préfixe ou un suffixe, un mot de la même famille, un synonyme et un antonyme.

Quiz de vocabulaire

Dans cette liste, choisis un mot rare, dont tu ne connais pas le sens :
ponant – gréement – poupe – hauban – talisman – nécromancien

a : Cherche dans un dictionnaire la définition de ce mot.

b : Invente trois définitions pour ce mot et accompagne chaque définition d'une phrase d'exemple.

c : Insère la véritable définition au milieu de tes propositions.
Le but du jeu pour tes camarades est de la retrouver ! **Ton objectif** est qu'ils ne la retrouvent pas !

À vos marque-pages !

Pour continuer à explorer *L'Odyssée*, tu peux te plonger dans la lecture de nombreux ouvrages qui s'en inspirent !

Le feuilleton d'Ulysse en 100 épisodes

Murielle Szac • éditions Bayard jeunesse, 2021

Embarquez aux côtés d'Ulysse pour un voyage de vingt ans ! Dans cette collection, lecteurs et lectrices pourront (re)découvrir le destin du voyageur aux mille ruses racontées comme un feuilleton en 100 épisodes illustrés.

Le coup de cœur de la professeure-documentaliste

Ce livre-audio permet de renouer avec l'oralité du récit, puisque le CD inclus offre une lecture de Murielle Szac elle-même.

Pénélope, la femme aux mille ruses

Isabelle Pandazopoulos • éditions Gallimard jeunesse, 2024

À Ithaque, Pénélope est la femme d'Ulysse. Lorsque sa cousine Hélène s'enfuit avec le troyen Pâris, une guerre est déclenchée. Ulysse doit partir se battre puis lutter pour retourner chez lui. Restée seule sur le trône, comment Pénélope va-t-elle régner, défendre son autorité et sa liberté ?

Deux raisons d'aimer

- Une histoire qui met en lumière cette héroïne de *L'Odyssée*.
- Pénélope est une figure habile qui affronte de nombreux défis pendant 20 ans.

Moi, Polyphème, Cyclope

Sylvie Baussier • éditions Scrinéo, 2021

Fils de Poséidon, Polyphème est un cyclope éleveur de moutons. Dans cet ouvrage, le célèbre épisode de sa rencontre avec Ulysse est raconté de son point de vue, quand des marins grecs débarquent sur son île…

Deux raisons d'aimer

- Parce que cette collection présente « la mythologie du point de vue des monstres ».
- Le texte est court et accessible.

Partage tes lectures !

Interviews fictives des héros

Imagine que tu interviewes les héros de ton livre, comme un ou une journaliste. Prépare tes questions et imagine leurs réponses. Dévoile les éléments de leurs personnalités, évoque les étapes de leurs aventures et les principales thématiques de ta lecture.

Bilan

L'Odyssée, quelle épopée !

✦ **C'est un long poème en vers** qui raconte les aventures du héros Ulysse.

✦ **Le récit fait appel au merveilleux** : le héros y rencontre des dieux et affronte des monstres.

✦ **On y trouve des « épithètes homériques »** qui ont pour fonction de caractériser les êtres et les choses. Ulysse « aux mille ruses » rencontre Circé, « la magicienne aux belles boucles » !

On réfléchit tous ensemble !

D'après votre lecture du chant X de *L'Odyssée*,
Circé est-elle en définitive une monstrueuse magicienne ou une merveilleuse alliée pour Ulysse ?

Constituez deux équipes et organisez un débat afin de répondre à la question.
Pour vous aider, parcourez le chapitre et inscrivez des arguments en faveur des deux propositions. N'oubliez pas de donner des exemples !

Et toi dans tout ça ?

1 Quel passage du chant X de *L'Odyssée* as-tu préféré ? Pourquoi ?

2 Recopie-le dans ton carnet de lecture et illustre-le.

3 Quels mots nouveaux as-tu appris au cours de ce chapitre ? Que signifient-ils ?

4 Quelle activité as-tu préférée ? Pourquoi ?

Quiz

QUIZ DE RÉVISION
hachette-clic.fr/25mp6086

hachette-clic.fr/
25mp6087

CONTE INTÉGRAL À ÉCOUTER

CHAPITRE 6

Parcours d'œuvre
La Reine Coax, George Sand

La mare aux monstres

Rencontrer la Reine Coax change-t-il le destin de l'héroïne ?

Tes objectifs :
- Lire le conte.
- Comprendre l'originalité de ses personnages.
- Imaginer de nouvelles péripéties.

Dans l'univers
de George Sand, écrivaine engagée

Biographie de George Sand née Aurore Dupin (1804-1876)

Née en 1804, Aurore Dupin est élevée en grande partie par sa grand-mère à Nohan-le-Vic. Mariée à dix-huit ans, elle devient mère de deux enfants. Connue pour sa liberté de penser, son féminisme, ses relations célèbres et son premier roman *Indiana*, George Sand est une écrivaine libre dans une époque où la femme a peu de droits. Elle a écrit de nombreux romans qui militent pour les droits des femmes, mais aussi des pièces de théâtre, des nouvelles et des contes. Après son divorce, elle récupère le domaine de son enfance : le château de Nohant-le-Vic. Elle y accueille ses amis artistes. Elle a plusieurs petites-filles dont deux qui vivent au château : Gabrielle et Aurore.

→ **Selon toi, pourquoi Aurore Dupin a-t-elle choisi d'utiliser un autre nom pour écrire ?**

La Reine Coax dans les *Contes d'une grand-mère*

George Sand écrit, dans *Contes d'une grand-mère*, des histoires pour ses petites-filles afin de les instruire et les divertir. Ses contes ont souvent une morale. Paru pour la première fois dans la *Revue des deux Mondes* en 1872, *La Reine Coax* ressemble à un conte de fées. L'histoire se déroule dans un château dans lequel Marguerite vit avec sa grand-mère.

→ **Connais-tu d'autres contes de fées ? Lesquels ?**

Les personnages

Marguerite dite Margot : jeune-fille courageuse, intelligente et dont le visage ressemble à une grenouille.
Dame Yolande : grand-mère de Marguerite, châtelaine, elle s'occupe de sa petite-fille et l'éduque.
Mélidor, colonel de dragons : cousin de Marguerite, peu aimable dans son enfance avec Marguerite.
Névé : cygne préféré de Marguerite.
La Reine Coax : reine des grenouilles des anciennes douves du château. Anciennement Ranaïde, habitante du château. Le nom Coax rappelle le verbe « coasser », désignant le cri que pousse les grenouilles.

→ **Quels sont les liens entre les différents personnages ?**

→ **Selon toi, que peut-il se passer dans ce conte ?**

Lecture 1

Un beau jardin ?

À ÉCOUTER
hachette-clic.fr/25mp6088

Ton objectif
Comprendre la situation initiale du conte.

Il y avait dans un grand vieux château en Normandie ou en Picardie, je ne me souviens pas bien, une grande vieille dame qui possédait beaucoup de terres, qui était très bonne et très sensée malgré son grand âge. Autour du château, il y avait de grandes douves ou fossés remplis de joncs[1], de nénuphars, de souchets et de milles autres plantes fort belles qui venaient toutes seules, et où vivaient une quantité de grenouilles, quelques-unes si vieilles et si grosses qu'on s'étonnait de leur belle taille et de leur voix forte. La châtelaine, qui s'appelait dame Yolande, était si habituée à leur tapage[2] qu'elle n'en dormait pas moins bien, et personne autour d'elle n'en était incommodé.

Mais il arriva une grande sécheresse. L'eau manqua dans les fossés, les roseaux et les autres plantes périrent ; beaucoup de grenouilles, de salamandres, de lézards d'eau et autres petites bêtes qui vivaient dans ces herbes moururent et furent cause que la boue fut comme empoisonnée, répandit une vilaine odeur de marécage, et fit venir la fièvre dans le château et dans les environs. Cette fièvre était très mauvaise, plusieurs personnes en moururent, et madame Yolande, ainsi que presque tous ceux qui demeuraient avec elles tombèrent malades.

Madame Yolande avait des enfants établis dans d'autres pays, il n'était resté auprès d'elle qu'une de ses petites-filles, nommée Marguerite. C'était une enfant de quinze ans, très avisée, très courageuse et très obligeante[3], qui se faisait aimer de tout le monde, encore qu'elle ne fût point du tout jolie. Elle était très petite, très agile de son corps et assez gracieuse ; mais elle avait le nez trop court, les yeux trop ronds, la bouche trop grande. Madame Yolande, qui avait été belle en son temps, disait parfois : — Quel dommage qu'une enfant si aimable et si intelligente ait la figure d'une petite grenouille !

Est-ce à cause de cette ressemblance que Marguerite aimait les grenouilles et qu'elle les plaignait en les voyant mourir de faim et de soif dans les fossés desséchés ? Malgré sa pitié pour ces innocentes bêtes, elle fit un jour une réflexion. C'est que, si les fossés étaient entièrement taris[4] et cultivés en jardin, il y aurait là de beaux fruits abrités de la gelée, et que le terrain assaini[5] ne donnerait plus de mauvais air et de fièvres aux gens du château et des environs. Elle soigna si bien sa grand-mère et ses vieux serviteurs qu'elle vint à bout de les guérir, et, quand l'hiver fut venu, elle dit à madame Yolande, à qui déjà elle avait parlé de son idée : — Grand-mère, voici les fossés tout à fait sans eau, la gelée a détruit toutes les bêtes et toutes les herbes ; n'attendons pas le premier printemps, qui est la saison des pluies et qui fera repousser et revivre tout ce marécage. Appelons des ouvriers, faisons enlever tous ces débris et creuser des rigoles[6] par où l'eau s'écoulera au dehors. Nous ferons apporter de la bonne terre, nous sablerons des allées, nous sèmerons et planterons, et l'an prochain nous n'aurons plus de maladies.

— Fais comme tu veux, Margot, répondit madame Yolande. Tu es fille de bon

1 Plantes aquatiques de marécages.
2 Bruit fort.
3 Obéissante.
4 Asséchés.
5 Devenu sain.
6 Sillons creusés dans la terre pour faire circuler l'eau.

conseil. Je te donne permission de commander à tous les ouvriers.

Mademoiselle Margot se dépêcha d'ordonner tout. Au bout de quinze jours, les grands fossés furent nettoyés. On mit le feu aux mauvaises herbes desséchées et pourries, on dessina de beaux parterres, on sabla de belles allées, et au mois de mars on planta des espaliers[7] le long des murs, des arbustes précieux dans les carrés, des fleurs dans les plates-bandes. Au mois de mai, tout était feuilles et fleurs dans ces fossés si malsains et si dangereux. Dans chaque compartiment de ces parterres, on avait creusé des bassins revêtus de marbre, où l'eau de pluie était recueillie et restait belle et claire, avec de jolis poissons rouges comme du feu et de beaux cygnes blancs comme la neige.

7 Rangées d'arbres fruitiers.

George Sand, *Contes d'une grand-mère*, « La Reine Coax », 1872.

Gustave Caillebotte, *Château au bord de la Seine*, Argenteuil, 1891, coll part.

J'écoute le conte

Écoute le début du conte. Quelles sont tes premières impressions de lecture ?

À ÉCOUTER hachette-clic.fr/25mp6089

FICHE COUP DE POUCE hachette-clic.fr/25mp6090

Comprendre le texte

1 Où l'intrigue du conte se déroule-t-elle ? Appuie-toi sur le texte pour répondre.

2 Qui sont les personnages présentés ? Repère dans le texte tous les mots qui permettent de brosser leur portrait.

Marguerite te paraît-elle être une héroïne traditionnelle de conte de fées ?

3 Quel projet Marguerite réalise-t-elle dans le domaine du château ?

4 À ton avis, quelles conséquences ces travaux peuvent-ils avoir sur la suite de l'histoire ?

5 HISTOIRE DES ARTS Présente ce tableau et décris-le. Imagines-tu ainsi le château du conte ? Justifie ta réponse.

Faire le bilan

Ce début de conte est-il original ? Parles-en en classe entière et défends ton point de vue.

MISSION SPÉCIALE

Réécris le portrait de Marguerite l. 19 à 26, en inversant tout ce qui la caractérise.

Lecture 2

en groupe

Une expérience merveilleuse

À ÉCOUTER
hachette-clic.fr/25mp6091

Ton objectif
Comprendre que l'héroïne rencontre à la fois des êtres malveillants et bienveillants.

Après avoir transformé les marécages des douves du château en de jolis jardins, Marguerite se rend compte que l'eau de pluie est déviée et s'écoule dans un champ de la propriété, créant un nouveau bassin où de nombreux insectes prolifèrent.

Le soleil s'était enfoncé dans un gros nuage violet qui rampait sur l'horizon, lorsque tout d'un coup il se dégagea et lança sur la prairie un rayon rouge si éclatant que Marguerite fut forcée un instant de fermer les yeux. Lorsqu'elle les rouvrit, elle se vit, non pas au bord du marécage, mais tout au beau milieu, sur un îlot de branches et de racines, avec de l'eau tout autour d'elle, de l'eau qui paraissait profonde et claire et où sautillaient des milliers d'étincelles. Elle ne se demanda pas comment elle était venue là sans se mouiller et comment elle en sortirait sans se noyer. Le rayon de soleil était si beau que tout semblait très beau dans le marécage, l'eau était comme de l'or en fusion, les roseaux semblaient des palmiers couverts de fruits d'émeraude[1] et de rubis[2], et d'un vieux saule qui se penchait sur le rivage tombaient en pluie des insectes d'azur à ventre d'argent qui se hâtaient de sucer les fleurs lilas des eupatoires[3].

Alors Marguerite entendit comme un chant faible et confus sous les eaux ; ce chant monta bientôt dans les herbes et murmura de petits mots **incompréhensibles**. Peu à peu les voix s'élevèrent, et les paroles devinrent distinctes. Marguerite entendit son nom mille fois répété par des millions de petites voix : – Margot, Margot, Margot, Margot, Margot ! Elle ne put s'empêcher de leur répondre : — Qu'est-ce qu'il y a ? que me voulez-vous ?

Alors toutes les bestioles, lézards, salamandres, araignées d'eau, nautonectes[4], alcyons[5], libellules, se mirent à parler tous ensemble sans cesser de gambader, de glisser, de plonger, de voler et de danser follement, répétant : Margot, Margot, sur tous les tons, au point que Marguerite en fut assourdie.

– Voyons, dit-elle en se bouchant les oreilles, si vous voulez parler, ne parlez qu'un à la fois, et faites comprendre ce que vous me demandez.

Alors il se fit un grand silence, toutes les bêtes cessèrent de remuer, le soleil se voila de nouveau, et, les roseaux s'écartant comme si ce fût sous les pas d'une personne, Marguerite vit apparaître en face d'elle une superbe grenouille verte tigrée de noir, mais si grosse, si grosse, qu'elle n'en avait jamais vu de pareille, et qu'elle en eut peur.

— Ne crains rien, si tu as de bonnes intentions, lui dit la grenouille d'une voix qui résonnait comme un battoir ; sache que, si tu es une petite demoiselle assez puissante sur cette terre, je suis, dans ces eaux et dans ces herbes, une grande reine **omnipotente**, la reine Coax ! — Je te connais fort bien. J'ai longtemps demeuré sous ta fenêtre, dans les fossés de ton vieux manoir.

1 Pierre précieuse bleue.
2 Pierre précieuse rouge.
3 Plante.
4 Insectes aquatiques.
5 Oiseaux légendaires signes de bon présage.

Dans ce temps-là, je commandais à un grand peuple dont j'étais la mère, et nous t'aimions parce que tu nous aimais. Nous avions remarqué ta ressemblance avec nous, et nous te considérions comme une de nos sœurs. Tu venais chaque jour nous regarder, et nos mouvements gracieux te charmaient, en même temps que notre voix mélodieuse dissipait tes ennuis. Tu ne nous as jamais fait de mal, aussi ne t'ai-je point accusée des malheurs de mon peuple. La sécheresse l'a détruit, hélas ! Seule j'ai survécu au désastre, seule j'ai suivi les quelques gouttes d'eau qui fuyaient à travers ce pré. Je m'y suis établie, en attendant qu'un nouveau mariage me permette d'avoir une nouvelle famille. Écoute donc bien mes paroles. N'aie jamais l'idée, de dessécher mon nouvel empire comme tu as desséché les douves de ton manoir, où j'avais daigné établir ma résidence ; sache que, si tu en faisais autant de ce pré, il t'arriverait de grands malheurs ainsi qu'à ta famille.

— Vous vous moquez, madame, répliqua Margot avec assurance. Je vois bien que vous êtes fée, et vous devez savoir que jamais je n'ai eu l'intention de vous faire de la peine ; même, s'il dépend de moi de vous rendre quelque service, j'y suis très disposée, car je vois votre chagrin, et je n'ai point un mauvais cœur.

— Eh bien ! ma belle enfant, dit la grenouille, je vais t'ouvrir le mien et te confier mes peines. Suis-moi dans mon palais de cristal, tu apprendras des choses merveilleuses que nulle oreille humaine n'a jamais entendues.

En parlant ainsi, la reine Coax plongea au plus profond de l'eau. Marguerite se trouva persuadée au point qu'elle allait l'y suivre, lorsqu'elle se sentit arrêtée par le bord de sa jupe, et, en se retournant, elle vit derrière elle le beau Névé, qui était le plus grand et le mieux apprivoisé de ses cygnes. Il était son favori et portait un collier d'or. Aussitôt le charme que la grenouille avait jeté sur elle se dissipa, et elle s'effraya de se voir au milieu de l'eau, en pleine nuit, car le soleil était couché, le ciel était couvert d'épaisses nuées, et elle ne savait plus où poser le pied pour sortir du marécage. — Ah ! mon cher Névé, dit-elle au cygne en le caressant, comment as-tu fait pour venir me trouver ici, et comment vais-je en sortir ?

Le cygne reprit le bas de sa jupe et se remit à la tirer de toute sa force. Elle le suivit à tout risque et trouva du sable et des pierres sous ses pieds. Elle put donc sortir du marécage ; mais à peine fut-elle dehors, qu'elle ne vit plus le cygne. Elle l'appela en vain, elle fit le tour, elle se hasarda encore sur l'îlot, elle invoqua la grenouille pour qu'elle lui dît où le cygne avait passé. Tout fut muet, et la nuit devenait toujours plus sombre. « Est-ce que j'aurais fait un rêve ? se dit-elle, ou bien Névé m'a-t-il devancée au château ? »

Elle prit le parti d'y revenir en courant, et aussitôt qu'elle se fut montrée à sa grand-mère, elle alla voir si Névé était rentré ; mais elle ne le trouva ni dans la cabane, ni dans le jardin, ni dans les cours du château, ni à la ferme, et elle en conçut une grande inquiétude.

Sa grand-mère en avait eu une plus grande encore. Marguerite la rassura en lui disant qu'elle s'était oubliée à rêver au bord de la rivière ; mais elle n'osa point lui raconter les choses **extraordinaires** qui lui étaient arrivées ; elle craignait d'être raillée, d'autant plus qu'elle n'était pas bien sûre de n'avoir point vu et entendu ces choses dans un rêve. La seule chose certaine pour elle, c'est que son beau cygne avait disparu, et quand, après l'avoir cherché en vain, tout le monde fût couché, au lieu de dormir, elle ouvrit sa fenêtre, regardant de tous côtés et sifflant doucement, comme elle avait l'habitude de le faire pour l'appeler. Enfin, ne voyant et n'entendant rien que l'orage qui grondait et le vent qui faisait grincer les girouettes, elle se coucha bien chagrine et bien fatiguée.

Alors elle entendit une voix douce comme une musique lointaine qui passait dans le vent d'orage et qui lui disait : — Ne crains rien, je veille sur toi, mais ne te fie point à la reine Coax ; une fille prudente ne doit point causer avec les grenouilles qu'elle ne connaît pas.

George Sand, *Contes d'une grand-mère*, « La Reine Coax », 1872.

FICHE COUP DE POUCE
hachette-clic.fr/25mp6092

Comprendre le texte
tous ensemble

Lisez les l. 1 à 23 et répondez aux questions suivantes :

1 Pourquoi ce passage nous plonge-t-il dans un univers merveilleux ?

2 Quelles sensations (vue, odorat, ouïe, toucher, goût) sont convoquées dans cet extrait ? Relevez et classez tous les mots qui se rapportent aux cinq sens.

3 À ce moment du texte, pensez-vous que la suite de l'aventure de Marguerite va lui être favorable ou défavorable ? Débattez ensemble pour répondre en vous appuyant sur le texte.

Comprendre le texte
en groupe

Constituez des groupes et, répartissez-les en autant d'équipes « grenouille » que d'équipes « cygne » et répondez aux questions suivantes :

4 Lisez la suite du texte.

5 Résumez les actions de votre personnage selon que vous êtes « grenouille » ou « cygne ».

6 Diriez-vous que votre personnage constitue plutôt une aide ou un danger pour Marguerite ? Argumentez en relevant des citations du texte.

Enrichir son vocabulaire

- Analyse la formation des adjectifs **omnipotente** l. 34, **extraordinaires** l. 80 et **incompréhensibles** l. 16. : préfixe,radical et suffixe. Quelle est la définition de ces adjectifs ? Trouve la réponse à l'aide d'un dictionnaire.
- Quels autres mots construits avec « omni » connaissez-vous ? Trouvez-en au moins deux.

Faire le bilan *tous ensemble*

7 Mettez en commun à l'oral vos réponses sur le personnage.

8 Relisez la dernière phrase du texte : à votre avis, qui la prononce et dans quel objectif ?

9 HISTOIRE DES ARTS Selon vous, pourquoi le peintre a-t-il représenté deux cygnes opposés de manière symétrique ? Comment le relier à cet extrait ?

MISSION SPÉCIALE

En quelques lignes, imaginez ce qui aurait pu se passer si Marguerite avait suivi la Reine Coax.

Hilma af Klint, *Le Cygne*, 1915, Musée Guggenheim, Bilbao.

Lecture 3

Un amour véritable ?

À ÉCOUTER
hachette-clic.fr/25mp6093

Ton objectif
Étudier un personnage complexe.

Marguerite se réveille et s'interroge : ce qu'elle a vécu la veille, était-ce un rêve ? Peut-être s'agit-il du souvenir d'un conte que lui racontait Dame Yolande quand elle était enfant ? Alors qu'elle se dirige au salon pour le lui demander, elle tombe sur un magnifique jeune homme, son cousin qu'elle n'avait pas vu depuis longtemps.

— Chère enfant, lui dit madame Yolande, tu ne te rappelles donc pas ton cousin Mélidor de Puypercé ? Il est vrai que tu étais toute petite quand il est parti simple officier. À présent qu'il a vingt ans, ses parents lui ont donné un régiment, et tu vois un colonel de dragons[1]. Embrassez-vous, mes enfants, et soyez bons amis comme autrefois.

Marguerite se souvint alors de ce cousin qu'elle n'avait jamais pu souffrir[2], parce qu'il était taquin et désœuvré[3]. Pourtant, comme elle était sans rancune, elle lui tendit sa joue, qu'il toucha du bout des lèvres avec un air de moquerie qui lui fit de la peine. Elle pensa qu'il était ingrat, ou qu'il ne se souvenait plus de toutes les méchancetés qu'il avait à se faire pardonner.

Cependant il reprit la conversation, et elle l'écouta bouche bée, car il racontait des merveilles de Paris, des spectacles, des fêtes et des bals où il s'était distingué. Il parlait de la mode et des toilettes[4], et paraissait si au courant et si bon juge des parures de femme, que Marguerite fut toute honteuse de sa petite robe d'indienne[5] à fleurs rouges et du maigre ruban vert qui retenait ses beaux cheveux. Pour lui, il ne faisait aucune attention au dépit[6] qu'il lui causait, et madame Yolande ne paraissait point trouver son petit-neveu aussi frivole[7] qu'il l'était. Elle souriait en écoutant ses niaiseries, comme si elle eût pris plaisir à se rappeler le temps où elle faisait grande figure dans le monde[8]. On servit le dîner. M. de Puypercé trouva tout fort médiocre, même les pâtisseries que Marguerite faisait fort bien et que tous les hôtes de la maison avaient coutume d'**apprécier**. Il méprisa tout à fait le cidre du pays, qui était délicieux, et ne se gêna point pour demander du vin de Champagne que sa grand-tante lui fit servir, qu'il déclara fort plat[9], et dont il but toutefois plus qu'il n'était nécessaire pour déraisonner[10].

Alors madame Yolande s'aperçut de son mauvais ton et lui dit : — Mon cher enfant, allez vous coucher. Demain vous saurez peut-être ce que vous dites. J'aime à croire qu'on vous a enseigné la politesse, et que, quand vous êtes dans votre bon sens, vous ne dépréciez pas ainsi d'une façon impertinente[11] les choses qui vous sont offertes de bon cœur.

Marguerite fut contente de la leçon qu'il recevait et s'endormit sans songer à lui. Pourtant, comme il y a toujours un peu de vanité au fond du cœur le plus raisonnable, quand elle s'habilla le lendemain, elle reprocha à sa fille de chambre de lui apporter toujours ses plus vilaines robes ; elle en avait dans son armoire d'assez belles qu'elle ne mettait jamais.

George Sand, *Contes d'une grand-mère*, « La Reine Coax », 1872.

1. Un colonel de cavalerie.
2. Elle n'avait jamais pu supporter.
3. Inactif.
4. Tenues.
5. Robe sur laquelle le motif est peint ou imprimé.
6. Déception.
7. Sans importance, léger.
8. Se donner bonne apparence auprès de la haute société.
9. Fade, insipide.
10. Tenir des propos dépourvus de bon sens.
11. Qui manque de respect.

J'écoute le conte

Remémore-toi les personnages de princes charmants que tu as déjà rencontrés dans tes lectures. À quoi ressemblent-ils ?

FICHE COUP DE POUCE
hachette-clic.fr/25mp6094

Comprendre le texte

1 Relève dans le texte tout ce qui rend le cousin peu sympathique.

2 Dans un tableau à trois colonnes, décris l'attitude et les sentiments des trois personnages dans le texte (Marguerite, Madame Yolande, le cousin).

3 LANGUE Observe les paroles des personnages. Quel est le mode verbal le plus employé ? Essaye d'en expliquer la raison.

4 Montre que l'attitude de Madame Yolande change au fil du texte.

5 À la fin du texte, quel élément prouve que Marguerite a été touchée par le discours de son cousin ?

6 HISTOIRE DES ARTS Décris ce tableau. Quelle phrase du texte choisirais-tu comme légende ?

Enrichir son vocabulaire

- Trouve dans le texte le contraire du verbe **apprécier** l. 22. Décompose les deux mots (préfixe et radical) et cherche de quel mot latin ils sont issus.

Faire le bilan

Peut-on dire que le cousin est un « anti prince charmant » dans ce texte ? Justifie ta réponse.

MISSION SPÉCIALE

Imagine la conversation entre Madame Yolande et le cousin. Tu veilleras à respecter la ponctuation du dialogue. Tu peux commencer par : « Cependant il reprit la conversation… »

Mary Cassatt, *Le Thé*, vers 1880, Museum of fine art, Boston.

Lecture 4

De Ranaïde à Reine Coax

À ÉCOUTER
hachette-clic.fr/25mp6095

Ton objectif
Étudier le récit d'une métamorphose.

Pour briser une malédiction qui la maintient transformée en grenouille sous le nom de Ranaïde, la reine Coax envoie Marguerite récupérer un coffret de bijoux dans le château. La jeune fille le lui apporte et Ranaïde se pare de ses bijoux en s'admirant.

Marguerite l'observait avec anxiété, craignant qu'elle ne disparût avec les bijoux de sa grand-mère ; mais Coax ne songeait point à fuir. Ivre de plaisir[1] et de confiance, elle s'ajustait et se regardait dans le miroir avec des mouvements désordonnés et des grimaces singulières. Ses yeux ronds lançaient des flammes, une écume **verdâtre** sortait de sa bouche et son corps devenait glauque[2] et livide[3], tandis que sa taille prenait des proportions presque humaines. — Margot, Margot, s'écriait-elle sans plus songer à adoucir l'éclat de sa voix, regarde et admire. Vois comme je grandis, vois comme je change, vois comme je deviens belle ! Donne-moi ton voile pour me faire une robe, vite, vite, il faut que je sois vêtue décemment… et puis il me manque encore quelque chose… Mon **éventail** de plumes, où l'as-tu mis, malheureuse ? Ah ! je le tiens ! et mes gants blancs… vite donc ! mes gants parfumés ! mon collier est mal agrafé, rattache-le donc, maladroite ! Ô ciel ! il me manque mon bouquet de mariée… ne serait-il pas dans la cassette ? Regarde, retourne-la… Je le tiens ! je le mets à ma ceinture, vois ! le prodige s'accomplit… Vénus n'est qu'une maritorne[4] auprès de moi. C'est moi, moi, la vraie Cythérée[5] sortant des ondes sacrées. Il faut que je danse, j'ai des crampes dans les mollets ; c'est la transformation qui s'opère. Oui, oui, la danse hâtera ma délivrance ! Je sens revenir la grâce incomparable de mes mouvements, et le feu de l'éternelle jeunesse me monte au cerveau ! Haptcha ! voilà que j'éternue ! haptcha ! haptcha !

En parlant ainsi, la reine Coax sautait et gambadait d'une manière frénétique[6] ; mais, quoi qu'elle fît, elle restait grenouille, et l'horizon blanchissait. Elle riait, criait, pleurait, frappait le marbre du bassin avec ses pieds de derrière, jouait de l'éventail, étendait ses pattes de devant comme une danseuse de ballets, cambrait sa taille et roulait ses yeux comme ceux d'une almée[7]. Tout à coup Marguerite, qui la contemplait avec frayeur, fut si frappée de l'extravagance de ses contorsions, qu'elle fut prise d'un fou rire et se laissa choir[8] sur le gazon. Alors la grenouille entra dans une inexprimable colère.

— Tais-toi, petite misérable, s'écria-t-elle, ton rire dérange mes conjurations[9]. Tais-toi, ou je te châtierai[10] comme tu le mérites !

1. Totalement ravi.
2. Vert qui tire sur le bleu.
3. Bleuâtre.
4. Femme laide et malpropre.
5. La déesse Aphrodite / Vénus.
6. Ici, délirante.
7. Danseuse égyptienne de l'Antiquité.
8. Tomber.
9. Ici, rite, formule magique.
10. Punir.

— Mon Dieu ! madame, pardonnez-moi, répondit Marguerite, c'est plus fort que moi. Vous êtes si drôle ! Tenez, il faut que je rie ou que je meure !

— Je ne puis te faire mourir, ce dont j'enrage, reprit Ranaïde en s'élançant sur elle et en lui passant une de ses pattes froides et gluantes sur la figure ; mais tu expieras[1] les tourments que j'endure. Je voulais t'épargner, tu m'ôtes toute pitié ; il faut en finir ! Je souffre trop ! Prends ma laideur et qu'elle soit ajoutée à la tienne, puisqu'en te mettant à ma place je dois être plus vite délivrée ! Tiens ! voilà le miroir, ris à présent, si tu as encore envie de rire !

Marguerite prit le miroir que lui tendait la fée et fit un cri d'horreur en se voyant sans cheveux, la figure verte et les yeux tout ronds. Grenouille ! grenouille ! s'écria-t-elle avec désespoir, je deviens grenouille, je suis grenouille ! c'en est fait ! — Et, jetant le miroir, elle bondit involontairement et plongea dans le bassin.

11. Être puni.

George Sand, *Contes d'une grand-mère*, « La Reine Coax », 1872.

J'écoute le conte

Résume en quelques lignes la malédiction de Ranaïde. Qu'as-tu ressenti lorsque Marguerite volait le coffret dans la chambre de sa grand-mère ?

Comprendre le texte

FICHE COUP DE POUCE
hachette-clic.fr/25mp6096

1 Quels objets magiques qui permettent à l'histoire d'avancer dans ce passage ?

2 Es-tu d'accord avec Ranaïde qui affirme l. 20-22 être désormais plus belle que Vénus ? Appuie-toi sur le texte pour répondre.

3 LANGUE Observe la construction de la phrase « Elle riait [...] d'une almée. » l. 30-33 : quel effet cela produit-il chez le lecteur ?

4 Quelles différentes émotions Marguerite éprouve-t-elle dans ce texte ?

5 Quelles différentes émotions le lecteur éprouve-t-il à la lecture de ce texte ?

6 Comment qualifierais-tu le caractère de la Reine Coax ? Développe ta réponse en t'aidant du texte.

7 HISTOIRE DES ARTS Comment est représentée la Reine Coax sur l'illustration ? Retrouve le passage du texte auquel on pourrait l'associer.

Enrichir son vocabulaire

- L'adjectif **verdâtre** l. 5. est construit à partir de l'adjectif de couleur « vert » et du suffixe péjoratif « -âtre ». Construis d'autres adjectifs de couleur sur le même modèle.
- Décompose le mot **éventail** l. 13 et donne deux mots issus du même radical.

Je lis à voix haute

Fais une lecture expressive des paroles de la reine Coax :
« Margot, Margot, [...] Haptcha ! voilà que j'éternue ! haptcha ! haptcha ! »

Faire le bilan

Dirais-tu que cet extrait raconte une ou plusieurs métamorphoses ? Justifie ta réponse.

MISSION SPÉCIALE

Effectue une recherche sur les paysans de Lycie transformés en grenouilles et présente-la oralement devant ta classe en t'appuyant sur une illustration de ton choix.

Lecture 5

Un mauvais rêve ?

À ÉCOUTER
hachette-clic.fr/25mp6097

Ton objectif
Étudier un dénouement heureux.

Après avoir été transformée en grenouille par la reine Coax, Marguerite a plongé dans un bassin.

Elle y resta d'abord comme endormie et privée de toute réflexion ; mais peu à peu elle se ranima en voyant le soleil percer l'horizon et jeter comme une grande nappe de feu qui dorait la pointe des roseaux au-dessus de sa tête. Elle se hasarda[1] alors à remonter sur l'eau, et elle vit un spectacle extraordinaire : **l'infortunée** Coax, étendue sur le rivage, les pattes en l'air, le corps inerte[2] et raidi par la mort. Elle avait une affreuse tête humaine avec de longs cheveux verts comme des algues ; le reste de son corps, grand comme celui d'une personne ordinaire, était d'un blanc mat et rugueux, et conservait les formes de la grenouille. Près d'elle, le prince Rolando, revêtu d'une armure d'argent avec un baudrier[3] d'or, le casque orné d'un cimier[4] blanc comme neige et portant aux épaules ses grandes ailes de cygne, détachait les bijoux enchantés dont Ranaïde s'était ornée en vain.

— Approche, dit-il à Marguerite, et mets vite ces joyaux qui te rendront ta figure première ; mais n'essaie pas de devenir belle par la puissance des enchantements. Reste intelligente et bonne, et n'appartiens qu'à celui qui t'aimera telle que tu es. Adieu, la mort de cette criminelle magicienne me délivre à jamais de la servitude[5] à laquelle j'étais condamné depuis deux siècles. Ne plains pas son sort ; elle t'avait menti, elle voulait me faire mourir pour cacher ses secrets maudits, et les esprits qu'elle invoquait contre moi ont pris ma défense. Je retourne avec eux, mais je veillerai sur toi, si tu restes toujours digne de ma protection. Il déploya ses ailes et s'éleva dans le rayon de soleil. Marguerite, en le voyant planer dans les airs, crut reconnaître Névé avec son collier d'or, puis il lui sembla que c'était l'étoile du matin. Lorsqu'elle l'eut perdu de vue, elle chercha le cadavre de la grenouille, et ne vit à la place qu'un hideux champignon noir comme de l'encre qui, au souffle de la brise, tombait en poussière.

Elle se retrouva dans sa chambre, assise sur une chaise et les yeux éblouis par le soleil levant. Son premier mouvement fut de courir à son miroir, et pour la première fois de sa vie elle se trouva très jolie, car elle avait sa figure ordinaire, seulement un peu fatiguée.

— Tout cela serait-il un rêve ? se dit-elle. Pourtant voici les bijoux anciens que ma grand-mère gardait précieusement. D'où vient que j'en suis parée ? Aurais-je été les chercher en rêvant ?

Elle les détacha, les remit dans le coffret, et les reporta chez madame Yolande avant qu'elle fût éveillée ; puis elle descendit à la douve pour voir si Névé était dans sa cabane, comme elle l'y avait retrouvé une fois après l'avoir cru perdu.

— Vous cherchez le cygne ? lui dit le jardinier. Il est parti. Je l'ai vu s'envoler au

1. Se risquer.
2. Immobile.
3. Courroie de cuir à laquelle est suspendue l'épée.
4. Ornement au sommet d'un casque.
5. Esclavage.

lever du jour. Il a été rejoindre une bande de cygnes sauvages qui passait. J'avais bien dit à mademoiselle qu'il fallait lui casser le bout d'une aile, mademoiselle n'a pas voulu. Il en a profité pour se sauver ; il y a longtemps que c'était son idée.

— Eh bien ! tant mieux, dit Marguerite, car le voilà heureux et libre ; mais, puisque vous l'avez vu partir, n'avez-vous vu rien de plus dans la douve en y entrant ? N'y avait-il pas ici de grands roseaux ?

Olga Lyudvigovna, *La Petite Femme*, 1910, Museum, St. Petersburg, Saint Pétersbourg.

— Des roseaux ? sans doute, il en reste toujours quelques-uns qui veulent repousser autour des bassins ; mais ceux-là étaient encore tout petits, et je les surveillais. Ce matin, je les ai tous arrachés avec soin, j'ai remis du sable à la place, et j'espère qu'ils ne repousseront pas cette fois.

Marguerite regarda le sable, et il lui sembla voir encore l'empreinte que les grandes pattes de la grenouille y avaient laissée en exécutant sa danse échevelée[6] ; mais elle reconnut que ces traces étaient celles des paons qui venaient gratter la terre fraîchement remuée.

6. Désordonnée.

George Sand, *Contes d'une grand-mère*, « La Reine Coax », 1872.

J'écoute le conte

As-tu visualisé la métamorphose de Marguerite pendant la lecture ? Comment l'as-tu imaginée ?

Enrichir son vocabulaire

Cherche le sens de l'adjectif **infortuné** l. 5. Convient-il à la reine Coax ? Pourquoi ?

Comprendre le texte

FICHE COUP DE POUCE
hachette-clic.fr/25mp6098

1 Identifie les différents moments du récit et donne un titre à chacun d'eux.

2 À quoi ressemblent Ranaïde et Rolando quand Marguerite les voit sur le rivage ?

3 Qu'est ce qui rend les personnages du texte à la fois animaux et humains ?

4 Reformule le conseil que Rolando donne à Marguerite.

5 D'après toi Marguerite doute-t-elle de ce qu'elle a vécu ?

7 **HISTOIRE DES ARTS** Observe le tableau, quel passage du texte illustre-t-il selon toi ?

Faire le bilan

« Reste intelligente et bonne, et n'appartiens qu'à celui qui t'aimera telle que tu es. ». Cette phrase pourrait-elle être une leçon de vie ? Pourquoi ?

MISSION SPÉCIALE

Finalement, cette aventure était-elle un rêve ou non ? Débattez-en ensemble en groupe. Soignez vos arguments pour tenter de convaincre vos auditeurs.

Lecture 6

Une expérience enrichissante ?

À ÉCOUTER
hachette-clic.fr/25mp6099

Ton objectif
Comprendre la leçon du conte.

Madame Yolande interroge Marguerite sur ses sentiments envers son cousin. Marguerite lui parle de son rêve.

— Eh bien ! lui dit madame Yolande quand elle entra chez elle pour lui servir son chocolat, as-tu vu ton cousin ? reste-t-il avec nous ?

— Je l'ai vu partir, grand-mère, et je ne lui ai rien dit.

— Pourquoi ?

— Je ne sais. J'étais toute troublée par un rêve que j'ai fait et que je veux vous raconter ; mais, comme ce rêve ou cette vision est peut-être, à mon insu, ce qu'on appelle une réminiscence[1], je voudrais vous demander l'histoire de la grenouille fée que vous me racontiez autrefois pour m'endormir.

— Je me la rappelle bien confusément, répondit madame Yolande, d'autant plus que c'était un conte de ma façon, et que j'y faisais chaque fois des variantes à ma fantaisie[2]. Voyons si je me souviendrai… Il y avait jadis dans ce château une belle héritière appelée…

— Ranaïde ? s'écria Marguerite.

— Justement, reprit la grand-mère, et elle était magicienne.

— Elle épousa le beau prince… Dites le nom du prince, bonne maman !

— Attends donc… C'était le prince Rolando !

— J'y suis, bonne mère. J'ai revu toute l'histoire comme si elle se passait sous mes yeux.

— Mais la fin ?

— Oh ! la fin est terrible ! La grenouille, voulant reprendre la figure humaine…

— *S'enfla si bien qu'elle creva*[3] ?

— Précisément.

— Alors ton **dénouement** est un souvenir de la fable que je te faisais apprendre en même temps, car, pour mon compte, je n'ai jamais eu la peine de terminer mon histoire. Tu étais toujours endormie avant la fin.

En ce moment, un fort coup de vent fit entrer dans la chambre des feuilles sèches et des brins de paille. Marguerite alla fermer la fenêtre et elle vit sur le bord une feuille de papier écrite et déchirée comme si ce fût un brouillon de lettre. En ramassant ce papier pour le jeter dehors, elle y vit son nom écrit et l'apporta à sa grand-mère. Madame Yolande le prit, l'examina et le lui rendit en disant : — C'est un commencement de lettre de ton cousin à sa mère. Cela a été enlevé par le vent dans la chambre qu'il occupait au-dessus de la mienne, et, puisque nous sommes en train de croire aux esprits, je pense que nous devons remercier le follet[4] qui nous apporte cette révélation. Lis, ma fille, je te le permets.

« Ma chère mère, pardonnez-moi mes folies, je suis en train de les expier[5].

1 Souvenir imprécis.
2 Selon mon envie.
3 Citation de la fable de La Fontaine « La Grenouille qui veut se faire aussi grosse que le bœuf ».
4 Farfadet, lutin.
5 Être puni pour quelque chose.

Je me résigne à faire un riche mariage, car j'ai découvert que la petite Margot doit hériter de tous les biens de la vieille tante. La fillette est affreuse, une vraie grenouille, ou plutôt un petit crapaud vert, avec cela très coquette et déjà folle de moi ; mais quand on est endetté comme nous le sommes… »

Le brouillon n'en contenait pas davantage, Marguerite trouva que c'était assez ; elle garda le silence, et, comme elle vit que sa grand-mère était indignée et traitait son petit-neveu suivant ses mérites : — N'ayons point de dépit, ma chère maman, lui dit-elle, et rions de l'aventure. Je ne suis point du tout folle de mon cousin, et vous voyez que sa fatuité[6] ne m'offense point. Vous m'aviez dit hier soir de réfléchir. Je ne sais pas si j'ai réfléchi ou dormi, mais dans mes **songeries** j'ai vu des choses qui sont restées comme une leçon devant mes yeux.

— Qu'as-tu donc vu, ma fille ?

— J'ai vu une grenouille se parer d'émeraudes, jouer de l'éventail, danser la sarabande[7], se trouver belle et crever à la peine. Elle m'a paru si ridicule que je ris encore en y songeant. Je ne veux point faire comme elle. J'ai vu aussi un beau cygne s'envoler dans un rayon de soleil, et il me disait : « N'épouse que celui qui t'aimera telle que tu es. » Je veux faire comme il m'a dit.

— Et sois sûre que tu seras aimée pour toi-même, répondit madame Yolande en l'embrassant avec tendresse, car il y a une chose qui arrive à rendre belle, c'est le bonheur que l'on mérite.

6 Vanité, prétention.
7 Type de danse.

George Sand, *Contes d'une grand-mère*, « La Reine Coax », 1872.

J'écoute le conte

Selon toi, quel enseignement Névé donne-t-il à Marguerite ? Explique avec tes propres mots.

FICHE COUP DE POUCE
hachette-clic.fr/25mp6100

Comprendre le texte

1 Combien d'histoires se superposent dans l'esprit de Marguerite ? Lesquelles ?

2 Relève le champ lexical de la confusion dans le dialogue au début du texte. Pourquoi est-il autant présent ?

3 Que nous dit le brouillon de lettre de la véritable nature du cousin et de sa volonté d'épouser Marguerite ?

4 Quelle leçon Marguerite tire-t-elle de cette aventure ?

5 **LANGUE** « Et sois sûre que tu seras aimée pour toi-même » l. 50 : pourquoi le futur est-il utilisé ?

6 « il y a une chose qui arrive à rendre belle, c'est le bonheur que l'on mérite. » l. 51-52. Pourquoi cette dernière phrase pourrait-elle servir de morale ?

7 Quel lien fais-tu entre la fin du rêve et celle du conte ?

Faire le bilan

Marguerite sort-elle grandie de cet épisode ou non ? Justifie ta réponse en t'appuyant sur le texte.

Enrichir son vocabulaire

- Cherche le sens du mot **dénouement** l. 18 et décompose-le.
- Donne un synonyme du mot **songerie** l. 42.

Perpétuer la tradition orale du conte

Mme Yolande racontait des histoires pour endormir Marguerite. À toi de devenir conteur ou conteuse en racontant à tes camarades ton conte préféré.

Étape 1 Choisis un conte et remémore-toi l'histoire

1 Dresse la liste des contes qui t'ont marqué lorsque tu étais plus jeune.

2 Sélectionne un de tes contes préférés et essaye de te souvenir des personnages et de l'histoire en général.

Étape 2 Recherche le texte du conte et relis-le

3 Avec l'aide de ton professeur, retrouve le texte du conte que tu as choisi.

4 Relis-le et note dans ton carnet de lecteur les informations importantes.

5 Confronte cette prise de notes avec tes souvenirs.

Étape 3 Approprie-toi l'histoire

6 Grâce aux informations récupérées, à toi de reformuler l'histoire avec tes propres mots.

7 N'hésite pas à l'écrire et à lire ton histoire plusieurs fois à l'oral pour t'entraîner.

Étape 4 Deviens conteur / conteuse

8 Une fois que tu es prêt(e), raconte le à tes camarades.

9 Pose des questions à tes camardes sur les histoires de leur enfance.

Exemples : *Quelle histoire leur racontait-on quand ils étaient petits ? Sinon, quelle histoire auraient-ils aimé que l'on leur raconte ? Pourquoi celle-ci ?*

Tu peux même demander à ton professeur de participer !

Bravo ! Tu viens de créer une « *madeleine de Proust* », c'est-à-dire ici une histoire qui te rappelle ton enfance.

Fiche coup de pouce
hachette-clic.fr/25mp6101

S'auto-évaluer
hachette-clic.fr/25mp6102

Projet écrit

Rédiger le récit d'une rencontre avec un personnage monstrueux de conte

À la manière de George Sand dans « La Reine Coax », raconte une rencontre enrichissante d'un personnage avec un monstre.

Étape 1 Définis l'aspect du monstre

1 Crée ton monstre. Au brouillon, dresse la liste de ses particularités physiques.
Exemples de créatures monstrueuses : *un animal qui parle, une sorcière, un ogre, un dragon, un animal hybride,*

2 Utilise le lexique des monstres et des fées.

3 Essaye d'être le plus précis possible en le décrivant.

Étape 2 Crée la rencontre

4 Intègre ton personnage principal à l'histoire. Ce dernier doit avoir un défaut à rectifier.

5 Imagine la raison de leur rencontre.

6 Invente un échange verbal entre eux en utilisant le discours direct.

Étape 3 Imagine l'évolution de ton personnage

Fais évoluer ton personnage face au discours du monstre. Il doit en tirer des apprentissages.

Étape 4 Définis une morale

7 Choisis une qualité.
Exemples de qualité : *la bienveillance, l'écoute, la gentillesse, la patience, l'obéissance, le respect, la tolérance, la solidarité...*

8 Écris la morale à la fin en utilisant le présent de vérité générale.

Étape 5 Améliore ton texte

Pour améliorer ton texte tu dois vérifier :

- **L'orthographe** des mots difficiles à l'aide d'un dictionnaire.
- La présence de **la ponctuation.**
- **La mise en page** de ton récit : un paragraphe par étape.
- **Les accords** dans les groupes nominaux et les adjectifs.
- **Les accords du verbe.**

FICHE COUP DE POUCE
hachette-clic.fr/25mp6103

S'AUTO-ÉVALUER
hachette-clic.fr/25mp6104

Jouer avec les mots du conte de fées

L'étymologie

Le nom monstre vient du latin « monstrum » qui signifie « un prodige qui avertit de la volonté des dieux ». Il désigne aussi un « objet ou être de caractère surnaturel », ou encore « monstre ».

« Monstrum » est lié au verbe latin « moneo, es, ere, monui, monitum » signifiant « attirer l'attention sur quelque chose ou quelqu'un », « avertir ».

1 Retrouve les mots issus de cette origine dans la liste suivante :
monstresse – moniteur – monocle – monstrueux – démon – montrer – monacal – monstrueux – monstrelet – monostiche – moustachu

La formation des mots en français

2 Décompose les mots suivants en identifiant **le préfixe**, **le radical** et **le suffixe** :
verdâtre - maladroite - inexprimable - transformation - laideur - sortilège.

Attention : le préfixe et le suffixe, ce n'est pas automatique !

- Donne la définition de chacun des mots.

Les familles de mots

Une famille de mots regroupe tous les mots qui ont le même radical (la même racine). Par exemple, les mots « créature », « créateur » et « créer » appartiennent à la même famille que le mot « création ».

3 Pour chacun des mots ci-dessous, donne le plus de mots possibles de la même famille :
sort - magie - marécage - laid.

Les champs lexicaux

Les champs lexicaux sont des groupes de mots liés par une même thématique.

4 Repère l'intrus :
grenouille – batracien – cygne – marécage – têtard
cabanes – douves – pont-levis – palais – château
cauchemar – merveilleux – sombre – effroi – peur.

5 Recopie le tableau et associe chaque mot de cette liste au bon champ lexical :

la féerie	la monstruosité	la transformation

métamorphose - hideux - merveilleux - illusion - créature - fabuleux - abominable - cruelle - bienveillance - féroce - impitoyable - magique - grandir - enchanteur - horrible - changer

La polysémie des mots

Le mot « fée » peut avoir deux sens :
- **un être merveilleux doté de pouvoirs magiques ;**
- **une personne qui réalise avec habileté des choses extraordinaires.**

6 Associe chaque phrase au sens correct du mot « fée » :
Cette fée transforme une jeune fille en grenouille.
C'est une véritable fée du logis !

?!

Le sais-tu ?

La féerie n'est pas réservée aux femmes ! Les hommes-fées, bien que très rares, sont parfois appelés « féetauds » ou « fétauds ». Ce mot désigne à la fois les époux des fées mais aussi les fées de sexe masculin. On retrouve de nombreux féetauds dans les contes bretons.

Les définitions

7 Cherche la définition des mots suivants : *globuleux - nauséabond - prodigieux.*

Les homophones

8 Choisis le bon mot : Le mot « fée » a de nombreux homophones : *faix, fais, fait* et *faits.*

Tu .... tes exercices de vocabulaire.

Les .... divers plaisent aux gens.

Marguerite .... tout pour retrouver son cygne.

Il porte son .... comme une malédiction.

Les expressions

9 Trouve la définition qui correspond à chacune de ces expressions issues de l'univers du conte de fées :

Expressions : *trouver son prince charmant - tout est bien qui finit bien - comme par enchantement - la bave du crapaud n'atteint pas la blanche colombe - c'est un monstre sacré - avoir des doigts de fée - cracher des crapauds.*

Définitions : *un dénouement heureux - dire des méchancetés - être doué de ses mains - un heureux hasard - rencontrer l'amour - être célèbre - les reproches ne peuvent pas blesser un innocent*

Micro-dictée

10 **a.** Lis attentivement ces deux phrases et recopie-les.

> Cassette, ouvre-toi ! dit Marguerite avec assurance, — et la cassette s'ouvrit. Il en sortit comme une flamme rouge, dont la grenouille ne parut point se soucier. Elle y plongea ses pattes et en tira un petit miroir encadré d'or.
>
> **George Sand,** *Contes d'une grand-mère,* « La Reine Coax », 1872.

b. Souligne en vert les mots que tu ne connais pas et mémorise leur orthographe.
c. Souligne en rouge les verbes conjugués au passé simple et observe bien plus leurs terminaisons.
d. Demande à quelqu'un de te lire le passage et réalise cette micro-dictée sans faire d'erreurs !

Défi mots !

créature - maudite

Pour chacun de ces deux mots, donne un mot avec un préfixe ou un suffixe, un mot de la même famille, un synonyme et un antonyme.

Quiz de vocabulaire

Dans cette liste, choisis un mot rare, dont tu ne connais pas le sens : *diablerie - vénalité - châtiment - cadavérique - amphibien.*

1 Cherche dans un dictionnaire la définition de ce mot.

2 Invente trois définitions pour ce mot et accompagne chaque définition d'une phrase d'exemple.

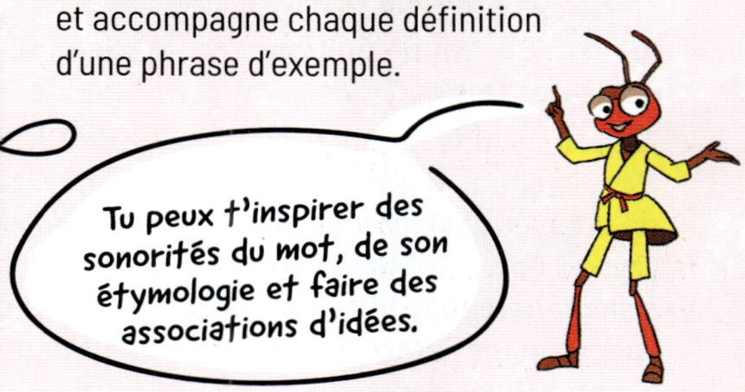

3 Insère la véritable définition au milieu de tes propositions.
Le but du jeu pour tes camarades est de la retrouver ! **Ton objectif** est qu'ils ne la retrouvent pas !

À vos marque-pages !

Dans les contes traditionnels ou plus contemporains, les rencontres entre les personnages principaux et les figures monstrueuses sont souvent l'occasion de dépasser les apparences et d'apprendre à découvrir l'autre.

Les sœurs Hiver

Jolan C. Bertrand • éditions école des loisirs, 2024

Dans le village de Brume, c'est le chaos depuis le départ de la joyeuse Petite Hiver. Quand l'oncle d'Alfred se lance à sa recherche, son neveu va l'accompagner face à la terrible Grande Hiver dans un univers de froid, de dangers et de merveilles.

La Belle et la Bête

Jeanne-Marie Leprince de Beaumont • éditions Flammarion jeunesse, 2024

Dans ce recueil on retrouve trois contes présentant des héroïnes qui se révèlent face à des monstres. Et dans lesquels les figures monstrueuses cachent des sentiments à découvrir. L'ouvrage regroupe *La Belle et la Bête* de Mme Leprince de Beaumont, *La Petite Sirène* d'Andersen et *Finette Cendron* de Mme d'Aulnoy.

♡ **Deux raisons d'aimer**

- Pour découvrir ou redécouvrir les destins d'héroïnes de contes.
- Le format poche et les contes courts permettent des lectures rapides à lire.

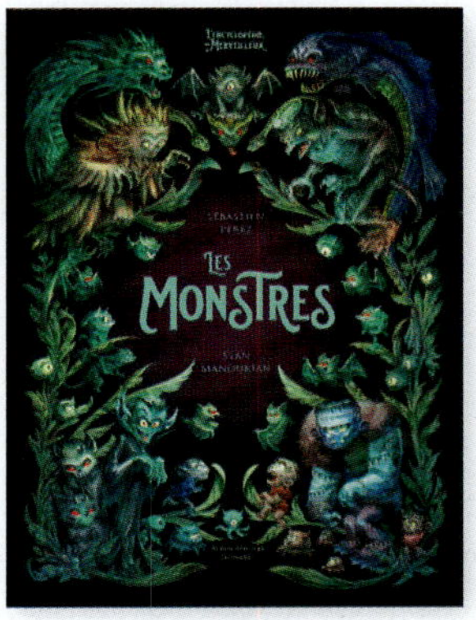

L'encyclopédie du Merveilleux : Les Monstres

Sébastien Perez • Albin Michel jeunesse, 2023

Lucas tente de mieux connaître et d'apprivoiser les monstres des divers folklores et cultures. Aux côtés du jeune garçon, les lecteurs vont en savoir plus sur ces figures à la fois effrayantes et fascinantes.

♡ **Deux raisons d'aimer**

- L'ouvrage est un grand format avec de belles illustrations.
- Dans la même collection, on peut découvrir « Les sorcières », « Les fées », « Les dragons », « Les fantômes », « Les ogres et les ogresses ».

Le coup de cœur de la professeure-documentaliste

Ce splendide ouvrage illustré par Chevalier Gambette nous plonge au cœur de la forêt boréale dans un récit où la loyauté et le courage des plus humbles deviennent de grandes forces. Les héros devront accepter les différences pour retrouver l'harmonie !

Partage tes lectures !

Réalise un book-trailer

Fais un mini-film pour présenter ton livre : contexte, héros et intrigue. Tu peux utiliser des logiciels, faire du montage. Du dynamisme, des phrases accrocheuses, des images et de l'audio, tu vas donner envie de lire !

Bilan

La Reine Coax, entre tradition et originalité !

✦ **C'est un conte de fées** où le merveilleux et l'extraordinaire rencontrent des lieux réels, avec des créatures terrifiantes et malhonnêtes et des alliés qui aident la jeune Marguerite dans sa quête de confiance en soi.

✦ **Ce récit permet des expériences** face à la cruelle Ranaïde et fait réfléchir aux valeurs héroïques pour titrer un enseignement de cette histoire.

✦ **C'est également un anti-conte de fées très original** : l'héroïne n'est pas très belle, le prétendant n'est pas charmant et la méchante meurt de manière ridicule. Marguerite ne souhaite pas changer par amour, elle finit par s'accepter telle qu'elle est. C'est une histoire qui permet de réfléchir sur l'amour et l'amour-propre.

On réfléchit tous ensemble !

D'après vos lectures de la séquence, **qu'apporte à Marguerite la rencontre avec la monstrueuse Reine Coax ?**

Constituez deux équipes et organisez un débat afin de répondre à la question.
Pour vous aider, parcourez le chapitre et inscrivez des arguments en faveur des deux propositions. Fournissez des exemples à vos arguments.

1. Rencontrer Ranaïde permet à Marguerite de s'aimer.
2. Rencontrer Ranaïde permet de rendre Marguerite courageuse.

Et toi dans tout ça ?

1 Quel passage du conte as-tu préféré ? Pourquoi ?
2 Recopie un extrait et illustre-le dans ton carnet de lecteur.
3 Quel personnage as-tu le plus apprécié ? Lequel as-tu détesté ?
4 Qu'as-tu compris de la morale de l'histoire ?

Quiz
QUIZ DE RÉVISION
hachette-clic.fr/25mp6105

CHAPITRE 7

Les mille et une naissances de l'humanité

Les récits de création racontent-ils tous la même histoire ?

Tes objectifs :
- Découvrir des récits de création.
- Interroger la place de l'humanité dans le monde.
- Imaginer de nouveaux récits des origines.

L'art aborigène d'Australie, *Le Temps du Rêve : le cycle de la Terre,*

Lecture 1

La création : ce que la science nous explique

À ÉCOUTER
hachette-clic.fr/25mp6106

Ton objectif
Comprendre ce que dit la science de l'origine de la vie terrestre.

Quand est apparue la vie sur Terre ?

Il est difficile de dater précisément la première forme de vie sur Terre, d'autant plus qu'il nous est difficile de définir ce qu'est la vie. À ce jour, les plus anciennes traces de vie sur Terre remonteraient à 3,8 milliards d'années, comme semblent l'indiquer des restes fossilisés retrouvés dans les roches sédimentaires.

La vie était alors exclusivement aquatique et le restera pendant près de 3,4 milliards d'années ! Les premiers végétaux terrestres, caractérisés par les lichens et les mousses, apparaissent il y a environ 500 millions d'années. Mais ce n'est que vers -400 millions d'années que l'on trouve trace des premiers animaux évoluant sur la terre ferme. Les premiers animaux terrestres sont essentiellement des Arthropodes, un embranchement auquel appartiennent les insectes, les scorpions, les araignées, les mille-pattes...

On retrouve aussi les traces des premiers gastéropodes terrestres : les Pulmonata, un ordre de mollusques qui regroupe les escargots et les limaces. Si ces échelles de temps nous semblent difficilement concevables, elles n'en paraissent pas moins gigantesques en comparaison avec l'émergence du genre humain (Homo), dont les plus vieux fossiles remontent à 2,8 millions d'années, et encore plus avec celle de notre espèce Homo sapiens, que les récentes datations situent il y a environ 300 000 ans. Par analogie, si l'on rapporte l'histoire de la vie de la Terre à l'échelle d'une année, notre histoire humaine ne représente que la dernière minute de cette année !

Site du Muséum national d'histoire naturelle, 2025

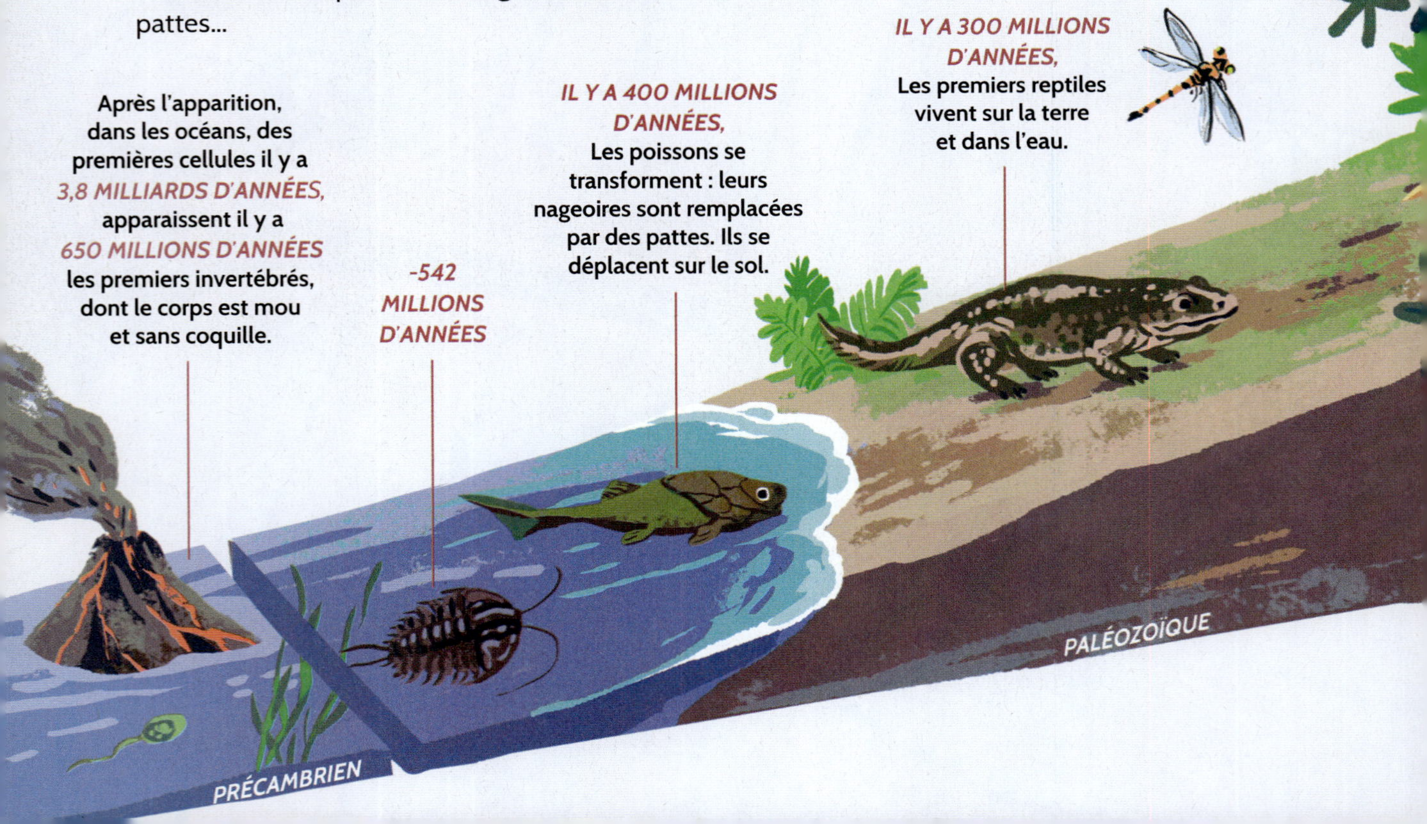

Lis attentivement ces questions et, à l'oral, trouve la bonne réponse :

1. Sur le dessin, les poissons sont placés sur la gauche parce qu'ils...

a : Vivent dans l'eau.
b : Sont apparus sur Terre avant les dinosaures.
c : Sont de petits animaux.

2. L'auteur du dessin veut nous faire comprendre que...

a : Les premiers reptiles vivaient uniquement dans l'eau.
b : Les dinosaures étaient des reptiles géants.
c : Le précambrien est la période la plus récente de notre ère.

3. Les deux documents donnent des informations sur tous ces sujets sauf un. Lequel ?

a : Notre espèce Homo Sapiens serait apparue sur Terre il y a environ 300 000 ans.
b : L'histoire humaine représente une infime partie de l'histoire de la vie sur Terre.
c : Les dinosaures auraient disparu à cause d'une météorite.

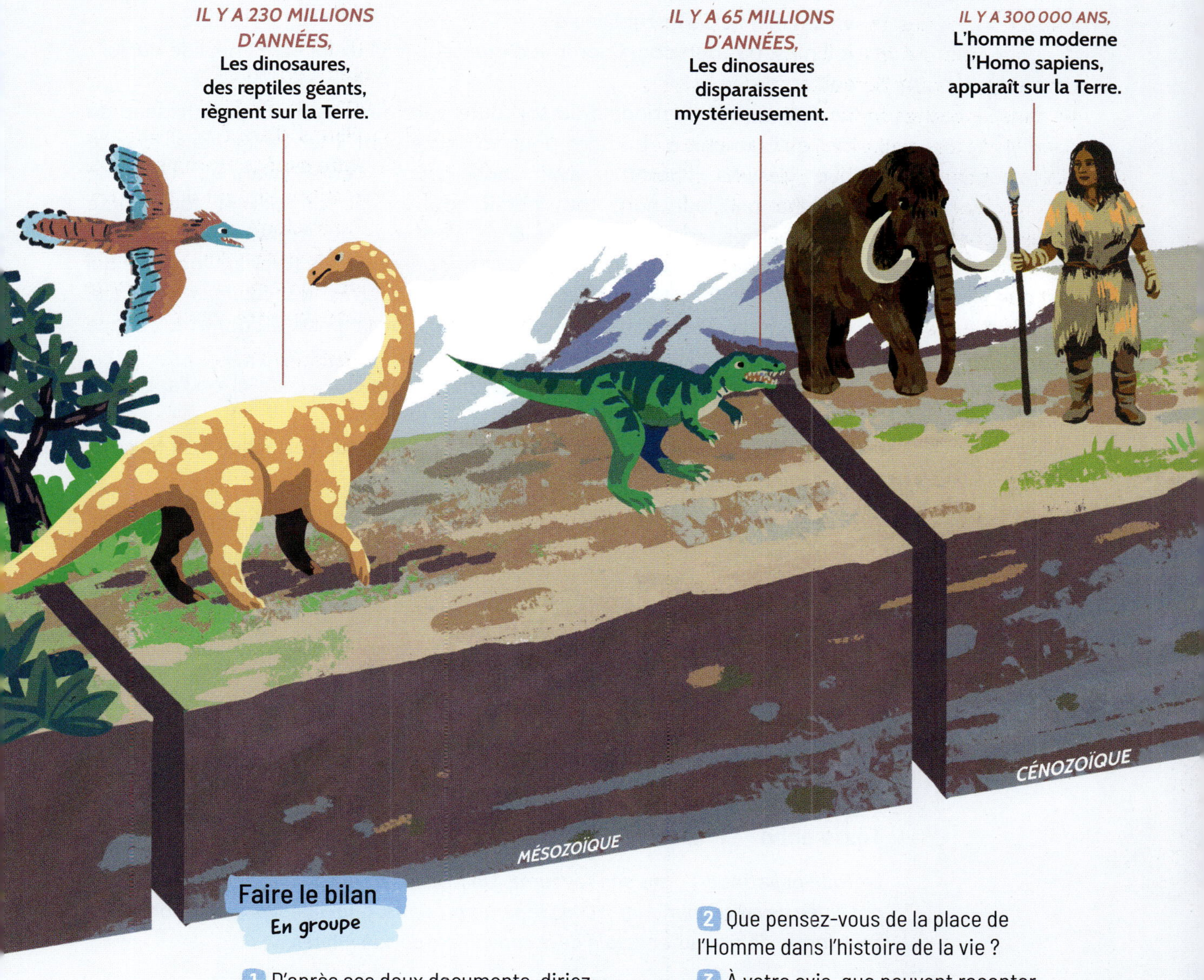

Faire le bilan

En groupe

1 D'après ces deux documents, diriez-vous qu'il est facile d'expliquer et de dater l'apparition de la vie sur Terre ?

2 Que pensez-vous de la place de l'Homme dans l'histoire de la vie ?

3 À votre avis, que peuvent raconter les récits qui se donnent pour objectif d'expliquer la création du monde ?

Lecture 2

Et l'homme devint un être vivant

À ÉCOUTER
hachette-clic.fr/25mp6107

Ton objectif
Comparer deux récits qui racontent la création des premiers êtres humains.

La Genèse, *le premier livre de la* Bible, *raconte la création du monde par Dieu. Elle débute par le récit de la création du monde en six jours qui met en lumière la relation particulière entre le créateur et ses créatures.*

Le Seigneur Dieu modela l'homme avec de la poussière prise du sol. Il insuffla[1] dans ses narines l'haleine de vie, et l'homme devint un être vivant. [...] Le Seigneur Dieu dit :
« Il n'est pas bon pour l'homme d'être seul. Je veux lui faire une aide qui lui soit accordée. »
Le Seigneur Dieu modela du sol toute bête des champs et tout oiseau du ciel qu'il amena à l'homme pour voir comment il les désignerait. Tout ce que désigna l'homme avait pour nom « être vivant » ; l'homme désigna par leur nom tout bétail, tout oiseau du ciel et toute bête des champs, mais pour lui-même, l'homme ne trouva pas l'aide qui lui soit accordée. Le Seigneur Dieu fit tomber dans une torpeur[2] l'homme qui s'endormit ; il prit l'une de ses côtes et referma les chairs à sa place. Le Seigneur Dieu transforma la côte qu'il avait prise à l'homme en une femme qu'il lui amena. L'homme s'écria :
« Voici cette fois l'os de mes os et la chair de ma chair, celle-ci, on l'appellera femme car c'est de l'homme qu'elle a été prise. »
Aussi l'homme laisse-t-il son père et sa mère pour s'attacher à sa femme, ils deviennent une seule chair.

Bible – La Genèse, traduction **TOB**, éditions du Cerf, 1997.

1 Faire pénétrer de l'air dans les poumons.
2 Diminution de la sensibilité, de l'activité, sans perte de conscience.

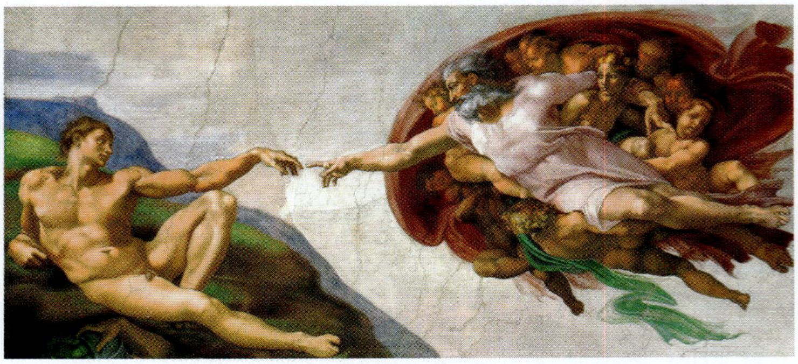

Michel-Ange, *fresque de la voûte de la chapelle Sixtine*, Au centre Michel-Ange place la création d'Adam par Dieu, 1508-1512, Vatican, Italie.

Texte écho

Le Tout-puissant est dans son royaume. Un jour, les anges architectes et ingénieurs ont l'idée de créer un monde où la vie serait présente. Chacun lui présente son projet sous forme de croquis et essaie de le convaincre de son intérêt.

Les dessins représentaient un animal dont l'aspect était vraiment désagréable, pour ne pas dire répugnant, mais qui frappait, toutefois, parce que totalement différent de tout ce qu'on avait vu jusqu'alors. D'un côté était représenté le mâle, de l'autre la femelle. Comme beaucoup d'autres bêtes, ils avaient quatre membres mais, du moins à en juger d'après les dessins, ils n'en utilisaient que deux pour marcher. Pas de poils, si ce n'est quelques touffes çà et là, spécialement sur la tête, comme une crinière. Les deux membres antérieurs pendouillaient sur les côtés d'une façon un peu ridicule. Le museau ressemblait à celui des singes, qui avaient déjà été soumis avec succès à l'examen. La silhouette n'était plus fine, harmonieuse et galbée comme celle des oiseaux, des poissons, des coléoptères, mais dégingandée[1], gauche et dans un certain sens indécise, comme si le dessinateur, au moment critique, s'était senti découragé et fatigué.

Le Tout-Puissant jeta un coup d'œil.

« On ne peut pas dire que ce soit bien beau ! observa-t-il en adoucissant par l'amabilité du ton la sévérité de son jugement, mais peut-être cet animal a-t-il quelque utilité particulière ?

— Oui, ô Seigneur, confirma l'importun. Il s'agit, modestie mise à part, d'une invention formidable. Ceci serait l'homme et cela la femme, indépendamment de l'aspect physique, qui, je l'admets, est **discutable**, j'ai cherché à les faire de telle façon qu'ils soient, pardonne-moi ma hardiesse[2], à ta ressemblance, ô Très-Haut. Ce sera, dans toute la création, le seul être doué de **raison**, l'unique qui pourra se rendre compte de ton existence, l'unique qui saura t'adorer. En ton honneur il bâtira des temples grandioses et il livrera des guerres terriblement meurtrières.

— Aïe, aïe, aïe ! Tu veux dire que ce serait un intellectuel ? fit le Tout-Puissant. Fais-moi confiance, mon fils, non, pas d'intellectuels. L'univers en est exempt[3], par chance, jusqu'à présent. Et j'espère qu'il restera tel jusqu'à la fin des millénaires.

Dino Buzzati, *Le K*, Robert Laffont, 1967.

Dino Buzzati
(1906-1972)
Journaliste italien, peintre et écrivain, il est notamment célèbre pour son roman *Le Désert des Tartares* (1949) et son recueil de nouvelles *Le K* (1966), dont plus de la moitié appartient au genre fantastique.

1 Qui est disproportionnée dans sa haute taille et déséquilibrée dans sa démarche.

2 Ici, effronterie, insolence.

3 Dispensé.

FICHE COUP DE POUCE
hachette-clic.fr/25m36108

Comprendre les textes

1 Résume en quelques phrases la façon dont l'humanité est créée dans ces textes.

2 Quelles sont les différentes étapes de la création de l'humanité dans la Genèse ?

3 Pourquoi peut-on dire que la parole est créatrice ? Explique en t'appuyant sur le texte.

4 Quelle est la particularité de l'être humain ?

5 Comment le Tout-Puissant réagit-il à la fin du deuxième texte ? Pourquoi ?

6 HISTOIRE DES ARTS Comment la fresque de Michel-Ange et l'extrait de *La Genèse* expriment-ils le lien unique et privilégié entre le créateur et sa création ?

Faire le bilan

Compare ces deux récits : quelles différences repères-tu dans la manière de créer l'humanité ?

Enrichir le vocabulaire

- **Discutable** l. 20. Comment cet adjectif est-il composé ? Quelle est sa signification ici ?
- **Raison** l. 22. Recherche dans un dictionnaire les différentes significations du mot. Quel est son sens dans le texte d'après toi ?

Lecture 3 en groupe

Façonner la vie

À ÉCOUTER
hachette-clic.fr/25mp6109

Ton objectif
Étudier un récit qui raconte comment l'homme a été créé à partir d'éléments naturels.

Françoise Rachmühl (née en 1931)
Autrice française, romancière, nouvelliste et conteuse. Elle a publié une dizaine de recueils de contes issus de divers pays et régions de France, destinés au jeune public.

Les Vogouls sont un peuple qui vit sur les versants de l'Oural, et qui sont rattachés à la Russie. Ils racontent, à leur manière, la création de l'humanité.

Beaucoup de temps s'écoula. Noumi-Toroum s'occupait de ses affaires. La terre ne tourbillonnait plus. Elle s'était épaissie, fortifiée, et la taïga, l'immense forêt des pays nordiques, la recouvrait toute. Mais sous les branches des pins, pas de galopades, pas de chants d'oiseaux dans le feuillage des mélèzes, pas de huttes dans les clairières et nulle trace de ski ou de raquette pour rayer la surface gelée des étangs.

L'un des fils de Noumi-Toroum s'en aperçut et s'en attrista. Il envoya sa sœur, Kalym l'ailée, la messagère, avertir leur père.

– Père, père, tu as consolidé la terre, elle est devenue habitable. Tu dois créer l'homme à présent.

– Très bien, répondit le dieu. Je vais charger de cette tâche ton petit frère, mon fils cadet.

Le jeune garçon se mit à l'ouvrage, coupa sept mélèzes, les tailla avec beaucoup d'application, les sculpta en forme d'hommes. Ceux-ci demeurèrent immobiles, raides et silencieux.

Pendant ce temps, son oncle, le dieu du monde souterrain, faisait la même chose avec de la terre glaise.

Quand il eut fini, il proposa à son neveu d'échanger ses figurines contre les statuettes de bois.

– Ah non, s'écria le garçon, j'ai eu trop de mal à les fabriquer. Regarde comme mes hommes sont beaux !

– Les miens ne sont pas mal non plus.

– Les tiens sont moins solides que les miens. Si tu laisses tomber sur eux une seule goutte, ils se fendillent, et si tu les plonges dans la mer, ils fondent. Le dieu du monde souterrain prit l'air soucieux.

– Tu as raison, finit-il par dire. Aussi vais-je les transformer en Menkws : ils deviendront les esprits bienveillants de forêts. Tes hommes à toi sont plus solides. Seulement ils n'ont ni mouvement ni âme.

– C'est vrai. Comment leur en donner une ? Embarrassé, le jeune homme se grattait la tête.

– Si tu voulais, mon oncle… Je ne suis que le fils d'un dieu, mais toi, tu es un dieu… Si tu voulais, tu pourrais leur donner une âme.

– Oui… Pourquoi pas ? À une condition : que ton père, Noumi-Toroum leur confectionne une colonne vertébrale, pour leur permettre de bouger. Ainsi fut fait. Le dieu du monde souterrain porta les êtres de mélèze au dieu du ciel, qui souffla dessus et les dispersa dans la taïga.

Françoise Rachmühl, *18 contes de la naissance du monde*, « Les pattes du Grèbe », Éditions Flammarion, 2020.

Nikolai Astrup, *Digitales*, 1909, Musée National de l'Art, de l'Architecture et du design, Oslo, Norvège.

FICHE COUP DE POUCE
hachette-clic.fr/25m36110

Comprendre le texte
en groupe

Lisez le texte et donnez un titre à chacune des parties que l'on peut identifier : l. 1-12 / l. 13-24 / l. 25-36.
Chaque groupe étudie une partie du texte en répondant aux questions.

Groupe 1 : l. 1-12

1 À quoi ressemble la Terre, création de Noumi-Touroum, à ce moment du texte ?

2 Quel rôle jouent les enfants de Noumi-Touroum dans l'histoire ?

3 Pourquoi le texte insiste-t-il sur l'absence de vie et de mouvement ?

4 HISTOIRE DES ARTS Ce tableau illustre-t-il bien le récit selon vous ?

Groupe 2 : l. 13-24

1 Comment le garçon procède-t-il pour créer l'homme ?

2 Comparez cette méthode avec celle de son oncle, le dieu du monde souterrain. Quelles différences constatez-vous ?

3 Pourquoi le choix du bois et de la glaise est-il symbolique ?

Groupe 3 : l. 25-36

1 Que deviennent les différentes statuettes créées ?

2 Pourquoi peut-on dire que Noumi-Touroum et son frère sont complémentaires ?

3 Pourquoi la création des hommes repose-t-elle sur une coopération entre plusieurs dieux ? Que cela nous dit-il sur leur nature ?

Faire le bilan
Tous ensemble

1 Chaque groupe résume sa partie en trois phrases en s'aidant des réponses aux questions.

2 Ils créent ensuite un kamishibaï. Sur chaque verso de trois grandes feuilles cartonnées, ils inscrivent leurs phrases de résumé. Sur chaque recto, ils composent une illustration (dessin, photo…).

3 À tour de rôle, chaque groupe lit à la classe ses planches de kamishibaï en veillant à rendre bien visibles les illustrations.

Lecture 4

Une naissance miraculeuse

À ÉCOUTER
hachette-clic.fr/25mp6111

Ton objectif
Étudier un récit qui ne donne pas d'explication à la naissance de l'humanité.

Voici le tout début du récit du Roi Singe, personnage légendaire issu du folklore chinois.

À l'est de l'empire du Milieu se dresse une **majestueuse** montagne appelée le mont des Fleurs et des Fruits. Son corps est recouvert d'un grand manteau de forêts verdoyantes. Des colliers de rivières miroitantes[1] le décorent. Les nuages voilent souvent sa tête où la Terre et le Ciel se rencontrent. Mais parfois on peut voir qu'elle est couronnée de rochers escarpés, balayés par le vent, sculptés par la pluie et inondés par les rayons brûlants du soleil ou la lumière froide de la lune.

Il y a longtemps de cela, il arriva que l'un de ces rochers, travaillé ainsi par les éléments, se fendit. Un œuf de pierre en sortit et roula en contrebas. Il était rouge comme le sang, et aussi gros qu'une balle d'enfant. Le vent joua avec lui, le faisant rouler de-ci de-là, entre les rochers. Le vent joua longtemps avec lui et peut-être le féconda[2] car un jour cet œuf de pierre se cassa. Et un être Vivant apparut, recroquevillé sur lui-même. Comme une fleur qui s'ouvre, il se déploya[3]. Il étira ses bras, ses jambes...

Il ressemblait à s'y méprendre à un homme... Mais ce n'était pas tout à fait un homme. C'était plutôt une sorte de singe ! D'une espèce parfaitement inconnue. Il était déjà de la taille d'un adulte. Il ouvrit les yeux et se les frotta, complètement ébloui par la lumière qui illumine le monde. Son regard vif se promena tout autour de lui et il fut **émerveillé** par tant de formes et de couleurs. La soie blanche des nuages, le vert frémissement des feuillages, le bleu infini du ciel, la découpe rosée des rochers.

De joie, le Singe né d'unepierre battit des mains et poussa des cris. Il se leva, fit quelques pas. Il sautilla, grimaça et se gratta comme font ses semblables. Puis il se mit à courir pour aller explorer le monde.

Il s'enfonça dans la forêt profonde. Il grimpa aux arbres où il fut attiré par de petites boules jaunes et rouges. Il eut envie d'y croquer et c'est ainsi qu'il connut la gourmandise. Il mangea tant de fruits que la peau de son ventre faillit éclater !

Et le Singe, tout nouveau-né, mais déjà très débrouillard, s'enfonça plus avant dans les forêts du mont des Fleurs et des Fruits. Il gambadait, impatient de découvrir toutes les merveilles répandues sur la terre.

Pascal Fauliot, *L'Épopée du Roi Singe*, Éditions Casterman, 2012.

Pascal Fauliot
(né en 1959)
Il a publié de nombreux recueils de contes qui explorent les légendes issues des cultures asiatiques.

1 Brillantes.
2 Transformer un œuf en embryon.
3 Se déplier.

Avant la lecture Connais-tu des personnages mythologiques enfantés, non par une mère, mais par une force de la nature ?

Chaiko, *Le Roi Singe, tome 1 : Pagaille au Palais céleste*, Éditions Paquet.

FICHE COUP DE POUCE
hachette-clic.fr/25rr p6112

Comprendre le texte

1 Raconte les différentes étapes de la naissance du singe. Que trouves-tu surprenant ?

2 LANGUE Relis la description de la montagne dans le premier paragraphe en supprimant toutes les expansions du nom. Que constates-tu ?

3 Le personnage est-il plutôt un homme ou plutôt un singe d'après toi ? Justifie ta réponse en t'appuyant sur le texte.

4 À ton avis, quelles qualités le singe montre-t-il dès le début de cette histoire ?

5 HISTOIRE DES ARTS Imagine qu'un narrateur s'exprime dans chaque case de la bande dessinée : rédige une phrase par case pour commenter ou expliquer l'action.

Faire le bilan

En trois ou quatre phrases, explique que ce récit de la naissance du roi singe est empli de mystère.

Enrichir son vocabulaire

- **Majestueuse** l. 1. Cherche dans le dictionnaire le mot « majesté ». À ton avis, quel sens est utilisé dans le texte ?
- **Émerveillé** l. 19. vient du latin *mirabilis*, qui veut dire « étonnant », admirable. Trouve un mot de la même famille dans le texte.

MISSION SPÉCIALE

Ce singe va devenir le Roi des Singes. Devenu un maître des Arts martiaux, il se promène sur un nuage, un bâton magique à la main.

Connais-tu un autre personnage fictif qui correspond à cette description ? Imagine à l'oral la naissance mythique de ce personnage.

Lecture 5

Tisser le monde

À ÉCOUTER
hachette-clic.fr/25mp6113

Ton objectif
Comprendre l'importance des éléments naturels dans la création du monde.

Marilyn Plénard
(née en 1959)
Connue pour ses traductions et adaptations de contes populaires du monde entier.

L'Araignée est la première créature vivante dans le monde d'En-Bas. Elle divise la terre en quatre parties, et commence son œuvre de création.

Sussistinnako [l'Araignée] s'est assise et, tout en veillant sur les parcelles, celle s'est mise à chanter. Elle chantait en sourdine[1], d'une voix douce, et les deux parcelles ont tremblé comme la sonnette du crotale. De la terre tremblante, deux femmes ont **émergé**.

Peu à peu, les hommes ont paru, vaquant de-ci, de-là. Puis les animaux, les oiseaux et les insectes ont paru, et Araignée chantait toujours, en sourdine, d'une voix douce, car elle n'avait pas achevé sa Création.

Bientôt, les hommes ont pullulé[2], mais comme la lumière n'existait pas encore, ils hésitaient à se disperser par peur de se piétiner les uns les autres. Les femmes premières-nées étaient leurs Mères à tous. L'une se nommait Utset. Elle est la Mère de nos peuples. L'autre se nommait Now-utset. Elle est la Mère de tous les autres.

Bien que la nuit régnât toujours, Araignée a divisé les hommes en clans, disant aux uns :

— Vous êtes le clan du Maïs, vous êtes le premier d'entre les clans.

À d'autres :

— Vous êtes le clan du Coyote.

— Vous êtes le clan de l'Ours.

— Vous êtes le clan de l'Aigle.

À tous, Araignée a donné leur nom… […]

Ensuite, Araignée a divisé le monde en trois : Ha-arts, la Terre ; Tinia, la Plaine du Milieu, offerte au peuple des Nuages et à celui de l'Arc-en-Ciel ; et Hu-wa-ka, la Plaine d'En-Haut.

Le peuple de Ha-arts a bâti des maisons. La tâche était ardue[3] car les bâtisseurs n'y voyaient goutte dans l'obscurité qui continuait de régner. Utset et Now-utset se sont consultées :

— Créons la lumière. Nos peuples doivent y voir clair. Ne leur disons rien pour l'instant mais demain sera un bon jour, et après-demain sera un bon jour.

Les deux femmes étaient pleines de **louables** intentions. Elles ne parlaient qu'une seule langue :

— Pour l'heure, l'obscurité règne mais, bientôt, ce sera le tour de la lumière.

Puis, inspirées par Sussistinnako, l'araignée, elles ont puisé la nacre d'un coquillage et ramassé une turquoise, une pierre rouge et une coquille d'abalone, et elles ont créé le Soleil. Elles l'ont emporté dans l'est du ciel pour édifier sa maison. Au matin, les Mères ont escaladé une haute montagne derrière laquelle elles l'ont laissé tomber. Quand l'astre s'est relevé, le peuple de la Terre a contemplé sa lumière.

1 À voix basse.

2 Être en très grand nombre.

3 Difficile.

Plus le Soleil était loin, plus bleue était sa face. Plus il s'approchait, plus sa face brillait. Les hommes ne voyaient pas le Soleil en personne. Ils ne voyaient que le grand masque qui le cachait entièrement.

Les hommes se sont rendu compte que le monde était vaste et beau.

Alice Lefort, Marilyn Plénard, *Contes et Légendes des Amérindiens*, Magellan & Cie, 2021.

Avant la lecture

Que t'évoque une araignée en général ? Connais-tu des légendes qui mettent en scène des araignées ?

FICHE COUP DE POUCE
hachette-clic.fr/25mp6114

Comprendre le texte

1 Lis attentivement le texte, puis dessine les étapes de création du monde par Araignée. Ajoute une légende sous chaque dessin.

2 À ton avis, pourquoi Sussistinnako chante-t-elle pour créer le monde ?

3 Elle appelle les clans : *Maïs, Ours, Coyote, Aigle*… Qu'est-ce que ces noms révèlent sur la relation des hommes avec la nature ?

4 Que créent Utset et Now-utset ? À ton avis, pourquoi cela n'intervient qu'à la fin du processus ?

5 LANGUE De la l. 33 à la fin du texte, pourquoi l'auteur utilise-t-il ces deux temps ?

6 HISTOIRE DES ARTS Montre comment le tableau illustre la dernière phrase du texte.

Faire le bilan

Imagine les éléments naturels que les hommes découvrent grâce aux deux Mères. Que ressentent-ils face à la grandeur du monde ? Qu'est-ce qui provoque leur admiration ? Pense aux éléments géographiques mais aussi à la végétation et aux animaux.

Enrichir son vocabulaire

- **deux femmes ont émergé** l. 4. Quel est le préfixe du verbe « émerger » ? Change ce préfixe afin de trouver un antonyme de ce verbe.
- **louables intentions** l. 29. De quel verbe l'adjectif « louable » est-il dérivé ? Trouve d'autres mots de la même famille.

MISSION SPÉCIALE

Si tu pouvais toi aussi créer un élément naturel, comment t'y prendrais-tu ? Inspire-toi de la création du Soleil pour écrire ton texte.

Joseph Henry Sharp, *Camp Apache à Hondo Cañon*, Nouveau-Mexique, 1920, Musée d'Art de Cincinnati, Ohio, États-Unis.

Ainsi parlait Zarathoustra, de Richard Strauss

Ton objectif
Découvrir un poème symphonique.

→ Découvrir l'œuvre d'un créateur

Richard Georg Strauss (1864-1949) est un compositeur allemand. En 1896, très impressionné par sa lecture de l'œuvre philosophique de Nietzsche *Ainsi parlait Zarathoustra*, il compose le poème symphonique du même nom.

Mais qui est ce Zarathoustra ? C'est le fondateur d'une ancienne religion perse qui a vécu au XVe siècle avant J.-C.

→ Comprendre la composition du poème symphonique

Lever de soleil	L'œuvre commence avec un lever de soleil : c'est le moment pour l'esprit humain de se réveiller.
Des arrière-mondes	Cette partie parle des vieilles croyances religieuses et des idées dépassées.
Du grand désir	La musique montre l'envie de l'humanité de s'ouvrir à de nouvelles choses, d'aller plus loin.
Des joies et des passions	Cette section exprime les émotions fortes, qu'elles soient heureuses ou douloureuses.
Le chant du tombeau	Un moment mélancolique qui parle de la mort.
De la science	Passage sur la quête de la connaissance et les découvertes scientifiques.
Le convalescent	Cette partie parle de guérison et de renouveau.
La danse	C'est la célébration de la vie, comme une grande fête.
Le chant du promeneur nocturne	Fin du poème avec une musique plus calme, qui favorise la réflexion.

Un poème symphonique est une composition musicale d'un seul mouvement qui raconte une histoire. *Ainsi parlait Zarathoustra* raconte une histoire de l'humanité.

1 Observe les différentes parties d'*Ainsi parlait Zarathoustra*. Associe à chaque étape un adjectif qui qualifie l'émotion que le compositeur souhaite faire ressentir.

→ Écouter le premier mouvement de l'œuvre

2 Quels instruments entends-tu dans ce « Lever de Soleil » ? Dans quel ordre apparaissent-ils ?

3 Comment la musique te fait-elle imaginer un lever de soleil ? Essaie de trouver les grandes parties du passage qui correspondent aux étapes de cette aurore.

4 Quelles émotions as-tu ressenties en écoutant ce passage ?

À ÉCOUTER
hachette-clic.fr/25mp6115

→ À ton tour, décris un lever de soleil

Pour commencer, regarde cet extrait de film et reponds aux questions.

5 Quelle atmosphère se dégage de cette scène d'ouverture ?

6 Quel genre cinématographique t'attends-tu à voir ?

VIDÉO
hachette-clic.fr/25mp6116

Stanley Kubrick, *2001 : l'Odyssée de l'espace*, scénario d'Arthur C. Clarke, 1968.

7 Mets en relation les images et la musique : quel est l'effet produit ?

8 Écris maintenant un texte dans lequel tu imagines le premier lever de soleil de l'humanité, alors que le monde s'éveille.

Décris les trois étapes du lever de soleil (avant, pendant, après) en donnant le plus de détails possibles. Quels éléments sont présents : des montagnes, des rivières, des hommes, des arbres ?

Pour t'aider, développe le champ lexical de la lumière et des couleurs. Mais ne te contente pas de ce que tu vois : varie les cinq sens.

Relis-toi avant de partager avec la classe ! Tu peux mettre en voix ta description en diffusant en même temps la musique de Strauss.

→ Pour terminer

Le film *Barbie* de Greta Gerwig utilise la musique de Strauss, et reprend les codes visuels du film *2001 : L'Odyssée de l'espace* de Stanley Kubrick.

9 À ton avis, quel message la réalisatrice veut-elle faire passer ?

10 En quoi la musique de Strauss le rend-il plus fort ?

VIDÉO
hachette-clic.fr/25mp6117

Greta Gerwig, *Barbie*, 2023.

Projet oral

Mettre en voix un texte grâce à la ponctuation

Prépare la lecture à voix haute du conte suivant et proposes-en une mise en voix expressive.

Étape 1 Choisis un texte

Un texte du Ier chapitre t'a particulièrement intéressé ? Il t'a touché, amusé, intrigué ? Tu vas pouvoir le mettre en voix pour montrer les sentiments qu'il a fait naître en toi et les partager avec tes auditeurs.

Étape 2 Prépare ta lecture à voix haute

Si tu as déjà étudié le texte en cours, passe à l'**étape 3**.

1 Prends le temps de déchiffrer les mots qui te semblent plus compliqués.

2 Utilise le tableau ci-contre pour lire correctement avec la ponctuation.

3 Tu peux t'enregistrer.

Étape 3 Entraîne-toi !

4 Maintenant que tu as compris l'histoire, lis-la à voix haute. Prends le temps de déchiffrer les mots inconnus pour ne pas hésiter.

5 Pour bien lire un texte, il faut utiliser la ponctuation qui te donne des indications précieuses pour rythmer ta lecture orale. Selon le signe utilisé, tu dois faire une pause plus ou moins longue, et ta voix va baisser ou monter.

6 Tu peux t'enregistrer pour comprendre tes points forts et ta marge de progression.

Signe de ponctuation	Arrêts	Voix
. point	long	qui baisse
, virgule	court	en suspens
! point d'exclamation	long	en suspens, qui monte ou qui descend
? point d'interrogation	long	qui monte
: deux-points	court	en suspens
; point-virgule	long	en suspens
... points de suspension	long	en suspens

Étape 4 Lis à voix haute devant ton public

- Si tu te sens vraiment à l'aise et que tu maîtrises l'étape 3, tu peux lire le texte debout face à ta classe, en pensant à lever régulièrement les yeux du livre pour regarder tes camarades.
- Tu peux ensuite lire plusieurs lignes sans regarder tes camarades, puis tu t'adresses de nouveau à la classe. Ta lecture sera bien plus intéressante !

FICHE COUP DE POUCE
hachette-clic.fr/25mp6118

S'AUTO-ÉVALUER
hachette-clic.fr/25mp6119

Projet écrit

Écrire un texte qui raconte la création du monde

À la manière de l'un des textes du chapitre, fais le récit d'une création du monde.

Étape 1 Choisis une idée de départ

1 Relis les textes étudiés et repère ce qui les caractérise.

2 Imagine comment ton monde pourrait naître : à partir d'un dieu créateur, d'un phénomène naturel, d'un chaos originel…

3 Note toutes tes idées sous forme de schéma ou de carte mentale.

Étape 2 Organise ton propos

4 Structure ton récit en grandes étapes (par exemple : le néant, l'apparition, l'organisation du monde, l'arrivée des êtres vivants, la naissance d'une humanité, l'arrivée d'un conflit…).

5 Pour chaque étape, décris ce qui se passe en quelques mots.

6 Imagine les personnages ou les éléments importants (un dieu, une force mystérieuse, des créatures…).

Étape 3 Rédige une phrase d'introduction captivante

7 Installe le décor : le monde existait-il déjà ? Sous quelle forme ?
Commence par une phrase forte qui plonge le lecteur dans ton univers : Au commencement…

Étape 4 Lance-toi dans la rédaction

8 Décris avec précision la naissance des éléments.
- Utilise des connecteurs logiques pour faire s'enchaîner les événements.
- Utilise les temps du récit (imparfait et passé simple).
- Ajoute des images pour rendre ton récit vivant (« le soleil jaillit comme une immense flamme… »).
- Utilise des formules rencontrées dans les textes.

Étape 5 Relis ton travail et améliore ton texte

9 Vérifie la cohérence : la progression du texte est-elle logique ?

10 Vérifie l'orthographe et la conjugaison.

11 Ajoute des détails si besoin.

Étape 6 Partage ton récit !

12 Mets ton texte au propre en soignant la présentation.

13 Lis-le à voix haute pour entendre son rythme.

14 Si tu le souhaites, tu peux l'illustrer.

FICHE COUP DE POUCE
hachette-clic.fr/25mp6120

S'AUTO-ÉVALUER
hachette-clic.fr/25mp6121

Vocabulaire

Jouer avec les mots de la création

L'étymologie des mots

Le radical grec « theo » signifie « Dieu ».

1 Pioche dans les sacs des préfixes, des radicaux et des suffixes pour former les mots correspondants aux définitions.

- Croire en plusieurs dieux.
- Croire en un seul dieu.
- Ne pas croire en un dieu.
- Ami de dieu.
- Don de dieu.
- Étude des questions religieuses.
- Pouvoir politique exercé par des autorités religieuses.

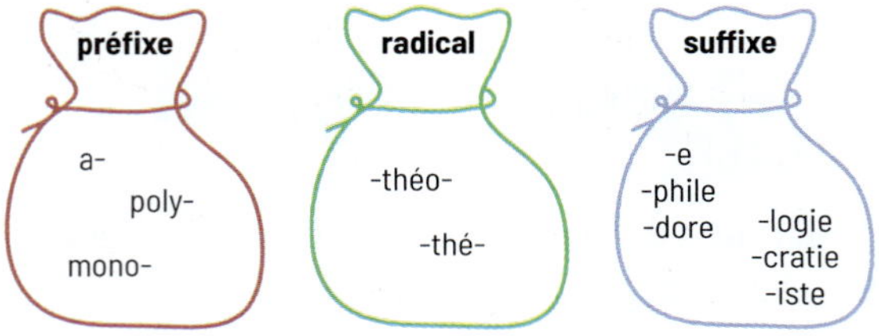

La formation des mots en français

2 Certains adjectifs courants sont en rapport avec les mythes et les religions. Sauras-tu identifier le radical des mots :
céleste - chaotique - diluvien - édénique - hermétique - infernal - jovial - martial - olympique - paradisiaque - satanique - saturnien

Les familles de mots

3 Cherche dans le dictionnaire le nom commun qui correspond à chacun de ces verbes.
Exemple : *créer* → *une création.*

façonner - imaginer - concevoir - bâtir - modeler - élaborer - naître

Les champs lexicaux

4 Lis attentivement le récit de création suivant, puis réponds aux questions de vocabulaire.

> Avec un hochement de tête complice, ils se mirent en quête de matériaux. Izanami ramassa une poignée de terre, la modelant délicatement entre ses doigts habiles. Izanagi, quant à lui, invoqua les vents pour souffler doucement sur cette argile cosmique. Puis, avec une intention pure et des gestes précis, ils lancèrent ce mélange dans la mer embrumée qui entourait Onogoro.

D'après un récit Japonais.

a : Relève le champ lexical des éléments naturels.
b : Trouve le vocabulaire qui décrit la façon de concevoir les îles et répartis-le par classe grammaticale.
c : Utilise trois adjectifs pour décrire Izanami et Izanagi tels que représentés sur l'image.

Utagawa Hiroshige,
Izanagi et Izanami sur le pont céleste,
Estampe, 1849,
Musée des Beaux-arts de Boston.

Définitions

5 Cherche dans le dictionnaire le sens et la nature grammaticale des mots suivants :
genèse – façonner – primordial – originellement

Les homophones

6 Choisis le bon mot :

a : La chair / chère de ce fruit est douce et juteuse.
Cette œuvre est très *chair / chère* à mon cœur.

b : Le cocon des papillons est en *soi / soie*.
Il faut prendre soin des autres comme on prend soin de *soi / soie*.

c : Le fruit est trop *vert / ver* pour être mangé.
Le vert / ver est dans la pomme.

d : La *mer / mère* chante une berceuse à son enfant.
La *mère / mer* est houleuse, les vagues sont nombreuses.

e : La *voie / voix* des pinsons est mélodieuse.
Je me promène sur la *voie / voix* verte.

Micro-dictée

7 **a.** Lis attentivement ces trois phrases et recopie-les.

> Avant que le monde soit monde, l'univers ressemblait à un grand œuf où se mêlaient le ciel et la terre, l'obscurité et le chaos. Un géant y dormait profondément. Quand il ouvrit les yeux, il découvrit l'obscurité.

b. Souligne en vert les mots que tu ne connais pas et mémorise leur orthographe.

c. Souligne en rouge les verbes conjugués aux temps du récit et observe bien leurs terminaisons.

d. Demande à quelqu'un de te lire le passage et réalise cette micro-dictée sans faire d'erreurs.

?!

Le sais-tu ?

Le mot « création » est apparu dans la langue française au XIIIe siècle. Il vient du latin « creare » qui signifie donner naissance. Il est à l'origine de nombreux mots, comme « procréer », « créatif », « créature » ou encore « récréation ».

Défi mots !

création – chaos – lumière – naissance – monde – humanité

Trouve les synonymes et les antonymes des mots suivants.

Quiz de vocabulaire

Créons des mots !
Seul ou en équipe, trouve des mots commençant par un des dix préfixes suivants :

- Anthropo- (homme)
- Bio- (vie)
- Cosmo- (monde)
- Créa- (faire naître)
- Géné- (origine)
- Géo- (terre)
- Morpho- (forme)
- Néo- (nouveau)
- Phyto- (plante)
- Proto- (premier)

Tu as trois minutes pour lister un maximum de mots.
À la fin du temps imparti, compare avec les autres élèves : celui qui a le plus de termes a gagné la manche.
Passe ensuite au préfixe suivant !

À vos marque-pages !

Les récits mythiques qui proposent de fascinantes fables de créations du monde sont nombreux. Voici des exemples qui te font réfléchir à ta place dans l'univers !

L'épopée de Gilgamesh en 8 récits

Jean Muzi • éditions Flammarion jeunesse, 2021

Le roi Gilgamesh est un tyran violent. Quand le seigneur des dieux façonne un colosse capable de l'affronter, le combat va changer le destin de Gilgamesh à jamais.

Le coup de cœur de la professeur-documentaliste

Gilgamesh est une figure héroïque de la Mésopotamie antique, un roi légendaire dont le récit épique peut se découvrir grâce à des nombreuses œuvres dans l'Histoire de l'Art.

Contes du Liban

Praline Gay-Para • éditions du Jasmin, 2024

La conteuse Praline Gay-Para a collecté de nombreux contes de la tradition orale libanaise. De la dame-serpent à la femme-chatte, les récits mêlent le merveilleux, le réalisme et la malice dans des aventures envoûtantes.

Deux raisons d'aimer

- Pour découvrir des contes accessibles de la culture libanaise et s'entraîner à les transmettre, à l'oral comme traditionnellement.
- Cet ouvrage est richement illustré par les dessins en noir et blanc de Corinne Demuynck.

Atlas des mythes et légendes du monde

Jessie Magana et Laure Flavigny • éditions Actes Sud Jeunesse, 2024

Dans cet imposant atlas, les pages sont autant de cartes qui invitent à un voyage dans l'espace-temps sur le thème des mystères de la création. Les représentations différentes du monde se répondent et s'enrichissent : du chaos au déluge, d'Ulysse aux créatures fantastiques !

Deux raisons d'aimer

- L'organisation graphique très visuelle fait des liens entre les différents mythes avec des codes couleurs et des pictogrammes.
- Les 23 cartes fourmillent de détails, et sont signées par trois illustrateurs différents.

Partage tes lectures !

Une carte des récits

Les récits de création sont l'occasion de voyager à travers de nombreuses cultures et différents lieux. Tu peux symboliser les endroits évoqués par tes lectures en les représentant sur une carte en grand format. Pourquoi ne pas proposer une carte collaborative qui s'enrichirait au fil de l'année, exposée au CDI ?

Bilan

Le rôle du créateur et des symboles

✦ **Les récits de création** expliquent d'où vient l'humanité, comment elle a été créée. Ils donnent un sens aux origines du monde.

✦ **Le créateur ou la créatrice** est une figure de sagesse, présent sous divers aspects : Dieu, une araignée, la nature… Parfois, le créateur agit en solitaire, parfois il collabore avec d'autres divinités ou des créatures célestes.

✦ **Les éléments symboliques sont nombreux :** la lumière, le vent, le bois, la terre permettent de façonner l'humanité.

✦ **Les récits amènent à se questionner** sur la place de l'être humain, et sur son rôle dans le monde.

On réfléchit tous ensemble !

Maintenant que vous avez découvert des récits de création de différentes cultures, pensez-vous qu'ils racontent tous la même histoire ?

Constituez deux équipes et organisez un débat afin de répondre à la question.

Et toi dans tout ça ?

1 Quel récit de création as-tu préféré ?

2 Recopie-le dans ton carnet de lecture et illustre-le.

3 Quels mots nouveaux as-tu appris au cours de ce chapitre ? Que signifient-ils ?

4 Quelle activité as-tu préférée ? Pourquoi ?

Quiz

QUIZ DE RÉVISION

hachette-clic.fr/25mp6122

CHAPITRE 8

Parcours d'œuvre

Les Métamorphoses d'Ovide

Les métamorphoses du monde

Les Métamorphoses d'Ovide : récit de création ou création d'un récit ?

Tes objectifs :

- Lire une œuvre qui raconte l'origine de l'humanité.
- Comprendre la dimension fabuleuse de ces récits de création.
- Inventer de nouvelles métamorphoses.

Piero del Pollaiuolo, *Daphné et Apollon*, vers 1470, huile sur bois, National Gallery, Londres.

Dans l'univers des *Métamorphoses* et des dieux grecs

Ovide, 43 av. J.-C. - vers 18 ap. J.-C.

Ovide est un poète latin très célèbre qui a vécu sous le règne de l'empereur Auguste. Après avoir débuté une carrière judiciaire suivant la volonté de son père, il se tourne vers la poésie. Il compose de nombreux poèmes amoureux ainsi que des œuvres qui ont pour but d'instruire les lecteurs, comme les *Métamorphoses*.
À la fin de l'an 8 ap. J.-C., pour une raison demeurée obscure, Ovide est banni loin de Rome. Là, il continue d'écrire des poèmes pour réclamer son retour. L'empereur Auguste et ses successeurs refusent de lever la condamnation et Ovide meurt en exil vers 18 ap. J.-C.

Morphée et Alcyone

• Les Métamorphoses

Les Métamorphoses sont un très long poème composé de quinze chants, ce qui représente plus de douze mille vers. Ovide raconte toutes les métamorphoses qui se sont produites dans le monde depuis sa création jusqu'à la mort de Jules César, un an avant sa propre naissance. Ainsi, nous lisons des transformations d'humains, de personnages mythologiques ou d'animaux en montagnes, en constellations, en végétaux.
Ovide est exilé avant la publication des *Métamorphoses*. De dépit, il jette son manuscrit au feu. Certaines copies vont alors circuler officieusement, ce qu'Ovide désapprouve car il considère son œuvre comme « imparfaite ».

Étymologie

Le terme « métamorphose » vient du issu du grec ancien « méta », « après » et « morphè » la forme. Il désigne un changement de forme.

→ **Effectue une courte recherche sur le dieu Morphée. De quoi est-il capable ?**

Les personnages des *Métamorphoses*

→ **Pour vous familiariser avec les différents acteurs de l'œuvre, effectuez quelques recherches sur les personnages suivants.**

Quelques divinités

Junon

Nom grec : Ἥρα - Héra

Rôle : Déesse du mariage et reine des dieux, femme de Zeus.

Apollon

Nom grec : Ἀπόλλων

Rôle : Dieu de la musique, de la beauté, fils de Zeus.

Jupiter

Nom grec : Ζεύς - Zeus

Rôle : Dieu de la puissance, de la justice divine et roi des Dieux sur le mont Olympe.

Neptune

Nom grec : Ποσειδῶν - Poséidon

Rôle : Dieu de la mer et des tremblements de terre.

Quelques héros mythologiques

Atlas

Nom grec Ἄτλας signifiant « le porteur » en grec ancien

Rôle : Titan condamné par Jupiter à porter la voûte céleste sur ses épaules.

Prométhée

Nom grec : Προμηθεύς

Rôle : Titan qui a offert le feu aux humains, fils de Thémis et père de Deucalion.

Persée

Nom grec : Περσεύς

Rôle : Fils de Zeus et de Danaé, tue la gorgone Méduse.

Lecture 1

La naissance du monde : le chaos originel

À ÉCOUTER
hachette-clic.fr/25mp6123

Ton objectif
Découvrir la naissance du monde dans la littérature gréco-latine.

Dans cet extrait situé au tout début des Métamorphoses, *Ovide décrit les débuts du monde.*

Avant la mer, avant la terre et le ciel qui couvre tout, la nature, dans l'univers entier, offrait un seul et même aspect ; on l'a appelé le chaos ; ce n'était qu'une masse informe et confuse, rien qu'un bloc inerte[1], un entassement d'éléments mal unis et **discordants**. Il n'y avait pas encore de Titan, pour donner sa lumière au monde ; Phébé[2] ne réparait pas les cornes nouvelles de son croissant ; la Terre n'était pas suspendue dans l'air environnant ni équilibrée par son propre poids ; Amphitrite[3] n'avait pas étendu ses bras tout le long des rivages. Partout où il y avait de la terre, il y avait aussi de la mer et de l'air ; ainsi la terre était instable, la mer impropre à la navigation, l'air privé de lumière ; aucun élément ne conservait sa forme, chacun d'eux était un obstacle pour les autres, parce que dans un seul corps le froid faisait la guerre au chaud, l'humide au sec, le mou au dur, le pesant au léger.

Un dieu, ou la nature la meilleure, mit fin à cette lutte ; il sépara du ciel la terre, de la terre les eaux et il assigna un domaine au ciel limpide, un autre à l'air épais. Après avoir débrouillé[4] ces éléments et les avoir tirés de la masse ténébreuse, en attribuant à chacun une place distincte, il les unit par les liens de la **concorde**[5] et de la paix. La substance ignée[6] et impondérable[7] de la voûte céleste s'élança et se fit une place dans les régions supérieures. L'air est ce qui en approche le plus par sa légèreté et par sa situation ; la terre, plus dense, entraîna avec elle les éléments massifs et se tassa sous son propre poids ; l'eau répandue alentour occupa la dernière place et emprisonna le monde solide.

Lorsque le dieu, quel qu'il fût, eut ainsi partagé et distribué l'amas[8] de la matière, lorsque de ses différentes parts il eut façonné des membres, il commença par agglomérer la terre, pour en égaliser de tous côtés la surface, sous la forme d'un globe immense. Puis il ordonna aux mers de se répandre, de s'enfler au souffle furieux des vents et d'entourer de rivages la terre qu'ils encerclaient.

1 Immobile.
2 La Lune.
3 L'épouse de Neptune.
4 Démêlé, mis en ordre.
5 L'Unité.
6 Qui est faite de feu.
7 Qui ne semble pas avoir de poids.
8 Tas, masse.

Ovide, *Les Métamorphoses*, I, 5-37, trad. G. Lafaye, éd. J.-P. Néraudau, Folio Classique,

Avant la lecture
Cherche les définitions du terme « chaos » dans un dictionnaire.
À ton avis à l'aide des informations qui précèdent le texte, laquelle correspond à ton texte ?

FICHE COUP DE POUCE
hachette-clic.fr/25mp6124

Comprendre le texte

1 Quel phénomène ce texte décrit-il ?

2 D'après le texte, qui est à l'origine de ce phénomène ? Cite au moins deux éléments de réponse.

3 Le premier paragraphe décrit le « chaos » : comment pourrais-tu qualifier l'état du monde à son origine ?

4 LANGUE Relève les négations dans le premier paragraphe. Pourquoi Ovide les emploie-t-il ?

5 Résume en quatre phrases les différentes étapes de la création décrites dans le deuxième paragraphe.

6 À quoi ressemble le monde à la fin du texte ?

7 HISTOIRE DES ARTS Observe le tableau et décris-le oralement. En quoi peut-il être lié au texte ?

Hilma af Klint, *Chaos primordial, n° 2*, 1906, Fondation Hilma af Klint, Stockholm.

Faire le bilan

Quels parallèles peux-tu faire entre le début du monde et le début des *Métamorphoses* ?

MISSION SPÉCIALE

Le monde tel qu'il est aujourd'hui te paraît-il harmonieux ou, au contraire, chaotique et désordonné ? Débattez-en classe en formulant dix actions possibles visant à préserver la planète d'un nouveau chaos.

Enrichir son vocabulaire

- Le monde, une fois ordonné, est nommé **cosmos** par les Grecs de l'Antiquité. Ce terme a donné des mots français tels que « cosmétique » ou « cosmétologie ». Quel lien peux-tu faire entre le monde et la beauté ?
- **discordant** l. 4 ; **concorde** l. 17 : décompose ces deux mots. Quel est le radical commun ? En quoi l'utilisation de ces deux mots constitue-t-elle un résumé du texte ?

Lecture 2

en groupe

Le déluge

hachette-clic.fr/25mp6125

Ton objectif
Étudier la description du déluge.

Les humains se sont très mal comportés : Jupiter décide de les punir. Avec l'aide de son frère Neptune, il va déchaîner les vents et les flots.

Déjà on ne distinguait plus la mer de la terre ; tout était océan ; l'océan lui-même n'avait plus de rivages. L'un a gagné à la hâte une colline ; l'autre s'est assis dans une barque recourbée et promène ses rames là où naguère[1] il avait labouré. Celui-ci navigue sur ses moissons et sur les combles[2] de sa ferme submergée ; celui-là prend un poisson sur la cime d'un ormeau[3] ; on jette l'ancre, si le hasard s'y prête dans une verte prairie, ou bien les carènes[4] arrondies écrasent les vignobles sous leur poids ; là où récemment les chèvres élancées ont brouté le gazon, des phoques posent leurs corps informes. Les Néréides[5] s'émerveillent de voir au fond des eaux des parcs, des villes, des maisons ; les dauphins habitent des forêts ; ils bondissent au sommet de leurs ramures[6] et se heurtent contre les chênes qu'ils agitent. Le loup nage au milieu des brebis ; l'onde[7] charrie[8] des lions au poil fauve ; l'onde charrie des tigres ; le sanglier ne trouve aucun secours dans sa force foudroyante et les jambes agiles du cerf ne l'empêchent pas d'être emporté ; après avoir longtemps cherché une terre où se poser, l'oiseau errant, ses ailes lasses, tombe dans la mer. L'immense débordement de l'océan avait recouvert les collines ; des flots jusqu'alors inconnus battaient les sommets des montagnes. La plus grande partie des êtres vivants est entraînée par les eaux ; ceux que les eaux ont épargnés périssent faute de nourriture, victimes d'un long jeûne[9].

Ovide, *Les Métamorphoses*, I, 262-312, trad. G. Lafaye, éd. J.-P. Néraudau, Folio Classique, © Éditions Gallimard, 1992.

1 Autrefois.
2 Espace sous le toit.
3 Variété d'arbre.
4 Partie inférieure d'un navire.
5 Nymphes marines.
6 Ensemble des branches d'un arbre.
7 L'Eau.
8 Transporter.
9 Privation de nourriture.

Avant la lecture Observe l'illustration et décris-la oralement.

FICHE COUP DE POUCE
hachette-clic.fr/25mp6126

Comprendre le texte
en groupe

Lisez intégralement le texte puis chaque groupe l'étudie en répondant aux questions.

Groupe 1

1 Quel phénomène est décrit dans le texte ?

2 Observez la longueur des phrases et leur rythme. Quel est l'effet produit sur le lecteur ?

Groupe 2

1 Qui est à l'origine du phénomène décrit dans le texte ?

2 Quel est le champ lexical dominant ? Pourquoi à votre avis ?

Faire le bilan
tous ensemble

1 Quels enseignements nous délivre ce texte ? De quelle façon peut-il nous aider à mieux comprendre notre monde actuel ?

2 Les humains survivent-ils à la catastrophe ? Pourquoi ?

3 HISTOIRE DES ARTS Pensez-vous que cette mosaïque puisse illustrer le texte ? Justifiez votre réponse par une citation.

MISSION SPÉCIALE

De façon inexpliquée, un petit groupe d'individus a réussi à survivre au déluge du texte. Racontez comment ils vont essayer de recréer le monde, et surtout comment ils vont éviter de refaire les mêmes erreurs.

Le Déluge, mosaïque vénitienne, XIIIe siècle, Saint-Marc, Venise, Italie.

Lecture 3

La renaissance des humains : Deucalion et Pyrrha

À ÉCOUTER
hachette-clic.fr/25mp6127

Ton objectif
Étudier le récit de la création d'une nouvelle humanité.

Deucalion et Pyrrha ont survécu au déluge. Totalement désespérés à la vue du monde dévasté, ils implorent la déesse Thémis, déesse de la justice, de leur venir en aide.

La déesse touchée rendit cet oracle : « Éloignez-vous du temple, voilez-vous la tête, détachez la ceinture de vos vêtements et jetez derrière votre dos les os de votre grande mère. »

Ils restèrent longtemps interdits[1] ; la première, Pyrrha rompt le silence et refuse d'obéir aux ordres de la déesse ; d'une voix tremblante elle la supplie de lui pardonner si elle n'ose outrager l'ombre de sa mère en jetant ses os çà et là. Cependant ils réfléchissent à la réponse de l'oracle, qu'enveloppe une si profonde obscurité, et ils la retournent en tous sens dans leur esprit. Enfin le fils de Prométhée calme la fille d'Epiméthée par ces paroles rassurantes : « Ou ma sagacité[2] m'abuse, dit-il, ou l'oracle[3] respecte la piété[4] **filiale** et ne nous conseille aucun crime. Notre grande mère, c'est la terre ; les pierres, dans le corps de la terre, sont, j'en suis convaincu, ce qu'il appelle ses os ; voilà ce qu'il nous ordonne de jeter derrière notre dos. » Quoique cette interprétation ébranle[5] la fille du Titan, elle hésite à espérer, tant ils se défient tous les deux des instructions célestes ; mais que leur en coûtera-t-il d'essayer ? Ils s'éloignent, se voilent la tête, dénouent leur tunique et, comme ils en ont reçu l'ordre, lancent des pierres derrière leurs pas. Ces pierres (qui le croirait, si l'Antiquité ne l'attestait[6] ?) perdent leur dureté et leur apparence rigide, elles s'amollissent peu à peu et, en s'amollissant, prennent une nouvelle forme. Puis elles s'allongent, leur nature s'adoucit et on peut y reconnaître à un certain point, quoique vague encore, la figure humaine, telle qu'elle commence à sortir du marbre, à peine ébauchée[7] et toute pareille aux statues imparfaites. La partie de ces pierres où quelques sucs[8] liquides se mêlent à la terre devient de la chair ; ce qui est solide et ne peut fléchir[9] se change en os ; ce qui était veine subsiste sous le même nom ; dans un bref espace de temps, comme l'avaient voulu les dieux, les pierres lancées par des mains masculines prirent la forme d'un homme et le sexe féminin dut une nouvelle vie à celles qu'une femme avait jetées. Voilà pourquoi nous sommes une race dure, à l'épreuve de la fatigue ; nous donnons nous-mêmes la preuve de notre origine première.

Ovide, *Les Métamorphoses*, I, 377-415, trad. G. Lafaye, éd. J.-P. Néraudau, Folio Classique,

1 Silencieux.
2 Perspicacité, intelligence.
3 Divinité antique qui avait des prémonitions et que l'on consultait dans son temple.
4 Dévotion, respect religieux.
5 Secouer, agiter.
6 Le prouver.
7 À l'état de brouillon.
8 Liquides organiques.
9 Ici au sens propre : ne pouvoir plier.

Avant la lecture

Recherche une illustration qui représente la déesse Thémis. De quoi est-elle la divinité d'après toi ?

FICHE COUP DE POUCE hachette-clic.fr/25mp6128

Comprendre le texte

1 Que prédit la divinité à Deucalion et Pyrrha ?

2 Comment Deucalion et Pyrrha le comprennent-ils ?

3 LANGUE Relève toutes les formules pour nommer Pyrrha. Pourquoi l'auteur les utilise-t-il ?

4 Résume en quelques phrases les différentes étapes de la création des humains.

5 Selon toi, pourquoi Deucalion crée-t-il des hommes et Pyrrha des femmes ?

6 HISTOIRE DES ARTS En t'aidant de l'introduction du texte, décris précisément ce tableau. À ton avis, que ressentent les personnages ?

Enrichir son vocabulaire

L'adjectif **filial / filiale** l. 10 est emprunté au bas latin « filialis » ; il signifie « ce qui concerne un fils ou une fille face à ses parents ».

- Emploie cet adjectif dans une phrase.
- D'après cette définition de l'adjectif, à ton avis, qu'est-ce que la « filiale » d'une société ? Tu peux t'aider d'un dictionnaire si besoin.

Faire le bilan

Pourquoi peut-on parler de métamorphose ici ?

Je lis à voix haute

Essaye de mémoriser cette phrase :
« Ces pierres (qui le croirait, si l'Antiquité ne l'attestait ?) perdent leur dureté et leur apparence rigide, elles s'amollissent peu à peu et, en s'amollissant, prennent une nouvelle forme. »
Récite-la à tes camarades en respectant bien le rythme donné par la ponctuation.

Tintoretto, *Deucalion et Pyrrha*, vers 1542, Galleria Estense, Modène.

Lecture 4

L'origine de la montagne Atlas

À ÉCOUTER
hachette-clic.fr/25mp6129

Ton objectif
Étudier le récit mythologique de la création d'un élément géographique.

Persée, vainqueur de la gorgone Méduse, se rend chez Atlas et lui réclame l'hospitalité.

Là vivait ce souverain qui surpassait tous les hommes par sa taille gigantesque, Atlas, fils de Japet ; il tenait sous ses lois les extrémités de la terre ainsi que la mer qui ouvre ses flots aux coursiers haletants[1] du Soleil et reçoit son char fatigué. Mille troupeaux de brebis et autant de troupeaux de bœufs erraient dans ses pâturages ; il n'avait près de ses terres aucun voisin pour en limiter l'espace. Sur ses arbres des feuilles qui resplendissaient de l'éclat de l'or couvraient des rameaux[2] d'or et des fruits d'or : « Étranger, lui dit Persée, si tu es sensible à la gloire d'une illustre naissance, je suis né de Jupiter ; si tu admires les grandes actions, tu admireras les miennes ; je te demande l'**hospitalité**[3] et le repos. » Le roi se souvenait de ce vieil oracle[4] que Thémis[5] avait rendu sur le Parnasse[6] : « Un temps viendra, Atlas, où tes arbres seront dépouillés de leur or et où un fils de Jupiter recueillera l'honneur d'en avoir fait sa proie. » Dans cette crainte, Atlas avait enfermé ses vergers[7] entre de solides murailles, il en avait confié la garde à un énorme dragon et il repoussait de ses frontières tous les étrangers. Il répondit aussi à Persée : « Va-t'en d'ici ; autrement la gloire des grandes actions que tu t'attribues mensongèrement et Jupiter lui-même ne te serviraient de rien. » Aux menaces il ajoute la violence ; de ses propres mains il essaie de chasser le héros qui hésitait et mêlait dans ses paroles la douceur à la fermeté. Persée n'était pas assez fort pour résister (qui pourrait en effet égaler la force d'Atlas ?) : « Eh bien, dit-il, puisque tu tiens si peu à mon amitié, reçois ta récompense » ; et, se détournant, il lui présente du côté gauche la face hideuse de Méduse. Dans toute sa hauteur Atlas est changé en montagne ; sa barbe et ses cheveux deviennent des forêts, ses épaules et ses bras des coteaux[8] ; ce qui fut sa tête se dresse au sommet de la montagne ; ses os se transforment en pierres. Puis son corps agrandi dans tous les sens prend un immense développement (telle est, ô dieux, votre volonté) et le ciel avec tous ses astres repose tout entier sur lui.

Ovide, *Les Métamorphoses*, IV, 632-662, trad. G. Lafaye, éd. J.-P. Néraudau, Folio Classique,

1 Chevaux essoufflés par une cause.
2 Petites branches.
3 Accueil.
4. Prédiction.
5 Déesse grecque de la justice.
6 Montagne sacrée où se sont réfugiés Deucalion et Pyrrha (**Lecture 3**).
7 Ensemble d'arbres fruitiers, ici couverts d'or.
8 Pentes d'une colline.

Avant la lecture
Fais une brève recherche sur Méduse et sur sa mort. Quel était son pouvoir ?

FICHE COUP DE POUCE
hachette-clic.fr/
25mp6130

Comprendre le texte

1 Décris l'endroit où vit Atlas. Appuie-toi sur les adjectifs. Quel est l'effet produit ?

2 À quoi Atlas ressemble-t-il physiquement et quel est son caractère ?

3 Pourquoi Atlas ne souhaite-t-il pas accueillir son invité ?

4 Explique l'avertissement de l'oracle et ce qu'Atlas a mis en place pour l'éviter.

5 Selon toi, Atlas échappe-t-il à sa destinée ?

6 LANGUE Quel est le temps principalement utilisé à partir de la ligne 17 ? Quel est l'effet produit ?

7 HISTOIRE DES ARTS À quel passage du texte peut correspondre ce tableau ? Regarde bien le visage d'Atlas. Comment comprends-tu son expression ?

Enrichir son vocabulaire

Le mot **hospitalité** l.10 vient du latin « hospitalitas ». Il signifie le fait de recevoir une personne chez soi, de l'accueillir, de la loger et de la nourrir.

- Connais-tu des mots de la même famille ?
- Le mot « hôpital » a la même origine. Peux-tu expliquer pourquoi grâce à son sens de « recevoir » ?

Je lis à voix haute

« Va-t'en d'ici ; autrement la gloire des grandes actions que tu t'attribues mensongèrement et Jupiter lui-même ne te serviraient de rien. »
Lis cette réplique d'Atlas à plusieurs reprises en variant les émotions ressenties.

Faire le bilan

Pourquoi peut-on dire que cette métamorphose mélange mythologie et géographie ?

MISSION SPÉCIALE

Fais une recherche sur la chaîne de montagnes de l'Atlas. Où se situe-t-elle ? Recherche dans un dictionnaire la définition du mot « atlas ». Quel est le lien avec notre personnage ?

Le Guerchin, *Atlas tenant le globe céleste*, 1646, Museo Bardini, Florence.

L'origine de l'écho

hachette-clic.fr/25mp6131

Ton objectif
Comprendre l'origine mythologique d'un phénomène naturel : l'écho.

Un jour qu'il [Narcisse] chassait vers ses filets des cerfs tremblants, il frappa les regards de la nymphe[1] à la voix sonore qui ne sait ni se taire quand on lui parle, ni parler la première, de la nymphe qui répète les sons, Écho. En ce temps-là, Écho avait un corps, ce n'était pas simplement une voix et pourtant sa bouche bavarde ne lui servait qu'à renvoyer, comme aujourd'hui, les derniers mots de tout ce qu'on lui disait. Ainsi l'avait voulu Junon[2] ; quand la déesse pouvait surprendre les nymphes qui souvent, dans les montagnes, s'abandonnaient aux caresses de son Jupiter[3], Écho s'appliquait à la retenir par de longs entretiens, pour donner aux nymphes le temps de fuir. La fille de Saturne[4] s'en aperçut : « Cette langue qui m'a trompée, dit-elle, ne te servira plus guère et tu ne feras plus de ta voix qu'un très bref usage. » L'effet confirme la menace ; Écho cependant peut encore répéter les derniers sons émis par la voix et rapporter les mots qu'elle a entendus.

Donc à peine a-t-elle vu Narcisse errant à travers les campagnes solitaires que, brûlée de désir, elle suit furtivement[5] ses traces ; plus elle le suit, plus elle se rapproche du feu qui l'embrase ; le soufre vivace[6] dont on enduit l'extrémité des torches ne s'allume pas plus rapidement au contact de la flamme. Oh ! que de fois elle voulut l'aborder avec des paroles caressantes et lui adresser de douces prières ! Sa nature s'y oppose et ne lui permet pas de commencer, mais du moins puisqu'elle en a la permission, elle est prête à guetter des sons auxquels elle pourra répondre par des paroles.

Il advint[7] que le jeune homme, séparé de la troupe de ses fidèles compagnons, cria : « Y a-t-il quelqu'un près de moi ? » « Moi », répondit Écho. Plein de stupeur[8], il promène de tous côtés ses regards. « Viens ! » crie-t-il à pleine voix ; à son appel elle répond par un appel. Il se retourne et, ne voyant venir personne : « Pourquoi, dit-il, me fuis-tu ? » Il recueille autant de paroles qu'il en a prononcées. Il insiste et, abusé[9] par la voix qui semble alterner avec la sienne : « Ici ! reprend-il, réunissons-nous ! » Il n'y avait pas de mot auquel Écho pût répondre avec plus de plaisir : « Unissons-nous ! » répète-t-elle et, charmée elle-même de ce qu'elle a dit, elle sort de la forêt et veut jeter ses bras autour du cou tant espéré. Narcisse fuit et tout en fuyant : « Retire ces mains qui m'enlacent, dit-il, plutôt mourir que de m'abandonner à toi ! » Elle ne répéta que ces paroles : « m'abandonner à toi ! » Méprisée[10], elle se cache dans les forêts ; elle abrite sous la feuillée son visage accablé de honte et depuis lors elle vit dans des antres[11] solitaires ; mais son amour est resté gravé dans son cœur et le chagrin d'avoir été repoussée ne fait que l'accroître[12]. Les soucis qui la tiennent éveillée épuisent son corps misérable, la maigreur dessèche sa peau, toute la sève de ses membres s'évapore. Il ne lui reste que la voix et les os ; sa voix est intacte, ses os ont pris, dit-on, la forme d'un rocher. Depuis, cachée dans les forêts, elle ne se montre plus sur les montagnes ; mais tout le monde l'entend, un son, voilà tout ce qui survit en elle.

Ovide, *Les Métamorphoses*, III, 356-401, trad. G. Lafaye, éd. J.-P. Néraudau, Folio Classique, © Éditions Gallimard, 1992.

1. Divinité de la nature qui vit dans les forêts et les montagnes.
2. Nom romain d'Héra. Déesse du mariage, elle est la sœur et l'épouse de Zeus / Jupiter.
3. Nom romain de Zeus, roi des Dieux. Il ne cesse de tromper son épouse.
4. Fille de Saturne : périphrase pour identifier Junon.
5. Secrètement.
6. La flamme, ici au sens de l'amour.
7. Arriver.
8. Surpris.
9. Perdu.
10. Abandonnée.
11. Grottes.
12. L'agrandir, l'augmenter.

Nicolas Poussin, *Écho et Narcisse*, avant 1630, musée du Louvre, Paris.

Avant la lecture Fais une recherche sur le mythe de Narcisse et déduis-en le sens de l'adjectif « narcissique ».

FICHE COUP DE POUCE
hachette-clic.fr/25mp6132

Comprendre le texte

1 Résume en quelques lignes la malédiction d'Écho.

2 Quel sentiment ressent-elle pour Narcisse ? Selon toi, ce sentiment est-il partagé par le dieu ?

3 Comment Écho parvient-elle à parler à Narcisse malgré la malédiction ? Explique la manière dont elle détourne sa punition.

4 l. 41 à 43 : À quel phénomène naturel ce récit donne-t-il une explication ?

5 LANGUE Quel temps et quel mode Narcisse utilise-t-il pour s'adresser à Écho ?

6 HISTOIRE DES ARTS Décris le tableau. À quel passage du texte fait-il référence ?

Je lis à voix haute

Avec un camarade, relisez l'échange entre Narcisse et Écho en veillant à le rendre vivant.

Faire le bilan

Dans un paragraphe de quelques lignes, explique comment Ovide invente des origines mythologiques à des phénomènes naturels.
Tu peux t'appuyer sur l'exemple de la métamorphose d'Écho.

MISSION SPÉCIALE

À la manière d'Écho et de Narcisse, crée un discours où le deuxième interlocuteur reprend la fin des paroles du premier. Attention, ton texte doit avoir du sens.

Projet oral

Mettre en voix une métamorphose

Enregistre la lecture à haute voix du mythe d'Écho.

Étape 1 Entraîne-toi à lire le texte à voix haute

1 Relis le texte sur la métamorphose d'Écho p. 180 en chuchotant.

2 Recopie le texte : cela te permettra de te l'approprier et tu pourras annoter ta lecture.

3 Relève les passages difficiles, fais attention à la ponctuation. Tu peux indiquer les pauses à faire grâce aux signes « // » ou « / ».

4 Surligne les passages que tu vas lire avec expressivité. Entoure les points d'exclamation, mets en évidence les paroles des personnages.

Étape 2 Enregistre ta lecture

5 À l'aide d'un micro, enregistre ta première lecture à voix haute. Si tu te trompes, appuie sur pause, supprime le passage et reprends ta lecture.

6 Lis de manière fluide en respectant la ponctuation.

Étape 3 Ecoute-toi pour t'améliorer

7 Écoute-toi et fais écouter ta production à tes camarades. Tiens compte de leurs conseils pour perfectionner ta lecture.

8 Recommence ta lecture en tenant compte des améliorations à faire.

Étape 4 Fabrique une ambiance sonore

9 Détermine l'ambiance sonore que tu souhaites créer. Tu pourras fabriquer toi-même des bruitages et les enregistrer.

10 Cherche une musique qui peut convenir à l'ambiance désirée.

11 Lis ton texte sur cette musique.

12 Enregistre-toi à nouveau et réécoute-toi pour apprécier cette nouvelle lecture.

Orphée charme les animaux avec sa lyre.

FICHE COUP DE POUCE
hachette-clic.fr/25mp6133

S'AUTO-ÉVALUER
hachette-clic.fr/25mp6134

Projet écrit

Inventer une nouvelle métamorphose

À la manière d'Ovide, rédige le récit de la transformation physique qu'un personnage mythologique inflige à un autre personnage. Cette métamorphose devra expliquer l'origine de cet animal ou de ce végétal.

Étape 1 Conçois ton intrigue

1 Choisis deux personnages mythologiques et présente-les. Tu peux choisir un personnage illustré page 171.

2 Crée au brouillon la fiche d'identité de tes deux personnages : la divinité et celui qui va subir la métamorphose.

3 Invente le lien entre les personnages.

4 Explique la raison de la métamorphose et son processus.

5 Imagine les trois étapes principales de ton récit : par exemple la rencontre, la métamorphose et la résolution de l'histoire.

Étape 2 Rédige ton récit au brouillon

6 Sur une feuille ou sur un ordinateur, tu peux commencer par « un jour, alors que... ».

7 Pense à décrire précisément les personnages.

8 Fais le récit spectaculaire de la métamorphose en pensant à utiliser le vocabulaire adapté.
Aide-toi des pages 184-185.

9 Retourne à la ligne quand tu changes de partie.

Étape 3 Explique la raison de la métamorphose

10 Choisis si la métamorphose est une récompense ou une punition : un châtiment suite à un complot ou un irrespect, une récompense suite à une action bienveillante, une métamorphose après la mort...

Étape 4 Décris progressivement la métamorphose

11 Choisis en quoi va se transformer ton personnage.

12 Liste toutes les caractéristiques de la plante (taille, senteur, couleur, feuillage) ou de l'animal (couleur du pelage, poids, taille, dentition, démarche, posture...).

Exemples d'animaux et de végétaux pour la métamorphose :
le renard, le cochon, la fourmi, la mouche, l'aigle, la colombe, la rose, le jasmin, le muguet, le chêne, les algues, le baobab, le lierre, le houx.

Utilise le lexique de la transformation et du changement. (cf lexique p. 184-185)
Essaye d'être le plus précis possible.
Utilise des adjectifs qualificatifs.

Étape 5 Relis et corrige ton texte

Vérifie :

- **le respect des différentes étapes** ;
- **l'orthographe** des mots difficiles à l'aide d'un dictionnaire ;
- la présence de **la ponctuation** ;
- **la mise en page** de ton récit : un paragraphe par étape narrative ;
- **les accords** dans les groupes nominaux et les adjectifs ;
- **les accords du verbe**.

FICHE COUP DE POUCE
hachette-clic.fr/25mp6135

S'AUTO-ÉVALUER
hachette-clic.fr/25mp6136

Jouer avec les mots des métamorphoses

L'étymologie grecque

Le terme « cosmogonie » vient du grec ancien « cosmos », « le monde » et « genesis », « la naissance ». Il s'agit d'un récit mythologique qui raconte les origines du monde.

1 Réponds aux questions suivantes avec des mots français issus de ces deux mots grecs.

a : Comment appelle-t-on quelqu'un qui voyage dans l'espace ?
b : Comment appelle-t-on une ville habitée par des gens venant de divers pays ?
c : Comment appelle-t-on les minuscules poussières qui circulent dans l'espace ?
d : Comment appelle-t-on un espace-temps d'une trentaine d'années ?
e : Comment appelle-t-on l'arbre qui réunit les membres d'une même famille ?

La formation des mots en français

2 Décompose les mots suivants en identifiant le préfixe, le radical et le suffixe :
furtivement - transformation - débordement - mensongèrement

! Le préfixe et le suffixe, ce n'est pas automatique !

3 Donne la définition de chacun des mots.

Les familles de mots

Une famille de mots regroupe tous les mots qui ont le même radical (la même racine).

Par exemple, les mots « ensorceler », « sorcellerie » et « sortilège » appartiennent à la même famille que le mot « sorcière ».

4 Pour chacun des mots ci-dessous, donne le plus de mots possibles de la même famille :
dieu - voix - mutation

Les champs lexicaux

Les champs lexicaux sont des groupes de mots liés par une même thématique.

5 Repère l'intrus :
- *nymphe - déesse - humain - titan*
- *transformation - métamorphose - immobilisme - mutation*
- *injustice - châtiment - innocence - punition*

6 Associe chaque mot de cette liste au bon champ lexical : les éléments primitifs / naturels, la voix, la nature.
la montagne - l'air - le son - le feu - les forêts - l'eau - les océans - la parole - la terre - l'écho - le chant - la prairie

7 Développe le champ lexical de la sculpture.

La polysémie des mots

8 Les adjectifs « interdit » et « touché » peuvent avoir plusieurs sens. Associe-les au bon synonyme :
frappé d'étonnement - ému - palpé - défendu

Les définitions

9 Cherche la définition des mots suivants dans un dictionnaire :
discordant - autel - hideux - retraite

10 Effectue quelques recherches sur le personnage de Pygmalion. Que signifie le nom commun « pygmalion » ?

Jean-Baptiste Regnault, *Pygmalion priant Vénus d'animer sa statue,* 1786, château de Versailles.

Les homophones

11 Choisis le bon mot.

a : Punie par Héra, Écho est réduite à l'état de *son / sont*.
Écho et Atlas *son / sont* métamorphosés.

b : Pour punir les hommes, Jupiter déchaîne les *eaux / os*.
Thémis conseille à Deucalion et Pyrrha de jeter les *eaux / os* de leur grand mère.

c : Deucalion et Pyrrha se sont réfugiés sur le *mon / mont* Parnasse.
« Tu n'abuseras pas de *mon / mont* hospitalité ! », s'écrie Atlas.

Les expressions

12 Trouve la définition qui correspond à chacune de ces expressions issues de l'univers antique.

Expressions : semer le chaos ; se faire l'écho de quelque chose ; dire « après nous le déluge » ; à tous les échos ; être médusé ; porter le poids du monde sur ses épaules.

Définitions : partout ; assumer plus qu'on ne le peut ; provoquer un désordre ; être très étonné ; montrer peu d'intérêt pour le sort des autres après notre départ ; rapporter.

Micro-dictée

13 **a.** Lis attentivement cette phrase et recopie-la.

> Offensée, elle lui lance, pendant qu'il parlait encore, ce qui reste du breuvage et répand sur lui l'orge mêlée au liquide.

b. Souligne en vert les mots que tu ne connais pas et mémorise leur orthographe.
c. Souligne en rouge les participes passés et repère leur terminaison en vérifiant le genre des noms auxquels ils se rapportent.
d. Demande à quelqu'un de te lire le passage et réalise cette micro-dictée sans faire d'erreurs !

Défi mots !

accord – former

Pour ces deux mots, donne un mot avec un préfixe ou un suffixe, un mot de la même famille, un synonyme et un antonyme.

Quiz de vocabulaire

Dans cette liste, choisis un mot rare, dont tu ne connais pas le sens :
diluvien - incarnation - imbroglio - philanthropie - miséricorde - pénitence

- Cherche dans un dictionnaire la définition de ce mot.
- Invente trois définitions pour ce mot et accompagne chaque définition d'une phrase d'exemple.

- Insère la véritable définition au milieu de tes propositions.

Le but du jeu pour tes camarades est de la retrouver !
Ton objectif est qu'ils ne la retrouvent pas !

?!

Le sais-tu ?

- Dans la mythologie grecque, Atlas est un Titan qui porte la voûte céleste sur ses épaules.
- En géographie, un atlas désigne un recueil de cartes.
- En anatomie, la première vertèbre cervicale se nomme l'« atlas » car elle soutient la tête comme Atlas soutient le monde.

À vos marque-pages !

Depuis Ovide, les métamorphoses sont un thème régulier des ouvrages de littérature jeunesse et ado. Dans d'autres formats ou dans des textes contemporains de *fantasy*, voici de quoi élargir tes connaissances en transformations et phénomènes surnaturels.

Les métamorphoses d'Ovide

Béatrice Bottet • éditions Casterman, 2023

Dans cette adaptation en format bande dessinée, les lecteurs pourront admirer et redécouvrir les célèbres récits contés par Ovide. La mythologie, ses mystères et ses figures héroïques n'auront plus de secret pour vous.

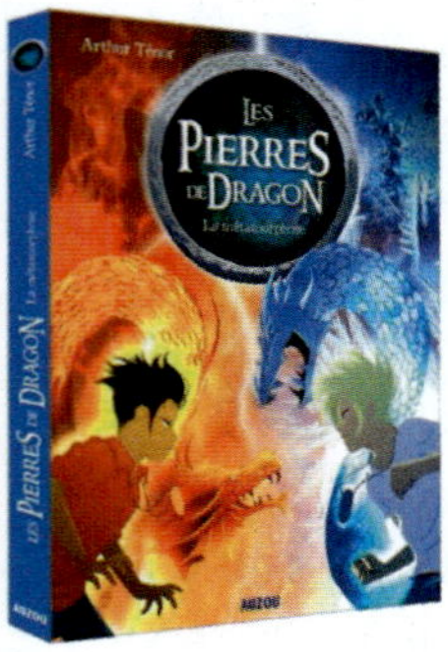

Les pierres de dragon : la métamorphose

Arthur Ténor • éditions Auzou, 2020

À 12 ans, Sengé apprend qu'il est un enfant mi-humain mi-dragon. Il doit parvenir à maitriser ses pouvoirs pour rester un dragon-sentinelle. Mais dans son collège, un autre adolescent fait partie des dragons-conquérants. Que va donner leur affrontement ?

Deux raisons d'aimer

- L'histoire fusionne le côté réaliste d'une vie de collégien et l'aspect merveilleux d'un monde *fantasy* avec des pierres de pouvoir.
- Amitié, harcèlement scolaire et secrets de famille, le récit traite aussi de sujets du quotidien.

Amari et le Bureau des affaires surnaturelles

B.B. Alston • éditions Livre de poche jeunesse, 2023

Amari a 12 ans quand elle reçoit une invitation à rejoindre le Bureau des affaires surnaturelles. Elle prend la relève de son frère et plonge alors dans un univers d'enquêtes pour démêler des secrets dans un monde de magie et de créatures fantastiques.

Deux raisons d'aimer

- Des sujets, comme les secrets de famille, le racisme et la lutte contre les préjugés sont abordés dans ce récit très prenant.
- On peut retrouver Amari dans la suite de ses aventures contre la ligue des magiciens !

Le coup de cœur de la professeure-documentaliste

La série « la mythologie en BD » permet de découvrir ou redécouvrir dans un format attractif de nombreux textes fondateurs de la mythologie. Et dans la collection plus large « Tout en BD » sont abordés aussi les sciences, l'art, l'histoire... sans limite pour la curiosité !

Partage tes lectures !

Casting des personnages

Sais-tu que de nombreux films et séries sont issus de livres ? À ton tour, imagine quels actrices et acteurs tu choisiras pour incarner les personnages de tes lectures sur grand écran. Sélectionne des photos et argumente tes choix !

Bilan

Les Métamorphoses, un récit mythologique puissant !

✦ **Ovide a créé un récit de la création du monde :** nous suivons les aventures d'une multitude de personnages. Qu'il s'agisse de divinités primitives comme la Terre, d'Olympiens, de nymphes ou même de simples mortels, tous peuvent être soumis à une métamorphose par l'intermédiaire d'un être divin.

✦ **Des transformations justes ou injustes :** la transformation du chaos en cosmos, monde organisé et ordonné, est bénéfique, tout comme celle des pierres jetées par Deucalion et Pyrrha pour repeupler le monde. Mais la métamorphose peut parfois aussi être une punition, comme pour la nymphe Écho ou pour Atlas.

✦ **Un chef-d'œuvre littéraire qui fait réfléchir :** c'est un récit ancré dans la réalité mais avec des éléments merveilleux. Les transformations font réfléchir le lecteur et sont souvent porteuses de morales.

On réfléchit tous ensemble !

D'après vos lectures, peut-on dire que **les *Métamorphoses* sont un récit qui explique la création d'un récit mythologique intemporel ?**

Constituez deux équipes et organisez un débat en classe afin de répondre à la question.
Pour vous aider, parcourez le chapitre et inscrivez des arguments en faveur des deux propositions. Donnez des exemples à vos arguments. Mettez en commun et discutez-en en classe.

Et toi dans tout ça ?

1 Quelle métamorphose as-tu trouvée la plus injuste ? Pourquoi ?

2 Résume et illustre dans ton carnet de lecteur la métamorphose qui t'as le plus impressionnée.

3 Quel personnage mythologique as-tu préféré ?

4 Quel enseignement as-tu tiré de ces *Métamorphoses* ?

5 Connais-tu d'autres œuvres célèbres de l'Antiquité ?

Quiz
QUIZ DE RÉVISION
hachette-clic.fr/25mp6137

CHAPITRE 9

Les poètes donnent leur langue au chat !

Les poètes sont-ils des magiciens des mots ?

Tes objectifs :
- Lire et mettre en voix de la poésie.
- Analyser et interpréter des poèmes.
- Écrire des textes poétiques.

Marc Chagall, *Le Poète*, 1949, encre et crayon sur papier, Collection particulière.

Lecture 1

Les yeux de chat

À ÉCOUTER
hachette-clic.fr/25mp6138

Maurice Carême
(1899-1979)
Poète belge francophone, il a écrit des poèmes sur l'enfance et a été élu « Prince des Poètes » en 1972.

Le Chat et le soleil

Le chat ouvrit les yeux,
Le soleil y entra.
Le chat ferma les yeux,
Le soleil y resta.

Voilà pourquoi, le soir,
Quand le chat se réveille,
J'aperçois dans le noir
Deux morceaux de soleil.

Maurice Carême, « Le Chat et le soleil »,
L'Arlequin, Nathan, 1970.

Marc Alyn
(né en 1937)
Écrivain et poète français qui publie à 18 ans son premier recueil. Dès lors, il ne cesse d'écrire et de recevoir de nombreux prix littéraires.

Ce qu'il y a dans l'œil du chat

À ÉCOUTER
hachette-clic.fr/25mp6139

Si vous saviez ce qu'il y a
Dans l'œil sans fond d'un petit chat,
Qu'il soit jaune, vert ou lilas,
Vrai, vous n'en reviendriez pas !

On y voit des oiseaux de lune,
Des palais de laine et de lait,
Le Sphinx émergeant de ses dunes,
Et des **ballets** ultra-violets.

Sur des bassins d'une eau sans rides
S'épanouit la fleur de lotus
Tandis qu'une main **translucide**
Peint des soleils sur papyrus.

Tout l'univers est reflété
Dans cette goutte de lumière
Qui ouvre sur l'éternité
Ainsi qu'un hublot sur la mer.

Marc Alyn, *Nous, les chats*, Formes et Langages,
1986, rééd. La Vague à l'âme, 1992.

Foujita, Le chat du tailleur, 1927, Collection particulière.

Avant la lecture

Remémore-toi un poème appris dans ton enfance mettant en scène un animal.

FICHE COUP DE POUCE
hachette-clic.fr/25mp6140

Comprendre les textes

Le Chat et le soleil

1 Réalise une illustration de la deuxième strophe du poème et présente-la à tes camarades en justifiant tes choix.

2 Qu'est-ce qui explique, d'après le poète, les pouvoirs des yeux du chat ?

Tout un poème !

Observe les mots à la rime dans la deuxième strophe : pourquoi sont-ils bien choisis d'après toi ?

Ce qu'il y a dans l'œil du chat

3 À la lecture de ce poème, peut-on dire que le poète a le pouvoir de voir ce qui est invisible au commun des mortels ?

4 LANGUE « si vous saviez [...] vous n'en reviendriez pas ». À quel temps ces deux verbes sont-ils conjugués ? Pourquoi ?

5 Comment pourrais-tu qualifier l'univers présent dans l'œil du chat ? Appuie-toi sur des exemples pour répondre.

Enrichir son vocabulaire

- **Translucide** v. 11 Que signifie ce mot ? Comment est-il construit ? Trouve un synonyme et utilise-le dans une phrase.
- Cherche un homophone du mot **ballet** et rédige une phrase comportant les deux mots et faisant apparaître leur signification respective.

6 HISTOIRE DES ARTS Dans un court poème de quatre vers, décris de manière poétique les objets quotidiens que voit le chat sur cette image.

Faire le bilan

D'après ces deux poèmes, dirais-tu qu'écrire de la poésie, c'est être un peu magicien ? Pourquoi ?

MISSION SPÉCIALE

À ton tour, rédige une strophe de quatre vers commençant par « On y voit... » et comportant une métaphore et une comparaison.

Lecture 2

Chats perchés sur les mots

À ÉCOUTER
hachette-clic.fr/25mp6141

Ton objectif
Comprendre que les poètes jouent avec le langage.

Poème du chat

Quand on est chat on n'est pas vache
on ne regarde pas passer les trains
en mâchant les pâquerettes avec entrain
on reste derrière ses moustaches
(quand on est chat, on est chat)

Quand on est chat on n'est pas chien
On ne lèche pas les vilains moches
parce qu'ils ont du sucre plein les poches
on ne **brûle** pas d'amour pour son prochain
(quand on est chat, on n'est pas chien)

On passe l'hiver sur le radiateur
à se chauffer doucement la fourrure

Au printemps on monte sur les toits
pour faire taire les sales oiseaux
On est celui qui s'en va tout seul
et pour qui tous les chemins se valent
(quand on est chat, on est chat)

Jacques Roubaud, *Les Animaux de tout le monde*, « Poème du chat », Ramsay, 1983.

Jacques Roubaud
(1932-2024)
Écrivain, poète et mathématicien français, membre de l'Oulipo.

Avant la lecture Quels sont, pour toi, les adjectifs qui qualifient le mieux les chats ?

FICHE COUP DE POUCE
hachette-clic.fr/25mp6142

Comprendre le texte

1 Dans ce poème, le chat est comparé à d'autres animaux. Quels sont-ils et en quoi le chat est-il différent d'eux ?

2 Que fait le chat en hiver et au printemps ? Pourquoi ces comportements correspondent-ils bien à cet animal ?

3 Quels adjectifs utiliserais-tu pour décrire le chat du poème ? Justifie avec des exemples du texte.

4 À la fin du poème, le poète écrit : « On est celui qui s'en va tout seul et pour qui tous les chemins se valent. » Que signifie cette phrase sur le caractère du chat ?

5 À ton avis, le poète admire-t-il le chat ? Justifie ta réponse en t'appuyant sur le texte.

6 HISTOIRE DES ARTS Observe bien cette sculpture. Pourquoi peut-on parler de métamorphose des matériaux en chat ?

Tout un poème !

Le poème contient une répétition : laquelle ? Quel effet produit-elle sur la lecture ?

Jacques Roubaud joue avec la sonorité et le rythme des vers. Trouve un passage où les sons sont particulièrement mis en valeur et explique leur effet.

Je lis à voix haute

Mémorise le poème et déclame-le en insistant sur les répétitions de sonorités.

Faire le bilan

Explique dans un court paragraphe que le poète s'amuse avec le langage dans ce poème.

Enrichir son vocabulaire

- **Brûle** v. 9
Cherche dans le dictionnaire le sens de ce verbe. Quel est son sens ici ?

MISSION SPÉCIALE

En binôme, écrivez un court poème en vous inspirant de « Poème du chat », en choisissant un autre animal (par exemple le "Poème du hérisson"). Suivez le même principe :

- Comparez-le à deux autres animaux en insistant sur ce qu'il n'est pas.
- Utilisez des répétitions et des oppositions.
- Jouez avec les sons et le rythme.

Bordalo II, *Le lynx ibérique*, Sculpture réalisée à partir d'un recyclage de grands contenants de plastique découpés, 2019, Lisbonne.

Lecture 3

Un chat magique

À ÉCOUTER
hachette-clic.fr/25mp6143

Ton objectif
Comprendre les mystères de l'inspiration poétique.

I

Dans ma cervelle se promène
Ainsi qu'en son appartement,
Un beau chat, fort, doux et charmant.
Quand il miaule, on l'entend à peine,
Tant son timbre est tendre et discret ;
Mais que sa voix s'apaise ou gronde,
Elle est toujours riche et profonde.
C'est là son charme et son secret.
Cette voix, qui perle et qui filtre
Dans mon fonds le plus ténébreux,
Me remplit comme un vers nombreux
Et me réjouit comme un philtre[1].
Elle endort les plus cruels maux
Et contient toutes les extases ;
Pour dire les plus longues phrases,
Elle n'a pas besoin de mots.
Non, il n'est pas d'archet qui morde
Sur mon cœur, parfait instrument,
Et fasse plus royalement
Chanter sa plus vibrante corde,
Que ta voix, chat mystérieux,
Chat séraphique[2], chat étrange,
En qui tout est, comme en un ange,
Aussi subtil qu'harmonieux !

II

De sa fourrure blonde et brune
Sort un parfum si doux, qu'un soir
J'en fus **embaumé**, pour l'avoir
Caressée une fois, rien qu'une.
C'est l'esprit[3] **familier** du lieu ;
Il juge, il préside, il inspire
Toutes choses dans son empire[4] ;
Peut-être est-il fée, est-il dieu ?
Quand mes yeux, vers ce chat que j'aime
Tirés comme par un aimant
Se retournent docilement
Et que je regarde en moi-même
Je vois avec étonnement
Le feu de ses prunelles pâles,
Clairs fanaux[5], vivantes opales[6],
Qui me contemplent fixement.

Charles Baudelaire, « Le Chat »,
Les Fleurs du mal, 1857.

Charles Baudelaire
(1821-1867)
Poète français. *Les Fleurs du mal* (1857) est le recueil qui l'a rendu célèbre. Il a également écrit un recueil de poèmes en prose : *Le Spleen de Paris*.

1 Potion magique.
2 Angélique.
3. Petit fantôme
4. Royaume, territoire
5. Lanterne, lampe
6. Pierre précieuse

Avant la lecture

HISTOIRE DES ARTS Observe ce tableau et décris-le. Le trouves-tu réaliste ?

FICHE COUP DE POUCE hachette-clic.fr/25mpE144

Comprendre le texte

1 À ton avis, Baudelaire évoque-t-il un chat réel ou un chat imaginaire ? Observe la comparaison dans la première strophe pour répondre.

2 Quelles sensations identifies-tu dans le poème ? Sont-elles identiques dans la première partie (I) et la deuxième (II) ?

3 LANGUE Le chat est décrit dans le poème avec de nombreux adjectifs. Relève-les et indique leur fonction grammaticale.

4 Pourquoi peut-on dire que le chat apparaît dans le texte comme une créature magique ou divine ? Appuie-toi sur le texte pour répondre.

5 Dirais-tu que le chat de Baudelaire représente une forme d'inspiration pour le poète ?

Tout un poème !

Pour comporter huit syllabes, comme tous les autres vers de ce poème, le mot mystérieux (v. 21) doit se prononcer « mys-té-ri-eux ».
Avec quel mot rime-t-il ? Comment dois-tu le prononcer ? Comment interprètes-tu cette drôle de prononciation pour ces deux mots du texte ?

Enrichir son vocabulaire

- Cherche dans un dictionnaire les différents sens de **familier** v. 29. Quelle est sa signification ici ?
- **Embaumé** v. 27 : en t'aidant du vers précédent, propose une définition du mot « embaumé ». Quel mot de la même famille connais-tu ?

Faire le bilan

Explique avec tes mots pourquoi on peut dire que le chat « habite » le poète.

MISSION SPÉCIALE

Rosa Bonheur est une peintre française célèbre pour la représentation réaliste d'animaux.
En observant les couleurs et les détails sur la fourrure et le regard, explique comment le chat est rendu expressif.

Rosa Bonheur, *Chat sauvage*, 1850, huile sur toile, 46 × 56 cm, Nationalmuseum, Stockholm.

Lecture 4

en groupe

Un chat très étrange

À ÉCOUTER hachette-clic.fr/25mp6145

Ton objectif
Comprendre que le poème transforme un chat réel en figure inquiétante.

Sabine Sicaud
(1913-1928)
Découverte par Anna de Noailles, Sabine Sicaud a publié son recueil *Poèmes d'enfant* à l'âge de treize ans. Elle meurt à quinze ans d'une maladie des os, après avoir collaboré à plusieurs revues littéraires.

Fafou

Chimère, dromadaire, kangourou ?
Non. Rien que cette ombre chinoise,
Fafou, sur la fenêtre, à contre-jour, Fafou,
Toute seule et pensive… Un fuchsia pavoise
L'écran vert derrière elle, et j'entends, à deux pas,
Des oiseaux qui l'ont vue et s'égosillent.

Fafou se pose en gargouille. Un œil las[1]
Semble à peine s'ouvrir dans son profil où brille,
Cependant, quelque chose, on ne sait quoi d'aigu…
Par là, se cache un nid d'oisillons nus
Pour qui la mère tremble – Fafou songe.

Un tout petit pétale rouge, qui s'allonge,
Marque d'un trait sa gueule fine… Un bâillement.
Puis un autre… Fafou dormait innocemment.
Fafou dormait, vous dis-je ! Elle s'étire,
La queue en yatagan[2],
Puis en cierge[3] ; le dos bombé, puis creux. Le pire,
C'est qu'elle n'a pas l'air de voir, s'égosillant,
La mère-oiseau dans l'if si proche…

Une patte en fusil, assise, la voilà
Qui se brosse, candide[4], et sa robe a l'éclat
D'un beau satin de vieille dame où se raccroche
La lumière du soir.
Une dame ? ou quelque vieux diable en habit noir ?

Fafou, je n'aime pas ces yeux d'un autre monde,
Ces yeux de revenant… Tout à l'heure croissants,
Maintenant lunes rondes,
Pourquoi ces trous phosphorescents[5]
Dans cette face obscure ? Sur la toile
Qui se fonce, elle aussi – la toile du jardin
Où les pendants des fuchsias sont des étoiles
La robe d'un noir vif s'éteint…

– Elle n'est plus qu'un badigeon d'encre ou de suie,
Un pelage sinistre ! Où l'as-tu pris
Ce noir d'enseigne de chat noir lavé de pluie ?

1 Fatigué.
2. Sabre courbé.
3. Bougie.
4. Innocent.
5. Lumineux dans le noir

Utagawa Hiroshige II, Chat blanc jouant avec une corde, 1863, estampe japonaise, 21,3 × 26,7 cm.

– Chat noir ou lion noir ? Chauve-souris,
Chouette, quoi ? Je ne sais plus. Sur la fenêtre,
Une tête où l'oreille plate disparaît…
Lézard, couleuvre ou tortue ? Ah ! Si près,
L'oiseau même ne sait qui redouter, quel être
Fantastique et changeant va ramper cette nuit
Dans le jardin au noir mystère de caverne !

– Du noir, du noir… Un point luit,
Deux points… deux vers luisants, vertes lanternes…
Fafou, je ne veux pas !
D'où reviens-tu, démon, de quel sabbat,
De quelle grotte de sorcière,
Lorsque tes yeux me font cette peur, tout à coup ?
– C'est l'heure des gouttières,
De la jungle ! Foulant, d'un piétinement doux,
Une vendange imaginaire, sur la pierre,
Quelle arme aiguises-tu ? Je ne veux pas, Fafou !
Viens sous la lampe ! Un ruban rose au cou,
Un beau ruban rose de jeune fille, rose pâle,
Je te veux, comme en haut d'une carte postale,
Une petite chatte noire, voilà tout…

Sabine Sicaud, « Fafou », *Poèmes d'enfant*,
Les Cahiers de France, 1926.

FICHE COUP DE POUCE
hachette-clic.fr/25mp6146

Comprendre le texte
en groupe

Lisez le poème en entier puis répartissez-vous en trois équipes. Chaque équipe étudie un thème du texte en répondant aux questions.

Équipe 1 : Fafou, un chat mystérieux

1 À votre avis, de quelle couleur est le chat Fafou ? Quels préjugés a-t-on sur ce genre de chat ?

2 Que craint la mère-oiseau pendant tout le poème ?

3 Quelles images poétiques vous frappent? Rendent-e les Fafou mystérieux ou dangereux ?

Équipe 2 : Fafou transformé par la poésie

1 À quels animaux la poétesse compare-t-elle Fafou ? Pourquoi selon vous ?

2 À quels moment Fafou est-il personnifié ? À qui ressemble-t-il alors ?

3 Montrez que le corps du chat est décrit de façon poétique.

Équipe 3 : Fafou et l'enfant-poète

1 Quelles sont les différentes émotions de l'enfant-poète tout au long du poème ?

2 Est-ce la réalité ou l'imagination qui l'emporte dans la description de Fafou ? Citez le texte pour justifier.

3 Quel chat idéal la poétesse voudrait-elle avoir ? Aidez-vous de la dernière strophe pour répondre.

Faire le bilan
tous ensemble

En groupe, réalisez un collage ou un montage d'images qui traduit l'étrangeté de Fafou. Présentez votre travail aux autres groupes.

Félin ou lutin ?

À ÉCOUTER
hachette-clic.fr/25mp6147

Ton objectif
Comprendre la dimension poétique d'un texte en prose.

« Poum »

Je suis le diable, et non un simple chat. Je ne grandis pas. L'écureuil, dans sa cage ronde, est plus gros que moi. Je mange comme quatre, comme six – je n'engraisse pas.

J'ai surgi en mai, de la lande[2] fleurie d'œillets sauvages et d'orchis **mordorés**. J'ai paru au jour, sous l'apparence bénigne[3] d'un chaton de deux mois. Bonnes gens ! vous m'avez recueilli, sans savoir que vous hébergiez le dernier démon de cette Bretagne **ensorcelée**. « Gnome », « Poulpiquet », « Korigaret », « Korrigan »[4], c'est ainsi qu'il fallait me nommer, et non « Poum » ! Cependant, j'accepte pour mien ce nom parmi les hommes car il me sied[5].

« Poum ! » le temps d'une explosion, et je suis là, jailli vous ne savez d'où. « Poum ! » j'ai cassé, d'un bond exprès maladroit le vase de Chine, et « Poum ! » me voilà collé, comme une pieuvre noire, sur le museau blanc du lévrier qui crie avec une voix de femme battue... « Poum ! » parmi les tendres bégonias prêts à fleurir, et qui ne fleuriront plus... « Poum ! » au beau milieu du nid de pinsons, qui pépiaient, confiants, à la fourche du sureau... « Poum ! » dans la jatte de lait, dans l'aquarium de la grenouille, et « poum ! » enfin, sur l'un de vous.

Colette, *La Paix chez les Bêtes*, 1916.

1. Plante toxique.
2. Étendue de terre sauvage.
3. Doux, sans danger.
4. Créatures magiques et malicieuses des légendes bretonnes.
5. Convient.

Avant la lecture Comment comprends-tu l'onomatopée « Poum ! » ?

FICHE COUP DE POUCE
hachette-clic.fr/25mp6148

Comprendre le texte

1 LANGUE Identifie le pronom personnel dominant dans ce texte. Qui parle ? Cela te surprend-il ?

2 Quel portrait le chat fait-il de lui-même ? Appuie-toi sur le texte pour répondre.

3 Pourquoi le chat aime-t-il le nom qu'on lui a donné d'après toi ?

4 Comment qualifierais-tu le caractère de ce chat ? Aide-toi des actions décrites dans le troisième paragraphe.

5 Qu'est-ce qui donne un rythme particulier à ce texte écrit en prose ?

6 Ce texte te paraît-il poétique ?

7 HISTOIRE DES ARTS Observe cette photographie représentant Colette et son chat. Qu'est ce qui montre leur complicité ?

Tout un poème !

Les textes poétiques sont traditionnellement écrits en vers.
Mais parfois, certains textes en prose sont qualifiés de poétiques parce qu'ils présentent une forme de musicalité ou des jeux avec les sonorités des mots.

Enrichir son vocabulaire

● **Ensorcelé.** Quel radical reconnais-tu dans cet adjectif ? Trouve trois mots de la même famille que tu emploieras dans une phrase pour décrire Poum.

Je lis à voix haute

Entraine-toi à lire ce poème à voix haute plusieurs fois. Propose une mise en voix expressive pour rendre compte de la dimension poétique de ce texte.

Faire le bilan

Qu'est-ce qui fait de Poum à la fois un chat et un lutin ? Justifie ton avis.

MISSION SPÉCIALE

En imitant le dernier paragraphe de « Poum », décris une scène de jeu de chatons en utilisant une onomatopée répétée en anaphore.

Colette
(1873-1954)
Sidonie-Gabrielle Colette a connu de nombreuses carrières, entre autres journaliste, artiste de cabaret ou romancière.

Portrait de l'écrivaine Colette avec l'un de ses chats. 1935, Photographie, Collection particulière.

Histoire des Arts

Pierre et le Loup de Sergueï Prokofiev

Quand la musique donne vie aux animaux

Ton objectif
Comprendre pourquoi Prokofiev a choisi la clarinette pour représenter le chat dans son œuvre.

→ Découvrir l'œuvre d'un créateur

Serguei Prokofiev (1891-1953) est un compositeur, pianiste et chef d'orchestre russe du XXe siècle. Prokofiev compose *Pierre et le Loup*, son œuvre la plus connue, dans le but d'initier le jeune public à l'univers de l'orchestre symphonique.

Ce conte musical, écrit en une semaine seulement, est destiné à être raconté avec orchestre.

→ *Pierre et le Loup*, une symphonie pour les animaux

Un matin, le jeune Pierre sort dans les prés, où il observe un oiseau et un canard discuter, tandis qu'un chat les guette pour attraper l'oiseau. Pierre intervient pour le sauver, mais son grand-père, inquiet, le ramène à la maison, car il craint l'arrivée du loup. Peu après, le loup surgit et avale le malheureux canard. Pierre décide de capturer le loup. Aidé par l'oiseau, il tend un piège avec une corde et parvient à immobiliser l'animal. Les chasseurs arrivent, et Pierre leur demande de l'emmener au zoo. Une marche triomphale s'organise.

→ La partition de *Pierre et le Loup* est précédée d'une préface dans laquelle Prokofiev explique ses intentions

Chacun des personnages de ce conte est représenté par un instrument de l'orchestre : l'oiseau par la flûte, le canard par le hautbois, le chat par la clarinette staccato dans un registre grave, le grand-père par le basson, le loup par des accords de trois cors d'harmonie, Pierre par la quatuor à cordes, les coups de feu des chasseurs par les timbales et la grosse caisse.
Avant l'exécution, il est préférable de présenter ces divers instruments aux enfants et de leur jouer des leitmotive. De cette façon, ils apprendront sans effort à identifier les différents instruments de l'orchestre.

Préface de la partition de *Pierre et le Loup*.

Orchestre symphonique.

→ Découvre l'orchestre

1 Connais-tu tous les instruments de l'orchestre ?

2 À ton avis, leur timbre est-il grave ou aigu ?

3 Écoute les instruments qui représentent les personnages

Le thème de Pierre

À ÉCOUTER hachette-clic.fr/25mp6149

Le thème du grand-père

À ÉCOUTER hachette-clic.fr/25mp6150

Le thème de l'oiseau

À ÉCOUTER hachette-clic.fr/25mp6151

Le thème du loup

À ÉCOUTER hachette-clic.fr/25mp6152

Le thème du canard

À ÉCOUTER hachette-clic.fr/25mp6153

Le thème des chasseurs

À ÉCOUTER hachette-clic.fr/25mp6154

4 Quelles sont tes impressions à l'écoute des différents thèmes musicaux ?

5 Pourquoi peut-on dire que Prokofiev a choisi ces thèmes avec précision ? Pour répondre, trouve trois adjectifs qui qualifient chaque personnage.

→ Écoute, imagine et écris !

À ÉCOUTER hachette-clic.fr/25mp6155

- Écoute le thème du chat joué par la clarinette
Laisse-toi inspirer par la musique et imagine le chat à travers un portrait poétique.

- Pour t'aider dans ton travail, inspire-toi du poème "Le Chat" de Baudelaire p. 194 du chapitre. Relis-le et observe comment le poète crée l'atmosphère autour de l'animal.

- **Suis ce plan :**

- Présente le chat en action
- Décris son allure, sa physionomie et son comportement
- Termine par une image du chat qui le représente bien

- **Joue avec les sonorités :**

- Utilise des répétitions de sons et fais rimer tes vers
- Choisis un rythme adapté à son caractère

- **Relis et vérifie :**

- Lis à haute voix
- As-tu utilisé des images poétiques ?
- Ton poème rime-t-il ?

→ Pour terminer

Pierre et le Loup a été adapté de nombreuses fois, notamment dans un film d'animation par la réalisatrice Suzie Templeton en 2006.

VIDÉO hachette-clic.fr/25mp6156

Regarde la bande-annonce du film et observe la manière dont sont représentés les personnages. Sont-ils différents de ce que tu avais imaginé ?

Projet oral

en groupe

Participer à une joute poétique

Écrivez un texte poétique faisant le portrait d'un animal et participez à une battle poétique.

Étape 1 Choisissez un animal

1 Trouvez une illustration de l'animal.

2 Dressez une liste de ses qualités et de ses défauts.

Étape 2 Transformez cette liste en éléments poétiques

3 Utilisez des figures de style dans des phrases qui riment. Par exemple, au lieu d'écrire « Le guépard court à 120 km/h », notez « Moi, le guépard, je file comme le vent / Personne ne peut m'échapper, je suis toujours gagnant ».

Rosa Bonheur, Le Lion chez lui, 1881, huile sur toile, Ferens Art Gallery,Kingston upon Hull.

Étape 3 Préparez-vous à affronter votre adversaire !

4 Pensez à parler fort, à articuler, et à insister sur les mots importants dans vos vers (vous pouvez les surligner).

5 Apprenez vos phrases, mais vous pouvez aussi en improviser de nouvelles pendant le défi pour répondre aux attaques du camp adverse.

Étape 4 La battle commence !

6 La classe est partagée en deux groupes, chacun sur une ligne qui se fait face.

7 Quand la joute commence, le premier animal s'avance et lance sa phrase au camp adverse, pendant que son camp l'acclame et l'encourage.

Un animal en face fait un pas en avant, et répond à son opposant en donnant un nouvel argument, soutenu par ses camarades, et ainsi de suite.

Le camp vainqueur est celui qui a donné le plus de descriptions poétiques et mis en valeur ses animaux.

FICHE COUP DE POUCE hachette-clic.fr/25mp6157

S'AUTO-ÉVALUER hachette-clic.fr/25mp6158

Créer une anthologie poétique

lee

Projet écrit

en groupe

Rédigez des poèmes sur le thème de votre choix et regroupez-les dans une anthologie poétique.

Étape 1 Chacun choisit une forme poétique

- **Logorallye**
Rédige un poème qui comporte au moins 5 mots de la liste suivante : *ténébreux, translucide, mystérieux, secret, refléter, ronronner, s'étirer, bailler, moustache, fourrure, fée, ombre, griffe, prunelle, soleil, Sphinx, lune.*
- **Acrostiche**
Écris un poème dont les premières lettres de chaque vers forment verticalement le mot « chat ».
- **Tautogramme**
Compose un poème dont tous les mots, ou tous les vers, commencent par la lettre « c ».
- **Poème-cascade**
Invente un poème où chaque vers commence par le dernier mot du vers précédent. Exemple : *Je rêve d'un chat/ Chat de gouttière/ Gouttière sur mon toit / Toit qui protège mon chat.*
- **Un poème anaphorique**
Rédige un poème où tous les vers commencent par « *Dans les yeux du chat* ».
- **Poème logique**
Écris un poème qui repose sur une hypothèse, tous les vers commençant par « Si… »
Exemple : *Si ton chat avait des ailes, ce serait un chat-volant.*
- **Des entrées pour un dictionnaire poétique**
Rédige des définitions imagées pour des mots inventés. Exemple : *chabracadabra (sort magique pour devenir un chat invisible), lunochat (chat qui ne sort que la nuit), chatophore (éclat de lumière qui fait apparaître l'ombre d'un félin).*

Étape 2 Chacun rédige son poème

1 Joue avec des figures de style : comparaison, métaphore, personnification et allitération sont tes alliées !

2 Crée des images poétiques, en imaginant des situations insolites ou magiques.

3 Amuse-toi avec les rimes et les sonorités.

Étape 3 Relisez et vérifiez

- L'orthographe des mots difficiles dans le dictionnaire.
- Les accords du sujet et du verbe.
- Les accords dans les groupes nominaux (accord de l'adjectif qualificatif avec le nom auquel il se rapporte par exemple).
- La conjugaison des verbes.

Étape 4 Mettez en commun

4 Présentez vos poèmes au groupe en le lisant avec expressivité.

5 Décidez de l'ordre des poèmes dans l'anthologie.

6 Les poèmes sont regroupés dans un même document joliment présenté et illustré.

Pour que tout le monde puisse accéder aux poèmes, proposez d'enrichir l'anthologie avec une version orale des poèmes.

FICHE COUP DE POUCE
hachette-clic.fr/25mp6159

S'AUTO-ÉVALUER
hachette-clic.fr/25mp6160

Jouer avec les mots des félins

L'étymologie

Le mot "chat" que nous utilisons aujourd'hui en français vient du latin "cattus", qui désignait déjà cet animal. Tu retrouves d'ailleurs la double consonne "tt" dans le féminin "chatte".

1 Tu sais que le chat "miaule" : sais-tu d'où vient ce verbe "miauler" ? Fais une recherche dans un dictionnaire pour le découvrir.

La formation des mots en français

2 Décompose les mots suivants en identifiant le préfixe, le radical et le suffixe : *translucide, royalement, phosphorescents, imaginaire.*

Les familles de mots

3 Fais la liste des qualités des félins.
Pour cela recopie et complète les familles de mots (nom-adjectif- adverbe) : *indépendante - ruse- curieusement- fièrement- prudence- malicieux- discrétion-solitaire.*

Suzanne Valadon, *Raminou assis sur un tissu*, 1920, collection privée.

Les champs lexicaux

Les félins adoptent des attitudes qui n'appartiennent qu'à eux !

4 Recopie et complète les phrases avec les verbes suivants : *Se frotter. Se cambrer. S'étirer. Se rouler en boule. Se blottir. Se tapir. Se hérisser. Se glisser.*

Après sa longue sieste, le chat roux .... de tout son long.

Pendant tout l'hiver, mes chats .... contre le radiateur.

Le vieux lion fatigué .... contre un tronc d'arbre pour marquer son territoire.

Épuisé d'avoir trop joué, le lionceau .... entre les pattes de la lionne.

Avant d'attaquer un taureau, le tigre .... pour surprendre sa proie.

Silencieuse, les panthères .... dans la jungle verdoyante.

Une fois réveillé, le chat .... pour étirer son dos.

Soupçonnant un danger, le puma ...., prêt à attaquer.

5 **a :** Le mot "chat" contient le son [ʃ].
Trouve trois autres mots qui contiennent ce son et évoquent cet animal, joueur et mystérieux.
Le mot "yeux" contient le son [e].
Trouve trois mots qui contiennent ce son et apportent une information sur le caractère du chat.

b : Écris un court poème qui parlera de l'animal dans lequel tu utiliseras tous les mots que tu as trouvés.

6 Décris le tableau en utilisant le plus possible de mots appartenant au champ lexical du chat.

La polysémie des mots

Les mots « timbre » et « mobile » peuvent avoir plusieurs significations.

7 Associe-les aux significations correspondantes : *petit papier collant pour affranchir une enveloppe - objet décoratif suspendu - qualité particulière d'un son - raison qui pousse quelqu'un à agir - qui se déplace facilement*

Les définitions

8 Pour décrire le pelage du chat, il existe de nombreux adjectifs. Cherche dans le dictionnaire le sens des mots : *roussi, rugueux, ébène, mat, immaculé.*

Les expressions

9 **a :** Cherche dans le dictionnaire le sens de ces expressions imagées.

Donner sa langue au chat - Avoir un chat dans la gorge - Appeler un chat un chat - Il n'y a pas de quoi fouetter un chat - Quand le chat n'est pas là, les souris dansent - Jouer au chat et à la souris - Avoir des yeux de chat - Chat échaudé craint l'eau froide.

b. Choisis une de ces expressions et invente un poème humoristique de quatre vers qui joue avec cette phrase.

10 Écris un court poème en trois phrases poétiques au sujet du chat.
Pour cela :

- Ta première phrase doit contenir un mot qui contient le son [ʃ].
- Ta deuxième phrase doit comporter six syllabes.
- Ta troisième phrase doit terminer par un mot qui rime avec joueur ou malin.

?!

Le sais-tu ?

Le mot "**chat**" est apparu dans la langue française au XIIe siècle. Il est issu du bas latin cattus qui provient du verbe latin cattare signifiant "guetter" car ce petit félin est considéré comme un chasseur qui guette sa proie.

Micro-dictée

11 **a :** Lis attentivement ces deux vers et recopie-les.

Quand il s'amuse, il est extrêmement comique,
Pataud et gracieux, tel un ourson drôlet.

b : Souligne en vert les mots que tu ne connais pas et mémorise leur orthographe.

c : Souligne en rouge les adjectifs : identifie les lettres muettes à la fin des adjectifs en pensant à leur féminin.

d : Demande à quelqu'un de te lire le passage et réalise cette micro-dictée sans faire d'erreurs !

Défis mots !

Il est temps de mettre un félin en action ! Écris au présent de l'indicatif un court poème pour le présenter en train d'agir, en utilisant les mots de cette page.

Quiz de vocabulaire

Remue-méninges
Formez des équipes ! Chacune va devoir trouver le maximum de mots appartenant aux champs lexicaux suivants : *la nuit - la magie - les félins - la poésie.*

Attention ! Vous n'avez qu'une minute par champ lexical pour noter le plus de mots sur votre feuille.

Une fois le temps écoulé, confrontez-vous aux autres équipes. Le groupe gagnant est celui qui aura le plus de mots corrects dans au moins deux listes.

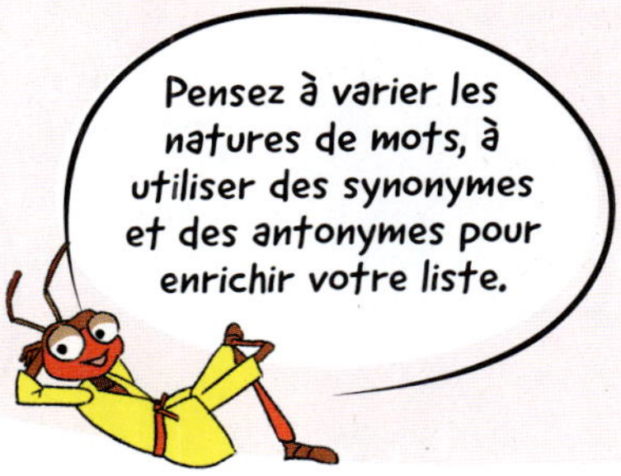

À vos marque-pages !

Ce chapitre célèbre les chats qui inspirent les poètes et poétesses depuis longtemps ! Voici d'autres poèmes qui vous feront ronronner et voir la faune sous l'angle de la poésie :

Jongleries, matous rimés, poèmes à dire et à jongler

Pierre Coran • éditions Didier jeunesse 2022

Dans ce recueil au mini-format, les poèmes célèbrent les sujets comme les animaux, la nature ou les objets du quotidien.

100 poèmes pour les amoureux des chats

Jean-Joseph Julaud • éditions First 2022

Ce livre est une anthologie qui regroupe des textes de poètes et poétesses célèbres, autour d'une même thématique : les chats. Les félins y sont présentés dans leur diversité, à travers des vers inspirants.

Deux raisons d'aimer

- Pour découvrir des extraits de textes d'auteurs et d'autrices classiques comme Paul Verlaine, Anna de Noailles...
- 100 poèmes à picorer, un format idéal pour des temps courts de lecture.

Si les poètes étaient moins bêtes

Boris Vian • éditions Rue du Monde 2020

L'auteur espiègle se moque des poètes et de leur imagination débridée, pour mieux nous inviter à aimer la poésie.

Deux raisons d'aimer

- Les illustrations loufoques et créatives de Serge Bloch accompagnent avec malice ce texte !
- Ce texte permet de découvrir le style de Boris Vian qui écrivait aussi bien des poèmes que des romans, de la musique, des chansons, du théâtre...

Le coup de cœur de la professeure-documentaliste

Le format de ce livre est une invitation à mettre la poésie dans sa poche ! Avec son ton léger, drôle et imaginatif, l'auteur joue avec la langue et le rythme des mots dans un joyeux défilé de félins.

Partage tes lectures !

Une nouvelle couverture

Imagine que tu deviens graphiste et propose ta nouvelle version de l'illustration de couverture d'un ouvrage que tu as lu. Dessin ou collage, sur papier ou support numérique, libère ta créativité. Cite tes sources si tu utilises des images dont tu n'es pas l'auteur. Demande à afficher ta création à côté du livre original si c'est possible.

Bilan

Quand le chat réinvente le monde

✦ Le pouvoir de la poésie

→ Elle célèbre le monde en rendant le quotidien magique.
→ Elle crée des images nouvelles et a son propre langage.
→ Elle questionne notre perception du monde pour révéler le mystère qui s'y cache.
→ Elle joue avec les mots, les sons, les sonorités dans des associations surprenantes.
→ Elle joue sur les sensations et utilise des champs lexicaux précis pour créer des ambiances.
→ Elle explore des formes variées, des poèmes en vers à la prose poétique.

✦ Le rôle symbolique du chat

→ Il est une figure du mystère, de magie et de réflexion.
→ Il est celui par qui le monde est transformé.
→ Il est multiple car sa représentation varie selon les textes.

On réfléchit tous ensemble !

Quel poème selon vous, transforme le plus notre regard sur le monde ?

Constituez des groupes en fonction du poème que vous souhaitez défendre. Voici quelques questions à inclure dans votre réflexion :

1. Quelles images ou sensations ce poème fait-il naître ?
2. Quelles techniques poétiques (rythme, figures de style, vocabulaire) contribuent à cet effet ?
3. Quelle réflexion le poème invite-t-il à développer ?

Et toi dans tout ça ?

1 Quel poème as-tu préféré dans ce chapitre ? Pourquoi ?

2 Quels mots ou images poétiques t'ont semblé les plus puissants ?

3 Quelle émotion ce poème a-t-il suscité chez toi ?

4 Si tu devais transformer un détail banal de ton quotidien en quelque chose de magique, que choisirais-tu ?

Quiz
QUIZ DE RÉVISION
hachette-clic.fr/25mp6161

CHAPITRE 10

Parcours d'œuvre

Poèmes du petit matin, Claude Haller

Par mots et merveilles

La poésie de Claude Haller nous éveille-t-elle au monde ?

Tes objectifs :

- *Lire un recueil de poésie.*
- *Découvrir l'univers d'un poète.*
- *Pratiquer l'écriture poétique.*

Henri Matisse,
La Fenêtre ouverte, 1905,
National Gallery of Art, Washington.

Dans l'univers du poète Claude Haller

Biographie de Claude Haller

Il est né en 1932 à Nancy. Ancien professeur, il est auteur de poèmes et de nouvelles. Il obtient en 1993 le prix Poésie jeunesse pour son recueil les *Poèmes du petit matin*. Il anime depuis trente ans des ateliers d'écriture poétique auprès d'élèves.

Quatre questions à Claude Haller

Quelle est votre définition de la poésie ?

La poésie est un arrangement de mots choisis, destinés à embellir ce que l'on veut exprimer. Car ces mots ont un pouvoir, par leur forme, leur sonorité, et même leur musicalité... On pourrait parler d'orchestration, tout comme on « joue » avec les instruments d'un orchestre.

À qui vous adressez-vous dans votre recueil ?

Je crois pouvoir répondre que je m'adresse à tous les publics, dès l'instant où ce public a gardé son regard et son cœur d'enfant. Mon intention d'écrire correspondait néanmoins au vif désir de « jouer » avec les mots, et je ne visais pas forcément une tranche d'âge particulière.

Comment organise-t-on un recueil ? Comment avez-vous construit le vôtre ?

L'organisation d'ensemble d'un recueil peut aller d'une extrême à l'autre, c'est à dire sans découpage en grands chapitres ou, au contraire, offrant des parties, avec titres la plupart du temps.

Les *Poèmes du petit matin* se présentent sans ordre apparent, comme un bouquet panaché, au gré de la fantaisie de l'auteur.

Quels conseils donneriez-vous à des jeunes qui voudraient écrire de la poésie ?

Les jeunes ont pour cela de sérieux atouts : imaginatifs, rêveurs, sensibles...

Accordons-leur le statut d'apprentis-poètes. Pour écrire de la poésie, il faut :

→ **Offrir un texte clair, dont la structure est bien apparente.**

→ **Garder la charpente, l'ossature, susceptible de relancer l'élaboration du futur poème.**

→ **Procéder à des « essais » en poursuivant le jeu de substitution des mots rêvés, inventés, recréés...**

Par exemple, sur le modèle :
« Ton poème c'est juste un peu de vent.
Oui mais le vent fait chavirer l'oiseau. »
Enlever vent et oiseau, pour obtenir :
« Ton poème c'est juste un peu d'écume
Oui mais l'écume fait bel ourlet à la vague. »

Propos recueillis en novembre 2024
par Céline Walkowiak.

Découvrir le recueil *Poèmes du petit matin*

Regarde attentivement le sommaire du recueil :

→ **Essaie de trouver un point commun à trois poèmes de ton choix.**

→ **Lis ces trois poèmes et note tes impressions de lecture dans ton carnet de lecteur.**

Tu peux illustrer un des poèmes de ton choix et le mémoriser.

Lecture 1

Entrer dans le recueil avec les poèmes du matin

Ton objectif
Découvrir l'univers du poète et entrer dans la thématique du recueil.

À écouter : hachette-clic.fr/25mp6162

Notre maison

Ma maison a un jardin
Qui me fait signe d'entrer

Ma maison a une allée
Qui conduit mes pas

Ma maison a une porte
Qui ouvre mon cœur

Ma maison a une cheminée
Qui chuchote mes rêves

Mais la maison sans toi
C'est comme une rue sans fin
Un jardin sans fleurs
Une porte sans poignée
Une cheminée sans feu

Alors viens quand tu peux
Un et un font plus que deux
Viens quand tu veux
Pour que ma maison ait une âme
Pour que ma maison ait un nom

Claude Haller, *Poèmes du petit matin*,

À écouter : hachette-clic.fr/25mp6163

Rondeurs du monde

Ce matin tout est rond
Tout est bon

Les martinets n'en finissent plus
De tracer des ronds dans le ciel
Le pigeon sur le bord du toit
Gonfle ses plumes et fait balle ronde

Ce matin tout est rond
Tout est bon

Le chat dans la gouttière
Fait le dos rond
Un reste de lune nocturne
Arrondit l'angle de la maison

Ce matin tout est rond
Tout est bon

La fumée qui sort de la cheminée
Empile ses ronds dans l'air limpide
L'enfant sort son cerceau et part
Mesurer toute la rondeur du monde

Entends ce doux et puissant
Ronron de la terre
Oui ce matin tout est rond
Tout est bon

Claude Haller, *Poèmes du petit matin*,

Avant la lecture Cherche la place de ces poèmes dans le recueil. Que peux-tu en dire ?

FICHE COUP DE POUCE
hachette-clic.fr/25mp6164

Comprendre les textes

Notre maison

1 À qui le poète s'adresse-t-il à ton avis ?

2 Comment comprends-tu le vers « Un et un font plus que deux ».

3 Quelle pourrait-être cette « maison » dans laquelle nous invite le poète ?

4 LANGUE Donne le temps et le mode de la forme verbale « Viens ». Quel effet produit-elle sur le lecteur ?

Tout un poème !

« Ma maison a une cheminée /
Qui chuchote mes rêves » v. 7-8.

Une **personnification** donne aux objets des pensées, paroles ou comportements humains.

Illustre ces deux vers de manière à représenter cette personnification.

Rondeurs du monde

5 Relève tous les éléments ronds dans le poème.

6 Quel sentiment est associé à la rondeur ? À ton avis pourquoi ?

7 Comment comprends-tu l'expression « Ronron de la terre » ?

8 HISTOIRE DES ARTS Quels éléments reconnais-tu dans le tableau de Miro ? En quoi ce dessin pourrait-il illustrer le poème « Rondeurs du monde » ?

Je lis à voix haute

Deux élèves lisent chacun un vers à tour de rôle. Que remarques-tu sur la disposition des vers sur la page ?

Enrichir son vocabulaire

Que signifient les expressions suivantes formées à partir du mot **cœur** v. 6 ?

crève-cœur - haut-le-cœur - sans-cœur.

Faire le bilan

9 Quel sentiment ces deux poèmes t'inspirent-ils ? La joie, le calme, l'espoir ?

10 Ces deux poèmes te donnent-ils envie de poursuivre la lecture du recueil ? Explique ta réponse.

MISSION SPÉCIALE

Cherche dans le recueil un autre poème sur le thème du matin. Lequel préfères-tu et pourquoi ?

Joan Miro, *L'or de l'azur*, 1967, Fundacio Joan Miro, Barcelone, Espagne.

Le monde à hauteur d'enfant

Ton objectif
Comprendre comment le poète valorise le regard des enfants sur le monde.

Grandir

À ÉCOUTER
hachette-clic.fr/25mp6165

Tu grandis ma fille
Voilà ton front
À la hauteur de mon cœur
Tes pensées n'ont besoin que de chaleur

Tu grandis ma fille
Voilà ton front
À la hauteur de ma bouche
Tes pensées n'ont besoin que d'**espérance**

Tu grandis ma fille
Voilà ton front
À la hauteur de mes yeux
Tes pensées n'ont plus besoin que d'elles-mêmes
Si tu m'aimes assez pour penser par toi-même

Claude Haller, *Poèmes du petit matin*,
© Livre de poche jeunesse, 2010.

Dans le regard d'un enfant

À ÉCOUTER
hachette-clic.fr/25mp6166

J'ai vu des continents
Des îles lointaines
De **fabuleux** océans
Des rives **incertaines**
Dans le regard d'un enfant

J'ai vu des châteaux
Des jardins à la française
Des bois des coteaux
De blancs rochers sous la falaise
Dans le regard d'un enfant

J'ai vu les Champs-Élysées
L'Arc de Triomphe la Tour Eiffel
Le Louvre et la Seine irisée
Comme un arc-en-ciel
Dans le regard d'un enfant

Claude Haller, *Poèmes du petit matin*,
© Livre de poche jeunesse, 2010.

Avant la lecture

Te souviens-tu d'un poème sur l'enfance appris à l'école primaire ?

FICHE COUP DE POUCE
hachette-clic.fr/25m06167

Comprendre les textes
en groupe

Formez des équipes : chaque équipe lit un seul texte et répond aux questions.

1 Quelle est la situation d'énonciation du poème ? Relevez tous les mots qui le montrent et donnez leur nature grammaticale.

2 Relevez le champ lexical de l'enfance.

3 Quelles qualités de l'enfance ces champs lexicaux mettent-ils en valeur ?

4 Associez un adjectif au poème. Justifiez votre réponse : doux, critique, bienveillant, moqueur.

Faire le bilan
tous ensemble

5 Quel regard le poète porte-t-il sur l'enfance ? Justifiez votre réponse avec des éléments des poèmes.

6 HISTOIRE DES ARTS Quel lien voyez-vous entre l'œuvre de Banksy et ces deux poèmes ?

MISSION SPÉCIALE

Cherche dans le recueil un autre poème sur le thème de l'enfance.
Mémorise-le et récite-le à tes camarades.

Banksy, *La Petite Fille au ballon sur le pont de Waterloo à South Bank*, Londres, 2002.

Enrichir son vocabulaire

- L'adjectif **fabuleux** v. 3 a deux sens : *qui appartient au merveilleux et à la fable / qui est extraordinaire, incroyable.* Lequel des deux sens te semble le mieux adapté ? Les deux sens sont-ils possibles dans ce poème ?
- Explique la formation de l'adjectif **incertaines** v. 4. et donne son sens.
- Donne un mot de la famille du mot **espérance** v. 8.

La nature à travers le regard du poète

À ÉCOUTER
hachette-clic.fr/25mp6168

Ton objectif
Comprendre que ce poème est une invitation au voyage.

Et soudain le ciel…

Et soudain le ciel
S'assit au chevet de la mer
Et lui dit

Quitte tes ports
Tes golfes tes baies
Arme tes **bâtiments**

Tends tes voilures
Aux rayons tièdes
Des soleils naissants

La vague déferlante
Est ta fille naturelle
Laisse-la quitter

Ses vieux filets
Suspendus et se noyer
Nue en l'amertume[1] des flots

On n'a qu'un sillage
Dévoreur en la courbure
Du monde

Il faut partir
Au devant des étés
Miraculés

Ô dernières saisons
Toutes **chargées**
De **superbe** et d'insolence

Claude Haller, *Poèmes du petit matin*,

1 Saveur amère et aussi tristesse.
2 Prétention, arrogance.

Avant la lecture

Préfères-tu les paysages d'été ou d'automne ? Développe ta réponse en donnant des exemples.

FICHE COUP DE POUCE
hachette-clic.fr/25mo6169

Comprendre le texte

1 Qui parle dans ce texte ? À qui s'adresse-t-il et comment le sais-tu ?

2 Pourquoi peut-on dire que la mer et le ciel sont présentés comme des personnages ?

3 Quels mots et expressions du texte montrent l'idée de départ et de mouvement ?

4 À ton avis, que signifie la phrase « La vague déferlante est ta fille naturelle » v. 10. ?

5 Pourquoi le ciel encourage-t-il la mer à partir ?

6 Que veut dire le poète à travers cette invitation au voyage ?

7 HISTOIRE DES ARTS Cette œuvre illustre-t-elle bien le poème ? Quels points communs trouves-tu ? Que manque-t-il ? Appuie-toi sur les éléments du décor, les couleurs…

Tout un poème !

Une allitération est une répétition de sonorités constituées de consonnes. Relis les vers « Ses vieux filets / Suspendus et se noyer / Nue en l'amertume des flots ». Quels sons sont répétés ? Quel effet cela produit-il ?

Faire le bilan

Ce poème te donne-t-il envie de voyager ou de découvrir de nouveaux horizons ?

MISSION SPÉCIALE

Cherche dans le recueil un autre texte dans lequel le poète est à l'écoute de la nature. La nature y apparaît-elle de la même façon ? Qu'en penses-tu ?

Enrichir son vocabulaire

- Quels sont les différents sens du mot **bâtiment** v. 6 ? Invente une phrase pour illustrer chaque sens.
- À partir du mot **chargées** v. 23, forme un verbe et un nom commun.
- Cherchez dans un dictionnaire l'étymologie et le sens de **superbe** v. 24. Quel synonyme proposerais-tu ici pour le remplacer ?

Hokusai Katsushika, *L'Arc de la vague au large de Kanagawa*, Estampe de la série des Trente-Six Vues du mont Fuji, 1831-1833, musée Guimet, Paris.

Lecture 4

Les lectures de l'enfance

À ÉCOUTER
hachette-clic.fr/25mp6170

Ton objectif
Comprendre comment les récits nourrissent l'imagination.

Contes et légendes

Nos vieilles cantilènes[1]
Nos légendes d'autrefois
En déroulant la laine
Au coin du feu benoît[2]

Nos livres de sorcières
Nos contes de lutins
En allumant torchère
Tout au fond du jardin

Nos baisers à la reine
Nos volées[3] aux **félons**[4]
Au doux chant des sirènes
Le matelot répond

Et si le feu décline
Sache le ranimer
Pour que rêve chemine
En nos têtes **charmées**

Claude Haller, *Poèmes du petit matin*,

1 Chants monotones.
2 Doux.
3 Coups.
4 Traîtres.

Pierre-Auguste Renoir, *Les Enfants de Martial Caillebotte*, huile sur toile, 1895, collection particulière.

Avant la lecture

Quel(s) livre(s) aimais-tu qu'on te lise quand tu étais plus jeune ?

FICHE COUP DE POUCE
hachette-clic.fr/25m36171

Comprendre le texte

1 Quels « contes et légendes » sont évoqués dans le poème ?

2 Quelle atmosphère se dégage de ce poème d'après toi ?

3 **LANGUE** v. 5. et v. 6. : Comment les groupes nominaux sont-ils construits ? Trouve d'autres exemples dans le poème.

4 À qui le poète s'adresse-t-il dans la dernière strophe ?

5 Comment comprends-tu le conseil qu'il donne ?

Je lis à voix haute

Entraînez-vous à lire ce poème à deux, en même temps, à l'unisson.

Enrichir son vocabulaire

Dans un dictionnaire, cherche la définition des mots **félons** v. 10 et **charmées** v. 16.

Faire le bilan

Qu'est-ce que ce poème nous apprend sur le pouvoir du rêve et de l'imaginaire ?

MISSION SPÉCIALE

Cherche dans le recueil l'autre poème qui évoque les contes. Choisis un ou deux vers qui te plaisent et retiens-les.

Lecture 5

L'art du poète

Ton objectif
Découvrir comment l'écriture permet de recréer le monde.

À ÉCOUTER
hachette-clic.fr/25mp6172

Mariage des mots

Il n'est pas de beau mot
Qui n'en appelle un autre
Et dans le ciel de nos pensées
Voilà que naît une **guirlande**

Mais ce n'est pas assez
Que de proférer seul
Il n'est pas de beau mot
Sans l'âme d'un **écho**

Viens avec moi l'amie
Fiancer nos plus beaux dires
À la porte du sanctuaire
Nous écrirons peut-être
Deux pages de plus
À notre unique dictionnaire

Claude Haller, *Poèmes du petit matin*,
© Livre de poche jeunesse, 2010.

À ÉCOUTER
hachette-clic.fr/25mp6173

Écrire à tout venant

Pour toi
J'écrirais un poème
Sur le confetti
Sur le timbre-poste
Sur la carte à jouer
Pour toi
J'écrirais un poème
N'importe où
N'importe comment
Tant qu'il est encore temps

Pour toi
J'écrirais un poème
Sur l'affiche
Sur la vitrine
Sur le mur blanc
Pour toi
J'écrirais un poème
N'importe où
N'importe comment
Pourvu qu'il soit encore temps

Pour toi
J'écrirais un poème
Sur le bord du pré
Sur le lit du fleuve
Sur le ciel à l'horizon
Pour toi
J'écrirais un poème
N'importe où
N'importe comment
Il n'est peut-être plus temps ?

Claude Haller, *Poèmes du petit matin*,
© Livre de poche jeunesse, 2010.

Avant la lecture

Relis l'interview de Claude Haller de la page 210. Note dans une carte mentale ce qui définit la poésie pour lui.

FICHE COUP DE POUCE
hachette-clic.fr/25mp6174

Comprendre les textes

Mariage des mots

1 Quel est le thème principal de ce poème ?

2 De quelle guirlande le poète parle-t-il ? À quelle émotion ce mot est-il associé ?

3 Que nous apprend le mot « sanctuaire » sur l'importance de la poésie pour le poète ?

4 Comment comprends-tu le titre du poème ?

Écrire à tout venant

5 Que signifie d'après toi l'expression « Écrire à tout venant ? » Devine le sens, en lisant le poème, sans regarder dans le dictionnaire.

6 À quel temps ce poème est-il écrit ? Pourquoi le poète a-t-il choisi ce temps ?

7 Quel sentiment le poème met-il en valeur : l'urgence, la détresse, la joie, la liberté ? Justifie ta réponse en t'aidant du dernier vers de chaque strophe.

8 HISTOIRE DES ARTS Compare le tableau avec les poèmes : les deux artistes transforment-ils la réalité par l'imaginaire dans leur art ?

Enrichir son vocabulaire

- Le français a emprunté le mot **guirlande** v. 4 à l'italien. Connais-tu d'autres mots empruntés à cette langue ?
- Recherche dans un dictionnaire l'étymologie du mot **écho** v. 8.

Vincent Van Gogh, *La Nuit étoilée*, Saint-Rémy, juin 1889, Museum of Modern Art, New York.

6 Tout un poème !

Une anaphore est la répétition d'un mot ou d'un groupe de mots au début d'un vers.
Relève toutes les anaphores du poème. Quels effets ces répétitions produisent-elles ?

Faire le bilan

Pour le poète, quel est le pouvoir de l'écriture poétique ?

MISSION SPÉCIALE

Cherche dans le recueil un autre poème sur le thème de l'écriture.

Projet oral en groupe

Lire un poème en groupe

lee

En réinvestissant les exercices travaillés dans le chapitre, lisez à plusieurs un poème de votre choix.

Étape 1 Choisissez votre poème

1 Constituez votre groupe et choisissez votre poème dans le recueil.

2 Parcourez le recueil, observez ce dont parlent les poèmes, les sonorités… Y a-t-il du vocabulaire qui vous plaît, vous amuse, vous touche ?

3 Déterminez le poème que vous aimez le plus et mettez-vous d'accord entre vous.

Étape 2 Assurez-vous de bien le comprendre

4 Lisez le texte, plusieurs fois s'il le faut. Assurez-vous de bien comprendre le vocabulaire.
- Pouvez-vous résumer le poème en quelques phrases ou quelques mots ?
- Quelles images vous viennent en tête ?
- Que ressentez-vous lorsque vous le lisez : de la joie, de la tristesse… ?
- Vous rappelle-t-il un événement de votre vie, un lieu ou un autre texte ?

Étape 3 Préparez votre lecture

5 Voyez comment vous pouvez vous répartir la parole : allez-vous lire un vers ou une strophe chacun votre tour, à l'unisson ? Mélangez les possibilités pour obtenir une lecture originale.

6 Réfléchissez aussi :
- au rythme de votre lecture : lent, rapide, avec des pauses ou des silences ;
- à votre intonation : allez-vous créer des effets particuliers avec votre voix ?

Il faut que votre lecture éclaire le sens du texte et qu'elle permette de mieux le comprendre. Prenez des notes pour ne rien oublier.

Étape 4 Mettez en voix le poème

7 Entraînez-vous autant de fois que nécessaire, seuls et ensuite en groupe.

8 Vérifiez que votre lecture correspond aux objectifs que vous avez choisis.
Vous pouvez aussi choisir un fond sonore pour votre passage en classe.

FICHE COUP DE POUCE hachette-clic.fr/25mp6175

S'AUTO-ÉVALUER hachette-clic.fr/25mp6176

Projet écrit

Créer son propre recueil de poèmes

En t'inspirant des poèmes de Claude Haller, lance-toi à ton tour dans l'écriture poétique et regroupe tes poèmes dans un recueil.

Étape 1 Joue avec les mots de Claude Haller

Relis bien chaque poème et imite le style du poète.

1 À la manière de « Ma maison », écris deux distiques sur le schéma :
Ma maison…
Qui…

Conseil : La maison doit se comporter comme un être humain. Elle peut éternuer, rire, danser, chuchoter, etc.

2 À la manière de « Dans le regard d'un enfant », écris une strophe sur le modèle :
J'ai vu…
Dans le regard d'un enfant

Conseil : Pense aux plus belles choses que tu aies vues. Décris-les en y associant une odeur, un goût, une sensation.

3 À la manière du poème « Et soudain le ciel », écris deux strophes qui commenceront de la même manière.

Conseil : Imagine en trois vers ce que le ciel pourrait bien dire à la mer. Ils pourraient parler de la météo, de voyages, d'animaux vivant dans la mer ou dans le ciel.

Une strophe désigne un paragraphe en poésie.
Un quatrain est une strophe composée de quatre vers.

4 À la manière de « Contes et légendes », écris un quatrain sur ton livre préféré.

Conseil : Tu peux essayer de faire des rimes.

5 À la manière de « Écrire à tout-venant », écris une strophe sur le même modèle

Conseil : Réfléchis à des lieux insolites.

Étape 2 Lis des poèmes à voix haute

6 Tu peux te lever en restant à ta place et déclamer ton poème en faisant une courte pause à la fin de chaque vers.

Étape 3 Constitue un recueil

7 Choisis l'ordre dans lequel tu voudras mettre tes poèmes. Réfléchis plus particulièrement au premier et au dernier.

Étape 4 Illustre et mets en forme ton recueil

8 Choisis un titre pour ton recueil et illustre-le avec des dessins ou des collages. Tu peux choisir de recopier tes poèmes à la main ou à l'ordinateur.

FICHE COUP DE POUCE
hachette-clic.fr/25mp6177

S'AUTO-ÉVALUER
hachette-clic.fr/25mp6178

Jouer avec les mots du recueil

L'étymologie

1 Associe chacun de ces mots à sa version latine :

Mots français : *temps - ami - jardin - nuit - maison - enfant - école - sommeil - or*

Mots latins : *tempus - hortus - noctus - domus - puer - schola - amicus - somnus - aureus*

2 Quels mots français peux-tu former à partir des mots latins ?
Exemple : *fabula* -> fabuleux

La formation des mots en français

3 Décompose les mots suivants en identifiant le préfixe, le radical et le suffixe : *inséparables - décoiffant - impassible - crépusculaire - amoureusement*

Les familles de mots

4 Trouve l'intrus qui ne fait pas partie de la même famille de mots :

a : *matin - matinal - matinée - matelot - matinière - matines*
b : *veille - veinard - veine - réveillon - réveiller - veilleur*
c : *dépaysement - pays - paysan - payer - paysage*
d : *chant - chanson - déchanter - chantier - chantant*
e. *clarté - éclaircir - clair - éclairer - clarinette*

5 En variant les classes grammaticales, trouve des mots de la même famille. Recopie le tableau. Tu n'es pas obligé(e) de tout remplir.

Noms	Adjectif	Verbes	Adverbes
Chanter			
Rond			
S'éloigne			
Légère			
Incertain			
Fin			

Les champs lexicaux

6 Quels éléments évoquent le matin dans le tableau ? Liste au moins six mots du champ lexical du matin. Appuie-toi sur la lumière, les couleurs, l'atmosphère du tableau.

Caspar David Friedrich, *Le Matin*, vers 1820, Niedersächsisches Landesmuseum, Hanovre.

7 Quels champs lexicaux sont développés dans cet extrait ?
a : Relève les mots.
b : Nomme les champs lexicaux avec précision.

Jardinier de ton âme

Vous têtes pleines de mille oiseaux
Goûtez la fraîcheur des ombres fleuries
Ou calmez vos îles battantes
Au clair pavillon du triomphe
Notre cœur n'est plus volière
Fût-ce en ce fouillis d'oiseaux

Claude Haller, *Poèmes du petit matin*,
© Livre de poche jeunesse, 2010.

La polysémie des mots

8 Ces mots ont plusieurs sens, ils sont polysémiques. Trouve deux sens pour chaque mot et invente une phrase pour faire comprendre leur emploi.
crête - caravane - or - bouquet - fugue

Les définitions

9 Propose un synonyme pour remplacer les mots en gras.
Commence par t'aider du contexte. Si tu ne trouves pas, prends un dictionnaire.

a : « La roche **luit** / sous un ciel câlin »

b : « La fumée qui sort de la cheminée / empile ses ronds dans l'air **limpide** »

c : « Il ventait / Que faire sans **pèlerine** / Ai tiré sur moi / Tous les rideaux de la maison »

d : « Prends ta flûte de bambou / Petit et **jase** ta mélodie »

Les homophones

10 Choisis le bon mot :
a : Il fait beaucoup de bêtises, il n'est pas très *mur* / *mûr* pour son âge.
b : La *mère* / *mer* était déchaînée, la tempête faisait rage.
c : Le *cor* / *corps* a sonné la fin de la bataille.
d : Il faut traverser la *cour* / *cours* de récréation pour aller en SVT.

Expressions françaises

11 Trouve la définition qui correspond à chacune de ces expressions :

Expressions	Définitions
Bayer aux corneilles •	• Jamais
Oiseau de malheur •	• Une dispute
Une prise de bec •	• Qui apporte une mauvaise nouvelle
Un oiseau de passage •	• Qui reste sans rien faire
Quand les poules auront des dents •	• Qui part rapidement

Réécriture

12 Récris le texte au pluriel. Commence par écrire : « Tes mains... »

Jeu de mains

Ta main est une étoile
Aux lumineuses branches
Qui sait ce qu'elle dévoile
En sortant de sa manche

Ta main est une fleur
Un fragile bouquet
Ses doigts ont le bonheur
D'aller comme l'archer

Ta main est le bandeau
Décochant l'arc-en-ciel
Y a-t-il plus bel oiseau
Pour fuir à tire-d'aile

Claude Haller, *Poèmes du petit matin*,
© Livre de poche jeunesse, 2010.

Défi

Invente des personnifications.

Sur le modèle de « La neige pleure » (dans le poème « Gens du voyage »), invente des personnifications pour : le soleil, la mer, les fleurs...

Memory

1 Découpe vingt rectangles de papier, de taille identique, pour obtenir des cartes.

2 Sur dix cartes, note les dix mots et sur les dix autres cartes, note les définitions trouvées. Sépare les mots et les définitions en deux paquets.

3 Place les cartes « définition » sur la table de façon à ne pas voir ce qui est écrit. Fais la même chose pour les cartes « mot » en les séparant des cartes « définition ».

4 Le premier joueur retourne une carte « définition » et une carte « mot ». Si les deux cartes correspondent, il conserve les cartes, si ça n'est pas le cas il les repose face cachée. C'est ensuite au joueur suivant de jouer.

5 Le gagnant est le joueur qui a le plus de cartes à la fin de la partie.

Liste de mots à rechercher et à utiliser :
nocturne – félon – crépuscule – crête – esquisse – orpailleur – musette – matelot – cantilène – pèlerine – suranné

À vos marque-pages !

Comme avec les poèmes de Claude Haller, le souffle poétique peut provoquer de fortes émotions de lectures et inspirer la créativité. Voici plusieurs titres de littérature jeunesse qui permettent de prolonger l'expérience de l'enchantement poétique :

Le jardin d'Emily

Lydia Corry • éditions Jungle, 2024

Cette bande dessinée est inspirée des poèmes d'Emily Dickinson. Son enfance est ainsi présentée à travers son attachement à la nature qui inspirera sa poésie.

Paroles de baskets et autres objets bavards

Bernard Friot • éditions Milan jeunesse, 2023

Bernard Friot fait discuter Enzo et les objets qui l'entourent ! Vous ne regarderez plus vos affaires de la même façon après cette lecture.

Deux raisons d'aimer

- Ces vingt histoires courtes pleines de fantaisie et d'humour se prêtent bien aux temps courts de lecture, comme le « quart d'heure de lecture ».
- Cette lecture se poursuit sur le site « La fabrique à histoires » qui propose d'inventer ses propres histoires d'objets.

La vie est belle

Bruno Doucey, illustré par Nathalie Novi • éditions Bruno Doucey, 2019

Dans cet « poes'histoire », on embarque pour un voyage porté par les éléments de la nature, les paysages, les rencontres des animaux et l'inspiration du poète.

Deux raisons d'aimer

- La mise en page travaillée et le trait des dessins accompagnent le lecteur avec grâce et simplicité.
- Les textes sont courts et accessibles, très adaptés à une lecture à haute voix.

Le coup de cœur de la professeure-documentaliste

Lire cet ouvrage met les sens en éveil, on ressent toutes les émotions de la poétesse quand elle part pour d'incroyables promenades accompagnée de son chien. Les couleurs lumineuses et tendres choisies par Lydia Corry nous invitent à respirer la poésie et provoquent des envies créatives !

Partage tes lectures !

Déclame !

Ces textes poétiques sont l'occasion parfaite de faire entendre ta voix. Tâtonne, murmure, fais résonner tes écrits favoris par une lecture expressive. Entraîne-toi avec tes camarades de classes et tes professeurs. Enregistre-toi, amuse-toi à proposer ta version oralisée, prête-toi au jeu !

Bilan

À quoi reconnait-on la poésie ?

✦ Certaines contraintes formelles

Les *Poèmes du petit matin* sont écrits en vers.
Les vers peuvent être regroupés en strophes.

✦ Une utilisation du langage

La poésie fait naître des images, c'est pour cela qu'il y a dans les poèmes des comparaisons, des personnifications… Les mots, les sonorités et même la longueur des vers sont choisis avec beaucoup précision.

✦ Un regard posé sur le monde

Les thèmes du recueil *Poèmes du petit matin* :
→ La nature
→ L'enfance
→ Les souvenirs
→ L'écriture

On réfléchit tous ensemble !

En vous référant aux poèmes lus dans le chapitre et à votre lecture personnelle du recueil Poèmes du petit matin, répondez à la question bilan dans une table-ronde poétique :

La poésie de Claude Haller nous éveille-t-elle au monde ?

Chacun choisit un poème du recueil, l'associe à l'un de ces trois arguments pour répondre à la problématique en justifiant son choix :

1. La poésie sensibilise aux beautés du monde.
2. La poésie fait découvrir des réalités ou émotions nouvelles.
3. La poésie invite à la réflexion et au rêve.

Et toi dans tout ça ?

1 Quel poème as-tu préféré ? Pourquoi ?
2 Préfères-tu lire ou écrire un poème ? Pourquoi ?
3 As-tu envie de lire d'autres poèmes, de découvrir d'autres recueils ?

Quiz
QUIZ DE RÉVISION
hachette-clic.fr/25mp6179

CHAPITRE

La ruse du plus faible est toujours la meilleure

Faut-il jouer la comédie pour se tirer d'affaire ?

Tes objectifs :
- Découvrir des textes de théâtre mettant en scène des ruses.
- Comprendre les stratégies comiques.
- Écrire, jouer et mettre en scène du théâtre.

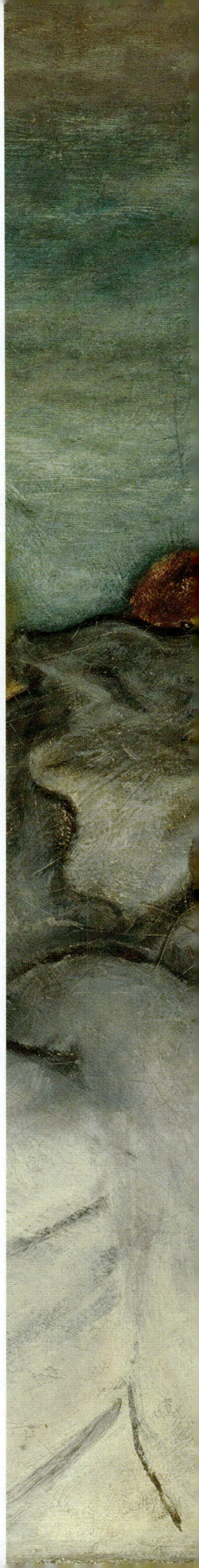

Honoré Daumier, *Crispin et Scapin*, 1864, huile sur toile, 61 × 82 cm, musée d'Orsay, Paris.

Lecture 1

en groupe

Ruser pour être entendues

À ÉCOUTER
hachette-clic.fr/25mp6180

Ton objectif
Observer la stratégie de Praxagora pour accorder plus de pouvoir aux Athéniennes.

Aristophane
(env. -450 - env. -385 av. J.-C.)
Célèbre dramaturge grec de l'Antiquité. Il ne nous reste que onze de ses comédies sur quarante quatre connues.

Pour sauver la cité d'Athènes, les femmes, menées par Praxagora, veulent prendre le pouvoir. Elles décident de prendre la place des hommes.

PRAXAGORA. Aussi tout exprès nous sommes-nous réunies ici pour répéter ce que là-bas nous aurons à dire. Hâte-toi d'ajuster ta barbe, ainsi que toutes celles qui se sont étudiées à **pérorer**.

LA SECONDE FEMME. Et qui de nous, ma bonne, ne sait pas pérorer ?

PRAXAGORA. Va donc, toi, mets ta barbe et vite deviens homme. Moi, je pose là cette couronne et mettrai avec vous ma barbe, pour le cas où je jugerais bon de parler. *Toutes mettent leurs barbes.* Une autre veut-elle prendre la parole ?

LA SECONDE FEMME. Viens ici, ma toute douce Praxagora ; regarde, ma pauvre, comme la chose a l'air vraiment ridicule.

PRAXAGORA. Comment, ridicule ?

LA SECONDE FEMME. On dirait des seiches[1] grillées à qui on aurait mis des barbes.

PRAXAGORA, *faisant le héraut*[2]. Le purificateur, fait circuler la... belette. Allez en avant. – Ariphradès[3], cesse de bavarder. Assieds-toi, celui qui passe devant. – Qui veut prendre la parole ?

LA SECONDE FEMME. Moi.

PRAXAGORA. Ceins-toi donc de la couronne, et bonne chance.

LA SECONDE FEMME, *s'avançant la couronne sur la tête.* Voilà.

PRAXAGORA. Tu peux parler.

LA SECONDE FEMME. Alors faut-il que je parle avant de boire ?

PRAXAGORA. Voyez ça, boire !

LA SECONDE FEMME. Pourquoi donc, ma bonne, ai-je mis une couronne ?

PRAXAGORA. Va-t'en, éloigne-toi. Tu nous aurais fait la même chose que là-bas.

LA SECONDE FEMME. Et quoi ? Ne boivent-ils pas aussi à l'Assemblée ?

PRAXAGORA. Te voilà bien, à ton sens « ils boivent » !

LA SECONDE FEMME. Oui, par Artémis, et du pur encore ! Aussi tous leurs décrets quand on réfléchit à tout ce qu'ils ont fait, ressemblent-ils à ceux de gens ivres, empreints de démence. Et de plus, par Zeus, ils font des libations : sinon, à quelle fin tant de prières, si le vin n'en était pas ? Et de plus ils s'injurient comme des gens bus, et celui qui a le vin mauvais, les archers le portent dehors.

PRAXAGORA. Toi, va t'asseoir. Tu n'es bonne à rien.

LA SECONDE FEMME, *en s'en allant.* Ah ! mieux eût valu pour moi n'avoir point de barbe. Car je crois que je vais sécher de soif. *Elle s'assied.*

PRAXAGORA. Une autre veut-elle prendre la parole ?

LA PREMIÈRE FEMME, *se levant.* Moi.

PRAXAGORA. Eh bien, couronne-toi. Car l'affaire est en train. *La*

1. Type de mollusque.
2. Crieur public.
3. Citoyen athénien.

première femme s'avance couronnée. Allons, tâche de t'exprimer comme un homme et bien, le corps appuyé sur ton bâton.

Aristophane, *L'Assemblée des femmes*, vers 392 av. J.-C., trad. Hilaire Van Daele, Les Belles Lettres, 2024.

Aristophane, *L'Assemblée des femmes*, mise en scène de Pascal Péron, Compagnie La Grande Carriole, festival de Kerhery, 2021.

FICHE COUP DE POUCE
hachette-clic.fr/25mp6181

Comprendre le texte
en groupe

Lisez intégralement le texte, puis chaque équipe en étudie une partie en répondant aux questions.

Équipe 1

1 Pourquoi les femmes se réunissent-elles ?

2 Quels costumes et accessoires les femmes utilisent-elles ? Quel est leur but ?

Équipe 2

1 Montrez que Praxagora a tout préparé avant la réunion. Citez le texte.

2 Quel rôle tient-elle en agissant ainsi ?

Faire le bilan
tous ensemble

1 Pourquoi ce texte constitue-t-il une répétition générale de ce que les femmes s'apprêtent à faire lors de l'assemblée ?

2 Comment, dans ce texte, le théâtre dans le théâtre permet-il de montrer les préparatifs de la ruse ?

Comme au théâtre !

Observez le photogramme et décrivez-le oralement. À quel moment du texte peut-on l'associer ? Justifiez votre réponse en jouant devant la classe le moment choisi. Êtes-vous tous d'accord ? Sont-ils d'accord ?

Enrichir son vocabulaire

- Le verbe **pérorer** est répété deux fois. Cherches-en la définition. Dans quels sens est-il utilisé ? Quel effet cela produit-il ?

MISSION SPÉCIALE

Une fois à l'assemblée, la ruse des femmes a fonctionné et elles ont réussi à prendre le pouvoir. Aristophane n'a pas écrit cette scène : à vous de le faire ! Respectez le comique de la situation.

Lecture 2

Avoir affaire à plus rusé que soi

À ÉCOUTER
hachette-clic.fr/25mp6182

Maître Pathelin, un avocat fort rusé, a défendu un berger accusé d'avoir tué les moutons de son patron. Il l'a aidé à gagner son procès en lui conseillant de ne répondre que « Bée ». Dans cette scène, maître Pathelin demande à être payé.

Ton objectif
Comprendre la ruse d'un berger pour éviter de payer son avocat.

Scène X
Pathelin, le berger Thibaud

Devant le tribunal.

PATHELIN. Viens ici, viens. Ton affaire est-elle bien réglée ?

LE BERGER. Bée !

PATHELIN. La partie adverse s'est retirée. Ne dis plus « Bée » ce n'est plus la peine ! Ne l'ai-je pas bien embobiné ? Ne t'ai-je pas conseillé comme il fallait ?

LE BERGER. Bée !

PATHELIN. Eh, diable ! On ne t'entendra pas : parle sans crainte ! N'aie pas peur !

LE BERGER. Bée !

PATHELIN. Il est temps que je parte. Paie-moi !

LE BERGER. Bée !

PATHELIN. À dire vrai, tu as très bien joué ton rôle, tu t'es montré à la hauteur. Ce qui lui a donné le change, c'est que tu t'es retenu de rire.

LE BERGER. Bée !

PATHELIN. Quoi « Bée » ? Tu n'as plus besoin de le dire. Paie-moi généreusement.

LE BERGER. Bée !

PATHELIN. Quoi « Bée » ? Parle correctement ! Paie-moi, et je m'en irai.

LE BERGER Bée !

PATHELIN. Tu sais quoi ? Je suis en train de te dire – et je t'en prie, cesse de bêler après moi – de songer à me payer. J'en ai assez de tes bêlements ! Paie-moi en vitesse !

LE BERGER. Bée !

PATHELIN. Te moques-tu de moi ? Ne feras-tu rien d'autre ? Je te jure que tu vas me payer, tu entends, à moins que tu ne t'envoles ! Allons ! Mon argent !

LE BERGER. Bée !

PATHELIN. Tu plaisantes ! Comment ça ? N'obtiendrai-je rien d'autre ?

LE BERGER. Bée !

PATHELIN. Tu fais le malin ! Et à qui donc penses-tu **faire avaler tes salades** ? Sais-tu ce qu'il en est ? Désormais ne me rebats plus les oreilles de ton « Bée », et paie-moi !

LE BERGER. Bée !

PATHELIN. Ne serai-je pas payé d'une autre monnaie ? De qui crois-tu te jouer ? Moi qui devais être si content de toi ! Eh bien, fais en sorte que je le sois !

LE BERGER. Bée !

PATHELIN. Me fais-tu manger de l'oie ? *À part.* Sacrebleu ! N'ai-je tant vécu que pour qu'un berger, un mouton en habit, un ignoble **rustre** se paie ma tête ?

LE BERGER. Bée !

PATHELIN. N'entendrai-je rien d'autre ? Si tu fais cela pour t'amuser, dis-le, et ne me force pas à discuter davantage ! Viens donc souper chez moi !

LE BERGER. Bée !

PATHELIN. Par saint Jean, tu as raison, les oisons mènent paître les oies. *À part.* Moi qui me prenais pour le maître de tous les trompeurs d'ici et d'ailleurs, des escrocs, des faiseurs de belles promesses à tenir au jour du Jugement dernier, et voilà qu'un berger des champs me surpasse ! *Au berger.* Par saint Jacques, si je trouvais un sergent, je te ferais arrêter !

Anonyme, *La Farce de Maître Pathelin*, vers 1456, adaptation en français moderne par Fanny Marin, Bibliocollège, Hachette, 2000.

Anonyme, *La Farce de Maître Pathelin*, mise en scène d'Anne-Claude Goustiaux, assistée de Fabien Hintenoch, Badaboum Théâtre, Marseille, 2025.

Avant la lecture

Donne la définition d'une « farce » avec tes propres mots. Que peut-on attendre d'une « farce », quand elle désigne un genre théâtral ?

FICHE COUP DE POUCE
hachette-clic.fr/25m[illegible]6183

Comprendre le texte

1 Que cherche à obtenir chacun des personnages dans cette scène ?

2 Quelle est la stratégie d'Agnelet pour parvenir à ses fins ?

3 Trouves-tu cet extrait comique ? Quels procédés sont mis en place pour le rendre amusant ?

4 LANGUE Observe les répliques de Pathelin des l. 1 à l. 30. À quel mode les verbes qu'il utilise sont-ils principalement conjugués ? Pourquoi à ton avis ?

5 Le berger obtient-il ce qu'il veut ? Justifie en citant le texte.

6 Qui parle le plus dans cet extrait ? À ton avis, pourquoi est-ce ce personnage ?

7 HISTOIRE DES ARTS Selon toi, cette mise en scène est-elle fidèle à la pièce ? Qu'en penses-tu ?

Enrichir son vocabulaire

- Que signifie l'expression « **faire avaler des salades** » l. 40 ? À quel registre de langue appartient-elle ?
- **Rustre** l. 52 Qu'est-ce qu'un rustre ? Donne un synonyme qui conviendrait ici.

Comme au théâtre !

Mémorise les lignes 59 à 67 et joue-les à tes camarades de manière expressive. Fais bien attention aux deux didascalies.

Faire le bilan

Quel personnage a été le plus malin selon toi ? Pourquoi ?

Lecture 3

Se masquer pour avouer son amour

À ÉCOUTER
hachette-clic.fr/25mp6184

Ton objectif
Comprendre que Clitandre est contraint à mentir pour épouser Lucinde.

Lucinde est éprise de Clitandre, mais son père Sganarelle leur refuse le mariage. Avec l'aide de la servante Lisette, Clitandre se fait passer pour un médecin et invente une maladie d'amour à Lucinde, qui le reconnaît.

Scène VI
Lucinde, Lisette, Sganarelle, Clitandre

CLITANDRE. Ah, Madame ! Que je serais heureux s'il était vrai que vous sentissiez tout ce que je sens, et qu'il me fût permis de juger de votre âme par la mienne. Mais, Madame, puis-je au moins croire que ce soit à vous à qui je doive la pensée[1] de cet heureux stratagème, qui me fait jouir de votre présence ?

LUCINDE. Si vous ne m'en devez pas la pensée, vous m'êtes redevable, au moins d'en avoir approuvé la proposition avec beaucoup de joie.

SGANARELLE, *à Lisette.* Il me semble qu'il lui parle de bien près.

LISETTE, *à Sganarelle.* C'est qu'il observe sa physionomie et tous les traits de son visage.

CLITANDRE, *à Lucinde.* Serez-vous constante, Madame, dans ces bontés que vous me témoignez ?

LUCINDE. Mais vous, serez-vous ferme dans les résolutions que vous avez montrées ?

CLITANDRE. Ah ! Madame, jusqu'à la mort. Je n'ai point de plus forte envie que d'être à vous, et je vais le faire paraître dans ce que vous m'allez voir faire.

SGANARELLE. Hé bien notre malade, elle me semble un peu plus gaie.

CLITANDRE. C'est que j'ai déjà fait agir sur elle un de ces remèdes, que mon art m'enseigne. Comme l'esprit a grand empire[2] sur le corps, et que c'est de lui bien souvent que procèdent les maladies, ma coutume est de courir à guérir les esprits, avant que de venir au corps. J'ai donc observé ses regards, les traits de son visage, et les lignes de ses deux mains ; et par la science que le Ciel m'a donnée, j'ai reconnu que c'était de l'esprit qu'elle était malade, et que tout son mal ne venait que d'une imagination déréglée, d'un désir dépravé[3] de vouloir être mariée. Pour moi, je ne vois rien de plus extravagant[4] et de plus ridicule, que cette envie qu'on a du mariage.

SGANARELLE. Voilà un habile homme !

CLITANDRE. Et j'ai eu, et aurai pour lui, toute ma vie, une aversion[5] effroyable.

SGANARELLE. Voilà un grand médecin !

CLITANDRE. Mais, comme il faut flatter l'imagination des malades, et que j'ai vu en elle de l'aliénation d'esprit[6] : et même, qu'il y avait du **péril** à ne lui pas donner un prompt secours ; je l'ai prise par son faible, et lui ai dit que j'étais venu ici pour vous la demander en mariage. Soudain son visage a

Molière
(1622-1673)
Jean-Baptiste Poquelin, dit Molière, est le plus célèbre des dramaturges français. Il a écrit plus d'une trentaine de pièces, allant de la farce à la comédie-ballet. Il joue également dans ses pièces et appartient à la « Troupe du Roy » (Louis XIV).

1. Élaboration.
2. Pouvoir.
3. Déplacé.
4. Déraisonnable.
5. Dégoût profond.
6. Folie.

changé, son teint s'est éclairci, ses yeux se sont animés ; et si vous voulez, pour quelques jours l'entretenir dans cette erreur, vous verrez que nous la tirerons d'où elle est.

SGANARELLE. Oui-da, je le veux bien.

Molière, *L'Amour médecin*, acte III, scène 6, 1665.

Avant la lecture

Le titre de la pièce est *L'Amour médecin*. Comment le comprends-tu ?

FICHE COUP DE POUCE hachette-clic.fr/25mp6185

Comprendre le texte

1 Qui joue un double-jeu dans cet extrait ? Explique la situation avec tes propres mots.

2 Quels sont les différents mensonges à l'œuvre dans le passage ?

3 Lisette est-elle un personnage important dans la scène ? Pourquoi ?

4 Selon toi, les flatteries de Sganarelle envers ce « bon médecin » sont-elles comiques ?

5 LANGUE « Voilà un grand médecin ! » Quelle est la forme de phrase employée ici par Sganarelle ? Qu'apporte à la scène cette forme de phrase ?

6 MISE EN SCÈNE Observe la position des personnages. À l'aide du texte, essaye de les identifier. Que comprends-tu grâce à leur place sur scène ?

Molière, *L'Amour médecin*, mise en scène de Jean-Marie Villégier, Comédie Française, Paris, 2005.

Faire le bilan

Selon toi, la ruse de Clitandre a-t-elle fonctionné sur Sganarelle ?

Comme au théâtre !

- Imagine comment jouer les apartés de cette scène. Faut-il se déplacer ? Tourner le dos aux autres personnages ? Fixer le public ?
- Regarde la mise en scène de cet extrait. Comment le metteur en scène représente-t-il la mascarade mise en place par Clitandre ?
Observe les costumes, le placement et le jeu des comédiens pour répondre.

VIDÉO hachette-clic.fr/25mp6186

Enrichir son vocabulaire

- Le mot **péril** l. 32 désigne un danger. Selon toi, de quel péril parle Clitandre ici ? Trouve l'adjectif de la même famille et utilise-le dans une phrase.

Lecture 4

Pris à leur propre piège

À ÉCOUTER
hachette-clic.fr/25mp6187

Ton objectif
Comprendre que Silvia et Dorante sont piégés par leur propre mensonge.

Afin de pouvoir se découvrir librement avant le mariage, Silvia et Dorante ont eu la même idée : se faire passer pour leurs valets, Lisette et Bourguignon.

Acte I, scène 7
Silvia, Dorante

SILVIA, *à part*. Ils se donnent la comédie, n'importe, mettons tout à profit ; ce garçon-ci n'est pas sot, et je ne plains pas la soubrette[1] qui l'aura. Il va m'en conter[2], laissons-le dire, pourvu qu'il m'instruise.

DORANTE, *à part*. Cette fille-ci m'étonne, il n'y a point de femme au monde à qui sa physionomie[3] ne fît honneur : lions connaissance avec elle. *(Haut.)* Puisque nous sommes dans le style amical et que nous avons abjuré les façons[4], dis-moi, Lisette, ta maîtresse te vaut-elle ?
Elle est bien hardie[5] d'oser avoir une femme de chambre comme toi.

SILVIA. Bourguignon, cette question-là m'annonce que, suivant la coutume, tu arrives avec l'intention de me dire des **douceurs**, n'est-il pas vrai ?

DORANTE. Ma foi, je n'étais pas venu dans ce dessein-là, je te l'avoue ; tout valet que je suis, je n'ai jamais eu de grandes liaisons avec les soubrettes, je n'aime pas l'esprit domestique ; mais à ton égard c'est une autre affaire ; comment donc, tu me soumets, je suis presque timide, ma familiarité n'oserait s'apprivoiser avec toi, j'ai toujours envie d'ôter mon chapeau de dessus ma tête, et quand je te tutoie, il me semble que je jure ; enfin j'ai un penchant[6] à te traiter avec des respects qui te feraient rire. Quelle espèce de suivante[7] es-tu donc avec ton air de princesse ?

SILVIA. Tiens, tout ce que tu dis avoir senti en me voyant est précisément l'histoire de tous les valets qui m'ont vue.

DORANTE. Ma foi, je ne serais pas surpris quand ce serait aussi l'histoire de tous les maîtres.

SILVIA. Le trait[8] est joli assurément ; mais je te le répète encore, je ne suis point faite aux cajoleries[9] de ceux dont la garde-robe ressemble à la tienne.

DORANTE. C'est-à-dire que ma parure ne te plaît pas ?

SILVIA. Non, Bourguignon ; laissons là l'amour, et soyons bons amis.

DORANTE. Rien que cela ? Ton petit traité n'est composé que de deux clauses[10] impossibles.

SILVIA, *à part*. Quel homme pour un valet ! *(Haut.)* Il faut pourtant qu'il s'exécute ; on m'a prédit que je n'épouserais jamais qu'un homme de condition[11], et j'ai juré depuis de n'en écouter jamais d'autres.

DORANTE. Parbleu, cela est plaisant, ce que tu as juré pour homme, je l'ai juré pour femme, moi, j'ai fait serment de n'aimer sérieusement qu'une fille de condition.

Pierre Carlet de Chamblain de Marivaux
(1688-1763)
Journaliste, romancier et dramaturge français. Il a écrit une quarantaine de pièces de théâtre.
Ses comédies ont souvent pour thème l'amour et la société. Il aime divertir et instruire son public.

1. Servante.
2. Il va faire le beau parleur.
3. Apparence.
4. Renoncer aux bonnes manières.
5. Audacieuse.
6. Tendance.
7. Servante.
8. Mot d'esprit.
9. Flatteries.
10. Conditions.
11. De naissance noble.

SILVIA. Ne t'écarte donc pas de ton projet.

DORANTE. Je ne m'en écarte peut-être pas tant que nous le croyons, tu as l'air bien distingué, et l'on est quelquefois fille de condition sans le savoir.

Marivaux, *Le Jeu de l'amour et du hasard*, acte I, scène 7, 1730.

Avant la lecture

Qu'est-ce qu'un quiproquo ? Cherche la définition dans un dictionnaire.

FICHE COUP DE POUCE
hachette-clic.fr/25mp6188

Comprendre le texte

1 Quel est le but de la ruse employée par Silvia et Dorante ? Explique-la avec tes propres mots.

2 Relève les interrogations de Dorante concernant le statut social de Silvia. A-t-il vraiment compris que Silvia n'est pas la servante qu'elle prétend être ?

3 Relis attentivement les répliques de Silvia. Quel argument utilise-t-elle pour repousser Dorante ?

4 « Quel homme pour un valet ! », s'exclame Silvia. Analyse cette phrase en t'appuyant sur ta réponse précédente.

5 À ce moment de la pièce, les deux faux valets peuvent-ils s'aimer ? Pourquoi ?

6 LANGUE Les personnages devraient-ils se tutoyer ? Explique pourquoi c'est le cas dans cette scène.

7 MISE EN SCÈNE Regarde bien les costumes des comédiens : pourquoi le metteur en scène a-t-il fait ce choix ? Qu'en penses-tu ?

Faire le bilan

Pourquoi Silvia et Dorante sont-ils victimes de leur propre piège ?

MISSION SPÉCIALE

Imagine une autre scène où Dorante et Silvia avouent leurs sentiments, sous leur vraie identité. Rédige leur dialogue.

Marivaux, *Le Jeu de l'amour et du hasard*, mise en scène de Frédéric Cherboeuf assisté par Antoine Legras, Auditorium Niedermeyer d'Issy-les-Moulineaux, 2024.

Comme au théâtre !

Avec un camarade, imagine comment vous pourriez mettre en scène ce passage (décors, costumes, placement des comédiens...).

Enrichir son vocabulaire

- Cherche les différents sens du terme **douceurs** l. 10. Explique le jeu de mots que fait Marivaux ici.

Lecture 5

Déjouer une ruse pour sauver sa vie

À ÉCOUTER
hachette-clic.fr/25mp6189

Ton objectif
Découvrir comment démasquer son ennemi grâce à la ruse...

Pierre-Henri Cami (1884-1958)
Dramaturge français, auteur comique. Il aime créer des personnages loufoques et burlesques. Il fonde l'Académie de l'humour. Il devient officier de la Légion d'Honneur en 1953.

Deuxième acte
La ruse du Petit Chaperon vert

La scène représente l'intérieur de la maison de la mère-grand.

Le Loup qui mangea jadis le Petit Chaperon rouge, *adoucissant sa voix.* Tirez la chevillette et la bobinette cherra. *Le Petit Chaperon vert entre.* Mets la galette et le petit pot de beurre sur la huche, et viens te coucher auprès de moi.

Le Petit Chaperon vert, *à part.* Ciel ! C'est le loup ! Je reconnais la même phrase qu'il prononça jadis pour attirer le Petit Chaperon rouge dans le lit. Le misérable est en train de digérer mère-grand, mais grâce à mon idée, il lui sera impossible de me dévorer.

Le Loup qui mangea jadis le Petit Chaperon rouge. Eh bien, viens-tu te coucher, mon enfant ?

Le Petit Chaperon vert, *se couchant près du loup.* Me voilà ! Oh ! mère-grand, que vous avez de grands bras !

Le Loup qui mangea jadis le Petit Chaperon rouge. C'est pour mieux t'embrasser, mon enfant.

Le Petit Chaperon vert. Mère-grand, que vous avez de grandes jambes !

Le Loup qui mangea jadis le Petit Chaperon rouge. C'est pour mieux courir, mon enfant.

Le Petit Chaperon vert. Mère-grand, que vous avez de grandes oreilles !

Le Loup qui mangea jadis le Petit Chaperon rouge. C'est pour mieux écouter, mon enfant.

Le Petit Chaperon vert. Mère-grand, que vous avez de grands yeux !

Le Loup qui mangea jadis le Petit Chaperon rouge. C'est pour mieux te voir, mon enfant ! *À part.* Apprêtons-nous !

Le Petit Chaperon vert. Mère-grand, que vous avez de grands bras !

Le Loup qui mangea jadis le Petit Chaperon rouge, *interloqué.* Mais tu l'as déjà dit, mon enfant !

Le Petit Chaperon vert, *continuant.* Mère-grand, que vous avez de grandes jambes !

Le Loup qui mangea jadis le Petit Chaperon rouge. Mais tu répètes toujours la même chose ! Voyons, il y a autre chose à demander, par exemple *(Insinuant.)* : mère-grand, que vous avez de grandes...

Le Petit Chaperon vert. ... de grandes oreilles !

Le Loup qui mangea jadis le Petit Chaperon rouge. Mais non, de grandes... de grandes... *Très insinuant.* Ça commence par un *d*.

Le Petit Chaperon vert. ... de grandes jambes !

Le Loup qui mangea jadis le Petit Chaperon rouge, *sautant du lit.* Enfer et damnation[1] ! ! ! Ce Petit Chaperon vert se joue de moi ! Cette rusée petite fille s'obstine[2] à ne pas dire : « Mère-grand, que vous avez de grandes dents ! » Alors, naturellement, je ne peux pas sauter sur elle et lui répondre : « C'est pour te manger ! » *Avec un soupir de regret.* Ah ! où sont les enfants naïfs et faciles à dévorer d'autrefois ? *Il sort, furieux.*

RIDEAU.

Pierre-Henri CAMI, dit Cami, *L'Homme à la tête d'épingle*, DR, 1914.

1. Condamnations aux peines des enfers.
2. Persévérer, continuer.

Avant la lecture

Lis le titre de l'œuvre. À quel célèbre conte te fait-il penser ? Que se passe-t-il à la fin de cette histoire ?

FICHE COUP DE POUCE
hachette-clic.fr/25m36190

Comprendre le texte

1 Observe les noms des personnages devant leurs répliques. Te surprennent-ils ?

2 Compare cette scène avec les éléments du conte duquel elle est inspirée : quels points communs et quelles différences relèves-tu ?

3 Quelle est la stratégie de la petite fille pour déjouer la ruse du loup ?

4 Cet extrait est-il comique d'après toi ? Pourquoi ?

5 Quelle est la morale de cette scène ? Diffère-t-elle du conte original ?

Enrichir son vocabulaire

• **Jadis** est un adverbe de temps. Il vient de l'ancien français « ja a dis » qui signifie « il y a de cela des jours ». Trouve au moins deux synonymes. Construis une phrase avec le mot « jadis ».

Comme au théâtre !

Mémorise une courte réplique du Loup ou du Petit Chaperon vert. Déambule dans la classe. Quand tu croises un camarade, arrête-toi face à lui. Après un silence, prononce ta réplique. Puis, c'est à son tour.

Faire le bilan

Comment comprends-tu la dernière phrase du Loup « Ah ! où sont les enfants naïfs et faciles à dévorer d'autrefois ? » Que pourrait rétorquer le Petit Chaperon vert à cela ? En quelques lignes, imagine sa réplique.

MISSION SPÉCIALE

Réécris la fin d'un conte célèbre, où le personnage principal ruse face au personnage maléfique.

Histoire des Arts

Le Petit Chaperon Uf de Jean-Claude Grumberg

Faire tomber les masques

Ton objectif
Découvrir un conte théâtral où l'on dénonce.

→ Découvrir l'œuvre d'un créateur

Jean-Claude Grumberg est né en 1939.
Comédien, dramaturge, scénariste français, il grandit dans une famille juive à Paris au moment où éclate la Seconde Guerre mondiale. Ses pièces de théâtre utilisent le comique pour dénoncer des situations et tirer une leçon. Certaines de ses œuvres dénoncent l'antisémitisme, c'est-à-dire la haine des Juifs.
Le Petit Chaperon d'Uf qui est une réécriture du célèbre conte paraît en 2005.

→ Le petit chaperon comment ?

Un petit chaperon rouge rencontre le caporal Wolf qui est un loup. Il oblige la petite-fille à mettre un chaperon de couleur jaune en très mauvais état, tout cela parce qu'elle est Uf. Il lui explique que parce qu'elle est Uf, elle perd de nombreux droits.

→ Du Chaperon Rouge... au Chaperon Jaune

Wolf représente un soldat pendant la Seconde Guerre mondiale. La population des Ufs correspond aux Juifs chassés, persécutés et tués. Le chaperon de couleur jaune fait référence à l'étoile jaune cousue sur les vêtements que devaient porter les personnes juives. De mars 1942 à août 1944, près de 76 000 Juifs dont 11 000 enfants sont déportés. Seulement 2 566 personnes sortiront à la libération des camps en 1945.

Jean-Claude Grumberg, *Le Petit Chaperon Uf* mise en scène de Joëlle Bobbio et Luis Hormazabal, Compagnie Théâtre Al Dente, 2017.

Jean-Claude Grumberg,
Le Petit Chaperon Uf
mise en scène
de Joëlle Bobbio
et Luis Hormazabal,
Compagnie Théâtre
Al Dente, 2017.

1 Reconnais-tu les personnages de la pièce d'après le résumé ? Qui sont-ils ?

2 Comment cette mise en scène rend-elle compte de l'oppression et de la privation de liberté ?

3 Comment comprends-tu que les personnages qui portent des masques au début de la pièce finissent par les enlever ?

4 Réécrire un conte célèbre pour dénoncer la haine te paraît-il être un choix efficace ? Pourquoi ?

5 Recherche un extrait d'une autre mise en scène de la pièce. Quels autres choix ont été faits ?

→ T'approprier cette œuvre

Rédige un dialogue de théâtre qui dénonce une injustice à partir d'un conte.

6 Choisis un conte célèbre.

7 Transforme l'histoire : imagine que le personnage principal est victime d'une injustice.

8 Écris un dialogue entre au moins deux personnages qui fait apparaître :

- une situation de conflit
- une tentative de révolte
- une résolution

Pour t'aider, tu peux t'inspirer de cette idée :
- Blanche-Neige se révolte contre la reine qui impose des critères de beauté irréalistes.

Une fois vos scènes écrites, partagez en classe !

VIDÉO
hachette-clic.fr/25mp6191

Affiche du film
La plus précieuse des marchandises,
film de Michel Hazanavicius, 2024.

→ Pour terminer

Jean-Claude Grumberg a écrit en 2019 un conte intitulé « La plus précieuse des marchandises » qui a été adapté au cinéma. Tu peux regarder la bande-annonce, voir le film ou lire le conte.

Projet oral en binôme

Jouer une saynète de manière expressive

Préparez, mettez en scène et jouez un extrait de la pièce *Le Petit Chaperon vert*.

Étape 1 Lisez l'extrait

1 Relisez l'extrait du *Petit Chaperon vert* à partir de « Le Petit Chaperon vert, *se couchant près du loup*. Me voilà ! Oh ! mère-grand, que vous avez de grands bras ! » jusqu'à la fin.

Étape 2 Interprétez et ajoutez des didascalies

2 En binôme, répartissez-vous les deux rôles.

3 Relisez le texte et ajoutez des didascalies de gestes (exemples : en sautant, en marchant, en piétinant), d'expressions (grimace, fronce les sourcils, fait le naïf), d'émotions ressenties (nerveusement, avec beaucoup de courage, en se moquant).

4 Décidez du décor (intérieur de la maison), des costumes (chaperon, tête de loup ou simple maquillage, choix des couleurs) et des accessoires (lit, banc, couette, chaise, panier...)

Pour vous aider, vous pouvez réaliser des croquis avec des légendes pour expliquer vos choix.

Étape 3 Mettez en scène

5 Fixez les placements et les déplacements des personnages. Choisissez si vos personnages entrent en scène ou s'ils sont déjà là au lever de rideau.

6 Si la pièce où vous êtes le permet, projetez un décor.

7 Soyez attentif au public, regardez-le, essayez de capter son attention.

8 Entraînez-vous avec le texte en ajoutant les mouvements et les déplacements.

Étape 4 Répétez et jouez la saynète

9 Mémorisez les répliques afin de jouer la saynète avec aisance.

10 Passez devant votre classe et demandez des conseils et des points d'amélioration à vos camarades.

Étape 5 À vous de jouer !

FICHE COUP DE POUCE
hachette-clic.fr/25mp6192

S'AUTO-ÉVALUER
hachette-clic.fr/25mp6193

Projet écrit en groupe

Inventer la suite d'un dialogue théâtral

Imaginez qu'à la suite de l'extrait de *L'Amour médecin*, un nouveau personnage apparaît et démasque Clitandre en révélant son identité. Écrivez cette nouvelle scène.

Étape 1 Listez les personnages, leurs rôles

1 Relisez l'extrait de *L'Amour médecin*. Listez les personnages présents sur scène.

2 Faites entrer un nouveau personnage. Inventez-lui un nom et l'intérêt qu'il a de démasquer Clitandre : est-ce un ami de Sganarelle ? un autre prétendant de Lucinde ? A-t-il simplement reconnu Clitandre malgré son habit de médecin ?

3 Quel rôle Lisette peut-elle jouer ici ? Va-t-elle aider Lucinde, sa maîtresse, ou s'allier à Sganarelle ?

Étape 2 Trouvez une nouvelle ruse

4 Cherchez une nouvelle ruse de Lucinde et Clitandre pour tromper de nouveau Sganarelle. Vous pouvez feuilleter les différents extraits de la séquence pour voir les différentes ruses mises en place.

5 Au brouillon, cherchez ce que peuvent répondre Clitandre et Lucinde à cette accusation : sont-ils démasqués ou jouent-ils encore une ruse à Sganarelle ?

6 Réfléchissez à la fin de la scène : Sganarelle est-il dupé ou accepte-t-il le mariage face à tant de motivations de la part du jeune couple ?

Étape 3 Écrivez la scène

7 Rédigez cette nouvelle scène en respectant bien la présentation du texte théâtral.
Un texte théâtral a une mise en page spécifique. Vous devez aller à la ligne à chaque réplique et écrire le nom des personnages qui parlent avant leur réplique.

8 Essayez de varier les types de répliques et leur longueur.

Étape 4 Ajoutez des indications scéniques

9 Ajoutez des didascalies sur les gestes, les expressions, la prononciation ou les réactions des personnages.
Pour écrire des didascalies, utilisez le présent de l'indicatif. Sois bref et mettez-les entre parenthèses.

10 Indiquez les déplacements, l'entrée ou la sortie d'un personnage de scène.

Étape 5 Mettez en scène

11 Présentez votre nouvelle scène à un autre groupe qui devra essayer de la jouer grâce aux didascalies.

FICHE COUP DE POUCE
hachette-clic.fr/25mp6194

S'AUTO-ÉVALUER
hachette-clic.fr/25mp6165

Jouer avec les mots de la ruse et du mensonge

L'étymologie

Le mensonge se dit « pseudos » en grec ancien.

1 Trouve un mot français construit sur cette racine grecque et donnes-en une définition. Emploie-le dans une phrase de ton choix qui en éclairera le sens.

En latin, la ruse se dit « fallacia ».

2 Cherchez la définition de l'adjectif « fallacieux » et emploie-le dans une phrase de ton choix qui en éclairera le sens.

La formation des mots en français

3 Décompose les mots suivants en identifiant **le préfixe, le radical et le suffixe**.

! *Le préfixe et le suffixe, ce n'est pas automatique !*

4 Donne la définition de chacun des mots :
mensongèrement - astucieux - détromper - véritable

Les familles de mots

Une famille de mots regroupe tous les mots qui ont le même radical (la même racine).

5 Pour chacun des mots ci-dessous, donne le plus de mots possibles de la même famille :
mentir - révéler - triche

Les champs lexicaux

Les champs lexicaux sont des groupes de mots liés par une même thématique.

6 Repère l'intrus :
sincérité - loyauté - perfidie - honnêteté
candeur - ruse - fourberie - machination
escroc - imposteur - innocent - dissimulateur

7 Associe chaque mot de cette liste au bon champ lexical :
***la vérité, le mensonge, la ruse*.**
aveu - fausseté - renard - hypocrisie - preuve - artifice - témoignage - dissimulation - authenticité - intrigue - calomnie - piège

La polysémie des mots

8 Les mots « machine » et « dévoiler » peuvent avoir plusieurs significations.

Associe-les aux significations correspondantes :
découvrir - engin - ruse - révéler

Les définitions

9 Cherche la définition des mots suivants :
subterfuge - manigance - stratagème - roublardise

Les homophones

10 Choisis le bon mot :

a : Il s'est moqué de moi : tout ce qu'il a raconté est *faut / faux*.
Il *faut / faux* absolument qu'il rétablisse la vérité.
b : Elle *faim / feint* d'être innocente mais personne n'est dupe.
Après le sport, j'ai toujours très *faim / feint*.
c : « C'est *mal / mâle* de mentir ! » dit la mère à son enfant.
Le renard est le *mal / mâle* de la renarde.
d : Les *bonds / bons* seront récompensés pour leur honnêteté.
L'enfant s'amuse en faisant des *bonds / bons*.

Les expressions

11 Cherche les définitions des expressions suivantes :
à *trompeur, trompeur et demi - l'arroseur arrosé - tel est pris qui croyait prendre - rouler quelqu'un dans la farine - monter un bateau - jouer un tour*

Micro-Dictée

12 **a.** Lis attentivement ce passage et recopie-le.

J'ai joué une pièce et j'ai fait en même temps le roi, la reine et l'ambassadeur.
Je parlais en fausset quand je faisais la reine, je parlais du nez pour l'ambassadeur, et pour le roi je grossissais ma voix.

b. Souligne en vert les mots que tu ne connais pas et mémorise leur orthographe.

c. Souligne les verbes à l'imparfait et repère leur terminaison.

d. Demande à quelqu'un de te lire le passage et réalise cette micro-dictée sans faire d'erreurs !

?!

Le sais-tu ?

Dans l'Antiquité, les comédiens portaient des masques pour amplifier la voix et pour permettre aux spectateurs de reconnaître les personnages.
En grec ancien, le comédien se dit « ***hypocritès*** », d'où le mot « ***hypocrite*** » pour désigner celui qui fait semblant et dissimule son vrai visage, comme l'acteur sous son masque.

Mosaïque romaine représentant les masques de la tragédie (à gauche) et de la comédie (à droite), IIe siècle, musée Capitolin, Rome.

Défis mots !

jouer - se moquer

Pour chacun de ces deux mots, donne un mot avec un préfixe ou un suffixe, un mot de la même famille, un synonyme et un antonyme.

Quiz de vocabulaire

Dans cette liste, choisis un mot rare, dont tu ne connais pas le sens :
crédulité - machiavélique - futé - débrouillardise - duplicité - boniment

1 Cherche dans un dictionnaire la définition de ce mot.

2 Invente trois définitions pour ce mot et accompagne chaque définition d'une phrase d'exemple.

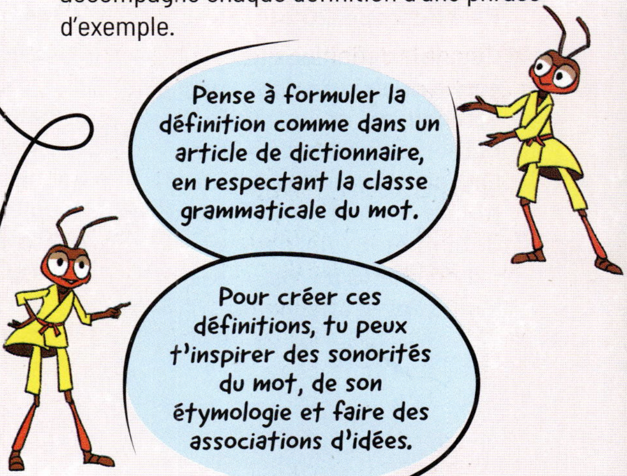

3 Insère la véritable définition au milieu de tes propositions :
- Le but du jeu pour tes camarades est de la retrouver !
- Ton objectif est qu'ils ne la retrouvent pas !

À vos marque-pages !

Le théâtre joue avec la réalité et la fiction, avec le ressort de la ruse par exemple. Dans ces livres, tu vas découvrir de nouveaux exemples variés de stratagèmes mis en scène :

Les lurons de la forêt : une comédie en V actes

Anthony Martinez • éditions Kaléidoscope, 2024

Cet album reprend les codes du théâtre dans une comédie qui mêle amitié, humour et noisettes grillées. On suit les aventures d'une troupe nommée « les lurons de la forêt », une joyeuse bande d'amis animaux rusés, loufoques et attachants.

Sticky petit phasme

Yaron Edelstein et Aharon Levin • éditions Théâtrâles, 2024

Avec le réchauffement climatique, un nouveau déluge s'abat sur la planète. Dans une nouvelle arche, seuls les animaux mâles et femelles en couples y sont acceptés. Le phasme Sticky est seul, mais il va ruser pour embarquer.

♡ Deux raisons d'aimer

- Pour aborder le dérèglement climatique, les différences, les questions de genre, la lutte contre les stéréotypes.
- Cette fiction théâtrale joue avec les mots et ne manque pas d'humour.

Le roman de Renart T.1 : les jambons d'Ysengrin

Jean Marc Mathis et Thierry Martin • éditions Delcourt, 2007

Dans cette adaptation en bande dessinée du célèbre poème médiéval, on suit les aventures de l'audacieux goupil Renart qui invente ruses et stratagèmes pour subvenir aux besoins de sa famille.

♡ Deux raisons d'aimer

- Ce premier volume compte cinq histoires courtes très accessibles. Deux autres volumes suivent.
- Les illustrations de Thierry Martin sont dynamiques et vives, à l'image du personnage principal.

Le coup de cœur de la professeure-documentaliste

Découpée en cinq actes, présentée comme une pièce de théâtre avec ouverture de rideau et entracte, cette lecture met en scène le processus théâtral pour mieux emmener ses lecteurs.

Partage tes lectures !

Mise en scène

Les textes et dialogues de théâtre sont faits pour être déclamés, interprétés et offerts à un public. Avec vos professeur de français et professeurs-documentalistes choisissez une scène pour la jouer en classe. Lecteur, spectateur, acteur, metteur en scène et critique, à vous le jeu théâtral !

Bilan

La ruse, un thème théâtral !

✦ **Le genre théâtral a des particularités :** le nom des personnages apparaît devant chaque réplique, les didascalies permettent de donner des indications scéniques. Certaines répliques sont destinées au public (apartés, monologues).

✦ **La ruse au théâtre permet d'introduire le rire :** les personnages rusés peuvent provoquer le rire. Les procédés comiques sont nombreux : comique de situation, comique de répétition, comique de caractère, quiproquo, déguisement...

✦ **La ruse, art de déjouer avec des masques :** l'utilisation de la ruse par les personnages peut avoir différents buts. Certains veulent faire entendre leur voix en se déguisant et en prenant l'identité d'autres personnages : il y a alors du théâtre dans le théâtre. D'autres personnages rusent en utilisant leur intelligence et en jouant avec les mots pour éviter des situations dangereuses.

On réfléchit tous ensemble !

D'après vos lectures de la séquence, peut-on dire que la ruse est l'arme du plus faible ?

Constituez deux équipes et organisez un débat afin de répondre à la question.

1. La ruse permet d'avoir du pouvoir.
2. La ruse ne permet pas toujours de gagner.

Parcourez le chapitre et inscrivez des arguments en faveur des deux propositions.

Et toi dans tout ça ?

1. Quel extrait t'a fait le plus rire ? Pourquoi ?
2. Quel personnage t'a semblé le plus rusé ? Justifie ton choix.
3. Aurais-tu imaginé une autre ruse que l'un des personnages de la séquence ?

Quiz
QUIZ DE RÉVISION
hachette-clic.fr/25mp6196

CHAPITRE 12

Parcours d'œuvre
L'Ogrelet, Suzanne Lebeau

Cache-cache avec les ogres

Pour vivre heureux, l'ogrelet doit-il cacher sa vraie nature ?

Tes objectifs :
- Lire une pièce de théâtre.
- Comprendre que la pièce lève les masques.
- Écrire et mettre en scène un dialogue théâtral.

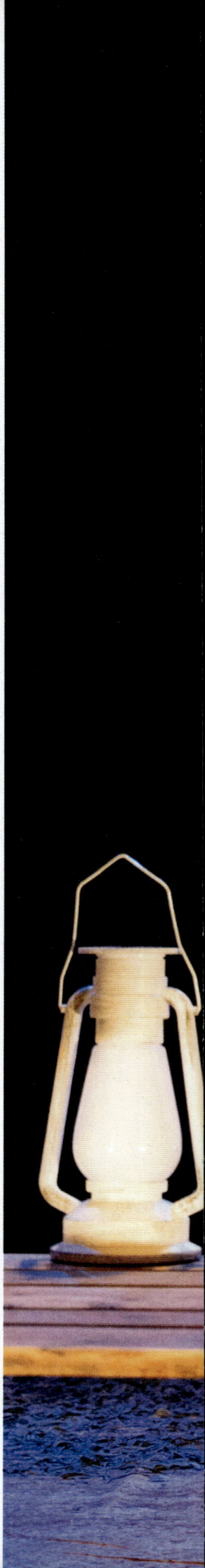

L'Ogrelet de **Suzanne Lebeau**, mise en scène d'Ewlyne Guillaume, la Compagnie des Voleurs de Soleil, Guyane Française, 2022.

Dans l'univers
de Suzanne Lebeau et de *L'Ogrelet*

Biographie de Suzanne Lebeau, une dramaturge contemporaine

Suzanne Lebeau est née le 28 avril 1948 au Canada, à Montréal. Elle fonde la compagnie de théâtre Le Carrousel en 1975, et se consacre alors pleinement à l'écriture de pièces de théâtre. Très vite, elle devient l'une des dramaturges incontournables de pièces destinées au jeune public.

Aujourd'hui, elle a déjà écrit 32 pièces de théâtre dont *Une Lune entre deux maisons*, *Le Bruit des os qui craquent* et *L'Ogrelet*, qui sont traduites en plusieurs langues et publiées sur tous les continents.

Elle a reçu de nombreux prix littéraires au Canada et en France, comme le prix de la Belle Saison pour l'ensemble de son œuvre en 2015. Elle a aussi accédé au grade prestigieux de Chevalier des arts et des Lettres en 2016.

L'Ogrelet

L'Ogrelet est une pièce de théâtre parue au Canada en 1997 où elle obtient un prix : le masque de l'Académie québécoise du théâtre en 2000.
Elle paraît ensuite en France en 2003 et obtient en 2006 le prix de la pièce de théâtre contemporain pour le jeune public.

Avant d'écrire cette pièce, l'autrice s'interrogeait sur la façon dont les jeunes enfants arrivaient à gérer leurs réactions face aux émotions fortes. Elle est donc allée à leur rencontre dans les écoles. L'idée de cette pièce est née de ces échanges.

1 Que t'évoque le nom « Ogrelet » ?

2 Que serait selon toi un « vampirelet », une « licornelette » ... ?

La mise en scène

Le théâtre, à l'instar du cinéma, dispose de ses propres effets spéciaux. Il déploie des astuces ingénieuses pour donner vie à des univers fantastiques. Des jeux d'éclairage permettent de simuler une tempête, une explosion ou une atmosphère mystérieuse. Un grand drap bleu devient un océan paisible. Ces procédés, bien que simples, témoignent de l'inventivité infinie propre à l'art théâtral.
Alors, d'après toi, par quels moyens le metteur en scène peut-il donner l'impression que l'Ogrelet est particulièrement grand ?

3 Voici trois mises en scène très différentes ! Quelles caractéristiques du personnage de l'Ogrelet sont exposées dans ces trois propositions ?

4 Quel travail spécifique sur la lumière peut-on observer dans ces mises en scène ? Imagine les indications que le metteur en scène a données au technicien lumière.

5 Quel travail spécifique sur les costumes peut-on observer dans les mises en scène 2 et 3 ? Imagine les indications que le metteur en scène a données au costumier.

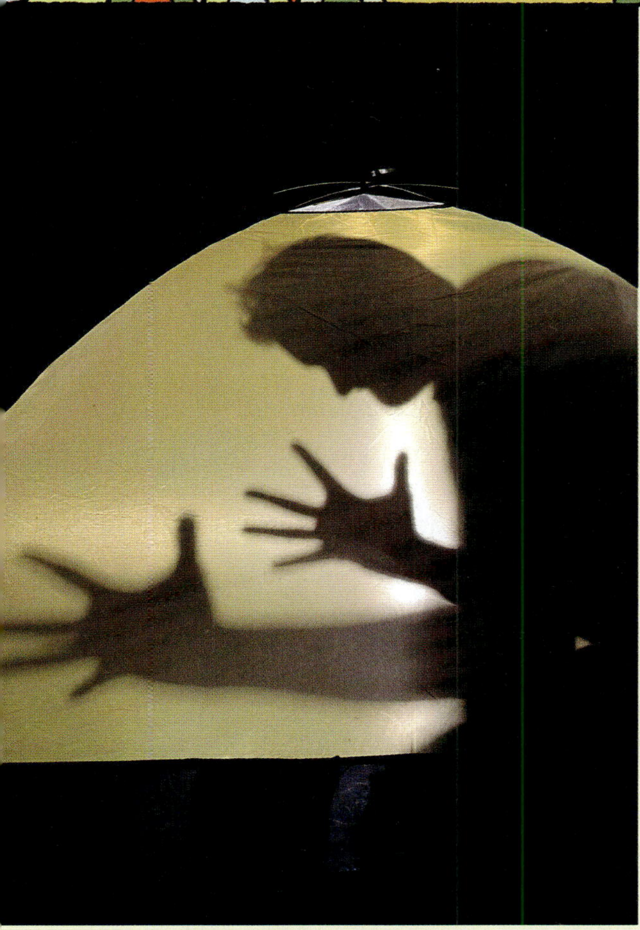

2. *L'Ogrelet* de Suzanne Lebeau, mise en scène de Franck Lemarié et Déborah Marique, Compagnie Farce Bleue, 2024.

1. *L'Ogrelet* de Suzanne Lebeau, mise en scène de Franck Lemarié et Déborah Marique, Compagnie Farce Bleue, 2024.

3. *L'Ogrelet* de Suzanne Lebeau, mise en scène de Gervais Gaudreault, théâtre du Carrousel, Québec, 1997.

Lecture 1

Apprendre son rôle

À écouter
hachette-clic.fr/25mp6197

Ton objectif
Analyser ce que cache la scène d'exposition.

Scène I : La rentrée

C'est le jour de la rentrée. L'Ogrelet est vêtu de neuf, il porte des culottes courtes et une chemise repassée. Il est grand et ses jambes nues sont celles d'un homme.

Sa mère est en train de mettre cahiers et crayons dans un sac d'école.

MÈRE DE L'OGRELET. Redis-moi la date de ton anniversaire, mon petit ?

L'OGRELET. Le 3 décembre, maman.

MÈRE DE L'OGRELET. Dis-moi maintenant : quel âge tu as eu le 3 décembre dernier ?

L'OGRELET. Six ans, maman.

MÈRE DE L'OGRELET. Que fais-tu si la maîtresse te dit : « Tu es trop grand pour venir à l'école » ?

L'OGRELET. Je lui réponds : « Tous les enfants de six ans ont droit à l'école libre et gratuite. » Qu'est-ce que ça veut dire, maman, « **libre et gratuite** » ?

MÈRE DE L'OGRELET. Que tous les enfants de six ans, sans exception, doivent aller à l'école... Et que l'école doit les accepter. Que dis-tu après « libre et gratuite » ?

L'OGRELET. Si vous ne me croyez pas, **écrivez un mot à maman**, elle est à la maison. Nous n'avons pas le téléphone, mais elle...

MÈRE DE L'OGRELET. ... elle vous expliquera notre situation. Tu sauras le dire ?

L'OGRELET. Oui, maman.

MÈRE DE L'OGRELET *lui tendant son sac d'école.* Tu ne mets pas les doigts dans ton nez, tu écoutes la maîtresse, tu réponds « oui madame », « non madame » et tu regardes le tableau.

L'OGRELET. C'est quoi un tableau ?

MÈRE DE L'OGRELET. Tu le reconnaîtras en le voyant. Voilà ton goûter et ton déjeuner, mon Ogrelet. Demande à la maîtresse de manger seul dans la classe... les premiers jours. Dis-lui que ce serait mieux pour toi.

L'OGRELET. Tu me l'as déjà dit, maman. Je ne pourrai pas jouer au ballon comme les enfants du livre que tu me lis le soir pour m'endormir ?

MÈRE DE L'OGRELET. Attends de connaître les jeux et la fragilité des enfants pour jouer avec eux. Tu es tellement fort et tellement grand. Tu pourrais les blesser sans le vouloir.

L'OGRELET. À ce soir, maman.

MÈRE DE L'OGRELET. Ne t'attarde pas après la classe, ni dans le village, ni dans la forêt.

Suzanne Lebeau, *L'Ogrelet*, éditions Théâtrales, coll. « Théâtrales Jeunesse », 2003.

L'Ogrelet de **Suzanne Lebeau**, mise en scène Gilles Droulez, compagnie les Affamés, 2019.

Avant la lecture

Quels conseils une maman donne-t-elle habituellement à son enfant la veille de la rentrée scolaire ?

FICHE COUP DE POUCE
hachette-clic.fr/25mp6198

Comprendre le texte

1 Présente le personnage de l'Ogrelet en relevant les indices du texte.

2 Parmi les adjectifs suivants, choisis ceux qui qualifient le mieux le comportement de la mère et justifie ton choix : *confiante – inquiète – prévoyante – bienveillante – rassurante*

3 LANGUE Identifie le type de phrase utilisé par la mère dans ses trois premières répliques : qu'est-elle en train de faire ?

4 À quels moments a-t-on l'impression que l'Ogrelet récite son texte ? Relève des passages précis du texte et explique ta réponse.

5 D'après toi, pour quelle raison la rentrée de l'Ogrelet pourrait-elle mal se passer ?

6 MISE EN SCÈNE Quels accessoires te permettent de distinguer le personnage adulte et le personnage enfant sur scène ?

Comme au théâtre !

Comment un metteur en scène pourrait-il cacher la grande taille de l'Ogrelet dans le début de cette scène pour ne la révéler qu'à la fin et ainsi, créer la surprise ?

Enrichir son vocabulaire

- L'école est **libre et gratuite** l. 11. Forme un nom et un adverbe à partir de chacun de ces adjectifs.
- **Écrivez un mot à maman** l. 15. Donne au moins deux synonymes du terme « mot » dans cette réplique.

Faire le bilan

Que cache cette scène d'exposition ? Tu peux rédiger ta réponse en listant les questions que le spectateur se pose à la fin de cette scène.

MISSION SPÉCIALE

On n'imagine pas que les méchants ont d'abord été des enfants. Choisis un personnage de « méchant » (la sorcière, le monstre, le vilain traître, le roi tyrannique...) et raconte l'événement qui l'a rendu mauvais lorsqu'il était enfant.

Lecture 2

en groupe

L'odeur de la forêt

À ÉCOUTER
hachette-clic.fr/25mp6199

Ton objectif
Découvrir ce que révèlent les gestes des personnages.

Scène 4

Où l'Ogrelet découvre l'odeur du sang

L'OGRELET. Hier, il manquait Georges et Joseph, et même Marie, qui habitent de l'autre côté de la forêt. Paméla, elle, vient tous les jours malgré le loup. Qu'est-ce qu'un loup, maman ?

MÈRE DE L'OGRELET. Un carnivore, mon petit, un mangeur de viande crue. Ses crocs ne laissent pas de quartier et ses yeux jaunes voient dans la nuit. Il court plus vite qu'un garçon de six ans, même grand comme toi. Ne te mets pas sur sa route !

L'OGRELET. Je n'ai pas peur des loups.

MÈRE DE L'OGRELET. J'ai peur des chasseurs et des loups. Vivement l'hiver qui rendra à la forêt son silence et son odeur de feuilles mortes et d'arbres gelés.

L'OGRELET. J'aime l'odeur de l'automne et des chasseurs, maman, et ne t'inquiète pas pour moi, je suis trop grand pour avoir peur.
Regarde mes mains, elles sont capables de tordre le cou d'un loup.

MÈRE DE L'OGRELET. J'aimerais que tu restes à la maison aujourd'hui.

L'OGRELET. Oh non ! maman. J'ai promis à Paméla de lui faire goûter une pomme verte. Elle dit que les pommes vertes donnent mal à l'estomac et qu'il faut attendre qu'elles soient rouges pour les manger.
Ah ! Maman... une lettre de la maîtresse que j'avais oubliée dans mon sac.

MÈRE DE L'OGRELET. Tu m'as caché une lettre de la maîtresse !

L'OGRELET. Je l'ai oubliée, maman. À ce soir. Je ne m'attarderai pas.

MÈRE DE L'OGRELET. Simon ! ne pars pas tout de suite.

L'OGRELET. Je vais être en retard.

MÈRE DE L'OGRELET. Attends une minute, je dois lire cette lettre. Il y a peut-être une chose importante que je dois te donner... pour la journée.

L'OGRELET. C'est une lettre de l'autre jour, peut-être de l'autre semaine et la maîtresse n'en a pas reparlé. Je te promets de revenir tout de suite après l'école.

MÈRE DE L'OGRELET. La forêt n'est pas sûre et j'aime mieux te garder avec moi.

L'OGRELET. À ce soir, maman.

La mère de l'Ogrelet court derrière lui, l'attrape par le bras pour le retenir.

MÈRE DE L'OGRELET. J'aimerais mieux que tu restes avec moi.

L'OGRELET. Ne t'inquiète donc pas, maman.

MÈRE DE L'OGRELET. Tu ne sors pas aujourd'hui, Simon !

La mère lui barre le passage.

L'OGRELET. Tu n'as pas le droit de m'empêcher d'aller à l'école...
Même si tu voulais, tu ne le pourrais pas, je suis trop fort maintenant.
J'aime l'odeur de la forêt...
Toute la nuit, elle m'a agacé, jusque dans les plis de mon oreiller...

L'Ogrelet bouscule sa mère et se sauve dans la forêt.
MÈRE DE L'OGRELET. Simon, reviens ! Simon ! Je ne veux pas que tu sortes... *Simon est déjà loin et ne l'entend pas. La mère de l'Ogrelet reste seule, la lettre à la main.* Ce n'est pas l'odeur de la forêt qui t'appelle, c'est l'odeur du loup blessé.

Suzanne Lebeau, *L'Ogrelet*, éditions Théâtrales, coll. « Théâtrales Jeunesse », 2003.

Avant la lecture À quelle histoires pensez-vous en entendant les mots « forêt » et « loup » ?

FICHE COUP DE POUCE
hachette-clic.fr/25mp6200

Comprendre le texte
en groupe

Lisez le texte et formez des groupes pour travailler sur le point de vue de la mère ou sur celui de l'Ogrelet.

Groupe 1 : La mère de l'Orgelet

1 Quelle odeur dérange le plus la mère ? Expliquez pourquoi en vous appuyant sur ses répliques.

2 Dans quel état d'esprit la mère se trouve-t-elle dans cet extrait ?

3 Quelles sont les différentes tentatives de la mère pour retenir Simon ? Expliquez en vous appuyant en particulier sur les didascalies.

Groupe 2 : L'Orgelet

1 L'Ogrelet comprend-il les inquiétudes de sa mère ? Expliquez votre réponse.

2 Pour quelles raisons l'Ogrelet n'a-t-il pas montré la lettre de la maîtresse à sa mère ?

3 Dans quel état d'esprit l'Ogrelet se trouve-t-il à la fin de l'extrait ?

4 MISE EN SCÈNE Que penses-tu du choix du théâtre d'ombres pour raconter cette histoire ?

Comme au théâtre !

Dans cette scène, l'Ogrelet finit par avoir un geste violent. Par quels autres moyens peux-tu montrer la violence qui monte en lui ? Pense à utiliser un fond sonore ou à jouer sur l'éclairage.

L'Ogrelet **de Suzanne Lebeau**, mise en scène de Stéphane Boireau, Compagnie 9 Thermidor, Théâtre de Graulhet, 2015.

Faire le bilan
tous ensemble

Qui a raison dans cette scène ? La mère ou l'Ogrelet ? Mélangez les groupes et débattez à l'oral. Proposez un bilan collectif à l'écrit.

Enrichir son vocabulaire

- En vous inspirant du mot **carnivore**, donnez plusieurs mots formés sur le radical latin « vore » et indiquez leur sens.

« Toi aussi tu as un père, Simon »

À ÉCOUTER
hachette-clic.fr/25mp6201

Ton objectif
Analyser un coup de théâtre.

Scène 6

Où l'Ogrelet apprend qui est son père et le sang qui coule dans ses veines moitié-moitié

MÈRE DE L'OGRELET. Je ne sais pas où est ton père, Simon. Il est parti une nuit de pleine lune.
L'OGRELET. Il est parti à cause de moi ?
MÈRE DE L'OGRELET. Pas à cause de toi, Simon... Pour toi... Ton père était le plus grand et le plus fort de tous les hommes du village, tendre, amoureux... Tu lui ressembles beaucoup par la taille, la force, le blé mûr des cheveux. Tu lui ressembles aussi par le goût de viande crue qui t'a fait sortir cette nuit, à peine habillé, dans la forêt glacée.
Dans tes veines coulent mon sang et le sien. Et le sang de ton père est celui d'un ogre.
L'OGRELET. Un ogre ?
MÈRE DE L'OGRELET. L'ogre se nourrit de chair humaine. Il ne mange pas, il dévore, et son plat préféré...
Elle se tait, incapable d'en dire plus.
L'OGRELET. Tu dois me le dire, maman.
MÈRE DE L'OGRELET. La chair tendre des enfants.
L'OGRELET. Un homme peut avoir envie de manger des enfants ?
MÈRE DE L'OGRELET. Un ogre, oui. C'est ce qu'on dit et j'ai des raisons de le croire.
Quand j'ai rencontré ton père, je ne savais rien. Je ne voyais que le bleu de ses yeux, sa main rassurante qui prenait la mienne pour traverser la rivière et les roses qu'il m'offrait au milieu de l'hiver, ce que personne d'autre ne savait faire.
Nous avons eu une petite fille que nous aimions à la folie.
L'OGRELET. J'ai une petite sœur !
MÈRE DE L'OGRELET. Tu aurais une grande sœur de quinze ans, si...
L'OGRELET. Si quoi ?
MÈRE DE L'OGRELET. Si Alexandrine, c'était son nom, n'avait pas disparu mystérieusement à l'âge de deux ans...
C'est ce que ton père m'a raconté et je l'ai cru. J'étais désespérée mais juste sur le point d'accoucher et j'ai mis toute mon âme à bien préparer une deuxième petite fille que nous avons appelée Béatrice.
L'OGRELET. Béatrice...
MÈRE DE L'OGRELET. Elle est tombée dans un ravin à l'âge de deux ans.
L'OGRELET. C'est ce que mon père a raconté ?
MÈRE DE L'OGRELET. On n'a pas retrouvé son corps malgré toutes les

recherches. Je me suis mise à douter de tout et j'ai surveillé ma petite Céleste sans répit. Pourtant je n'ai pas su empêcher le malheur de nous frapper encore. J'ai eu trois autres petites filles :
Dorothée, blonde comme les blés…

L'OGRELET. Arrête, maman !

Suzanne Lebeau, *L'Ogrelet*, éditions Théâtrales, coll. « Théâtrales Jeunesse », 2003.

Avant la lecture

Quelles sont les caractéristiques traditionnelles des personnages d'ogres dans les contes que tu connais ?

FICHE COUP DE POUCE
hachette-clic.fr/25mp6202

Comprendre le texte

1 Observe la longueur des répliques : qui parle le plus ? Pourquoi selon toi ?

2 Quelles terribles révélations la mère fait-elle à l'Ogrelet dans cette scène ?

3 LANGUE Relève les adjectifs utilisés par la mère pour décrire le père de l'Ogrelet : sont-ils habituels pour décrire un ogre ? Explique ta réponse.

4 Selon la mère, quels sont les points communs entre Simon et son père ?

5 Comment l'Ogrelet réagit-il quand il apprend qu'il a un père ?

6 Comment comprends-tu l'intensité sa réaction ?

7 MISE EN SCÈNE Qui est représenté sur l'image en arrière-plan, d'après toi ? Pourquoi avoir utilisé le noir et blanc ?

Comme au théâtre !

Au théâtre, le placement des personnages signifie beaucoup de choses.
Tu es metteur / metteuse en scène : où placerais-tu tes comédiens et comédiennes pour faire comprendre au spectateur l'évolution des sentiments de Simon ?
Tu peux t'aider d'un croquis.

Faire le bilan

Quel est le véritable coup de théâtre dans cette scène ? Appuie-toi sur tes réponses.

L'Ogrelet de **Suzanne Lebeau**, mise en scène de Christophe Laparra, Compagnie le Théâtre de Paille, 2017.

Enrichir son vocabulaire

- Le mot **père** l. 4 vient du latin « pater ». Donne plusieurs mots français formés à partir de ce radical latin.
- En t'aidant de l'extrait et du contexte, explique les différents sens de l'adjectif **tendre** l. 6 et 16.

MISSION SPÉCIALE

« Dorothée, blonde comme les blés… » En t'inspirant de cette expression utilisée par la mère, imagine par écrit les expansions du nom qu'elle pourrait utiliser pour décrire Alexandrine, Béatrice et Céleste.

Lecture 4

« C'est une ruse qui te condamne »

À ÉCOUTER
hachette-clic.fr/25mp6203

Ton objectif
Comprendre le quiproquo entre l'Ogrelet et sa mère.

Scène 8

Où l'Ogrelet entreprend et réussit la première épreuve

Elle remet de l'ordre dans sa toilette et dans la maison.

MÈRE DE L'OGRELET. Pourquoi t'attardes-tu, Simon ?

Elle met des couverts sur la table, retourne à la fenêtre, impatiente, fait du feu, retourne à la fenêtre.

Je fais un cauchemar… C'est une odeur de sang qui m'annonce l'arrivée de Simon !

L'OGRELET. Coucou, maman !

L'Ogrelet lui saute au cou, tenant à la main le coq plumé et prêt pour la casserole. La mère sursaute.

MÈRE DE L'OGRELET. Simon, qu'est-ce que tu as fait ?

L'OGRELET. Ce que tout le monde fait sans remords.

MÈRE DE L'OGRELET. Tu as tué le coq !

L'OGRELET. Sans lui faire de mal, maman, et après avoir rêvé d'un coq
au vin
que nous mangerons ensemble
à la table,
au bout d'une fourchette,
et avec élégance.
J'ai réussi l'épreuve puisque le coq a chanté
et j'ai pensé à toi qui t'es privée
de la chair délicieuse de la volaille
pendant des années.

MÈRE DE L'OGRELET. C'est une **ruse** qui te condamne.

L'OGRELET. Tu te trompes, maman, ce n'est pas une ruse mais la vie quotidienne. Tous les jours les coqs mangent les vers, les hommes mangent les coqs, et c'est ainsi que les enfants grandissent. Tu n'y peux rien.
Regarde les coins de ma bouche… aucune trace de sang et de gourmandise.
Seulement dans mes yeux la fierté de t'apporter un festin.

MÈRE DE L'OGRELET. Qui t'a donné le droit de tuer une bête qui ne t'appartenait pas ?

L'OGRELET. Paméla. Son père élève des centaines de poules et de coqs qu'il vend au marché. Ne me dis pas que tu ne le sais pas. Tu as entendu le coq chanter ?

MÈRE DE L'OGRELET. Tu as raison, le coq a chanté.

L'OGRELET. J'ai réussi la première épreuve.

MÈRE DE L'OGRELET. Tu fais bien de savourer ta victoire, mon petit…
Pour elle-même. Il reste encore deux épreuves… Va dormir un peu pendant

que je fais cuire la volaille.

L'OGRELET. J'ai faim, maman, une faim de... Une faim terrible et j'ai hâte de goûter à de la viande en sauce.

MÈRE DE L'OGRELET. Avec de la salade ?

L'OGRELET. Et des tomates... Oublie qu'elles sont rouges, maman.

Suzanne Lebeau, *L'Ogrelet*, éditions Théâtrales, coll. « Théâtrales Jeunesse », 2003.

Avant la lecture

Connais-tu d'autres personnages qui doivent se confronter à des épreuves pour accomplir leur destin ?

FICHE COUP DE POUCE
hachette-clic.fr / 25mp6204

Comprendre le texte

1 Que prévoit de faire l'Ogrelet avec le coq qu'il rapporte à sa mère ?

2 Dans quel état d'esprit l'Ogrelet se trouve-t-il ?

3 « C'est une ruse qui te condamne » l. 23 : explique ce que craint la mère.

4 LANGUE « Tous les jours les coqs [...] les enfants grandissent. » l. 25-27 : quel effet produit l'utilisation du présent dans cette réplique ?

5 À la fin de la scène, la mère est-elle rassurée ?

6 MISE EN SCÈNE Observe le regard de l'Ogrelet. Quels sentiments semble-t-il éprouver envers le coq ?

L'Ogrelet de **Suzanne Lebeau**, mise en scène de Gervais Gaudreault, théâtre du Carrousel, 1997, Québec, 1997.

Comme au théâtre !

Tu es technicien lumière dans un théâtre : quelles propositions pourrais-tu faire pour éclairer cette scène ?

Faire le bilan

À l'oral, explique avec tes mots le quiproquo entre la mère et le fils dans cette scène.

Selon toi, lequel des deux personnages a le plus évolué ? Justifie ta réponse.

Enrichir son vocabulaire

- Recherche dans un dictionnaire le nom **ruse** l. 23. Est-il employé d'une façon positive ou négative par la mère ?
- L'Ogrelet dit **une faim de...** l. 39. Complète l'expression traditionnelle qu'il voulait sans doute employer... Trouve ensuite deux autres expressions qui utilisent le même animal.

Lecture 5

L'ultime épreuve

À ÉCOUTER
hachette-clic.fr/25mp6205

Ton objectif
Étudier le rôle de la révélation au théâtre.

Simon est parti vingt-huit jours avec Paméla sans donner aucune nouvelle. Sa mère ne s'attendait plus à la voir revenir. Pourtant, il revient et lui fait le récit de ce qu'il a vécu et lui apporte une lettre.

Scène 12

Où l'Ogrelet entreprend et réussit la troisième épreuve

L'OGRELET. Le premier matin, des pas sur le toit nous ont réveillés. Paméla et moi, on a eu peur. Quelqu'un... avait trouvé notre cachette. On a eu plus peur encore quand on a entendu qu'une chose était lancée par la cheminée. C'était des roses blanches.

MÈRE DE L'OGRELET. Blanches et odorantes ?

L'OGRELET. Tous les jours, les pas nous réveillaient et tous les jours nous recevions un bouquet frais.

Paméla mettait les fleurs sur la table et je m'asseyais en face d'elle, les fleurs entre nous deux. **Quand le goût du sang me montait dans les veines**, Paméla le savait tout de suite dans mon regard et elle poussait les roses juste sous mon nez. Le goût fondait comme par miracle.

Tu peux lire ta lettre tranquille, je vais me laver et m'habiller pour le repas...

Restée seule, la mère ouvre la lettre.

MÈRE DE L'OGRELET. « Chère Anne,

Depuis sept ans, je vis dans la forêt avec les loups en bonne amitié. Nous nous aidons à supporter le froid et la faim et nous nous surveillons mutuellement. Je peux t'assurer que ce ne sont pas les loups qui empêchent les enfants d'aller à l'école.

J'ai appris à connaître et à aimer les loups pendant la deuxième épreuve que j'ai réussie... tout comme j'avais réussi la première.

J'ai hésité longtemps avant d'entreprendre la troisième épreuve. Notre petit garçon est né et j'hésitais de plus en plus.

Je venais le regarder grandir de loin.

Je bêchais ton jardin, la nuit quand tu dormais, et je l'arrosais les semaines de grande sécheresse. L'hésitation est devenue une habitude et je n'ai pas eu

L'Ogrelet de **Suzanne Lebeau**, mise en scène d'Ewlyne Guillaume, la Compagnie des Voleurs de Soleil, Guyane Française, 2022.

le courage de tenter la troisième épreuve. J'ai appris beaucoup de notre petit. Il a réussi à vaincre l'**ogreté** quand moi je n'y croyais plus. Une prochaine pleine lune, j'essaierai moi aussi.
Je me sens prêt.
À bientôt, Simon. »

L'Ogrelet revient habillé de propre. Il porte sur son chapeau le coq en bois qu'il a sculpté et au cou un étrange pendentif.

Comme tu t'es mis beau !

L'OGRELET. Toi aussi tu dois te mettre belle, car c'est la première fois que nous sortons ensemble. Dépêche-toi, maman, les parents de Paméla nous attendent pour la boucherie[1] et c'est une grande fête au village.

1. À l'automne au Québec, dans chaque maison, « on faisait la boucherie », c'est à dire qu'on tuait le cochon. Tout le village venait aider. C'était une grande fête.

Suzanne Lebeau, *L'Ogrelet*, éditions Théâtrales, coll. « Théâtrales Jeunesse », 2003.

Avant la lecture De quoi la couleur blanche est-elle traditionnellement le symbole ?

FICHE COUP DE POUCE
hachette-clic.fr/25m p6206

Comprendre le texte

1 Comment l'Ogrelet a-t-il réussi sa dernière épreuve ?

2 Selon toi, qui fait passer les roses blanches à l'Ogrelet et Paméla ?

3 La lettre est-elle une bonne nouvelle pour la mère de l'Ogrelet ? Explique ta réponse.

4 « Je vais me laver et m'habiller » : que révèlent ces actions de l'évolution du personnage ?

5 LANGUE Dans la deuxième réplique de l'Ogrelet, relève les compléments circonstanciels. Selon toi, à quoi servent ces indications ?

6 Ton regard sur le père change-t-il à la lecture de cette lettre ?

7 MISE EN SCÈNE Observe la couleur du loup. Pourquoi avoir choisi cette couleur ? Rapproche cette image d'une phrase du texte.

Comme au théâtre !

Tu es costumier au théâtre : quelle tenue proposerais-tu pour habiller l'Ogrelet à la fin de la pièce ?
Cette tenue doit montrer le nouveau visage de ce personnage : tu peux jouer sur les matières, les couleurs, les accessoires…

Enrichir son vocabulaire

- **Quand le goût du sang me montait dans les veines** l. 9. Retrouve les expressions qui se sont mélangées dans les paroles de l'Ogrelet.
- Détaille la composition du mot **ogreté** l. 27. Compose d'autres mots, réels ou inventés, en utilisant le même suffixe.

Faire le bilan

Qui sauve qui à la fin de la pièce ? Aide-toi des différentes révélations dévoilées dans la scène pour répondre.

MISSION SPÉCIALE

Transforme la deuxième réplique de l'Ogrelet en dialogue théâtral entre l'Ogrelet et Paméla.

Projet oral en groupe

Imaginer et jouer une scène de théâtre dans le théâtre

Créez une scène de théâtre dans le théâtre qui raconte la répétition par des comédiens de la scène 1 de *L'Ogrelet*.

Étape 1 Relisez la scène 1 de la pièce

Par groupe de trois, procédez à une première lecture du texte. Répartissez-vous les rôles : un Ogrelet, une mère de l'Ogrelet et un metteur en scène.

Étape 2 Préparez le texte et sa mise en scène

Au brouillon, relevez les didascalies. Elles feront partie des répliques du metteur en scène.

Préparez également la liste des accessoires dont vous aurez besoin.

FICHE COUP DE POUCE hachette-clic.fr/25mp6207

S'AUTO-ÉVALUER hachette-clic.fr/25mp6208

Étape 3 Travaillez les intentions des personnages

Identifiez, dans la scène, les intentions et les intonations des personnages :

- Le metteur en scène donnera des indications de jeu aux comédiens.
- L'Ogrelet doit trouver la bonne intonation et les bons gestes pour montrer qu'il joue un enfant. Il doit aussi varier son intonation quand il répète les paroles attendues par sa mère.
- La mère, elle, doit faire comprendre qu'elle est inquiète.

Étape 4 Jouez cette scène de théâtre dans le théâtre

À vous de jouer cette scène de répétition !

Conseil : n'hésitez pas à utiliser le vocabulaire technique du théâtre dans les répliques du metteur en scène ! *« Place-toi côté cour ! Reste dans les coulisses ! »*

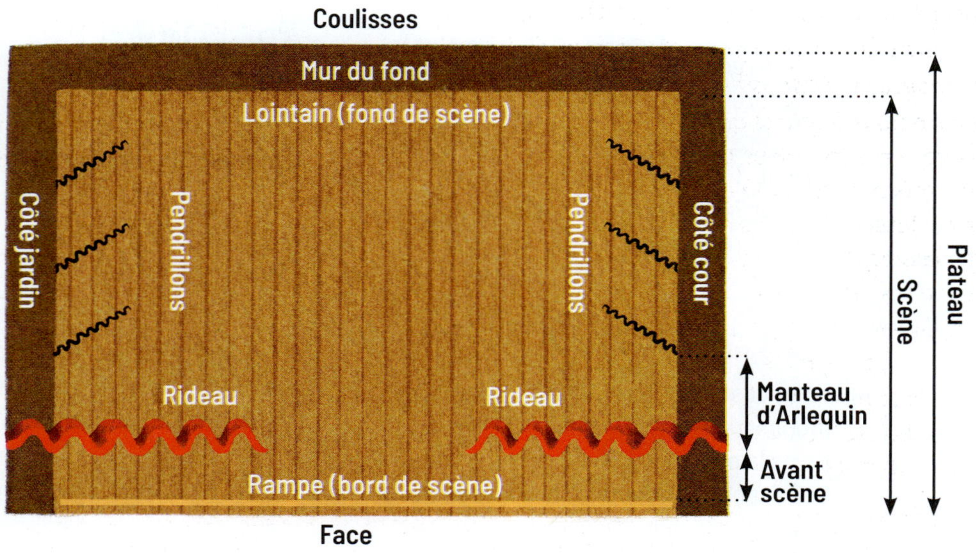

Réécrire un passage de la pièce *L'Ogrelet* en le transformant en dialogue

Projet écrit

Imagine le dialogue entre le Loup et l'Ogrelet lors de la deuxième épreuve.

Étape 1 Lis le texte

L'OGRELET.

Reste à ta place ! Je resterai à la mienne… Je n'ai pas envie de sentir tes crocs dans ma peau et j'ai peur de la force de mes poignets qui pourraient me trahir en voulant me défendre.

Le loup grogne et s'agite. L'Ogrelet lui lance une carotte et en croque une.

Carotte au goût fade qui ne me donne aucun plaisir.

Le loup grogne.

Si tu n'as pas envie de manger, essaie de dormir… Je ne veux plus voir tes yeux jaunes qui me donnent le vertige. Chien de nuit ! Tu mérites bien le nom que je t'ai donné !

L'Ogrelet remet une bûche dans le feu qui partage l'espace en deux territoires.

Tes yeux brillent dangereusement… mais pas plus que la flamme qui nous sépare.

Le loup s'agite autour du feu. Il cherche obstinément un chemin vers la porte. L'Ogrelet ne le quitte pas des yeux et le mouvement du bâton incandescent s'intensifie, suit les mouvements du loup et lui indique la place qu'il ne doit pas quitter.

Tes yeux me font peur, Chien de nuit… Et la peur me rend méchant dans un étrange mélange de force et de faiblesse… Faiblesse du cœur et de la tête et force démesurée des bras et des jambes.

Ferme tes yeux !

L'Ogrelet croque dans un navet.

Navet au gout insipide…

Le loup hurle et l'Ogrelet se bouche les oreilles.

Je n'ai pas besoin de fusil pour te faire taire…

Le loup hurle.

L'Ogrelet, **Suzanne Lebeau**, éditions Théâtrales, coll. « Théâtrales Jeunesse », 2003.

Étape 2 Identifie les intentions des personnages

- Repère les répliques dans lesquelles l'Ogrelet s'adresse au Loup.
- Repère les moments où le loup réagit.
- Imagine ce que dirait le loup s'il pouvait parler.

Conseil : veille à bien interpréter les didascalies concernant le Loup. Même si elles se répètent, elles ne traduisent pas toujours la même émotion.

Étape 3 Invente les répliques du loup

Récris ce monologue sous forme de dialogue entre l'Ogrelet et le Loup : recopie les répliques de l'Ogrelet quand il s'adresse au Loup et invente les répliques du Loup.

Conseil : fais varier et évoluer les réactions et les sentiments du Loup.

Étape 4 Propose une lecture à voix haute de ton dialogue de théâtre

Vérifie la cohérence de ton texte et propose une lecture théâtralisée de ton travail.

FICHE COUP DE POUCE
hachette-clic.fr/25mp6209

S'AUTO-ÉVALUER
hachette-clic.fr/25mp6210

Jouer avec les mots du théâtre

L'étymologie

Dans le théâtre grec ancien, il y avait un endroit spécial où les acteurs jouaient leur rôle : la *skènè* (σκηνή).

1 À ton avis, quel mot français pourrait venir de ce terme grec ? Trouve des mots de la même famille.

2 En grec, le *lógos* (λόγος) désigne la parole ou le discours écrit puis, par extension, l'intelligence, la faculté de penser.
Associe les mots dérivés de « logos » à leur définition.

a : monologue
b : logique
c : dialogue
d : catalogue

1 : Façon de penser cohérente, qui permet de tirer des conclusions correctes
2 : Liste organisée d'objets, de produits ou d'informations, souvent pour faire un choix
3 : Conversation entre deux ou plusieurs personnes
4 : Scène à un personnage qui parle seul

La formation des mots en français

En français, de nouveaux mots peuvent être construits en associant deux mots : cela s'appelle une composition.

3 Compose de nouveaux mots en associant les radicaux suivants

a. avant	**1.** jeu
b. double	**2.** œil
c. faux	**3.** scène
d. trompe	**4.** titre
e. rôle	**5.** semblant

4 À ton tour, invente de nouveaux mots à partir des radicaux suivants et donne la définition de ces néologismes :
un cache-..., un ouvre-..., un croque-..., une demi-...

Les familles de mots

5 Donne trois mots de la même famille que les mots suivants : *déclamer - tirade - acteur*

Les champs lexicaux

6 À quel champ lexical appartiennent les mots suivants ?
acclamer – perruque – enfiler – personnage – chausses – assister – postiche – coulisses – applaudir – masque – trac – comédien – spectateur – scène – réciter – interpréter

7 Tu es la comédienne avec le vêtement rouge : que vois-tu à travers le rideau ?
Imagine un court récit où tu décriras ce qui se passe dans la salle, sur scène et dans les coulisses. Utilise le champ lexical du théâtre.

Dame Laura Knight, *Dans les coulisses*, collection privée, 1922.

La polysémie des mots

8 Les mots « plateau » et « pièce » appartiennent à l'univers du théâtre mais ils sont polysémiques : utilise chacun de ces mots dans deux phrases qui en expliquent le sens.

Les définitions

9 Cherche la définition des mots en gras :
Dans cette **saynète**, le personnage **grotesque** s'adresse à son **confident** en **aparté** mais son fils est caché derrière un **pendrillon**.

Les homophones

10 Choisis le bon mot :

Un ogre est insatiable : la *fin / faim* le tenaille sans arrêt.
Heureusement, la *fin / faim* de cette pièce est heureuse.

Les *auteurs / hauteurs* de pièces de théâtre sont appelés des dramaturges.
Le jeune poète aimait se promener sur les *auteurs / hauteurs* de la ville.

L'ingénieur-son doit bien connaître les *trams / trames* des pièces sur lesquelles il travaille.
Les *trams / trames* sont tous bloqués en gare.

Les expressions

11 Cherche la définition des expressions suivantes et utilise-les dans une phrase où elles n'ont pas leur sens propre :
Jouer la comédie – avoir le beau rôle – un coup de théâtre – le rideau tombe – être en coulisse – être sous les feux de la rampe

Micro-dictée

12 **a.** Lis attentivement ces deux vers et recopie-les.

Depuis, le silence mortel alterne avec la rumeur angoissante des recherches.
Je ne peux plus supporter ces voix qui appellent et ces chiens qui reniflent à ma porte.

b. Souligne en vert les mots que tu ne connais pas et mémorise leur orthographe.

c. Souligne en rouge les adjectifs et en bleu les verbes conjugués : repère bien les accords et les terminaisons.

d. Demande à quelqu'un de te lire le passage et réalise cette micro-dictée sans faire d'erreurs !

Défi mots !

voiler – fermer

Pour chacun de ces deux mots, donne : un mot avec un préfixe ou un suffixe, un mot de la même famille, un synonyme et un antonyme :

Quiz de vocabulaire

Entraîne-toi à prononcer ces deux virelangues le plus rapidement possible :

- *Les chaussettes de l'archiduchesse sont-elles sèches ou archi-sèches ?*
- *Trois ogres ocre griment trois autres ogres d'encre ocre.*

À ton tour de fabriquer un virelangue :

- Cherche la définition de : *s'esclaffer – stichomythie – estocade.*
- À partir de ces mots, invente une phrase virelangue.

Mets au défi tes camarades !

?!

Le sais-tu ?

Dans l'Antiquité, les comédiens portaient des **cothurnes**.
Ces chaussures de cuir remontaient sur le mollet et avaient la particularité d'être surélevées.
On attribue leur invention au célèbre auteur de tragédie Eschyle.
Elles faisaient partie des artifices, comme le masque.

À vos marque-pages !

Découvrir le théâtre au collège, c'est aussi observer les comportements de la vie de tous les jours des élèves comme une grande mise en scène ! Voici des livres qui permettent de jouer, d'expérimenter, de créer du lien, de rire grâce à l'univers théâtral.

Huit farces pour collégiens

Pierre Gripari • éditions Grasset jeunesse, 2013

Des pièces de théâtre autour de la farce, pour vivre l'expérience théâtrale et jouer en groupe. Ce recueil met à l'honneur les jeunes acteurs rusés et malins, dans des situations cocasses pleines d'humour.

J'ai trop d'amis

David Lescot • éditions Actes Sud, 2022

La rentrée en sixième, ça peut faire peur. Dans cette courte pièce écrite à la première personne, on découvre les appréhensions du jeune héros et ses aventures. L'écriture est réaliste et fantaisiste à la fois.

♡ **Deux raisons d'aimer**

- L'auteur-metteur en scène a écrit aussi *J'ai trop peur* sur la peur d'entrer au collège qui gâche les vacances.
- Le texte a été mis en scène et il est joué par des acteurs professionnels.

Ma vie au collège : vive le théâtre !

Sophie Dieuaide • éditions Livre de Poche Jeunesse, 2019

Les copines Sabine et Juliette ont monté une agence de relooking dans leur collège pour aider les élèves à avoir confiance en eux. Elles décident de reprendre en main le club théâtre en s'occupant de la décoration, du casting et de la mise en scène. Humour et péripéties en perspective !

♡ **Deux raisons d'aimer**

- Cinq autres volumes de la série « Ma vie au collège » à découvrir !
- Pour mettre en valeur les activités des clubs théâtre dans les collèges.

Le coup de cœur de la professeure-documentaliste

Les courtes farces présentées dans cet ouvrage sont idéales pour se mettre dans la peau d'acteurs de théâtre ! « Le bourricot », « La sorcière de la rue Mouffetard », « L'ange », « Le géant aux chaussettes rouges », « La fée du robinet », « La sorcière du placard aux balais », toutes permettent d'aborder le théâtre avec malice.

Partage tes lectures !

La lettre de réclamation des personnages

Les héros de tes lectures se rebellent et écrivent à leurs auteurs ou autrices pour se plaindre. Revendiquer un caractère différent, demander une autre conclusion, vouloir des relations variées avec d'autres personnages, espérer revenir dans d'autres livres… Imagine et développe ce que pourraient exiger ces héros de papier dans leur lettre !

Bilan

Ogrelet, qui es-tu ?

✦ **L'ogrelet est un petit ogre.** Dès la scène d'exposition, la mère, comme une metteuse en scène, fait répéter un rôle à l'Ogrelet : il ignore qu'il est différent et les autres doivent l'ignorer aussi. Élevé par sa mère dans une maison au cœur de la forêt, il va sortir de son cocon pour la première fois : c'est la rentrée !

✦ **L'ogrelet découvre son identité.** De révélations en coups de théâtre, notre personnage principal va se découvrir et découvrir les autres. Malgré les ruses et les dissimulations de sa mère, il affirme son identité.

✦ **Un conte initiatique au théâtre.** Cette pièce met en scène un héros qui va affronter des épreuves qui le feront grandir… mais ici, l'ennemi n'est pas à l'extérieur. C'est bien l'ogre en soi qu'il faut apprivoiser.

On réfléchit tous ensemble !

Relisez les textes proposés dans ce chapitre.

Selon vous, pour vivre heureux, L'Ogrelet doit-il cacher sa vraie nature ?

Chaque groupe présentera une raison pour répondre à cette question. Pour vous aider, parcourez les textes du chapitre et inscrivez vos idées. N'oubliez pas de donner des exemples précis issus des textes.

Et toi dans tout ça ?

1 Quel texte as-tu préféré ? Pourquoi ?

2 Dans ton carnet de lecture, fais le bilan de cette pièce de théâtre sous forme de j'aime… / j'aime pas…

3 Quels mots nouveaux as-tu appris dans le chapitre ?

4 Quelle activité as-tu préférée ? Pourquoi ?

Quiz

QUIZ DE RÉVISION
hachette-clic.fr/25mp6211

Méthode

1 Lire avec fluidité

lee

Lire avec fluidité, c'est être capable de lire un texte de manière précise, rapide et sans effort apparent. Mais pour cela, il n'y a pas de secret : il faut s'entraîner !

Conseil 1

✦ **Lis régulièrement à haute voix :** comme un sportif qui s'entraîne, tu dois pratiquer souvent la lecture. N'hésite pas à lire **en classe** et **à la maison**, même si tu trouves cela difficile. Plus tu liras, plus ta lecture sera fluide.

Conseil 2

✦ **Choisis des textes adaptés** à ton niveau de lecteur.

✦ **Veille à bien comprendre d'abord le sens général** du texte en **lecture silencieuse** avant de le lire à haute voix.

Conseil 3

✦ **Identifie tes difficultés :** repère les **mots inconnus** ou **difficiles** et entraîne-toi à les prononcer correctement.

✦ **Lis le même texte plusieurs fois :** cela t'aidera à améliorer ta vitesse et ta précision. Essaie de lire **de plus en plus vite en articulant correctement**.

Conseil 4

✦ **La ponctuation guide ta lecture** et ton rythme : repère les **liaisons**, la **ponctuation** et les **groupes de mots** qu'il faut enchaîner (repérés en orange et bleu ci-dessous).

✦ Adopte autant que possible **une voix expressive** pour rendre le texte plus facile à comprendre. p. 273

Exemple de repérage

pause courte

Le jeune homme s'assit à table / et regarda Netra avec un sourire terrifiant qui découvrit des dents longues et pointues. // Netra sentit ses cheveux se hérisser. // Le jeune homme plongea la main dans la marmite de soupe / et en sortit le lard. // Il en arracha de gros morceaux avec ses dents, puis, / dans un bond, / s'accroupit et quitta la maison à quatre pattes.

pause longue

liaison

Évelyne Brisou-Pellen, *Le Mystère de la nuit des pierres*, Bayard, 2016.

Conseil 5

✦ **Entraîne-toi en groupe** ou **en binôme** ! Entraidez-vous en lisant chacun votre tour, en vous conseillant et en vous chronométrant.

Conseil 6

✦ **Mesure régulièrement ta vitesse de lecture.** Note tes résultats dans un carnet pour voir ta progression.

✦ **Entraîne-toi dans différentes matières** et **lis des textes variés :** scènes de théâtre, récits, poèmes... Tu peux t'entraîner avec les textes de ton manuel.

2 Découvrir seul(e) un texte

Seul(e) face à un texte ? En faisant une première lecture efficace, tu prendras plaisir à le lire.

Étape 1

✦ Avant la lecture, **observe bien le paratexte** : c'est l'ensemble des **informations** qui se trouvent à côté du texte.

PARATEXTE
- Indications en tête d'extrait
- Titre du livre
- Nom et prénom de l'auteur
- Date de parution
- Notes de vocabulaire
- Biographie de l'auteur

Étape 2

✦ **Lis une première fois** le texte en visualisant ce qu'il se passe (fais-toi le film de l'histoire).

✦ Parfois, le **texte ne raconte pas tout** : ce sera à toi de comprendre les blancs du texte grâce aux indices de l'auteur. Celui-ci peut choisir de ne pas tout détailler pour créer du suspense : tu comprendras plus tard un passage difficile.

Étape 3

✦ **Cherche les éléments essentiels.**

QUESTIONS ESSENTIELLES
- Qui est le narrateur, celui qui raconte ?
- Qui sont les personnages ?
- De quoi est-il question ?
- Où et quand l'action se déroule-t-elle ?

Étape 4

✦ **Ne reste pas bloqué(e) par un mot inconnu !**
Mets en place des stratégies pour le comprendre : p. 304 par exemple, aide-toi du contexte de la phrase ou cherche des mots de la même famille.

Étape 5

Propose une interprétation de ta lecture.

✦ Au brouillon, **écris le résumé du texte** avec tes propres mots.
→ Essaie de te mettre dans la tête du personnage : quel est son but ? Quelle raison le pousse à agir ? Que ressent-il ?
→ Appuie-toi sur les champs lexicaux (émotions, sensations…).

✦ **Établis des liens** avec le monde réel, avec d'autres œuvres de ta connaissance.

✦ **Donne ton avis.**

IMPRESSIONS PERSONNELLES
- Ce que tu as aimé dans le texte.
- Ce que tu n'as pas aimé dans le texte.
- Ce que tu ressens à la lecture du texte (curiosité, joie, tristesse, colère, pitié, ennui…).

3 Reconnaître les genres littéraires

Les genres littéraires regroupent des textes ayant des points communs dans leur forme ou dans leur façon de raconter une histoire.

LES GENRES LITTÉRAIRES

RÉCIT

- → Raconte une **histoire**
- → Fait intervenir des **personnages**
- → Alterne les **actions**, les **descriptions** et les **dialogues**

Roman
Conte
Épopée
Nouvelle...

Jean-Claude Mourlevat, *La Rivière à l'envers*, t. 1, *Tomek*, 2000.

p. 30

THÉÂTRE

- → Présence de **répliques**, de **didascalies**
- → Division en **actes**, en **scènes**
- → Texte écrit pour être **représenté sur scène**

Comédie
Tragédie...

Suzanne Lebeau, *L'Ogrelet*, 2003.

p. 252

POÉSIE

- → **Mise en page** spécifique
- → Importance du **rythme**
- → **Musicalité** des mots

Sonnet
Poème en prose
Poème en vers libres
Chanson
Haïku...

Claude Haller, « Rondeurs du monde », *Poèmes du petit matin*, 2010.

p. 212

4 Garder une trace de ses lectures

**Tu te souviens rarement de ce que tu as lu ?
Garder une trace de ta lecture est la solution !**

?! À quoi sert un journal de lecture ?

- Te souvenir de ce que tu as lu ;
- Être plus autonome dans ta lecture ;
- Fixer tes idées, les approfondir ;
- Prendre l'habitude d'écrire et te sentir de plus en plus à l'aise ;
- Résumer ce que tu lis.

Étape 1

✦ Fais l'acquisition d'un **joli cahier**, d'un **carnet** ou de simples **feuilles blanches**. Tu peux même tenir un journal de lecture numérique !

Étape 2

✦ Sur la première page, **indique les références de ton livre** : son **titre**, son **auteur**, la **date de parution**, l'**édition** et la **collection**.

✦ Commence à **lire ton livre** !

Étape 3

✦ **Écris dans ton journal** de lecture dès que tu en ressens le besoin.

ÉCRIS DANS TON JOURNAL...

- pour **te souvenir d'un passage**.
- pour **noter ton impression** de lecture.
- pour **exprimer tes émotions**, tes idées.
- pour **noter des questions** sur l'intrigue, sur un lieu ou **un mot que tu ne connais pas**.
- pour **faire un bilan**, pour **émettre des hypothèses** sur la suite de l'histoire.

✦ N'oublie pas de **mentionner les pages ou les chapitres** concernés. Tu peux même, comme un journal de bord ou un journal intime, **noter la date du jour**.

✦ Quand tu auras terminé ta lecture, **relis tes hypothèses de lecture** pour vérifier si tu avais raison !

Étape 4

✦ Ton journal peut se transformer en chef-d'œuvre ! **Illustre-le** de **cartes mentales** présentant les personnages, de **cartes des lieux** traversés, de **dessins**, de **collages**, de **portraits** des personnages... Tout est permis !

Regroupe tes lectures de l'année dans un seul cahier. C'est un beau moyen de te souvenir de tous les livres que tu as lus !

Méthode

5 Lire et décrire une image fixe

Observer une image, c'est la comprendre et la décrire avec précision et méthode ! Suis ces conseils pour y parvenir.

Étape 1

✦ **Identifie l'image** en lisant la légende.

IDENTIFIER UNE IMAGE

Informations essentielles
- nom de l'artiste et dates de naissance et de mort
- titre de l'œuvre
- date de réalisation

Informations secondaires
- lieu de conservation de l'œuvre
- format (dimensions)

Nature
- type : tableau, affiche, bande dessinée, photographie, sculpture…
- support : verre, toile, papier, pierre, bois…
- technique de réalisation : gravure, peinture, collage…

Ce qu'elle représente
portrait, paysage, nature morte, scène de guerre, scène religieuse, scène de la vie quotidienne…

Étape 2

✦ **Observe l'angle de vue :** le personnage ou l'objet est-il vu de face, de dos ?

✦ **Définis ton impression :** le personnage ou l'objet est-il dominé (vu de haut : **en plongée**) ou dominant (vu d'en bas : **en contre-plongée**) ? La scène donne-t-elle une impression de réalisme ?

Exemple de contre-plongée.

Étape 3

✦ **Analyse la composition :** où et comment sont **placés les éléments** sur l'image ?

✦ **Observe les plans** qui structurent l'image. On distingue trois plans, qui donnent une impression de profondeur à l'œuvre : le **premier plan**, le **second plan** et l'**arrière-plan**.

Étape 4

✦ **Sois attentif à l'échelle des plans :** c'est la grandeur de ce qui est représenté dans l'image par rapport à sa taille. Par exemple :

→ **le plan d'ensemble :** il représente toute une scène, un décor ;

→ **le plan général :** il situe le personnage dans le décor ;

→ **le plan moyen :** il montre un personnage, de la tête aux pieds ;

→ **le gros plan :** il montre de très près un seul élément.

Étape 5

✦ **Exprime ce que tu ressens** face à l'image et essaie d'expliquer pourquoi.

✦ À ton avis, quelle **émotion** ou **idée** l'artiste a-t-il voulu transmettre ? Veut-il décrire, témoigner, raconter un événement, critiquer ?

6 Lire avec expressivité

Mettre le ton pendant la lecture permet de mieux comprendre le texte et de captiver ton auditoire.

Étape 1

✦ **Prépare ta lecture.**

→ **Lis le texte silencieusement** pour le **comprendre**.
→ **Distingue le genre** de ton extrait : est-ce du théâtre, un récit, un poème ? Y a-t-il des dialogues ? p. 270
→ **Lis le texte à voix haute** pour t'assurer que la lecture est **fluide**. p. 268
→ **Écoute** des lectures expressives pour t'en inspirer.

✦ **Détermine les émotions** à ressentir et les intonations à prendre.
Tu peux les indiquer directement sur le texte.

ÉMOTIONS ET INTONATIONS

La peur, l'inquiétude
Jules Verne, *Les Histoires de Jean-Marie Cabidoulin* (p. 84, l. 25).

La colère, le reproche
Évelyne Brisou-Pellen, *Le Mystère de la nuit des pierres* (p. 86, l. 27-28).

L'enthousiasme, l'admiration, l'émerveillement
Françoise Rachmuhl, « Les Pattes du Grèbe » (p. 154, l. 19-20).

La détermination, l'assurance
Alice Lefort, Marilyn Plénard, *Contes et légendes des Amérindiens* (p. 159, l. 27-28).

Liaison — **Pause brève** — **Crescendo : hausser la voix**

Les dessins représentaient un animal / dont l'aspect était vraiment désagréable, pour ne pas dire répugnant, / mais qui frappait, / toutefois, / parce que totalement différent de tout ce qu'on avait vu jusqu'alors. // D'un côté était représenté le mâle, / de l'autre la femelle. // ← **Pause longue**

Dino Buzzati, *Le K*, Robert Laffont, 1967.

Émotion à exprimer : le dégoût — **Decrescendo : baisser la voix** — **Mots importants à appuyer lors de la lecture**

Étape 2

✦ **Lance-toi dans la lecture !**
→ **Soigne le rythme :** adapte ta vitesse.
→ **Sois expressif :** adapte le ton en fonction des personnages qui parlent dans les dialogues.

Étape 3

✦ **Entraîne-toi** régulièrement. Tu peux **t'enregistrer** et t'écouter.

✦ **Soigne ta posture :** tiens-toi droit(e) pour que ta voix sorte bien.

Méthode

7 Apprendre et réciter un texte

Que tu doives réciter un poème, un texte théâtral ou un discours, il existe différentes techniques de mémorisation et de restitution.

Étape 1

✦ **Lis le texte** et **vérifie que tu l'as bien compris.**

p. 269

Commence par répondre aux questions : *qui parle ? À qui ? De quoi ?*

p. 285

Si besoin, **cherche les mots difficiles** dans le dictionnaire.

Étape 2

Mémorise le texte en t'aidant des techniques suivantes.

✦ En le disant :

→ **Enregistre-toi** et réécoute le texte.

→ **Marche en lisant à haute voix**, cache la feuille dans ton dos pour te tester, puis recommence !

✦ En le manipulant :

→ Place une bande de papier sur chaque paragraphe ou strophe. **Tu caches ainsi certaines parties**, puis tu vérifies ta mémorisation en soulevant la bande de papier.

✦ En le visualisant :

→ **Illustre** les étapes importantes sous forme de **bande dessinée.**

→ **Attribue deux ou trois lignes ou vers à chaque objet de ta trousse.** En les mettant devant toi dans le bon ordre, tu peux ainsi procéder par association d'idées.

Étape 3

✦ Pour le **mettre en voix de manière expressive**, **fais des repérages** sur le texte.

p. 273

Prononce ce mot en deux syllabes.

Cette voix, qui perle et qui filtre /
Dans mon fonds le plus ténébreux, /
Me remplit comme un vers nombreux /

Fais une petite pause sans monter la voix.

Et me réjouit comme un philtr(e).

Ici, ne prononce pas le *-e* en fin de vers pour ne pas ajouter une syllabe.

Charles Baudelaire, « Le Chat », *Les Fleurs du mal*, 1857.

Étape 4

✦ C'est le moment de **prendre la parole en public.**

→ **Gère ta respiration** en utilisant la ponctuation.

→ **Prends ton temps** pour réciter afin de ne pas bafouiller.

→ Fixe un point au-dessus de la tête de ton public si tu as peur de croiser les regards.

8 Raconter une histoire

Raconter une histoire permet d'améliorer ton expression orale et ta prise de parole en public. La clé, c'est de bien la préparer !

Étape 1

✦ **Rassemble tes idées au brouillon.**
Il peut s'agir d'une histoire que tu connais déjà ou d'une invention.
→ Note **tes idées** dans le désordre.
→ Identifie ou choisis **les personnages**, les lieux et les moments-clés.
→ Écris **l'intrigue** en quelques mots.
→ Pense **aux émotions** que tu souhaites faire ressentir aux auditeurs.

Étape 2

Prépare le support de ton histoire au brouillon.

✦ Organise tes notes en **quatre étapes**.

LES QUATRE ÉTAPES DU RÉCIT

- **Le début**
Oui ? Où ? Quand ?
- **L'élément perturbateur**
Quel est le problème ? Quel défi ton personnage doit-il relever ?
- **Le déroulement**
Que se passe-t-il ? Quels sont les moments forts ?
- **La fin**
Comment ton histoire se termine-t-elle ?

✦ Rédige une **introduction** accrocheuse.
→ Elle doit **capter l'attention** : *Je vais vous raconter la fabuleuse histoire de… Savez-vous ce qui est arrivé à… ?*
→ Présente rapidement le personnage principal et le contexte.

✦ Rédige ta **conclusion**.
→ **Termine par une phrase claire** qui montre que l'histoire est finie : *Et c'est ainsi que l'histoire se termine… Depuis ce jour, plus personne ne l'a jamais revu…*
→ Laisse une impression forte **en posant une question** ou **en proposant une morale** : *Qu'auriez-vous fait à la place de… ? Cette histoire est une belle leçon pour apprendre…*

Étape 3

✦ **Lis l'introduction** que tu as rédigée : elle t'aidera à te lancer.

✦ Ensuite, **appuie-toi sur tes notes pour raconter de manière expressive**. p. 273
→ **Utilise tes propres mots.** Tes phrases doivent être simples, vivantes et naturelles. Ton langage doit rester courant. Ajoute des **détails liés aux cinq sens** (ce que ton personnage entend, touche, voit, sent et goûte).
→ Parle à un **rythme agréable** : ni trop vite ni trop lentement.
→ **Varie le niveau sonore de ta voix** : parle fort pour les passages intenses, doucement pour les moments mystérieux, marque bien les dialogues. Essaie d'inspirer des émotions à ton auditoire.
→ **Regarde ton public** et évite de lire tes notes. Ne crains pas de faire des **gestes** : c'est aussi ce qui rend une histoire captivante !
→ **Crée du suspense** : *Attention, c'est là que notre histoire bascule… Vous n'allez pas croire ce qui arrive après…*
→ **Fais participer ton auditoire, pose-lui des questions** pour le faire réfléchir : *À votre avis, que va-t-il se passer ensuite ? Que feriez-vous à sa place ?*

✦ **Lis ta conclusion** pour finir ton histoire avec panache !

Méthode

9 Développer l'écoute active

Lorsque tu écoutes un document audio ou le professeur qui lit un texte, mets-toi dans de bonnes conditions pour bien comprendre.

Étape 1

✦ **Avant l'écoute, cherche les informations** à ta disposition :

→ le **titre** du document, qui renseigne sur son thème ;

→ le **nom** de celui qui parle ou de l'auteur.

✦ Essaie d'en **déduire le genre** du document : texte littéraire, pièce de théâtre, émission de radio, chanson, extrait de film…

✦ **Note ces indices** sur ton brouillon.

✦ **Formule des hypothèses** à partir de ces informations : à ton avis, **de quoi va traiter ce que tu vas entendre ?**

Étape 2

Lors de la première écoute, ne prends pas de notes. Reste concentré(e) sur ce que tu entends.

✦ **Vérifie tes hypothèses.**

✦ **Identifie le genre** du document. S'il est enregistré, s'agit-il d'une interview, d'un reportage, d'un débat, d'un récit ? Si tu écoutes ton (ta) professeur(e) lire un texte littéraire, est-ce de la poésie, un récit, du théâtre ?

p. 270

✦ **Identifie les différentes voix :** narrateur, personnages, journalistes…

✦ **Prends en compte l'environnement sonore**, s'il existe : musique, bruitages…

Étape 3

✦ S'il s'agit d'un enregistrement, **prends des notes** lors de la deuxième écoute. Essaie de répondre aux questions suivantes :

→ **Où** et **quand** les événements racontés se déroulent-ils ?

→ **Quelles** sont les personnes qui interviennent ? S'agit-il de personnes réelles ou de personnages ?

→ **Quels** sont les événements racontés ?

→ Écris tes **impressions personnelles**.

CONSEILS POUR UNE ÉCOUTE EFFICACE

En classe : écoute collective

- Sois concentré(e) dès le début : chaque détail compte.
- Appuie-toi sur les consignes du professeur : elles te fournissent souvent des indices précieux !
- Attends la fin de l'écoute pour poser des questions, n'hésite pas à évoquer ce que tu n'as pas compris.

À la maison : écoute personnelle

- Choisis un moment et un endroit calmes.
- Réécoute plusieurs fois : prends le temps de revenir sur des passages difficiles, mets ton document audio en pause si tu veux prendre des notes.
- Utilise des écouteurs pour te concentrer sur l'habillage sonore, les intonations des voix…

10 S'exercer à l'écriture

Écrire, ce n'est pas produire un texte parfait dès le premier essai : c'est s'entraîner, comme un sportif qui s'échauffe ou un musicien qui fait ses gammes !

Écrire pour s'échauffer

✦ Pour avoir une **graphie lisible** et écrire sans douleur ni effort, il faut faire des exercices.

→ Écris des mots et des phrases **en formant bien tes lettres**, minuscules et majuscules.

→ Recopie des textes ou des citations **en soignant ton écriture**.

Écrire pour s'entraîner

✦ Avec de l'**entraînement**, tu prendras plaisir à jouer avec les mots !

→ Réécris un texte en **changeant un élément** pour t'entraîner à faire toutes les modifications nécessaires (un temps, un pronom…).

→ Écris une phrase avec une **consigne contraignante** (sans la lettre *e*, avec une construction imposée…).

→ **Invente la suite** d'une phrase donnée.

→ **Note rapidement une idée** pour ne pas l'oublier.

Écrire pour essayer

✦ Certaines **formes d'écriture** te serviront à réfléchir, à tester des idées et à organiser ta pensée.

→ Les **listes d'idées** ou **de mots** pour noter tes idées sans faire de phrases.

→ Les **brouillons** pour écrire tes idées avant de les organiser.

→ Les **cartes mentales**, les **schémas** et les **tableaux** pour organiser tes idées.

Améliorer ton texte, petit à petit

✦ Tu peux travailler sur ton premier jet pour le transformer en écrit plus abouti. p. 282

→ **Relis** ton texte en te demandant s'il est compréhensible.

→ **Ajoute** des détails pour enrichir ton écrit.

→ **Supprime** les répétitions, cherche des synonymes, évite les verbes et les formules passe-partout (*il y a, être, avoir…*).

→ **Vérifie** l'orthographe et la ponctuation.

Garde une trace de tes progrès

✦ Tu peux **diversifier les supports de tes écrits**. Cela te permettra de mesurer ta progression.

→ **Ton journal de lecture** te permet de noter tes impressions sur un livre, un personnage… p. 271

→ **Le cahier d'écriture :** tu peux rassembler tes écrits dans un cahier dédié.

→ **Le journal intime** t'oblige à écrire chaque jour pour raconter ta journée et tes sentiments.

→ **Le carnet de voyage** te permet de décrire tes découvertes et tes impressions.

Méthode

11 Préparer une dictée

La dictée est un bon entraînement pour progresser en orthographe. Voici quelques conseils pour bien la préparer.

Étape 1

p. 269

✦ **Lis la dictée**, puis **raconte-toi l'histoire** avec tes propres mots : c'est plus facile d'écrire un texte que tu comprends bien.

Étape 2

✦ **Recopie proprement la dictée** pour pouvoir te relire ensuite. Pense à **sauter des lignes**.

✦ **Fais des repérages** et mets en valeur les pièges dans lesquels tu pourrais tomber :

→ encadre les **verbes** en rouge, souligne leur **sujet** en bleu, relie-les et mémorise **l'accord** ;

→ entoure les **noms**, les **adjectifs** et les **participes passés au pluriel** en vert ;

→ mets en valeur les **homonymes** (*a/à, et/est, ou/où*...) en noir ;

→ surligne les **mots inconnus** et applique-toi à les épeler pour mémoriser plus facilement. Tu peux aussi les recopier plusieurs fois.

Avant que le Monde soit Monde, l'univers ressemblait

à un grand œuf où se mêlait le Ciel et la Terre,

l'Obscurité et le Chaos.

Pangu y dormait profondément.

Dix-huit mille ans après notre géant se réveilla.

En ouvrant les yeux, que rencontra-t-il ?

L'obscurité.

Muriel Bloch, *365 contes des pourquoi et des comment*,

Étape 3

✦ **Écoute le texte de la dictée** et écris-le sur une feuille en **sautant des lignes**. Utilise le texte enregistré dans le manuel, ou demande à quelqu'un de te le lire. Tu peux aussi utiliser un smartphone ou une tablette pour t'enregistrer !

Étape 4

✦ C'est le moment de **relire tout(e) seul(e) ta dictée**, en te posant les bonnes questions :

→ *Quel est le sujet de ce verbe ?*

→ *Est-ce que la terminaison est correcte ?*

→ *À quel(s) temps le texte est-il ?*

→ *Mon groupe nominal est-il au pluriel ?*

→ *Ai-je bien accordé les adjectifs ?*

Étape 5

✦ Reprends le texte d'origine et **corrige** cette première dictée, **vérifie** tous les mots et tous les accords.

✦ Sur la ligne sautée, **réécris les mots corrigés** d'une autre couleur.

✦ Si tu te rends compte que tu fais toujours le même type d'erreur, **relis la leçon** dans la partie « Grammaire et orthographe grammaticale » (p. 314-377).

Étape 6

✦ Ce n'est pas terminé ! Relis le texte de l'étape 5 le lendemain, repère les passages où tu t'es trompé(e), et **relis plusieurs fois la correction**.

✦ **Procède à une nouvelle dictée** en reprenant les étapes 3, 4 et 5. Essaie de répéter au moins trois fois cette préparation avant le jour de l'évaluation.

12 Préparer son texte au brouillon

Lors d'un travail d'écriture, préparer son texte, c'est réfléchir avant d'écrire.

Étape 1

- Avant de te lancer dans l'écriture, **lis plusieurs fois l'énoncé** pour bien le comprendre.
- **Repère les verbes** qui t'indiquent ce que tu dois faire : *décrire, imaginer, raconter...*
- Pose-toi la question : **que dois-je écrire ?** S'agit-il d'une description, d'une suite d'histoire, d'un poème, d'un dialogue ?

Étape 2

- **Au brouillon, écris les éléments-clés.**

?! À quoi sert le travail au brouillon ?

- Organiser son travail.
- Coucher sur le papier ses idées.
- Ordonner ses idées pour créer un plan.
- Faire des essais : on peut barrer, réorganiser, changer d'avis.
- Rassembler le vocabulaire utile.

- **Pour organiser ton récit**, réponds aux questions suivantes.

ÉLÉMENTS-CLÉS DE MON TEXTE

- **Qui** sont les personnages ? **Quand** l'histoire se déroule-t-elle ? **Où** l'histoire a-t-elle lieu ?
- **Que** se passe-t-il ? Que fait le personnage principal ? **Qu'**arrive-t-il aux autres personnages ? **Comment** le personnage principal et les autres se sentent-ils ?
- **Comment** l'histoire se termine-t-elle ?

- **Cette étape est intermédiaire** : ne recopie pas ces notes telles quelles sur ta copie !

Étape 3

- **Rédige ton texte** en **développant tes idées** et en **suivant ton plan**.
- Écris des **phrases complètes** et soigne ton **vocabulaire**.
- Porte une attention particulière à l'**orthographe** et à la **graphie**.
- Utilise des **connecteurs** pour relier tes idées :
  → temporels (*hier, ce jour-là, le lendemain...*) ;
  → spatiaux (*en bas, plus loin...*) ;
  → logiques (*d'abord, donc, en effet...*).

Étape 4

- **Relis et révise ton texte.** Vérifie que tu as bien **respecté la consigne**.
- Assure-toi que tes phrases ont **du sens** et sont bien construites. **Corrige les fautes** d'orthographe. p. 282

Étape 5

- Enfin, **recopie ton texte** au propre en **sautant des lignes**.
- Adapte ta mise en page au type de texte (lettre, dialogue, récit...). **Commence chaque paragraphe par un alinéa.**

Méthode

13 Se lancer dans la rédaction

Chaque sujet de rédaction impose des contraintes particulières. Évite le hors-sujet en suivant ces conseils.

Rédiger une suite de texte

✦ Commence par **lire plusieurs fois le texte**, puis **fais les observations** suivantes.

OBSERVER LE TEXTE

- **Qui sont les personnages ?**
- **Comment le texte est-il écrit ?**
  → aux temps du passé, aux temps du présent
  → à la 1re personne, à la 3e personne
- **Où et quand l'histoire se passe-t-elle ?**
- **Quel est le but du texte ?**
  → faire rire, émouvoir, effrayer, susciter la réflexion…

✦ Une fois que toutes tes idées sont **notées sur le brouillon**, et **ordonnées grâce à un plan**, tu peux **entamer la rédaction**, en commençant par **écrire la dernière phrase de l'extrait**.

✦ **Fais des paragraphes** pour marquer les péripéties.

✦ **Astuces pour réussir :**
→ Conserve le nom et le caractère des personnages.
→ Insère des descriptions, des actions et des dialogues.
→ N'utilise pas de personnage « magique » qui résout tout par son arrivée ! La fin de l'histoire ne doit rien laisser en suspens.

Rédiger une description

✦ Une description permet d'**apporter des informations** nécessaires à la compréhension des actions et des personnages.

✦ Dans un **récit au passé**, la description se fait en utilisant l'**imparfait**. Dans un **récit au présent**, la description se fait au **présent**.

ENRICHIR LA DESCRIPTION

- Utilise un **vocabulaire précis**. Évite l'expression « il y a » et le verbe *être*.
- Utilise des **verbes de perception :** sentir, humer, toucher, palper, entendre, distinguer, goûter, savourer…
- Enrichis les **groupes nominaux** :
  → avec des **adjectifs qualificatifs** ;
  → avec des **compléments du nom**.
  Ajoute des **comparaisons**, qui rendent ton texte plus vivant.
- Situe les éléments grâce aux **connecteurs spatiaux** :
  → adverbes : ici, là, devant, dessous, partout, à gauche…
  → prépositions : à, dans, par, vers, sur, sous, contre…
  → locutions prépositionnelles : au-dessus de, au milieu de, par-dessus, à travers, près de…

✦ **Astuces pour réussir :**
→ Décris un personnage de façon logique. Par exemple, tu peux d'abord décrire sa silhouette, puis t'arrêter sur des détails, ou bien procéder de haut en bas (des cheveux aux pieds).
→ Décris uniquement les éléments qui permettent de bien caractériser le personnage, le paysage ou l'objet.

Rédiger un dialogue dans un récit

✦ Le dialogue permet de **rendre ton texte plus vivant**, de **faire entendre** la voix des personnages. C'est donc un élément essentiel du récit.

✦ Un dialogue se compose de **répliques** qu'il faut bien structurer.

Commence par le **nom d'un personnage**, suivi par un **verbe de parole**.

Mets **deux points** et va **à la ligne**.

Alice, surprise, demanda :

« Qui es-tu ?

– Je suis le Chapelier Fou ! s'écria l'étrange personnage.

– Pourquoi prends-tu le thé ? »

À la **première** réplique, ouvre les **guillemets**.

À chaque **changement** de personnage, va **à la ligne** et mets un **tiret**.

Après la **dernière** réplique, **ferme** les **guillemets** : le dialogue est fini.

Utilise des **propositions incises** : ce sont des parties de récit qui coupent le dialogue pour indiquer qui est en train de parler.

✦ Utilise des verbes de parole expressifs et variés pour enrichir ton travail : demander, questionner, interroger, suggérer, répondre, répliquer, rétorquer, acquiescer, prononcer, balbutier, bafouiller, marteler…

✦ **Astuces pour réussir :**

→ Toutes les répliques doivent faire avancer l'action.

→ Coupe ton dialogue par quelques lignes de récit : fais agir tes personnages, puis reprends la conversation.

Rédiger un poème

✦ **Joue avec les mots** : utilise des **comparaisons**, des **métaphores**, et des **figures de style** pour enrichir l'imaginaire.

✦ Les **sonorités** apportent une dimension musicale. Utilise les **allitérations** (répétitions de consonnes) ou les **assonances** (répétitions de voyelles) pour faire sonner ton texte.

✦ Bien placées, les **répétitions**, appelées aussi **anaphores** quand elles sont en début de phrase ou de vers, créent un effet poétique.

✦ Dans le cas de la poésie en vers, un certain nombre de règles s'appliquent.

RÈGLES POÉTIQUES

Strophe
Un ensemble de vers.
On saute une ligne entre chaque strophe.

Vers
→ **octosyllabe** = 8 syllabes
→ **décasyllabe** = 10 syllabes
→ **alexandrin** = 12 syllabes

Rimes
Les vers riment souvent deux à deux, c'est-à-dire que le même son se répète à la fin des vers.
→ Les **rimes plates** se suivent deux à deux.
→ Les **rimes alternées** se croisent.
→ Les **rimes embrassées** sont englobées l'une dans l'autre.

Méthode

14 Relire et améliorer son travail

Ton travail de rédaction est bien avancé et ton brouillon te semble au point ? Avant de recopier au propre, effectue une relecture méthodique.

Étape 1

✦ **Relis** ton premier écrit pour **repérer les éléments à améliorer**, mais aussi **les points forts sur lesquels t'appuyer**.

✦ Assure-toi que ton texte **répond bien à la consigne**, puis **enrichis-le**.

ASTUCES POUR RÉUSSIR

→ Remplace les verbes génériques (*faire*, *dire*, *avoir*, *être*...) par des **verbes expressifs**.
→ **Évite les répétitions :** utilise des **synonymes** ou reformule tes phrases.
→ Manie les pronoms avec précaution : on doit toujours savoir **de qui tu parles**.
→ Si tu as écrit un **dialogue**, vérifie qu'il est **bien mis en page** et qu'on comprend toujours qui est en train de s'exprimer.
→ **Alterne des phrases courtes et longues** pour rythmer ton texte.
→ **Fais des comparaisons**, utilise des **figures de style**.

✦ **Concentre-toi ensuite sur deux ou trois phrases** que tu ne trouves pas assez détaillées.
→ Écris chacune d'elles au centre d'une feuille puis **ajoute des informations** : des **adjectifs** pour décrire, des **verbes** pour des actions, des interventions du narrateur...

Une gentille petite chienne appelée ↘ / en friche, fleuri, qui se réveille après l'hiver... ↓

Noisette aboie dans le jardin.

↗ furieusement, fortement, bruyamment... / ↗ à cause d'un papillon, parce qu'elle est de mauvaise humeur...

→ **Fais un choix** parmi les propositions et recopie la phrase obtenue.
→ Assure-toi que ces ajouts sont **fluides** et **cohérents** avec le reste du texte. N'hésite pas à changer la place des compléments circonstanciels pour plus de clarté !

Dans le jardin qui se réveille après l'hiver,
une gentille petite chienne appelée Noisette
aboie furieusement contre un papillon
qui vole de fleur en fleur.

Étape 2

✦ **Exerce ta vigilance orthographique.**
→ Repère les **accords dans le groupe nominal**.
→ Vérifie que l'**accord sujet-verbe** est correct.
→ Vérifie les **temps des verbes**. Méfie-toi des terminaisons homophones !
→ Vérifie les **homonymes**. p. 310
→ En cas de doute sur l'orthographe lexicale d'un mot, pense à un mot de la même famille.
→ Aide-toi d'un **dictionnaire**. p. 285
→ N'oublie pas les **majuscules** et la **ponctuation**.

Étape 3

✦ Quand tu as recopié ta rédaction au propre, **relis-la une dernière fois**. Imagine que tu lis la copie d'un autre élève, et **traque les oublis** de mots, de lettres ou de ponctuation.

Tu peux relire trois fois ton texte, en te concentrant sur un seul aspect à chaque lecture : d'abord le sens, puis l'orthographe, enfin la ponctuation.

15 Apprendre une leçon

Une leçon ne s'apprend pas au dernier moment ! Pour être efficace, participe en cours et active régulièrement ta mémoire.

Étape 1

- **Place-toi dans une ambiance qui favorise la concentration.** Les écrans et la musique sont déconseillés, car ils sollicitent ton cerveau, qui a besoin de calme pour apprendre.
- **Concentre-toi** sur **une seule tâche à la fois**.

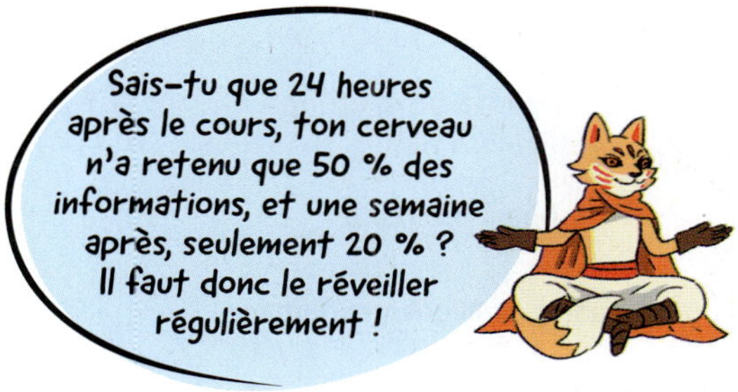

Étape 2

- Cahier fermé, **essaie de te rappeler** le contenu de la leçon. Si tu te trompes, ce n'est pas grave ! C'est grâce à l'erreur que tu apprends et que tu progresses.
- Ouvre ton cahier et **lis plusieurs fois ton cours**.

Étape 3

- Sur un brouillon ou une fiche de révision, **note les éléments essentiels** : la règle à retenir, les terminaisons s'il s'agit de conjugaison, les exceptions…
- Pour des définitions ou des listes de mots à apprendre par cœur, **utilise des cartes de mémorisation** : sur de petites fiches, inscris au recto une question sur le cours, et au dos sa réponse. Sers-toi de ces cartes pour te tester régulièrement.

Qui est l'émetteur d'une lettre ?	C'est celui qui écrit la lettre.

- Tu peux aussi **créer une carte mentale** de la notion à apprendre, noter la définition des mots difficiles, faire des dessins explicatifs…
- **Enregistre-toi** en train de lire la leçon pour la réécouter.

Étape 4

- **Pose-toi des questions** ou demande à quelqu'un de t'interroger. Sinon, prends une feuille et note tout ce que tu as retenu de la leçon.
- **Reformule avec tes propres mots**, explique à un camarade ou à un adulte la leçon comme si c'était toi le professeur.

Étape 5

- **Fais des exercices d'application** ou refais les exercices réalisés en classe.

Méthode

16 Comprendre les consignes

Face à une consigne, prends le temps de la lire et de la comprendre : c'est la clé pour réussir à y répondre !

	Verbes de consignes	Ce que l'on attend de toi	Exemples
LIRE	**Observer, relire**	Lire avec attention.	***Relis*** *le premier paragraphe du texte.*
LIRE	**Encadrer, souligner, surligner, entourer**	Faire un repère directement dans le texte.	*Dans la dictée,* ***entoure*** *les homophones.*
LIRE	**Citer, énumérer, trouver, relever, repérer, retrouver**	Recopier des éléments du texte sur ta copie.	***Relève*** *les rimes de la première strophe.*
LIRE	**Associer, relier, réunir**	Mettre ensemble des éléments, les rapprocher.	***Associe*** *chaque personnage avec sa description.*
LIRE	**Classer, grouper, trier, ordonner, ranger**	Mettre des éléments ensemble en créant des catégories.	***Classe*** *les différents lieux de l'histoire en fonction de leur importance.*
LIRE	**Comparer, distinguer, rapprocher**	Montrer les points communs et/ou les différences.	***Compare*** *les deux descriptions de la forêt.*
LIRE	**Identifier, indiquer, nommer, désigner, préciser, appeler**	Donner le nom.	***Identifie*** *le personnage principal de l'extrait.*
LIRE	**Expliquer, définir, chercher**	Donner le sens d'un mot, d'une expression.	***Explique*** *le sens du mot « métamorphose ».*
LIRE	**Illustrer**	Donner un exemple.	***Illustre*** *tes arguments avec des exemples tirés du texte.*
LIRE	**Caractériser, décrire, présenter, qualifier, faire le portrait**	Donner tous les détails sur une personne ou une chose.	***Caractérise*** *Alice en citant deux traits de sa personnalité.*
LIRE	**Expliquer, interpréter, justifier, prouver, montrer**	Donner des preuves pour montrer qu'on a raison.	***Justifie*** *ta réponse à l'aide de la leçon.*
LIRE	**Analyser, commenter, montrer, ressentir, évoquer**	Donner son avis sur un élément du texte, sur la façon dont il est écrit.	***Analyse*** *l'effet produit par la description de Quasimodo. Que* ***ressens****-tu ?*
ÉCRIRE	**Conclure, constater, remarquer**	Tirer une conclusion.	***Conclus*** *ton analyse en expliquant quel est le message de l'auteur.*
ÉCRIRE	**Créer, imaginer, inventer, raconter, rédiger, conter, décrire**	Écrire un texte.	***Rédige*** *un dialogue en imitant le style de Molière.*
ÉCRIRE	**Réécrire, reformuler, transformer, remplacer, modifier**	Changer le texte.	***Réécris*** *cette rencontre du point de vue de Céleste.*

17 Utiliser le dictionnaire

Le dictionnaire est ton meilleur allié pour bien t'exprimer dans toutes les matières.

?! À quoi sert un dictionnaire ?

- Trouver les **différents sens** d'un mot.
→ Les différents sens sont numérotés et classés du sens courant et général au sens figuré.
→ En général, il y a autant d'exemples que de sens différents.
- Vérifier l'**orthographe** d'un mot.
- Éviter les répétitions grâce aux **synonymes**.
- Découvrir l'**étymologie**, l'origine d'un mot.
- Vérifier le **registre de langue** (soutenu, courant, familier).
- Connaître la **définition** d'un mot inconnu.
- Trouver les **antonymes** d'un mot.
- Connaître la **nature grammaticale** d'un mot (verbe, nom, préposition...) et son genre (masculin ou féminin).

Étape 1

✦ Dans un dictionnaire, les mots sont classés par **ordre alphabétique, de A à Z**.
Quand on cherche un mot, on commence à le **chercher par sa première lettre**, puis sa deuxième, etc.

Étape 2

✦ Pour trouver un mot dans le dictionnaire, aide-toi des **« mots repères »** :
→ tout en haut à gauche, c'est le premier mot de la double page ;
→ tout en haut à droite, c'est le dernier mot de la double page.

Étape 3

✦ **Lis la définition.**

Mot défini ↘ — Prononciation en phonétique ↙

LOUP [lu]
n. m. 1. Mammifère carnivore sauvage de la famille des canidés. Voir *louve, louveteau. Les loups vivent en meutes.* *Avoir une faim de loup*, une faim importante. 2. Poisson argenté à la chair comestible qui vit dans la mer Méditerranée. Voir *bar*. 3. Demi-masque de satin ou de velours noir que l'on porte sur les yeux, au bal masqué le plus souvent. 4. Machine de guerre médiévale. **Étym.** latin *lupus*.

- Nature grammaticale : *nom masculin* → n. m.
- Le mot « loup » a trois sens, il est polysémique. → 3.
- Exemple → *Les loups vivent en meutes.*
- Expression → *Avoir une faim de loup*
- Renvoi vers un autre mot → Voir *bar*.
- Étymologie du mot → Étym. latin *lupus*.

QUELQUES ABRÉVIATIONS

n. f. : nom féminin	**pl.** : pluriel	**syn.** : synonyme
n. m. : nom masculin	**inv.** : invariable	**fam.** : familier

Vocabulaire

Je révise mes connaissances

Je sais utiliser un dictionnaire et comprendre une définition

Aide-toi de la fiche méthode p. 285 pour faire les exercices.

1 Classe les mots dans l'ordre alphabétique.

maison • amitié • matériel • bonheur • ranger amical • bateau • rangement

2 Défi à deux

Un(e) élève propose un mot. Trouve le plus rapidement possible la page du dictionnaire correspondante.

3 Lis cet article de dictionnaire et réponds aux questions.

Échange n. m. 1. Opération par laquelle on échange (des biens, des personnes). *Proposer un échange à un collectionneur.* Fait de donner une chose contre une autre. → troc. *Monnaie d'échange.* **2. Plur.** Commerce, opération commerciale. *Les échanges internationaux.* **3. Échange de** : communication réciproque (de documents, renseignements, etc.). *Un échange de lettres, de politesses.* **4.** Passage de substances entre la cellule et le milieu extérieur. *Échanges gazeux.* En échange loc. adv. de manière qu'il y ait échange. → en contrepartie, en retour. — En échange de loc. prép. pour compenser, remplacer, payer.

Le Robert Collège 11-15 ans, 2010.

a. Que signifient les abréviations suivantes ?

n. m. plur.

b. Combien de sens différents du mot comptes-tu ?

c. Propose une phrase avec le sens 1 de la définition puis une autre avec le sens 2.

Lorsqu'un mot a plusieurs sens, on dit qu'il est polysémique.

Je connais l'origine des mots

- **Le français est une langue romane**, c'est-à-dire issue du **latin**. La plupart des mots français sont donc d'origine latine, mais les mots peuvent aussi avoir d'autres origines.
→ « Rose » vient du latin *rosa*, « zoo » vient du grec *zoon* qui veut dire « animal », « sucre » vient de l'arabe *sukkar*...

4 Sachant que *vorare* signifie « manger/dévorer » en latin, donne la définition des mots suivants.

insectivore herbivore frugivore énergivore légumivore

5 Trouve le plus de mots formés à partir des racines grecques suivantes.

gonia (angle, coin) *ortho* (droit) *poly* (plusieurs)

6 Défi à deux

Inventez d'autres mots sur le modèle des exercices 4 et 5.

Je sais comment les mots sont formés

Les mots sont formés à partir d'un radical, c'est-à-dire la partie qui contient le sens principal du mot.

- **Les mots simples** = uniquement un radical.
→ mer, noyau, terre
- **Les mots dérivés** = radical + préfixe (avant le radical) ou suffixe (après le radical) ou les deux. → im-mer-ger
- **Les mots composés** = deux ou plusieurs mots soudés, juxtaposés ou reliés entre eux par un trait d'union. → portefeuille, château fort, grand-mère, pomme de terre

Tous les mots qui ont le même radical forment une **famille de mots**. → soleil, parasol, solaire, solarium, pare-soleil

7 Réponds par *vrai* ou *faux*.

a. Un radical seul ne peut pas former un mot.
b. Le préfixe se place devant le radical.
c. Un mot composé a un trait d'union.

sur le vocabulaire

8 **Associe les mots suivants pour trouver quatre mots composés.**

chou *grand* *terre* *fleur* *de*
monsieur *père* *croque* *pomme*

9 **Écris le plus de mots possible formés à partir du radical « terre ».**

Je fais la différence entre synonymes, antonymes et homonymes

- **Synonymes** = mots de sens proches et de même classe grammaticale (ou nature).
→ beau / joli (adjectifs)
- **Antonymes** = mots de sens opposés et de même classe grammaticale (ou nature).
→ monter / descendre (verbes)
- **Homonymes** = mots qui ont une prononciation identique mais des sens différents. → verre, vers, vert, vair, ver

10 **Donne un synonyme puis un antonyme des mots suivants.**

gentille *parler* *grand* *facile* *fermé*

11 **Recopie et complète les phrases par** ***conte, compte*** **ou** ***conte*.**

a. Mon frère a cinq ans et il ...... jusqu'à 100 !
b. *Le ...... de Monte-Cristo* a été adapté au cinéma.
c. Ma mère fait les ...... de la société de sa sœur tous les mois.
d. *Cendrillon* et *Le Petit Poucet* sont des ...... de Charles Perrault.
e. Quand j'étais petit, ma mère me lisait des ...... le soir pour m'endormir.

12 Défi en groupe

Votre professeur(e) écrit un mot au tableau et vous devez trouver le plus de synonymes possible. Corrigez collectivement !

Je connais la notion de champ lexical

Le **champ lexical** est **l'ensemble des mots qui se rapportent au même thème.**
→ Les mots baignoire, laver, savon, propre, lavabo, brosse à dents forment le champ lexical de la salle de bain.

13 **Donne le champ lexical des mots suivants.**

a. mer • sable • soleil • bronzé • bateau • seau • château • pelle • parasol • nager
b. bougies • cadeau • offrir • invités • ballon • gâteau • jeux • surprise
c. géométrie • compas • règle • numération • compter • opération • calculatrice
d. joie • colère • tristesse • amour • jalousie • déception • bonheur • pleurer • émouvant

14 **Trouve l'intrus qui s'est glissé dans les champs lexicaux.**

a. stylo • gomme • classe • fraise • écrire • studieux • cantine
b. carotte • canapé • cultiver • pain • savoureux
c. vélo • rouler • ferroviaire • moto • téléphone • vitesse • passager • camion

15 Défi à deux

En vous aidant de l'image et en 5 minutes, trouvez le plus de mots appartenant au champ lexical des vacances. Corrigez avec un autre binôme en barrant tous les mots que vous avez en commun. Le duo à qui il reste le plus de mots après correction est vainqueur !

Vocabulaire

Je révise l'orthographe des mots aux sons difficiles

Le son [k]

- **c :** devant *a, o, u* et devant les consonnes → cartable, spectacle
- **qu :** devant les voyelles *a, e, i, o* → quatre, question, quiche, quoi
- **q :** à la fin de quelques mots → coq
- **cc :** → occasion
- **ch :** dans quelques mots d'origine grecque → chronomètre
- **k :** au début de quelques mots d'origine étrangère → kiwi

1 Écris les noms comportant le son [k] correspondant aux images.

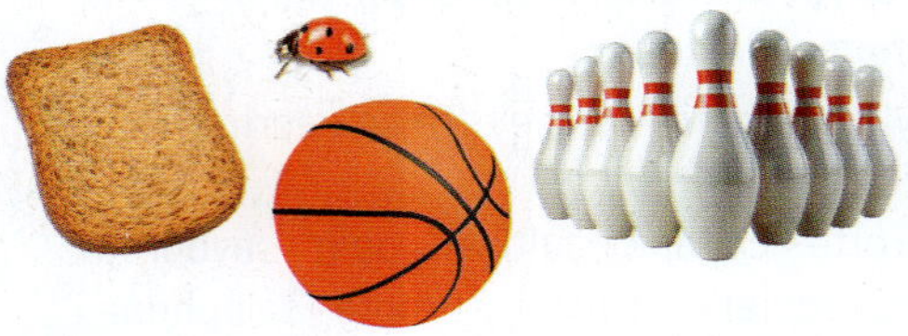

2 Réécris les mots suivants en complétant avec le son [k].

un cas...e • dis...uter
un a...robate • un ...ilomètre
un mi...ros...ope • un mas...e
un bou...et • un chef d'or...estre
un ...angourou • un ...oala

Les sons [s] et [z]

[s]
- **s :** en début de mot → savon
- **ss :** au milieu d'un mot et entre deux voyelles → poisson
- **c :** devant *e, i, y* → cerise
- **ç :** devant *a, o, u* → garçon

[z]
- **s :** le plus souvent → poison
- **z :** en début de mot et au milieu de quelques mots → zèbre, dizaine
- **x :** au milieu de quelques mots → dixième

3 Lis les mots suivants à voix haute.

désert • dessert • raisin • monstre • deuxième
quinzaine • zébu • glaçon • caleçon • cinéma
chanson • ruse • russe • passage • rasage • façade

4 Les mots soulignés ont été mal orthographiés. Corrige-les.

a. Dans ce konte, il y a une belle prinssese et une çorcière.
b. Il y a ausi pluzieurs çœurs acez méchantes.
c. Heureuzement, le prinse çauve la prinssese et ils se marient.

Les sons [g] et [ʒ]

[g]
- **g :** devant *a, o, u* ou devant une consonne → garage, glace
- **gu :** devant *e* et *i* → guitare
- **gg, gh :** quelques exceptions souvent pour des mots d'origine étrangère → toboggan, Afghanistan

[ʒ]
- **j :** devant *a, e, o, u* → jeudi
- **g :** devant *e, i, y* → gymnase

5 Lis les phrases à voix haute.

a. La guitare de Gustave est géante et jaune.
b. Le rouge-gorge gazouille gentiment sur le gazon.
c. Jacques encourage Jean qui fait sa gymnastique tous les jours.
d. Je veux et j'exige des excuses !

6 Écris correctement les noms correspondant aux images.

Je révise les accords difficiles

Le féminin des noms et des adjectifs

Le plus souvent, le féminin des noms et des adjectifs se forme en ajoutant un ***-e*** au masculin.

Cas particuliers

- *-e* → *-esse*
  un prince, une princ**esse**
- *-l* → *-lle*
  cruel, cru**elle**
- *-n* → *-nne*
  un chien, une chie**nne** ; moyen, moye**nne**
- *-er* → *-ère*
  un pâtissier, une pâtissi**ère** ; cher, ch**ère**
- *-eur* → *-euse*
  un joueur, une jou**euse** ; rêveur, rêv**euse**
- *-teur* → *-trice*
  un directeur, une direc**trice** ;
  évocateur, évoca**trice**
- *-x* → *-se*
  un époux, une épou**se** ; heureux, heureu**se**

Le pluriel des noms et des adjectifs

Le plus souvent, le pluriel des noms et des adjectifs se forme en ajoutant un ***-s*** au singulier.

! Si le nom ou l'adjectif se termine par un *-s*, un *-z* ou un *-x* au singulier, il ne change pas au pluriel.
→ bois, nez, prix…

Cas particuliers

- -al → -als un bal, des bals
  → -aux un cheval, des chevaux
  égal, égaux
- -eu → -eux un jeu, des jeux
  Sauf pneus, bleus, émeus
- -eau → -eaux un château, des châteaux
  beau, beaux
- -ou → -ous un trou, des trous
  → -oux un pou, des poux

! Les sept noms en *-ou* qui prennent un *-x* au pluriel sont : chou, pou, caillou, genou, bijou, joujou et hibou.

7 À l'oral, donne le genre du mot (féminin ou masculin). Tu peux t'aider du dictionnaire si besoin est.

a. mer **d.** orbite **g.** trophée
b. lycée **e.** vis **h.** rame
c. génie **f.** musée **i.** pétale

8 Trouve l'intrus.

a. pieu • bleu • cheveu • jeu
b. bijou • fou • trou • écrou
c. bal • cheval • récital • étal
d. bois • chamois • trois • emplois

9 Écris les phrases au féminin et au pluriel.

a. Le chien est mignon.
b. Mon cousin est gentil.
c. Le marié est roux.
d. Ce vieux monsieur est heureux.

10 Écris les noms correspondant aux images au pluriel.

11 Retrouve les mots de la liste écrits au pluriel dans la grille. Attention, ils peuvent être écrits de droite à gauche ou de bas en haut mais pas en diagonale !

arbre • bleuet • bois • buis • fleur • hibou • piste • pont • ruisseau • sapin • tronc

R	U	I	S	S	E	A	U	X
L	S	T	N	O	P	R	A	U
S	B	O	I	S	F	B	S	O
E	U	O	P	R	E	R	C	B
T	I	T	A	E	S	E	N	I
S	S	T	S	C	A	S	O	H
I	L	M	F	L	E	U	R	S
P	E	B	L	E	U	E	T	S

1 Connaître l'origine et l'étymologie des mots

FICHE COUP DE POUCE
hachette-clic.fr/25mp6212

JE DÉCOUVRE

Défi à deux

Qui connaît le plus de mots formés à partir de la racine *naute*, venant du latin *nauta*, « le marin » ? Donnez chacun(e) votre tour un mot.
À vos chronomètres, vous avez une minute !

JE COMPRENDS

- L'**ÉTYMOLOGIE** est la **science qui étudie l'origine et l'histoire des mots**.
Connaître l'origine d'un mot et son histoire est important pour **savoir l'orthographier** et en comprendre la signification en s'aidant de son **origine**.
corpus → corps ; *tempus* → temps

- Le français est une **langue romane**, c'est-à-dire issue du latin, comme l'italien ou l'espagnol. C'est pourquoi la plupart de ses mots proviennent du **latin**.
directus → droit ; *auscultare* → ausculter

p. 294

- Certains mots proviennent du **grec ancien** et beaucoup sont construits à partir de préfixes et/ou de suffixes d'origines grecque et latine.
Biologie est construit à partir des racines grecques *bio* (la vie) et *logie* (la science) : c'est la science qui étudie le vivant.

- Enfin, certains mots viennent d'autres langues.
Week-end vient de l'anglais, *zéro* vient de l'arabe.

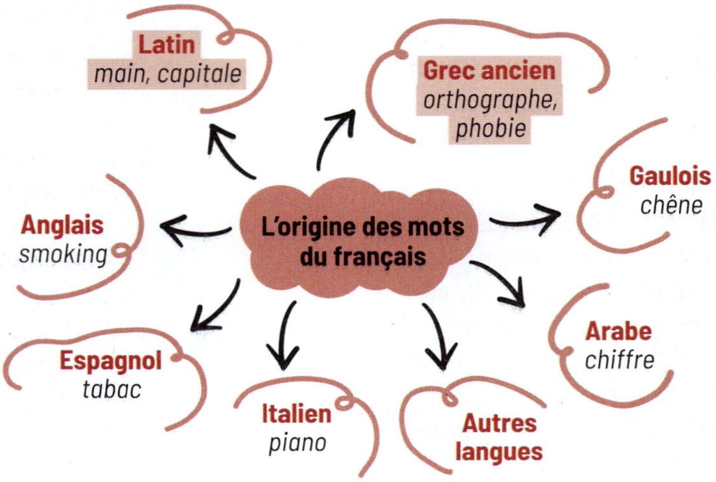

JE M'ENTRAÎNE

★ **1 Classe les mots dans un tableau selon leur langue d'origine.**

Mots : judo • tomate • steppe • pizza • shopping • sirop • chiffre • tsar • parking • geek • bonsaï • crescendo • divan • cédille

Langues : italien • japonais • russe • arabe • espagnol • anglais

★ **2 Trouve l'intrus dans ces listes de mots latins passés tels quels dans la langue française.**

a. alinéa • et cetera • opéra • pyjama

b. minimum • chewing-gum • maximum • post-scriptum

c. audio • recto • zéro • mémento

★ **3 a. Associe chaque mot latin à l'image qui illustre sa signification.**
b. Trouve le mot français hérité de chacun de ces mots. Entoure les lettres venues du latin.

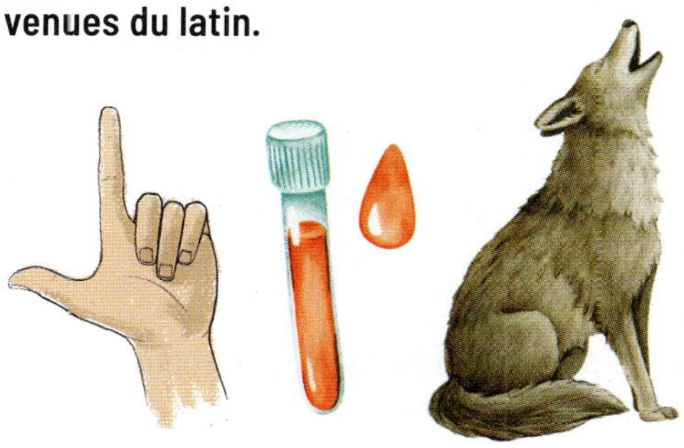

lupus *digitus* *sanguis*

★ **4 Retrouve la racine grecque de ces mots.**

chronomètre •	• *orthos* (droit)
démocratie •	• *déca* (dix)
décamètre •	• *demos* (le peuple)
orthodontie •	• *chronos* (le temps)

Défi à deux

★★ **5 Devinettes : trouvez le mot latin passé tel quel en français.**

a. Je suis un cahier où l'on peut disposer des photos, des dessins, des images.

b. Je suis le doigt qui montre ou la table alphabétique à la fin d'un livre.

c. Tous les élèves de 3e et de Terminale en passent un à la fin de l'année.

★★ **6 Retrouve ces mots passés tels quels du latin au français.**

a. V_ _ _ _ : on peut en visionner de nombreuses sur Internet.

b. A _ _ _ _ _ : tu y notes tes devoirs.

c. C _ _ _ _ _ _ : nuage dans le ciel.

d. D _ _ : pour en former un, il vaut mieux ne pas être seul(e) !

★★ **7 Cherche deux mots français issus de chacune de ces racines latines.**

a. *aqua* (eau) **c.** *fere* (porter)
b. *duc* (conduire) **d.** *spec* (regarder)

★★ **8 Cherche trois mots français issus de chacune de ces racines grecques.**

a. *poly* (nombreux) **c.** *phobe* (qui a peur)
b. *gone* (côté) **d.** *theos* (dieu)

★★★ **9 Trouve les deux intrus. Justifie ta réponse.**

mythomane • businessman • pyromane
cleptomane • mélomane • Superman

JE RÉINVESTIS

★★★ **10 Déduis le sens des mots soulignés à partir de leur origine latine.**

a. Cet homme est devenu <u>quadragénaire</u> cet été. (*quadraginta* : quarante)

b. La municipalité a pour projet de construire une nouvelle <u>médiathèque</u>. (*theca* : boîte, lieu où l'on conserve)

★★★ **11 Déduis le sens des mots soulignés à partir de leur origine grecque.**

a. Le <u>téléphone</u> permet de parler à quelqu'un qui est à des milliers de kilomètres. (*télé* : loin ; *phon* : voix)

b. Cette guide touristique m'impressionne : elle est <u>polyglotte</u>. (*glotta* : langue)

★★★ **12 À toi de jouer !**

Invente de nouveaux mots accompagnés de leur définition en t'appuyant sur des racines étymologiques.

Exemple : Ma trousse est stylophage (elle mange des stylos).

2 Former des mots

FICHE COUP DE POUCE
hachette-clic.fr/25mp6213

JE DÉCOUVRE

Défi à l'oral

Sauras-tu classer ces mots en deux groupes ?

loup-garou **refaire** **porte-avions** **parapluie** **bilingue** **coupe-papier**

Explique la façon dont tu as procédé.
Que peux-tu en déduire sur la formation des mots en français ?

JE COMPRENDS

- La langue française comporte des **MOTS SIMPLES** (mots construits uniquement avec un radical) et des **MOTS COMPLEXES**. Les mots complexes se divisent en deux catégories.
- Les **MOTS COMPOSÉS** sont constitués de **deux ou plusieurs mots** :
  - soudés → portefeuille
  - juxtaposés → ver de terre, château fort
  - reliés par un trait d'union → poisson-chat, porte-avions
- Les **MOTS DÉRIVÉS** sont formés en ajoutant au radical des éléments qui changent son sens : des **préfixes** et des **suffixes**. Voici les plus fréquents :

préfixes → **in**fini, **para**pluie	**suffixes** → maison**nette**
a- → absence, négation **ante-, anti-** → contre **auto-** → soi-même **co-, col-, com-, con-, cor-** → ensemble **il-, im-, in-, ir-** → privation, le contraire **pré-** → avant, devant	**-able, -ible** → forment des adjectifs **-age, -ateur, -atrice, -er, -ère, -ité** → forment des noms **-iser, -ifier, -er** → forment des verbes **-ment** → forme des adverbes

La formation des mots
- → **Mots simples**
  papier
- → **Mots complexes**
  - **Mots dérivés**
    → par ajout d'un préfixe
    → par ajout d'un suffixe
    infini, parapluie
  - **Mots composés**
    → par juxtaposition
    → par trait d'union
    → par soudure
    arc-en-ciel

JE M'ENTRAÎNE

★ **1 Identifie les mots à partir des images et explique leur formation.**

★ **2 Classe les mots composés dans le tableau selon la nature des éléments qui les composent.**

un chou-fleur • un porte-bonheur
un tue-mouche • une grand-mère
un rouge-gorge

nom + nom	
verbe + nom	
adjectif + nom	

★ **3 Recopie chaque mot puis souligne les préfixes en bleu et les suffixes en rouge.**

sincerement • parasol • meubler • ourson
impair • reculer • invisible • préjugé
aimable • garçonnet

★ **4 Reforme les huit mots composés.**

à • sac • pays • rince • vent • hors • l'œil • dessous • la • coupe • doigts • arrière • ce • goût • avant • main • plat • loi • trompe

★★ **5 Reforme les mots.**

Préfixes	Radicaux	Suffixes
trans	tonnerre	ifier
para	actif	ment
hyper	intens	if
	faible	
	tard	
	poser	

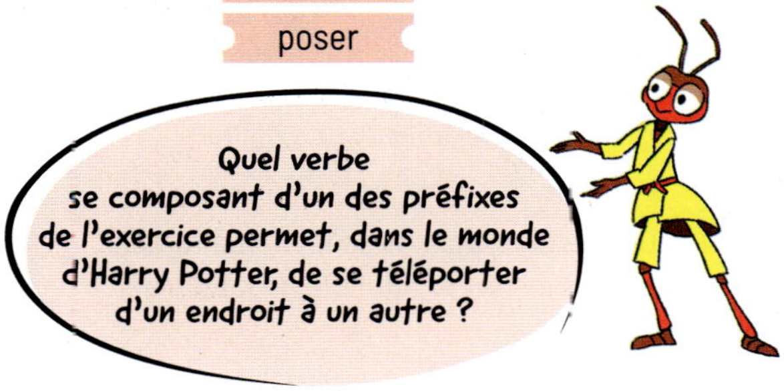

★★ **6 À partir des mots suivants, forme des antonymes (contraires) en utilisant un des préfixes proposés.**

in-/im-/il- *dé(s)-* *mal-*

prévu • hériter • certain • habile • connu
patient • adroit • brancher • plaire

★★ **7 a. Trouve l'intrus dans chaque série.**
b. Indique le sens du préfixe.

a. prémonition • préjugé • pré • prédominant
b. inconcevable • indispensable • image imprévu
c. bicyclette • bifurquer • biologie • bisannuel

★★ **8 Forme des mots avec les préfixes *re-*, *in-*, *ex-*, *pré-* correspondant aux définitions.**

a. Faire entrer de l'air dans ses poumons.
b. Partir vivre à l'étranger.
c. Âge juste avant l'adolescence.
d. Bâtir de nouveau.

★★★ **9 a. Décompose les mots et explique leur sens en t'appuyant sur les préfixes et suffixes.**
b. Classe les mots selon leur nature.

asymétrique • immanquable • extraordinaire
malchance • déconseiller • antidépresseur

JE RÉINVESTIS

★★★ **10 Invente deux mots composés et propose une définition qui s'appuie sur leur composition.**

Exemple : Un **stylo-espion** : doté d'un micro, ce stylo permet d'espionner en toute discrétion.

Défi à l'oral

★★★ **11 Invente deux mots dérivés et propose une définition qui s'appuie sur leur formation.**

Exemple : **Tiktokable** : que l'on peut publier sur TikTok.

★★★ **12 À toi de jouer !**

Écris un texte de 5 à 10 lignes racontant une aventure comique. Emploie au moins deux mots composés, dont « poisson-clown », et deux mots dérivés, dont « invisible ».

3 Repérer et construire des familles de mots

FICHE COUP DE POUCE
hachette-clic.fr/25mp6214

JE DÉCOUVRE

Classe les mots en trois colonnes. Explique tes choix.

aventure monstruosité monstre aventurier
poème
poésie s'aventurer poète aventureusement
monstrueux monstrueusement poétiquement

JE COMPRENDS

- Un **groupe de mots** qui possède le **même radical** se nomme une **FAMILLE DE MOTS**. Ce sont des mots qui ont la **même étymologie**.

p. 292

- Un même radical peut avoir des **PRÉFIXES** et des **SUFFIXES** variés.
- Une même famille de mots contient des mots de **natures différentes**.
  - nom → faiblesse
  - adjectif → faible
  - verbe → faiblir / affaiblir
  - adverbe → faiblement

p. 290

- Les **racines grecques et latines** permettent de construire des mots de la même famille.

Racines grecques		Signification	Racines latines		Signification
anti	→	contre	*aqua*	→	eau
auto	→	soi-même	*bene*	→	bien
bio	→	vie	*cura*	→	soin
chrono	→	temps	*ex*	→	hors de
dys	→	trouble	*frigor*	→	froid
graphe	→	écrire	*grat*	→	merci
hydro	→	eau	*multi*	→	nombreux
ortho	→	droit	*noctis*	→	nuit
phobie	→	peur	*voc*	→	son, voix

Famille de mots construite avec la racine *ortho* : *orthographe, orthopédique, orthopédagogue, orthophonie...*

! Pour vérifier l'orthographe des mots, on peut chercher un mot de la même famille.
Délicat est de la famille de *délicatesse*, et s'écrit avec un *-t* muet.

JE M'ENTRAÎNE

★ **1 Réponds par *vrai* ou *faux*.**

a. Les mots de la même famille ont un radical commun.
b. Le suffixe se met devant le radical.
c. Une famille de mots est construite avec des mots de même nature.

★ **2 Relève l'intrus dans chaque liste.**

a. sourire • rire • source • souriant
b. chant • champ • champêtre • champignon
c. habiter • habitable • habitation • maison
d. lancer • lent • lanceuse • lancement
e. cheval • chevalier • poney • chevaleresque

★ **3 Retrouve la famille de chaque mot.**

porteur •
porcin •
porcher •
apporter •
aéroport •
porcherie •

• port
• porc

★★ **4 a. Recopie les mots et surligne leur radical.**
b. Trouve des mots de la même famille.

dangereusement • international
fonctionnement • habitation • forteresse

★★ **5 Construis des mots de la même famille en ajoutant un préfixe.**

poser possible ligne connaissance
joindre voir version

★★ **6 Construis des mots de la même famille en ajoutant un suffixe.**

agrandir perforer tricher dresser
crêpe doux gentil banque

★★ **7 Trouve le plus possible de mots de la même famille.**

nature jardin arme savon froid

★★ **8 Explique les lettres muettes des mots en donnant un mot de la même famille.**

épais tas dent mouvant
galop bavard cent

★★★ **9 a. Retrouve des familles de mots à partir des racines grecques et latines.**
b. Emploie les mots trouvés dans des phrases.

auto phobie multi dys

JE RÉINVESTIS

★★★ **10 a. Dans le texte, relève un mot de la famille de « foncer ».**
b. De quelle famille de mots sont issus « facilement » et « agenouiller » ? Explique leur formation.
c. Explique les lettres muettes des mots en gras en t'appuyant sur des mots de la même famille.

Tom Sawyer et ses amis font l'école buissonnière pour jouer aux pirates.

Après le dîner les pirates partirent à la recherche d'œufs de tortue, sur le banc de sable[1]. Ils allaient de-ci de-là, tâtant dans le sable avec un bâton ; là où le bâton s'enfonçait le plus facilement, ils s'agenouillaient et creusaient avec leurs mains. Dans un seul trou il y a parfois cinquante ou soixante œufs parfaitement **ronds** et à peine plus **gros** qu'une noix.

Mark Twain, *Les Aventures de Tom Sawyer* [1876], trad. de l'anglais par F. de Gaïl, © Éditions Gallimard, 1995.

1. Étendue de sable.

★★★ **11 À toi de jouer !**

Raconte une aventure des deux enfants en utilisant deux mots de la famille de *pêche*, deux mots de la famille de *jeu*, et deux mots de la famille de *mer*. Ton texte fera au maximum 10 lignes.

4 Repérer un champ lexical

FICHE COUP DE POUCE
hachette-clic.fr/25mp6215

JE DÉCOUVRE

Défi en groupe

Vous avez cinq minutes pour trouver le plus possible de mots qui vous font penser au collège !
Désignez un ou une secrétaire qui notera toutes les propositions du groupe.
Combien de mots avez-vous trouvés ?

JE COMPRENDS

LE CHAMP LEXICAL est l'ensemble des mots et des expressions qui se rapportent à **un même thème, une même idée.**
Il comporte des **mots de natures différentes** (noms, verbes, adjectifs, adverbes), mais aussi des **expressions** et des **tournures de phrase**.

Le champ lexical de la mer

Différentes natures de mots
Noms : *bateau, seau, pelle, sable, eau…*
Verbes : *naviguer, se baigner…*
Adjectifs : *bleue, calme…*
Adverbes : *immensément…*

Famille de mots
mer, marin, maritime, amerrir…

Expressions, tournures de phrase
ce n'est pas la mer à boire ; mer Méditerranée ; détroit de Gibraltar…

JE M'ENTRAÎNE

★ **1 Trouve le champ lexical formé par les listes de mots.**

a. baignoire • savon • eau • serviette • se laver • brosse • buée
b. manette • écran • Mario • score • jouer • plaisir • console
c. observer • animaux • cage • visiteur • découverte • ticket
d. sombre • lune • clarté • noir • dormir • ombre • jour
e. amusement • récréation • joie • cadeau • jeu • plaisir • réussite

★ **2 Pour chaque thème, trouve cinq mots appartenant au même champ lexical.**

rugby · musique · bonheur · cuisine · aventure

★ **3 Dans chaque liste de mots, repère l'intrus et trouve le nom du champ lexical.**

a. natation • courir • ballon • lapin • gardien • panier • but
b. bougie • écran • film • pop-corn • fauteuil • entrée • séance
c. odeur • regarder • ouïe • sentir • toucher • table • goûter
d. chaudron • magie • balai • montagne • formule • crochu
e. bourgeon • branche • tronc • bois • racine • feuilles • mer

★★ **4 Classe les mots en deux groupes. Trouve le champ lexical de chaque groupe.**

neige • blême • horreur • alpiniste • trembler • escalade • fuir • crier • chamois • altitude • sommet • skier • monstre • frisson • effrayant

★★ **5 Trouve un verbe, un adjectif et un nom qui appartiennent à chacun des thèmes.**

alimentation • jardin • ruse • poésie • amour

★★ **6 Observe le tableau ci-dessous.**
a. Fais une liste de tout ce que tu vois.
b. À quel champ lexical peuvent appartenir les mots que tu as trouvés ?
c. Quel titre pourrais-tu donner à ce tableau ?

Vincent Van Gogh, huile sur toile, 1889.

Défi en classe

★★ **7 Votre professeur(e) ou un(e) élève propose un mot. Tour à tour, à l'oral, donnez chacun(e) un mot qui appartient au même champ lexical. Vous ne pouvez pas donner un mot déjà dit.**

★★ **8 Dans le texte, relève les mots qui appartiennent au champ lexical de la peur.**

Ulysse doit affronter les deux monstres marins Charybde et Scylla...
Au fond, on apercevait la terre et le bleu sombre du sable. Une terreur blême s'empara des hommes. Redoutant la mort, nous fixions tous le récif quand soudain Scylla arracha du navire six de mes compagnons. [...] Ils criaient et hurlaient mon nom pour la dernière fois, le coeur terrorisé. [...] Scylla les dévorait à l'entrée de la caverne tandis qu'ils hurlaient et tendaient les mains vers moi dans leur lutte désespérée.

Homère, *Odyssée*, chant XII, trad. du grec par H. Tronc, © Éditions Gallimard, 2009.

★★ **9 Dans le texte, quel est le champ lexical principal ? Relève les mots qui t'ont permis de répondre.**

Mais le ciel limpide de l'aube naissante se couvrit brusquement. Des nuages noirs, ondulants et menaçants, s'amassèrent au-dessus de leurs têtes tandis que dix mètres plus loin, le soleil apparaissait. L'enfer se déchaîna. Des trombes d'eau s'abattirent sur eux. En quelques secondes, le sol devint un bourbier[1] où les chevaux affolés s'enlisèrent.

Pierre Bottero, *La Quête d'Ewilan. D'un monde à l'autre*, Éditions Rageot, 2003.

1. Lieu couvert de boue.

JE RÉINVESTIS

★★★ **10 Écris la suite du texte de l'exercice 9 en employant le même champ lexical.**

★★★ **11 À toi de jouer !**
a. Choisis un thème : *nature, aventure, jeux vidéo, amitié, sport* ou un autre de ton choix.
b. Fais une liste d'au moins cinq mots appartenant au champ lexical de ce thème.
c. Écris un court texte en utilisant ces mots.
d. Lis ton texte à un camarade. A-t-il deviné ton champ lexical ?

5 Différencier et employer les synonymes, les antonymes et les homonymes

FICHE COUP DE POUCE
hachette-clic.fr/25mp6216

JE DÉCOUVRE

Défi en groupe

Retrouvez le groupe des synonymes, celui des antonymes et celui des homonymes. Expliquez comment vous avez trouvé.

beau • joli
splendide • magnifique

sang • sens
sent • s'en
sans • cent

partir • venir
grand • petit
adresse • maladresse

JE COMPRENDS

- Des **SYNONYMES** sont des mots de **sens proches** et de **même classe grammaticale**.
  jouer / s'amuser (verbes) beau / joli (adjectifs) ami / camarade (noms)

La synonymie **dépend du contexte**.

Les assaillants prennent la ville. Les assaillants conquièrent la ville. Les assaillants prennent leurs armes.

Synonymes — Ce ne sont pas des synonymes

Des synonymes peuvent ne pas appartenir au même registre de langue : déguster / manger / s'empiffrer.

- Des **ANTONYMES** sont des mots de **sens opposés** et de **même classe grammaticale**.
  monter / descendre (verbes) grandeur / petitesse (noms) beau / laid (adjectifs)

L'antonymie **dépend du contexte**.

Il décroche le tableau du mur. Il accroche le tableau au mur. Il décroche la médaille de bronze.

Antonymes — Ce ne sont pas des antonymes

Des antonymes peuvent ne pas appartenir au même registre de langue : ravissant / moche.

- Des **HOMONYMES** sont des mots qui se prononcent ou s'écrivent de la même manière mais ont des **sens différents**. On distingue deux catégories :
  → ceux qui s'écrivent de la même façon : fils (*les fils de ma sœur* ou *une bobine de fils*)
  → ceux qui s'écrivent de façons différentes : maître / mettre / mètre

Synonymes
- mots de sens proches
- • même classe grammaticale • registres de langue différents • dépendent du contexte

Antonymes
- mots de sens contraires

Homonymes
- • même prononciation ou même écriture • sens différents

JE M'ENTRAÎNE

★ **1 Réponds par *vrai* ou *faux*. Justifie tes réponses.**

a. Deux mots de classes grammaticales différentes peuvent être des synonymes.

b. Les mots de sens contraire sont des homonymes.

c. Des synonymes peuvent appartenir à des registres de langue différents.

★ **2 Retrouve le synonyme de chaque mot.**

danger •	• volatile
voiture •	• parler
oiseau •	• bagnole
dire •	• péril

★ **3 Retrouve l'antonyme de chaque mot.**

jeune •	• âgé
adroit •	• descendre
malheur •	• maladroit
monter •	• bonheur

★ **4 Recopie et complète les phrases avec les homonymes *vers*, *verre*, ou *vert*. Attention aux accords !**

a. Il se dirigea .... la table et se servit un .... d'eau.

b. Ici le gazon est plus .... mais il y a plein de .... de terre.

c. Les .... de ses lunettes ne sont pas propres.

d. Tous les jours .... six heures, ils se retrouvent pour boire un ....

e. Le .... est sa couleur préférée.

f. Son vase en .... n'est pas .... mais rouge.

★ **5 a. Donne un synonyme pour chacun des mots.**
b. Propose une phrase avec chaque synonyme.

connu · regarder · parc · bête · bureau · long · coûteux

★★ **6 Trouve les antonymes des mots.**
possible • faire • ranger • vendu • boutonner • habile • correct • propre • pudique • plaire

Défi en groupe

★★ **7 Trouvez le plus de synonymes des mots.**
maison • aimer • beaucoup • eau • parler • grand

JE RÉINVESTIS

★★★ **8 Dans le texte, remplace le verbe *dire* souligné par un synonyme. N'oublie pas de le conjuguer.**

Quand [elle] arriva chez Dame Trude, la vieille lui dit :
« Pourquoi es-tu si pâle ?
— Oh ! dit-elle [...], c'est que j'ai eu si peur de ce que j'ai vu.
— Et qu'est-ce que tu as vu ? dit la vieille.
— J'ai vu sur votre seuil un homme noir, dit la fillette.
— C'était un charbonnier[1], dit la vieille.
— Après, j'ai vu un homme vert, dit la fillette.
— Un chasseur dans son uniforme », dit la vieille.

D'après Jacob et Wilhelm Grimm, « Dame Trude » [1812], *Les Contes de Grimm*, trad. de l'allemand par A. Guerne, Éditions Flammarion, 1967.

1. Personne qui vend du charbon.

★★★ **9 a. Dans le texte, relève les synonymes des mots *alléchante, personnes, grandes*.**
b. Relève les antonymes des mots *maigre, petit, montait, debout*.

Et voici ce qu'il vit.
Trois individus corpulents assis autour d'un très grand feu de hêtre. Ils faisaient rôtir du mouton sur de longues tiges de bois et léchaient le jus de viande qui leur coulait sur les doigts. Une odeur appétissante flottait dans l'air. Il y avait aussi à leurs côtés tout un tonneau de boisson, qu'ils buvaient dans des pichets.

J. R. R. Tolkien, *Le Hobbit* [1937], trad. de l'anglais par D. Lauzon, Christian Bourgois éditeur, 2012.

6 Savoir manipuler les registres de langue

FICHE COUP DE POUCE
hachette-clic.fr/25mp6217

JE DÉCOUVRE

Défi à deux

Qui dit quoi ? Associez chaque phrase à la personne qui a pu la prononcer.

Où es-tu ?

T'es où ?

Sauriez-vous m'indiquer votre position ?

Comment avez-vous deviné ? Expliquez votre raisonnement.

JE COMPRENDS

- Il existe trois registres de langue.

→ **LE REGISTRE FAMILIER** s'emploie avec les amis, la famille. Il contient de nombreuses **marques d'oralité**. C'est qui qui vient ?

→ **LE REGISTRE COURANT** s'emploie en public, au collège, au travail, dans la vie de tous les jours. Qui est-ce qui vient ?

→ **LE REGISTRE SOUTENU** s'emploie plutôt **à l'écrit**. On le retrouve dans les récits littéraires, dans des discours officiels, lorsqu'on s'adresse au principal du collège ou à une personne importante. Pourriez-vous m'indiquer qui fera le déplacement ?

- Les registres de langue se distinguent par le **type de vocabulaire employé**, mais aussi par les **constructions des phrases**.

T'as pas envie de te pointer ? → registre familier
Est-ce que tu n'as pas envie de venir ? → registre courant

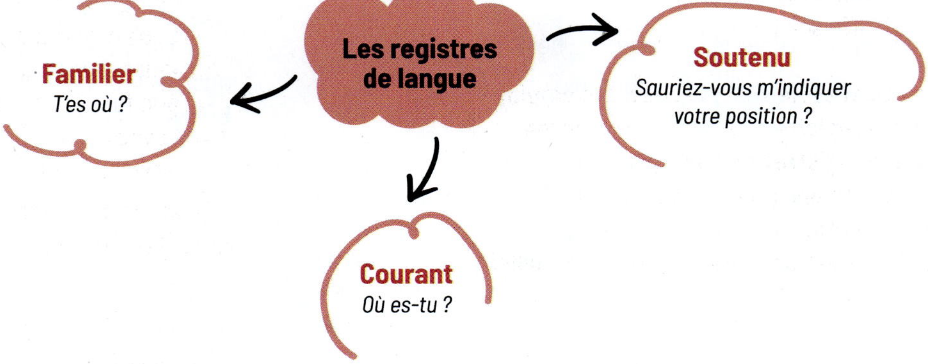

JE M'ENTRAÎNE

★ **1 Indique le registre de langue de chaque phrase.**

a. Cet écolier a trouvé sa journée harassante.
b. Y a encore du sucre ?
c. Pourrais-je prendre mon véhicule ?
d. Pouvez-vous nous rejoindre à 15 heures ?
e. Zut, j'ai bousillé mes fringues.

★ **2 Retrouve les synonymes mélangés dans cette liste et classe-les selon leur registre.**

voler • paumé • gourmander • ruse
souper • stratagème • bousillé
combine • casse-dalle • enguirlander
chiper • perdu • dérober • gronder
abîmé • repas • détérioré • égaré

★★ **3 Recopie le tableau et complète-le.**

Registre familier	Registre courant	Registre soutenu
...	maison	...
...	...	inquiétude
bagnole	...	...
...	...	harassant
bouquin	...	...

★★ **4 Réécris les phrases en utilisant le registre courant.**

a. Les gamins se fichent de leur frangin.
b. Elles disent que des bobards.
c. J'suis crevée.
d. Z'ont chipé la bagnole.
e. Tu fais quoi ?

★★ **5 Réécris les phrases en utilisant le registre soutenu.**

a. On est les meilleurs potes.
b. T'as vu l'heure, dépêche.
c. Y a quoi à bouffer ? J'crève la dalle.
d. J'ai kiffé son bouquin.

★★ **6 a. Quel est le sens de ces mots employés dans le registre courant ? Et employés dans le registre familier ?**
b. Propose une phrase avec chacun de ces mots.

des pompes • un poulet • un pieu • grouiller

JE RÉINVESTIS

★★ **7 a. Quel est le registre de langue utilisé dans le texte ?**
b. Réécris cet extrait en utilisant le registre courant.

Puis-je vous demander ce que vous faisiez dans les montagnes ? [...] Non que cela vous serve à grand-chose, Thorïn Oakenshield, [...] mais dites-nous la vérité, ou je vous ferai préparer quelque chose de particulièrement désagréable !

J. R. R. Tolkien, *Bilbo le Hobbit* [1937], trad. de l'anglais par F. Ledoux, Le Livre de Poche, 2010.

★★★ **8 a. Dans ce texte, quel personnage parle de façon familière ?**
b. Réécris ses propos en langage courant.
c. À quel registre de langue appartient la première réplique de Valère ?
d. Réécris sa réplique en langage courant.

VALÈRE. — De grâce, Monsieur, ne dissimulez point avec nous.
SGANARELLE. — Comment ?
LUCAS. — Tout ce tripotage ne sart de rian ; je savons çen que je savons.
SGANARELLE. — Quoi donc ? que me voulez-vous dire ? Pour qui me prenez-vous ?
VALÈRE. — Pour ce que vous êtes, pour un grand médecin.

Molière, *Le Médecin malgré lui*, 1666, acte I, scène 5.

Défi en groupe

★★★ **9 Imaginez qu'un surveillant demande à un élève son carnet de correspondance, mais que ce dernier l'a oublié.**

Rédigez une saynète de théâtre d'au moins six répliques, dans laquelle l'élève s'exprime en langage familier avec un ami, en langage courant avec le surveillant et en langage soutenu avec le principal.

Exagérez les différences de registres pour les faire ressortir.

7 Repérer et s'approprier les différents sens des mots

JE DÉCOUVRE

Lis les deux textes. Recopie les mots qui sont présents dans les deux. Que constates-tu ?

La lune éclaire les marais inondés par la pluie. Nous observons les animaux qui viennent boire : un énorme éléphant s'approche. Le guide nous indique qu'il pèse trois tonnes.

Lors de la rentrée, le professeur principal nous a inondés d'informations. Il nous a prévenus qu'il ne valait mieux pas être dans la lune cette année. Il nous a donné une tonne de devoirs !

JE COMPRENDS

- Un même mot peut avoir **plusieurs sens**. C'est ce qu'on appelle la **POLYSÉMIE**.
Le sens se déduit en fonction du **contexte** de la phrase.
Le nom « espace » peut avoir ces sens : distance, lieu, volume, durée, univers.

- Un mot peut aussi avoir un sens propre et un sens figuré.

→ Le **SENS PROPRE** d'un mot est son **premier sens** dans le dictionnaire.

→ Le **SENS FIGURÉ** d'un mot est son **sens imagé**.
Sens propre : J'ouvre la **porte**.
Sens figuré : Je prends la **porte**. Cela signifie que je suis renvoyé.

De nombreuses expressions françaises emploient le sens figuré des mots.
Perdre pied. Avoir un chat dans la gorge.

Un mot peut avoir plusieurs sens

SENS PROPRE	**SENS FIGURÉ**
Le lion dévore sa proie.	Théo dévore son livre.

JE M'ENTRAÎNE

★ **1 Réponds par *vrai* ou *faux*. Justifie tes réponses.**

a. Le sens figuré est le premier sens d'un mot.
b. « Polysémie » signifie « plusieurs sens ».
c. Un même mot peut avoir plusieurs sens.
d. De nombreuses expressions utilisent le sens propre des mots.

Défi à l'oral

★ **2 Devine le sens propre et le sens figuré de chaque mot.**

a. Botte : chaussure montante • manière de porter un coup d'épée
b. Trésor : personne adorable • ensemble de choses amassées et cachées
c. Cerveau : personne très intelligente • organe

★ **3 Trouve l'expression cachée derrière cette image et explique son sens.**

★ **4 Recopie les phrases en les complétant avec le bon animal.**

couleuvre • chien • cochon • loup • mouche • vipère

a. Antonin prend la .... pour rien.
b. Samia a un vrai caractère de ....
c. Il avale des .... au travail.
d. Quel temps de .... !
e. Ils sont allés se fourrer dans la gueule du ....
f. Ce sont de vraies langues de ....

★ **5 Retrouve les différents sens des mots *prendre* et *faire*.**

Construire. Parcourir. Reproduire. Emporter. Réaliser. Mettre dans sa main.

★★ **6 Recopie les phrases où le mot en gras est employé avec son sens figuré. Explique son sens.**

a. Tu pousses le **bouchon** trop loin avec ton frère. Le **bouchon** est en liège.
b. Les enfants **perdent** la tête quand ils jouent. Narek **perd** ses clés régulièrement.

★★ **7 Cherche le sens des expressions puis emploie-les dans une phrase de ton invention.**

a. Mettre les pieds dans le plat
b. Couper les ponts
c. Poser un lapin

★★★ **8 a. Cherche les mots dans le dictionnaire.**
b. Propose une phrase avec leur sens propre et une autre avec le sens figuré.

carte • marteau • crème • tuile • nuage

JE RÉINVESTIS

★★★ **9 a. Quel est le sens d'« ennuyez » ? Connais-tu d'autres sens de ce verbe ?**
b. « Tempêtez » est-il employé au sens propre ou figuré ? Que signifie le verbe ici ?
c. Quelles sont les deux façons d'expliquer le dernier vers ? Laquelle est la bonne selon toi ?

Quand vous **m'ennuyez**, je m'éclipse,
Et, loin de votre apocalypse,
Je navigue pour visiter
La Mer de la Tranquillité.

Vous **tempêtez** ? Je n'entends rien.
Sans bruit, au fond du ciel je glisse.
Les étoiles sont mes complices.
Je mange un croissant. Je suis bien.

Vous pouvez toujours vous fâcher,
Je suis si loin de vos rancunes !
Inutile de me chercher :
Je suis encore dans la lune.

Jacques Charpentreau, *« En voyage »*, *Poèmes pour peigner la girafe*, Hachette Livre/Gautier-Languereau, 1994.

★★★ **10 À toi de jouer !**

Compose un poème en jouant sur les sens du verbe *porter*.

8 Apprendre à analyser un mot inconnu

FICHE COUP DE POUCE
hachette-clic.fr/25mp6219

JE DÉCOUVRE

Défi en groupe

Le narrateur se rappelle les moments passés avec sa grand-mère.

Je m'amusais beaucoup à l'écouter, souvent j'en riais, bien que sans moquerie **irrévérencieuse**, et jamais elle ne me faisait peur, parce qu'elle était restée absolument jolie.

Pierre Loti, *Le Roman d'un enfant*, 1890.

Comment comprenez-vous le mot « irrévérencieuse » ?
Rédigez chacun une définition du mot, puis comparez-les.
Expliquez la démarche que vous avez suivie pour comprendre et définir le mot.

JE COMPRENDS

- Dans un texte, lorsque je rencontre un **MOT QUE JE NE COMPRENDS PAS**, voici les différentes **étapes à suivre**.

1. Je relis le passage où se trouve le mot.
2. Je teste les outils d'analyse que j'ai appris :

Pour comprendre un mot...

- je fais le lien avec le **contexte**.
- je vérifie si je connais l'**étymologie** du mot. p. 290
- je cherche des **mots de la même famille**. p. 294
- je cherche un **synonyme**. p. 298
- je vérifie si le mot est employé à son **sens propre** ou à son **sens figuré**. p. 302
- si le mot porte une **majuscule**, je regarde s'il s'agit d'un lieu, d'un personnage...
- je cherche le mot dans le **dictionnaire**. p. 285

3. Je me fais une idée du sens du mot.
4. Je relis la phrase pour vérifier ma compréhension.

JE M'ENTRAÎNE

★ **1 Réponds par *vrai* ou *faux*. Justifie tes réponses.**

a. Un seul outil d'analyse est utile pour trouver le sens d'un mot.

b. Je peux chercher des synonymes de même nature pour comprendre le sens d'un mot.

★ **2 a. Quel est le radical du mot en gras dans le texte ?**
b. Quel sens apporte le préfixe *in-* ?
c. Que signifie le mot selon toi ?

> Ils étaient fort pauvres, et leurs sept enfants les **incommodaient** beaucoup.
>
> Charles Perrault, « Le Petit Poucet », *Les Contes de ma mère l'Oye*, 1697.

★ **3 a. Trouve un synonyme du mot en gras dans le texte.**
b. Explique ce qui t'a permis de donner ce synonyme.

> [Le petit Poucet] était le souffre-douleur de la maison, et on lui donnait toujours le tort. Cependant, c'était le plus fin, et le plus **avisé** de tous ses frères, et s'il parlait peu, il écoutait beaucoup.
>
> Charles Perrault, *« Le Petit Poucet »*, *Les Contes de ma mère l'Oye*, 1697.

★ **4 a. Réponds par *vrai* ou *faux*. Pierrot et Raton sont des personnages de la fable.**
b. Explique ce qui t'a permis de répondre.

> Quand un moineau du voisinage
> S'en vint les visiter, et se fit compagnon
> Du pétulant **Pierrot** et du sage **Raton**.
> Entre les deux oiseaux il arriva querelle.
>
> Jean de La Fontaine, « Le Chat et les Deux Moineaux », *Fables*, 1668-1694.

★★ **5 a. Les mots en gras sont-ils employés au sens propre ou au sens figuré ?**
b. Déduis-en le sens de chacun de ces mots.

> Ils allaient récupérer leurs voitures. Je suivais le **flot** des piétons qui portaient tous des **grappes** de sacs en plastique.
>
> Timothée de Fombelle, *Céleste, ma planète*, © Éditions Gallimard Jeunesse, 2009.

★★★ **6 a. Dans « vermisseau », quel radical reconnais-tu ? Déduis-en son sens.**
b. Cherche les mots en gras dans le dictionnaire pour trouver leur sens.
c. Trouve un synonyme de « subsister ». Explique ce qui t'a permis de répondre.

> La cigale, ayant chanté
> Tout l'été,
> Se trouva fort dépourvue
> Quand la **bise** fut venue.
> Pas un seul petit morceau
> De mouche ou de vermisseau.
> Elle alla crier **famine**
> Chez la fourmi sa voisine,
> La priant de lui prêter
> Quelque grain pour subsister
> Jusqu'à la saison nouvelle.
>
> Jean de La Fontaine, « La Cigale et la Fourmi », *Fables*, 1668-1694.

JE RÉINVESTIS

★★★ **7 Lis le texte et explique ta démarche pour comprendre les mots en gras.**

> « [V]ous avez fait preuve cet après-midi de beaucoup de délicatesse. Je n'ai pas vraiment tué ce **Ts'lich**, même si mes coups l'ont obligé à prendre la fuite. Vous avez passé ce détail sous silence, m'évitant une honte **cuisante**.
> — C'est un gros détail, se moqua **Salim**, vous ne croyez pas ?
> — Non, pas du tout. J'ai **occis** de nombreux Ts'liches dans ma vie. Je ne suis plus à un près. »
> Camille leva les yeux au ciel et se désintéressa de la conversation. Son esprit était absorbé par ce qu'elle venait d'apprendre, et les **rodomontades** de **Bjorn** l'agaçaient.
>
> Pierre Bottero, *La Quête d'Ewilan. D'un monde à l'autre*, Éditions Rageot, 2003.

9 Savoir interpréter le vocabulaire dans toutes les disciplines

FICHE COUP DE POUCE
hachette-clic.fr/25mp6220

JE DÉCOUVRE

Défi à l'oral

Lis les énoncés et associe-les à une discipline scolaire.

→ Placer 2 points E et F distincts. Tracer une **droite** passant par les points E et F.

→ La gauche et la **droite** sont deux camps politiques qui s'opposent. Ils ne sont pas d'accord sur la façon de gouverner la France.

→ Tenir la pipette **droite** et verser l'huile dans l'eau. L'huile remonte à la surface car l'eau et l'huile ne sont pas miscibles.

→ La trajectoire de la balle doit être **droite** si on veut qu'elle atteigne sa cible du premier coup.

Donne la liste des mots qui t'ont permis de répondre.
Explique la signification du mot « droite » en gras.

JE COMPRENDS

p. 304

Quelle que soit la discipline enseignée, tu peux appliquer les **stratégies** que tu as apprises pour **comprendre le sens d'un mot connu ou inconnu** dans un texte.

Chaque matière comporte également un **vocabulaire spécifique** qu'il faut comprendre et maîtriser.

JE M'ENTRAÎNE

Défi en classe

★ **1 Reproduisez le tableau et remplissez, en un temps limité défini par votre professeur(e), le plus de cases possible avec le vocabulaire employé dans chaque discipline.**

	Histoire	Musique	EPS	Maths	Anglais	SVT	Géo
Verbe							
Nom							
Adjectif							

★ **2 Associe chacun des mots à une discipline enseignée en 6e. Compare avec tes camarades. Avez-vous les mêmes réponses ?**

tracer · époques · planisphère · rivières · pastel · aiguë · sauter

★★ **3 Lis le texte et aide-toi du contexte pour répondre aux questions. Explique oralement ce qui t'a permis de répondre.**

a. Dans quel pays habitent les Han ?
b. Qu'est-ce qu'un émissaire ?
c. Que fabriquent les Chinois ?

> L'empereur romain a toujours voulu envoyer des émissaires aux Han, mais les An-shii, désireux de contrôler le commerce des soieries chinoises multicolores, ont bloqué la route pour les empêcher de passer en Chine.

★★ **4 a. Donne le radical des mots en gras.**
b. Connais-tu d'autres mots de la même famille ?
c. Explique leurs sens à l'oral.

> Les eaux usées sont **canalisées** vers les égouts puis **acheminées** vers une station d'**épuration**.

★★ **5 Trouve la signification des mots en t'aidant de leur étymologie.**

a. Sachant qu'un polygone est une figure à plusieurs (*poly*) côtés (*gone*), que peuvent signifier « octogone » et « décagone » ?
b. Sachant que -*duc* signifie « conduire », quelle peut être la définition d'« aqueduc », « gazoduc », « oléoduc » ?

★★ **6 Trouve la signification du mot « croissant » en t'aidant du contexte.**

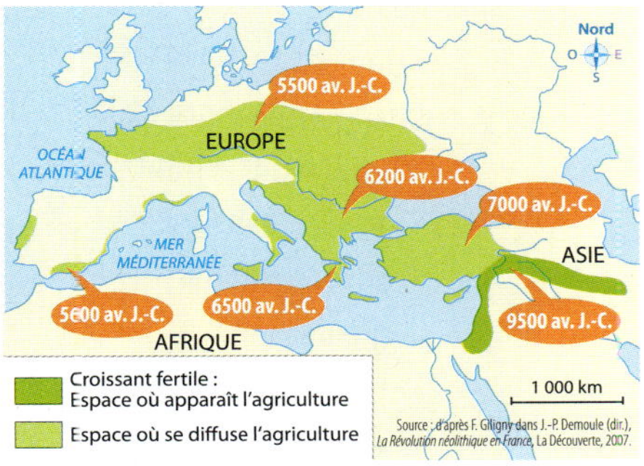

Foyers d'apparition de l'agriculture

★★ **7 Dans le texte, fais la liste des mots que tu ne connais pas. Aide-toi des procédés vus dans la leçon pour trouver leur sens. Si tu n'y arrives pas, cherche leur définition dans le dictionnaire.**

> L'introduction par l'homme de certaines espèces animales ou végétales en divers points du monde s'est parfois révélée néfaste. Dans les régions isolées, cette pratique a entraîné l'extinction d'espèces indigènes. En France, la tortue de Floride menace de supplanter la cistude.

★★★ **8 Voici plusieurs mots polysémiques. Utilise-les dans deux phrases où ils n'auront pas le même sens.**

espèce · classe · point · gauche · devoirs · multiplication · souris · croissant

JE RÉINVESTIS

★★★ **9 Lis le texte. Aide-toi de la leçon et des exercices précédents pour expliquer les mots en gras.**

> La place de la ville n'a **cessé** d'augmenter depuis que les hommes se sont **sédentarisés**. La **révolution industrielle** a vu naître un **phénomène** très important : l'**exode rural**. En France, jusqu'en 1914, un habitant sur deux vivait encore à la campagne. Aujourd'hui, la population est **urbaine** aux trois quarts.

★★★ **10 Complète cet article de la *Déclaration universelle des droits de l'homme* (1948) avec les mots proposés. Sers-toi des procédés vus dans la leçon.**

garanties • culpabilité
délictueux • présumée

> **Article 11**
> Toute personne accusée d'un acte ... est ... innocente jusqu'à ce que sa ... ait été établie au cours d'un procès public où toutes les ... nécessaires à sa défense lui auront été assurées.

L'Odyssée des mots

Votre mission

Valeureux compagnons d'Ulysse, saurez-vous affronter les dangers et répondre aux énigmes en équipe pour enfin rentrer chez vous ?

1 Quel est l'antonyme de « visible » ?

3 Trouvez un mot commençant par le préfixe *para-*.

6 Citez les trois registres de langue.

9 Dans quelle discipline scolaire tracez-vous des droites ?

13 On dit d'une personne qu'on ne peut pas supporter qu'elle est...

16 Une petite maison est une...

20 Citez trois mots de la même famille que « monstre ».

24 Qu'est-ce qu'une « grolle » en langage familier ?

28 Quelles langues sont à l'origine du français ?

32 Citez un antonyme de « beauté ».

2 Comment s'appelle la science qui étudie l'origine et l'histoire des mots ?

4 Citez deux mots avec la racine *chronos* (« le temps »).

7 Donnez le nom de trois couleurs sous forme de mots composés.

14 Quel est le point commun entre les mots « chien-loup » et « arc-en-ciel » ?

18 Citez deux sens différents du mot « bouchon ».

21 Proposez un mot formé d'un préfixe, d'un radical et d'un suffixe.

25 De quelle langue étrangère vient le mot « piano » ?

30 Quel suffixe ajoute-t-on généralement pour former un adverbe ?

34 Trouvez un synonyme de « bouquin » en langage courant.

36 Épelez l'antonyme de « patient ».

5 Qu'est-ce qu'un mot polysémique ?

11 « Lait », « les », « laid » sont des...

15 Épelez l'antonyme de l'adjectif « habile ».

19 Citez deux langues étrangères auxquelles le français emprunte des mots.

22 De quelle langue vient le mot « pizza » ?

26 Citez deux sens différents du mot « milieu ».

31 Trouvez un synonyme de « maison » en langage soutenu.

35 Trouvez trois mots composés à partir de « coupe ».

38 Dans quelle matière utilise-t-on un planisphère ?

40 Quel est le contraire du verbe « plaire » ?

Grammaire
et orthographe
grammaticale

Je révise les homonymes

as / a / à

Tu **as** un téléphone. / Il **a** un téléphone. / Il va **à** la montagne.

→ Utiliser l'imparfait. Tu **avais** un téléphone. Il **avait** un téléphone.

→ Modifier la préposition. Il va **près de** la montagne.

la / là / l'as / l'a

La marmotte mange. / Son vélo est **là**. / Il **l'a** vu hier.

→ Remplacer *la* par *une*. **Une** marmotte mange.

→ Remplacer *là* par *ici*. Son vélo est **ici**.

→ Remplacer *a* et *as* par *avait/avais*. Il **l'avait** vu hier. Tu **l'avais** vu hier.

→ Remplacer *l'* par *les*. Tu **les** as vus hier. Il **les** a vus hier.

on / ont

On est allé faire du roller. / Ils **ont** un beau chalet.

→ Remplacer *on* par *il* ou *elle*. **Il** est allé faire du roller.

→ Utiliser l'imparfait. Ils **avaient** un beau chalet.

où / où

Où es-tu ? / Veux-tu une crêpe **ou** un chocolat chaud ?

→ Remplacer *ou* par *ou bien*. Veux-tu une crêpe **ou bien** un chocolat chaud ?

leur / leurs

Je **leur** murmure des secrets. / **Leurs** chaussures sont mouillées.

→ Remplacer *leur* par *lui*.
Je **lui** murmure des secrets.

→ Remplacer *leur(s)* par un autre déterminant possessif, comme *notre* ou *nos*.
Nos chaussures sont mouillées. **Notre** trousse est mouillée.

son / sont

Son snowboard est petit. / Ils **sont** drôles.

→ Remplacer *son* par *mon* ou *ton*. **Mon** snowboard est petit. **Ton** snowboard est petit.

→ Utiliser l'imparfait. Ils **étaient** drôles.

1 Recopie et complète avec *as / a / à* et *la / là / l'as / l'a*.

Luna ...... invité Anouk ...... son anniversaire. Anouk ...... décidé de lui acheter des boucles d'oreilles dépareillées. Luna ...... ouvert son cadeau et ...... tout de suite adoré.
« Elles sont magnifiques, tu ...... bien choisi, c'est exactement celles-...... que je voulais », ...-t-elle dit.
Pour faire plaisir ...... Anouk, Luna lui ... prêté ...... boucle de droite mais Anouk ...... mise ...... gauche.
« Tu ...... mise .... mauvaise oreille », lui fait remarquer son amie.
Alors, Luna ...... remise correctement et Anouk .... mis l'autre. Depuis ce jour-......, elles sont les meilleures amies du monde.

2 Recopie et complète avec *on / ont* et *ou / où*.

Un peu plus tard, Luna et Anouk discutent :
« ...... va-t-...... pour les vacances ?
— ...... peut aller faire du ski ...... du snowboard ...... même de la luge ! Je veux un endroit ...... il y a de la neige.
— Super idée, mes parents ...... un appartement à la montagne. Ils ...... même des luges et ...... pourrait aussi aller à la piscine !
— Génial, il y a une piscine là ...... ils habitent ?
— Oui, je ne sais plus si c'est à Tignes ...... Val-d'Isère, mais ...... aura plein de neige là-bas ! »

3 **Recopie et complète avec *leur / leurs* et *sont / son*.**

Anouk discute avec son père de ses prochaines vacances au ski avec Luna.
« ...... frère Mano sera là ? demande ...... père.
— Oui, il va me prêter ...... snowboard. Il y aura ...... grands-parents aussi. Ils ...... très gentils, lui explique Anouk.
— ...... chien sera là aussi ?
— Non, ... chien restera chez ...... cousins.
— Parfait, Anouk, tu me donneras ...... adresse pour savoir où ils ...... ?
— Bien sûr, papa. Luna et Mano auront aussi ...... téléphones si tu veux m'appeler. »

et / es / est

Tu **es** joueur. / Il **est** joueur. / Il a sa gourde **et** son goûter.
→ Utiliser l'imparfait. Tu **étais** joueur. Il **était** joueur.
→ Remplacer par *et puis*. Il a sa gourde **et puis** son goûter.

ça / sa

Utilise plutôt **ça**. / **Sa** luge est belle.
→ Remplacer *ça* par *cela*. Utilise plutôt **cela**.
→ Remplacer *sa* par *ma*. **Ma** luge est belle.

ce / se

Ce renard est petit. / Il **se** relève.
→ Passer au pluriel. **Ces** renards sont petits.
→ Changer de personne. Il **me** relève.

ces / ses

Ces renards sont petits. / **Ses** renards sont petits.
→ Passer au singulier. **Ce** renard est petit. **Son** renard est petit.
→ Rajouter *-ci* ou *-là*. Ces renards-**là** sont petits.

mes / mais

Mes chaussettes ont des paillettes. / Elle est gentille **mais** timide.
→ Remplacer *mes* par *les*. **Les** chaussettes ont des paillettes.

4 **Recopie et complète avec *ce / se* et *ces / ses*.**

Luna et Mano ...... disputent :
« ...... chaussures ne ...... sont pas cassées toutes seules, Luna ! crie Mano.
— ...... n'est pas moi ! ...... chaussures étaient vieilles, de toute façon. ...... lacet était déjà cassé, rétorque Luna.
— ...... n'est pas une bonne excuse. Il ...... retire tout seul maintenant !
— Anouk a les mêmes. Tu peux prendre ...... lacets, elle n'en a pas besoin. ...... n'est pas grave.
— Anouk a besoin de ...... chaussures pour ...... déplacer dans la neige sans glisser. Sinon elle va ...... faire mal !
— Non, ... n'est pas celles-là qu'elle utilise mais ...... bottes rouges. Elles ...... ferment sur le côté. »

5 **Recopie et complète avec *sa / ça*.**

Mano va à la piscine. ...... serviette tombe de ...... chaise et finit dans l'eau. Heureusement ...... sœur en a une autre pour lui. À la montagne, ... ne séchera pas vite. Mano va devoir étendre ...... serviette et son maillot près du radiateur, ... permettra de les faire sécher dans la nuit et de rendre ...... serviette à Luna.

6 **Invente deux phrases avec les homonymes proposés, en t'inspirant de l'image.**

et / est / es — mais / mes — a / as / à

Je révise la phrase

Je sais reconnaître une phrase simple

- Une **phrase** commence par une **majuscule**, se termine par un **signe de ponctuation** forte (. ! ? ...) et doit avoir du **sens**.

- Elle est composée de deux éléments : le **groupe sujet (GS)** et le **groupe verbal (GV)**, auxquels peuvent se rajouter un ou plusieurs **compléments circonstanciels (CC)**.
→ Demain, une troupe de théâtre présentera sa nouvelle pièce dans mon collège.

Gestes du grammairien

1 Les énoncés suivants sont-ils des phrases correctes ? Justifie ta réponse.
a. mes parents se sont connus au lycée.
b. Ils se sont mariés en Amérique.
c. Quel âge a ton petit frère ?
d. J'adore les fraises
e. Fort nous aimons très nous tous !

2 Complète les groupes de mots pour en faire des phrases.
a. Demain, mes voisins... à la maison.
b. Dans la forêt, les oiseaux...
c. Je ne...
d. Parfois, mes amis... pour mon anniversaire.
e. Les romans d'aventures...

3 Recopie les phrases et souligne le GS en rouge, le GV en vert, le ou les CC en noir lorsqu'il y en a. Aide-toi des gestes du grammairien.
a. Tous les lundis matin, le professeur lit une histoire aux élèves.
b. Ma voisine arrose ses plantes dans son jardin.
c. Le petit chat boit le lait lentement.
d. Nous offrirons un livre à Pierre.
e. Ma cousine adore la Bretagne.

Je connais les différents types de phrases

On distingue **trois types** de phrases.

- Le **type déclaratif** permet de communiquer une information.
→ Mon père travaille dans une cantine scolaire.

- Le **type interrogatif** correspond à une question, une interrogation. Les phrases interrogatives commencent par une majuscule et se terminent par un point d'interrogation (?).
→ Avez-vous aimé ce film ? Est-ce que vous avez aimé ce film ?

- Le **type impératif** permet de donner un ordre à quelqu'un. Il se caractérise par l'emploi du mode impératif et l'absence de sujet.
→ Fermez la porte. Mange ta soupe.

4 Réponds par *vrai* ou *faux* en justifiant tes réponses.
a. Il existe trois types de phrases.
b. Les phrases impératives se terminent par un point d'interrogation.
c. La phrase interrogative sert à donner un ordre.
d. *Qui a aimé ce film ?* est une phrase interrogative.

5 Indique à quel type appartient chacune de ces phrases.
a. Je viendrai demain au cinéma avec vous.
b. Est-ce que Paul et Marie viendront aussi ?
c. Leurs parents ne sont pas d'accord.
d. Propose à ta voisine Julie.

6 Défi à l'oral
Lis les phrases en modifiant l'intonation. Ton (ta) voisin(e) doit deviner le type de phrase que tu as choisi.
a. Tu prends ton vélo pour aller au collège
b. La Roumanie fait partie de l'Union européenne
c. La Lune est un satellite de la Terre
d. Vous allez au cinéma ce soir

Je connais les différentes formes de phrases

On distingue **deux formes** de phrases. Chaque type de phrase peut prendre l'une ou l'autre de ces formes.

• La **forme négative** s'utilise lorsque l'on veut nier ou contredire un fait. Les marques de négation (*ne... pas, ne... jamais, ne... plus, ne... rien, ne... point*) encadrent le verbe ou l'auxiliaire lorsque le verbe est composé.

→ Mon père **ne** travaille **pas** dans une cantine scolaire. (déclarative/négative)

→ Mon père **n'**a **jamais** travaillé dans une cantine scolaire. (déclarative/négative)

• La **forme exclamative** sert à exprimer des émotions ou des sentiments forts. Elle se termine par un point d'exclamation (!).

→ C'est vraiment très bon ! (déclarative / exclamative)

→ Est-ce que vous pouvez vous taire ! (interrogative / exclamative)

→ Fermez la porte ! (impérative / exclamative)

7 Réécris les phrases à la forme négative.

a. Au collège, je mange à la cantine le vendredi.
b. Émile aime le chocolat au lait.
c. Qui a aimé ce livre ?
d. Donnez à manger aux chevaux.

8 Indique le type et la forme des phrases.

a. Combien de triangles ne sont pas rectangles ?
b. Dépêchez-vous un peu !
c. Mes matières préférées sont le français et la musique.
d. L'argent ne fait pas le bonheur.

9 Invente des phrases selon le type et la forme demandés.

a. déclarative / exclamative
b. interrogative
c. impérative / négative
d. déclarative / négative
e. impérative / négative / exclamative

Je différencie la phrase simple de la phrase complexe

• Une **proposition** comporte un groupe sujet, un groupe verbal et parfois un groupe complément non obligatoire : GS + GV (+ GC).

• Une **phrase simple** est une phrase qui ne comporte qu'une proposition.

→ Hier, mes parents sont allés au cinéma.

• Une **phrase complexe** est une phrase qui comporte plusieurs propositions.

→ [Hier, mes parents sont allés au cinéma] et [ils ont adoré le film].

10 Les phrases sont-elles simples ou complexes ? Justifie tes réponses.

a. J'ai téléphoné à mon frère, il viendra demain.
b. Pourtant, hier, il m'a dit le contraire.
c. Il s'est certainement arrangé avec son patron.
d. On pourra aller au restaurant et on prendra des crèmes brûlées.

11 *Défi à l'oral*

Décris cette affiche. Utilise deux phrases simples et deux phrases complexes.

La Guerre des boutons, film réalisé par Yann Samuell, 2011.

Grammaire et orthographe grammaticale

Je révise les natures et les fonctions des mots

Je connais la nature des mots

NATURES DE MOTS

- **Noms** : noms communs : maison, cheval… ; noms propres : Hamza, Marseille…
- **Adjectifs** : rouge, gentil, épatant…
- **Déterminants** : une, la, mon, ses, cette…
- **Verbes** : chanter, finir, aller…
- **Adverbes** : vite, ici, gentiment…
- **Pronoms** : je, tu, nous, me, lui, leur…
- **Conjonctions** : mais, ou, et, or, ni, car
- **Prépositions** : de, à, pour, avec…

1 Classe les mots en huit colonnes selon leur nature.

je • manger • belle • choisir • lentement
hier • là • quand • vert • tenir • et • or
car • étonnant • rendre • toujours • faire
forte • vous • en • dans • un • mes
sans • avec • mais • ou • cet • leurs

2 Trouve l'intrus dans chaque liste. Justifie ta réponse.

a. avec • le • une • leur • mon • ces • votre • nos
b. courir • penser • voir • apercevoir • tendre • conduire • aller • rapidement
c. souple • noir • triste • redoutable • intelligente • aventure
d. tableau • puissant • poney • bracelet • ordinateur • sorcière
e. calmement • tendrement • presque • rouge • ailleurs • tellement
f. mon • notre • lui • ces • ici • je • ils • siennes

3 À l'oral, donne la nature de chaque mot dans les phrases. Aide-toi du dictionnaire.

a. Lucie est la meilleure amie de Paul.
b. Elle lui donne souvent des bonbons.
c. Il la fait rire avec ses blagues de Toto.
d. La France joue au rugby contre l'Angleterre ce soir.
e. Cette petite fille rousse ressemble à la sœur de Léo.
f. Chaïma préfère jouer aux cartes que faire ses devoirs.
g. Après le feu rouge, tu dois plutôt tourner à gauche.

4 Classe les mots du texte selon leur nature dans un tableau à huit colonnes.

Avec mon voisin Arthur, nous allons jouer dehors, car le soleil brille dans le ciel. Sur le chemin, nous admirons les fleurs multicolores et les petits arbustes. Notre meilleur ami, Timéo, vient avec son nouveau ballon. Son père le lui a offert pour ses onze ans.

Je connais la fonction des mots

Phrases simples :
Le petit chat est noir.
Elle donne toujours le gâteau à Marie.

FONCTIONS DES MOTS DANS LA PHRASE SIMPLE

- **Groupe sujet (GS)** : Le petit chat, Elle
- **Complément circonstanciel (CC)** : toujours
- **Groupe verbal (GV)**
  - **Verbe** : donne, est
    - Complément d'objet direct (COD) : le gâteau
    - Attribut du sujet : noir
    - Complément d'objet indirect (COI) : à Marie

5 **Compose deux phrases simples sur le modèle de celles de la leçon.**

6 **Invente des phrases en respectant les schémas proposés.**

a. GS – verbe – CC
b. CC – GS – verbe – COD
c. GS – verbe – COD – COI
d. GS – verbe – attribut du sujet

7 **Dans le texte, donne la fonction des groupes de mots soulignés.**

Avec mon voisin Arthur, nous allons jouer dehors, car le soleil brille dans le ciel. Sur le chemin, nous admirons les fleurs multicolores et les petits arbustes. Notre meilleur ami, Timéo, vient avec son nouveau ballon. Son père le lui a offert pour ses onze ans.

8 **Décris ce tableau en 5 à 10 lignes.**
Ton texte doit comporter au moins 2 COD, 1 COI, 1 attribut du sujet et 2 CC.
Souligne les sujets en rouge, les groupes verbaux en vert et les CC en noir.

Gustave Caillebotte, *Rue de Paris, temps de pluie*, 1877.

Grammaire
et orthographe grammaticale

Je révise le verbe

Je sais définir le verbe

- Le verbe est le **noyau du groupe verbal** (GV) et de la phrase.
→ Mon frère **joue** du piano.
- Le verbe porte le sens de la phrase. Il exprime le plus souvent une **action** ou un **état**.
→ Mon frère **joue** du piano. (action)
→ Mon frère **est** heureux. (état)
- Il peut prendre différentes formes : **infinitif** ou **conjugué**.
- Conjugué, il **s'accorde** avec le groupe sujet (GS).
→ Mes frères **jouent** du piano.
- Il peut être encadré par l'adverbe de négation « *ne... pas* ».

Je sais différencier l'infinitif et les formes conjuguées

- On désigne le verbe par son **infinitif**. C'est sous cette forme qu'on le trouve dans le dictionnaire.
→ Mon frère **joue** du piano. (Il s'agit du verbe « jouer »).
- Le verbe **se conjugue** :
– aux 6 personnes : *je, tu, il/elle/on, nous, vous, ils/elles ;*
– à plusieurs temps : présent, imparfait, futur, passé simple, conditionnel présent, passé composé, plus-que-parfait...
- Sous sa forme conjuguée, le verbe est composé du **radical** et de la **désinence**.
→ je chante – nous finirons – vous dansiez

1 Recopie les phrases et entoure le verbe.

a. Tous les matins, les oiseaux chantent sous ma fenêtre.
b. Demain, nous irons au théâtre.
c. Un intervenant est venu dans notre classe la semaine dernière.
d. Ma sœur et toi passez beaucoup de temps ensemble.
e. La mer était déchaînée ce matin à cause de la tempête.
f. Que la force soit avec toi.

2 Dans le texte, repère et recopie les verbes conjugués.

Aujourd'hui, je me lève tôt. Je prends mon petit déjeuner et je pars à l'école à pied. J'aime marcher dans le parc. Ce matin, j'ai cours de physique-chimie et de français. À midi, je mange avec mes amis. Cet après-midi, je ferai du sport.

3 Donne l'infinitif des verbes soulignés.

Je suis très heureuse. Dans trois jours, je pars en vacances. Mon oncle et ma cousine nous rejoignent sur place. Nous allons au bord d'un lac. Il y a une cabane en bois. Mais je dormirai avec ma cousine sous une tente. Cette année, nous agrandissons la cabane. Je réfléchis déjà à la décoration.

4 Donne l'infinitif des verbes conjugués et retrouve-le dans la grille.

M	A	N	G	E	R
E	R	I	A	F	O
T	I	O	R	S	U
T	N	E	D	R	G
R	E	V	E	L	I
É	T	I	R	E	R

je lève • vous rougissez
ils gardent • tu manges
elle tient • il fait
nous étirons • elles mettent

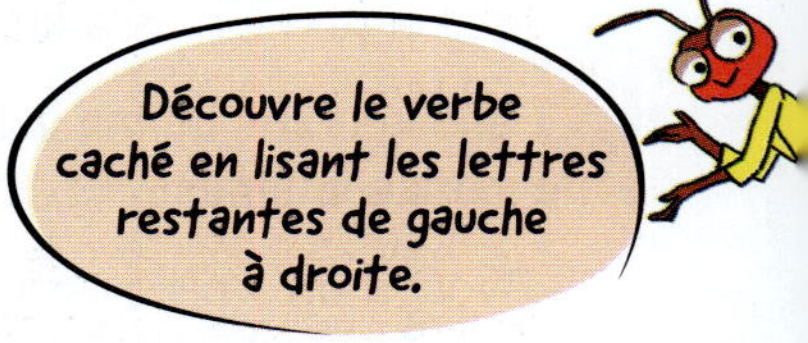

5 Repère le verbe conjugué dans les phrases. Donne son radical et sa désinence. À quel temps est-il conjugué ?

a. Sacha et Julie réfléchissaient vite.
b. Vous prolongerez vos vacances.
c. Les colombes roucoulent.

J'identifie le verbe dans une phrase

- Le verbe change de forme selon la personne et le temps. Pour le reconnaître, il suffit de **changer la personne ou le temps de la phrase**. Le mot ou groupe de mots qui change est le verbe de la phrase.

→ L'enfant **a entendu** le petit chat miauler.
L'enfant **entend** le petit chat miauler.
L'enfant **entendra** le petit chat miauler.

- Le verbe est le mot qui est encadré par l'adverbe de negation ***ne... pas*** lorsqu'on met la phrase à la forme négative.

→ L'enfant entend le petit chat miauler. L'enfant **n'entend pas** le petit chat miauler.

6 Réécris les phrases en changeant le temps du verbe conjugué, et souligne-le.

a. Nous allons en Bretagne pendant les vacances.
b. Mes parents souhaitent faire un tour de bateau.
c. Je préfère la pêche aux crabes.
d. Mes sœurs sont encore hésitantes.
e. Élisabeth apprend le solfège.

7 Mets les phrases à la forme négative. Souligne le verbe conjugué.

a. Mon père et moi adorons le sport, surtout les sports d'équipe.
b. Mon père jouait au volley dans sa jeunesse.
c. L'année prochaine, je ferai du basket.
d. Nous sommes allés voir un match de hockey sur glace ce week-end.
e. Je suis championne de saut en longueur.

8 Dans le texte, relève les verbes conjugués. Donne leur infinitif.

Je disais à tes parents d'avoir confiance, je te trouvais des excuses, je t'encourageais ! Je vais te dire quelque chose, mon ami : c'est plus facile d'être malheureux qu'heureux, et moi, tu m'entends, je n'aime pas les gens qui choisissent la facilité, je n'aime pas les geignards !

Anna Gavalda, *35 kilos d'espoir*,
Bayard Jeunesse, 2002.

Je connais les trois groupes de verbes

- Les verbes sont classés en trois groupes :

- 1er groupe : les verbes qui se terminent par *-er*.
→ chanter, crier, appeler, bouger, manger...

! Le verbe *aller* n'est pas un verbe du premier groupe car il est irrégulier.

- 2e groupe : les verbes en *-ir* qui ont un participe présent en *-issant*. → finir/finissant, choisir/choisissant...

- 3e groupe : tous les verbes qui n'appartiennent ni au 1er ni au 2e groupe. → dormir, prendre, faire, aller, dire, venir, pouvoir, voir, vouloir...

- En français, il existe deux verbes qu'on appelle les « **auxiliaires** » : *être* et *avoir*. Ils sont classés dans le 3e groupe. Ils aident à la conjugaison des formes composées : passé composé, plus-que-parfait.

→ Tu **es venu** : verbe *venir*, conjugué au passé composé
→ Ils **avaient chanté** : verbe *chanter*, conjugué au plus-que-parfait

9 Classe les verbes selon leur groupe.

guérir · prendre · entrer · oublier · être · agir · partager · choisir · savoir · connaître · courir

10 Retrouve l'intrus de chaque série.

a. choisir • dormir • ouvrir • fuir
b. manger • jouer • aller • rouler
c. applaudir • obéir • réussir • mentir
d. bouger • faire • boire • prendre

11 Retrouve l'infinitif du verbe souligné, puis donne son groupe.

a. Lucie prendra la place de Jules.
b. Vous avez mal aux pieds.
c. Luca et Jason sont plus âgés.
d. La balle rebondissait contre le mur.
e. Arthur fait une passe.
f. Tu vas trop vite.

Je révise les accords dans la phrase

Je sais faire les accords dans le groupe nominal

- Le **nom** est le mot noyau du groupe nominal.
- Le déterminant, le nom et l'adjectif **s'accordent en genre et en nombre.**
→ un chien méchant, des chiennes méchantes

- L'**adjectif** peut être placé devant ou derrière le nom. Il n'est pas obligatoire dans un groupe nominal.
→ Un **joli** chat **noir** dort.
- Les **noms propres** ne sont pas toujours précédés d'un déterminant.
→ **Pierre** et **Zoé** viennent demain.
Le **Portugal** est un beau pays.

1 Défi à l'oral

a. Mets les groupes nominaux au pluriel.

un animal | ce bel enfant

b. Mets les groupes nominaux au féminin.

mon voisin | un joueur chanceux

2 Accorde l'adjectif entre parenthèses avec le nom qu'il qualifie.

a. Les *(joli)* papillons volent dans la *(vert)* prairie.
b. La *(gros)* tortue *(noir)* marche sur l'herbe *(frais)*.
c. Demain de *(nombreux)* élèves partent pour une *(long)* randonnée.
d. Ils vont sur les *(haut)* plateaux du Vercors.

3 Fais les accords qui conviennent.

a. Mon histoire préférée → Mes...
b. Ton tendre ami → Ta...
c. Cette belle femme → Ce...
d. Le fameux artiste → La...

Je sais accorder le verbe avec le sujet

- Le **verbe** s'accorde **avec le groupe sujet** en nombre. Le sujet donne son accord au verbe.
- Le sujet peut être un **groupe nominal** (GN) ou un **pronom**.
→ L'enfant **joue** dans la cour. Les enfants **jouent** dans la cour. Ils **jouent** dans la cour.

4 Défi à l'oral

Mets le sujet des phrases au pluriel.

a. Je viendrai demain vous voir jouer.
b. L'équipe adverse a déjà joué ce championnat.
c. « Bravo », dit ton entraîneur.
d. Un journaliste local prendra des photos du match.

5 Reforme des phrases correctes.

a. Ma mère et moi •	• plaisent beaucoup aux enfants.
b. Vous •	• subit la méchanceté de ses sœurs.
c. Cendrillon •	• préférez les romans de science-fiction.
d. Les contes de Grimm •	• sommes de grandes lectrices.

6 Accorde les verbes entre parenthèses avec leur sujet en respectant le temps proposé.

a. Chaque année, les cigognes (*traverser, présent de l'indicatif*) la France.
b. L'année prochaine, nous (*être, futur de l'indicatif*) présents pour les voir passer.
c. Tu (*prendre, futur de l'indicatif*) des photos avec ton nouvel appareil.
d. Ton père (*choisir, passé composé*) le dernier manga pour ton anniversaire.

Je sais accorder l'attribut du sujet avec le sujet

- L'**attribut du sujet** s'accorde **avec le groupe sujet** (GS) en nombre et en genre.
- Le sujet donne son accord au verbe en nombre et à l'attribut en genre et en nombre.

→ Le chien est **blanc**. Les chiennes sont **blanches**.

7 Réécris les phrases au féminin.

a. Mon frère est un bel acteur.
b. Le joueur a l'air satisfait.
c. Le spectateur reste concentré.
d. Le directeur semble mécontent.

8 Reécris les phrases au pluriel.

a. Le livre paraît facile à lire.
b. Le compagnon d'Ulysse semble malheureux.
c. L'infirmière est appliquée dans les actes qu'elle accomplit.
d. La patronne de l'hôtel reste impassible face aux clients mécontents.

9 Complète les phrases avec un adjectif attribut du sujet.

a. Paul et Sannaa seront...
b. La littérature jeunesse reste...
c. Les élèves avaient l'air...
d. Vous semblez...

10 Dans le texte, repère et recopie les attributs du sujet.

La jeune fille était assise sur une pierre au bord de la rivière. Elle semblait triste et inquiète. Le poisson magique avait disparu au fond de l'eau. Il était seul. Comment allait-il s'en sortir ? Elle restait immobile et silencieuse, perdue dans ses pensées. Soudain, le poisson bondit hors de l'eau. Il avait l'air heureux. Elle décida de le laisser vivre sa vie et rentra chez elle, seule.

Je sais accorder le participe passé avec le sujet

- Le participe passé **s'accorde avec le sujet** en genre et en nombre lorsqu'il est employé avec l'auxiliaire ***être***.
- Il **ne s'accorde pas** lorsqu'il est employé avec l'auxiliaire ***avoir*** (sauf exception).

→ Mon père et ma mère **sont partis** faire les courses. Ma mère **a acheté** un gâteau.

11 Six erreurs d'accord se sont glissées dans le texte. Sauras-tu les retrouver ?

La semaine dernière, Nathan est allés à la montagne avec ses amis. Ils sont arrivées dans un petit village très charmant, où l'air étaient frais et la vue magnifiques. Ils ont marché dans les ruelles étroite, et ont trouvé l'endroit vraiment calme et agréable. Ils ont dormi dans un chalet confortable, où ils sont resté plusieurs jours.

12 Réécris le texte suivant en remplaçant « Mes cousines » par « Ma cousine ». Fais tous les changements nécessaires.

Mes cousines sont venues chez moi samedi dernier. Elles étaient très joyeuses en arrivant. Elles ont préparé un délicieux dîner. Après manger, elles sont venues voir mon spectacle de danse.

13 Décris l'image en quelques lignes. Pense à faire tous les accords !

Edward Henry Potthast, *A Holiday*, 1915.

Grammaire et orthographe grammaticale

10 Identifier les principaux constituants de la phrase

FICHE COUP DE POUCE
hachette-clic.fr/25mp6221

JE DÉCOUVRE

Défi à l'oral

Sauras-tu proposer au moins quatre phrases différentes avec ces groupes de mots ?

est majestueux | **l'oiseau** | **dans le ciel** | **le bel oiseau** | **vole**

Quel groupe de mots retrouves-tu à chaque fois ?

JE COMPRENDS

- **La phrase** est constituée de **deux groupes de mots obligatoires** :

un GROUPE SUJET (GS) + **un GROUPE VERBAL (GV)**
La baleine nage

- Un **GROUPE VERBAL (GV)** peut être constitué :
  - **d'un verbe seul :** nage
  - **ou d'un verbe + son ou ses constituants obligatoires :** est impressionnante

Geste du grammairien Un constituant obligatoire ne peut être ni supprimé ni déplacé.

- La phrase peut être enrichie d'un ou plusieurs groupes de mots non obligatoires : le **GROUPE CIRCONSTANCIEL (GC).**

Geste du grammairien Un groupe circonstanciel peut être déplacé et supprimé.
La belle baleine aperçoit le bateau ~~à la surface~~.
~~À la surface~~, elle aperçoit le bateau.

Phrase
→ **GS** + **GV**
La belle baleine nage.
→ **GS** + **GV** + **GC**
La belle baleine nage dans la mer.

JE M'ENTRAÎNE

★ **1 Relève les groupes verbaux de chaque phrase.**

a. Ulysse est un célèbre héros.
b. Je possède plusieurs chats.
c. Safa organise une réunion importante.
d. De nombreux auteurs du XVIIIe siècle écrivaient des pièces de théâtre.
e. Les vacances d'hiver tombent en février.

★ **2 Relève les groupes sujets dans chaque phrase.**

a. Les fleurs sentent bon.
b. Il est parti faire du ski.
c. Les poèmes de Victor Hugo parlent souvent des enfants.
d. Les montagnes enneigées attirent les foules.
e. Mes parents et moi allons souvent en Bulgarie.

★ **3 Relève le ou les groupe(s) circonstanciel(s) dans chaque phrase. Aide-toi des gestes du grammairien.**

a. Molière est mort en 1673.
b. Luna a acheté une peluche à la naissance de son petit frère.
c. À cause des travaux, nous avons pris une déviation !
d. Dans une semaine, nous partirons en vacances en Vendée.
e. Depuis trois mois, Nora court le mardi soir.

★★ **4 Rédige des phrases en respectant les modèles et en t'inspirant de l'image.**

a. GS + GV.
b. GS + GV + GC.
c. GC + GS + GV.
d. GC + GS + GV + GC.

★★ **5 Recopie et complète les groupes sujets avec un groupe verbal.**

a. Ce monstre terrifiant…
b. La belle magicienne…
c. Le navire…

★★ **6 Recopie et complète les groupes verbaux avec un groupe sujet.**

a. … attaquent la cité de Troie.
b. … décore son navire.
c. … découvriront un secret.

★★ **7 Recopie les phrases, souligne les GV en vert et les CC en noir. Justifie à l'aide des gestes du grammairien.**

a. Hercule étrangla le lion de Némée grâce à sa force spectaculaire.
b. Il coupa la tête de l'hydre avec son épée.
c. Ensuite, il cueillit les pommes dans le jardin des Hespérides.
d. Le héros captura la biche alors qu'elle était dans le pré.

★★★ **8 Complète les phrases de l'exercice 6 avec des groupes circonstanciels.**

JE RÉINVESTIS

★★★ **9 Recopie le texte puis souligne :**
- les groupes sujets en rouge ;
- les groupes verbaux en vert ;
- les groupes circonstanciels en noir.

Plusieurs choses se passèrent en même temps. La louve poussa un hurlement de terreur à la vue de l'oiseau. Son flanc se mit à remuer et à vibrer.

Katherine Rundell, *Cœur de loup*,
trad. de l'anglais par E. Ghez,
© Éditions Gallimard Jeunesse, 2020.

Défi à deux

★★★ **10 Propose des phrases codées à un(e) camarade : pour réussir sa mission, il lui faudra respecter tes demandes !**

Exemple : GS + GV. GC + GS + GV…

Grammaire
et orthographe grammaticale

11 Repérer et analyser le groupe verbal

FICHE COUP DE POUCE
hachette-clic.fr/25mp6222

JE DÉCOUVRE

Défi à l'oral

Quel est le point commun entre tous ces mots et groupes de mots ?

cours — avait fini — mangeons — créent — savourent — as pu

casses — a l'air heureux — mange des carottes — a écrit à sa mère

Un verbe suffit-il pour faire un groupe verbal ? Justifie ta réponse.

JE COMPRENDS

- Le **GROUPE VERBAL (GV)** se compose d'un **verbe**.
Il peut être enrichi d'un ou plusieurs constituants : **COD**, **COI** et **attribut du sujet**.
Le sorcier protège.
Le sorcier protège ses amis. (GV : V + COD)
Le sorcier écrit à ses amis. (GV : V + COI)
Le sorcier est puissant. (GV : V + attribut du sujet)

Geste du grammairien

- Le **VERBE** porte les marques de la conjugaison dans la phrase et s'accorde avec le sujet. Il est le seul constituant qui peut être **encadré avec la négation : « ne... pas »**. Lorsque le verbe est à la forme composée, c'est l'auxiliaire qui est encadré par l'adverbe de négation.
Le sorcier **ne** protège **pas** le peuple. Le sorcier **n'**a **pas** protégé le peuple.

- On distingue **deux grandes catégories** de verbes.
  - Les **VERBES D'ACTION** : *protéger, dormir, manger, ouvrir, réparer...*
  Les verbes d'action peuvent être suivis de COD et/ou de COI.
  Le sorcier protège son peuple. (GV : V + COD)
  - Les **VERBES ATTRIBUTIFS** ou verbes d'état : *être, demeurer, se nommer...*
  Les verbes attributifs sont suivis d'un attribut du sujet.
  Le magicien est puissant. (GV : V + attribut du sujet)

Groupe verbal (GV) → VERBE → **d'action** + CO
→ **attributif** + attribut du sujet

JE M'ENTRAÎNE

★ **1 Réponds par *vrai* ou *faux*. Justifie tes réponses.**

a. La fonction « attribut du sujet » se construit avec un verbe d'action.

b. Les verbes d'action peuvent être suivis de compléments d'objet.

c. Le verbe se repère grâce à l'emploi de la négation.

★ **2 Réécris les phrases à la forme négative et surligne le verbe.**

a. La magie donne du pouvoir.

b. Harry Potter est le magicien le plus talentueux de sa génération.

c. Les baguettes magiques permirent d'avoir beaucoup de pouvoir.

d. Les ennemis concevaient des maléfices.

e. La potion magique rend invincible.

★ **3 a. Classe les verbes en deux colonnes : verbes attributifs et verbes d'action.**
b. Construis des phrases avec au moins six verbes.

demeurer – voler – s'asseoir – lancer – se nommer – parcourir – vendre – avoir l'air – penser – peser – passer pour – grandir – apprendre

★★ **4 Donne l'infinitif de chacune des formes verbales.**

nous rougissions – elles ont compté – elle avait cru – je saurais – tu viendras – nous fûmes – ils volèrent – vous avez vendu – il écrivit – range

★★ **5 Repère le verbe, puis indique si c'est un verbe d'action ou un verbe attributif.**

a. Les polissons se battent.

b. Simon et Issa restent tranquilles pendant tout le cours.

c. Le tableau de l'enseignante semble minuscule.

d. Les élèves ont couru pour le cross.

e. Au CDI, les professeurs documentalistes classent les livres par auteur.

★★ **6 Réécris le texte au présent de l'indicatif.**

C'était au lac Salé même que le tracé avait atteint jusqu'alors sa plus haute cote d'altitude. Depuis ce point, son profil décrivait une courbe très allongée, s'abaissant vers la vallée du Bitter-creek [...]. Les rios[1] étaient nombreux dans cette montagneuse région.

Jules Verne, *Le Tour du monde en quatre-vingts jours* [1872], Belin Éducation, « Pas si classique », 2024.

1. Petits ruisseaux.

JE RÉINVESTIS

★★★ **7 a. Relève les verbes conjugués à des temps composés.**
b. Relève un groupe verbal constitué :
– d'un verbe attributif et d'un attribut du sujet ;
– d'un verbe d'action et d'un CO.

Guillemot réfléchit à la nécessité pour un Sorcier de posséder une bonne condition physique. Au début, il était assez fier d'avoir tenu à distance l'Ork, dans la forêt. Puis, il [avait réalisé] que sa course, en réalité, l'avait épuisé : lorsqu'il avait voulu appeler un deuxième Graphème, cela avait été au-dessus de ses forces, tout comme d'ailleurs de s'enfuir de nouveau !

Erik L'Homme, *Le Livre des étoiles. Qadehar le sorcier* (t. 1), © Éditions Gallimard Jeunesse, 2001.

★★★ **8 Raconte une scène de combat entre le sorcier et ses assaillants. Emploie :**
– 5 verbes d'action au minimum ;
– 3 verbes attributifs
pour décrire le sorcier.

12 Repérer et analyser le groupe sujet

FICHE COUP DE POUCE
hachette-clic.fr/25mp6223

JE DÉCOUVRE

Défi à deux

Employez chacun des mots et groupes de mots comme sujet dans des phrases.

Lucas | lui et moi | vous | savoir | les petits insectes

Avez-vous réussi à tous les utiliser ? Corrigez ensemble vos phrases.
Quelle est la nature de vos groupes sujets ?

JE COMPRENDS

« **SUJET** » ou « **GROUPE SUJET** » (**GS**) désigne une **fonction** d'un mot ou d'un groupe de mots dans une phrase.

Geste du grammairien p. 322

- **Pour repérer le sujet dans la phrase**, il faut d'abord repérer le verbe conjugué. Le sujet peut être encadré par « c'est… qui » ou « ce sont… qui » et remplacé par un pronom.
  Les collégiens **arrivent** tôt. **Ce sont** les collégiens **qui** **arrivent** tôt. Ils **arrivent** tôt.

- Le groupe sujet peut être de **natures différentes** :
  - **groupe nominal :** L'élève de 6e récite sa leçon.
  - **nom propre :** Anita récite sa leçon.
  - **pronom :** Elle récite sa leçon.
  - **groupe infinitif :** Apprendre est le devoir de l'élève.

- Remarques :
  - Un verbe peut avoir **plusieurs sujets** : Les élèves, les surveillants et les professeurs **partent** tôt pour aller au collège.
  - Un sujet peut être **éloigné du verbe** ou être placé **après le verbe** (on dit qu'il est **inversé**) : Chaque jour **arrivent** au collège tous les élèves du secteur.
  - Le groupe sujet **commande l'accord du verbe** : Les élèves **récitent** leur leçon.

p. 352

Groupe sujet (GS)
→ **natures différentes : groupe nominal, pronom, nom propre ou groupe infinitif**
→ **commande l'accord du verbe**

JE M'ENTRAÎNE

★ **1 Réponds par *vrai* ou *faux*. Justifie lorsque tu réponds *faux*.**
a. « Sujet » est une nature.
b. Un sujet peut être de natures différentes.
c. « Verbe » peut être la nature d'un sujet.
d. Le sujet est toujours à côté du verbe.

★ **2 a. Recopie les phrases, souligne les verbes en vert et entoure les sujets en rouge. Justifie à l'aide des gestes du grammairien.**
b. Donne la nature de chaque sujet.
a. Les feuilles tombent en automne.
b. Le jardinier a du travail dans le jardin.
c. Will a été jardinier dans sa jeunesse.
d. Il aime passer la débroussailleuse.
e. Ramasser les feuilles demande de la patience.

★ **3 Associe chaque sujet à son verbe.**

Les chats •	• sortons
Myriam •	• viendra
Paul et toi •	• ronronnent
Mes parents et moi •	• chantez

★★ **4 Recopie les phrases en remplaçant les sujets en orange par des pronoms.**
a. Léa viendra tôt demain.
b. Louis et sa sœur travaillent tard.
c. Papa et moi leur préparerons des crêpes.
d. Papi et mamie s'occuperont des boissons.

★★ **5 Remplace les pronoms en orange par des sujets de natures variées.**
a. Elles jouent au tennis le vendredi.
b. Il préfère le badminton.
c. Nous envisageons de nous inscrire.
d. Eux pensent faire ramasseurs de balles.

★★ **6 Recopie les sujets. Justifie à l'aide des gestes du grammairien.**
a. Le haïku est un court poème japonais.
b. Les vers, au nombre de trois, contiennent dix-sept syllabes.
c. Les thèmes récurrents de ces poèmes sont la nature et le temps.
d. Lire des haïkus permet de passer de bons moments.

★★★ **7 Repère les sujets, puis réécris les phrases en remplaçant les sujets par des pronoms variés.**
a. Jean-Claude Mourlevat écrit des romans.
b. *La Rivière à l'envers* et *L'Enfant Océan* sont ses œuvres les plus connues.
c. Le brave Jefferson, un gentil hérisson un peu peureux, se retrouve dans une sacrée aventure.
d. L'ensemble des héros de cet auteur sont attachants !

JE RÉINVESTIS

★★★ **8 Lis le texte et réponds aux questions.**
a. Quel est le sujet du verbe souligné ?
b. Quelle est la nature de ce sujet ?
c. Quel est le sujet du verbe en gras ?
d. De quels verbes « Robinson » est-il le sujet ?

Il n'y avait pas un bruit, et aucun animal ne se montrait. Aussi Robinson fut-il bien étonné en apercevant à une centaine de pas la silhouette d'un bouc sauvage au poil très long qui se dressait immobile, et qui paraissait l'observer. Lâchant sa canne trop légère, Robinson ramassa une grosse souche qui pourrait lui servir de massue. Quand il arriva à proximité du bouc, l'animal baissa la tête et **grogna** sourdement. Robinson crut qu'il allait foncer sur lui.

Michel Tournier, *Vendredi ou la Vie sauvage* [1971], © Éditions Gallimard Jeunesse, 2012.

★★★ **9 À toi de jouer !**
Décris le tableau de Claude Monet en utilisant des sujets variés. Mentionne le plus d'éléments du tableau possible.

Claude Monet, *Effet d'automne à Argenteuil*, 1873.

Grammaire et orthographe grammaticale

13 Distinguer les compléments d'objet et les compléments circonstanciels

FICHE COUP DE POUCE
hachette-clic.fr/25mp6224

JE DÉCOUVRE

Défi en groupe

- **Remets les groupes de mots dans l'ordre pour former une phrase.**

raconte | à son frère | Marie | une histoire

Compare avec tes camarades. Avez-vous tous la même phrase ?

- **Enrichis ensuite ta phrase avec les groupes de mots suivants.**

dans le canapé | pendant 20 minutes | tous les soirs

Compare à nouveau avec tes camarades. Avez-vous tous la même phrase ?

JE COMPRENDS

- Le **COMPLÉMENT D'OBJET DU VERBE (CO)** précise l'action du verbe et le complète.
  - Quand il n'est pas introduit par une préposition, il est **COMPLÉMENT D'OBJET DIRECT (COD)** et le verbe est dit « **transitif direct** ».
    Je dessine un mouton.
  - Quand il est introduit par une préposition, il est **COMPLÉMENT D'OBJET INDIRECT (COI)** et le verbe est dit « **transitif indirect** ».
    Je réponds à mon frère.
  - Un verbe peut être complété par **plusieurs compléments d'objet** dans une phrase.
    Marie lit une histoire à son frère.

Gestes du grammairien

- Pour identifier le COD ou le COI dans une phrase :
  - On **ne peut pas le supprimer** sans changer le sens de la phrase, sans lui faire perdre l'information principale qu'elle donne, voire sans la faire devenir incorrecte.
    « Je dessine un mouton. » ne dit pas la même chose que « Je dessine. »
    « Je parle à mon frère. » ne dit pas la même chose que « Je parle. »
  - On peut **le remplacer par un pronom**. Je **le** dessine. Je **lui** parle.
  - On peut **l'encadrer par** « **C'est/Ce sont... que + verbe** ».
    C'est le mouton **que** je dessine. **C'est** à mon frère **que** je parle.

Gestes du grammairien

- Le **COMPLÉMENT CIRCONSTANCIEL (CC)** n'est pas lié au sens du verbe mais **apporte des informations complémentaires** à la phrase.
Il est **toujours facultatif** :
  - On peut **le supprimer** sans que la phrase devienne incorrecte du point de vue grammatical.
  - On peut **le déplacer** puisqu'il est autonome par rapport au GS et au GV.
  Le facteur distribue le courrier **tous les jours**.
  Tous les jours, le facteur distribue le courrier.

Le complément circonstanciel peut apporter différents types d'informations :
- sur le **lieu** : à Paris, dans la classe, ici
- sur le **temps** : le matin, à la tombée de la nuit, aujourd'hui
- sur la **manière** : avec calme, calmement

Complément d'objet
- appartient au groupe verbal (GV)
- peut être remplacé par un pronom
- ne peut pas être supprimé sans changer le sens de la phrase

Complément circonstanciel
- apporte des informations complémentaires
- ne peut pas être remplacé par un pronom
- peut être supprimé ou déplacé

JE M'ENTRAÎNE

★ **1 Réponds par *vrai* ou *faux*. Justifie tes réponses.**
a. Le COI est introduit par une proposition.
b. Le CC ne peut pas être déplacé.
c. Les COD et COI peuvent être remplacés par des pronoms.
d. Il ne peut pas y avoir plusieurs CO dans une phrase.
e. Les CC apportent des informations supplémentaires sur la phrase.
f. Le CC dépend du sens du verbe.

★ **2 Indique si les groupes nominaux soulignés sont des COD ou des COI. Remplace-les par un pronom.**
a. Paul dévore les romans d'aventures.
b. Il parle de ses romans favoris.
c. Le professeur montre ces romans à Julie.
d. Mais Julie préfère la poésie.
e. Elle lit parfois des poèmes à son amie Marie.
f. Paul va à Paris.
g. Karim raffole des sushis.

★ **3 a. Recopie les phrases et souligne les compléments circonstanciels. Précise s'il s'agit de compléments circonstanciels de temps, de lieu ou de manière.**
b. Réécris les phrases en changeant les compléments circonstanciels de place.
a. Tous les matins, Enzo prépare son cartable tranquillement.
b. Généralement, il arrive à 7 h 50 devant le collège.
c. Il monte rapidement les escaliers avant la sonnerie.
d. La plupart du temps, il peut discuter dans le couloir.
e. À 8 h 05, le professeur fait entrer calmement les élèves dans la classe.

★ **4 Recopie les phrases en ajoutant un complément circonstanciel.**
a. Les enfants jouent.
b. Les oiseaux volent.
c. Il fait ses devoirs.
d. Elles donnent à manger aux canards.
e. Il sera danseur professionnel.

★★ 5 **a. Parmi les groupes nominaux soulignés, quels sont ceux qui peuvent être supprimés sans rendre la phrase incorrecte ?**
b. Déduis-en la fonction de chaque groupe nominal.
c. Réécris les phrases en remplaçant les compléments d'objet par des pronoms.

a. Le Petit Chaperon rouge se promène dans la forêt.
b. En chemin, elle cueille des fleurs pour sa maman.
c. Le loup a aperçu le Petit Chaperon rouge dans la forêt.
d. Il va surprendre l'enfant dans le lit de la grand-mère.

★★ 6 **a. Remplace les pronoms en orange par un groupe nominal.**
b. Déduis-en la fonction de chaque pronom.

a. Emma **la** voit.
b. Nous **leur** demandons de se taire.
c. Il **y** pense souvent.
d. Maman **lui en** a donné.
e. Elle **les leur** apporte.

★★★ 7 **a. Dans ces phrases, peut-on remplacer le groupe nominal souligné par un pronom ?**
b. Déduis-en la fonction de chaque groupe nominal souligné.

a. Il téléphone à New York.
b. Il téléphone à sa grand-mère.
c. Il téléphone à 14 h 30.

★★★ 8 **Recopie les phrases. Souligne le GS en rouge et le GV en vert. Surligne les CO. Précise s'il s'agit de COD ou de COI. Entoure les CC.**

a. *Les Mille et Une Nuits* racontent l'histoire de Shéhérazade.
b. Tous les soirs, elle commence une histoire pour le sultan Shahriar.
c. La jeune femme craint le sultan.
d. Elle invente chaque jour des aventures incroyables.

JE RÉINVESTIS

★★★ 9 **Propose des phrases en respectant le schéma demandé.**

a. GS + V + COD.
b. GS + V + COD + COI.
c. CC + GS + V + COD + CC.
d. CC + GS + V + COD + COI.
e. GS + CC + V + COD + COI + CC.

Défi en groupe

★★★ 10 **Faites l'exercice 9 façon « cadavre exquis » !**
Écris un GS à la 3e personne du singulier sur une feuille. Plie-la pour cacher ta proposition. Passe la feuille à ton (ta) voisin(e) qui écrira le verbe (conjugué à la 3e personne du singulier), et ainsi de suite.
Lisez à voix haute la phrase ainsi trouvée !

★★★ 11 **Rédige en quelques lignes une description de ce tableau. Ton texte comprendra au moins :**
- **3 COD,**
- **2 COI,**
- **5 CC.**

George Caleb Bingham, *Marchands de fourrures descendant le Missouri*, 1845.

14 Distinguer le COD et l'attribut du sujet

FICHE COUP DE POUCE
hachette-clic.fr/25mp6225

JE COMPRENDS

L'**ATTRIBUT DU SUJET** est un **complément du verbe** qui **caractérise le sujet**.
Il est un **constituant obligatoire du GV**, dont le noyau est un verbe dit « **attributif** ».
Il permet d'exprimer un état, une propriété ou une caractérisation du sujet.

Attribut du sujet

- Introduit par un verbe attributif : *être, sembler, rester, avoir l'air…* Mon père est heureux.
- Caractérise le sujet.
- Peut être un nom ou un adjectif. Mon voisin est mécanicien. Il est gentil.
- S'accorde en genre et en nombre avec le sujet. Mes voisines sont mécaniciennes.
- Ne peut pas être supprimé.

JE M'ENTRAÎNE

★ **1 Réponds par *vrai* ou *faux*. Justifie tes réponses.**

a. L'attribut du sujet caractérise le sujet de la phrase.
b. Le COD est un attribut du sujet.
c. L'attribut du sujet peut être supprimé sans changer le sens de la phrase.

★ **2 Indique si les mots soulignés sont COD ou attributs du sujet.**

a. Asma semble surprise par le temps.
b. Luca porte un imperméable.
c. Les artistes montrent leurs costumes.
d. Lola est distraite.

★★ **3 Construis deux phrases avec les sujets suivants, l'une avec un attribut du sujet, l'autre avec un COD.**

a. Ma petite sœur…
b. Le boulanger…
c. Les histoires de vampires…

★★★ **4 Propose des phrases en respectant le schéma.**

a. GS + V + COD.
b. GS + V + attribut du sujet.
c. CC + GS + V + attribut du sujet.
d. GS + V + attribut du sujet + CC.

JE RÉINVESTIS

★★★ **5 Retrouve dans le texte au moins 3 attributs du sujet, 2 COD, 2 COI et 3 CC.**

La nuit est sombre, Luna et Arthur sont inquiets. Depuis trois heures, ils explorent une grotte dans la forêt. Elle a l'air mystérieuse. Sur une roche, une pierre brille. Luna murmure quelque chose à Arthur. Celui-ci s'apprête à répondre à son amie lorsque la pierre s'anime.

★★★ **6 Rédige une description du tableau de la p. 328. Ton texte comprendra au moins 3 attributs du sujet, 2 COD et 5 CC.**

Grammaire et orthographe grammaticale

15 Identifier la nature des mots

FICHE COUP DE POUCE
hachette-clic.fr/25mp6226

JE DÉCOUVRE

Défi à deux

Classez les mots dans les bons tiroirs en expliquant vos choix.
Vous avez 4 minutes, top chrono !

mais • chanteras • une • merveilleux • tracer • lui • lentement • à • Marie • tu • vert • mon • jardin • vite • pour • or • finissons • compas • gentille

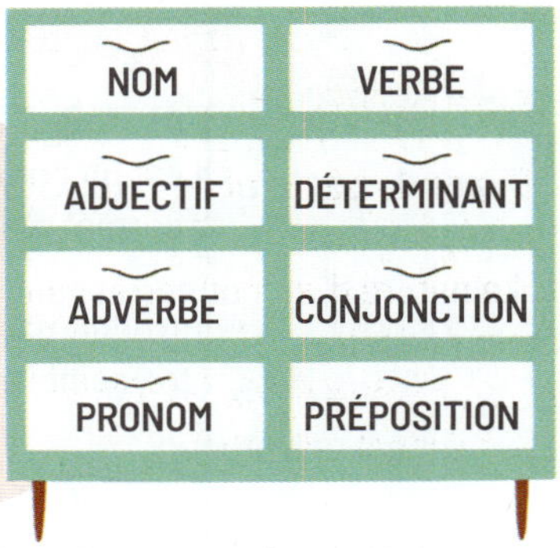

JE COMPRENDS

Il existe huit **natures de mots** qu'on appelle aussi **classes grammaticales**.

- Le **NOM** peut être de deux types.
  - Le **nom commun** représente des êtres animés ou inanimés. Il est variable en genre et en nombre et précédé d'un déterminant. une **fille**, un **pianiste**, les **voitures**
  - Le **nom propre** désigne des personnes, des œuvres, des lieux... qui sont uniques. Il commence par une majuscule et est souvent invariable. Louis XIV, La France

- Le **DÉTERMINANT** est un mot **placé devant le nom** dans le groupe nominal (GN). Il indique le nombre et parfois le genre. **le** chien, **ma** fourchette, **cet** écureuil

- Le **VERBE** est l'**élément central et obligatoire** de la phrase. Il se conjugue. Je **mange** une pomme. Il **verra** les étoiles.

- L'**ADJECTIF** est un mot variable qui **qualifie le nom ou le pronom** auquel il se rapporte. Il s'accorde en genre et en nombre au nom ou au pronom qu'il qualifie. le **petit** chien **noir**

Il peut être placé devant ou derrière le nom.

La négation appartient à la classe des adverbes : ne... pas, ne... plus.

- L'**ADVERBE** est un mot invariable qui **précise ou modifie un élément** de la phrase. Il est le plus souvent formé d'un seul mot. Lorsqu'il est formé de plusieurs mots, on parle de **locution adverbiale**. doucement, vite, de temps en temps

- La **PRÉPOSITION** ou le **GROUPE PRÉPOSITIONNEL** est un mot ou un groupe de mots invariables qui introduit :
  - un **groupe nominal** ; Il parle **de** mon père. Il joue **avec** son nouveau ballon.
  - un **pronom** ; Elle pense **à** lui. Il a fait ça **pour** toi.
  - un **infinitif** ; Je vais à la piscine **pour** apprendre **à** nager.

→ *de, à, pour, en, dans, avec, par, sans, au-dessus de, au-dessous de, autour de...*

- Le **PRONOM PERSONNEL** est un mot variable qui **remplace un nom ou un groupe nominal** déjà mentionné.
Il varie selon la personne, le nombre ou la fonction qu'il occupe dans la phrase.
Il a la même fonction que la personne qu'il désigne ou le groupe nominal qu'il remplace.
→ *je, tu, il, elle, on, nous, vous, ils, elles, me, te, le, la, les, se, leur*
La petite fille regarde les oiseaux dans le ciel. **Elle les** regarde dans le ciel.

- La **CONJONCTION** est un mot invariable qui permet de **faire un lien entre des mots ou groupes de mots.**
→ Dans la phrase simple, on trouve les conjonctions de coordination : *mais, ou, et, or, ni, car*
Vous voulez un thé **ou** un café ? Il fait beau **mais** froid !

JE M'ENTRAÎNE

★ **1 Réponds par *vrai* ou *faux*. Justifie tes réponses.**
a. La nature d'un mot correspond à sa classe grammaticale.
b. *La* peut être un déterminant ou un pronom.
c. *Panier* est un verbe.

★ **2 Dans chaque liste, trouve l'intrus.**
a. magnifique • rouge • petit • timide • écouter
b. cheval • lentement • maison • livre • tableau
c. chanter • dormir • voir • soulier • entendre
d. mais • vite • très • belle • comment • autour

★ **3 Donne la nature des mots en orange.**
a. Il a terminé son **calcul**. Il faut maintenant qu'il **calcule** la somme.
b. Inaya **court** pour ne pas arriver en retard à son **cours** de chant.
c. Mon père est de bon **conseil**. Il me **conseille** d'attendre.
d. Charlie **travaille** énormément mais son **travail** n'avance pas.

★ **4 Remplace les pronoms en orange par un nom ou un groupe nominal.**
a. **Il** parle avec son amie.
b. **Elle** lui conseille de lire le dernier *Harry Potter*.
c. Mais **vous le lui** avez déjà dit.

Défi en classe

★★ **5 Jouez au petit bac !**
Chaque équipe fait un tableau de 5 colonnes correspondant aux classes grammaticales suivantes : *nom, verbe, adjectif, adverbe, déterminant*. Votre professeur(e) ou un(e) élève dit une lettre de l'alphabet au hasard. Vous avez 2 minutes pour remplir les 5 colonnes !

★★★ **6 Formez des phrases en respectant les formules.**
a. Nom propre + verbe + déterminant + nom commun
b. Déterminant + nom commun + verbe + déterminant + nom commun + adjectif

JE RÉINVESTIS

★★★ **7 Donne la nature des mots soulignés dans le texte.**

« Ma vie est monotone. Je chasse les poules, les hommes me chassent. Toutes les poules se ressemblent, et tous les hommes se ressemblent. Je m'ennuie donc un peu. Mais, si tu m'apprivoises, ma vie sera comme ensoleillée. »

Antoine de Saint-Exupéry, *Le Petit Prince* [1946], © Éditions Gallimard Jeunesse, « Folio junior », 2007.

★★★ **8 À toi de jouer !**
Observe l'image et explique ce qui a pu se passer. Ton texte comprendra au moins :
2 déterminants, 3 noms,
2 adjectifs, 3 verbes conjugués,
2 pronoms, 1 conjonction de coordination,
1 adverbe, 1 préposition.

Benjamin Rabier, *Aristide et Bobineau*, 1929.

16 Identifier et analyser les pronoms personnels

FICHE COUP DE POUCE
hachette-clic.fr/25mp6227

JE DÉCOUVRE

Défi à deux

Lisez ce texte à voix haute.

Circé tend un piège aux compagnons d'Ulysse. Les compagnons d'Ulysse boivent la potion magique de Circé et se transforment en cochons. La potion de Circé a des pouvoirs terribles sur les compagnons d'Ulysse.

Quel est le problème de ces phrases ?
Quelles modifications pourriez-vous proposer ?

JE COMPRENDS

- Les **PRONOMS PERSONNELS** sont des **mots variables** (c'est leur nature). Ils **remplacent des groupes nominaux** et permettent ainsi d'**éviter les répétitions**.
  Le pronom personnel **varie** selon :
  - la **personne** : 1re, 2e, 3e personne ;
  - le **nombre** : singulier, pluriel ;
  - la **fonction** : sujet, COD, COI.

Pour ne pas confondre un pronom personnel et un déterminant, observe la place du mot : devant un verbe, c'est un pronom ; devant un nom, c'est un déterminant.

- Les pronoms personnels ont la **même fonction** que le groupe qu'ils remplacent :
  - **sujet** (*je, tu, il, elle, on, nous, vous, ils, elles*)
    Mon frère va à la piscine. **Il** va à la piscine.
  - **COD** (*me, te, le, la, l', se, nous, vous, les, se*)
    Clara voit **le chat** dans le jardin. Clara **le** voit dans le jardin.
  - **COI** (*me, te, lui, nous, vous, leur, se*)
    Théo parle **à Zoé**. Théo **lui** parle.

Pronom personnel
- → désigne des personnes ou remplace un GN
- → varie en genre, en nombre et en fonction
- → a pour fonction sujet, COD ou COI

JE M'ENTRAÎNE

★ 1 **Réponds par *vrai* ou *faux*. Justifie tes réponses.**

a. Les pronoms personnels sont des mots invariables.

b. Ils remplacent des GN.

c. Les pronoms personnels ont pour unique fonction sujet.

★ 2 **Relève et recopie les pronoms personnels.**

Vendredi a recueilli une petite chèvre blessée, Anda.

Mais Vendredi s'obstina à vouloir sauver Anda. Puisqu'elle ne pouvait ni marcher, ni courir, ni sauter, eh bien, il l'immobiliserait tout à fait ! C'est ainsi qu'il la lia dans un cadre de bois posé sur le sol.

Michel Tournier, *Vendredi ou la Vie sauvage* [1971], Flammarion Jeunesse, 2019.

★ 3 **Remplace les groupes nominaux en orange par un pronom personnel.**

a. **Ali Baba** avait un frère nommé Cassim.

b. Un jour, il trouva **un trésor**.

c. Le trésor appartenait **à des voleurs**.

d. Il parla du trésor **à sa femme**.

★★ 4 **Recopie le GN auquel chaque pronom personnel en orange renvoie.**

a. Côme a une bonne mémoire, **il** n'a qu'à écouter la leçon pour **la** connaître par cœur.

b. Les Romains disposaient d'une armée puissante. **Ils** possédaient aussi des machines impressionnantes.

c. L'animatrice s'adresse aux enfants et **les** informe de la nouvelle activité qu'**elle leur** propose.

★★ 5 **Indique si le mot en orange est un déterminant ou un pronom personnel.**

a. **Les** singes évoluent dans les arbres. On **les** distingue à peine dans **les** branches.

b. **La** dermatologue a soigné **la** verrue sur **la** peau de ma mère. Maman **la** revoit la semaine prochaine.

c. **Le** train arrive en gare. Je **le** vois s'approcher.

★★ 6 **Indique la fonction des pronoms personnels soulignés.**

<u>Je</u> <u>la</u> cherchais du regard sur la terrasse de l'école. <u>Elle</u> était restée dans la classe pour remplir une fiche. Moi, penché au parapet de la terrasse de verre, je <u>me</u> répétais : « Ne tombe pas, ne tombe pas, ne tombe pas. »

Timothée de Fombelle, *Céleste, ma planète*, © Éditions Gallimard Jeunesse, 2009.

★★ 7 **Complète ces phrases par un pronom personnel. Attention aux accords !**

a. … sont venues avec leur équipement pour le match.

b. Mon frère a frappé à ma porte, je … ai dit de ne pas me déranger.

c. … êtes partis avant la fin du film.

d. … n'étions pas au courant du changement de date pour l'audition.

★★★ 8 **a. Remplace par un pronom personnel les sujets et les compléments d'objet.**
b. À l'oral, indique la fonction des pronoms que tu as employés.

a. Les grands-parents offrent des cadeaux à leurs petits-enfants.

b. La pie a volé le bijou.

c. Alexandre envoie un mail à son ami.

JE RÉINVESTIS

★★★ 9 **Remplace les pronoms personnels par des groupes nominaux de ton choix.**

a. Elles le lui ont pris hier.

b. Il le leur donne.

c. Ils les mangent avec appétit.

★★★ 10 **À toi de jouer !**

À partir de l'illustration, raconte en cinq lignes le motif de la dispute en utilisant le plus de pronoms personnels possible.

17 Savoir employer les procédés de reprise

FICHE COUP DE POUCE
hachette-clic.fr/25mp6228

JE DÉCOUVRE

Défi en groupe

Recopiez les phrases dans le bon ordre pour reconstituer le texte.

1. Ses camarades de jeu l'attendaient tous les jours avec impatience.

2. Pourtant, au fil des années, ils avaient appris à le craindre.

3. Héraclès se jetait dans l'arène chaque jour, échappant à la surveillance de ses maîtres et au regard vigilant de son père Amphitryon.

4. C'était le seul endroit au monde où il se sentait libre depuis toujours de faire ce qu'il voulait.

Isabelle Pandazopoulos, *Les Douze Travaux d'Hercule*,
© Éditions Gallimard Jeunesse, « Folio junior », 2013.

Soulignez les mots ou groupes de mots qui vous ont aidé(e)s à trouver la solution.

JE COMPRENDS

- Pour enrichir un texte, le rendre cohérent, éviter les répétitions, donner plus d'informations ou même exprimer un avis sur les personnages, on utilise les **reprises nominales** ou **pronominales**.

- Les **REPRISES NOMINALES** permettent de remplacer un mot ou un groupe de mots par un autre groupe nominal. Les reprises nominales peuvent être :
  - des **synonymes** : on utilise alors un mot de même sens ou de sens proche ;
    Le poète écrit un poème. → **L'artiste** écrit un poème.
  - des **groupes nominaux** avec une **expansion du nom** ou un **autre déterminant** qui apportent des précisions et enrichissent le sens du groupe nominal.
    Le poète écrit un poème. → **Le grand poète** écrit un poème.
    Ce poète écrit un poème.

p. 332

- Les **REPRISES PRONOMINALES** permettent de remplacer un mot ou un groupe de mots par un **pronom personnel**.
  Le poète écrit un poème. → **Il** écrit un poème.

JE M'ENTRAÎNE

★ **1 Réponds par *vrai* ou *faux*. Justifie tes réponses.**

a. On peut remplacer un mot par un mot de sens proche pour éviter les répétitions.
b. Utiliser tout le temps le même pronom personnel dans un texte le rend plus clair.
c. Les pronoms personnels sont utilisés pour remplacer des noms.

★ **2 Réécris les phrases en utilisant des reprises nominales variées pour remplacer les GN en orange.**

a. **L'attaquant** court le plus vite possible.
b. **Les supporters** l'encouragent.
c. **Le gardien** plonge et arrête le ballon.
d. **La rencontre** prend fin.

★ **3 Réécris les phrases en remplaçant les pronoms personnels en orange par des reprises nominales pour préciser le sens des phrases.**

a. **Il la** regarda. Il sortit son épée et l'attaqua.
b. **Elle** entra précipitamment dans le salon. Elle **le** vit étendu au sol, inanimé.
c. **Il** courut sur la plage et cria mais **il** ne l'entendait pas, il était trop loin.
d. **Elle** préparait une potion terrible. **Elle** lui dit d'arrêter parce qu'elle était cruelle.

★★ **4 Recopie les phrases et entoure la reprise du mot ou groupe de mots en orange. Précise à chaque fois la nature du procédé (reprise nominale ou pronominale).**

a. **La libraire** accueille Mélina dans sa boutique, elle lui conseille des livres.
b. **Noé** doit nettoyer ses chaussures. Le garnement a sauté dans les flaques d'eau.
c. **L'homme** marche derrière le policier. Cet homme a commis une infraction.
d. J'ai combattu **un dragon** ! C'est la vérité : un terrible monstre visqueux !

★★ **5 Développe cette histoire et rédige deux versions différentes : une version réaliste et une version merveilleuse.**

Une femme vit dans un manoir.
L'électricité est en panne. Elle s'inquiète.

★★★ **6 Imagine une histoire à partir de ce tableau. Trouve différentes façons de désigner les personnages. Rédige un texte d'au moins 5 lignes.**

Georges de La Tour, *Le Tricheur à l'as de carreau*, vers 1636.

JE RÉINVESTIS

★★★ **7 À toi de jouer !**

Des archéologues ont découvert un papyrus racontant l'histoire d'un héros grec mais le texte s'est effacé. Il ne reste que la première et la dernière phrase.

… s'avança sous la lumière rose du lever de soleil.
Le soleil se coucha sur sa douloureuse victoire.

Imagine l'histoire du héros en quelques lignes. Varie les reprises : utilise d'abord un nom propre, puis un groupe nominal, un pronom, un groupe nominal avec un synonyme, un pronom et enfin un nom propre.

Défi en groupe

★★★ **8 Faites un « cadavre exquis » des reprises nominales et pronominales.**

Choisissez un thème : un voyage en mer, une galaxie lointaine… Choisissez aussi un temps : récit au présent ou au passé.

→ Un(e) élève écrit une phrase et plie la feuille en laissant visible le dernier groupe de mots, qui doit être un groupe nominal.

→ L'élève suivant(e) utilise le GN visible pour écrire la suite de l'histoire. Il ou elle commence sa phrase par une reprise nominale ou pronominale et plie la feuille en laissant un nouveau GN visible.

→ À la fin du tour, découvrez l'histoire !

Grammaire
et orthographe grammaticale

18 Repérer et identifier l'adjectif et le groupe adjectival

FICHE COUP DE POUCE
hachette-clic.fr/25mp6229

JE DÉCOUVRE

Défi en groupe

Ajoute le nombre d'adjectifs demandé pour chaque nom.

combat 1 — monstres 2 — refuge 3

Exemple : un grand **combat** chevaleresque.

Où as-tu placé tes adjectifs par rapport au nom ? Compare avec tes camarades.

JE COMPRENDS

- « **ADJECTIF** » est une nature de mots. Il permet d'**exprimer une qualité** d'un être ou une chose. Il s'accorde en genre et en nombre avec le nom qu'il complète.
Un **petit** lutin. Des potions **puissantes**.

Geste du grammairien

p. 322

- Dans la phrase, l'adjectif peut être placé :
  - dans le groupe nominal (GN) ;
  Le **petit** lutin vient de partir.
  GN
  - dans le groupe verbal (GV).
  Le lutin est **petit**.
  GV

Geste du grammairien

- On appelle **GROUPE ADJECTIVAL** un adjectif modifié par un adverbe.
Un très **petit** lutin. Le lutin est vraiment **petit**.

Groupe adjectival
→ **adjectif** (+ adverbe)
→ placé dans le **GN** ou le **GV**

JE M'ENTRAÎNE

★ **1 Réponds par *vrai* ou *faux*. Justifie en t'aidant de la leçon.**

a. *Adjectif* est une fonction.
b. L'adjectif s'accorde en genre et en nombre avec le nom qu'il complète.
c. Dans le groupe verbal, l'adjectif ne peut pas être supprimé.

★ **2 Enrichis les noms en orange avec des adjectifs variés. Attention aux accords !**

a. Les **loups** courent dans la **forêt**.
b. La **forteresse** se trouve au fond de la **clairière**.
c. Les **chevaliers** s'entraînent avec leurs **armes**.

★ **3 Relève les groupes adjectivaux.**

a. Ce gâteau est très bon.
b. Les fleurs sont vraiment parfumées cette année.
c. Le bus semble confortable.
d. Le repas est complètement brûlé.

★★ **4 Recopie les phrases. Encadre le verbe attributif et souligne l'adjectif.**

a. Antonin paraît pensif.
b. Ses frères ont l'air contents.
c. Parfois, le ciel reste gris.
d. Nous sommes fatigués.

★★ **5 Accorde les adjectifs entre parenthèses.**

a. Les histoires d'aventures sont (*passionnant*).
b. Moi, je préfère les (*court*) poèmes.
c. Les fables permettent d'éduquer les (*jeune*) enfants.
d. Les héroïnes (*courageux*) sont (*nombreux*) dans les romans.

★★ **6 Classe les adjectifs dans un tableau à deux colonnes (masculin/féminin) et à deux lignes (singulier/pluriel). Attention, certains peuvent aller dans plusieurs cases !**

silencieux • blanche • étonnantes nerveuse • faible • régulier • incroyables premier • savoyarde • crémeux • roses frais • cuite • cru

★★ **7 Compose des phrases en employant les adjectifs de l'exercice 6.**

★★★ **8 Recopie les phrases, souligne en bleu les adjectifs qui complètent un nom et souligne en rouge les adjectifs après un verbe attributif.**

a. Les contes merveilleux font rêver.
b. On trouve, dans ces histoires envoûtantes, des monstres effrayants et des personnages extraordinaires.
c. Parmi les monstres, les ogres sont terribles.

JE RÉINVESTIS

★★★ **9 Lis le texte et réponds aux questions.**

a. Relève les adjectifs qui décrivent les loups. Que nous apprennent-ils sur le chef des loups ? Sur la meute ?
b. Relève un groupe adjectival.
c. Enrichis le nom commun en gras avec deux adjectifs.

En tête de la meute[1] courait un grand loup gris. C'était lui qui entraînait la troupe sur la piste toute fraîche de la **femelle**. C'était lui également qui, d'un bref coup de mâchoire, faisait rentrer dans le rang les jeunes loups impétueux qui ne savaient pas demeurer à leur place.

Jack London, *Croc-Blanc* [1906], trad. de l'américain par W. Fang, abrégé par R. Boudet, Éditions Nathan, 2005.

1. Troupeau d'animaux, ici, des loups.

Défi en groupe

★★★ **10 Imagine l'un des loups de la meute décrite dans le texte de l'exercice 9 et rédige son portrait.**

Tu emploieras le plus d'adjectifs possible. Élisez ensemble le texte qui décrit un loup avec le plus de précision.

Grammaire et orthographe grammaticale

19 Repérer et identifier le groupe nominal prépositionnel

FICHE COUP DE POUCE
hachette-clic.fr/25mp6230

JE DÉCOUVRE

Défi à deux

La phrase a perdu ses prépositions ! Recopiez la phrase en les remettant à leur place.

pour | dans | de | à | avec

…l'heure …la récréation, Noémie se rend …la cour …ses amies …discuter.

Pour chaque place, avez-vous eu le choix entre plusieurs prépositions ?

JE COMPRENDS

- « **GROUPE NOMINAL PRÉPOSITIONNEL** » **(GNP)** désigne la **nature** d'un groupe de mots.
Le groupe nominal prépositionnel est constitué d'une **préposition**, d'un **déterminant** et d'un **nom noyau**.
la bibliothèque **de** (préposition) **ma** (déterminant) **sœur** (nom noyau)

- Une **PRÉPOSITION** est un **mot invariable** qui sert à **relier** des mots ou des groupes de mots.
Les prépositions sont nombreuses : *à, dans, sur, chez, par, pour, en, vers, avec, de, sans, sous, pendant, parmi, au-dessous de, à l'intérieur…*

- Dans la phrase, le groupe nominal prépositionnel peut avoir **trois fonctions** :
  - **complément du nom** ; la bibliothèque **de ma sœur**
  - **COI** ; J'achète des livres **pour ma sœur.**
  - **complément circonstanciel** ; Je range mes livres **dans la bibliothèque de ma sœur.**

Pour reconnaître le COI, je peux le pronominaliser : *Je lui achète des livres.*

p. 326

Le complément circonstanciel se déplace et se supprime.

p. 326

Gestes du grammairien

Groupe nominal prépositionnel (GNP)
→ **préposition + déterminant + nom noyau**
→ **complément du nom, COI ou CC**

JE M'ENTRAÎNE

★ **1 Réponds par *vrai* ou *faux*. Justifie tes réponses.**

a. Le GNP peut avoir deux fonctions.

b. Le GNP est constitué d'une préposition, d'un verbe et d'un déterminant.

c. *Pour, en, vers* sont des prépositions.

★ **2 Trouve les prépositions. Aide-toi du dictionnaire !**

outre • sur • mais • durant • ou • et
contre • depuis • maintenant • or • chez
devant • ni • selon • comme • par
seulement • hors • après • quand • que

★ **3 Recopie et complète les groupes nominaux avec la bonne préposition.**

à · de · sans · pour · en

une rue ... issue • un gâteau ... la pistache
un collier ... or • un bateau ... les enfants
une voiture ... sport • le frère ... Safa

★★ **4 Recopie les phrases et souligne les GNP. Donne leur fonction.**

a. Mon frère prête des albums à ses amis.

b. Dans ma chambre, je range toutes mes bandes dessinées.

c. Ma mère achète des livres à tout le monde.

d. Je lis pendant des jours entiers.

★★ **5 Complète les GNP de ces phrases.**

a. Ilyes écrit une lettre à...

b. Les lettres sont livrées dans...

c. « Love Letter » est un jeu de...

d. Les lettres de... racontaient des histoires drôles.

e. Les lettres en... se font rares.

★★ **6 Recopie et complète les énoncés avec des GNP compléments circonstanciels.**

a. La famille part en promenade.

b. Les animaux de la forêt se cachent.

c. Les champignons sortent.

★★ **7 Recopie et complète les phrases avec un GNP de la fonction demandée.**

a. Les enfants (*complément du nom*) jouent (*complément circonstanciel*).

b. Pendant les vacances, Louis et Antonin vont jouer (*COI*).

Défi en groupe

★★★ **8 En 3 minutes, trouvez le plus de GNP possible à partir de l'image. Vérifiez vos réponses. Le groupe vainqueur est celui qui a le plus de GNP corrects !**

JE RÉINVESTIS

★★★ **9 a. Quel nom complète le GNP « à la traîne » ? Quelle est sa fonction ?**

b. Quelle est la fonction du GNP « dans le jardin » ?

c. Ces deux GNP ont-ils la même fonction ? Explique.

d. Relève deux GNP et donne leur fonction.

Les mains **dans les poches**, sa longue écharpe **à la traîne**, Ophélie passa devant une enfilade de casiers[1] étiquetés [...]. Les volets étaient fermés, mais ils laissaient pénétrer quelques rais de soleil qui éclairaient une rangée de pupitres[2] à travers la pénombre. Le chant d'un merle, **dans le jardin**, semblait rendre cette échappée de lumière plus lumineuse encore.

Christelle Dabos, *La Passe-miroir, Les Fiancés de l'hiver*, © Éditions Gallimard Jeunesse, 2013.

1. Suite de casiers. 2. Bureaux.

★★★ **10 Décris ta bibliothèque idéale dans un texte d'environ 10 lignes, en utilisant au moins 3 GNP compléments du nom, 3 GNP compléments circonstanciels et 2 GNP COI.**

Grammaire
et orthographe grammaticale

20 Identifier et analyser les expansions du nom

FICHE COUP DE POUCE
hachette-clic.fr/25mp6231

JE DÉCOUVRE

Défi en groupe

Choisis une image. Enrichis la phrase en complétant les noms « fille » et « chien » pour faire deviner celle que tu as choisie.

JE COMPRENDS

- **Les EXPANSIONS DU NOM** servent à donner des **informations** sur le nom commun.

- Un nom peut être enrichi avec :
  - un **adjectif** qui aura la fonction **épithète du nom** ;

    Un **joueur** habile
    Nature → adjectif
    Fonction → épithète du nom « joueur »
  - un **groupe nominal prépositionnel** (GNP) qui aura la fonction **complément du nom**.

    Un **joueur** de tennis
    Nature → groupe nominal prépositionnel
    Fonction → complément du nom « joueur »

- Un nom peut avoir **plusieurs expansions du nom**.

  Un grand **joueur** de tennis de Limoges.

Groupe nominal
un joueur
→ + **ADJECTIF** épithète du nom
habile
→ + **GNP** complément du nom
de tennis

JE M'ENTRAÎNE

★ **1 Réponds par *vrai* ou *faux*. Justifie en t'aidant de la leçon.**

a. « Adjectif » est une fonction.
b. « GNP » veut dire « groupe nominal prépositionnel ».
c. « Complément du nom » peut être la fonction du GNP.
d. Un nom peut avoir plusieurs expansions du nom.

★ **2 Relève les adjectifs épithètes.**

a. La jolie araignée.
b. L'arbre centenaire.
c. Les étranges nuages.
d. Les fausses notes.
e. Le professeur dynamique.

★ **3 Relève les GNP compléments du nom.**

a. La taupe du voisin.
b. L'arbre du bois des Naix.
c. Les températures de l'hiver.
d. Les fleurs de la prairie.
e. La voiture en face de moi.

★ **4 Ajoute un adjectif épithète ou un GNP complément du nom aux noms en orange.**

a. Les **amis** arrivent.
b. La **piscine** est prête.
c. Nous ferons une **soirée**.
d. Le **dessert** sera aux **fruits**.

★★ **5 Transforme les adjectifs épithètes en GNP compléments du nom.**

Exemple : un enfant grand → un enfant de grande taille

a. les températures estivales
b. les routes forestières
c. une formule magique
d. les terreurs nocturnes

★★ **6 Transforme les GNP compléments du nom en adjectifs épithètes.**

Exemple : un contrat pour l'année → un contrat annuel

a. une affaire de famille
b. une activité de la nature
c. un commentateur de sport
d. une invitation d'un ami
e. un conseil de mon père

★★ **7 Relève les expansions des noms qui sont en gras et classe-les dans un tableau divisé en deux colonnes : adjectifs épithètes et GNP compléments du nom.**

À midi, le guide donna le **signal** du départ. Le pays prit bientôt un **aspect** très sauvage. Aux grandes **forêts** succédèrent des **taillis** de tamarins[1] et de palmiers nains, puis de vastes **plaines** arides, hérissées de maigres **arbrisseaux** et semées de gros **blocs** de syénites[2].

Jules Verne, *Le Tour du monde en quatre-vingts jours* [1872], Belin Éducation, « Pas si classique », 2024.

1. Arbres fruitiers d'Afrique. 2. Roches volcaniques.

JE RÉINVESTIS

★★★ **8 a. Recopie le texte, puis surligne les noms communs.**
b. Entoure en vert les adjectifs épithètes.
c. Entoure en rouge les GNP compléments du nom.

[Araceli] était mince et souple comme une liane, et sa peau paraissait presque noire dans la pénombre de l'aube. Elle nageait dans les bassins, d'une curieuse façon, jetant un bras par-dessus sa tête, et disparaissait entièrement sous l'eau, puis flottant, le visage au ras de la surface, le temps de reprendre sa respiration, et disparaissant encore. Elle pêchait des camarons, des poissons sans écailles.

J. M. G. Le Clézio, *Pawana* [1992], © Éditions Gallimard Jeunesse, « Folio junior », 2008.

Défi à deux

★★★ **9 Rédigez un paragraphe décrivant l'image. Vous emploierez le plus d'expansions du nom possible.**

Katsushika Hokusai, *Soshu Nakahara*, 1830-1832.

21 Distinguer la phrase simple et la phrase complexe

FICHE COUP DE POUCE
hachette-clic.fr/25mp6232

JE DÉCOUVRE

Défi à l'oral

Trouve la phrase incorrecte et propose une version corrigée.
Poursuis l'histoire avec une phrase qui contient plusieurs verbes conjugués.

JE COMPRENDS

- Une **PROPOSITION** correspond à la structure **groupe sujet** (**GS**) + **groupe verbal** (**GV**) + éventuellement **groupe circonstanciel** (GC).
Le joueur prend le ballon, dribble ses adversaires et marque un superbe but.
3 verbes conjugués → 3 propositions

- La **PHRASE SIMPLE** est une phrase qui ne comporte qu'**une seule proposition** (donc un verbe conjugué).
Le facteur distribue le courrier à huit heures.

- La **PHRASE COMPLEXE** est une phrase qui comporte **plusieurs propositions** (deux ou plus). On note les propositions entre crochets.
[Le facteur distribue le courrier] et [il aime son métier.]
[Le facteur [qui habite ici] aime son métier.]

Phrase
→ 1 verbe conjugué → phrase simple
→ 2 verbes conjugués ou plus → phrase complexe

JE M'ENTRAÎNE

★ **1 Recopie les phrases et souligne les verbes conjugués.**

a. Matilda est une enfant très intelligente.
b. À quatre ans, elle a lu les plus grands romans classiques et adore aller à la bibliothèque.
c. Sa maîtresse remarque ses dons en mathématiques et en lecture et veut lui faire sauter une classe.
d. La directrice s'oppose à cette décision.

★ **2 Forme des phrases simples à l'aide des groupes de mots suivants.**

Groupes sujets : la tour Eiffel • les exposants • mon cousin • Victor Hugo
Groupes verbaux : s'appelle Côme • est célèbre • a écrit *Les Misérables* • sont arrivés
Groupes circonstanciels : de bonne heure • dans le monde entier

★★ **3 Relève les phrases simples et souligne les verbes conjugués.**

Momo ouvre son livre. C'est l'histoire de Robinson qui échoue sur une île déserte à la suite d'un naufrage. Momo compare son île à celle de Robinson. Il préfère la sienne avec ses champs de bleuets multicolores. Sur l'île de Robinson, il y a un bouc. Robinson l'assomme. Momo pense qu'il a eu tort et aurait dû essayer plutôt de l'apprivoiser comme le renard du petit prince.

Yaël Hassan, *Momo, petit prince des Bleuets*, Syros Jeunesse, 1998.

★★ **4 Recopie les phrases, souligne les verbes conjugués et indique le nombre de propositions.**

a. Le menuisier Gepetto a fabriqué un pantin de bois qu'il nomme Pinocchio.
b. Pinocchio agit comme un véritable enfant : il parle, rit et fait des bêtises comme un enfant.
c. Cependant, il a l'habitude de beaucoup mentir.
d. Lorsqu'il ment, son nez s'allonge.

★★ **5 Forme des phrases complexes à partir des illustrations.**

★★ **6 Transforme chaque paire de phrases simples en une phrase complexe. Tu peux ajouter un mot ou une ponctuation.**

a. Le professeur entre dans la classe. Les élèves se taisent.
b. Cet homme a raté son train. Il est arrivé cinq minutes en retard.
c. J'ai beaucoup révisé pour mon évaluation. Je ne l'ai pas réussie.
d. Le monstre était très impressionnant. Le chevalier l'a vaincu avec tout son courage.
e. La Fontaine a écrit ses fables au XVIIe siècle. Elles ont toujours beaucoup de succès.

★★ **7 Complète les phrases pour en faire des phrases complexes puis mets entre crochets les différentes propositions.**

a. Les élèves se rangent dans la cour...
b. Lorsque la nuit tombe...
c. Harry Potter a lancé un sort...
d. Ma copine a été très malade...
e. Nous sommes allés au cinéma...
f. Puisque tu ne veux pas sortir...

JE RÉINVESTIS

★★★ **8 À toi de jouer !**

Dans un texte de 5 à 10 lignes, explique les règles de ton jeu de société préféré à l'aide de phrases complexes. Souligne les verbes conjugués pour vérifier que tu as bien construit des phrases complexes.

22 Découvrir la juxtaposition et la coordination

FICHE COUP DE POUCE
hachette-clic.fr/25mp6233

JE DÉCOUVRE

Défi à deux

À partir de l'illustration, formulez deux phrases complexes où vous utiliserez tout d'abord une virgule entre les deux propositions, puis la conjonction de coordination *et*.

JE COMPRENDS

Une **phrase complexe** contient au moins deux propositions.
Ces propositions peuvent être reliées de plusieurs façons.

- La **JUXTAPOSITION** : les propositions indépendantes juxtaposées sont reliées entre elles par une **ponctuation faible** : une **virgule**, un **point-virgule** ou les **deux points**.
[Des enfants passent], [le chien aboie.]

- La **COORDINATION** : les propositions indépendantes coordonnées sont reliées entre elles par une **conjonction de coordination : *mais, ou, et, or, ni, car*.**
[Des enfants passent] **et** [le chien aboie.]

! Le sujet des différentes propositions peut être le même.
Le chat se réveille, va dans le jardin, cherche une souris.
Le chat va dans le jardin et cherche une souris.

Phrase complexe → **plusieurs propositions indépendantes**
- → **juxtaposées** (reliées par de la ponctuation) , ; :
- → **coordonnées** (reliées par une conjonction de coordination) **mais, ou, et, or, ni, car**

JE M'ENTRAÎNE

★ **1 Réponds par *vrai* ou *faux*. Justifie tes réponses.**

a. Dans une phrase complexe, il y a autant de verbes conjugués que de propositions.

b. « Est » et « où » sont des conjonctions de coordination.

c. Les propositions reliées par de la ponctuation sont juxtaposées.

d. Le point-virgule est une ponctuation faible.

★ **2 Retrouve les conjonctions de coordination dans la liste.**

or vers où et
mais mes est n'y ou
à car chez ni hors

★ **3 Réécris et complète le texte en ajoutant de la ponctuation. N'oublie pas les majuscules !**

Énée était un prince troyen il a dû fuir Troie il traversa la Méditerranée et fit plusieurs haltes il s'arrêta chez la reine Didon dont il tomba amoureux hélas il fut rappelé par les dieux et repartit pour accomplir son destin.

★★ **4 a. Recopie les phrases complexes de ce texte.**
b. Souligne les verbes conjugués et mets entre crochets les différentes propositions. Indique la façon dont elles sont reliées.

« Souvent, nous faisions des signes aux bateaux de pêche. Les pêcheurs s'arrêtaient et nous donnaient une poignée de crevettes. Les crevettes étaient encore chaudes, car elles venaient d'être cuites. Nous les décortiquions et nous les mangions goulûment, assis dans le canoë. La tête était le meilleur morceau !

— La tête !?

— On aspire l'intérieur de la tête, c'est délicieux. »

Roald Dahl, *Sacrées Sorcières* [1983], trad. de l'anglais par M. Farré, © Éditions Gallimard Jeunesse, « Folio junior », 2016.

★★ **5 Recopie et complète le texte avec des conjonctions de coordination.**

Dans un royaume vivaient un roi et une reine ... hélas celle-ci tomba malade prématurément ... fit promettre à son mari de n'épouser en secondes noces qu'une femme plus belle qu'elle. Le roi accepta ... la seule femme à la hauteur de cette beauté était leur fille, Isaure. Il lui demanda sa main et celle-ci refusa ... on ne se marie pas avec ses parents.

★★ **6 Complète ces phrases complexes avec des propositions juxtaposées.**

a. Lancelot prend son épée...

b. Sa belle-mère appelle Cendrillon...

c. La sorcière prépare une potion...

★★ **7 Complète ces phrases complexes avec des propositions coordonnées.**

a. Tu as choisi le gratin de chou-fleur...

b. Cet artiste a annulé son concert...

c. Indiana Jones prit son lasso...

★★ **8 Transforme ces phrases complexes avec des propositions juxtaposées en phrases complexes avec des propositions coordonnées.**

a. Mon petit frère est malade : il a mangé trop de chocolats.

b. En raison de sa blessure, il ne nage pas, ne court pas.

c. Elle a réussi son épreuve de mathématiques, elle a manqué celle de sciences physiques.

Défi à deux

★★★ **9 Une intelligence artificielle a pris le contrôle du manuel ! Pour le débloquer, il faut décrire un monstre en respectant le programme suivant.**

– phrase simple |
– phrase complexe (2 propositions juxtaposées et 1 coordonnée) |
– phrase complexe (2 propositions coordonnées) |
– phrase simple

23 Découvrir la subordination

FICHE COUP DE POUCE
hachette-clic.fr/
25mp6234

JE DÉCOUVRE

Transforme les paroles du lapin en une phrase complexe en commençant par « Je me rends compte... ».

De quel mot supplémentaire as-tu eu besoin pour construire ta phrase ?

JE COMPRENDS

- Une **phrase complexe** contient plusieurs propositions. Elles peuvent être reliées par **juxtaposition**, **coordination** ou **SUBORDINATION**.

- La subordination se rencontre dans une phrase qui comporte au moins deux propositions :
  - une **PROPOSITION PRINCIPALE** ;
  - une **PROPOSITION SUBORDONNÉE** incluse dans la principale et dont elle dépend. Celle-ci est introduite par une **conjonction de subordination**.

  [Le chat chasse les souris] [**quand** la nuit tombe].
  proposition principale — proposition subordonnée

- Les **conjonctions de subordination** les plus courantes sont :
  - *quand, lorsque, pendant que, dès que, au moment où* (expriment le temps) ;
  - *parce que, puisque, vu que, comme* (expriment la cause) ;
  - *si* (exprime l'hypothèse) ;
  - *comme* (exprime la comparaison) ;
  - *que* (introduit un COD).

Phrase complexe → **plusieurs propositions** → **reliées par subordination**
proposition principale + proposition(s) subordonnée(s) introduite(s) par une conjonction de subordination
[Le rossignol chante] [**lorsque** le jour se lève].
proposition principale — proposition subordonnée

JE M'ENTRAÎNE

★ 1 **Réponds par *vrai* ou *faux*. Justifie tes réponses.**

a. Une phrase complexe par subordination comporte seulement des propositions subordonnées.

b. « Quand » et « si » sont des conjonctions de subordination.

★ 2 **Retrouve et recopie les conjonctions de subordination.**

et • quand • ou • puisque • lorsque • or • si comme • car • pendant que

★ 3 **Recopie les propositions subordonnées. Entoure les conjonctions de subordination qui les introduisent.**

> Junon, l'épouse de Jupiter, est furieuse contre son mari infidèle. La mortelle Sémélé proclame qu'elle est enceinte du maître des dieux. Lorsque Junon l'apprend, elle ne supporte pas cet autre déshonneur. Grâce à une ruse, elle la convainc de demander à Jupiter d'apparaître dans toute sa splendeur. Quand il se manifeste, elle meurt foudroyée.

★★ 4 **a. Recopie les phrases et souligne les verbes conjugués.**
b. Mets entre crochets rouges la proposition principale et entre crochets bleus la proposition subordonnée.

a. Adam travaille comme je lui ai demandé.

b. Lorsque l'orage gronde, les enfants rentrent jouer à l'intérieur.

c. Si le chien aboie, les chats s'enfuient.

d. Camille espère que ses parents l'emmèneront dans un parc d'attractions.

★★ 5 **Recopie et complète ces phrases avec la conjonction de subordination qui convient.**

si | que | lorsque

a. ... les enfants se retrouvent, ils font une partie de loups-garous.

b. ... j'étais riche, je m'achèterais une voiture de luxe.

c. Je considère ... le frère aîné doit avoir un comportement plus mature.

★★ 6 **Complète ces phrases avec une proposition subordonnée.**

a. La fourmi a fait de nombreuses réserves...

b. Mes professeurs trouvent...

c. Cendrillon devait rentrer...

d. Ulysse a mis dix ans à retourner à Ithaque...

★★ 7 **Complète les phrases avec des propositions subordonnées exprimant la nuance demandée. Varie à chaque fois ta proposition.**

a. Je suis très heureux... (*temps*)

b. Vous êtes arrivés en retard... (*cause*)

c. Nous irons au cinéma... (*hypothèse*)

d. La moitié du groupe visitera le château... (*temps*)

e. Mes parents m'ont grondé... (*cause*)

JE RÉINVESTIS

★★★ 8 **Réécris les phrases en remplaçant les groupes nominaux en orange par une proposition subordonnée de même sens.**

a. **Grâce à sa rapidité**, Léon Marchand a remporté le 400 mètres.

b. **En raison de l'absence de leurs parents**, les enfants ont organisé une fête surprise.

c. Mes cousins ont fait du canoë-kayak **pendant leurs vacances avec leurs grands-parents**.

★★★ 9 **À toi de jouer !**

À partir de l'image, raconte en 5 lignes ce qui arrive à Aladdin en utilisant des phrases complexes par subordination. Tu peux commencer ainsi : « Lorsque Aladdin frotta la lampe... »

24 Savoir accorder les mots variables

FICHE COUP DE POUCE
hachette-clic.fr/
25mp6235

JE DÉCOUVRE

Fabrique des phrases à partir des étiquettes.

cet – le – verdoyant – courageuse – touristes – agréable – parc – abrite – découvrent – les – notre – araignées – terrible – héros – géantes – créature – nombreux – la – affronte

Comment as-tu fait pour reconstituer des phrases correctes ?

JE COMPRENDS

Le **déterminant**, le **nom**, le **pronom** et l'**adjectif** varient **en genre et en nombre**.

- Les **DÉTERMINANTS** s'accordent avec le nom noyau.
ce lapin – ma lapine – mes lapins – ces lapines

- Pour les **NOMS** et les **ADJECTIFS**, le plus souvent :
  - la marque du féminin est le ***-e*** ;
  - la marque du pluriel est le ***-s***.

- Certains noms et adjectifs ont des **accords particuliers**.

NOM ou ADJECTIF

SINGULIER		PLURIEL	
-al	→	-aux	Sauf bals, chacals, festivals, carnavals, récitals, régals.
-ou	→	-ous	Sauf bijoux, choux, cailloux, genoux, hiboux, houx, joujoux, poux.
-au, -eu, -eau	→	-x	Sauf pneus, bleus, landaus, émeus

NOM ou ADJECTIF

MASCULIN		FÉMININ
consonne finale lion	→	consonne finale doublée lionne
consonne finale loup	→	modification de la consonne finale louve
-eur	→	-euse
-teur	→	-trice
-er	→	-ère
-e	→	-esse

! Certains noms féminins ne se terminent pas par un *-e*. une fourmi, une paroi
Quelques noms et adjectifs sont identiques au masculin et au féminin. tranquille, calme
Le nom masculin et le nom féminin peuvent être formés avec un radical différent.
un frère → une sœur, un coq → une poule

JE M'ENTRAÎNE

★ **1 Réponds par *vrai* ou *faux*. Justifie tes réponses.**

a. Tous les noms s'accordent au pluriel avec un *-s*.

b. Certains adjectifs ont leur consonne finale qui change entre le masculin et le féminin.

c. Les noms *bijoux, choux, cailloux, genoux, hiboux, houx, joujoux et poux* sont des exceptions.

d. Parfois le féminin et le masculin sont identiques.

★ **2 Écris ces groupes nominaux au féminin puis au pluriel.**

un candidat renommé • un ami dévoué
un délégué élu • un boucher bavard
un guerrier sanguinaire • un loup superbe
un grand maître

★ **3 Écris au féminin les noms de métiers.**

a. un inspecteur
b. un acteur
c. un paysan
d. un infirmier
e. un directeur
f. un gardien
g. un bibliothécaire
h. un musicien

★★ **4 Réécris chaque groupe nominal avec l'adjectif entre parenthèses.**

a. une saison (*blanc*)
b. une élève (*roux*)
c. une enfant (*boudeur*)
d. une trousse (*neuf*)
e. une membre (*actif*)
f. une publication (*annuel*)
g. une clarté (*lumineux*)
h. une tante (*muet*)

★★ **5 Classe les noms en deux colonnes selon leur genre. Aide-toi du dictionnaire !**

épice • paroi • fourmi • hémisphère • liberté • tribu • parapluie • antidote • ferme • saison

★★ **6 Trouve l'intrus et explique ton choix.**

a. bisou • clou • écrou • bijou • sou
b. nez • prix • rail • souris • corps
c. cheval • journal • bal • original • canal
d. cheveu • pneu • beau • château • jeu

★★ **7 Réécris les noms au singulier. Aide-toi du dictionnaire !**

des tapis • les puits • les haricots
les cieux • les bals • les poux • des relais
des ours • des caporaux • des époux

JE RÉINVESTIS

★★★ **8 Réécris le texte en accordant les mots entre parenthèses.**

> Dans le lointain pays des Scythes [...] vivait un peuple de femmes (*guerrier*), qui, disait-on, descendaient du dieu de la guerre Arès. On les appelait les Amazones.
> (*Fier*) cavalières, armées d'arcs et de flèches, les Amazones faisaient (*grand*) impression sur les (*armée*) (*ennemi*) qui, elles, étaient toujours composées d'(*homme*).
>
> Odile Gandon, *Dieux et héros de l'Antiquité, Toute la mythologie grecque et latine*, Le Livre de poche Jeunesse, 2004.

Défi en groupe

★★★ **9 Crée cinq groupes nominaux en t'inspirant du tableau. Tu dois choisir cinq déterminants différents et employer au moins une exception sur le genre et le nombre des noms et des adjectifs. Dicte ensuite tes GN à tes camarades.**

John William Waterhouse, *Ulysse et les Sirènes*, 1891.

25 Maîtriser les accords dans le groupe nominal

FICHE COUP DE POUCE
hachette-clic.fr/
25mp6236

JE DÉCOUVRE

Sauras-tu retrouver les quatre groupes nominaux ?

le trousses coloré les colorées les colorés classeur colorée la trousse classeurs

Comment as-tu procédé pour former les groupes nominaux ?

JE COMPRENDS

Dans le groupe nominal, les accords se font entre le **déterminant**, le **nom** et l'**adjectif**.

- Le **DÉTERMINANT** porte les marques de genre et de nombre du nom qu'il introduit.
le cahier → déterminant + nom ; masculin singulier
les feuilles → déterminant + nom ; féminin pluriel

- Quand il fait partie du groupe nominal, l'**ADJECTIF** occupe la fonction d'**épithète**.
Il porte les marques de genre et de nombre du nom auquel il se rapporte.
le cahier **bleu** → déterminant + nom + adjectif ; masculin singulier
les **grandes** trousses → déterminant + adjectif + nom ; féminin pluriel

Quand un adjectif se rapporte à deux noms de genres différents (masculin/féminin) l'accord se fait au masculin.
un cahier et une trousse **neufs**, des cahiers et des trousses **neufs**

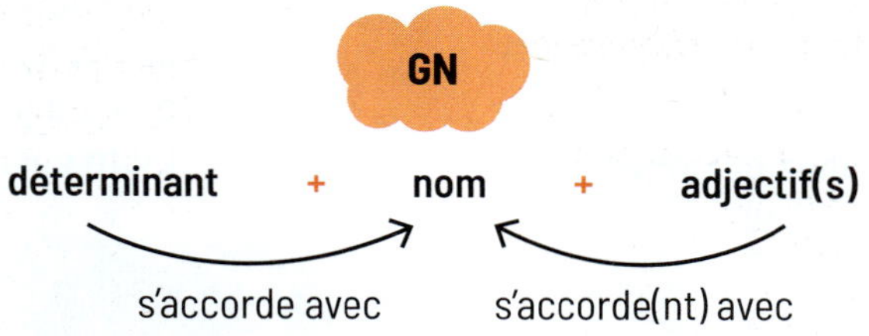

JE M'ENTRAÎNE

★ **1 Réponds par *vrai* ou *faux*. Justifie quand tu réponds *faux*.**

a. Le déterminant s'accorde en genre et en nombre avec le nom qu'il introduit.
b. Le genre indique le singulier ou le pluriel.
c. Dans le groupe nominal, les accords se font entre le déterminant, le nom et l'adjectif.
d. L'adjectif ne se met jamais au pluriel.

★ **2 Indique le genre et le nombre des noms.**

matinée · chemins · portières · canal · phrases · terrasse · buffets

★ **3 Emploie les noms de l'exercice 2 avec des déterminants et des adjectifs variés.**

★★ **4 Construis des groupes nominaux à partir des mots proposés.**

Déterminants : la • des • deux • ta • certains • ses

Noms : chaussures • élèves • serviette • carottes • escaliers • poutre

Adjectifs : neuves • jolie • discrets • sculptés • rose • épluchées

★★ **5 Recopie les phrases et accorde les adjectifs.**

a. Une jupe et un short trop (*court*)

b. Des chaussettes et des collants (*troué*)

c. Des plantes et des fleurs (*desséché*)

d. Un violon et un piano (*désaccordé*)

e. Une température et un soleil (*estival*)

★★ **6 Recopie les noms que complètent les adjectifs en gras et explique leur accord.**

À l'heure où commencent à se gercer les doigts **roses** de l'aurore, je montai tel un dard[1] **rapide** dans un autobus à la **puissante** stature et aux yeux de vache de la ligne S au trajet **sinueux**[2]. Je remarquai, avec la précision et l'acuité[3] de l'Indien sur le sentier de la guerre, la présence d'un **jeune** homme dont le col était plus **long** que celui de la girafe au pied **rapide**, et dont le chapeau de feutre[4] **mou fendu** s'ornait d'une tresse.

Raymond Queneau, *Exercices de style*, « Ampoulé » [1947], © Éditions Gallimard, 1982.

1. Aiguillon qui sert à piquer. 2. Chemin avec de nombreux virages. 3. Intensité. 4. Tissu.

★★★ **7 Réécris les groupes nominaux au féminin.**

a. Ce boulanger heureux

b. Son coiffeur appliqué

c. Le bon menteur

d. Les gros lapins

e. Certains infirmiers doux

★★★ **8 Réécris les groupes nominaux au pluriel.**

a. Le bocal de confiture

b. Le pneu gris

c. Le vieil animal

d. Un chef loyal

e. Un beau travail

JE RÉINVESTIS

★★★ **9 Réécris le texte. Accorde les adjectifs et les déterminants entre parenthèses.**

Dans l'obscurité, il y eut un frémissement, et de (*tout*) côtés surgirent des ombres (*agile*) qui se glissèrent furtivement sur les pierres. Des griffes (*nu*) étincelèrent au clair de lune. (*Un*) yeux (*méfiant*) jetèrent des éclairs (*ambré*). Puis, comme si elles obéissaient à un signal (*muet*), les bêtes s'attaquèrent. Les rochers fourmillèrent soudain de chats qui se battaient en poussant (*un*) cris (*aigu*).

Erin Hunter, *La Guerre des clans, Retour à l'état sauvage* (t. 1), trad. de l'anglais par C. Pournin, Pocket Jeunesse, 2005.

★★★ **10 À toi de jouer !**

Raconte une promenade au marché, un samedi matin. Tu emploieras des groupes nominaux aux accords variés. Ton texte fera environ 10 lignes. Tu peux t'inspirer de l'image.

26 Accorder le sujet et le verbe

FICHE COUP DE POUCE
hachette-clic.fr/
25mp6237

JE DÉCOUVRE

Défi à l'oral

Lis les phrases à voix haute, puis mets-les au pluriel.

L'enfant sait jouer aux échecs.
Demain, je vais au cinéma.
Le chien veut courir.

Quels mots ou groupes de mots changent lorsque les phrases sont au pluriel ?

JE COMPRENDS

p. 322

- Dans une phrase, **LE VERBE S'ACCORDE AVEC LE SUJET.**

Mon voisin **vient** nous aider à déménager demain.
Mes voisins **viennent** nous aider à déménager demain.

- Il peut y avoir **plusieurs sujets** pour un seul verbe : le verbe est au pluriel.

Le kiwi et la mandarine **sont** des fruits riches en vitamines.

- Le groupe sujet est parfois **placé après le verbe**. On dit qu'il est **inversé**.

Au loin **chantent** les sirènes. Que **faites**-vous là ?

- Le sujet peut être éloigné du verbe.

Souvent, les oiseaux, sur les câbles électriques, **viennent** se poser.

Gestes du grammairien

Groupe sujet ← s'accorde avec ← **verbe**

→ **plusieurs sujets :** La pie et le merle chantent.
→ **sujet inversé :** Chanteront-ils ?
→ **sujet éloigné :** Les oiseaux, de bon matin, s'égosillent.

JE M'ENTRAÎNE

★ **1 Réponds par *vrai* ou *faux*. Justifie tes réponses.**

a. Le verbe s'accorde toujours avec le sujet.
b. Si le sujet est au pluriel, le verbe reste toujours au singulier.
c. Dans une phrase avec plusieurs sujets au singulier, le verbe est au pluriel.
d. Le verbe ne s'accorde pas avec un sujet placé après lui.

★ **2 Réécris les phrases au pluriel.**

a. Cette histoire parle du pouvoir magique de la plante.
b. Ma sœur confectionnera un gâteau d'anniversaire.
c. L'animateur fait rire les enfants.
d. Le mécanicien peut changer la roue.

★ **3 Recopie les phrases en choisissant le bon verbe.**

a. Les arbres (*grandisses / grandissent*) vite.
b. Je (*paie / paient*) en espèces.
c. Tu (*appelleras / appellerez*) tes amis.
d. La reine (*portera / porteras*) sa couronne.

★ **4 Recopie et complète les phrases avec un pronom personnel sujet qui convient.**

a. ... regardent par la fenêtre.
b. ... sommes amis d'enfance.
c. ... aboie dans le jardin.
d. ... discutez souvent en classe.

★★ **5 Recopie les phrases, souligne le groupe sujet en rouge et le verbe en vert.**

a. Dans la forêt sombre et mystérieuse rôdent des créatures inquiétantes.
b. Ma sœur, mon frère et moi allons prendre le train pour Paris.
c. Dans le ciel scintillent les étoiles.

★★ **6 Recopie les phrases et conjugue le verbe au présent de l'indicatif. Attention à son accord !**

a. Louis et Lison (*prendre*) des photos du paysage.
b. Je (*regarder*) les tableaux exposés au musée.
c. Vous (*faire*) du bateau sur le lac.

★★ **7 Propose des phrases en respectant le schéma demandé.**

a. GS pluriel + V + COD.
b. GS singulier + GS pluriel + V + CC.
c. CC + V + GS singulier.
d. CC + GS pluriel + V + attribut du sujet.
e. CC + GS singulier + COD + V.

Défi en groupe

★★★ **8 Faites l'exercice 7 façon « cadavre exquis ».**

Écris le premier groupe de mots demandé sur une feuille. Cache ta proposition en pliant la feuille. Passe-la à ton (ta) voisin(e), qui écrit le deuxième groupe de mots, et ainsi de suite. Dépliez et lisez la phrase trouvée !

JE RÉINVESTIS

★★★ **9 Recopie les vers, souligne le groupe sujet en rouge et le verbe en vert.**

Demain, dès l'aube, à l'heure où blanchit
[la campagne,
Je partirai. Vois-tu, je sais que tu
[m'attends.

Victor Hugo, « Demain, dès l'aube... »,
Les Contemplations, 1856.

Sous le pont Mirabeau coule la Seine [...]
Vienne la nuit sonne l'heure
Les jours s'en vont je demeure

Guillaume Apollinaire,
« Le Pont Mirabeau », *Alcools*, 1913.

★★★ **10 À toi de jouer !**

Imagine la suite de cette histoire en faisant des phrases simples. Comment Robinson va-t-il s'en sortir ? Vérifie les accords sujet/verbe. Utilise les sujets suivants :
Robinson • la mer • le radeau • les mouettes.

Howard Pyle, *Robinson Crusoé sur son radeau*, 1920.

Grammaire et orthographe grammaticale

27 Maîtriser la conjugaison du présent de l'indicatif

FICHE COUP DE POUCE
hachette-clic.fr/25mp6238

JE DÉCOUVRE

Défi à l'oral

- **Que fais-tu après l'école ?** Raconte tes différentes activités, au présent, en utilisant au moins cinq verbes différents.
- **Quels verbes as-tu utilisés ?** Rappelle la formation du présent de l'indicatif, pour les différents groupes.

JE COMPRENDS

- **1er GROUPE** (infinitif en *-er* sauf *aller*)

Formation : **radical** + **désinences : *-e, -es, -e, -ons, -ez, -ent***

je parle, tu parles, il / elle / on parle, nous parlons, vous parlez, ils / elles parlent

Attention à l'orthographe des verbes :

- en *-cer* → je trace, nous traçons
- en *-ger* → je range, nous rangeons
- en *-ayer* → je balaie ou je balaye, nous balayons
- en *-oyer* → je nettoie, nous nettoyons
- en *-uyer* → j'essuie, nous essuyons

Les verbes en *-eler* et en *-eter* peuvent doubler la consonne *l* ou *t* ou prendre un accent grave :
→ j'appelle, nous appelons ; j'achète, nous achetons ; je jette, nous jetons

- **2e GROUPE** (infinitif en *-ir* et participe présent en *-issant*)

Formation : **radical (*-i* au singulier et *-iss* au pluriel)**
+ **désinences : *-s, -s, -t, -ons, -ez, -ent***

je finis, tu finis, il / elle / on finit, nous finissons, vous finissez, ils / elles finissent

- **3e GROUPE** : le **radical** des verbes est **irrégulier**.
  - Les désinences sont : ***-s, -s, -t/ø, -ons, -ez, -ent***
    je prends, tu prends, il / elle / on prend, nous prenons, vous prenez, ils / elles prennent
  - Les désinences de certains verbes, comme *pouvoir* et *vouloir*, sont :
    -x, -x, -t, -ons, -ez, -ent
    je peux, tu peux, il / elle / on peut, nous pouvons, vous pouvez, ils / elles peuvent

JE M'ENTRAÎNE

★ **1 Réponds par *vrai* ou *faux*. Justifie tes réponses.**

a. Le radical des verbes du 3e groupe est toujours le même.

b. La désinence de la 3e personne du pluriel est *-ont* pour tous les groupes.

c. Le radical des verbes du 1er groupe change pour les verbes en *-ger*.

★ **2 Recopie les verbes conjugués au présent de l'indicatif et donne leur infinitif.**

a. Juliette éternue bruyamment dès qu'elle approche des fleurs.

b. Un bruit surgit du grenier et effraie les enfants qui jouaient.

c. Alexandre saute et attrape la télécommande sur le canapé.

d. Naïm revient du collège tous les jours à la même heure.

e. Je lance la balle à Maëlys qui me la renvoie.

★★ **3 Recopie les formes verbales conjuguées au singulier.**

vont – chante – mets – avancez – tient – peux – veut – vas – dansez – dit

★★ **4 Recopie le texte en conjuguant les verbes au présent de l'indicatif.**

FÉE [...]

La fée (*être*) une petite créature décorative d'une intelligence médiocre. Souvent utilisée par les sorciers comme élément ornemental, elle (*habiter*) généralement les bois et les clairières. D'une taille variant de deux à douze centimètres, la fée (*avoir*) une tête, des membres et un petit corps humanoïdes, mais (*arborer*) de grandes ailes semblables à celles des insectes, transparentes ou multicolores selon les cas.

Norbert Dragonneau (J. K. Rowling), *Les Animaux fantastiques : vie et habitat des animaux fantastiques*, trad. de l'anglais par J.-F. Ménard, © Éditions Gallimard Jeunesse, 2001.

★★ **5 Conjuguez les verbes entre parenthèses au présent.**

a. Vous (*finir*) votre part et (*reprendre*) un morceau de tarte.

b. Élise et Andréa (*faire*) leur travail et (*pouvoir*) partir plus tôt.

c. Tu (*prendre*) un livre au CDI et (*lire*) tranquillement.

d. Elles (*créer*) des univers incroyables dans leurs histoires.

★★ **6 Transpose les phrases à la personne demandée.**

a. Je fonce dans les couloirs et appelle Agathe. → Nous

b. Il jette son sac sous la table et me dit de m'installer. → Vous

c. Nous voyons la mer et voulons plonger dans les vagues. → Ils

d. Vous pesez les aliments et les congelez tout de suite. → Tu

JE RÉINVESTIS

★★★ **7 À toi de jouer !**

Rédige un article encyclopédique sur une créature fantastique, comme dans le texte de l'exercice 3. Décris la créature, indique son lieu d'habitation et ses habitudes de vie. Ton texte doit faire au moins 5 lignes. Des idées pour te lancer : la licorne, l'hydre, le gobelin, le kraken...

★★★ **8 À toi de jouer !**

En quelques lignes, décris le tableau en utilisant le présent de l'indicatif. Utilise cinq verbes de la liste.

creuser – jouer – naviguer – prendre – courir – venir – voir – longer – promener

Otto von Thoren, *Enfants jouant sur la plage*, entre 1828 et 1899.

Grammaire et orthographe grammaticale

28 Maîtriser la conjugaison du futur de l'indicatif

FICHE COUP DE POUCE
hachette-clic.fr/25mp6239

JE DÉCOUVRE

Défi en groupe

À quoi ressemblera votre collège dans trente ans ?
Écrivez votre texte au futur. Commencez par « Dans trente ans, il y aura… ». Chacun(e) votre tour, imaginez une phrase conjuguée au futur. Vous devez utiliser au moins quatre verbes que vous soulignerez.

Observez les verbes soulignés et expliquez la formation du futur : quelles sont les marques de personnes, de temps ?

JE COMPRENDS

- Le **FUTUR DE L'INDICATIF** est caractérisé par la présence d'un ***-r*** ajouté au radical du verbe.

Formation : radical + *-r* + désinences : *-ai, -as, -a, -ons, -ez, -ont*

je mangerai (*manger*, 1er groupe), je finirai (*finir*, 2e groupe), je lirai (*lire*, 3e groupe)

Certains verbes du 3e groupe ont un radical irrégulier :

Venir → je viendrai
Faire → je ferai
Pouvoir → je pourrai
Voir → je verrai
Vouloir → je voudrai
Aller → j'irai
Prendre → je prendrai

- **AUXILIAIRES** :

Être → je serai, tu seras, il / elle / on sera, nous serons, vous serez, ils / elles seront
Avoir → j'aurai, tu auras, il / elle / on aura, nous aurons, vous aurez, ils / elles auront

Futur de l'indicatif → **Radical** + *-r* + **Désinences** *-ai, -as, -a, -ons, -ez, -ont*

JE M'ENTRAÎNE

★ **1 Réponds par *vrai* ou *faux*. Justifie tes réponses.**

a. Au futur, on ajoute toujours la lettre *-b* au radical du verbe.

b. Les terminaisons sont les mêmes qu'au présent de l'indicatif.

c. Pour les deux premiers groupes, on prend l'infinitif pour trouver le radical.

★ **2 Dans un tableau, classe les verbes selon qu'ils sont conjugués au présent ou au futur de l'indicatif.**

nous verrons • je pars • tu frapperas
vous guérissez • nous aidons
vous chercherez • elles comptent

★ **3 À l'oral, conjugue les verbes au futur, à toutes les personnes.**

sauver | grandir | prendre | pouvoir

★ **4 Recopie les phrases en utilisant le bon pronom personnel.**

a. Quand ... sera grand, Léo sera astronaute.

b. ... regarderons sa navette décoller et ... voyagera dans l'espace.

c. ... le prendrai en photo dans sa belle combinaison.

d. ... s'aventurera dans des zones inexplorées.

★★ **5 Conjugue les verbes entre parenthèses au futur.**

a. Ce soir, tu (*appeler*) Mouad pour prendre de ses nouvelles.

b. Je (*scier*) du bois et (*ramasser*) des branches pour faire un feu.

c. Alicia (*vouloir*) partir à la mer cet été, elle (*choisir*) le lieu précis.

d. Vous (*faire*) vos valises tout de suite et ne (*perdre*) pas de temps.

★★ **6 Recopie les phrases en conjuguant les verbes à l'infinitif au futur de l'indicatif, à la 2e personne du singulier.**

a. Couper l'électricité.

b. Retirer l'ampoule défectueuse, la dévisser.

c. Choisir une ampoule neuve, remplacer l'ancienne.

★★ **7 Donne l'infinitif du verbe et la personne à la laquelle sont conjuguées les formes suivantes.**

a. seront
b. prendrai
c. marchera
d. finirons
e. diras
f. apprendrez

★★ **8 Réécris les phrases au futur de l'indicatif.**

a. Après avoir longuement navigué, les marins voient enfin le port.

b. Ils peuvent accoster tranquillement car la mer est calme.

c. Ils font preuve d'une grande habileté et manœuvrent avec précision.

d. Les passagers veulent rentrer chez eux, ils ont hâte de retrouver la terre ferme.

e. Le capitaine prend le temps de les saluer et va aider tout le monde à débarquer.

JE RÉINVESTIS

★★★ **9 Recopie les verbes conjugués de ce texte et classe-les selon qu'ils sont conjugués au présent ou au futur.**

« [Dès] demain tu prendras la route qui mène à Brest. Arrivé dans cette ville, tu te dirigeras vers Kéravel et tu demanderas l'auberge du Bon Chien Jaune. C'est ton oncle qui tient cette auberge. Tu lui diras que ton père est mort. Il est le frère de ton père et c'est à lui de te faire gagner ton pain. »

Pierre Mac Orlan, *Les Clients du Bon Chien Jaune* [1978], © Éditions Gallimard Jeunesse, 2017.

Défi à deux

★★★ **10 Imaginez la suite du texte en quelques phrases. Utilisez le futur de l'indicatif.**

Le vieil inventeur désigna du menton la machine à voyager dans le temps et dit à Erwan : « Pour te rendre là où tu veux, tu... »

Grammaire et orthographe grammaticale

29 Maîtriser la conjugaison de l'imparfait de l'indicatif

FICHE COUP DE POUCE
hachette-clic.fr/25mp6240

JE DÉCOUVRE

Défi à deux

- **Que faisais-tu de tes journées lorsque tu étais à l'école primaire ?** Commence ton texte par « Lorsque j'étais en CM2, je... ».
- **Lisez vos textes à voix haute. Quels verbes avez-vous utilisés ?** Entourez les verbes conjugués et donnez leur infinitif.

JE COMPRENDS

- **Formation** de l'**IMPARFAIT DE L'INDICATIF** :

radical + **désinences :** ***-ais, -ais, -ait, -ions, -iez, -aient***

je parlais, tu parlais, il / elle / on parlait, nous parlions, vous parliez, ils / elles parlaient

je finissais, tu finissais, il / elle / on finissait, nous finissions, vous finissiez, ils / elles finissaient

je faisais, tu faisais, il / elle / on faisait, nous faisions, vous faisiez, ils / elles faisaient

- **AUXILIAIRES :**

Être → j'étais, tu étais, il / elle / on était, nous étions, vous étiez, ils / elles étaient

Avoir → j'avais, tu avais, il / elle / on avait, nous avions, vous aviez, ils / elles avaient

! Attention à l'orthographe des verbes en :

- *-ger* → je logeais, nous logions
- *-cer* → je lançais, nous lancions
- *-ller* → je travaillais, nous travaillions
- *-ier* → je criais, nous criions
- *-yer* → je payais, nous payions

Imparfait de l'indicatif → **Radical** + **Désinences** *-ais, -ais, -ait, -ions, -iez, -aient*

JE M'ENTRAÎNE

★ 1 **Réponds par *vrai* ou *faux*. Justifie tes réponses.**

a. Les désinences de l'imparfait varient selon les groupes verbaux.
b. On forme ce temps à partir du radical de la 1re personne du pluriel du présent.
c. La désinence de la 1re personne du pluriel est *-ons*.
d. La désinence de la 2e personne du pluriel est *-iez*.

★ **2 Recopie les verbes conjugués à l'imparfait de l'indicatif.**

j'ai dansé • nous pensons • tu pouvais
il ralentissait • vous aimerez
je soulageais • tu ralentirais • vous leviez
ils ensorcellent • elles payaient

★ **3 Conjugue ces verbes à l'imparfait, à la 1re personne du singulier et du pluriel.**

marcher • appeler • passer
bondir • fournir • remplir

★ **4 Recopie les phrases en conjuguant le verbe à l'imparfait de l'indicatif.**

a. Raphaël (*aller*) tous les lundis à la médiathèque.
b. Nous (*vouloir*) venir avec lui mais il (*refuser*) toujours.
c. Il (*dire*) qu'il (*avoir*) besoin de calme pour lire tranquillement.
d. Nous (*être*) toujours déçus de ne pas pouvoir l'accompagner.

★★ **5 Transpose ces phrases à la personne demandée.**

a. Je taillais mon crayon. → Vous
b. Nous tracions une droite avec précision. → Elles
c. Vous mangiez de la barbe à papa. → Tu
d. J'essuyais la vaisselle. → Nous

★★ **6 Réécris ce texte à l'imparfait de l'indicatif.**

À mi-hauteur d'une pente assez raide, sous les pins, tout à côté du sentier discret, le terrain se creuse, il s'y forme une espèce de vague tranchée[1] au bout de laquelle se dresse un mur étroit ; c'est de la roche, toute bossuée, mais à peine visible sous la mousse qui la couvre ; c'est comme une très ancienne porte, car au pied du mur il y a une ouverture, une bouche, comme aux fontaines, à ras du sol, où s'entassent les feuilles mortes, où le pied glisse, hésite.

Philippe Jaccottet, « Sur le seuil », *Paysages avec figures absentes*, © Éditions Gallimard, 2015.

1. Fossé.

★★★ **7 Réécris ce texte à l'imparfait de l'indicatif. Commence par « Les vraies sorcières... » et fais tous les changements nécessaires.**

Une vraie sorcière déteste les enfants d'une haine cuisante, brûlante, bouillonnante, qu'il est impossible d'imaginer. Elle passe son temps à comploter contre les enfants qui se trouvent sur son chemin. Elle les fait disparaître un par un, en jubilant. Elle ne pense qu'à ça, du matin au soir.

Roald Dahl, *Sacrées Sorcières* [1983], trad. de l'anglais M. Farré, © Éditions Gallimard Jeunesse, « Folio junior », 2005.

JE RÉINVESTIS

★★★ **8 Rédige la description de ce tableau à l'imparfait de l'indicatif. Utilise par exemple les verbes *être, voir, pouvoir, surplomber...***

Pieter Brueghel l'Ancien, *La Chute d'Icare*, 1583.

Défi en groupe

★★★ **9 Rédigez en 10 lignes le début d'un conte amusant à l'imparfait de l'indicatif. Commencez par « Il était une fois... ». Dites où se passe l'histoire et présentez votre personnage principal.**

Quelques idées pour vous lancer :
- un apprenti chevalier peureux
- un(e) ogre(sse) végétarien(ne)
- un(e) magicien(ne) maladroit(e)
- un dragon tout le temps enrhumé

Grammaire et orthographe grammaticale

30 Maîtriser la conjugaison du passé simple de l'indicatif

FICHE COUP DE POUCE
hachette-clic.fr/25mp6241

JE DÉCOUVRE

Défi en groupe, à l'oral

Rallye-fiction : l'attaque du monstre !
À tour de rôle, imaginez et dites une phrase au passé simple pour continuer l'histoire :

La courageuse guerrière avait revêtu sa plus belle armure.
Elle approcha du monstre endormi et tout à coup…

Donnez l'infinitif des verbes que vous avez utilisés.

JE COMPRENDS

- **Formation du PASSÉ SIMPLE DE L'INDICATIF : radical + désinences :**

  - **1er GROUPE et *aller* : *-ai, -as, -a, -âmes, -âtes, -èrent***
    je dansai, tu dansas, il dansa, nous dansâmes, vous dansâtes, elles dansèrent
  - **2e GROUPE et certains verbes du 3e groupe : *-is, is, -it, -îmes, -îtes, -irent***
    je bondis, tu bondis, il bondit, nous bondîmes, vous bondîtes, ils bondirent
  - **3e GROUPE, *être* et *avoir* : *-us, -us, -ut, -ûmes, -ûtes, -urent***
    je voulus, tu voulus, il voulut, nous voulûmes, vous voulûtes, elles voulurent

Fais bien attention à l'orthographe des verbes en -ger (tu mangeas) et en -cer (nous commençâmes).

! **Verbes du 3e groupe à retenir :**
Venir, tenir et leurs composés → ***-ins, -ins, -int, -înmes, -întes, -inrent***
je revins, tu revins, il revint, nous revînmes, vous revîntes, ils revinrent

Prendre → je pris
Pouvoir → je pus
Faire → je fis
Dire → je dis
Voir → je vis
Vouloir → je voulus

JE M'ENTRAÎNE

★ 1 **Réponds par *vrai* ou *faux*. Justifie tes réponses.**
a. Les désinences du passé simple sont les mêmes pour tous les verbes.
b. On utilise le radical du futur pour conjuguer le passé simple.
c. Il y a un accent circonflexe à la 1re et la 2e personne du pluriel.
d. La désinence de la 1re personne du singulier des verbes *tenir* et *venir* est *-ins*.
e. Il faut mettre un *-a* à la 3e personne du singulier pour obtenir un passé simple.

★ 2 **Recopie les verbes conjugués au passé simple et donne leur infinitif.**

a. Un marin partit en mer, une tempête éclata.

b. Le navigateur s'échoua sur une plage.

c. Il bâtit une cabane pour se protéger.

d. L'astucieux marin parvint à construire un radeau.

e. Son radeau se détruisit à la première tempête.

f. Un bateau anglais passa près de la côte et sauva le marin.

★ 3 **Conjugue les verbes au passé simple, à la personne demandée.**

a. monter *(2e pers. du pluriel)*

b. ralentir *(1re pers. du singulier)*

c. regarder *(3e pers. du pluriel)*

d. finir *(3e pers. du singulier)*

e. être *(2e pers. du singulier)*

f. voir *(3e pers. du pluriel)*

g. prendre *(1re pers. du pluriel)*

h. vouloir *(1re pers. du singulier)*

★ 4 **Recopie les phrases en conjuguant les verbes au passé simple.**

a. Le valet (*regarder*) son maître avec un sourire moqueur.

b. Le maître lui (*confier*) ses clés.

c. Le serviteur (*retourner*) la maison à la recherche de son or.

d. Il (*dérober*) l'argent, et (*remplir*) son sac.

★★ 5 **Recopie le texte en conjuguant les verbes au passé simple.**

Le Maître (*sortir*) de sa poche un papier plié qu'il (*déposer*) sur la table. Après avoir ôté le bouchon d'une carafe contenant un vin à la riche robe dorée, il (*déplier*) le papier et (*verser*) dans la carafe un filet de poudre blanche, avant de chiffonner la feuille et de la jeter dans le feu. Il (*prendre*) ensuite, dans sa poche, un crayon avec lequel il (*remuer*) le vin, jusqu'à ce que la poudre soit totalement dissoute [...].

Philip Pullman, *Les Royaumes du Nord, À la croisée des mondes* (t. 1) [1995], trad. de l'anglais par J. Esch, © Éditions Gallimard Jeunesse, 1998.

★★★ 6 **Réécris ce texte au pluriel. Commence par « Le prince Lustucru et son frère ». Fais toutes les modifications nécessaires.**

Le prince Lustucru grandit rapidement et devint en peu de temps un garçon accompli, plein de force et de courage. Quand il eut environ douze ans, le roi son père l'envoya à Rome pour parfaire son éducation. Il entra donc dans une école romaine.

Pierre Gripari, « Histoire de Lustucru » [1967], *La Sorcière de la rue Mouffetard et autres contes de la rue Broca*, © Éditions Gallimard Jeunesse, « Folio junior », 2004.

JE RÉINVESTIS

★★★ 7 **Classe les verbes selon leur temps.**

Étrangement, ce ne fut pas dans l'eau qu'ils se rencontrèrent. Crochet se hissa sur le récif pour reprendre son souffle et, au même moment, Peter y grimpa par l'autre côté. Le rocher était aussi glissant qu'une savonnette et ils durent ramper plutôt que de l'escalader. Ils ne savaient pas qu'ils s'avançaient l'un vers l'autre. En cherchant une prise à tâtons, leurs mains se frôlèrent. Surpris, ils levèrent tous les deux la tête.

James Matthew Barrie, *Peter Pan* [1911], trad. de l'anglais par M. Laporte, Le Livre de poche Jeunesse, 2009.

★★★ 8 **À toi de jouer !**

Imagine l'histoire de cet homme. Rédige ton récit au passé simple et utilise au moins cinq verbes différents.

31 Maîtriser la conjugaison de l'impératif présent

FICHE COUP DE POUCE
hachette-clic.fr/25mp6242

JE DÉCOUVRE

Défi en groupe, à l'oral

Votre personnage doit se rendre au plus vite dans un lieu précis pour accomplir sa quête...
Choisis un lieu sur la carte. Tu dois le faire deviner à tes camarades.
Oriente-les en leur donnant des ordres.
Commence par : « Avancez tout droit et tournez à... ».
Notez les verbes que vous avez utilisés.

JE COMPRENDS

- L'**IMPÉRATIF** est le **mode verbal** utilisé pour **donner un ordre**. Il n'existe qu'à **trois personnes** et le **sujet n'est pas exprimé**.

- L'impératif présent se conjugue comme le **présent de l'indicatif**.
Finis (2e pers. du singulier)
Finissons (1re pers. du pluriel)
Finissez (2e pers. du pluriel)

! À la 2e personne du singulier, les verbes du 1er groupe ne prennent pas de *-s*.
Avance plus vite !

- **Formes irrégulières :**
Être → **Sois** à l'heure. **Soyons** à l'heure. **Soyez** à l'heure.
Avoir → **Aie** tes affaires ! **Ayons** nos affaires ! **Ayez** vos affaires !
Aller → **Va** dans ta chambre. **Allons** dans nos chambres. **Allez** dans vos chambres.

JE M'ENTRAÎNE

★ **1 Réponds par *vrai* ou *faux*. Justifie tes réponses.**
a. Le mode impératif sert à formuler des questions.
b. L'impératif présent ne se conjugue qu'à trois personnes.
c. À l'impératif, le sujet n'est pas exprimé.
d. L'impératif a les mêmes désinences que le passé simple.

★ **2 a. Recopie les verbes à l'impératif présent.**
b. Donne leur infinitif.

a. Lisons ensemble ce roman magnifique.
b. Faites un résumé rapide de l'histoire.
c. Illustrez votre travail si vous le souhaitez.
d. Rédige ton avis si tu as fini.

★ **3 Conjugue les verbes à l'impératif présent, à la forme demandée.**

a. regarder *(1re pers. du pluriel)*
b. applaudir *(2e pers. du pluriel)*
c. faire *(2e pers. du singulier)*
d. remplir *(1re pers. du pluriel)*
e. chanter *(2e pers. du singulier)*
f. venir *(2e pers. du pluriel)*

★★ **4 Recopie les phrases en conjuguant le verbe à l'impératif, à la 2e personne du pluriel.**

a. Ne (*parler*) pas si fort, on va vous entendre !
b. (*Être*) prudents ! (*Marcher*) sur le trottoir.
c. (*Arrêter*) de mentir et (*dire*) la vérité !
d. (*Aller*) faire des courses et (*prendre*)-moi du chocolat.

★★ **5 Réécris cette recette à l'impératif présent, à la 2e personne du singulier.**

Faire préchauffer le four. Éplucher et couper des pommes en tranches. Abaisser la pâte à tarte dans le moule. Étaler de la compote de pomme sur la pâte, disposer par-dessus les morceaux de pommes. Saupoudrer de sucre roux et de cannelle. Ajouter des morceaux de beurre. Enfourner pour 30 minutes à 180 °C. Servir tiède, ajouter si possible une boule de glace à la vanille.

★★ **6 Réécris les phrases en conjuguant le verbe à l'impératif présent.**

a. (*Appeler*) ta sœur pour le dîner avant que ça ne refroidisse.
b. (*Manger*) nos sandwichs et (*jeter*) nos papiers à la poubelle.
c. (*Acheter*)-toi le dernier tome de ton manga préféré.
d. (*Boire*) de l'eau et (*mettre*) bien vos casquettes.
e. (*Éviter*) de prendre par la forêt, nous pourrions nous égarer.

★★★ **7 Réécris ces phrases en formulant un ordre.**

Exemple : Elle te dit de sortir de la classe.
→ Sors de la classe.

a. Le professeur nous dit de ne pas discuter.
b. Ma mère me dit de ranger mon bureau.
c. Je dis à Justine et Chloé de ne pas écouter les rumeurs.
d. Nous leur ordonnons de partir.

★★★ **8 Réécris le texte à la 2e personne du pluriel. Fais toutes les modifications nécessaires.**

Harry utilise pour la première fois la poudre de cheminette pour voyager.

« Dès que tu pénétreras dans les flammes, annonce bien fort ta destination...
— Et garde les bras le long du corps, conseilla Ron.
— Et ferme les yeux, ajouta Mrs Weasley, à cause de la suie...
— Et ne bouge pas, sinon, tu risques de tomber dans la mauvaise cheminée, dit Ron.
— Mais surtout ne panique pas et ne sors pas trop tôt. »

J. K. Rowling, *Harry Potter et la Chambre des secrets* [1998], trad. de l'anglais par J.-F. Ménard, © Éditions Gallimard Jeunesse, 2001.

JE RÉINVESTIS

★★★ **9 À toi de jouer !**

Imagine dix règles pour devenir un(e) parfait(e) athlète, champion(ne) de jeu vidéo...
Utilise l'impératif présent.

Exemple : Règle n° 1. Pour être un bon sportif, choisis de bonnes baskets.

Défi à deux

★★★ **10 Quels ordres formuleriez-vous pour inciter un adolescent à ranger et à nettoyer sa chambre ?**

Celui qui rédige le plus de phrases correctes en 3 minutes l'emporte !

32 Maîtriser la conjugaison du conditionnel présent

FICHE COUP DE POUCE
hachette-clic.fr/25mp6243

JE DÉCOUVRE

Défi à deux, à l'oral

Que feriez-vous si... Imaginez ce que vous feriez si vous aviez les pouvoirs magiques ci-contre.
Commencez vos phrases par : *Si nous étions..., nous...*
Faites une phrase par proposition.
Notez les verbes que vous avez utilisés : comment les avez-vous conjugués ?

être invisible

être très fort(e)

remonter le temps

JE COMPRENDS

- Le **CONDITIONNEL PRÉSENT** est un **temps simple de l'indicatif**.

- **Formation : radical du futur** (on retrouve le *-r* caractéristique)
  + désinences de l'imparfait *-ais, -ais, -ait, -ions, -iez, -aient*

je mangerais, tu mangerais, il / elle / on mangerait,
nous mangerions, vous mangeriez, ils / elles mangeraient

- **AUXILIAIRES :**

Être → je serais, tu serais, il / elle / on serait,
nous serions, vous seriez, ils / elles seraient
Avoir → j'aurais, tu aurais, il / elle / on aurait,
nous aurions, vous auriez, ils / elles auraient

Relis la leçon sur la conjugaison du futur de l'indicatif pour te rappeler les règles d'orthographe (p. 356).

Conditionnel présent → **Radical du futur** + **Désinences de l'imparfait** *-ais, -ais, -ait, -ions, -iez, -aient*

JE M'ENTRAÎNE

★ **1 Réponds par *vrai* ou *faux*. Justifie tes réponses.**

a. Le conditionnel présent se conjugue à partir du radical du présent de l'indicatif.
b. Les désinences sont celles de l'imparfait.
c. *Nous danserons* est conjugué au conditionnel présent.

★ **2 Sépare le radical et la désinence pour trouver l'infinitif de ces verbes.**

nous établirions • elle vieillirait • je pâlirais
tu adapterais • ils grogneraient • il déplierait
nous ralentirions

★ **3 Ces verbes sont conjugués au futur de l'indicatif. Conjugue-les à la même personne, au conditionnel présent.**

nous choisirons • vous voyagerez
je réussirai • elles réaliseront • tu bondiras

★ **4 Conjugue ces verbes au conditionnel présent, à la personne demandée.**

Verbes du 1er groupe : je (*danser*) • nous (*chercher*) • elle (*écouter*) • tu (*visiter*) • vous (*parler*)
Verbes du 2e groupe : elles (*agir*) • vous (*choisir*) • je (*bâtir*) • ils (*finir*) • nous (*remplir*)

★★ **5 Conjugue ces verbes au conditionnel présent, à la personne demandée.**

elle (*épeler*) • nous (*lever*) • vous (*frémir*)
ils (*rougir*) • tu (*pénétrer*) • elles (*élever*)

★★ **6 Complète ces phrases en conjuguant le verbe au conditionnel présent.**

a. Le lendemain, tu (*nettoyer*) la maison et (*essuyer*) la vaisselle.
b. Lina disait que par ce froid elle (*apprécier*) un bon chocolat chaud.
c. Ils (*saluer*) leurs amis s'ils les croisaient dans la rue.
d. Si je le pouvais, je (*créer*) mon propre jeu.

★★ **7 Conjugue ces verbes au conditionnel présent aux 1res personnes du singulier (*je*) et du pluriel (*nous*).**

pouvoir | prendre | voir | venir | faire | aller | dire

★★ **8 a. Recopie les verbes au conditionnel présent. Quel est leur infinitif ?**
b. Réécris le texte à la 1re personne du pluriel. Commence par « Un jour d'été, alors que tous les élèves somnoleraient, nous… » et fais toutes les modifications nécessaires.

Tom Sawyer imagine qu'il va devenir un grand chef indien.

Un jour d'été, alors que tous les élèves somnoleraient, il ferait son entrée, en pleine classe du dimanche, et pousserait un cri de guerre qui glacerait tous les assistants d'épouvante et remplirait d'une folle jalousie les yeux de ses camarades. Mais non, il y avait encore bien mieux. Il serait pirate.

Mark Twain, *Les Aventures de Tom Sawyer* [1876], trad. de l'anglais par P.-F. Caillé et Y. Dubois-Mauvais, Le Livre de poche Jeunesse, 2015.

JE RÉINVESTIS

★★ **9 À toi de jouer !**

Imagine ce que pense ce personnage en quelques phrases. Utilise cinq verbes différents. Commence ton texte par : « Si je le pouvais, je… »

Défi à l'écrit

★★ **10 Suis le modèle et fais ton portrait en 10 phrases, sans utiliser deux fois le même verbe.**

Exemple : Si j'étais une couleur, je serais le vert.
Si j'avais les yeux derrière la tête, je…
Si je volais, je…

Grammaire
et orthographe
grammaticale

33 Savoir conjuguer les temps composés de l'indicatif (passé composé et plus-que-parfait)

FICHE COUP DE POUCE
hachette-clic.fr/
25mp6244

JE DÉCOUVRE

Défi en groupe

Bingo ! Écris trois phrases pour raconter trois souvenirs. Lise-les à voix haute et repérez ensemble les verbes employés. À quel(s) temps les verbes sont-ils conjugués?

ta plus grosse frayeur

ton meilleur souvenir scolaire

tes plus belles vacances

JE COMPRENDS

- Un **TEMPS COMPOSÉ** se forme en **conjuguant l'auxiliaire** (*avoir* pour la majorité des verbes et *être* pour certains verbes) et en y **ajoutant le participe passé**.
  j'ai fini, nous sommes allés

- Le **PARTICIPE PASSÉ** est un **mode impersonnel du verbe** (il ne varie pas en fonction des personnes). Il se forme sur le **radical des verbes à l'infinitif**, auquel on ajoute une désinence.
  - verbes du 1er groupe : **radical + *-é*** ;
  - verbes du 2e groupe : **radical + *-i*** ;
  - les verbes du 3e groupe ont un participe passé qui est souvent irrégulier.

- Dans un temps composé, **l'auxiliaire se conjugue à un temps simple**.
  On peut ainsi former des duos de temps simples et composés.
  Une action à un temps composé a lieu avant l'action au temps simple avec lequel il est construit.

Tu peux te référer aux tableaux de conjugaison p. 378.

TEMPS SIMPLE		TEMPS COMPOSÉ
PRÉSENT je chante	←	**PASSÉ COMPOSÉ** auxiliaire au présent + participe passé j'ai chanté
IMPARFAIT je chantais	←	**PLUS-QUE-PARFAIT** auxiliaire à l'imparfait + participe passé j'avais chanté

JE M'ENTRAÎNE

★ **1 Retrouve le temps de ces formes verbales.**

Tu as crié •
Elles sont venues •
Il avait cueilli •
Vous aviez vu •

• Passé composé
• Plus-que-parfait

★ **2 Conjugue les verbes au passé composé.**

a. Je (*prendre*)
b. Vous (*balayer*)
c. Nous (*discuter*)
d. Les fées (*voler*)
e. On (*voir*)
f. Tu (*pouvoir*)

★ **3 Conjugue les verbes au plus-que-parfait.**

a. Je (*prendre*)
b. Vous (*faire*)
c. Les enfants (*obéir*)
d. La cliente (*payer*)
e. Nous (*dormir*)
f. Tu (*rester*)

★ **4 a. Relève les verbes conjugués au passé composé et au plus-que-parfait dans ce texte.**
b. Classe-les dans deux colonnes différentes.

Télémaque s'adresse à son père, Ulysse.
Le divin Ulysse, qui avait enduré mille épreuves, lui répondit :
« Mon enfant, je vais te dire la vérité. Ce sont les Phéaciens, illustres marins, qui m'ont amené ici. Ils ont coutume de reconduire tous les hommes qui viennent chez eux. Ils m'ont fait traverser la mer sur un navire rapide et ils m'ont déposé, endormi, sur le rivage d'Ithaque. »

Homère, *Odyssée*, trad. du grec par F. Cognard, Belin Éducation, « Déclic », 2021.

★ **5 Reécris les phrases au plus-que-parfait. Attention à l'accord du participe !**

a. La tortue remporte la course devant le lièvre.
b. Le corbeau ouvre son bec et fait tomber le fromage.
c. La grenouille devient aussi grosse que le bœuf.
d. Le laboureur donne une bonne leçon à ses enfants.
e. Le loup dévore l'agneau.

★★ **6 Donne l'infinitif des verbes conjugués.**

a. Nous sommes rentrés tard de notre excursion en bord de mer.
b. Avez-vous visité le Colisée lorsque vous êtes allés à Rome ?
c. Quel joueur avait remporté le tournoi l'an passé ?

★★★ **7 a. Identifie le temps simple (présent ou imparfait de l'indicatif) des verbes en orange.**
b. Conjugue les verbes entre parenthèses au temps composé qui convient.

a. Une fois que l'aviateur (*tomber*) dans le désert, il **essaie** de réparer le moteur.
b. Le petit prince **venait** de l'astéroïde B612 où il (*laisser*) trois volcans et une rose.
c. Il lui (*demander*) de lui dessiner un mouton car il **croit** au pouvoir de l'imagination.

JE RÉINVESTIS

★★★ **8 Décris l'attaque des pirates en conjuguant les verbes au plus-que-parfait.**
Tu peux commencer par : « Le bateau des pirates s'était approché dangereusement… »

Illustration anglaise, 1890.

Défi à deux

★★★ **9 À toi de jouer !**
Pour sortir du labyrinthe, Thésée a suivi les étapes suivantes : courir très vite, tourner à droite, continuer tout droit, ouvrir la trappe, virer à gauche, ne jamais se retourner, suivre la lumière et pousser la porte.
Il raconte son aventure à son compagnon. Poursuis son récit en conjuguant les verbes au passé composé : « J'ai couru très vite… »

Grammaire
et orthographe
grammaticale

34 Maîtriser les accords du participe passé avec l'auxiliaire *être*

FICHE COUP DE POUCE
hachette-clic.fr/25mp6245

JE DÉCOUVRE

Défi à l'oral, en groupe

Des amis sont passés voir Shaïna samedi après-midi et son frère a noté leurs messages... mais pas leurs noms. Aidez-le à se rafraîchir la mémoire.

Marco

Lucile et Yseult

Prune

Adam et Élina

est passé vers 13 h pour rendre un cahier d'anglais.

sont parties à la médiathèque.

sont venus te chercher pour jouer au foot.

est passée te proposer d'aller au ciné avec Marco.

Expliquez comment vous avez fait.

JE COMPRENDS

- Le **PARTICIPE PASSÉ** est une **forme verbale** qu'on trouve dans les **temps composés** comme le **passé composé** ou le **plus-que-parfait**.
  il est **tombé** ; elle était **venue**

- Lorsque le verbe se conjugue avec l'**auxiliaire ÊTRE**, le participe passé **s'accorde en genre et en nombre avec le sujet**.
  Romy est passé**e** à la maison. Yanis est passé à la maison.

Auxiliaire *être* + participe passé → **accord du participe passé en genre et en nombre avec le sujet**

Les poules sont têtu**es**.

Accorder le participe passé

	MASC.	FÉM.
SING.	/	-e
PLUR.	-s	-es

JE M'ENTRAÎNE

★ **1 Réponds par *vrai* ou *faux*. Justifie tes réponses.**

a. Le participe passé est un mot invariable.
b. Le verbe au passé composé est formé d'un auxiliaire et du participe passé.
c. Avec l'auxiliaire *être*, le participe passé ne s'accorde jamais.
d. Avec l'auxiliaire *être*, le participe passé s'accorde seulement au pluriel.

★ **2 Complète les phrases en accordant le participe passé si nécessaire.**

a. Samuel est allé... à la piscine.
b. Samuel et Sophie sont allé... à la piscine.
c. Sophie et Isa sont allé... à la piscine.
d. Samuel et Ben sont allé... à la piscine.

★ **3 Recopie la phrase et choisis la bonne forme du participe passé.**

a. Mes parents sont *(sorti/sortie/sorties/sortis)* hier soir.
b. Ma sœur est *(rentré/rentrée/rentrées/rentrés)* un peu après eux.
c. Elle était *(allé/allée/allées/allés)* regarder un film chez une amie.
d. Elles étaient *(retourné/retournée/retournées/retournés)* en ville.

★★ **4 Trouve les erreurs dans ces phrases et corrige-les.**

a. Le lion est entrée dans l'arène en rugissant.
b. Les joueurs sont retournées sur le terrain au coup de sifflet.
c. Elles étaient arrivé en retard à l'anniversaire de Max.
d. Les garçons sont venus pour le goûter.

★★ **5 Réécris les phrases à la personne demandée.**

a. Tom était parti à l'aventure dans la forêt. → Ils
b. Les enfants étaient descendus dans une grotte. → Elles
c. Sans lumière, ils étaient restés dans le noir. → Nous
d. Le courageux garçon était parvenu à rejoindre la ville. → Vous
e. Il était retourné chercher tous les autres ensuite. → Elle

★★ **6 Que vois-tu sur cette image ? Rédige une courte description au passé composé et utilise les verbes *tomber, arriver, monter, devenir, sortir*.**

JE RÉINVESTIS

★★★ **7 À toi de jouer !**

Les bijoux de la duchesse ont été volés ! L'inspecteur Poltron est chargé de l'enquête. Il a interrogé la duchesse et sa dame de compagnie, pris des notes et relevé des indices.
Rédige son rapport en utilisant le passé composé et le plus-que-parfait.
Tu devras obligatoirement utiliser dans ton texte les verbes *passer, arriver, descendre, tomber, survenir*.
Voici quelques indices que l'inspecteur Poltron peut intégrer à son rapport :
– une commode renversée ;
– des traces de pas au sol ;
– une fenêtre du hall cassée ;
– la serrure de la grille crochetée.

Défi en groupe

★★★ **8 À vous de jouer !**

a. Créez une carte pour chaque pronom personnel et une pour chaque verbe travaillé dans les exercices.
b. Faites deux tas, mélangez et retournez.
c. Chacun leur tour, les joueurs tirent une carte pronom et une carte verbe. Ils écrivent l'accord, au passé composé.
d. Les autres joueurs valident la réponse et lui accordent un point si c'est correct.
e. Les cartes sont remises en jeu. Le premier arrivé à 5 points a gagné !

Grammaire
et orthographe grammaticale

35 Maîtriser les accords du participe passé avec l'auxiliaire *avoir*

FICHE COUP DE POUCE
hachette-clic.fr/25mp6246

JE DÉCOUVRE

Défi à l'oral

Le pirate P'tit Bill a trouvé ces morceaux de papier dans la corbeille du capitaine. Aide-le à reconstituer le message.

J'ai | cachée | trouvé | l'ai | dans ma botte | Je | la carte | au trésor

Comment as-tu trouvé ? Observe les verbes et explique les accords.

JE COMPRENDS

- Le **PARTICIPE PASSÉ** est une **forme verbale** qu'on trouve dans les **temps composés** comme le **passé composé** ou le **plus-que-parfait**.
  il a **mangé** ; elle avait **mangé**

- Lorsque le verbe se conjugue avec l'**auxiliaire AVOIR** :
  - le participe passé **ne s'accorde jamais** avec le sujet ;
    Elle avait mang**é** une pomme.
  - le participe passé **s'accorde avec le COD placé avant l'auxiliaire AVOIR**.
    Cette pomme, elle l'avait mang**ée**.

Pour savoir s'il y a une lettre muette à la fin du participe passé, il faut le mettre au féminin : *un choix fait / une promesse faite.*

Auxiliaire *avoir* + participe passé
→ **pas d'accord du participe passé avec le sujet**
→ **accord du participe passé avec le COD s'il est placé avant l'auxiliaire**
Cette tarte, je l'ai cuisin**ée**.

JE M'ENTRAÎNE

★ **1 Réponds par *vrai* ou *faux*. Justifie tes réponses.**

a. Les participes passés se terminent par -*é*.
b. Avec l'auxiliaire *avoir*, les participes passés se terminent par un -*t*.
c. Le participe passé utilisé avec l'auxiliaire *avoir* s'accorde avec le sujet.
d. Le participe passé s'accorde avec le COD placé devant l'auxiliaire *avoir*.

★ **2 Écris le participe passé de ces verbes.**

chanter — dire — grandir — prendre — vouloir — faire

★ **3 Transforme les verbes à l'infinitif en participes passés.**

a. Cendrillon a (*nettoyer*) les cendres de la cheminée.
b. Elle a (*laver*) le sol, (*frotter*) l'argenterie.
c. La jeune servante a (*choisir*) de nouveaux draps.
d. Elle a (*subir*) les moqueries de ses sœurs.

★ **4 Recopie les phrases, souligne les verbes, encadre les COD. Explique l'accord ou l'absence d'accord de chaque participe passé.**

a. Nicolas a préparé ses valises et les a placées dans le coffre de la voiture.
b. Esteban nous a regardés avec un air surpris quand il a trébuché.
c. Nous avons cuisiné des pâtes et les avons mangées avec délectation.
d. Lorsqu'il a vu les baskets dans la vitrine, il les a immédiatement voulues.

★★ **5 Recopie les phrases, souligne les COD. Réécris chaque phrase comme demandé.**

a. J'ai goûté la tarte au citron.
→ Je l'...
b. Elle avait écouté une chanson magnifique.
→ Elle l'...
c. Tu as vu la nouvelle voiture de mon père.
→ Tu l'...
d. Elles ont acheté la dernière console.
→ Elles l'...
e. Vous aviez trahi sa confiance.
→ Vous l'...

★★ **6 Réécris le texte et accorde les participes passés si nécessaire. Repère bien le COD.**

J'ai (*marché*) jusqu'à la librairie. J'avais (*lu*) mes derniers livres et devais en prendre des nouveaux. La libraire m'a (*regardé*) et a (*chuchoté*) : « Bonjour, Zoé, prête pour de nouvelles aventures ? » Elle m'a (*emmené*) au fond de la boutique et a (*sorti*) les dernières commandes... Elle les avait (*déballé*) ! J'ai (*acheté*) quelques tomes de ma série préférée et j'ai (*filé*).

★★★ **7 Réécris ce texte en commençant par « Les petits garçons... ». Fais tous les changements nécessaires.**

Le petit garçon avait passé ses premières années parmi les animaux de la jungle. Les loups l'avaient élevé et s'occupaient de lui. Certains fauves avaient décidé de le chasser et l'avaient envoyé vivre loin de sa meute. Il avait quitté son foyer et préparé son départ vers une nouvelle vie.

JE RÉINVESTIS

★★★ **8 Explique comment Robinson a construit sa cabane. Écris ton texte au passé composé, en utilisant les verbes *voir, couper, assembler, poser, fabriquer, clouer, prendre, faire, venir, ajouter*.**

★★★ **9 À toi de jouer !**

Invente la suite de l'histoire de P'tit Bill, le pirate parti à la recherche du trésor du capitaine. Qu'a-t-il fait de son trésor ? Utilise les amorces ci-dessous et change de verbe à chaque fois !

La carte du capitaine, il l'avait / il avait...
Les pièces d'or...
Les perles...
Les rubis...
Le sceptre en or...
Les lingots...

36 Savoir identifier les temps des verbes

FICHE COUP DE POUCE
hachette-clic.fr/25mp6247

JE DÉCOUVRE

Défi à deux

Regroupez les verbes conjugués au même temps.

manges — crois — as dormi — mangeais — as cru — rédigeais
croyais — as rédigé — rédiges — dormais — dors — as mangé

Expliquez à l'oral comment vous avez fait.

JE COMPRENDS

- Les **QUATRE TEMPS SIMPLES** se repèrent grâce à leurs **désinences**.

Présent	**1er groupe :** -e, -es, -e, -ons, -ez, -ent **Autres groupes :** -s/-x, -s/-x, -t, -ons, -ez, -ent
Futur	-r + -ai, -as, -a, -ons, -ez, -ont
Passé simple	**1er groupe :** -a + -i, -s, Ø, -^mes, -^tes, -èrent **Autres groupes :** -i/-u/-in + s, -s, -t, -^mes, -^tes, -rent
Imparfait	-ais, -ais, -ait, -ions, -iez, -aient

- Les **QUATRE TEMPS COMPOSÉS** de l'indicatif sont toujours formés de **deux mots** : l'auxiliaire *être* ou *avoir* **+** le participe passé du verbe.
Par exemple, pour conjuguer *manger* à tous les temps composés, il faut savoir conjuguer *avoir* à tous les temps simples.

Passé composé	**Auxiliaire au présent :** j'ai, nous avons	**+ participe passé** mangé
Plus-que-parfait	**Auxiliaire à l'imparfait :** j'avais, nous avions	
Futur antérieur	**Auxiliaire au futur :** j'aurai, nous aurons	
Passé antérieur	**Auxiliaire au passé simple :** j'eus, nous eûmes	

JE M'ENTRAÎNE

★ **1 Réponds par *vrai* ou *faux*. Justifie tes réponses.**

a. La consonne *-r* est toujours présente dans les verbes conjugués au futur.
b. *-ais*, *-ais*, *-ait* sont les désinences du passé simple.
c. Un temps composé est toujours formé de deux mots.
d. Il est important de connaître *être* et *avoir* à tous les temps simples.

★ **2 Reproduis le tableau et classe les verbes.**

j'ai déjeuné • je finirai • tu auras cru • ils eurent cru • vous chantiez • il faudra • nous venions • il pleure • elles courent • vous aviez fini • nous finissions

Temps simples	Temps composés

★ **3 Reproduis le tableau et classe les verbes. Attention, certains peuvent être dans deux colonnes !**

elle transporta • il cuisinera • nous marchions • vous fîtes • vous réussissez • vous réussissiez • je croirai • tu penses • tu finis • nous marchâmes

Présent	Futur	Imparfait	Passé simple

★ **4 Classe ces verbes en quatre colonnes : passé composé, futur antérieur, plus-que-parfait et passé antérieur. Justifie ta réponse en expliquant comment se forme chacun de ces temps composés.**

j'avais voulu • tu auras su • elle eut aimé • vous êtes tombés • nous serons arrivées • ils auront dormi • elles étaient coincées • vous aviez fait • vous avez échangé • nous aurons écrit • vous eûtes pu

★★ **5 Trouve le temps des verbes en orange.**

a. Les poules **auront** des dents.
b. Pierre qui **roule** n'amasse pas mousse.
c. Il n'**aura** pas l'information.
d. Nous ne **comprenions** pas.
e. Ils **firent** un bout de chemin ensemble.

★★ **6 Conjugue chaque verbe au temps et à la personne demandés.**

a. Aimer (*1re personne du singulier*) : présent – imparfait – passé composé – plus-que-parfait
b. Savoir (*2e personne du pluriel*) : futur – passé simple – futur antérieur
c. Rougir (*2e personne du singulier*) : futur – passé simple – futur antérieur – passé antérieur
d. Écrire (*3e personne du singulier*) : présent – imparfait – passé composé – plus-que-parfait

JE RÉINVESTIS

★★★ **7 a. Dans le texte, relève deux verbes au plus-que-parfait et donne leur infinitif.**
b. Relève un verbe au présent de l'indicatif.
c. Quel est l'autre temps employé dans ce texte ? Relève les verbes qui t'ont permis de répondre.

> Pour la première fois de sa vie, Maya était à la merci de quelqu'un. De quelqu'un qui l'avait non seulement privée de sa force, mais aussi de sa dignité. Et c'était sa faute : « Il faut deux loups pour blesser sérieusement un tigre, trois pour le tuer », n'avait de cesse de répéter son père. C'était la vérité. Elle le savait. Mais cela ne l'avait pas arrêtée pour autant.
>
> Cassandra O'Donnell, *La Légende des quatre, Le Clan des loups* (t. 1), Flammarion Jeunesse, 2018.

★★★ **8 À toi de jouer !**

Relis le texte de l'exercice 7 et imagine le combat que Maya a mené avant de se trouver emprisonnée. Ton texte fera environ 10 lignes et tu emploieras plusieurs temps sur le modèle de l'extrait.

Grammaire
et orthographe grammaticale

37 S'initier aux valeurs des temps

FICHE COUP DE POUCE
hachette-clic.fr/25mp6248

JE DÉCOUVRE

Quels sont les points communs et quelles sont les différences entre ce que se disent Sofia et Lou et le texte écrit ?

> Ce jour-là, Sofia demanda à Lou si elle allait l'accompagner au spectacle de hip-hop. Lou lui répondit que sa venue dépendrait de l'heure à laquelle elle irait à la piscine.

JE COMPRENDS

- Il existe **deux systèmes des temps** : les temps du discours et les temps du récit.
  - Les **TEMPS DU DISCOURS** sont employés pour **situer une action par rapport à la personne qui parle**. Le temps de référence est le **présent de l'indicatif**.

ÉPOQUES	Passé	Présent	Futur
TEMPS	Imparfait / Passé composé	Présent	Futur
	Hier, je **rangeais** / j'**ai rangé**.	Aujourd'hui, je **fais** une pause.	Je **reprendrai** demain.

  - Les **TEMPS DU RÉCIT** sont employés dans les récits et se construisent autour du **passé simple** et de l'**imparfait**, qui sont les temps de référence.

ÉPOQUES	Passé	Présent	Futur
TEMPS	Plus-que-parfait	Passé simple / Imparfait	Conditionnel
	La veille, il **avait rangé**.	Ce jour-là, il **fit** / **faisait** une pause.	Il **reprendrait** le lendemain.

- Le **PRÉSENT DE L'INDICATIF** permet d'exprimer :
  - l'**actualité** : Aujourd'hui, je **range** ma chambre.
  - la **répétition** : Tous les samedis, je **range** ma chambre.
  - la **vérité générale** : Le rangement **est** une tâche ménagère.

- Le **PASSÉ SIMPLE** est employé pour désigner des **actions dont les limites sont bornées dans le temps.**
Il peut désigner :
  - **certaines actions qui se succèdent** : Le vent **souffla**, le chapeau **s'envola** et **tomba**.
  - des **actions achevées** : Le Moyen Âge **dura** mille ans.

- L'**IMPARFAIT** est employé pour désigner des **actions dont les limites ne sont pas bornées dans le temps.**
Il permet d'exprimer :
  - **la répétition** ou **l'habitude** : Tous les samedis, il **rangeait** sa chambre.
  - une **action non achevée** : Le vent **soufflait**.
  - la **description** : Le ciel **était** d'un bleu sombre.

JE M'ENTRAÎNE

★ **1 Réponds par *vrai* ou *faux*. Justifie tes réponses.**
a. Il existe deux systèmes des temps : les temps du discours et les temps du récit.
b. Le présent et l'imparfait permettent d'exprimer la répétition.
c. Le passé simple permet de désigner une action délimitée dans le temps.

★★ **2 Indique la valeur du verbe au présent en orange.**
a. Léon **fait** ses devoirs.
b. Un angle droit **mesure** 90°.
c. Chaque mercredi, Théo **pratique** le padel.

★★ **3 Indique la valeur du verbe à l'imparfait en orange.**
a. Tous les matins, elle **buvait** un café.
b. Les coquelicots **fleurissaient** dans les prés.
c. Antonin et ses amis **jouaient** aux jeux vidéo le vendredi.
d. Louis **pratiquait** le tennis.

★★★ **4 Recopie et choisis les temps qui conviennent. Explique tes choix.**

a. La nuit **fut/était** tombée depuis longtemps que **j'étais/fus** toujours assis au même endroit, me demandant s'il ne viendrait personne d'autre.
b. M. Mell ne me **parlait/parla** jamais beaucoup, mais il n'était jamais dur avec moi. Je **supposerai/suppose** que nous nous **tînmes/tenions** mutuellement compagnie sans nous parler.

Charles Dickens, *David Copperfield* [1850], trad. de l'anglais par M. Rossel, A. Parreaux, L. Guitard, F. Ledoux, P. Leyris, © Éditions Gallimard Jeunesse, « Folio junior », 2020.

JE RÉINVESTIS

★★★ **5 a. Recopie les phrases du texte où les verbes sont employés aux temps du discours.**
b. Recopie les phrases du texte où les verbes sont employés aux temps du récit.
c. Indique le temps et la valeur des verbes en gras.

Il **récolta** un peu de rosée dans l'herbe autour de lui et se frotta le visage avec.
« Il y a plein de bois à notre disposition.
— Tu **sais** comment t'y prendre ?
— J'ai lu des tas de livres là-dessus. »
Dans ses livres, les explorateurs descendaient des rivières en rafting, en criant des choses comme « Taïaut ! », mais il supposait que ce n'était pas obligatoire.

Katherine Rundell, *L'Explorateur*, trad. de l'anglais par A. Marchand, © Éditions Gallimard Jeunesse, 2020.

Défi à deux

★★★ **6 Rédigez un récit dans lequel un explorateur découvre une espèce de panthère sauvage qu'il pensait disparue.**
- L'un(e) de vous rédigera la narration en utilisant les temps du récit.
- L'autre rédigera le dialogue de l'explorateur avec un autre personnage.

Choisissez trois verbes et indiquez leur valeur en justifiant.

Jouer pour réviser

À la recherche du trésor

Votre mission

Partez en équipe à la recherche du fabuleux trésor perdu.

Parviendrez-vous à surmonter les terribles pièges de la forêt ?

1 Trouvez le verbe conjugué : « Nolan envoie un message à sa mère. »

3 Trouvez le sujet : « Tous les mercredis, ma camarade fait de l'équitation. »

6 Trouvez le COD du verbe : « Juliane regarde un film d'aventures. »

9 Où est le nom commun dans la phrase « Flavie et Abel lisent un album » ?

13 Comment accordez-vous « J'observe les (*oiseau*) » ?

16 Conjuguez *explorer* au présent de l'indicatif.

20 Conjuguez *bondir* au futur de l'indicatif.

24 Conjuguez *camper* à l'imparfait de l'indicatif.

28 Épelez le participe passé : « Vadim a (*crier*). »

32 Pourquoi utilise-t-on l'impératif dans la phrase « Avancez plus vite ! » ?

2 Trouvez la fonction des mots soulignés : « Je parle <u>au fameux pirate</u>. »

4 Trouvez la fonction des mots soulignés : « Il a caché un trésor <u>tout au fond de la grotte</u>. »

7 Trouvez deux adverbes.

14 Conjuguez à l'imparfait de l'indicatif : « Elles (*foncer*). »

18 Épelez le participe passé : « Antoine et Suzanne sont (*venir*) lundi. »

21 Conjuguez *voyager* au plus-que-parfait.

25 Inventez une phrase simple.

30 Conjuguez *venir* au conditionnel présent.

34 Accordez correctement : « Les créatures étaient (*majestueux*) et (*éblouissant*). »

36 Trouvez les expansions du nom souligné : « La terrible <u>demeure</u> de la reine se trouvait sur la montagne noire. »

5 Trouvez la fonction du mot souligné : « Le campement semble <u>désert</u>. »

11 Trouvez l'intrus : *à* – *par* – *avec* – *mais* – *sous*.

15 Trouvez les pronoms personnels : « Nous les regardons couper du bois. »

19 Phrase simple ou complexe ? « Il hésita un instant puis sauta dans la rivière. »

22 Propositions juxtaposées ou coordonnées ? « Tom court, regarde son ami Huck et rit. »

26 Citez deux conjonctions de subordination.

31 Conjuguez à l'impératif présent : « (*Affronter*) les dangers de la forêt ! »

35 Épelez le participe passé : « Robinson a ramassé des feuilles et les a (*brûler*). »

38 Pourquoi utilise-t-on le présent dans la phrase « Le soleil <u>se lève</u> à l'est et <u>se couche</u> à l'ouest » ?

40 Trouvez la fonction des mots soulignés : « Elle s'arrêta <u>car elle avait entendu des loups</u>. »

Conjugaison

ÊTRE

INFINITIF

Présent	Passé
être	avoir été

PARTICIPE

Présent	Passé
étant	été

INDICATIF

Présent		Passé composé	
je	suis	j'	ai été
tu	es	tu	as été
il, elle, on	est	il, elle, on	a été
nous	sommes	nous	avons été
vous	êtes	vous	avez été
ils, elles	sont	ils, elles	ont été
Imparfait		**Plus-que-parfait**	
j'	étais	j'	avais été
tu	étais	tu	avais été
il, elle, on	était	il, elle, on	avait été
nous	étions	nous	avions été
vous	étiez	vous	aviez été
ils, elles	étaient	ils, elles	avaient été
Passé simple		**Passé antérieur**	
je	fus	j'	eus été
tu	fus	tu	eus été
il, elle, on	fut	il, elle, on	eut été
nous	fûmes	nous	eûmes été
vous	fûtes	vous	eûtes été
ils, elles	furent	ils, elles	eurent été
Futur		**Futur antérieur**	
je	serai	j'	aurai été
tu	seras	tu	auras été
il, elle, on	sera	il, elle, on	aura été
nous	serons	nous	aurons été
vous	serez	vous	aurez été
ils, elles	seront	ils, elles	auront été
Conditionnel présent		**Conditionnel passé**	
je	serais	j'	aurais été
tu	serais	tu	aurais été
il, elle, on	serait	il, elle, on	aurait été
nous	serions	nous	aurions été
vous	seriez	vous	auriez été
ils, elles	seraient	ils, elles	auraient été

IMPÉRATIF

Présent	Passé
sois	aie été
soyons	ayons été
soyez	ayez été

AVOIR

INFINITIF

Présent	Passé
avoir	avoir eu

PARTICIPE

Présent	Passé
ayant	eu

INDICATIF

Présent		Passé composé	
j'	ai	j'	ai eu
tu	as	tu	as eu
il, elle, on	a	il, elle, on	a eu
nous	avons	nous	avons eu
vous	avez	vous	avez eu
ils, elles	ont	ils, elles	ont eu
Imparfait		**Plus-que-parfait**	
j'	avais	j'	avais eu
tu	avais	tu	avais eu
il, elle, on	avait	il, elle, on	avait eu
nous	avions	nous	avions eu
vous	aviez	vous	aviez eu
ils, elles	avaient	ils, elles	avaient eu
Passé simple		**Passé antérieur**	
j'	eus	j'	eus eu
tu	eus	tu	eus eu
il, elle, on	eut	il, elle, on	eut eu
nous	eûmes	nous	eûmes eu
vous	eûtes	vous	eûtes eu
ils, elles	eurent	ils, elles	eurent eu
Futur		**Futur antérieur**	
j'	aurai	j'	aurai eu
tu	auras	tu	auras eu
il, elle, on	aura	il, elle, on	aura eu
nous	aurons	nous	aurons eu
vous	aurez	vous	aurez eu
ils, elles	auront	ils, elles	auront eu
Conditionnel présent		**Conditionnel passé**	
j'	aurais	j'	aurais eu
tu	aurais	tu	aurais eu
il, elle, on	aurait	il, elle, on	aurait eu
nous	aurions	nous	aurions eu
vous	auriez	vous	auriez eu
ils, elles	auraient	ils, elles	auraient eu

IMPÉRATIF

Présent	Passé
aie	aie eu
ayons	ayons eu
ayez	ayez eu

Verbe du 1er groupe

CHANTER

INFINITIF

Présent	Passé
chanter	avoir chanté

PARTICIPE

Présent	Passé
chantant	chanté

INDICATIF

Présent		Passé composé	
je	chante	*j'*	ai chanté
tu	chantes	*tu*	as chanté
il, elle, on	chante	*il, elle, on*	a chanté
nous	chantons	*nous*	avons chanté
vous	chantez	*vous*	avez chanté
ils, elles	chantent	*ils, elles*	ont chanté
Imparfait		**Plus-que-parfait**	
je	chantais	*j'*	avais chanté
tu	chantais	*tu*	avais chanté
il, elle, on	chantait	*il, elle, on*	avait chanté
nous	chantions	*nous*	avions chanté
vous	chantiez	*vous*	aviez chanté
ils, elles	chantaient	*ils, elles*	avaient chanté
Passé simple		**Passé antérieur**	
je	chantai	*j'*	eus chanté
tu	chantas	*tu*	eus chanté
il, elle, on	chanta	*il, elle, on*	eut chanté
nous	chantâmes	*nous*	eûmes chanté
vous	chantâtes	*vous*	eûtes chanté
ils, elles	chantèrent	*ils, elles*	eurent chanté
Futur		**Futur antérieur**	
je	chanterai	*j'*	aurai chanté
tu	chanteras	*tu*	auras chanté
il, elle, on	chantera	*il, elle, on*	aura chanté
nous	chanterons	*nous*	aurons chanté
vous	chanterez	*vous*	aurez chanté
ils, elles	chanteront	*ils, elles*	auront chanté
Conditionnel présent		**Conditionnel passé**	
je	chanterais	*j'*	aurais chanté
tu	chanterais	*tu*	aurais chanté
il, elle, on	chanterait	*il, elle, on*	aurait chanté
nous	chanterions	*nous*	aurions chanté
vous	chanteriez	*vous*	auriez chanté
ils, elles	chanteraient	*ils, elles*	auraient chanté

IMPÉRATIF

Présent	Passé
chante	aie chanté
chantons	ayons chanté
chantez	ayez chanté

Verbe du 2e groupe

FINIR

INFINITIF

Présent	Passé
finir	avoir fini

PARTICIPE

Présent	Passé
finissant	fini

INDICATIF

Présent		Passé composé	
je	finis	*j'*	ai fini
tu	finis	*tu*	as fini
il, elle, on	finit	*il, elle, on*	a fini
nous	finissons	*nous*	avons fini
vous	finissez	*vous*	avez fini
ils, elles	finissent	*ils, elles*	ont fini
Imparfait		**Plus-que-parfait**	
je	finissais	*j'*	avais fini
tu	finissais	*tu*	avais fini
il, elle, on	finissait	*il, elle, on*	avait fini
nous	finissions	*nous*	avions fini
vous	finissiez	*vous*	aviez fini
ils, elles	finissaient	*ils, elles*	avaient fini
Passé simple		**Passé antérieur**	
je	finis	*j'*	eus fini
tu	finis	*tu*	eus fini
il, elle, on	finit	*il, elle, on*	eut fini
nous	finîmes	*nous*	eûmes fini
vous	finîtes	*vous*	eûtes fini
ils, elles	finirent	*ils, elles*	eurent fini
Futur		**Futur antérieur**	
je	finirai	*j'*	aurai fini
tu	finiras	*tu*	auras fini
il, elle, on	finira	*il, elle, on*	aura fini
nous	finirons	*nous*	aurons fini
vous	finirez	*vous*	aurez fini
ils, elles	finiront	*ils, elles*	auront fini
Conditionnel présent		**Conditionnel passé**	
je	finirais	*j'*	aurais fini
tu	finirais	*tu*	aurais fini
il, elle, on	finirait	*il, elle, on*	aurait fini
nous	finirions	*nous*	aurions fini
vous	finiriez	*vous*	auriez fini
ils, elles	finiraient	*ils, elles*	auraient fini

IMPÉRATIF

Présent	Passé
finis	aie fini
finissons	ayons fini
finissez	ayez fini

Verbes du 3e groupe

FAIRE

INFINITIF

Présent	Passé
faire	avoir fait

PARTICIPE

Présent	Passé
faisant	fait

INDICATIF

Présent		Passé composé	
je	fais	*j'*	ai fait
tu	fais	*tu*	as fait
il, elle, on	fait	*il, elle, on*	a fait
nous	faisons	*nous*	avons fait
vous	faites	*vous*	avez fait
ils, elles	font	*ils, elles*	ont fait
Imparfait		**Plus-que-parfait**	
je	faisais	*j'*	avais fait
tu	faisais	*tu*	avais fait
il, elle, on	faisait	*il, elle, on*	avait fait
nous	faisions	*nous*	avions fait
vous	faisiez	*vous*	aviez fait
ils, elles	faisaient	*ils, elles*	avaient fait
Passé simple		**Passé antérieur**	
je	fis	*j'*	eus fait
tu	fis	*tu*	eus fait
il, elle, on	fit	*il, elle, on*	eut fait
nous	fîmes	*nous*	eûmes fait
vous	fîtes	*vous*	eûtes fait
ils, elles	firent	*ils, elles*	eurent fait
Futur		**Futur antérieur**	
je	ferai	*j'*	aurai fait
tu	feras	*tu*	auras fait
il, elle, on	fera	*il, elle, on*	aura fait
nous	ferons	*nous*	aurons fait
vous	ferez	*vous*	aurez fait
ils, elles	feront	*ils, elles*	auront fait
Conditionnel présent		**Conditionnel passé**	
je	ferais	*j'*	aurais fait
tu	ferais	*tu*	aurais fait
il, elle, on	ferait	*il, elle, on*	aurait fait
nous	ferions	*nous*	aurions fait
vous	feriez	*vous*	auriez fait
ils, elles	feraient	*ils, elles*	auraient fait

IMPÉRATIF

Présent	Passé
fais	aie fait
faisons	ayons fait
faites	ayez fait

ALLER

INFINITIF

Présent	Passé
aller	être allé

PARTICIPE

Présent	Passé
allant	allé

INDICATIF

Présent		Passé composé	
je	vais	*je*	suis allé(e)
tu	vas	*tu*	es allé(e)
il, elle, on	va	*il, elle, on*	est allé(e)
nous	allons	*nous*	sommes allé(e)s
vous	allez	*vous*	êtes allé(e)s
ils, elles	vont	*ils, elles*	sont allé(e)s
Imparfait		**Plus-que-parfait**	
j'	allais	*j'*	étais allé(e)
tu	allais	*tu*	étais allé(e)
il, elle, on	allait	*il, elle, on*	était allé(e)
nous	allions	*nous*	étions allé(e)s
vous	alliez	*vous*	étiez allé(e)s
ils, elles	allaient	*ils, elles*	étaient allé(e)s
Passé simple		**Passé antérieur**	
j'	allai	*je*	fus allé(e)
tu	allas	*tu*	fus allé(e)
il, elle, on	alla	*il, elle, on*	fut allé(e)
nous	allâmes	*nous*	fûmes allé(e)s
vous	allâtes	*vous*	fûtes allé(e)s
ils, elles	allèrent	*ils, elles*	furent allé(e)s
Futur		**Futur antérieur**	
j'	irai	*je*	serai allé(e)
tu	iras	*tu*	seras allé(e)
il, elle, on	ira	*il, elle, on*	sera allé(e)
nous	irons	*nous*	serons allé(e)s
vous	irez	*vous*	serez allé(e)s
ils, elles	iront	*ils, elles*	seront allé(e)s
Conditionnel présent		**Conditionnel passé**	
j'	irais	*je*	serais allé(e)
tu	irais	*tu*	serais allé(e)
il, elle, on	irait	*il, elle, on*	serait allé(e)
nous	irions	*nous*	serions allé(e)s
vous	iriez	*vous*	seriez allé(e)s
ils, elles	iraient	*ils, elles*	seraient allé(e)s

IMPÉRATIF

Présent	Passé
va	sois allé(e)
allons	soyons allé(e)s
allez	soyez allé(e)s

DIRE

INFINITIF

Présent	Passé
dire	avoir dit

PARTICIPE

Présent	Passé
disant	dit

INDICATIF

Présent		Passé composé	
je	dis	*j'*	ai dit
tu	dis	*tu*	as dit
il, elle, on	dit	*il, elle, on*	a dit
nous	disons	*nous*	avons dit
vous	dites	*vous*	avez dit
ils, elles	disent	*ils, elles*	ont dit
Imparfait		**Plus-que-parfait**	
je	disais	*j'*	avais dit
tu	disais	*tu*	avais dit
il, elle, on	disait	*il, elle, on*	avait dit
nous	disions	*nous*	avions dit
vous	disiez	*vous*	aviez dit
ils, elles	disaient	*ils, elles*	avaient dit
Passé simple		**Passé antérieur**	
je	dis	*j'*	eus dit
tu	dis	*tu*	eus dit
il, elle, on	dit	*il, elle, on*	eut dit
nous	dîmes	*nous*	eûmes dit
vous	dîtes	*vous*	eûtes dit
ils elles	dirent	*ils, elles*	eurent dit
Futur		**Futur antérieur**	
je	dirai	*j'*	aurai dit
tu	diras	*tu*	auras dit
il, elle, on	dira	*il, elle, on*	aura dit
nous	dirons	*nous*	aurons dit
vous	direz	*vous*	aurez dit
ils, elles	diront	*ils, elles*	auront dit
Conditionnel présent		**Conditionnel passé**	
je	dirais	*j'*	aurais dit
tu	dirais	*tu*	aurais dit
il elle, on	dirait	*il, elle, on*	aurait dit
nous	dirions	*nous*	aurions dit
vous	diriez	*vous*	auriez dit
ils, elles	diraient	*ils, elles*	auraient dit

IMPÉRATIF

Présent	Passé
dis	aie dit
disons	ayons dit
dites	ayez dit

VENIR

INFINITIF

Présent	Passé
venir	être venu

PARTICIPE

Présent	Passé
venant	venu

INDICATIF

Présent		Passé composé	
je	viens	*je*	suis venu(e)
tu	viens	*tu*	es venu(e)
il, elle, on	vient	*il, elle, on*	est venu(e)
nous	venons	*nous*	sommes venu(e)s
vous	venez	*vous*	êtes venu(e)s
ils, elles	viennent	*ils, elles*	sont venu(e)s
Imparfait		**Plus-que-parfait**	
je	venais	*j'*	étais venu(e)
tu	venais	*tu*	étais venu(e)
il, elle, on	venait	*il, elle, on*	était venu(e)
nous	venions	*nous*	étions venu(e)s
vous	veniez	*vous*	étiez venu(e)s
ils, elles	venaient	*ils, elles*	étaient venu(e)s
Passé simple		**Passé antérieur**	
je	vins	*je*	fus venu(e)
tu	vins	*tu*	fus venu(e)
il, elle, on	vint	*il, elle, on*	fut venu(e)
nous	vînmes	*nous*	fûmes venu(e)s
vous	vîntes	*vous*	fûtes venu(e)s
ils, elles	vinrent	*ils, elles*	furent venu(e)s
Futur		**Futur antérieur**	
je	viendrai	*je*	serai venu(e)
tu	viendras	*tu*	seras venu(e)
il, elle, on	viendra	*il, elle, on*	sera venu(e)
nous	viendrons	*nous*	serons venu(e)s
vous	viendrez	*vous*	serez venu(e)s
ils, elles	viendront	*ils, elles*	seront venu(e)s
Conditionnel présent		**Conditionnel passé**	
je	viendrais	*je*	serais venu(e)
tu	viendrais	*tu*	serais venu(e)
il, elle, on	viendrait	*il, elle, on*	serait venu(e)
nous	viendrions	*nous*	serions venu(e)s
vous	viendriez	*vous*	seriez venu(e)s
ils, elles	viendraient	*ils, elles*	seraient venu(e)s

IMPÉRATIF

Présent	Passé
viens	sois venu(e)
venons	soyons venu(e)s
venez	soyez venu(e)s

POUVOIR

INFINITIF

Présent	Passé
pouvoir	avoir pu

PARTICIPE

Présent	Passé
pouvant	pu

INDICATIF

Présent		Passé composé	
je	peux	*j'*	ai pu
tu	peux	*tu*	as pu
il, elle, on	peut	*il, elle, on*	a pu
nous	pouvons	*nous*	avons pu
vous	pouvez	*vous*	avez pu
ils, elles	peuvent	*ils, elles*	ont pu
Imparfait		**Plus-que-parfait**	
je	pouvais	*j'*	avais pu
tu	pouvais	*tu*	avais pu
il, elle, on	pouvait	*il, elle, on*	avait pu
nous	pouvions	*nous*	avions pu
vous	pouviez	*vous*	aviez pu
ils, elles	pouvaient	*ils, elles*	avaient pu
Passé simple		**Passé antérieur**	
je	pus	*j'*	eus pu
tu	pus	*tu*	eus pu
il, elle, on	put	*il, elle, on*	eut pu
nous	pûmes	*nous*	eûmes pu
vous	pûtes	*vous*	eûtes pu
ils, elles	purent	*ils, elles*	eurent pu
Futur		**Futur antérieur**	
je	pourrai	*j'*	aurai pu
tu	pourras	*tu*	auras pu
il, elle, on	pourra	*il, elle, on*	aura pu
nous	pourrons	*nous*	aurons pu
vous	pourrez	*vous*	aurez pu
ils, elles	pourront	*ils, elles*	auront pu
Conditionnel présent		**Conditionnel passé**	
je	pourrais	*j'*	aurais pu
tu	pourrais	*tu*	aurais pu
il, elle, on	pourrait	*il, elle, on*	aurait pu
nous	pourrions	*nous*	aurions pu
vous	pourriez	*vous*	auriez pu
ils, elles	pourraient	*ils, elles*	auraient pu

IMPÉRATIF

Présent	Passé
inusité	aie pu
inusité	ayons pu
inusité	ayez pu

VOIR

INFINITIF

Présent	Passé
voir	avoir vu

PARTICIPE

Présent	Passé
voyant	vu

INDICATIF

Présent		Passé composé	
je	vois	*j'*	ai vu
tu	vois	*tu*	as vu
il, elle, on	voit	*il, elle, on*	a vu
nous	voyons	*nous*	avons vu
vous	voyez	*vous*	avez vu
ils, elles	voient	*ils, elles*	ont vu
Imparfait		**Plus-que-parfait**	
je	voyais	*j'*	avais vu
tu	voyais	*tu*	avais vu
il, elle, on	voyait	*il, elle, on*	avait vu
nous	voyions	*nous*	avions vu
vous	voyiez	*vous*	aviez vu
ils, elles	voyaient	*ils, elles*	avaient vu
Passé simple		**Passé antérieur**	
je	vis	*j'*	eus vu
tu	vis	*tu*	eus vu
il, elle, on	vit	*il, elle, on*	eut vu
nous	vîmes	*nous*	eûmes vu
vous	vîtes	*vous*	eûtes vu
ils, elles	virent	*ils, elles*	eurent vu
Futur		**Futur antérieur**	
je	verrai	*j'*	aurai vu
tu	verras	*tu*	auras vu
il, elle, on	verra	*il, elle, on*	aura vu
nous	verrons	*nous*	aurons vu
vous	verrez	*vous*	aurez vu
ils, elles	verront	*ils, elles*	auront vu
Conditionnel présent		**Conditionnel passé**	
je	verrais	*j'*	aurais vu
tu	verrais	*tu*	aurais vu
il, elle, on	verrait	*il, elle, on*	aurait vu
nous	verrions	*nous*	aurions vu
vous	verriez	*vous*	auriez vu
ils, elles	verraient	*ils, elles*	auraient vu

IMPÉRATIF

Présent	Passé
vois	aie vu
voyons	ayons vu
voyez	ayez vu

VOULOIR

INFINITIF

Présent	Passé
vouloir	avoir voulu

PARTICIPE

Présent	Passé
voulant	voulu

INDICATIF

Présent		Passé composé	
je	veux	*j'*	ai voulu
tu	veux	*tu*	as voulu
il, elle, on	veut	*il, elle, on*	a voulu
nous	voulons	*nous*	avons voulu
vous	voulez	*vous*	avez voulu
ils, elles	veulent	*ils, elles*	ont voulu

Imparfait		Plus-que-parfait	
je	voulais	*j'*	avais voulu
tu	voulais	*tu*	avais voulu
il, elle, on	voulait	*il, elle, on*	avait voulu
nous	voulions	*nous*	avions voulu
vous	vouliez	*vous*	aviez voulu
ils, elles	voulaient	*ils, elles*	avaient voulu

Passé simple		Passé antérieur	
je	voulus	*j'*	eus voulu
tu	voulus	*tu*	eus voulu
il, elle, on	voulut	*il, elle, on*	eut voulu
nous	voulûmes	*nous*	eûmes voulu
vous	voulûtes	*vous*	eûtes voulu
ils, elles	voulurent	*ils, elles*	eurent voulu

Futur		Futur antérieur	
je	voudrai	*j'*	aurai voulu
tu	voudras	*tu*	auras voulu
il, elle, on	voudra	*il, elle, on*	aura voulu
nous	voudrons	*nous*	aurons voulu
vous	voudrez	*vous*	aurez voulu
ils, elles	voudront	*ils, elles*	auront voulu

Conditionnel présent		Conditionnel passé	
je	voudrais	*j'*	aurais voulu
tu	voudrais	*tu*	aurais voulu
il, elle, on	voudrait	*il, elle, on*	aurait voulu
nous	voudrions	*nous*	aurions voulu
vous	voudriez	*vous*	auriez voulu
ils, elles	voudraient	*ils, elles*	auraient voulu

IMPÉRATIF

Présent	Passé
veuille	aie voulu
inusité	ayons voulu
veuillez	ayez voulu

PRENDRE

INFINITIF

Présent	Passé
prendre	avoir pris

PARTICIPE

Présent	Passé
prenant	pris

INDICATIF

Présent		Passé composé	
je	prends	*j'*	ai pris
tu	prends	*tu*	as pris
il, elle, on	prend	*il, elle, on*	a pris
nous	prenons	*nous*	avons pris
vous	prenez	*vous*	avez pris
ils, elles	prennent	*ils, elles*	ont pris

Imparfait		Plus-que-parfait	
je	prenais	*j'*	avais pris
tu	prenais	*tu*	avais pris
il, elle, on	prenait	*il, elle, on*	avait pris
nous	prenions	*nous*	avions pris
vous	preniez	*vous*	aviez pris
ils, elles	prenaient	*ils, elles*	avaient pris

Passé simple		Passé antérieur	
je	pris	*j'*	eus pris
tu	pris	*tu*	eus pris
il, elle, on	prit	*il, elle, on*	eut pris
nous	prîmes	*nous*	eûmes pris
vous	prîtes	*vous*	eûtes pris
ils, elles	prirent	*ils, elles*	eurent pris

Futur		Futur antérieur	
je	prendrai	*j'*	aurai pris
tu	prendras	*tu*	auras pris
il, elle, on	prendra	*il, elle, on*	aura pris
nous	prendrons	*nous*	aurons pris
vous	prendrez	*vous*	aurez pris
ils, elles	prendront	*ils, elles*	auront pris

Conditionnel présent		Conditionnel passé	
je	prendrais	*j'*	aurais pris
tu	prendrais	*tu*	aurais pris
il, elle, on	prendrait	*il, elle, on*	aurait pris
nous	prendrions	*nous*	aurions pris
vous	prendriez	*vous*	auriez pris
ils, elles	prendraient	*ils, elles*	auraient pris

IMPÉRATIF

Présent	Passé
prends	aie pris
prenons	ayons pris
prenez	ayez pris

Couverture : Illustration réalisée par Qu Lan

page de garde (de g.à d.et de ht en bs) : akg-images/Erich Lessing ; Luisa Ricciarini/Bridgeman Images ; akg-images/Erich Lessing ; Paris Musées/Musée Carnavalet, CCO ; Paris Musées/Maisons de Victor Hugo Paris-Guernesey, CCO ; The Metropolitan Museum of Art, New York, CCO ; Minneapolis, Institute of Art, CCO ; Archives Charmet/Bridgeman Images ; Georges Seguin, CC BY-SA 3.0 ; Collection de l'auteur/Droits Réservés ; **21** © Ghibli/Tokuma, Collection Christophel ; **23** Susie Hamilton /Bridgeman Images ; **25** Martine Pouchain, La forêt pour te dire © Éditions Sarbacane, 2024 ; **29** © Warner Bros, Collection Christophel ; **30** La Rivière à l'envers : © Jungle, 2018 ; **32h** Allstar Picture Library Ltd/Alamy Stock Photo ; **32b** Antoine Fesson ; **33 h** © Ghibli/Tokuma, Collection Christophel ; **33 b** ©Tokuma Japan Communications Co, Collection Christophel ; **36** Artothek/La Collection ; **37** Shutterstock/laponpat maliwan ; **38g** Tobie Lolness, T.1 : La Vie suspendue, de Timothée de Fombelle, ill. de François Place © Éditions Gallimard jeunesse, 2023 ; **38m** Mémoires de la forêt - Tome 1 - Les Souvenirs de Ferdinand Taupe, de Mickaël Brun Arnaud, ill. de Sanoe © Éditions École des Loisirs, 2022 ; **38d** La Forêt magique, T.1 : Hisae Iwaoka, de Hoshigahara © Éditions Rue de Sèvres, 2024 ; **41** © Christian Birmingham ; **42h** The Metropolitan Museum of Art, New York, CCO ; **42b** Alto Vintage Images/Alamy Stock Photo ; **45** Heritage-Images/The Print Collector/ akg-images ; **47** Alice au Pays des Merveilles et De l'autre côté du Miroir de Lewis Carroll illustrés par Pat Andrea, Éditions Diane de Selliers, 2006 - Pat Andrea © Adagp, Paris 2025 ; **49** © Omar Rayyan, 2025 ; **52** © Salvador Dalí, Fundació Gala-Salvador Dalí/Adagp, Paris 2025, photo akg-images ; **56** Album/British Library/Alamy Stock Photo ; **58g** Monsieur Le Lapin Blanc, de Benjamin Lacombe © Éditions Margot, 2024 ; **58m** Alice au pays des merveilles, de Junko Tamura, © Éditions Nobi Nobi, 2015 Fushigi no Kuni no Arisu (Alice in Wonderland)/©2010 Gakken Publishing Co., Ltd. ; **58g** Alice au pays des merveilles : le livre de cuisine officiel Walt Disney Company © Éditions Hachette Heroes 2024 ; **62** Georges Seguin CC BY-SA 3.0 ; **78g** Lightfall T.1 : La Dernière Flamme, de Tim Probert, © Éditions BD Gallimard, 2021 ; **78m** Le Sorcier de Mondebrume, de David Bry © Éditions Nathan jeunesse, 2024 ; **78d** Retour à Tomioka, de Laurent Galandon et Michaël Crouzat © Éditions Jungle, 2024 ; **81, 94b** et **95** : © Les Films Andre Paulve, Collection Christophel ; **83** Koninklijke Bibliotheek, Bibliothèque Nationale des Pays Bas ; **85** History and Art Collection/ Alamy Stock Photo ; **87** akg-images/ullstein bild ; **89** Bibliothèque Nationale de France ; **91** Heritage Image Partnership Ltd/ Alamy Stock Photo ; **93** Interfoto/La Collection ; **94h** akg-images/Pictures From History ; **99** akg-images/Rabatti & Domingie ; **100g** Monstres, de Stéphane Servant, ill. de Nicolas Zouliamis © Éditions Thierry Magnier, 2023 ; **100m** Ottoline et le vétérinaire des monstres , de Yann Apperry © Éditions Pocket jeunesse, 2024 ; **100d** Stitch Padraig Kenny © Éditions Lumen, 2024 © 2024 Paidraig Kenny, Copyright de la couverture et des en-têtes de chapitre © 2024 Steve McCarthy ; **103** Christie's Images / Bridgeman Images ; **104** akg-images/Erich Lessing ; **107** Lebrecht Authors / Bridgeman Images ; **108** The Metropolitan Museum of Art, New York, CCO ; **109** Peter Horree/Alamy Stock Photo ; **111** akg-images ; **113** The Mullan Collection/Mary Evans / Bridgeman Images ; **117** Heritage Images/Fine Art Images/akg-images ; **120** Luisa Ricciarini / Bridgeman Images ; **122g** Le Feuilleton d'Ulysse, La Mythologie grecque en cent épisodes, de Murielle Szac, ill. de Sébastien Thibault © 2015 Bayard Jeunesse ; **122m** Moi, Polyphème, cyclope, de Sylvie Baussier © Éditions Scrineo, 2021 ; **122d** Pénélope, la femme aux mille ruses, d'Isabelle Pandazopoulos © Éditions Gallimard Jeunesse, 2021 ; **126** Minneapolis, Institute of Art, CCO ; **129** akg-images ; **133** Fine Art Images / Bridgeman Images / Courtesy of Stiftelsen Hilma af Klints Verk ; **135** Photograph © 2025 Museum of Fine Arts, Boston. All rights reserved/Bridgeman Images ; **139** State Russian Museum / Bridgeman Images ; **146g** Les sœurs Hiver, de Jolan C.Bertrand, ill. de Chevalier Gambette © Éditions École des loisirs, 2024 ; **146m** Hans Christian Andersen, Madame d' Aulnoy, Madame Leprince de Beaumont, La Belle et la bête et autres héroïnes face aux monstres, Ill. de couverture : Aliocha Gouverneur © Éditions Flammarion Jeunesse, 2024 ; **146d** Les Monstres, de Sébastien Perez , ill. de Stan Manoukian, collection L'Encyclopédie du Merveilleux © Éditions Albin Michel Jeunesse, 2023 ; **149** Craft Alan King/Alamy Stock Photo ; **150-151** akg-images/Album/Sol **90** ; **152, 155** et **159** : akg-images ; **157** Le Roi Singe, T1, Pagaille au Palais Céleste, de Tsai Chaiko & Tsai Chaiko-Cai Feng © Éditions Paquet, 2019 ; **160** Lebrecht Music & Arts/Alamy Stock Photo ; **161h** collection particulière ; **161m** © Metro-Goldwyn-Mayer (MGM) - Stanley Kubrick Productions, Collection Christophel ; **161b** © Warner Bros. Pictures - Heyday Films - LuckyChap Entertainment - Mattel Films – Mattel, Collection Christophel ; **164** Photograph © 2025 Museum of Fine Arts, Boston. All rights reserved/Bridgeman Images ; **166g** L'épopée de Gilgamesh en 8 récits Jean Muzi, ill. de Fred Sochard © Flammarion jeunesse, 2021 ; **166m** Contes du Liban, de Praline Gay-Para, ill. de Corinne Demuynck © Éditions du Jasmin, 2024 ; **166b** Atlas des mythes et légendes du monde, de Jessie Magana et Laure Flavigny, ill. de Aurélie Bissière, Marta Orzel, Joanna Rzezak et Kévin Deneufchatel © Éditions Actes Sud, 2024 ; **169** Carlo Bollo/Alamy Stock Photo ; **170** Lucasaw CC BY-SA 4.0 ; **173** Artelan/Alamy Stock © Fondation Hilma af Klint, Stockholm ; **175** akg-images/Erich Lessing ; **177** Heritage Images/Fine Art Images/akg-images ; **179** Serge Domingie & Marco Rabatti/La Collection ; **181** et **184** akg-images ; **186g** Les Métamorphoses D'ovide, de Béatrice Bottet, 2019 © Casterman, avec l'aimable autorisation des auteurs et des Éditions Casterman ; **186m** Les Pierres de Dragon - Tome 1 : - La métamorphose, d' Arthur Tenor © Éditions Auzou, 2020 ; **186d** Amari et le Bureau des affaires surnaturelles, de B.B. Alston © Éditions Livre de Poche Jeunesse, 2023 et © Éditions Bayard, 2021 pour la couverture ; **189** CHAGALL ® et MARC CHAGALL® sont des marques enregistrées appartenant au Comité Marc Chagall © Adagp, Paris 2025 ; **191** © Fondation Foujita/ Adagp, Paris, 2025 photo Christie's/Artothek/La Collection ; **193** © Bordalo II/Droits Réservés, photo Rodolfo Contrebas / Alamy Stock Photo ; **195** Foto Erik Cornelius/ Nationalmuseum 2002 ; **197** Alamy Stock Photo ; **199** Brandstaetter Images/La Collection ; **200** Universal History Archive/UIG/Bridgeman Images ; **202** Ferens Art Gallery /Bridgeman Images ; **204** Alamy Stock Photo ; **206g** Jongleries, matous rimés, poèmes à dire et à jongler, de Pierre Coran. © Éditions Didier Jeunesse, 2022 ; 206m Petit livre de 100 poèmes pour les amoureux des chats, de Jean-Joseph Julaud, ill.de Pierre Fouillet © Éditions First, 2022 ; **206d** Si les poètes étaient moins bêtes Boris Vian, ill. de Serge Bloch © Éditions Rue du Monde, 2020 ; **209, 221** et **224** : akg-images ; **210** collection de l'auteur/Droits Réservés ; **213** © Successió Miró/ Adagp, Paris, 2025 ; **215** Daniel Sanchez Blasco/Alamy Stock Photo ; **217** The Metropolitan Museum of Art, New York, CCO ; **219** Bridgeman Images ; **226g** Le jardin d'Emily, une histoire sur la jeunesse d 'Emily Dickinson: Wildflower Emily: A Story About Young Emily Dickinson Text and Illustrations Copyright © 2024 by Lydia Corry, ©Jungle, 2024 ; **226m** Paroles de baskets (et autres objets bavards) de Bernard Friot, ill. de Charlotte Fréreau, © Éditions Milan, 2023 ; **226d** La vie est belle, de Bruno Doucey, ill. de Nathalie Novi © Éditions Bruno Doucey, 2019 ; **229** Photo Josse /La Collection ; **231** Bernard Grignou ; **233** Benoît Bertrand ; **235** Pascal Victor/ ArtComPress via opale.photo ; **237** Mathilde Caelicia Photography ; **240h** Joël Saget/AFP ; **240b, 241h** : © Compagnie Théâtre Al Dente, 2016 ; **241b** © StudioCanal - Ex Nihilo - Les Compagnons du Cinéma - Les Films du Fleuve - Prima Linea Productions - France 3 Cinema Radio Television Belge Francophone (RTBF) collection Christophel ; **245** Luisa Ricciarini/opale.photo ; **246g** Les lurons de la forêt : une comédie en V actes Anthony Martinez © Éditions Kaléidoscope 2024 ; **246m** Sticky petit phasme , de Yaron Edelstein et Aharon Levin © Éditions Théatrâles, 2024 ; **246d** Le roman de Renart T.1 : les jambons d'Ysengrin, de Jean Marc Mathis et Thierry Martin © Éditions Delcourt, 2007 ; **249** et **260** :Ronan Liétar ; **250, 251b** et **259** : François-Xavier Gaudreault . **251hg** © Compagnie Farce Bleue ; **251hd** Michel Ferchaud ; **253** © Compagnie les Affamés ; **255** © Cie 9Thermidor, mise en scène : Stéphane Boireau, Jeu/Manipulation : Stéphane Boireau, Tamara Incekara et Sarah Darnault, photos et teaser : Bertrand Lenclos ; **257** et **263** : Fabienne Rappeneau ; **264** Artepics/Alamy Stock Photo ; **266g** Huit farces pour collégiens, de Pierre Gripari, ill. de Till Charlier © Éditions Grasset Jeunesse, 2013 ; **266m** J'ai trop d'amis, de David Lescot © Éditions Actes Sud, 2022 ; **266d** Ma vie au collège : vive le théâtre ! de Sophie Dieuaide © Éditions Livre de Poche Jeunesse, 2019 ; **p. 272, 287, 288, 289, 291, 293, 295, 300, 308, 303, 321, 323, 330, 333, 336, 339, 340, 344, 347, 351, 356, 361, 370, 373, 376** : Shutterstock ; **297** akg-images/Laurent Lecat ; **313** © UGC Distribution, Collection Christophel ; **315** et **319** : Art institut of Chicago, CCO ; **325** et **335** : akg-images; **328** et **341** : The Metropolitan Museum of Art, New York, CCO ; **331** Grob/Kharbine /La Collection ; **349** National Gallery of Victoria, Melbourne, Purchased, 1891 ; **353** akg-images/UIG/Ivy Close Images ; **355** GrandPalaisRmn (musée d'Orsay)/Agence Bulloz ; **359** Van Buuren Museum & Gardens ; **367** Peter Newark Historical Pictures/Bridgeman Images.

Achevé d'imprimer en Italie par Elcograf - Dépôt légal : avril 2025 - Édition 01 - 67/0923/3